李清照和赵明诚的旷世情缘

漱玉金石情

乔永忠 著

天津出版传媒集团
百花文艺出版社

图书在版编目（CIP）数据

漱玉金石情 / 乔永忠著 . -- 天津 : 百花文艺出版社 , 2022.1（2023.7 重印）
ISBN 978-7-5306-8195-4

Ⅰ . ①漱… Ⅱ . ①乔… Ⅲ . ①长篇小说 – 中国 – 当代 Ⅳ . ① I247.5

中国版本图书馆 CIP 数据核字 (2021) 第 257833 号

漱玉金石情
SHUYUJINSHIQING
乔永忠　著

选题策划：王　欣　　责任编辑：刘佩莲
书名题字：乔庆昌　　装帧设计：凌点视觉 RISE VISION
出版发行：百花文艺出版社
地址：天津市和平区西康路 35 号　邮编：300051
电话传真：+86-22-23332651（发行部）
电话传真：+86-22-23332656（总编室）
电话传真：+86-22-23332478（邮购部）
网址：http://www.baihuawenyi.com
印刷：天津市隆达印刷有限公司
开本：787 毫米 ×1092 毫米　1/16
字数：490 千字
印张：30.5
版次：2022 年 1 月第 1 版
印次：2023 年 7 月第 2 次印刷
定价：68.00 元

如有印装质量问题，请与天津市隆达印刷有限公司联系调换
地址：天津市北辰区小淀镇景通路钰薪石油院内 32 号厂房
电话：（022）27373235
邮编：300402

宋・李清照画像

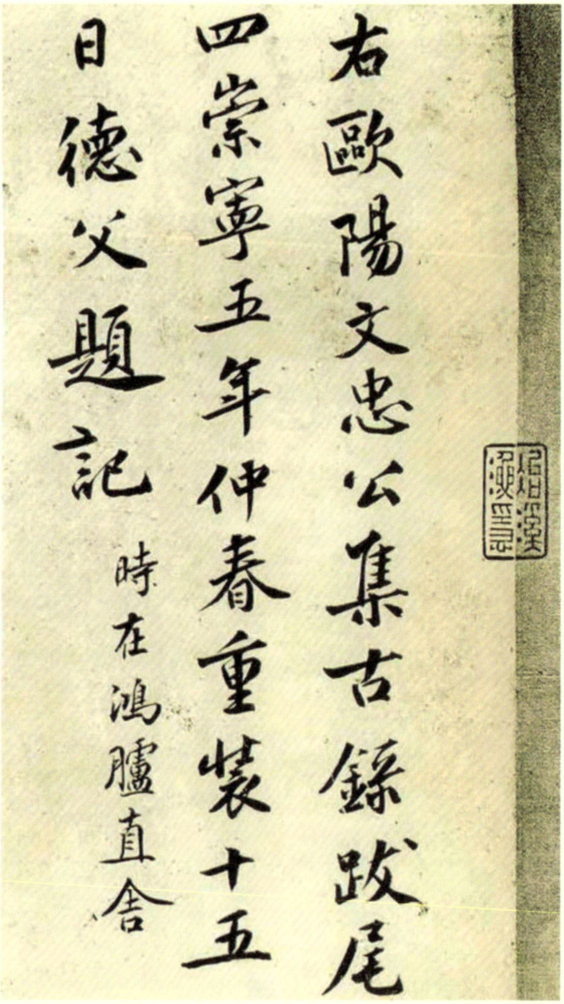
右歐陽文忠公集古錄跋尾
四崇寧五年仲春重裝十五
日德父題記
時在鴻臚直舍

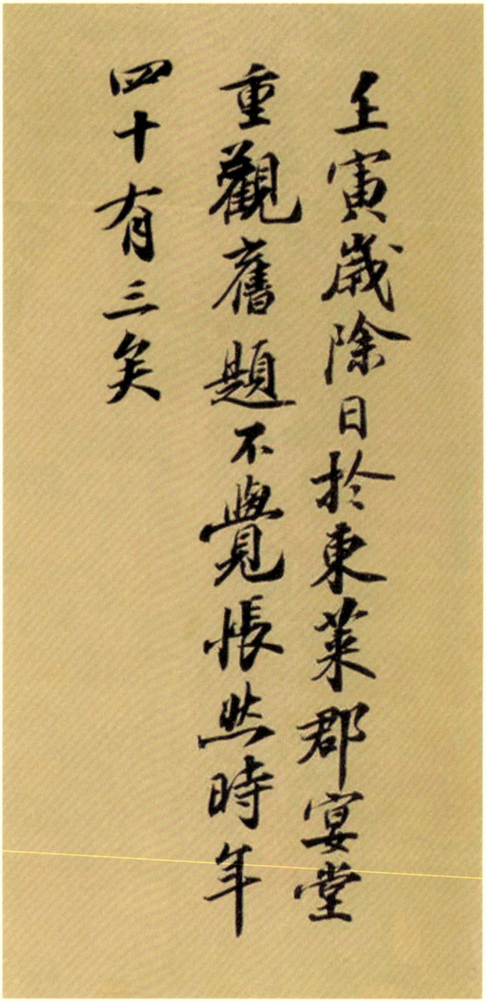
壬寅歲除日於東萊郡宴堂
重觀舊題不覺悵然時年
四十有三矣

赵明诚手迹

宋汴京城區示意图

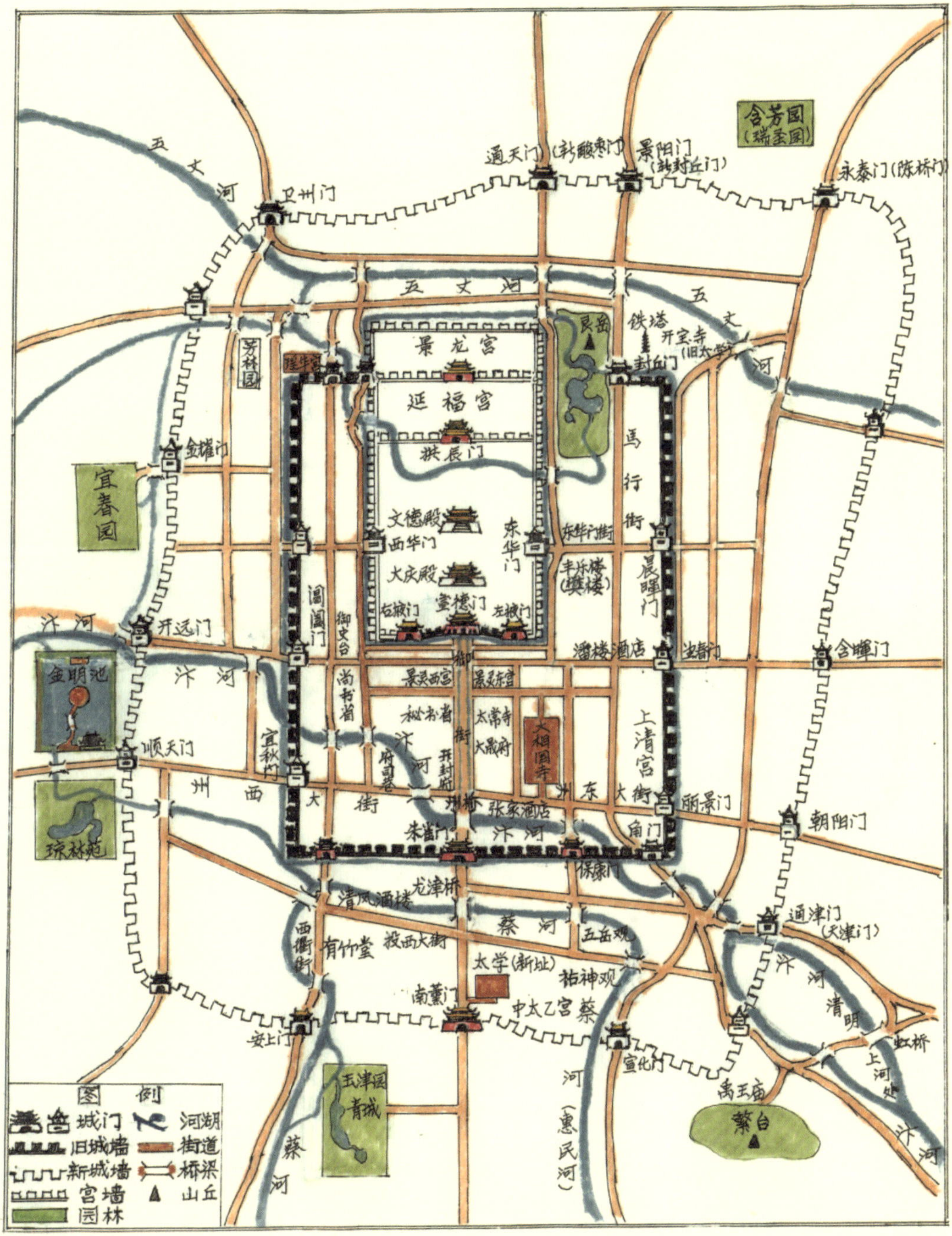

宋汴京城区示意图

宋朝京城及部分州县位置示意图

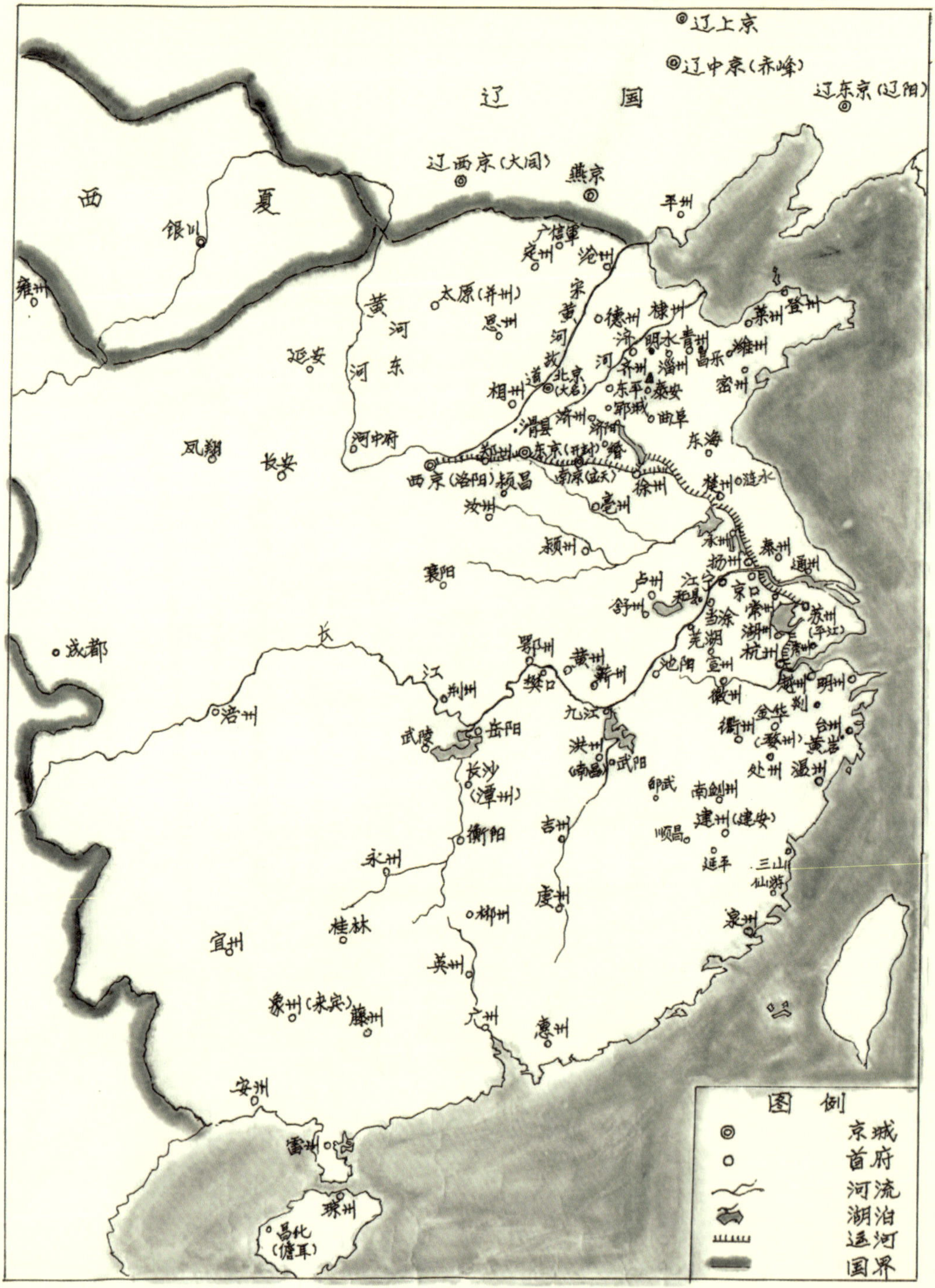

宋朝京城及部分州县位置示意图

清照小学教师读《漱玉金石情》（代序）

◎ 韩庆梅

李清照，中国文学史上一颗闪耀的明星，史称第一才女，宋代著名文学家，被誉为一代词宗，后人搜集她的词作编成一部词集《漱玉集》，其丈夫赵明诚是史上著名的金石学家，有《金石录》传世。1987年国际天文学会以十五位中国文学家、艺术家的名字为水星上的环形山命名，李清照的名字赫然在列，是我们中华民族的骄傲。出生于济南章丘的李清照，自然更是济南章丘人的骄傲。

我作为济南市重点小学——章丘区清照小学的一名教师，对李清照分外崇拜，也应该说比较了解，阅读过许多相关的文献资料，并从研究其诗词和事迹中不断汲取精神力量，滋养灵魂，影响教育学生。然而，当历经几个月，认真拜读完由百花文艺出版社出版的长篇历史章回小说《漱玉金石情》后，却深深地体会到自己知识的贫乏，为作者深厚的学养和广博的知识而震撼。

这是一部传记体小说，是以赵、李两人的爱情故事为主线，辅以他们的学术和创作成就，及其在时局动荡、民族危亡之际的家国情怀，写成的近五十万字的鸿篇巨著。作者是出生于章丘，少小离家，工作生活在天津的教师乔先生。整部小说共四十八回，每一回的卷首联句作为标题概述了该回主要内容，回末的绝句水到渠成、画龙点睛地进行小结，给读者以清晰完整的印象，最后以古风体的长诗对全书作总结。说部全篇引入北宋和南宋许多重要历史事件、历史人物以及当时的诗词作品，将传主放在一个宏大的历史文化背景下，慢慢切换镜头，将读者带入人物生活的时代，走进人物心灵世界。其间，各种穿插、补叙、追忆、过渡、转场等，远焦近距，切换自如，将众多人物形象活灵活现地呈现在读者面前。更难能可贵的是整部作品很自然地将李清照在不同阶段所创作的诗词以故事的形式展现出来，宛若天成，不著一字，尽得风流。与某些以赵、李事迹为题材，专务言情的小说及影视作品大为不同，不仅对让读者更加深入地了解清照诗词创作背景、人物生活的方方面面起了极大的引领作用，而且将整个大宋王朝从庙堂到乡野，上上下下，三教九流，各个阶层，各种人物等等都直观立体地呈现在眼前，可以说是对清照文化和当时社会背景方面的研究做了一次有益的尝试，既是一部文字版的《清明上河图》画卷，又是史剧“宋城千古情”的壮观演出。虽然是一部小说，但作者却以史料为依据，在尊重历史事实的基础上，以两位传主的生平事迹为基本框架进行文学创作，合情合理，可读性特别强，是一部了解清照文化的珍贵书籍。只要具备初高中阅读水平的文学爱好者，都会被深深吸引。读者会通过阅读，跨越时空，走近一代才女李清照，了解她及其周围人物的传奇故事；了解大宋王朝的政治、经济、文化等社会生活的方方面面，神游在人类历史的长空，与苏轼、欧阳修、王安石、黄庭坚、曾巩、米芾等众文豪书家在一起吟诗作赋；看朝野内外，乡间习俗，战争风云，地理风貌；通过世间的风情万种，增长你的智慧，丰富你的人生，读者仿佛感觉变成跨越几代人的长寿仙翁。读这部巨著，绝对让你的灵魂得到滋养、净化、升华，开阔你的人生视野，改变你的思想格局，看透人生，活出真正的自己，且受到李清照诗词文化的熏陶，耳濡目染中不会作词也会属文。

读过《漱玉金石情》，鲜活的李清照形象才走进我的心灵深处。作为清照小学的一名教师，自然少不了对学生教授清照诗词，让学生学习背诵，但有些诗词比较晦涩，由于缺乏历史文化背景知识，理解也是比较浅薄。读这部小说，却感觉与主人公生活在一起，那情，那景，那人，那事，那些游丝一样的情愫，都真真切切地看到，听到，体会到，目睹那些流传至今的诗词从清照口中、笔下缓缓而出，为之拍案叫绝，并跟随她一起学习吟诗作词。读过这部作品，才知道李清照不只是一代词宗，诗词写得堪称千古绝唱，而且书法、绘画、音律、弹琴、唱歌样样精通。更令我没想到的是，李清照竟然是位民间的教育家，时时不忘提携后人，教身边的人写诗作词。她有教无类，无论是京城的大家闺秀，还是青州的乡野村女，或是江南的小家碧玉，只要别人有求，她都收为弟子，悉心培养，传承诗词文化；她开创的以“平常语入诗”的“易安体”，跟她一生广泛接触底层民众不无关系。在金华躲避战乱时，人地生疏，一家三十余口，大人孩子不敢出门，孩子们闷得七跳八嚎，闹得沸反盈天，为了不让孩子们荒废学业，她便在家里开设了塾馆，教孙辈们读书、习字、赋诗、填词，亲自管理，自编教材；其间，她将打马游戏与史籍掌故、兵法战阵等糅合在一起，创制了“命辞打马”，写成《打马图经》，寓教于乐，让孩子们在游戏中学到更多知识。不要说在那个女子很少读书的时代，就是在当今，李清照也绝对算得上一位有建树的教育家。此外，李清照在文化上的贡献，除了帮丈夫完成遗愿，编纂浩繁的巨著《金石录》之外，鲜为人知的是她还编修了国史中的《哲宗实录》；两部著作李清照都因女性身份而不得具名，后人不能不为历史的不公而叹息。

读过这部小说，才更加深深地理解，李清照与赵明诚的爱情故事，绝不只是儿女情长，更多的是家国情怀；他们具有共同的志趣，感情是建立在艺术创作及学术研究基础之上的，他们是相辅相成、相得益彰的人间大爱铸就的璀璨夺目的双子星座。此外，围绕他们身边的大都是文坛、政坛等各界的风云人物。书中的人物和情节，把读者带到一个脱俗的高雅境地，同时，也进入一个纷扰的世界，看到一个个高尚和丑陋的灵魂各种真实的表演，感受到一位女中豪杰的非凡气节与气度。

掩卷沉思，经过近千年历史的洗礼，李清照却像一颗璀璨的明珠，更加熠熠生辉，被后人奉为才女。有无数的学者专家不断地读她、研究她，她的诗词被广为传诵，妇孺皆知，家喻户晓；许多文人以她的作品为楷模，纷纷仿制“易安体”的词作；我国举办的许多世界级大型文化盛宴，也常以丰富多彩的形式淋漓尽致地演绎清照诗词。究其原因，不只是她的诗词写出了人类灵魂的深刻，更因她高尚的人格魅力永放光芒。她不畏权势，追求真理和正义，宁为玉碎，不为瓦全，而又谦逊平和，虽经历了人生无数的跌宕起伏，生离死别，却波澜不惊，宠辱皆忘。《漱玉金石情》让我们在浩瀚的历史星空中找到了人类文明的答案。

在写作方法上，作者采用了多种处理方法，力求前后呼应，让读者对人物关系有完整的了解。比如第一回与第十八回，就对陈师道与赵明诚的关系作了一个完整的交代。同时，对人物命运利用“草蛇灰线”的方法进行深入剖析；例如，李清照因游牡丹花会而填词，又跟赵明诚因牡丹词而生隙，婚后清照因画牡丹明诚题字使感情得以完美弥合，最终却以这件作品造成清照刻骨铭心而不能自拔的悲剧。在谋篇布局上，整体架构清晰，既大气磅礴，又细致入微，既让读者对李清照一生命运有完整认识，又将其人生具有里程碑意义的转折事件，真实自然地呈现在读者面前，引人入胜，精彩异常；如第三十五回，清照带着家人一行载十五车古籍器物等家产南下江宁投奔丈夫，不但将靖康之变、国破家亡的历史重现读者眼前，还将清照车队一路历尽艰辛、侠肝义胆感动梁山义军的浩然之气展现出来，让读者真真切切地感受到李清照绝不仅仅是才女，更是英雄豪杰，这正应了清照诗“生当作人杰，死亦为鬼雄”的名句。

在语言上，作品不但极具张力，描写生动形象，给读者以无限的想象空间，而且具有深刻的思辨性，让人越读越有味，越咂摸越回味无穷，不由得从心底佩服作者语言的炉火纯青，真是睿智的光芒与清照的魅力一同闪耀。为了便于读者更加了解某些历史知识和典故，作者还在每回后面添加了许多注释，极大地丰富了书本的文化内涵。书末，附有李清照、赵明诚的简介和事迹编年，同时，附有宋朝京城、州郡位置示意图，让读者从时间和空间全方位地清晰了解主人公的人生轨迹。书中苏轼、赵明诚等的书法手迹，李格非的《洛阳名园记》，让读者更加贴近时代，走进李清照与赵明诚的现实生活。不足的是，书中人物众多，关系复杂，如果能把诸多主要人物及其关系列表说明，则更便于读者阅读把握。

《漱玉金石情》的出版发行，为李清照研究注入新的活力。清照才女，魂兮归来。我们这个时代不但需要清照的才气和智慧，更需要清照的精神，希望更多的人能够读到这部作品，更多的研究人员关注这部作品，让清照精神永远照耀我们人类历史文明的天空。

2023年4月于清照故里

韩庆梅，山东省章丘区清照小学教师，山东省作家协会会员，中国散文学会会员，山东大学作家研究生班结业。在国内各种报刊、媒体等发表作品一百多万字，出版湘西支教日记《石榴花开红胜火》，散文集《绣江情未了》《小树林的月光》（合著），教育专著《且学且思且行——小学阅读作文教学探析》，编剧并导演校园科普剧《乐乐和小白帽》，参与编写济南章丘多部文史书籍。2021年12月，支教日记《石榴花开红胜火》荣获共青团中央和中国作家协会颁发的“志愿文学奖”。

前言

中国文学史上第一才女、宋朝著名女诗人李清照，一生诗文词赋写了很多，后人搜集她的词作编成一部词集，叫作《漱玉集》，此书现已散失。她的丈夫赵明诚是史上著名的金石学家，传世著作叫作《金石录》，此书至今尚存。现将《漱玉集》和《金石录》各取两字，并成“漱玉金石”四字，后面再缀以“情”字，作为本传记体说部之书名，谓之《漱玉金石情》。

当今文坛反映这对天才伉俪生平事迹的著作，或考证，或评论，数量可谓汗牛充栋；但写成演义小说的并不多见，即使有，也以戏说为主。笔者不揣冒昧，以赵、李两人的爱情故事为主线，辅以他们的学术和创作成就，及其在时局动荡、民族危亡之际的家国情怀，写成这部传记体的章回小说，以飨同好。

既然是传记体小说，就应该在尊重历史事实的基础上，以两位传主的生平事迹为基本框架；小说所涉及的主要历史事件和主要历史人物，都应以相应的史料为依据。本说部所依据的史料，以王学初著《李清照集校注》为主，且参阅了陈祖美的《李清照评传》及他人著作中的有关内容。书末附有两传主的事迹编年表，供读者对照参考。

笔者参照《宋史》，引入了北宋末和南宋初许多重要的历史事件、历史人物以及当时的诗词作品，作为传主的文化环境和时代背景；这是本书的重要组成部分，以区别于某些以赵、李事迹为题材的专务言情的小说和影视作品。其中除正史之外，也采用了若干有资料可查且比较可信的奇闻轶事，以增强本书的可读性。当然所谓“可信”，并非必定实有其事，而是指合乎情理。

本书主要人物李清照的成就在文学创作方面，随着故事情节按时间展开，本说部将逐次引入已经确认的李清照的绝大多数作品——诗、词、散文等，以词作为主。这就需要鉴定作品的写作时间。其中，除少数可以确认创作年代的作品之外，李清照大多数作品的创作时间都只能根据内容作大概的推定。对于有的作品的年代，专家学者们也是见仁见智，众说纷纭，莫衷一是。在这方面，笔者只能按照自己的见解执其一端。

为了读者阅读方便，本文对某些生僻的字词、典故做了注释，但恐有挂一漏万之处。有的引文是文言，虽无生僻字词，但整句语意晦涩，很难注释，如不影响下面的阅读，疑难处可略去或取其大意便可。读小说不是做学问，只要无关大局，不得已时可以马虎一点，陶渊明说：“好读书，不求甚解。”此之谓也。

谨此。

乔永忠

2021年9月

目录

第一回

陈师道陋室结永好　赵氏儿金屋欲藏娇

话说大宋王朝，自太祖赵匡胤开创基业以来，至第六位皇帝赵顼践祚[①]已历一百〇八年。是时，正是宋朝国运由盛转衰之际，朝野遂有革故鼎新之论。皇帝春秋[②]鼎盛、踌躇满志，欲整饬朝纲、重振国威；于是，王安石变法应运而生。王安石者，是一位忧国忧民的仁人志士，还是一位对经学、文学皆有专攻的鸿儒。他对皇帝说："天命不足畏，祖宗不足法，人言不足恤。"又说，要治国兴邦必须"变风俗、立法度"。皇帝征召王安石为宰相，令其革新变法。推行新法，自然任用拥护新法、锐意进取的有为之士；而反对新法的守旧派，即所谓老成方正之臣，则被放逐到偏远的州郡为官，甚至削职为民。但当新法出现弊端，遭遇挫折之时，国主往往又动摇退缩，重新起用守旧老臣，贬斥变法新锐。如此反复多次，朝廷便撕裂成新、旧两党，致使朋党之争不断。

元丰八年，皇帝赵顼驾崩，庙号谥曰神宗。太子赵煦继承大统，是年赵煦年仅十岁，由太皇太后高氏[③]垂帘听政，改元元祐。神宗生前对新法已产生动摇，至太皇太后听政，便尽废新法，重新起用前朝因反对新法而遭贬斥的元老旧臣，如司马光、文彦博、刘挚、范纯仁、苏轼苏辙兄弟等。他们相继从地方任所或乡里回到京城担任了重要官职。

苏门四学士黄庭坚、晁补之、秦少游、张耒也陆续被苏轼擢入馆阁，身居清要。另外，还有苏门后四学士，如李格非、廖正一等人，也都相继入朝为官。苏门弟子齐聚京师，共受苏轼熏陶。他们互相切磋经术、议论朝政、诗词唱酬，一时蔚为大宋百年来的文坛盛事。他们一文一诗出，士民即争相抄录传诵，一时纸价为贵。

当时，还有苏门六君子之说，这六君子中除去苏门四学士，其他两位便是陈师道和李廌。这李廌我们放下不提，且说陈师道，他可是当时汴京城里及四海之内名闻遐迩的人物。

陈师道，字无己，号履常，徐州彭城人。说他有名，不是因为他享受高官厚禄、地位显赫，而是因为他不仅学有所成，而且特立独行。当时科举考试，举子们作策论必须依据王安石作的《三经新义》。陈师道却不以为然，他宁可拒不参加朝廷的科举考试，也不违心屈就《新义》的“谬说”。他为此锐意进取，勤学苦练，力图走出一条独自成才之路。他年方十六，得到文学大家曾巩④的赏识，收他为弟子，留在门下受业。他弱冠⑤游历京师，从未投刺权贵豪门，只与文人名士交游，来往最密切的就是苏门四学士。黄庭坚弟黄叔达，初自江南来，便与陈师道结为好友，两人去城南拜谒法云禅师，晚归走访李公麟。黄叔达穿白衫骑驴，沿途摇头晃脑，纵情而歌；陈师道扶杖携琴，踏歌尾随。市民观之大惊，以为异人。事后，李公麟将二人行旅踏歌之状画为图，好事者临摹数幅而流散坊间，以是其名愈显。

陈师道文章深奥高古，受到文人学士的青睐。时任知制诰⑥的苏轼好友章惇曾托秦少游约见他，欲推荐他入朝为官；但他致函章惇，婉言谢绝。神宗元丰年间，朝廷欲修大宋国史，委任曾巩出任国史编修，并授权可以自择属员。曾巩草拟的属员名单，其中就有门生陈师道。

不料陈师道却因没有科举功名，只是一介布衣，被人揭发除名。陈师道为人耿介，不入流俗，这使他仕途坎坷、蹉跎多年、老大无成。幸运的是，曾巩的老朋友中散大夫郭概慧眼独具，人称善于择婿，前面四个女婿都中了进士；经曾巩引荐，郭概见陈师道文章、人品都超凡脱俗，便断定他将来必成大器，遂将小女儿许配于他。

在京城，陈师道除了满腹诗书之外，其他一无所有。知书识礼的郭小姐并不是嫌贫爱富的俗人；她心甘情愿地跟着陈师道回到老家彭城完婚。郭小姐到家一看，婆婆和未成年的小姑住在陈年老屋里；土墙上留着蜗牛爬过的白色印痕，屋檐下挂着风雨撕破的蛛网。做婚房的屋里有一张老式的红木鸳床，床上的被褥却打着补丁，露着棉絮。靠墙两个书架上塞满了经史子集和各家诗词文赋、稗乘杂记；油漆剥落的书案上陈列着文房四宝，其中有一方端砚格外醒目。屋里除此之外别无长物，更没有脂粉妆奁一类妇女用的东西。郭小姐面对这种窘迫状况并不在意，婚房里夹杂着霉味的书香气，倒使她感到十分温馨，对陈师道安贫乐道的生活情趣反而油然生出了些敬爱之意。

就这样，举行了简单的婚礼之后，郭小姐一夜之间变成了陈夫人，与陈师道过起了“贫贱夫妻百事哀”的苦日子。陈师道的婚后生活，开始倒也诗意盎然。在丈夫的指点下，陈夫人学会了填几首小令，夫妻俩按曲牌吟唱得有声有色。几年过去，夫妻恩爱，生下两男一女。陈师道家里连母亲、妹妹共有七口人需要吃饭，而且小妹也到了出嫁的年龄，嫁妆还没有置办。他们这才知道生活不光是诗词歌赋、卿卿我我，最多的内容是衣食住行、吃喝拉撒。令陈夫人渐渐失望的是，陈师道心无旁骛，除了研经治学，就是赋诗填词，从不过问柴米油盐酱醋茶。他探梅访友，寻诗觅句，不把一家人的生计放在心里。一旦脑子里蹦出一点诗思灵感，他便立即回家把自已关在屋子里，蒙上被子冥思苦想，直到能挥毫成篇为止；然后打开房门，呼唤妻子进来，或吟或唱，也不管人家是饥是渴，弄得夫人啼笑皆非。有时家里断了炊，他也不闻不问，好像不知道什么是人间烟火。虽然祖上留下近百亩薄田，但陈夫人生在官宦人家，哪里懂得耕种经营。租出去的田亩收回的租子，还不够缴纳新法规定的青苗钱和免役钱。久而久之，妻子再也无法忍受这种饥寒交迫的日子，就跑回京城住到娘家去。“嫁出去的女儿泼出去的水”，娘家人也无可奈何，只能安慰几句，说：“往后无已必有出头之日。”然后给些银两，打发她回去继续度日。

元祐三年年初，因为郭概大夫出任成都府提点刑狱，全家迁往四川蜀州。陈夫人怕日后生活没有着落，犹豫再三，决心离开丈夫，带着孩子，跟父母一起远走他乡。陈师道自知无力养家糊口，只能听任妻儿离他而去。夫妻分手时，陈师道作了一首叫作《送内》的诗，道出他内心的无奈和愧疚。诗曰：

麀麌⑦顾其子，燕雀各自随。与子为夫妇，五年三别离。儿女岂不怀，母老妹已笄。父子各从母，可喜亦可悲。关河万里道，子去何当归。三岁不可道，白首以为期。百亩未为多，数口可无饥。吞声不敢尽，欲怨当归谁。

送别妻子儿女，他回到家里伤痛不已，又赋诗一首，题为《别三子》，诗曰：

夫妇死同穴，父子贫贱离。天下宁有此？昔闻今见之！母前三子后，熟视不得追。嗟乎胡不仁，使我至于斯！有女初束发，已知生离悲；枕我不肯起，畏我从此辞。大儿学语言，拜揖未胜衣；唤爷我欲去！此语那可思！小儿襁褓间，抱负有母慈；汝哭犹在耳，我怀人得知！

元祐四年年末，正当穷困潦倒、孤苦伶仃、无以为继的时候，经翰林学士苏轼及黄庭坚等人推荐，陈师道从一介布衣被破格提拔为徐州教授。在宋朝，这“教授”是主管辖区内教育、科举之类事务的官员，有时还要到州学里讲学。自此之后，他的俸禄虽然微薄，倒也不再有衣食之虞。后来，他的母亲去世，妹妹也出嫁了，妻子儿女从蜀州跋山涉水回到了他的身边。陈师道见到阔别经年的妻子儿女，不知是悲是喜，感慨良多，写了一首古诗，题作“示三子”。诗曰：

去远即相忘，归近不可忍。儿女已在眼，眉目略不省。喜极不得语，泪尽方一哂。了知不是梦，忽忽心未稳。

时光不觉又过去一年。一个秋天的早晨，陈师道吃过早饭，脱下便装，换上青布官服，正准备去州学视事、授课，只听门外一阵喧哗。有一位身材魁梧、相貌堂堂的男子，大约五十岁，身着八品官服，从马上下来，慢慢走进陈师道的家门。他身后停下一辆篷车，惹得街上的行人远远地驻足观看。

这男子姓赵名挺之，字正夫，原在朝廷做监察御史[8]，后因有失御史职责，被贬来徐州做通判[9]，刚刚上任不到两天。他未等向院里通报，便径直走进院里。后面篷车上下来三位公子，最大的年龄大约十五六岁，最小的不过十岁。他们下车后，转身搀扶一位四十来岁的夫人和一个四五岁的小姑娘从车上下来。他们紧跟在赵通判的后面进了院子。那夫人在院里叫了一声“小妹”，陈夫人闻声从屋里出来，见到姐姐，又惊又喜，声音略带苦涩地应道：“哎呀！是姐姐，昨天听无已说你们来彭城，还没来得及去拜望姐姐和姐夫，你们倒先来了。”陈夫人边说边趋步上前伏到姐姐肩上悄悄地啜泣起来。陈师道也跟着出来，见到赵挺之，拱了拱手，便垂手而立，未置一词。赵挺之朝陈师道问了一声“别来无恙”，未等主人答话，便径直带妻子儿女走进屋里。陈夫人擦干眼泪，红着眼睛跟姐夫、姐姐道了几声寒暄之后，便要下厨烧茶。赵夫人连忙上前阻止道：“来时刚用过茶，不要去忙，大家坐下多说一会儿话便好。”两位大一点儿的公子到书架上翻看姨父的藏书，最小的公子则去桌子前双手捧起那方端砚，翻来覆去地看，又对着砚台上面那篆体的款识端详。赵挺之看见那砚台上有几个星星点点的石眼，知道是名贵东西，担心小儿子失手把偌大的一块端砚摔到地下，便愠声斥道："放下，莫摔坏！"陈师道连忙说："没事的，玩玩就是。"赵挺之叫儿女们给姨父、姨母行礼，并依次介绍他们的名字：大的叫存诚，二的叫思诚，最小的叫明诚，小女儿叫婉贞。婉贞拜过姨父、姨母之后，便跑到院里玩去了。陈夫人向姐夫、姐姐表示歉意，说道："我们的孩子大的去学馆了，小的去街上玩，不能拜见姨父、姨母。"赵夫人接着说："今后咱们两家住一座城里，会常常跟孩子们见面的。"赵挺之说："我们今天来看望无己和小妹，一是来到彭城以后跟你们报个信，二是为了把三个孩子托付给无已。无已任州学教授，学识渊博，在姨父门下受业，近水楼台，孩子们的学业必有大进。拜托你们二位了。"陈夫人看着丈夫一脸窘迫的样子，赶忙说："姐夫尽管放心，都是自家的孩子，无已一定尽心就是了。"未等陈师道答话，赵挺之便起身道："那就拜托无已费心。衙门里还有公事，我告辞了。夫人和孩子们留下来玩些时候也好。"陈师道连一句挽留的话也没说，也没跟大家一起去送客。等赵挺之走后，他从书柜上取了一个包着书的包袱，背到肩上，对赵夫人道了一声"失陪"，便匆匆离了家门。

此后，存诚、思诚、明诚兄弟三人，每天到设在文庙的徐州书院，亲聆姨父授课，觉得姨父学问确实不同寻常，耳目顿觉一新。年龄最小的明诚，更是对姨父佩服得五体投地，几乎每天放学后都到姨父家串个门，问这问那，刨根问底，有时竟问得姨父无言以对。姨父家的表弟们比他年龄小几岁，他像个头领一样，带着表弟们戏耍，玩起来就忘了回家吃饭。

这天书院放假，明诚拿了一张宣纸来到姨父家，说要跟姨父学做拓片，顺便把姨父砚台上的那几个篆字拓下来。陈师道叫夫人用细布把棉絮包起来，做了两个梨子大小的布球，说这叫"拓扑"。又吩咐明诚研了一点儿墨倒在碟子里，再把砚台洗干净。明诚把砚台擦洗干净之后，站在一旁，静观姨父拓字。只见姨父先把砚池旁边刻着篆字的石面上，用拓扑蘸水弄湿，然后贴上一层宣纸，再用布球轻轻拍打纸面，把纸面弄平展，使纸面下有笔画的地方凹下去，显出下边的字形来。待纸半干，用另一布球蘸墨，把半干的宣纸轻轻拍成灰黑色，清晰地显示出凹下去的白色字样。等纸干了，把纸轻轻揭下来，一幅拓片就做成了。一连做了十几张，直到明诚能熟练操作为止。晾晒拓片的时候，陈师道问明诚这几个篆字怎么读，没想到明诚竟能认得是"日月盈昃，辰宿列张”八个字。明诚无不炫耀地说：“这是《千字文》里的句子，我七岁的时候就会背。今年我都十岁了。我家有一本《小篆千字文》，篆书体的千字文我能默写下来。”陈师道暗暗称奇，问道：“你知道这八个字怎么讲？”明诚答：“这八个字是说，砚台上的许多石眼，大的像日月经天，小的像星辰布空。”陈师道说：“你还会咬文嚼字，能看出这八个字像谁写的吗？”明诚略加思索，昂起小脑袋得意地答道：“这字学唐人李阳冰[10]笔意，可能是当今篆书名家王寿卿所写。”陈师道略微颔首，又问道：“李阳冰笔意是什么意思？”明诚答道：“听我爹爹说过，李阳冰得李斯秦篆真传，其字端庄劲健，高古而不失灵秀俊雅之气。”陈师道说道：“你小小年纪，学问倒也不小，做你的老师也不容易呢。这砚台，是当今翰林学士苏东坡做徐州太守的时候赠予我的。”明诚道：“苏东坡，不就是苏轼吗？父亲从来没提起过，好像不以为然。”陈师道说：“这就是你父亲的不是了。朝廷上政见相左，道德学问上大可不必互相轻视。你还是孩童，其中的是非曲直，我也不便多说，你长大就知道了。”陈师道意犹未尽，又说：“要了解苏东坡其人，可先到西门外的黄楼去看看。黄楼是苏学士做知州的时候建造的。那年，黄水泛滥，苏学士率全城百姓与洪水相搏。洪水退去，他上表朝廷，颂扬百姓治洪有功，恳请朝廷旌表、优抚徐州百姓。为防洪水再至，朝廷敕令苏学士加固大河堤防，并建‘黄楼’警戒后世。”明诚问：“为何叫‘黄楼’？”陈师道答：“楼的立柱斗拱、门窗栏杆，皆漆成黄色，所以叫‘黄楼’。”明诚又问：“为何用黄色？”陈师道答曰：“黄为土色，土克水，寓水灾不兴之意。”明诚说：“原来如此，这倒有些意思。”陈师道接着说：“黄楼下还有个书市，书籍碑帖，字画古董，文房四宝，都有的卖，很热闹的。”陈师道见明诚听得津津有味，说起来更加兴致勃勃：“城内还有一座燕子楼，是自唐朝以来的名胜，那里有苏学士留下的一首词——《永遇乐》。你闲来无事，可到这两处逛逛。”

隔了三五天，明诚来到姨父家。他拿来了一本碑帖册页，封面签题曰《隋化善寺碑》。他跟姨父说，这是从黄楼下的书市买的。明诚还跟姨父说：“有一册碑帖叫作《黄楼赋》。书商说那是苏轼的弟弟苏辙撰文，苏轼亲笔书写，请石工镌刻上碑的。因价钱太高，父亲说不值，不让买。”陈师道故意岔开话题，问：“燕子楼去过了？”明诚答道，燕子楼他也去过了，楼里挂着苏轼手书的《永遇乐》词的碑刻拓片，但不售卖。他说：“我记下了那首词，想请姨父写下来送给我。”陈师道说：“你记下了？那你背诵一遍我听听。”明诚像在学堂背书似的，背靠桌子，挺直身子，一板一眼吟唱似的背诵道：

明月如霜，好风如水，清景无限。曲港跳鱼，圆荷泻露，寂寞无人见。紞[11]如三鼓，铿然一叶，黯黯梦云惊断。夜茫茫，重寻无处，觉来小园行遍。 天涯倦客，山中归路，望断故园心眼。燕子楼空，佳人何在，空锁楼中燕。古今如梦，何曾梦觉，但有旧欢新怨。异时对，黄楼夜景，为余浩叹。

彭城夜宿燕子楼，梦盼盼，因作此词。

明诚背诵完毕，陈师道称赞道："好！原来你也是个过目不忘的乖乖！"说完便去一旁净手拭目、静心敛气。明诚一边磨墨展纸，一边问姨父："这盼盼是谁？"陈师道答道："盼盼姓关，是唐朝徐州的著名歌姬，她能歌善舞，美若天仙，还精通韵律，工诗善词。唐宪宗元和年间，武宁军节度使张仲素收她做妾，为她盖了这座燕子楼。张仲素去世，盼盼矢志不嫁，在燕子楼里度过了她的余生。盼盼一生作了三百多首诗，大多是悼念张仲素的，可惜都失传了。"明诚听得出了神，忘情地说："我长大了，也娶一个会作诗填词的媳妇。"陈师道听了哈哈大笑："娶盼盼那样的才女，没有燕子楼可不行！"明诚道："我要用金子盖一座燕子楼。"陈师道摇摇头说："才女可不都喜欢金子呢，她们喜欢的是学问。"陈师道说完，挽起衣袖，提起笔，蘸饱墨，开始写苏东坡的《永遇乐》。一霎时，一幅风生水起的行草书法作品一挥而就。明诚看那纸上神采飞扬、酣畅淋漓的墨迹，对姨父更是钦佩有加。

等把墨迹晾干，明诚把姨父的墨宝折叠起来包好，准备回家。这时，姨父踌躇再三，像是下了一个很大的决心一样，从书架下面的柜子里翻出两本碑帖册页，递给明诚，说道："这是十年前，我从黄楼的碑上拓下来的《黄楼赋》。当时一共拓了五件，现在只有两件了。乌台诗案之后，那碑被时任徐州太守派人毁弃。这帖虽不能说是绝版，可也是珍品，你要小心保存，不要让你父亲知道。还有这本《黄楼铭》，撰文书写都是我的，用的字体是秦篆。都送给你了。"明诚接过碑帖，像得了宝贝似的，给姨父行了一个谢礼，把碑帖收好，问道："'乌台诗案'是怎么回事？姨父能讲一讲吗？"陈师道说："这是十一年前的事。这件事可不是一两句话就说得清楚的。简言之，就是苏东坡对王安石的新法说了些不满意的话，得罪了当朝权贵。权贵们从苏东坡写的诗里，找了一些所谓讥刺新法的词句，穿凿附会，诬陷他有欺君罔上之罪，于元丰二年将他关进御史台⑫的牢狱，想把他置于死地。后来多人营救他，包括皇太后高氏和退隐了的宰相王安石都为他开脱罪责。宋神宗下诏免他一死，贬他为黄州团练副使本州安置。凡跟苏轼有往来者，重者贬官，轻者罚金，连累了许多人。因为御史台也叫‘乌台’，所以人们称此案为‘乌台诗案’。”明诚认真听完姨父的解说，沉默良久，似有所思。他告别姨父回到家里，趁父亲不在家，把碑帖藏了起来。

这正是：

灵童问道迫如饥，学海书山觅导师。尘世是非先不问，沧桑阅尽自然知。

注解：

①践祚：登基称帝。

②春秋鼎盛：皇帝年富力强。春秋，代指皇帝年龄。

③太皇太后高氏：宋英宗赵曙的皇后，宋神宗赵顼之母，宋哲宗赵煦的祖母。

④曾巩：字子固，江西南丰人，后居临川。北宋文学家、史学家、政治家。为政廉洁，关心民生。曾巩文学成就突出，位列唐宋八大家，世称“南丰先生”，又与曾肇、曾布等六人并称“南丰七曾”。

⑤弱冠：男性二十岁。

⑥知制诰：为皇上起草诏令的官员，一般由翰林学士兼任，称内制。也可由他官兼任，称外制。

⑦麀麌：音[yōu yǔ]，母鹿。泛指母兽。

⑧监察御史：古代掌管监察百官、巡视郡县、纠正刑狱的官员。

⑨通判：古代地方州、府、军行政官员的副职，又称别驾。宋代通判可越正职直接上书言事。

⑩李阳冰：字少温，谯郡(今安徽亳州)人。约生于唐开元年间。唐代文学家、书法家，善篆书。李白祖叔，曾为李白作《草堂集序》。

⑪紞：音[dǎn]，击鼓声。

⑫御史台：唐宋时期国家的最高监察机关。

第二回

保古碑锄奸清市侩　抄经典立志效前贤

陈师道在闲暇之时偶尔也到黄楼书市闲逛，搜寻前人的著述和墨迹。自从他做了当地的教授之后，书市的书商们便对他另眼相看，远远地就打躬唱喏，笑脸相迎。今天，一个书商把他让到书肆里，请他落座、奉茶之后，凑到他耳边悄悄说道：“陈教授，您知道咱们徐州辖内丰县汉高祖庙里，有一块‘重修汉高祖庙碑’吗？”陈师道说：“知道。”书商说：“那碑的年代少说也有一千年了。上面的碑文，那才是汉隶的绝品。”陈师道不等书商说完，便抢先问：“你有那碑的片子？”书商道：“您知道，那碑不能随意拓的，千年的古碑，天天拓字，早就毁了。没有县衙的批文，谁也别想去拓，庙里的道士管得严着呢。不过，只要学士肯出钱，我可以给你拓一张出来。”陈师道问：“你要多少钱？”书商伸出五个指头。陈师道问：“五两银子？”书商笑道：“教授真会开玩笑。”他瞥了一下街面，低声说：“五十两。你自己去，一百两不止。说不定庙里的道士还当你是州衙里派来的细作，给你吃闭门羹呢。”陈师道咋舌，说：“这价钱，我买不起。”书商说：“听说本州通判大人跟您是连襟，何不跟他商量商量？”陈师道说：“如何商量？”书商说：“让通判大人写个条子，去丰县衙门里要一份批文就行了。你弄一张片子出来，我五十两银子买你的。”陈师道说：“他是他，我是我。我跟他井水不犯河水。”书商摇摇头表示不信。陈师道起身要走，书商拦住他，凑过来说：“如果学士嫌那庙碑贵了点儿，倒是有块便宜的墓碑，二两银子我跟您走一趟，拓一张来。”陈师道问：“什么碑？”书商答道：“《唐起居郎刘君碑》，书家落款是柳公权三个字。”陈师道听说是唐代大书法家柳公权写的碑，眼睛立刻闪出亮光，说：“三天后你听我的回信。”

陈师道从书市回到家里，他的三个孩子正在院里跟明诚玩一种叫作“捶丸”[①]的游戏。陈师道把明诚叫到一边，告诉他从书市上听来的两块碑的消息。明诚听罢，立刻回家，跟他父亲商量。赵挺之是个金石收藏迷，他“嗯”了一声，二话没说，便让夫人给儿子拿了二两银子，说：“汉高祖庙碑以后再说。先把那柳公权的刘君碑拓来。让你姨父跟你去，务必看好那碑是真是假。”赵夫人对明诚说：“让你姨父去就行了，你小孩子家懂什么。”明诚说：“我都十岁了，我什么都懂。”赵挺之说：“你什么都懂？小孩子可不能说大话！如果你愿意去，出去历练历练，见见世面也好。如今市面上的假东西甚多，遇事要小心，要多长个心眼儿。”

明诚将二两银子拿来交给姨父。陈师道也是说不让他去。明诚说父亲愿意他去历练历练。陈师道又想：这碑是真是假，也必须让明诚亲自去看个明白，做个见证才行。便答应了。按照跟书商约定的日子，这天一早，陈师道雇了一头毛驴让明诚骑着，把拓碑用的东西放到明诚前边的驴背上。他自己跟着脚夫、书商，徒步走了二十多里路，来到了徐州城北郊的凤凰山上。这山不高，山上古柏森森、怪石嶙峋、荒冢累累，齐腰的秋草掩映着高低错落的墓碑。脚夫把毛驴拴在一棵树上，在林子外边等着。陈师道和明诚，拿了纸墨和工具，跟着书商找到了一块赑屃[②]驮着的断碑。那赑屃向前伸着脖子，被风雨侵蚀的兽面已经模糊不清，只能依稀看见呲着的牙齿。碑额和断了的小半块碑身，躺在旁边的草丛里。陈师道上前看那立着的半块碑上的文字，只看出“唐起居郎刘君”六个字，要不是预先知道，那就很难认得出来。其余的字漫漶磨灭，根本无法辨认。书商拨开墓碑下的荒草，陈师道看那书家的落款处，倒是确有“柳公权”三个字焕然可辨，上面还残留着拓过的墨痕。陈师道大失所望。说道：“就这三个字吗？值二两银子？”书商说：“我跟学士说的就是‘柳公权’三个字，没说还有别的。要是别的字都看得清楚，二百两也不卖给你！”陈师道知道上了当，气愤不已，说：“我们不拓了！”书商变脸大声喊道：“走了二十里路到这里，费了半天的工夫，还不值二两银子？”这喊声在林子里回响，让陈师道的汗毛都竖了起来。这时从那林子深处，转出两个歪瓜裂枣似的歹人来，用一根长棍子抬着一个陶罐子。明诚扯了扯姨父的袖子，低声说：“拓了吧。我们不能白来。”陈师道一看来者不善，怕吓坏明诚，便取出二两银子交给书商，说：“既然来了，总不能白跑一趟。”他跟明诚立刻掏出纸张、工具准备拓字。那书商又变成一张笑脸，说道：“二两银子只能拓一张。再拓，每张要另加一两银子。”陈师道本来也带着银子，想给自己拓一张的，一看只有三个字，那从牙缝里挤出来的银子怎么舍得花？陈师道说：“本来就打算拓一张。”书商从两个歹人那里提过土罐子，罐子里面装着拓碑用的水。等陈师道他们拓完一张之后，那两个歹人便过来催促他们赶紧离开，把棍子穿进那个土罐子的提系，两人抬着罐子，消失在林子深处。

明诚回到家把拓来的“柳公权”三个字给父亲看，赵挺之知道被奸商坑了，阴沉着脸没动声色，只说：“没把命搭上，三个字也值。”经过此事，赵挺之估计，那高祖庙里或有更深的浑水，说不定丰县衙门里也脱不了干系，不然那庙里的道士哪里有这么大的胆子？一张片子竟敢要五十两银子。他决定去蹚一蹚这浑水，打探出个究竟。第二天，赵挺之换穿便服，扮成书商模样，租赁了一头毛驴，令一衙役扮成脚夫，骑驴去丰县高祖庙微服私访。

走了一天路，在丰县县城旅店里歇了一宿，翌日早晨，赵挺之来到汉高祖庙。看见庙门紧闭，他把驴拴在庙门口的一棵柏树上，从驴背上取下一个褡裢背在肩上，便令脚夫去叫门。出来开门的是两个道士，一个留着八字胡的道士问赵挺之：“远来的学士要拜高祖吗？今日非年非节，恕不接待。”赵挺之答曰：“闻说庙中有座古碑，特慕名前来瞻仰。”八字胡回头瞥了后边留着山羊胡子的道士一眼，山羊胡子说：“请学士进来说话。”赵挺之跟着两个道士走进庙里的一个跨院，进到一间屋里。八字胡说：“学士不必遮掩，是否想做碑片？”赵挺之说：“正是。”八字胡说：“此碑年代久远，破损严重，朝廷有令，没有县衙批文，不能拓！”赵挺之问：“不能通融一下？”八字胡低声道：“要通融，须有保人。”赵挺之问：“何为保人？”山羊胡子说：“保人就是他能保你州县衙门有人。”赵挺之说：“我是汴京大相国寺古董铺的店家，本州县衙门里不曾有人。”山羊胡子说：“若可证明你跟衙门无涉，也可做保人。”赵挺之略加思索，答曰：“在下彭城有一朋友，名叫柳公权。不知二位道长可认识？”两位道人面面相觑，似有所悟，问道：“柳公权何人？”赵挺之答曰：“黄楼书商。”山羊胡子又问：“这‘柳公权’价值几何？”赵挺之答曰：“白银二两。”道士们似乎相信了赵挺之是古董商人，山羊胡子点点头，瞥了八字胡一眼，八字胡问：“柳公权为何不亲自来？”赵挺之说：“他说他病了，已经派人先来告知道长！怎么？人没来？”八字胡说：“没来。”赵挺之假装生气，站起身，怒气冲冲地说要回去找“柳公权”算账。山羊胡子好像怕赵挺之走掉，说：“那也不必，学士出个价钱，我们当即成交就是。”赵挺之说：

“柳公权要了我二十两银子的佣金。他说再交二十两就可以了。”赵挺之从褡裢里取出银子，说：“二位道长若再不肯通融，我就带回去。”道士们见了白花花的银子生怕飞走，也没讨价还价，便拿了一套拓片给了赵挺之。赵挺之要求跟古碑核对一下，道士便引领赵挺之来到高祖享殿前；在一棵古柏之下有一个四角碑亭，四根石柱撑起一个石头尖顶，周围用半人高的木头栅栏围护着，栅栏门上的锁已经锈烂。赵挺之进到碑亭里，展开拓片跟碑文逐字核对，确认无误后才离开高祖庙。

赵挺之回到州衙跟太守商定了四条政令。一是把《唐起居郎刘君碑》移至州衙的公廨里封存起来；二是将《重修汉高祖庙碑》收归州衙，碑亭改建成封闭的庑舍，门上加两把连环锁，两把钥匙归州衙推官和主簿两人分别把持，连环锁必须两人同时开启；三是拓印两碑者必须是持有州衙批文的朝廷命官或有诰身之人；四是拓印《刘君碑》付铜钱二百文，拓印《高祖庙碑》缴纳白银五两，且只能各拓一张。赵挺之一面张榜公示政令，一面派人立即筹办实施，把《唐起居郎刘君碑》移至州衙，又把《重修汉高祖庙碑》的碑亭改造成庑舍，完工后都封锁起来。赵挺之又把书市的奸商和高祖庙的道士捉拿归案，定罪送入牢房，那柳公权三字拓片和用二十两银子买来的高祖庙碑拓片，即是奸商和妖道的罪证，他们供认不讳。县衙的有司也因渎职贪赃被免职。

此类除弊兴利之事，赵挺之又做了几件，徐州城乡的歪风邪气逐渐销声匿迹，市面上的风气焕然一新。明诚对父亲说：“爹爹何不拓一张汉高祖庙碑？”父亲说：“这里有一张拓片，是我用二十两银子买的，拿去吧。”明诚问：“不是五两银子拓一张吗？”赵挺之说：“小孩子不要管那么多！”元祐五年，朝廷得知赵挺之在徐州整饬风俗，理财有方，遂敕令褒奖。不久赵挺之官升一级，转任楚州知州。

赵挺之做事干练沉稳，有胆有识，多谋善断。他早年做德州通判时，赵煦即皇帝位，恩赐士卒缗钱[③]，郡守拖延不发，妄图据为己有，引起士卒哗变。士卒手持白梃闯入州衙，郡守抱头鼠窜，左右胥吏皆作鸟兽散。唯有赵挺之坐在大堂上大声斥问，问清缘由之后，立刻将库中扣押的缗钱如数发给士卒，同时又处罚了为首闹事者，平息了骚乱。也是在他做德州通判的时候，因魏县的黄河常常决口，议者建言将县治迁到宗城县境内。转运使派遣赵挺之前往考察。赵挺之详查后回报说，魏县县城居当地高原之上，历经千年未有水患，今所要迁往的地方反不如原址地势高峻，舍高就低必成后患。当时推行农田水利新法的地方官执意将县城移往新址，以便从迁址工役费用中捞取油水。新县城才建成两年，果如赵挺之所言，黄河泛滥淹没新城，居民漂流无数，浮尸遍野。

元祐初，新任尚书右丞④刘挚很赏识赵挺之的才干，不久即将他升迁为监察御史。尔后，因未弹劾奸相蔡确，定为失职罪，谪降徐州通判。此次由徐州通判转任楚州郡守，也就是恢复了原来的官阶。

赵挺之接到移任楚州的诏书以后，突然患了重病，终日腹痛难忍，泻痢不止，延医服药，亦不见效。眼看着病体不支，卧床不起，不仅不能前往楚州赴任，且命也不保；全家人都十分焦急。一天，一位须发灰白的游方老者，拄着一根长长的竹杖，杖端挂着一个葫芦，径直走进赵挺之的家里。恰值明诚在院中玩耍，明诚将老人领进屋里，见过赵夫人。老人说，他是受乡里父老之托，专程前来给通判大人治病的。赵夫人谢过老人，把老人领到赵挺之的病榻前，让老人近前诊视。经过一番望闻问切，老人从他的葫芦里取出几粒药丸，先让病人用温开水服下一粒。不料那药丸竟然仙丹一般，片刻之后，赵挺之腹痛止住，且能坐起跟老人交谈，问道："敢问神医尊姓大名。从哪里来？到哪里去？"老人回答："平生只为济世，不图留名。吾云游天下、四海为家，从来处来，到去处去。"赵挺之听后惊讶不已，也不多问，命夫人取出一只装药的高丽银壶，说这是他往年奉命出使高丽国，高丽国王赐予他的礼物，愿送给老人以表谢意。哪知老人不受，说道："高丽的银壶不抵我大宋的铜壶。"随后起身道："大人明天即可往楚州赴任去了。老夫告辞，后会有期。"说完，老人便飘然而去⑤。

赵挺之知道自己在徐州任期内，得罪了当地的不少小人，担心离任后陈师道遭歹人暗算。他给朝中任执政的恩师刘挚写了一信，请求将陈师道调往别郡。虽然他和陈师道的许多政见并不相合，但毕竟他和陈师道是连襟，是他的孩子们非常称道的姨父兼师父。此事，赵挺之并未告知陈师道。

赵挺之去楚州上任不久，朝中便发来调陈师道去颍州⑥任教授的公函。陈师道晓得，颍州是一个文人荟萃、文脉悠久的大郡。那里有跟杭州西湖、扬州瘦西湖齐名的颍州西湖，湖西有一个很大的碑林，碑林里竖立着几百块古碑。只说大宋王朝就有许多贤臣名相在此任职或定居，如吕夷简、欧阳修、晏殊、刘公著、曾巩等人；曾巩是陈师道的入门恩师，欧阳修致仕后在颍州西湖畔度过了他的晚年。颍州，留下许多文人墨客的行踪政绩、轶闻佳话。所以，陈师道接到调令便携家眷欣然前往。

且说赵挺之到任楚州不久，三个儿子上了不到一个月的州学，便埋怨州学的讲习们全是不学无术的饭桶，学问道德远不及姨父。三个人除了在家自己读书，就是结伴出去四处游玩，很少到州学里去上课。在楚州南门的瓮城里，他们发现城门洞子里的壁上砌着一块古碑，读过碑文后知道是《唐重修楚州城碑》。弟兄三人像是发现了宝贝，当天就把碑文拓了下来。赵挺之看见儿子们拿来的拓片，知道是一件有价值的东西。可是看看儿子们灰头土脸的样子，心里也是暗暗着急，恐怕天长日久荒废了孩子们的学业，况且大儿子存诚也到了上太学的年龄。为儿子们前程计，他打算把三个儿子送回京城外祖父家，然后择名师受业。谁知小儿子明诚非要去颍州姨父家，去跟姨父上学。赵挺之写了一封拜托岳父的书信之后，又写了一封拜托陈师道的信函。他派了两个家人，护送存诚、思诚、明诚兄弟三人一起上了去颍州的商船；宋时，大的商船上有载客的舱室。临行时，赵挺之特别嘱咐小儿子：“你要是不务正业，尽日只是搜罗碑帖片子，不把四书五经给我读得会背会讲、融会贯通，看我怎么收拾你！”

商船借着初夏的东南风，沿着淮河一路扬帆向西，没用几天就从淮河进入颍水，停泊在颍州城里的埠头上。三兄弟登岸拜见了姨父，住了一宿，第二天存诚和思诚便留下明诚，从旱路乘车离开了颍州。

这明诚离家来到姨父身边，就像出了笼子的小鸟。每天在州学里做完姨父安排的功课之后，便跟表弟陈丰、陈沛去颍州西湖边的碑林里拓碑，手上脸上沾满了墨迹，便跳进水里洗个澡，将墨迹和汗水洗得干干净净；然后，就在河里摸鱼捞虾，或是粘树上的知了，捉草上的蜻蜓。夏天快过去了，那碑林里的古碑、名碑也拓了个差不多。

颍州西湖是文学大家、名相欧阳修致仕养老的地方，这里有他的田产别业。他的两个儿子一位名曰叔弼，一位名曰季默；他们在这里一边隐居耕读，一边在州学课徒、授业。这天早晨，陈师道领着明诚来拜访欧氏兄弟，说：“外甥明诚自幼好古，聪慧好学，十分仰慕令尊大人。他说若能有幸一览令尊所著《集古录》，则平生之愿足矣！”叔弼笑答：“呵呵，黄口小儿就已经有了平生之愿，敢不答应吗。”

且说这《集古录》是宋朝文学、史学大家欧阳修搜集、整理的三代以来钟、鼎、彝器铭文和碑刻文字的摹本，共十卷，记录文字史料一千余件。当时虽未刊行，但已传闻于世。欧氏兄弟看着陈师道的面子，拿出《集古录》第一卷给明诚看。欧阳兄弟没想到，那叫明诚的小孩不是一般的浏览，而是一页一页地研读，还不时地向姨父询问。听他问的那些问题，便可知他认得许多古字。一卷未看完，已经是正午，欧阳兄弟欲留他们就餐，他们谢绝了。下午，他们又来了，问欧阳兄弟能否把《集古录》拿回家去摹写抄录下来。欧阳兄弟甚是感慨，他们还从未见过对乃父著作这样痴迷的读者，而且是一个十来岁的小孩子。千金易得，知音难求，欧阳兄弟答应让明诚每天放学后来抄录《集古录》，并提供笔墨纸砚及随时餐饮。

这天下午，明诚正在欧阳别业的书房里抄录《集古录》，只听得欧阳兄弟在隔壁客厅开怀畅饮、纵情畅谈，季默对叔弼说道："今天下午在州学讲学，陈学士告诉我一桩值得庆贺的喜事。这件事你我做梦都想，今日却要梦想成真了。"

这正是：

钟灵毓秀繁华地，名士来归气象新。明朝天降魁星至，笔走龙蛇如有神。

注解：

①捶丸：宋朝时儿童玩的游戏，玩者手持木杆抢夺一个木球，能将其击入游戏场所中心的洞中者胜出。

②赑屃：音[bìxì]，传说中一种像龟的神兽，旧时石碑的碑座多雕其形。

③缗钱：音[mín qián]用绳穿连成串的铜钱。代指税金，即税收得来的钱。

④尚书右丞：唐宋时尚书左、右仆射为宰相。尚书左、右丞为副宰相，即元丰改制前的参知政事。

⑤此事见陆游《老学庵笔记》，似有夸张。

⑥颍州：今安徽省阜阳市。

第三回

贤郡守义赏真勇士　小神童乘机认同宗

且说明诚在欧阳别业书房听季默说，他听来一个做梦也想、今日竟然梦想成真的喜事。原来是大名鼎鼎的苏东坡将要来颍州上任了。关于此事，前一天明诚听姨父说过，但未十分介意。

元祐六年的秋天。朝中吕大防任尚书左仆射，原尚书右丞刘挚升任尚书右仆射[①]，而苏轼弟苏辙接任尚书右丞。宰执欲擢苏轼任吏部尚书[②]。当时，新党势力虽暂时受挫，但他们韬光养晦，伺机出手，旧党官员随时都有被弹劾的可能；苏轼经过“乌台诗案”的惨痛教训之后，不愿再卷入朋党之争的漩涡，便以弟弟苏辙升任尚书右丞，自己必须回避为由，请求外任。朝廷便放苏轼以龙图阁学士衔[③]知颍州。

苏轼到任后，先会见签书颍州公事赵令畤，了解了颍州政务情况。这赵令畤，字景贶，是宋太祖中子德昭的四世嫡孙。之后，苏轼到恩师欧阳修别业拜会了欧阳叔弼、欧阳季默；越日，又约好友陈师道来公廨叙旧。其他僚属们相继登门，邀请新任郡守大人屈尊赴宴，接风洗尘，都被苏轼婉言推辞了。其他俗务应酬苏轼一概谢绝。

苏东坡在上任的路上，听船夫说，这颍州地面上有一伙杀人越货的强盗，头目名叫尹裕，他们与刁民互相勾结，昼伏夜出、打家劫舍、图财害命。官府多次派捕快缉拿，他们竟然把县衙的都头也杀了。这伙强盗原是熙宁、元丰年间推行保甲法遗留的祸水。当时朝廷推行保甲法，企图以民养兵，用经过训练的保丁代替厢军，一可节省军费，二可扩大兵源，本是一举两得的良策。但保丁训练时，一应衣食费用由保丁自负，又往往贻误农时，造成庄稼歉收；保丁们不堪训练之苦和大小有司的欺压，便拥戴武艺高强的保丁为头领，暗里聚众抢劫财物，以弥补亏空。他们明里是保丁，暗地里实为与官府作对的土匪，因其藏于民间，故比啸聚山林的草寇更难对付。元丰末年，保甲法几乎造成遍地烽烟的局面，迫使朝廷不得不暂停此法。尹裕一伙就是元丰年间颍州官府屡剿不灭，由保丁蜕变而成的盗贼。

苏东坡听说颍州辖下的汝阴县都头李直方机警勇猛，善于捕盗，便把他召至州衙，亲口许诺："你若能捕得尹裕，我则上奏朝廷，给你请求优厚赏赐，官升县尉。若不能捕获，你这都头也不要做了。"

李直方奉命，泣血诀别了年迈的寡母，义无反顾、志在必得。他经过多方探查，得知尹裕隐藏的村落，然后在一个月黑风高之夜突入这伙强盗盘踞的村寨，捕获了尹裕的同伙十几人，但未见首领尹裕。李直方令尹裕同伙引领，包围了尹裕的住处。李直方率众捕快破门而入。尹裕听见动静，仓皇披衣持刀出迎。捕快们在暗中见一粗大汉子从屋里闪出，后者见官兵人多势众，欲翻墙逃窜；李直方立即投出手中画戟把那汉子刺翻墙下，众捕快一拥而上将他捆绑起来，经审问，正是尹裕。从此颍州地面上盗贼作猢狲散，市井村落间清净了许多。

苏轼派人将尹裕押送到京城，并呈请朝廷升迁李直方为县尉。无奈朝廷朋党各派钩心斗角，暗中怀恨苏轼的人借口此事不够赏格，阻挠执政应允。苏轼又奏请将自己的正四品的文散官阶中奉大夫降级为正五品的中散大夫，以换取九品武散官阶将仕郎，转让给李直方，也未得到朝廷许可。苏轼只好把自己一年的俸禄送给李直方以赡养老母，并为自己食言向李直方赔礼道歉。李直方并非一介武夫，是知书识礼之人，他向苏轼再三稽首拜谢，坚辞不受苏轼所赐俸禄，只祈求做苏轼的门生。苏轼欣然答应了他的请求。

十年前，熙宁年间，王安石推行新法，最值得称道的是"农田水利法"。按户丈量田亩，农户按田亩多少纳税；又兴修水利，排涝抗旱，使农田旱涝保收。然而，有的地方官不懂水利本末，为获取朝廷助银，或者借兴修水利向民间勒索免役钱，一哄而起，各州县竞相筑堤挖河。开封府所属诸县多水患，当地官吏役使民工决沟开渠，把沼泽洼地里的积水注入惠民河。这惠民河便是流经汴京的蔡河。惠民河对来水容纳不下，致使相邻的陈州又泛滥成灾，且殃及京城百姓，惠民河成了"殃民河"。

时至元祐年间，为解京城、陈州水患，有人向朝廷建言开八丈沟将水导入颍河，再凿开黄堆，使颍河在上游分水注入淮河。时值苏轼请调外任，朝廷因他在杭州治理西湖有方，因此命他知颍州以便处置治水之事。苏轼派遣管水文的胥吏测量，结果是入淮处的黄堆水位比原计划开新沟之处高出一丈。如果凿黄堆，淮水必将倒灌入颍，造成颍州水患。苏轼将情况呈文报送朝廷工部，朝廷派监察御史朱勃来颍州核查情况。朱勃，字逊之，跟苏轼曾同朝为官，但未曾有缘深交。朱勃经过十几天的实地查验、核实，证明苏轼关于“不宜引颍入淮”的奏文有理有据，对苏轼的人品、学识大加赞赏。朱勃即将结束颍州公务之时正逢九九重阳，苏轼在郡斋花厅设宴款待朱勃，连同一起赏菊，并邀赵令畤、陈师道及欧阳兄弟作陪。

花厅前陈列着各色用钧窑瓷盆栽的菊花，有的花瓣如银簪，有的如金钗；花型有的合抱如雪球，有的伸展如蟹爪；花色更是争奇斗艳，金黄的，雪白的，淡紫的，殷红的，浅绿的；还有紫黑的，叫墨菊。一枝枝，一簇簇，绿叶衬托着花朵，散发出清幽醉人的药香。

苏轼、朱勃、赵令畤、陈师道、欧阳兄弟共六人揖让入座后，酒过三巡，苏轼作为东道主，自然要开口引出赏花的话题，于是说道：“古来菊花只有金黄色，这可以远古历法‘夏小正’为证。近来都下各色各样的菊品数不胜数；花期也不跟时节一致了，从八月至九月不绝于市。”陈师道接着说：“以前洛阳人善接牡丹，而今所接的菊花品种比牡丹更多。岁岁都有新枝，游人年年称奇。”苏轼补充道：“杭州、苏州人培育的新菊更是别出心裁，简直是人间仙葩。”朱勃道：“造物无常，物候失序，亦可怪哉！菊花当以黄色为主，其余颜色的都不足称道。”苏轼听罢，感慨颇多，沉吟片刻道：“听了逊之这话，我便知道逊之之为人。人事造化都要求其本真，这就是常说的‘道法自然’。若强与本真相背，巧伪造作，事必乖谬。所以人要说真话，做真事，才能悟自然之真谛，觉造化之大道，其人格才能达真如之境界。”朱勃说：“熙宁元丰年间，发生了不少违背常理的事。幸有太皇太后力挽狂澜，厥有国泰民安之今日。”苏轼摇头叹息道：“太皇太后春秋已高，皇上年轻气盛，将来亲政后旨意未卜。我们做臣子的唯有不负社稷之恩，不弃黎民之望，鞠躬尽瘁而已。”众人齐声颔首称是。菜肴品尝过五味之后，苏东坡说：“我吟成一诗，请逊之雅正。”旁边的公人立即笔墨伺候。苏轼提笔展纸，立就五言古诗一首，诗曰：

黄花候秋节，远自夏小正。坤裳有正色，鞠衣[④]亦令名。一从人伪胜，遂与天力争。易姓寓非族，改颜随所令。新奇既易售，粹驳宜相倾。疾恶逢伯厚[5]，识真似渊明。君言我所印，世论谁敢评。愿君为霜风，一扫紫与赪[6]。

苏轼又在诗前加了一段序言，亲递朱勃，朱勃双手迎接。朱勃读后，感叹道："此诗若被那些'易姓、改颜'的人知晓，明日若时局再变，怕是又要再演一次'乌台诗案'了。"苏轼笑道："我苏东坡天性难移，颜色不改，但愿逆耳之言能上达圣听！"众人听了扼腕叹息，共道一声珍重。散席之后，苏轼托陈师道送朱勃至馆驿安歇。

此后，苏轼又与朱勃到颍河下游另行寻找引颍入淮之处，无果而返。九月二十日，朱勃决定结束考察，回京如实奏闻。苏轼、赵令畤、陈师道到颍河的埠头为朱勃送行。这埠头设在颍州西湖的岸边。颍河注入颍州西湖，又从颍州西湖流出。湖边有一条通往南京应天府[7]的大道，道旁有几家宽敞的酒肆。不论乘船走水路，还是乘车骑马走旱路，这里的酒肆都是离别送行的所在。

这天，湖边下着蒙蒙细雨。苏轼请朱勃进入一家清静轩敞的酒家，选了一间窗子对着湖面的房间坐定；之后，有三位年轻貌美的歌姬，手持牙板和管弦乐器走来侑酒。歌姬们演奏了几支曲牌。苏轼说："我听她们的《菩萨蛮》演奏得最好，浓浓的异域情调令人耳目一新。我们不妨用这词牌各填词一首，令她们演唱，以助酒兴。不知诸位意下如何？"众人齐声赞同。赵令畤说："就从先生开始，然后按年龄大小顺序作来。"苏轼说："景贶最年轻，看来要轮到最后。"赵令畤说："先辈是后辈的楷模，先生引路，学生跟从。"陈师道说："其实，越靠后越难，前边的人都说过了，后来的，容易落入别人的俗套，难有新意说出来。"朱勃说："陈先生这是经验之谈。"苏轼说："景贶压轴，正可以看出年轻人的真功夫。好吧，我先打个头炮。"

秋风湖上萧萧雨，使君欲去还留住。今日漫留君，明朝愁杀人。
佳人千点泪，洒向长河水。不用敛双蛾[8]，路人啼更多。

歌姬们按苏轼的词唱过一遍之后，陈师道接着填了一首，词曰：

喧喧车马西郊道，临行更觉人情好。住有几多情，去留千载名。

离歌声欲尽，只作常时听。天上玉堂东，阳春是梦中。

待歌姬唱过之后，苏轼曰：“无论身处何时何地，无己总是乐天知命，与我一脉相通。”陈师道笑答：“这也是吾师南丰先生的遗风。”苏轼曰：“无己不忘师恩，其情可嘉。请逊之接着填词。”朱勃填词，词曰：

淮河颍水东流去，菊开木落凭时序。车马载埃尘，舟船风浪频。
人生风雨路，险恶如泗渡。但愿赤诚心，不遭浊水侵。

苏轼说：“逊之的词颇有理趣。”朱勃说：“不会填词，直来直去说白话而已。先生见笑。”最后，赵令畤填词，词曰：

长淮渺渺寒烟白，凭栏人是霜台客。时句妙春豪，风云不啻高。
樽前人已老，余恨连芳草。一曲酒醒时，梧桐月欲低。

待曲终，苏轼说：“景贶的词没有落入俗套。然而，你正当而立之年，怎能说‘樽前人已老’？”赵令畤答曰：“常在囚笼中，人岂能不老？人未老心已老矣！”大家会意，遂缄口不语。众人都知道，在扑朔迷离的“烛影斧声”⑨中，宋太宗赵光义窃取了兄长的皇位，尔后，宋太祖的儿子德昭和德芳都先后死于非命，他们的后裔也都是历代皇帝时刻提防的心腹之患，被压抑而不得志。众人正陷入伤感之时，苏轼忽然指着窗外的湖面说：“若将此湖疏浚扩宽，用来蓄水灌田，或许能排解上游惠民河的水患！”朱勃说：“请先生具文上奏，此议若可行，他日再来颍州相聚。”之后，三人离开酒肆，来到湖边大道。朱勃登车，车夫扬鞭远去，众人挥手依依惜别。

是年入秋以来，颍州没有水患，却遭遇百年不遇的大旱，从立秋至小雪，下过那场毛毛细雨之后，几乎滴雨未见。颍河水渐渐退下去了，西湖湖底的沙洲露了出来，倒是给苏轼提供了疏浚西湖的大好机会。苏轼没有上奏要求助银，他用当地的免役钱，雇用民工加宽加深了西湖。无奈天公不作美，偌大的西湖，却没有蓄进水来，没有灌田的水可用。田垄里播下的麦种原本因缺水迟迟不肯发芽，后出的麦苗儿又大半旱死。农人们对着天空望眼欲穿，但每天所见都是万里晴空。黎民百姓面对苍天一筹莫展、心急如焚。苏轼作为颍州几万人的父母官，可不能坐视不管。他听颍河边上一个渔民说，颍河上游三十多里的地方，有座野祀小庙，里面供奉的张龙公极为灵验，不妨前去祷告祈雨，或许有救。俗话说："有病乱投医，遇难拜神仙。"张龙公到底灵不灵验？在万般无奈的时候，也只好宁可信其有，不可信其无了。

苏轼令其子苏迨和陈师道跟他同去。去祈雨之前，三人熏香沐浴，斋戒三天。祈雨这天，他们骑马到了张龙公庙，苏迨焚香上供，陈师道烧化了纸钱。苏轼整冠鞠躬，奠酒三杯，然后双膝跪地，诵读他带来的祈雨祷文。

祈雨事毕，第二天，天色稍变，天上生出几片羽状白云。又过一天，十月二十八日傍晚，苏轼携赵令畤、陈师道拜访欧阳二公子。三人到了欧阳公的别业，见大门紧闭，赵令畤上前轻叩门环。三人略等了片刻，门人开门之后，叔弼打着哈欠迎了出来，见是苏轼三人，说道："让三位久等，抱歉，抱歉。"苏东坡说："哈欠连连，想必是高卧在床。"叔弼一边引领客人进院，一边答道："先生言中了。昨夜做梦，先是大雨滂沱，后又大雪铺地。醒来见星河满天，便懊恼得再也无法入睡。今日一天无精打采，傍晚躺下休息，便不觉进了梦乡。梦里又是下雪下雨，欣喜不已。正雷声殷殷之时，剥啄、剥啄的敲门声把我惊醒，搅散了我的好梦。"苏东坡一边往里走，一边说："叔弼高卧山林、心系天下。'天下'就是天天下，不是下雨，就是下雪！"叔弼笑答："经先生指点，方知何为'天下'。"众人边说边笑来到中庭，季默正在后花园散步，听见来人，连忙过来见过客人。

叔弼、季默邀客人进客厅说话。不多时，仆人摆酒设宴，不免又是一番觥筹交错，在推杯换盏中诗酒唱和。酒酣耳热之际，季默提起苏东坡去张龙公庙祈雨之事，叔弼打趣道："张龙公确曾来过，只是在梦里。"苏轼笑道："那是张龙公托梦，先来报个信儿。"随后口占小诗一首，曰：

后夜龙作雨，天明雪填渠。梦回闻剥啄，谁乎赵陈予。

赵令畤鼓掌说："'谁乎赵陈予'，这种句法很新奇，没见前人有这种诗句。"季默说："有的。'长官请客吏请客，目曰主簿、少府、我'就是这种造句方法。"大家正称赞季默博学多闻时，从通往书房的透花屏风的后面传来剥啄、剥啄的叩门声，屏门开处，从书房里悄悄转出一个少年来，向前打躬作揖，问道："敢问苏老前辈，'谁乎赵陈予'，这'赵'字是说的晚辈吗？在下姓赵名明诚，字德甫。”半路杀出个咬文嚼字的小程咬金，惊得客人们目瞪口呆。叔弼向众人解释：“此子是陈教授的内侄。每晚来这里抄录先父的《集古录》。他一定是在隔壁书房听见我们谈笑声，忍不住过来凑凑热闹，瞻仰东坡先生的风采呢。”明诚答道：“正是。苏老前辈果然是个美髯公啊！”苏轼立即明白了，笑道：“莫非是现任楚州太守赵挺之的季子？”陈师道对苏轼说道：“是的。此子与其父的志趣大相径庭。在徐州彭城时去燕子楼记下您的《永遇乐》，让我写给他收藏在家里。还说，他也想找一个关盼盼一样的才女做媳妇呢？”苏东坡听后捧腹大笑说：“这孩子器宇轩昂，气质不凡，说不定也是一个风流情种呢。可是，你藏着我的词作，你父亲看见过吗？”明诚答道：“家父看见又能怎样？你们老一辈的是非恩怨我不管，只要我喜欢的事，我就去做。”苏东坡愀然作色曰：“今天看来，你父亲也是一个廉洁勤政的清流，以前是我错怪他了。”明诚道：“大人海涵，我一定转告家父，让他捐弃前嫌，跟您重归于好。我今天斗胆，闯进厅堂打扰诸位，是想求苏大人赐晚辈一幅墨宝。”苏轼慨然允诺，问道：“写什么呢？请贤侄命题。”明诚答道：“不敢，不敢，只求您刚才口占的小令即可。”苏轼欣然答应，即兴命笔，写下上面的小诗。明诚谢曰：“谢谢大人！以后谁再见了这‘赵’字，必定说是我赵明诚了。”赵令畤恍然大悟，说道：“哇呀！原来我们几个大人都中了这小东西的圈套，这个‘赵’字，指的是我还是他，弄成了一桩说不清的公案了。你小孩子不知道，姓赵可未必是好事啊！”陈师道说：“小侄冒昧，还请大家见谅。”语讫，大家笑成一片。

众人谈笑间，已是三更时分，只见天上星斗灿烂，银河西倾，那雨似乎烟消云散了。苏轼回到家里，躺在床上不能入睡，朦胧中忽然听到房檐上传来滴滴答答的声音，之后，风声雨声混成一片，哗啦哗啦，雨水几乎是从天上倒下来一般。苏轼听着雨声，怕又在做梦，便使劲从下巴上揪下两根胡须，觉得痛了，心里一下子踏实了，竟兴奋得一夜未眠。次日起床，到郊外散步，见田野里麦苗青青，沟满漕平，颍州西湖的水已经涨满。苏轼伸展腰肢，深深地吸了一口新鲜空气，顿觉神清气爽。

十一月朔日[10]之后某日，时值大雪节令，天气骤冷。傍晚，绒毛似的雪花纷纷扬扬飘落下来，填满了沟渠。翌日早晨，苏东坡再邀赵令畤、陈师道及欧阳二兄弟到郡斋聚会，观赏雪景。苏东坡在室内安放了一个泥制小火炉，炉内炭火烧得正红。炉上的瓷制茶瓶咕噜咕噜冒着热气；桌上摆着五只黑釉

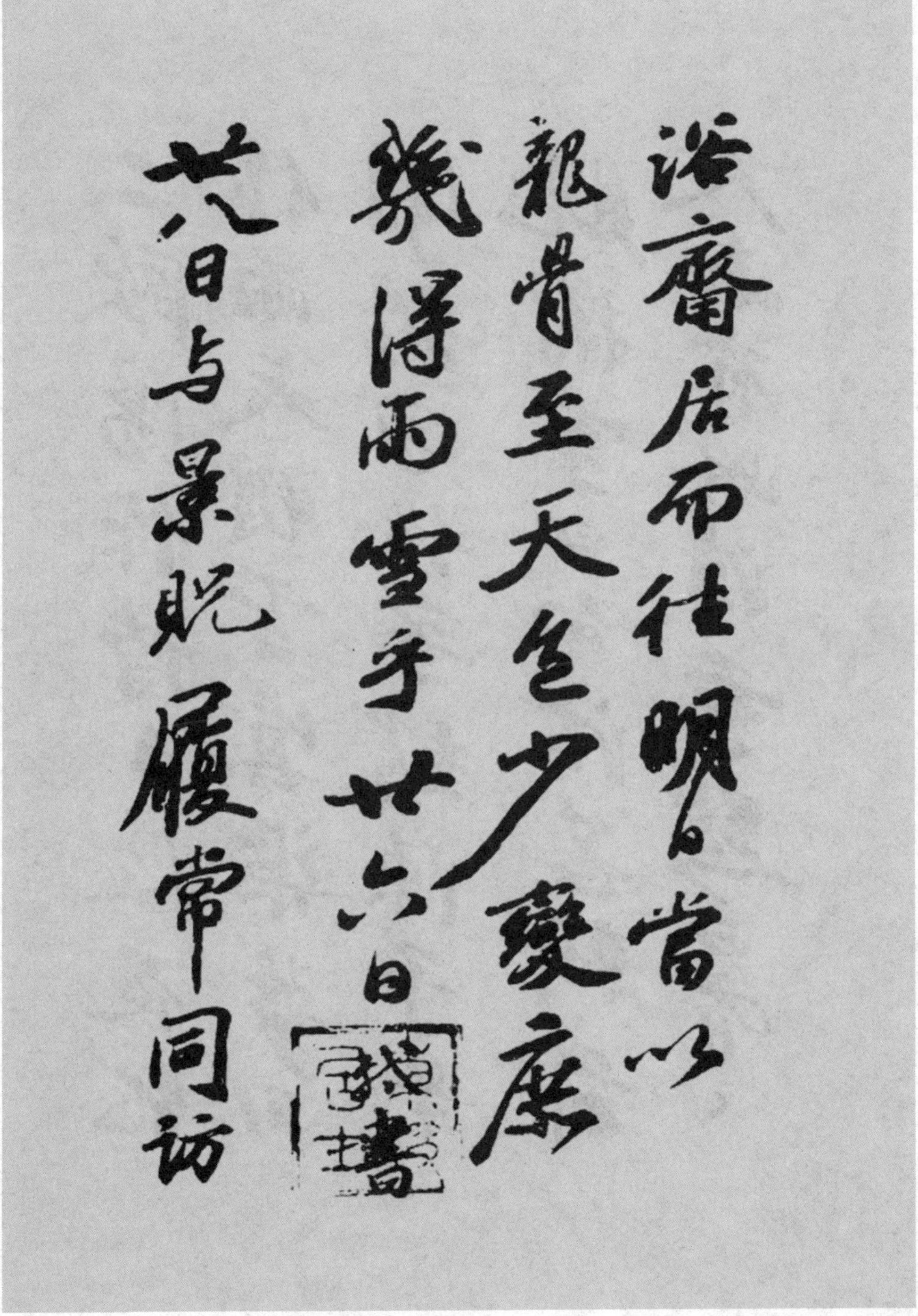

苏东坡《祈雨帖》节选

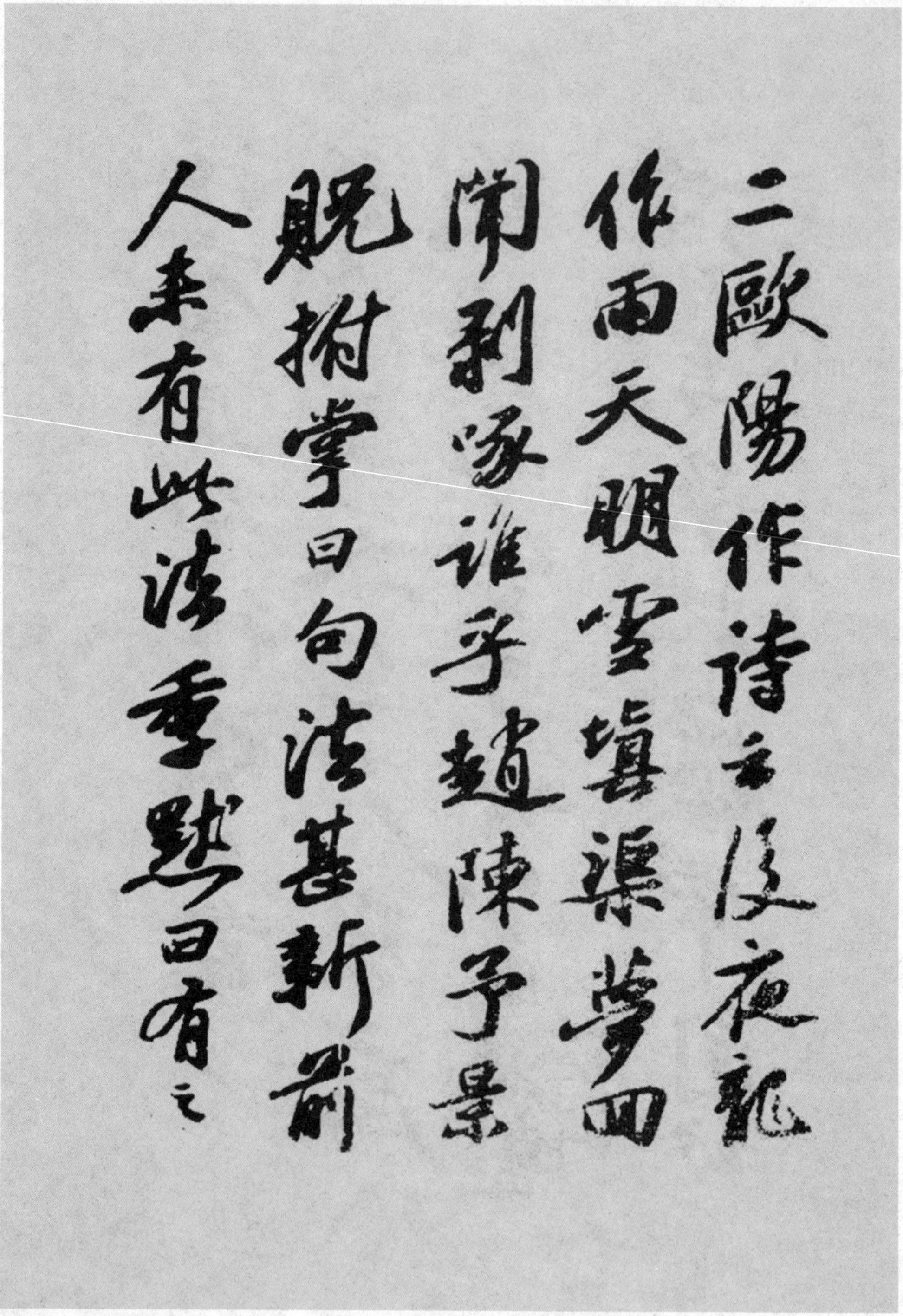

苏东坡《祈雨帖》节选

建盏和茶匙、茶筅等茶具。客人来时，苏东坡正在用玉石茶碾子碾茶。四人见状几乎同声问道："莫非要雪后分茶吗？"苏东坡道："瓷瓶里是我刚刚化的竹子上的雪水，又碾好从杭州带来的建州北苑贡茶。咱们早上分茶，中午饮酒，酒肴是我下厨做的炖肉。"赵令畤朗声道："看来，今天我们能吃上正宗的'东坡肉'了。"

炉上茶瓶里的雪水已经鼎沸，主宾就座开始分茶、斗茶。这宋朝时候的所谓分茶，就是把团茶碾碎，分发到各位宾客的茶盏里，各自调成糊状茶膏，然后用尖嘴茶瓶注入沸水，将茶沏开；如果一边注水，一边用茶筅击拂茶汤，使那叫作汤花的泡沫浮于汤面，这技艺就叫点茶；如果比赛这点茶技艺高低，便是斗茶了。若汤花又多又细又白，覆盖盏内整个汤面，且不沾湿盏壁，又留存时间最长，则为斗茶之优胜者。更有技艺高超者，能使汤花显示出文字字样或山水云气纹样，如同写字画画一般，是为佳境；所以，文人学士及附庸风雅的人都乐此不疲，市井百姓也趋之若鹜，成为一种风俗时尚。

苏东坡等五人经过轮番角逐，最后大家公认赵令畤点茶技艺应该评为上乘。苏东坡叹服地说道："从这点茶技艺的高下可以看出，毕竟是生在皇家的王孙，受过不同寻常的熏陶，我等草莱里出来的苍头岂能比拟！"赵令畤戏答："东坡先生不是皇子王孙，乃是神仙下凡，您祈雨下雨，求雪下雪，那张龙公乖乖地听您使唤。"陈师道说："这事真也奇了，杜诗曰，读书破万卷，下笔如有神。东坡先生的笔下真的有了神灵！"苏东坡感慨道："原来'下笔如有神'是呼风唤雨，无己，你可真会给唐诗'训诂'！莫非上天眷顾我苏东坡？胸怀万民忧患，诚可惊天地泣鬼神？"

正当众人谈笑风生之时，州学的差役来请陈师道去外面说话。少顷，陈师道回来跟大家告辞说："诸位，家里来了客人，失陪了。"说完便匆匆离去。

这正是：

处事应当求本真，为官务必爱黎民。文章彪炳垂千古，远瞩高瞻启后人。

注解：

①尚书左、右仆射[pǔ yè]：唐宋时，为了削弱宰相尚书令的权力，将尚书令的职权由尚书左、右仆射二人分掌。左仆射为首相。

②吏部尚书：尚书省下辖吏、户、礼、兵、刑、工六部（也叫六曹）。吏部专掌官吏的考核、奖惩、升降、调遣诸务。吏部尚书是吏部的最高长官。

③龙图阁学士：是一种荣誉官职。此外还有阁学士、直学士、大学士等称谓，都是虚衔。

④鞠衣：古代皇帝的后妃及贵族命妇穿的一种黄色礼服。

⑤"疾恶逢伯厚"：《后汉书》："朱震字伯厚，陈留人也。初为州从事，奏济阴太守单匡赃罪，并连匡兄中常侍车骑将军超。谚曰：'车如鸡栖马如狗，疾恶如风朱伯厚。'"

⑥赪：赪（chēng），浅红色。

⑦应天府：宋时也称南京，今河南省商丘市。

⑧双蛾：美女细长且弯曲的眉毛。

⑨烛影斧声：是指宋开宝九年十月壬午夜，太祖赵匡胤大病，召其弟晋王赵光义进宫议事，左右不得闻。有人遥见烛光下赵光义时而离席，又听见太祖引柱斧戳地，并大声说："好为之。"而后晋王赵光义继位，史称太宗。赵光义弟继兄位，打破封建王朝世袭正统，"烛影斧声"成为一桩历史疑案，被世人诟病。

⑩朔日：农历每月初一。

第四回

观御碑两小夸大话　诣阙下阖家宴樊楼

且说陈师道从郡廨的赏雪宴会上回到家里，夫人告诉他，姐夫赵挺之已奉命回京，任国子监司业，又说，姐夫从楚州坐汴河上的船直接回京城了，没有绕道经过颍州；今日，派了两个家人来接明诚。陈师道和夫人经过一天的打理，便把明诚送上了去京城的大道。

明诚回到东京汴梁，见到父母，知道两个哥哥入了太学。父亲考问了他的学业，也没说出什么不行的地方。他抄来的《集古录》，父亲倒是夸奖了几句，又说："可惜没抄完。"明诚说："要是晚回半个月就抄完了。"父亲说等《集古录》付梓刊行之后买一部就是了。

时光如箭，不觉过了新春佳节，又过了上元节，张灯结彩、鼓乐喧天的日子总算过去了，京城的人们又恢复了往日的平静。二月初一，是太学休假的日子，存诚和思诚回家，跟明诚说，明天二月初二龙抬头，太学里御诗碑揭幕，百官公卿莅临瞻仰，当有空前盛况。去年冬初，皇上驾幸太学，留下御制诗篇，随驾的大臣们次韵[①]唱和，每人也各作了一首歌功颂德的应制诗。太学的祭酒[②]为彰显皇恩浩荡，宣扬太学诗书传承之风，决定将君臣的唱和诗立碑铭记。明诚知道，庆贺御制诗碑落成，仪式庄严隆重，太学一定门卫森严；自己不是太学学生，进不得太学里边，心里很是懊恼。他央求时任太学司业[③]的父亲网开一面带他进去。父亲说："不行，下次休假，让你哥哥带你去看看那些碑就是了。"

过了半个月，二月望日[④]，是太学休假日。一早，明诚兄弟三人沿着惠民河河沿大街一路小跑前往太学。惠民河也叫蔡河，河沿上春光明媚，风和日丽。岸上柳垂金线、杏含胭脂，河里碧波水暖、凫雁嬉戏。大好春光，明诚兄弟都顾不上仔细观赏。他们跑过龙津桥，沿御街向南走，到离新城南薰门不远的地方，向东拐进一条大街，就到了太学朝南的正门。

兄弟三人进了太学大门，看门人认得存诚、思诚兄弟，就放他们走了进去。他们转过大影壁，看见对面有一座新建的六角碑亭靠墙面南而立，黄琉璃瓦顶，朱红漆立柱，飞檐斗拱，雕栏玉砌，一派皇家气象。立在亭子中央的汉白玉石碑上刻着当今皇上去年十月幸太学时的御制诗作。御制诗碑上大字鎏金，光芒四射，远远地就能看见。碑亭的匾额刻着《元祐七年皇帝驾幸太学君臣唱和诗碑》十六个金字。亭子外面四块青石碑分立两侧，最右边的一块碑上刻着序文，其他三块碑上刻着从宰相到学官衮衮诸公的次韵和诗，共三十六首，皆七言律诗。每碑刻十二首，用的韵都是御诗用的“章、庠、行、王、堂”五个字，属于《礼韵》“阳部”。序文曰：

格非窃惟成周之隆，其人君起居动作之美，载于诗，声于乐者，多出于左右辅弼之臣。而王之德意志虑，至设观而传道之，不为区区也。今丞相诸公赋诗，与雅颂之作无异；祭酒欲传之天下，与道王之德意无异，宜刻石不疑。元祐七年正月丁酉谨序。

明诚指着序文上起首两字，问哥哥：“那‘格非’两字是什么意思？”存诚和思诚都笑了，存诚说：“格非是太学博士李格非先生的名讳，先生为苏门后四学士之首。太学里，他的文章写得最好，所以推举他写序文。”这时，从大门影壁后转过一位学士模样的中年人，领着一个小姑娘和一个小男孩。中年人面目清秀，身材修长，儒雅洒脱。小姑娘七八岁的样子，桃腮杏靥，明眸皓齿，逢人未语先笑，跟中年人长相相似，应该是父女。待他们走近诗碑，存诚和思诚认出是李格非博士，立即向前躬身行礼道：“博士先生早，学生有礼。”存诚对明诚说：“这位先生就是刚才我跟你说的李格非博士，碑上的序言就是博士写的。”明诚向前施礼道：“刚拜读完先生的大作，如雷贯耳、如沐春风。”格非笑道：“小小年纪，就会文绉绉说话。那么你就是赵司业的三公子了？”明诚答是。小姑娘躲在李格非身后，偷偷看着三位翩翩少年，觉得好像在哪本书的字里行间见过面，又一时想不起来。大家寒暄完毕，各人又去碑前读诗。赵明诚见那小姑娘也煞有介事地在碑前读诗，以为她是装模作样，便走上前去问道：“你觉得哪首诗写得最好？”小姑娘正在读最后一首诗，没理睬他。这诗是她父亲写的，诗曰：

日月天回十二章⑤，诏移清跸⑥幸胶庠⑦。六龙稳转桥门曲，多士⑧横穿锦仗行⑨。俎豆⑩威仪瞻阙里⑪，东西风教⑫自周王。太平谁谓初无象，四海形容在一堂。

小姑娘读完，慢条斯理地说："奉旨作诗，逢场作戏罢了，没有惊人之作！"小姑娘的答话让明诚惊呆了。可他不以为然，戗火说道："你作一首试试看！"小姑娘说："咱们打赌！我作了，你也和一首。否则我不作。"明诚伸出弯成钩子的食指，说："打赌就打赌！"小姑娘有点心虚，把手藏在身后说："让你做司业的父亲再做块碑，把咱俩的诗都刻上，我就作。"明诚为难了，缩回手去不知说什么好。小姑娘本来想刁难明诚，却发觉自己失言，稚气的脸上泛起一抹红晕，羞怯地离开明诚走近父亲，明诚却又跟着过来。她撇开明诚问父亲："这碑上怎么只有苏辙的诗，没有苏东坡先生的诗？"明诚听见立刻凑过来说："去年十月苏东坡先生还在颍州。那时我也在那里，苏东坡先生还送我一幅墨宝呢。"小姑娘说："我不信。拿来我看！"明诚说："今天没带着，明天给你看。你叫什么名字？住在哪里？"小姑娘说："我叫李清照。住哪里，我不告诉你！"此时，像是清照弟弟的小男孩等得不耐烦，拉着李格非的胳膊往外走，清照也转身离开，回眸瞥了明诚一眼，现出调皮的笑靥。

清照的母亲是熙宁、元丰年间宰相岐国公王珪的女儿。清照两岁时母亲早逝。当时李格非任郓州教授，俸禄微薄又公务缠身，无暇顾及抚养女儿的家务琐事，便把她寄养在老家齐州章丘明水村的兄长家里。

明水以泉水著称天下，它的泉水跟齐州历下的趵突泉属于一脉，所以当时明水也有人自称历下。据说在明水，随便掀起块石头就有一个泉眼。有的泉眼喷涌如巨鼎沸腾，有的泉眼细流里泛着珍珠似的气泡，阳光反射得五颜六色，如吐珠漱玉一般。数以百计的泉眼汇成绣江河，注入附近的大小水泊。放眼望去，十里荷花映红，千顷稻花飘香，这里是富比江南的鱼米之乡。格非于熙宁九年中进士出外做官，兄长居家耕读，守护祖业。李格非家跟西边邻村廉家坡的廉复家都是诗书传家的官宦望族，两家是世交，祖上同是三朝宰相韩琦的门生。廉复先生和李格非的兄长是远近闻名的高士，他们农时躬耕陇亩，闲时啸嗷山林，弹琴弈棋、饮酒赋诗。上月李格非回家接清照，正值廉复先生驾鹤西归，李格非写了一篇碑文《廉先生序》，述其为人，证其行迹，以求其不朽。

李格非中年丧妻，是人生的一大不幸。说来凑巧，前朝开府仪同三司王拱辰的孙女儿王氏，青年丧夫，膝下无子，寡居在家。经朋友牵线搭桥，李格非遂与王拱辰孙女梅开二度。前后两任妻子都是重臣之家的千金，且都姓王，你说奇也不奇？婚后一年，李夫人王氏便给格非生了一个公子哥儿，取名李迒。王氏是大家闺秀，聪慧贤淑，知书达礼。李迒长到四岁，李格非在京城蔡河边上的西衢街买了一处宅第，李夫人便说："清照已经八岁了。我们现在有了房子，应该把她接到京城家里来住。"这话正合李格非心思。过了年节，格非便请假回齐州章丘去接清照，也顺便去看望年迈的兄长。来回将近一个月，正月底才返回京城。

今日休假，李格非决计带夫人和清照、迒儿出去逛逛东京汴梁城。李格非雇了三顶肩舆——小轿子，他和清照乘一顶，夫人和儿子乘一顶，另一顶较小的单人轿坐着清照从老家带来的丫鬟玉珠。他们先去太学看那御碑，因为那上面有李格非写的序文和诗文，李格非觉得应该在粗通诗文的女儿面前炫耀一下。于是，就发生了前面说的跟赵家三兄弟在御碑前邂逅的事。

且说清照跟着父亲出了太学，登上等在外面的轿子。三乘小轿从太学南门向西进了御街，右拐向北，过了龙津桥，不多时进了内城的正门朱雀门。沿着御街向前，又不多时便来到了京城最壮观的州桥。李格非撩起小轿的门帘和两旁的窗帘，给清照解说沿途见闻：州桥横跨汴河，是京城最大的、可走车马的平桥，粗壮的青石桥墩支撑着桥面，桥面是青石石板铺就，两边装有石雕的栏杆；河岸也用青石砌成，上面雕有镇水的水兽。李格非又指着桥的周围说："你看那酒楼商铺，还有这勾栏瓦肆，一到晚上，灯火通明，就像白昼一般；上元节、中秋节人们到这里观灯、赏月，你可以看到，香车宝马、络绎不绝，人们熙熙攘攘、通宵达旦。'州桥明月'是京城八大景观之一。"清照看着街景，听着父亲解说，心里暗暗称奇。

过了州桥，御街陡然宽阔了许多。李格非继续解说："街心是御道，是给皇帝出行的玉辂预备的。"清照看见，御道宽约三丈，用青砖严丝合缝铺成，御道两侧有两条砖石砌岸的水渠，岸上有石雕栏杆，栏杆外栽着杨柳和桃、李、杏、梨等观赏佳木。正值杨柳吐绿、杂花生树的时候，沿街柳暗花明，黄莺乱啼。河渠里，水边才见青草，小荷已露尖角。看见京城生机勃勃的早春气象，清照忽然想起老家的初春光景，还有伯父、伯母慈祥的笑容，心里悄然升起一缕悠远的思念和牵挂。一会儿，她又想起方才在太学里的情形，还有赵明诚那顽皮的样子。她突然问父亲："爹爹，女孩子能上太学念书吗？"听到女儿第一次叫他"爹爹"，李格非本来已很激动，又听到女儿问他这种问题，他不禁大为惊讶。可他只是摇摇头，没有回答。清照追问道："为什么不能？"女儿把这位写了十几万字《礼记说》的太学博士问得哑口无言。为了打破僵局，李格非把视线转向御街的街景。他指着街边上的御廊说，御廊上都是商家租用的铺面，铺面里售卖金玉珍玩、神佛造像、书画古董、笔墨纸砚，还有犀角象牙、玳瑁珊瑚、珍珠玛瑙、参茸龟甲、绫罗绸缎、香料香炉，各种富家所用之物应有尽有。父亲的话清照都没听见，她想着自己的事：她能用那"章、庠、行、王、堂"五个字作韵，写出一首七言律诗吗？如果写不出，赵明诚再问她，她该怎么回答呢？没告诉他地址，他能找到她吗？她在用"章、庠、行、王、堂"五个韵，构思一首唱和诗的腹稿；心里跟自己打赌："如果我作得出，他就能找到我；如果作不出，他就找不到我。"

三乘小轿颤颤悠悠往北走，清照看见御廊后面的屋宇越来越雄伟，高门甲第一幢接着一幢迎面而来。大约巳时刚过，小轿子慢慢停了下来，原来是到了御街最北端的宣德门。这宣德门是皇宫大内的正门，门前是横贯东西的大街，向南就是御街，是贯通京城南北的通衢大道。李格非一家都下了轿，站在路边瞻仰眼前这富丽宏伟的皇宫大门。

皇宫宫墙高五丈，用青砖青石相间甃成。青石上雕刻着龙凤飞云之状。宫墙上面边缘排列着一个个雉堞，后面旌旗猎猎，好像雉堞后面埋伏着貔貅神兵。歇山式两层城楼高五丈有余，楼顶是金瓦翠甍，瑞兽骑脊，飞檐啄天，斗拱悬空。楼门上方雕梁画栋，楼门前雕栏玉砌，楼门两旁八根大红圆柱立地高擎。城楼下有五个宽大的城门，都是朱漆金钉，金兽衔环。城门两旁高耸入云的两个阙亭，几乎与城楼等高，各用红漆杈子围护着。两个阙亭对峙而立，此即"天阙"者也。这等去处才真是所谓"天上神仙府，人间帝王家"。来这里观瞻者无不叹为观止、心生敬畏。

时近中午，格非一家起轿，沿着宫墙向东，过了皇宫的左掖门，转过东南角楼向北，不多时便到了东华门外大街。此处有一座酒楼，原来叫作矾楼，后来又叫樊楼，改建后更名丰乐楼。丰乐楼在京城七十多座著名酒楼正店里是佼佼者。两层砖砌台基高约三丈，上面有五座三层等高的酒楼相向而立，楼间又有飞桥相连。李格非一家拾级而上登上高台，选了位于西北角的一座酒楼。穿过悬灯结彩的欢门，在华丽的楼门前站着两个伙计，他们头戴方顶样头巾，身穿紫衫，脚下丝鞋净袜。他们打躬唱喏后，撩起珠帘把客人让进客厅。客厅里，立刻有酒保向前迎来。他们跟门前伙计一样打扮，只是腰间系了一条雪白的围裙，肩上搭着一方洁净的抹巾。酒保按客人之意，领客人登上二楼。李格非选了窗户向西的一间客堂，客堂里窗明几净，宽敞雅洁。客堂中央近窗安放着一套硬木制作的用餐桌椅，桌面和椅背都镶嵌着云雾纹样的石面，靠门两侧有几个方凳。南北两壁挂着字画，靠壁都安放着几案，上面摆放着花卉插瓶、山水盆景等物。往上看，堂顶藻井装饰，正中垂下一盏宝莲纱灯。

客人入席之后，酒保给每个人摆上一套银制餐具，箸、匙、碟、盏、杯、盘、注碗，银光闪闪，一应俱全，并问："要不要'赶趁'的侑酒助兴？"李格非说："只唤那高雅本分的就是。"酒保退出，霎时进来一位叫作"过卖"的酒保。"过卖"拱手寒暄之后，一口气报出一百多种菜名，跟李格非商定酒品菜肴之后又拱手离开。客堂里一时静了下来。清照仔细看那北墙上挂的画，原是仿制阎立本的《萧翼赚兰亭序图》；南墙上挂的字画是苏东坡的《水调歌头》，是名家的行书：

明月几时有？把酒问青天。不知天上宫阙，今夕是何年。我欲乘风归去，又恐琼楼玉宇，高处不胜寒。起舞弄清影，何似在人间？　　转朱阁，低绮户，照无眠。不应有恨，何事长向别时圆？人有悲欢离合，月有阴晴圆缺，此事古难全。但愿人长久，千里共婵娟。

此时，门外进来五位年轻女郎。其中四位女郎素服淡妆，举止优雅，各执笛、箫、中阮和琵琶。另一穿绯衣绿裙者，手执檀板，这是当红的歌姬，顾盼多姿，巧笑嫣然。执乐器的四位女优在门口凳子上坐定，不等客人点出曲目，便奏起了一首序曲，那歌姬轻击檀板应声唱道：

城中酒楼高入天。烹龙煮凤味肥鲜。公孙下马闻香醉，一饮不惜费万钱。　　招贵客，引高贤。楼上笙歌列管弦。百般美物珍馐味，四面栏杆彩画檐。

这是流行于各家酒楼的小曲，曲牌叫《鹧鸪天》，是迎接客人必唱的曲子。这时酒保开始上菜，各种珍馐美味，琼浆玉液，陆续端了上来。李夫人不断给孩子们布菜，李格非则让夫人点曲。李夫人知道清照喜欢听词曲，就让清照先点。此时酒保端上一盘清蒸鳜鱼，清照想起在明水老家跟伯父去水边钓鱼时，常常听到伯父唱秦少游的《渔家傲》，于是就点了这首曲子。

奏乐的调试了一下琴弦，便奏起序曲，先是潺潺流水般低声细语，后来则像伴着桨声的渔歌，歌声随着轻舟荡漾，闲适中流露出淡淡的幽怨和哀愁。只听那歌姬随声唱道：

遥忆故园春到了，朝来枝上闻啼鸟，春到故园人未到，空眊矂⑬，年年落得梅花笑。　　且对芳尊舒一啸，不须更鼓高山⑭调。看镜依刘⑮俱草草，真潦倒，醉来唱个渔家傲。

曲终，大家在安静中听到清照抽泣的声音，只见她伏在桌边红着眼圈儿偷偷拭泪。远儿说："姐姐哭了！"李夫人说："清照，今日是全家为你接风洗尘，应该高兴才是，怎么哭了？"清照说："我听那曲子，想起老家就忍不住哭了。对不起，阿娘。"这也是她第一次叫李夫人"阿娘"。李夫人很感动，便说："这里才是你的家，我和你爹爹是你最亲的人。"清照回答说："是的，阿娘。"李格非说："清照刚从老家来，人地两生，想起伯父伯母，难免有些伤感。"李夫人说："我明白，时间长了就好了。"

饭罢，清照离席走到窗前，撩起窗帘向外眺望。窗子向西，可以看到宫中巍峨参差的殿宇楼阁。李格非给酒保和歌姬付完酬金之后，也跟夫人走到窗前观看窗外的景色。此时是未时刚过，宫中金黄的琉璃屋顶上笼罩着一层迷雾，大内的宫殿在朦胧的云气中若隐若现，酷似传说中的海市蜃楼。此时，从云端飞来两只仙鹤，落在一座大殿的屋脊上，昂首叫了几声，又翩然飞走了。清照问："那仙鹤，会不会飞到南方的水乡泽国，永远不回来了？"格非答道："那鹤是宫中专人驯养的，只会在京城上空盘旋。"清照说："就像林和靖⑯的鹤子，能自己飞回家？"李夫人说："是的。清照真是一个聪明孩子，记性也好，知道好多事情。远儿要是赶上姐姐的一半就好了。"远儿不服气地说："我也知道很多很多事情。"

忽然，一阵香气随着微风袭来，熏得大家欲醉似仙。李格非说，那是宫里焚香的香气，宫里每天要烧很多香料，光是皇上的居处每天就要烧几斤沉香、龙脑。此时，从西边天上的一道云隙中漏出一束阳光。清照看见皇宫上空那云蒸霞蔚的气象，感叹道："这里真是人间天上！"

说话间，不知不觉，天上布满了灰色的云层。乌云渐渐聚拢起来，下起了蒙蒙细雨，皇宫也淹没在朦胧的迷雾里。李格非一家离开酒楼，坐上轿子，进入了夜幕笼罩、烟雾弥漫、春雨飘洒的京城街巷。

这正是：

仰观宫阙入云端，却忆亲情思故园。幼女初谙不公世，问询男女可平肩。

注解：

①次韵：也叫步韵。按照别人诗的韵脚作诗，且韵脚的次序也必须保持一致。

②祭酒：主管太学的官员。

③司业：是太学中官位仅次于祭酒的官员，掌管具体事务。

④望日：农历每月十五为望日。

⑤"日月天回十二章"：古代天子之服绘绣的日、月、星辰、山、龙等十二种图象。

⑥跸：音[bì]，帝王出行，戒严清道；泛指跟帝王行止有关的事情。

⑦幸胶庠：幸，皇帝驾临。胶庠，太学。

⑧多士：官员。

⑨锦仗行。仪仗队的行列。

⑩俎豆：祭品。

⑪阙里：曲阜，此处借指孔庙，太学。

⑫风教：诗歌对民风的教化作用。

⑬眊矂：音[mào zào]，眼睛看不清楚；引申为糊涂、失意、烦恼。

⑭高山调：相传春秋时琴师俞伯牙偶遇钟子期，伯牙鼓琴，志在高山，钟子期赞

曰：“善哉！巍巍乎若在高山。”少顷，伯牙鼓琴志在流水，钟子期赞曰：“善哉！汤汤乎若在流水。”伯牙视子期为知音，相约来年重临此地。不料，一年后伯牙来会子期，子期已病逝，伯牙悲痛至极，破琴绝弦，不再鼓琴。

⑮依刘：《三国志·魏志·王粲传》：“王粲年十七，司徒辟，诏除黄门侍郎，以西京扰乱，皆不就。乃之荆州依刘表。”后以“依刘”谓投靠有权势者，或喻寄人篱下。

⑯林和靖：林逋[bū]字君复，卒后仁宗赐名林和靖，人称和靖先生。北宋著名隐逸诗人，通晓经史百家，隐居杭州西湖，结庐孤山，有咏梅诗《山园小梅》闻世。常驾小舟遍游西湖诸寺庙，与高僧诗友相往还。每逢客至，童子纵鹤放飞，林逋见鹤必棹舟归来，自诩“梅妻鹤子”。

第五回

春光乍泄青梅竹马　雅兴直抒少女襟怀

李格非的宅第离太学不远，在蔡河附近的西衢街上，是一幢青砖黛瓦、白壁粉墙的二进庭院。前后两院都有坐北朝南的正房和东西厢房。这宅第原是徽州在京城的驿馆。因嫌陈旧狭窄，便卖给李格非了。李格非稍加修葺之后，在前院正堂的阶旁，左右窗前各砌一方花坛，坛中又植修竹数竿。庭中竹影婆娑，绿叶映窗，使得室内幽静而又清爽。堂前厦子下的两根廊柱正中镶块黑漆牌匾，榜书“有竹堂”三个绿漆大字，含有苏东坡“宁可食无肉，不可居无竹”之意，乃是当朝大书法家，曾任起居舍人，现任秘书丞的苏门学士黄庭坚亲笔所题。正堂的中间是通向后院的过厅。进入过厅，迎面摆着座椅、几案，其后面是一架宽大的屏风，上面装裱着晁补之写的《有竹堂记》[①]。过厅的左面是李格非的书房，右面是客厅。转过屏风，从正厅后门进入后院。后院有一条曲曲折折的甬路绕过假山，通向一座玲珑精致的居室；这便是李格非、李夫人和儿子李远的卧室。甬路两侧点缀着几块湖石，旁植几棵西府海棠。东厢房是李清照的书房，西厢房是她跟贴身丫鬟玉珠共住的闺房。清照的书房和闺房的门旁各植一棵齐窗高的梅树。院中央假山旁有一棵高大的梧桐，树下竹石掩映，曲径通幽。四周靠墙的地上芳草如茵，有几簇新篁正长出新芽。一架小小的秋千立在庭院的一隅。

此时，李清照正在她的书房里写诗。那天她在太学观碑，跟赵明诚赌誓，说自己能按皇上御诗原韵作一首七律。时至今日，她心里总是放不下这件事，正如她自己所说“诗情如夜鹊，三绕未能安”，为此翻来覆去睡不着觉。这天下午，清照终于把这首诗打好了腹稿，便提笔写在诗笺上。写罢，她像放下了沉重的担子，松了口气，然后又轻声吟诵了一遍。诗曰：

天音传旨赋辞章，冠盖须眉驾御庠。自古辟雍无女辈，于今许穆列《诗》行。谁怜花蕊蒙羞泪，人笑降旗解甲王。可叹巾帼囚绣阁[②]，凭栏望断玉阶堂。

清照吟完了诗摇摇头，仍觉得不满意，便拿着诗稿去前厅找父亲请教。

李格非上午在太学讲学，下午回家做学问、著书。他的史学著作《史传辨志》即将脱稿，正在书房埋头写作。李清照来到父亲的书房，把诗稿递给父亲，说："爹爹，孩儿冒昧，也作了一首太学里御诗的唱和诗。爹爹给孩儿改一改吧。"李格非接过女儿的诗稿，低头吟诵了几遍，感叹道："清照，这诗是你作的？"清照答："孩儿想了好几天，今天才勉强写出来。"李格非说："作得不错。你是在为你们女孩儿们鸣不平啊。'大凡物不得其平则鸣'！你的诗至诚至真，没有一点儿矫揉造作，比碑上那些应制之作强得多啦！"清照答道："爹爹夸奖了。您看格律、对仗、用典有不妥之处吗？"李格非答道："这种依次用别人韵脚作的唱和诗，是最能看出文字和学问功底的，你用的韵都很自然，没有穿凿痕迹。格律虽不能说工对，可也都是允许的。只是'许穆'这个典故有点儿生僻。诗言志，志在诚，只要是情真意切、发自肺腑的诗，就是好诗，其他都是其次。"清照说道："爹爹说得极是。孩儿谨奉爹爹教诲。"清照回房，想把那个生僻典故改一改，想了半天，不是词意不合，就是平仄不对，最后只得作罢。

过了几天，也是一个下午，陈师道领着赵明诚来到李格非家。李格非迎到阶前，向陈师道拱手，问道："贤弟不是在颍州吗？何时来到京师？"陈师道答："自从东坡先生去扬州任职，朝廷便命我去知彭泽县——就是陶渊明不愿为五斗米折腰的那个地方。我的脾气跟仁兄一样，只会做学问，不会坐衙门，更不会折腰。所以辞官未就，回京城来了。"陈师道又回身引见赵明诚，说："这是我的内侄。"明诚上前施礼道："先辈还记得我吧？我跟先辈在太学的御碑前见过面的。"李格非道："当然记得，你是赵司业的三公子。"明诚答道："不敢，晚辈谨祈先生万福。"李格非道："说话还是那么有礼貌。"陈师道撇开明诚，对李格非说："仁兄做郓州教授时，小弟常去听仁兄讲学，确实受益匪浅。想来阔别十几年了，今日又得相见，真是感慨万千。听黄庭坚学士说仁兄置了宅第，便想过来给仁兄请安，顺便看看新房。小侄明诚也非要一起来见识见识。”李格非说：“那好啊，我领你们去转一圈儿看看。”他们三人在前院看过之后便从过厅来到后院。陈师道知道这是内宅，便停住脚步，打量了一下院中的山石树木之后，赞叹了一番就退了回去。李格非随后把陈师道让进他的客厅，两人便叙起旧来。赵明诚在过厅后门，看见李清照正在远处的秋千架上打秋千，便快步走了过去。

此时正是仲春刚过，季春才来，海棠将谢，柳絮欲飘的时候。清照只穿一身薄纱内衣，在秋千上荡来荡去。她香汗浸衣，娇喘细细，迎着暖暖的春风，衣袂飘举，春光乍隐乍泄。她觉得自己仿佛要变成一只紫燕，飞到天空遨游去了。她从秋千上下来，休息了片刻，又登上踏板，一跃就荡到了半空。在她玩兴正酣的时候，从秋千上看见远处走来一个男孩儿，看样子好像是赵明诚。她突然一阵心跳，慌忙让丫鬟玉珠拉住秋千的绳索，然后跳下秋千急匆匆地向卧室跑去。她跑到卧室门口，躲在一棵梅树后面，装作嗅那叶底青小的梅子。她从叶子的间隙中看清确实是明诚，回身告诉玉珠，让来客先到对面书房门前稍等，便急忙回屋换衣服去了。清照回到屋里才发现绣花鞋跑丢了一只，头上的凤钗也没有了。随后进来的玉珠把拾到的这两样东西递给她。

清照穿戴梳洗齐整之后，便带着玉珠把明诚请进书房。清照问明诚：“你怎么知道我家住在这里？”明诚回答：“是我姨父带我来的。我姨父是陈师道，是令尊大人的至交，现在就在前厅。”清照说：“江西诗派③的陈师道？听说过。他是你姨父？”明诚应声说是，然后把话引向正题：“那天在太学，你不相信我有苏学士的墨宝，今天我拿来给你看！”说着从怀里取出一个布包，打开包取出一张纸来，那正是苏东坡学士写给他的一首小诗。李清照读了那诗，看了那字，点头称是，道：“像是苏学士的诗，这字像压扁的蛤蟆，也是苏学士写的。诗里这个‘赵’字，说的是你吗？”明诚答道：“当然是。拿来苏学士写的帖子，我说到做到了，你也要说到做到。你把你的御碑唱和诗作出来，我就把这墨宝送给你。”清照答道：“诗可以作，但苏学士的墨宝，一字千金，我可不敢受用。”清照说罢，让玉珠拿来一张薛涛笺，磨墨提笔，把她作的唱和诗一挥而就。明诚读罢，又一次被惊得目瞪口呆。

清照问：“你知道这诗中的‘辟雍’和‘许穆’是什么意思吗？”明诚答道：“‘辟雍’不就是太学吗，这‘许穆’应该是春秋时许国国君许穆的夫人。她原是卫国的公主，嫁到许国后，怀念故国家园，担心故国安危，就写了三首诗——《泉水》《竹竿》和《载驰》。”清照笑道：“想必赵公子是学过《诗经》的了。那么这‘花蕊’是谁？”明诚笑答：“这本朝的故事我还能不知道？花蕊夫人是蜀主的宠妃，太祖伐蜀，蜀国不战而降。花蕊夫人赋诗曰：

君王城上竖降旗，妾在深宫那得知。十四万人齐解甲，更无一个是男儿。

清照含笑说：“看来赵公子并非纨绔子弟，可敬可佩。”明诚道：“小姐的诗作，可把碑上那帮须眉男儿羞煞了。包括我们的老爹。”清照红了脸道：“各人有各人的爹爹，什么我们的老爹！再要胡说，我可要下逐客令了！这张诗笺送给你，拿走吧。”

明诚接过诗笺，道：“在下失言，小姐不要见怪。今日我想求小姐帮我做件事情。”清照说：“只要我能做到的，倒是可以帮忙。”明诚说：“我见前院正厅的门楣上，有黄庭坚学士写的‘有竹堂’三个大字。看来令尊大人与黄庭坚学士必有深交，能否让令尊大人美言几句，请黄庭坚学士屈尊赐小人一幅墨宝呢？”清照莫名其妙，问道：“令尊大人是国子监司业，何必求我的爹爹？”赵明诚答道：“小姐有所不知。神宗时，我父亲在德州做通判，欲行新法之市易法。当时，黄庭坚先生监德安镇，说镇小民贫，推行市易法，禁不起官府勒索，抗命拒不执行。这事苏学士也知道了。朝廷诏试馆职时，苏学士说我父亲是‘聚敛小人，学行无取，岂堪此选’。幸亏侍御史刘挚大人力荐，我父亲方才入选。此后我父亲曾两次弹劾苏学士。由此，我父亲跟苏、黄结成仇怨。你想，黄庭坚学士能赐我墨宝吗？现在，咱大宋的四大书家，苏、黄、米、蔡，三家我都有了，就只缺黄庭坚学士一家的。”李清照又问：“何不请你姨父帮助，既然他们都是江西诗派的头面人物，也一定是莫逆之交。”明诚答道：“我姨父倒是跟黄庭坚学士说了，还说我跟父亲志趣不一样，是个心胸宽阔的孩子，没有门派偏见。可是，好多日子过去了，也不见黄庭坚先生的答复。”清照笑着说：“嘻，你姨父说你心胸宽阔，那么说，你父亲是个小心眼儿？那我跟爹爹说说，看爹爹能否帮你一把。”明诚说：“太感谢小姐了，那我就把苏学士的墨宝放在你这里，以此仅表谢意。你若不要，就算是你我的共有之物。”清照脸又红了，嗔怪道：“又胡说，谁跟你有共有之物？你快走吧，你姨父等你了。”明诚放下墨宝转身就跑得没了踪影。

明诚走后，清照静下心来，思索了片刻，提笔在笺上写下一首小令，词牌为《点绛唇》：

蹴罢秋千，起来慵整纤纤手。露浓花瘦，薄汗轻衣透。　　见客入来，袜刬[④]金钗溜。和羞走，倚门回首，却把青梅嗅。

清照写完后把诗稿和苏东坡手迹都放进抽屉，然后翻开一本她天天读的《世说新语》；但眼前翻来覆去地晃动着明诚的影子，怎么也读不下去。她索性撇开书本，闭上眼睛，静静地回忆着刚刚发生的事情，想了一遍又一遍，总是挥之不去。她心里想："唱和诗作成了，他也来了，我赌咒赌赢了。"清照想到这里，情不自禁地偷偷笑了。

过了十几天，李格非的《史传辨志》最后一卷正式脱稿，黄庭坚和秦少游听说之后便来道贺。黄庭坚和秦少游都是馆阁的清要，他们曾一起编写《神宗实录》，完成《实录》后，现任国史编修，编写大宋国史。李格非的《史传辨志》，正是编修国史的参考书籍。前面几卷他们已经读过了，今天想来借阅最后一卷，以求先睹为快。李格非把他们迎进书房，并没有谈及《史传辨志》之事，却写出清照的唱和诗给两位文坛名流显示一番。黄庭坚和秦少游看了自然赞叹不已，黄庭坚说："这中间两联写得不错。'自古辟雍无女辈，于今许穆列《诗》行。谁怜花蕊蒙羞泪，敢笑降旗解甲王'，这两联是地道的杜甫笔法。我们为何把杜甫尊为'诗圣'？就是因为他总是把社稷存亡、黎民生死挂在心上。"秦少游听了连连称是，说："还有这最后一联，它道出了一桩史实——女人无缘干政；这太不公平了。其实，她们一旦上位，未必不如你我这堂堂须眉。当今太皇太后广施仁政，有口皆碑，便是实证。格非兄，你女儿有这等见识，可不比寻常呢。"李格非听了忘形地频频点头。秦少游问李格非："令爱喜欢填词吗？如有词作，可否拿来鉴赏一番？"李格非答道："那天我们家在樊楼吃饭，她还点了您的一首《渔家傲》呢。不过我还没见她填过词，可以把她叫来问问。"于是，李格非便到后院把清照叫来。清照由玉珠陪着来到客厅，给两位长辈行过礼。之后，秦少游便问她能否即席作首小令。清照问用什么词牌，秦少游说道："你父亲说，你在樊楼点过我的《渔家傲》。今天你就吟一首《渔家傲》吧。"清照略加思索说："今晨我做了一个奇怪的梦，我就用《渔家傲》曲牌把这梦说出来，请先辈指教。"清照略加思索，便轻声诵出，词曰：

天接云涛连晓雾，星河欲转千帆舞。仿佛梦魂归帝所，闻天语，殷勤问我归何处。　　我报路长嗟日暮，学诗谩有惊人句。九万里风鹏正举[5]。风休住，蓬舟吹取三山[6]去！

三人听罢皆拊掌大声叫绝。黄庭坚说："方才我说你的那首唱和诗像杜甫，听你这首《渔家傲》，简直就像李白的《梦游天姥》了。你不光是小'诗圣'，还是一个小'诗仙'呢。了不得，了不得！"清照答道："先辈夸奖，清照承受不起，今天我想求先辈一件事。"黄庭坚道："有什么要求你就尽管说。除了要我去摘天上的星星，什么都答应你！"清照说："先辈的书艺闻名当世，跟苏学士并称苏、黄。我只求先辈把我的这首词写了送给我。"黄庭坚说："我的字正要写你的诗才相称呢。"说罢，玉珠立刻去书房将文房四宝取来，黄庭坚笔走龙蛇，霎时间，一幅龙飞凤舞的书法神品便展现在众人面前。清照鞠躬道谢之后，把黄庭坚墨宝双手捧与玉珠，吩咐玉珠收好，便跟玉珠离开父亲的书房，回到后院。

此时，天色已晚，李格非约黄庭坚和秦少游两位学士去投西大街清风酒店喝酒。这清风酒店也是京城的著名正店，是秦少游常来喝酒的地方，他认识这里的几个红极一时的歌姬。吃酒间，歌姬们首先唱了一曲秦少游的《满庭芳》：

山抹微云，天连衰草，画角声断谯门[7]。暂停征棹，聊共引离尊[8]。多少蓬莱旧事，空回首、烟霭纷纷。斜阳外，寒鸦万点，流水绕孤村。

销魂。当此际，香囊暗解，罗带轻分。谩赢得、青楼薄幸名存。此去何时见也？襟袖上、空惹啼痕。伤情处，高城望断，灯火已黄昏。

歌姬们唱罢，秦少游说："今天我教你们一段新写的曲词，曲牌是《渔家傲》。"秦少游说完，以手击节，按照曲牌把李清照的《渔家傲》轻轻唱了一遍，然后一句一句地教歌姬们把全曲唱熟，最后说："下次我来，就听你们唱这首新词，唱得好有赏。你们知道吗，这词的作者——"他指着李格非说，"就是这位李格非学士的千金，今年才九岁！"歌姬们惊愕不已，对着李格非齐声赞道："大人的千金是神童玉女下凡，不知何时才能亲眼见识仙女的风采。"

就是这首词和那首唱和诗，却给李格非惹了个不大不小的麻烦。

这正是：

梦游海天鹏正举，盐絮[9]之才人称许。木秀于林风必摧，人言可畏如刀俎[10]。

注解：

①《有竹堂记》：全文见本回后面附记。

②阁：此处按古音读入声，否则不合律。

③江西诗派：宋朝，以江西人黄庭坚的诗歌理论而形成的诗歌创作流派，主张继承、发扬杜甫诗歌的优良传统。其代表人物有黄庭坚、陈师道等人。

④袜刬：不穿鞋，只穿袜子走路。

⑤“九万里风鹏正举”：《庄子·逍遥游》：“穷发之北，有冥海者，天池也。……有鸟焉，其名为鹏，背若泰山，翼若垂天之云，抟扶摇羊角而上者九万里。”

⑥三山：《史记·封禅书》：“自威、宣、燕昭使人入海，求蓬莱、方丈、瀛洲。此三神山者，其传在渤海中，去人不远，患且至，则船风引而去。盖尝有至者，诸仙人及不死之药皆在焉。……未至，望之如云，及到，三神山反居水下。”

⑦谯门：谯门[qiáo mén]，建有瞭望楼的城门，古代为防盗和御敌，京城和州郡皆在城门建有望楼。

⑧尊：同“樽”，古代的盛酒器具。

⑨盐絮：盐絮[yán xù]。谢安侄女谢道韫，才思敏捷，尝居家遇雪，安曰：“白雪纷纷何所似？”安兄子朗曰：“撒盐空中差可拟。”道韫曰：“未若柳絮因风起。”谢安十分赞赏。后以“盐絮”指美好的诗句或诗才。

⑩刀俎：音[dāo zǔ]，刀和案板，切肉的工具。

附记：

晁补之《有竹堂记》

济南李文叔为太学正，得屋于经衢之西，输直于官而居之。治其南轩地，植竹砌旁，而名其堂曰“有竹”，榜诸栋间，又为之记于壁。率午归自太学，则坐堂中，扫地，置笔砚，呻吟策牍，为文章，日数十篇不休。如茧抽绪，如山蒸云，如泉出流，如春至草木发，须臾盈卷轴。门窗几案，婢仆犬马，目前之物，有一可指，无不论说形容，强嘲而故评之，以致其欣悦，而于竹尤数数也。

顾其地狭而卑，天雨榛秽，蜘蛛之织，河柳、兔葵之所交横而蒙翳，人不知其竹也。有过者，文叔必顾堂下而语之，读壁间记，仰栋而指其榜曰：“吾固招客矣。”客辴然而笑曰：“今夫渭川之千亩，淇园之林与南山之参天而蔽日者，其大若杯、若盂，若桐梓之躯，其胶缭嵌岩之上，而临百仞之渊，不特出屋檐而摩墙堵也。暮春者，春雷隐隐，万笋奋角如犀兕，作箨解而出碧，一日百尺，弥望不可以极。于时刀斧之取材者，度经围而得之，大小齐一，西转巴筰，南引江汉，浮渭而乱河，囷束排属而下者，为筒、为竿、为屋椽，犍菑千丈之筰，遍国之藩篱是赖。与窍而比，夫律吕以悲哀娱耳者，其声满天地也。视其旁之人，室庐竹也，用器竹也，樵而薪者竹也，以贸米盐而出之其邻境者竹也。夫此人岂知竹之爱，翛然而喜，谆谆然语人而以夸之曰：吾居有竹也哉。”

文叔亦辴然而笑曰：“不然。夫物安知其贵贱之所常在。玉之美，而蓝田以抵鹊；沉为美木，而交趾以为盘食彘；白鹇锦雉，山中以醢腊，而贵人以百金致茗以为粥，而胡人以为佩。夫物固有以多为贱，而以少为贵者。今夫王城之广大，九途四达，三门十二陌坊之棋置，上自王侯，下至于百姓庶民，宫接而垣比，车马之所腾藉，人气之所蒸渍，嚣尘百里，欲求尺寸之地以休逸而莫之致，而贫者置圃无隙，况于其它哉？然则环堵不容丈，而有竹如吾堂者，不知能几人也？则余所以揭之于栋而名之，书诸壁而记之，翛然而喜，谆谆然语客而以夸之，不亦可哉！且竹之美，昔人以比德松柏，在冬夏青青，君子之所独也。以夫少犹贵之，使余得见夫渭川、淇园与南山之荟蔚者，而游其间，虽多，固不可贱也。夫多犹不可贱，而又况其少哉！”客曰：“唯。虽然，吾闻昔王子猷好竹，尝曰安可一日无此君。闻吴中士大夫有佳竹，欲观之，径出坐舆造竹下，讽啸良久，主人欲留而不可。将出，主人闭之，因尽欢而返。今文叔居有竹，文叔姑亦洒扫储具，使不邀客，客将造门坐堂上不去，曰：“竹固招我。”元祐四年五月二十八日，颍川晁补之无咎记。

第六回

曲解诗词阉竖邀宠　惜别太守万人送行

赵明诚回到家里，便把清照的次韵唱和诗给他的两个哥哥看了。存诚和思诚看了也啧啧称奇，自愧弗如。他们把那诗抄下来拿到太学，与同窗们共赏，也赢得一片好评。于是那诗便很快传到太学的学正、学录、博士们的耳朵里，进而在官宦人家的内眷也传诵起来。那首《渔家傲》也不胫而走，从清风酒楼传到潘楼、丰乐楼等许多酒楼正店和大小脚店里；无论是市民还是歌姬，人们都在争先传唱，一时风靡了汴京城的酒楼瓦肆。那词在丰乐楼里特别受欢迎，成了歌姬们待客的必唱词曲；酒店还请人把词写成字幅挂在客堂的墙壁上，供客人们欣赏。当人们从楼上眺望窗外皇宫大内的时候，听到那句"仿佛梦魂归帝所，闻天语，殷勤问我归何处"时，便有一种腾云驾雾、荣登九重天的感觉油然而生。丰乐楼因这首《渔家傲》，生意也更加红火起来。

李格非和他的女儿突然在京城的里巷坊间家喻户晓，在士大夫中也引起许多议论。此时朝野党争激烈，不仅新旧两党聚讼纷纭，即便是各党之内也是钩心斗角。所以无论在官宦士林还是市民百姓间，对李清照的这两首诗词也就见仁见智，褒贬不一。苏门弟子有的说是少陵再世，有的说是谪仙下凡；那些理学腐儒们却说李格非教子无方，说什么"女子无才便是德"，放着"德言容功"不教，让女儿学什么"诗词歌赋"；那些苏门的政敌则说，"凭栏望断玉阶堂""仿佛梦魂归帝所"等语，分明是李格非乘太皇太后和皇太后①给当今皇上选皇后之机，把两首诗词放出风来，想用女儿做晋身的阶梯，欲当皇亲国戚；更有甚者，说"谁怜花蕊蒙羞泪，人笑降旗解甲王"，是讪谤太祖伐蜀渔猎女色，嘲讽真宗与辽签订澶渊之盟；穿凿附会，不一而足，一时人言汹汹，甚嚣尘上。李格非平日只知道著书立说，无心关注官场尔虞我诈之事，哪里知道当今世风日下，人心不古。李格非对于那些俗人的见识可以不必理会，但对于那些跟皇上有关的流言蜚语，他却不能等闲视之。这些天来，李格非为这些事寝食难安，也无心著述，又不敢对夫人和女儿透露外面的风声，只能自己苦在心里。

这天，明诚突然来找清照，他径直进了后院清照的书房。清照正在书房里凝神画一幅墨竹，连明诚的脚步声都没听见。明诚站在清照身后看那画上的竹子：用水墨画的新篁，细茎柔韧而不失坚挺，几片浓淡相间的嫩叶水淋淋的，似乎带着露珠。等清照画完，明诚说："你把苏东坡的那幅字还给我吧！"清照听见明诚的声音吃了一惊，回过身来，莫名其妙地问道："你什么时候来的？"明诚答道："我刚刚进来。"清照冷笑道："你那幅苏东坡的帖子，我本来就不想要，是你自己放在这里的。"明诚说："放在这里，是我错了，请原谅，让我拿走吧，对不起！"清照面带怒容，说："拿走就拿走！我也不稀罕；不过，你得告诉我，怎么忽然变了卦？"明诚也毫不掩饰，直来直去地问："你是不是想去宫里当娘娘？"清照立刻变脸道："我去不去宫里关你什么事？是哪个小心眼儿的人，教你来说这种话？"明诚说："你那诗里不是说，'凭栏望断玉阶堂'吗！酒楼上传唱的《渔家傲》，说什么'仿佛梦魂归帝所'，都说也是你写的！"清照没好气地说："我写的，那又怎么样？这两句话，就是我想进宫当娘娘？怪不得苏门的学士们都看不起令尊，原来是个以己之心度人之腹的势利眼，根本不知道什么是'赋比兴'，什么是'风雅颂'[②]。玉珠姐，把苏东坡写的那张纸给他，让这个俗不可耐的小子赶快离开这里！"明诚连忙解释："小姐，你先别生气！我本来就不相信小姐诗词里说的是这个意思！这也不是家父的想法，都是我的两个哥哥在太学里听别人说的。是我一时鬼迷心窍，错怪你了！请小姐原谅，算我没说。"清照气得直喘粗气，眼里含着泪花，坐在椅子上半天没吭声，等心情略微平静了一点儿，才说道："回去告诉你的两个哥哥，让他们跟太学里那些纨绔子弟说，他们家里的姐妹们谁愿意去宫里当娘娘谁就去，别昧着良心给人栽赃！玉珠姐，把那两张纸拿给他！"明诚说："那就不用拿了。"玉珠在书房的套间屋里练写字，外间小姐和赵明诚说的话她都听见了。她猜出小姐话外的意思，只拿了黄庭坚写的那幅字。到了外间，看见赵明诚尴尬地站在那里，可怜兮兮的，便和声细气地对他说："赵公子，打开看看是不是这一幅，别拿错了。"明诚打开那卷纸一看，是他要的黄庭坚的字，写的是清照作的《渔家傲》，脸上立刻绽开了笑容，说了声谢谢就跑出去了。这一切，清照都看在眼里，却装作什么都没看见。

赵明诚从外面听来的风言风语倒也不是空穴来风。今年是元祐七年，皇上赵煦已经十七岁了，太皇太后和向太后为了给他选聘皇后，历采世代官宦人家的百余名年轻女子入宫备选。其中，眉州防御使孟元孙之女，时年十六，年龄相当，品行端正，文静贤淑，在宫中教以女仪，勤学慎行，深得太皇太后和向太后的欢心。四月，奉太皇太后的懿旨，大臣们受命拟定策立皇后的六礼。六礼已定，由司天监择定了五月戊戌日为良辰吉日。是日，在钟鼓和鸣、文武百官朝贺声中，完成了策立孟氏为皇后的大礼。其礼节之繁缛、仪式之隆重自不必细说。但这孟氏容不胜德，才貌亦不过中人，所以皇上大婚后并未把皇后放在心上。太皇太后曾对皇上说："易曰：地势坤，君子以厚德载物。皇后德行笃厚，虽然貌不惊人，或许正是大宋宗庙的福祉呢。愿皇上优加恩宠才是。"皇上虽然口中诺诺，但心里却很是怏怏。此时，皇上正跟宫里一个姓刘的妃子相处得如胶似漆。可这刘妃是个锦绣其外、败絮其内的绣花枕头，只会搔首弄姿，巧言令色，对诗词歌赋、琴棋书画却是一窍不通。几代大宋皇帝，都喜欢附庸风雅，所以，皇上对这个刘妃也不过是贪恋色欲之欢，并不是真心爱慕。后来虽然给刘妃封了个婕妤名分，但天长日久，皇上的情欲也逐渐消退，且放出口风，要在仕宦人家遴选"德才色艺"俱佳者入宫为妃。

内侍刘瑗猜透了皇上的心思，他知道皇上都是喜新厌旧、风流好色之徒。这天，他见皇上闷闷不乐，就凑上前来跟皇上说："奴才从外面抄来一首诗，陛下看写得怎么样？"说完拿出李清照的唱和诗给皇上看。皇上看完，说："这好像是个女子作的。倒是有些才气。"刘瑗道："皇上圣明。她用的是陛下的诗韵，还说：'可叹巾帼囚绣阁，凭栏望断玉阶堂。'这不分明是想进宫来侍候皇上吗？"皇上摇头说："那倒未必，她是埋怨女子不能做官。"刘瑗说："皇上，您再看这首词。"刘瑗又拿出一张抄写着李清照《渔家傲》的纸给皇上看。皇上说："'仿佛梦魂归帝所，闻天语，殷勤问我归何处'，这句话，倒很像是你说的那个意思。她是谁家的闺女？姿色如何？"刘瑗道："她父亲就是李格非，给太学君臣唱和诗碑写序的那个太学博士。这女子，奴才不曾见过。不过，去年皇上驾临太学时，奴才随侍皇上，在太学见过李格非。他长得身材魁伟，相貌英俊，听说他的原配夫人是元丰间宰相王珪的女儿。估计他们的女儿长相也错不了。就是年龄小了一点儿，今年芳龄大约十岁。”皇上不无遗憾之意，说：“十岁的女孩儿，写出这样的诗词，非才力过人不能为。此等才貌双全的女子，岂能让她埋没民间？”刘瑗应声道：“陛下说的是。”皇上接着说：“不过，现在纳入宫中，刘婕妤必然不容，太皇太后也必定不允。那些多嘴多舌的大臣又该说什么‘有损圣德’了。这事可从长计议。以后，李格非的升迁黜陟，多留点儿心就是了。”刘瑗道：“万岁圣明，奴才记住了。”

却说皇帝大婚时，北方辽国派使臣入贺，未见苏轼，甚感不快，诘问宋廷“苏轼安在”。原来苏轼在朝时，每逢有辽使来朝，辄派苏轼接待。此时辽国亦偃武修文，多选文学儒雅之士为使。苏轼与辽使诗酒唱和，无不即席立应，使辽人佩服得五体投地。有一次，辽使来宋朝，出一五字属对，乃是“三光日月星”，说在辽国未有人能出对句。苏轼随口答曰：“四诗风雅颂”。辽使愕然，反问道：“‘风雅颂’胡为四诗？”苏轼答曰：“星星有千颗万颗，日月星岂止三光？《诗》之‘雅’则有‘大雅’‘小雅’之分。胡不能云《诗》之有四？”辽使被问得无言以对。苏轼又道：“还可对易家‘四德元亨利’。”辽使辩曰：“苏君不要欺我不懂《易经》。易家四德是四个字，曰：‘元亨利——’”苏轼立刻打断辽使的话语，说：“宋、辽是兄弟盟国，难道使君不知道我大宋仁宗的庙讳吗？”原来宋仁宗名讳赵祯，所以易家四德“元亨利贞”的“贞”字也在避讳之列。辽使曰：“但四德终欠一字。”此时正值雷雨大作，暴风骤起，苏轼曰：“‘一阵风雷雨’。即景属对，可以吗？”辽使起座而拜曰：“敢不折服。”既而欢宴而散。于是，苏轼名震北国，辽使来宋以能面见苏轼为荣。

既然辽使又问“苏轼安在”，皇帝大婚之后，太皇太后遂借口辽使之问，召苏轼为端明殿翰林学士、礼部尚书，回京任职。此时苏轼正知扬州。苏轼与通判晁补之在扬州共理政务之余，相与讲学论道、谈禅赋诗、优哉游哉，使他一扫“乌台诗案”的阴霾，忘却人间“忧”为何物；他怎能愿意回到朝廷那个争权夺利、危机四伏的漩涡中去。无奈上意难违，只得遵命。苏轼回京的前一天，晁补之在扬州瘦西湖旁边小山上的平山堂，为苏轼设宴饯别。这平山堂是欧阳修在仁宗庆历年间做扬州太守时修建的，每逢盛日佳节，号称文章太守的欧阳修便携同僚好友登临瞩望，饮酒赋诗。凭栏远眺，南方大江对面真、润诸州的山色在有无之中时隐时现。所以，这亭台楼阁便叫“平山堂”。时至今日，四十多年过去了，世事沧桑，物是人非，山河依旧。苏东坡想起恩师欧阳修当年风采，生出无限感慨。晁补之同时宴请的还有诗僧参寥子。这参寥子，是浙江于潜人，精通佛典，工诗善画。苏东坡知杭州时跟他结成至交好友。参寥子前几天刚从杭州游方过来探望故友苏轼。两人想起在杭州钱塘江畔相与观潮，在西湖两堤携手散步时的怡情逸性，感叹明日一别，不知何时才能再次聚首，不觉悲从中来。饯行席上，苏、晁二人谈起宦海浮沉，仕途艰险，顿生归隐之心。他们十分羡慕参寥子超脱红尘，物我两忘，无牵无挂，闲云野鹤的样子。苏轼遂填词一首，赠予参寥子：

调寄《八声甘州》

有情风、万里卷潮来，无情送潮归。问钱塘江上，西兴浦口，几度斜晖。不用思量今古，俯仰昔人非。谁似东坡老，白首忘机[3]。　记取西湖西畔，正春山好处，空翠烟霏。算诗人相得，如我与君稀。约他年、东还海道，愿谢公、雅志[4]莫相违。西州路，不应回首，为我沾衣。

晁补之少时曾随父仕宦杭州，那时正值苏东坡在杭州做通判，晁补之的一篇题为《七述》的抒写钱塘风物的文章得到苏轼的激赏，自此他声名鹊起，遂成为苏轼的开门弟子。恩师将别，晁补之更是难舍难分，便接先生之韵也作了一首《八声甘州》，以表对恩师的眷恋之情和耿耿忠心，诗曰：

谓东坡、未老赋归来，天未遣公归。向西湖两处[5]、秋波一种，飞霭澄辉。又拥竹西歌吹[6]，僧老木兰非[7]。一笑千秋事，浮世危机。　应倚平山栏槛，是醉翁饮处。江雨霏霏。送孤鸿相接，今古眼中稀。念平生、相从江海，任飘蓬、不遣此心违。登临事，更何须惜，吹帽[8]淋衣。

第二天，苏东坡要离开扬州了。晁补之和参寥子送他到河埠头。埠头上人山人海，扬州城内几乎万人空巷。男女老少、士农工商，都来为他们的太守送行。

按宋朝官制，为了防止官吏在地方上结党营私，贪污受贿，主要地方官员的任期一般不会超过两年，实际上超过一年的也不多见。苏轼做地方官大约已有十来处，每到一处，即便时间很短，也必有显赫的政绩和美好的声誉。但这次百姓送行的规模空前盛大，却出乎苏轼意料。去年年底，苏东坡从颍州任上来到扬州，听通判晁补之诉苦道，扬州百姓自熙丰年间因拖欠免役、青苗的欠银，官府鞭扑追缴，逼得百姓苦不堪言。苏轼便奏请朝廷让百姓免交历年欠银。朝廷虽未准许全部免交，但允许缓交一年，这就使老百姓松了一口气，有了活路。苏东坡又恢复了以前官船上的船工可以私带货物自由转卖的旧例，这不但使船工们因而得利，又避免了官货被船工偷窃变卖的弊端。此两全其美之举使船工和官府皆大欢喜。此时正是六月初，是扬州芍药花盛开的时候。以前蔡京任扬州太守，仿照洛阳的牡丹花会，举办扬州芍药花会，之后便成为每年必行的惯例。届时花农们须无偿交出几万朵芍药花，用来装点街市上的花轿、花坛、花塔、花牌坊之类。蔡京盛邀达官贵戚、富豪乡绅前来观赏，以此粉饰太平，博取朝廷、地方官的欢心。但几天花会之后，残花败叶狼藉遍地，满城的花团锦簇皆化为乌有。苏轼对这种劳民伤财的浮华社火严令废除，花农们无不额手称庆。所以，苏轼临行这天，船工和花农的送行礼节格外隆重，他们用芍药花把数艘官船打扮得花枝招展，河面上穿梭似的花船来来往往，比那端午节的龙舟竞渡还热闹。那花船排成的船队上鼓乐喧天，把苏轼一行直送到十里以外。如果不是苏轼竭力劝阻，船工们说要一直把他送到楚州城外。

却说苏东坡回到京城，首先朝见圣上和太皇太后；未几，又有旨令苏轼兼侍读。所谓侍读就是陪皇帝读书，跟皇帝的老师“侍讲”差不多，“侍读”“侍讲”这种职务叫“经筵”，因为接近皇帝，是很显赫的官职。苏轼每逢入值经筵，给皇上反复讲解经义，期望能感化君心，使其以仁义治天下。一夕，苏轼值宿禁中翰林院，由内侍召至便殿，太皇太后携皇上一同接见，问苏轼：“卿自元祐以来，从黄州编管骤然升迁知杭州、颍州、扬州诸富庶大郡，今又升迁为翰林学士礼部尚书兼侍读，何故？”苏轼答曰：“此乃太皇太后、皇帝陛下的知遇之恩。”太皇太后曰：“非也。”苏轼回问道：“莫非是大臣们的推荐？”太皇太后摇头曰：“亦非也。”苏轼惊愕道：“臣虽无状，但不敢由他途求进。”太皇太后道：“这乃是先帝遗志。先帝每读爱卿文章，必称赞‘奇才、奇才’；但未及进用卿呢。”苏轼听了此言，不禁感激涕零，长跪于地，失声痛哭。太皇太后亦为之泣下，左右内侍也忍不住唏嘘流涕；便殿厅内一时顿觉良夜凄清，岑寂难耐。太皇太后停止哭泣对苏轼说：“这不是临朝时候，不必拘君臣之礼。卿且一旁坐下，我当询问一切。”言讫，即命内侍移过锦墩，苏轼谢恩坐下。太皇太后所问，无非治国方略、为政大计。苏轼对答如流，颇合懿旨，得赐新茶。苏轼饮茶谢恩毕，太皇太后对内侍道：“撤御前金莲烛，送学士归院。”一面说，一面携皇帝入内。苏轼向虚座跪拜谢恩，在两个捧烛内侍的引导下回到翰林院。尔后，苏轼感太皇太后之恩，建言献策，规讽时政，更加勤勉，然亦不免得罪同僚，被人嫉妒，受人非议。

这正是：

宦官渔色邀恩宠，高士参禅欲忘机。毁谤常因名望起，人心向背自无欺。

注解：

①皇太后：神宗去世，赵煦即位，神宗的皇后向氏尊为皇太后，称向太后。但她不是皇帝赵煦的生母，赵煦是神宗德妃朱氏所生。

②“赋比兴”“风雅颂”：“赋比兴”是指《诗经》的表现方法，“风雅颂”是指《诗经》按体式区分的组成部分。清照语意是指赵明诚父子庸俗、势利，不懂诗，没有诗人的雅兴。

③白首忘机：泯灭机心，超脱世俗，无意功名，有淡泊宁静的心境。

④谢公雅志：“谢公雅志在东山”，绍兴上虞有一山，叫东山。东晋大臣谢安曾隐居于此。

⑤西湖两处：指杭州西湖和扬州瘦西湖，或指颍州西湖与扬州瘦西湖。

⑥竹西歌吹：代指扬州。唐朝很多诗人都写了关于竹西的诗词，例如杜牧诗：“谁知竹西路，歌吹是扬州”。

⑦“僧老木兰非”：见本回后面附记。

⑧吹帽：指登高聚会。《世说新语》识鉴：“孟嘉为征西桓温参军，温甚重之。九月九日，温燕龙山，僚佐毕集。有风至，吹嘉帽坠落，嘉不之觉。温使左右勿言，欲观其举止。嘉良久如厕，温令取还之，命孙盛作文嘲嘉，着嘉坐处。嘉还见，即答之，其文甚美，四座嗟叹。”

附记：

唐朝宰相王播，少家贫，寄食扬州石塔寺木兰院。时间既久，寺院的和尚对其白眼相看。寺院每饭前撞钟提醒，后来和尚故意在饭后撞钟，王播闻钟而去吃饭时，发现和尚饭罢已去。二十年后，王播知扬州，重游木兰院，感慨世态冷暖，赋诗二首，流露骄矜得意之态。

苏轼任扬州知州时，曾作《石塔寺》一诗嘲讽之。诗曰：

饥眼眩东西，诗肠忘早晏。虽知灯是火，不悟钟非饭。山僧异漂母，但可供一莞。何为二十年，记忆作此讪？斋厨养若人，无益只贻患。乃知饭后钟，阇黎盖具眼。

此诗表达了苏轼对王播讥讽的态度。

第七回

冬烘先生生非惹是　豆蔻玉女赏月赋诗

话说李格非来拜访恩师苏轼，将近日官场、市井中的流言蜚语都跟恩师说了，并说太学里派别林立，互相攻讦，他想离开这个是非之地，找个清闲的地方安心著书。苏东坡听了李格非的倾诉，记在心里，并安慰李格非说：“人云：‘清者自清，浊者自浊，坦坦荡荡，任人评说。’你且忍耐些时候，待有合适的去处，我再奏明圣上，给你安排个做学问的清闲职务。”李格非说：“先生倒不必特意操心，等有机会再说。”李格非向先生吐出了一肚子苦水，又听了先生的开导，心情觉得轻松了许多。这且放下不表。

却说宋时除了皇帝住的东京汴梁城，还有三个京城，就是西京洛阳、北京大名府和南京应天府。周朝自平王迁都洛阳以后史称东周，洛阳便成为著名的古都。刘秀建都洛阳，史称东汉。隋唐两代建都长安，把洛阳称作东都，因为它在长安以东。到了宋朝建都汴梁开封府，因为它在洛阳之东，所以洛阳便被称为西京了。洛阳历史悠久，山川秀丽，又地处中原通往关中的要冲，在宋时是东京汴梁之外的最大都会。

宋神宗年间，在洛阳附近的伊川出了两个鸿儒，就是程颢和程颐两兄弟。他们师从周敦颐，后者就是那位写过《爱莲说》的老先生。程颢在皇祐年间中了进士，做了几年县令一类的小官，后来就退隐专心讲学，收徒传道授业。弟弟程颐举进士落第，从此放弃科举，无意仕途。他可以因祖上的官职荫补做官，但他把机会都让给了本族其他人，自己则以处士身份坐馆以教书育人为业，久而久之，以德高望重而声名远播。四朝元老重臣，做过宰相的文彦博——那个小时候往树洞里灌水，把掉到树洞里的球捞出来的小神童——为程颐这种淡泊名利、潜心向学的恒心善举所折服，便把他在伊川鸣皋村的家产让给程颐开办了一座书院，叫作“伊皋书院”，让他安心讲学。程颐则自称“伊川先生”。

这位程颐处士，在讲学时提出治学问的一套大道理，叫作“格物、致知、穷理”，说是只要诚心敬意读透圣贤书，静心体验天人之变，就能穷尽天下万物之“理”；一物之理即万物之理，万物皆一理；而且“理”就是“道”，“道”就是“天命”，“天命”是不可违抗的。天理体现在人的伦理道德方面就是“节义”；而人的私欲与节义是不相容的，所以，要“灭人欲，存天理”，“饿死事极小，失节事极大”。他这套道学理论，在士大夫中受到很多人的追捧。当时有两个年轻学子，一个叫杨时，一个叫游酢。他们去程颐家里求学拜师，程颐正在静心打坐，闭目养神。两位学子为了不打扰老师，就立在门外静静等候。此时天上乌云密布、大雪纷飞，等程颐睁开眼睛，才看见积雪已有一尺多厚。杨时、游酢全身披雪，几乎成了雪人。这就是后来人们争相传说的“程门立雪”故事。

元祐初年，太皇太后废除新法，原来被新党王安石排挤，退隐洛阳的司马光被召做了宰相，向朝廷推荐程颐，上书曰：“洛阳程颐博学好古，安于贫贱，恪守节操，言必忠信，动遵礼义。乞朝廷委以重任。”程颐先是谦辞不去，次年朝廷又召，他才应召入京，以布衣身份一步登天，受命崇政殿说书，成为皇帝的老师。这使朝廷上下一片哗然。

然而，这程颐虽然学问高深，却是个不通世故、泥古刻板的冬烘先生，入殿进讲时，在皇帝面前毅然自重，色端貌庄。皇上才十几岁，对程颐讲的那套伦理道德似懂非懂，很不耐烦。程颐讲学咬文嚼字、拿腔拿调、摇头晃脑，皇帝听了觉得好笑，甚至笑出声来。此时苏轼任翰林学士侍读，在旁边看不惯，常常故意出些难题，质疑、刁难程颐，弄得这位帝师下不来台。司马光病殁时，朝中正有百官庆贺之礼，礼毕，百官欲去司马光灵前吊唁，独程颐以为不可，并且引用《鲁论》，说：“子于是日哭则不歌。”苏轼在一旁笑曰：“哭则不歌，未尝云歌则不哭！”意思是说，按《鲁论》哭了就不能唱歌，但《鲁论》没说唱了歌就不能哭啊！我们做完庆贺之礼，难道就不能去吊唁吗？惹得旁边的人们哈哈大笑。还有一次，皇上因出疹子没有临朝，只有太皇太后当朝听政。程颐责怪宰执们为何不问皇上龙体安否。次日上朝，大臣们问候皇上“龙体安否”，惹得太皇太后十分不悦，好像大臣们不赞成她独自临朝。大臣们都怪程颐多嘴。于是，纷纷上书弹劾，指责他经筵陈说、僭横忘分；有的说他污下俭巧、素无乡行，应放归田里，正以典刑。不久，程颐退居乡里，仍以教学授徒为业。程颐虽然退隐，但他的弟子有很多在朝中做官，他们对苏轼及其门生极为不满。苏轼恃才傲物，放任不羁，吟诗作文率性而为，常常被程颐弟子抓住把柄。他们借文章中的片言只语，吹毛求疵，弹劾苏轼。于是，在朝中保守的旧党中又形成以苏轼兄弟为首的蜀派和以程颐弟子为骨干的洛派，两派之间又不免意气相争。此是题外之话，放下不表。

且说元祐七年初，奉太皇太后旨意，程颐被召入直[①]秘阁兼判西京国子监。宋时，不仅东京汴梁有国子监，西京洛阳、北京大名府、南京应天府也分设国子监。苏轼弟，尚书右丞苏辙谏阻曰：“程颐之学不近人情，皇上原本不喜程颐经筵，其亦非馆阁出身，直秘阁，判西京国子监，恐不能服众。”程颐辞而不就。

苏轼任侍读，入值经筵讲学。太皇太后召苏轼问政，曾顺便问道：“西京国子监空缺，何人可以充任？”苏轼说：“现任太学博士李格非，著作等身，品学兼优，可以胜任。”此时皇上在侧，遂颔首曰：“太学诗碑的序文是他撰写的。他应该能够称职。”

不久，皇上下来诏书，任命李格非通判西京国子监。总管各京国子监的最高长官是祭酒，祭酒只设一人，常在东京，其他三个京城的国子监不设祭酒，只设通判管理，相当于东京国子监的司业，但他是当地国子监的最高长官。

李格非判西京国子监的消息传开，黄庭坚、秦少游、张耒，还有最近刚上任不久的秘书省正字[②]陈师道等亲朋好友，都前来道贺，免不了又是今晚酒楼饯别，明晨隋堤折柳。这天早晨，李格非登门辞别了苏轼，出西城开远门，来到大通水门外边的汴河埠头，黄庭坚等人已经来到隋堤的长亭上等候话别。文友们话别已毕，正当李格非全家登船启程之际，陈师道携明诚也赶来了。李格非迎上前去道：“承蒙正字前来送别，格非告辞了。”陈师道说：“内侄也要跟来，因等他耽误了些时候，望李兄见谅。”说完，彼此执手各道珍重。李清照正跟玉珠站在船边向开远门那边瞭望，见明诚跑过来，便叫玉珠把带来的一张诗笺递给明诚。明诚展开一看，原来是清照写的那首《点绛唇·蹴罢秋千》。

明诚读罢，怦然心动，像一滴蜜水滴入心田，激起一圈圈情感的涟漪，在全身荡漾，不能平静。他抬眼看看清照，想说点儿什么，正与清照温情脉脉的两汪秋水相遇，清照立刻把目光躲开。明诚把诗笺折好，小心地收了起来，又从树上折了两支柳枝，分别送给清照和玉珠。

这汴河是隋朝大运河的一段，挖掘运河时的河泥便堆成了隋堤，隋堤上遍植杨柳，“隋堤烟柳”是汴京城的八大景观之一。这里的柳枝就如同唐时长安城外的灞桥柳，成了赠别之物。

此时，汴河上的船夫已经扬帆催发，船上跟岸上的人们手执杨柳，频频挥手，依依惜别。摇橹声很快消失，船也渐行渐远了。等到帆影隐在漠漠平林的后边，站在隋堤上的赵明诚才恋恋不舍地跟姨父向开远门走去。

李格非一家主仆五人，乘船沿着运河，伴着隋堤上的柳行，一路向西，不过两三天的工夫，便到了西京洛阳。

洛阳有二十来家著名的私家园林，其中一处叫作“环溪”，是王开府的宅邸。这王开府就是仁宗朝庚午科状元王拱辰。他秉性耿直，常常犯颜力谏，让奸佞忌恨，所以虽政绩卓著，但仕途不甚畅达，去世后朝廷追赠了一个等同于宰相的称号——开府仪同三司。后人称他为王开府。李格非的续妻李夫人王氏，就是王开府的孙女；这号称“环溪”的府第，便是李格非的岳丈家。不过，此时岳丈岳母都已去世有年，李夫人的兄弟们也都在外做官，家里只剩下管家和几个家仆看守。管家给李格非安排了一处叫作“爱菊”的庭院，让李格非一家在这里暂时住了下来。这“爱菊院”里曲水绕石，花木扶疏，幽静雅洁，李格非一家人都很满意。

按宋朝规矩，国子监祭酒每月须亲自给教授、博士和学子们授业一次。其他各京国子监的通判也须每月代祭酒讲学一次。李格非上任后的首课，题目为“人欲分善恶，只可节而不可灭；万物非一理，只可究而不可穷”。讲完，又留下这个题目令学子们作策论，各抒己见、畅所欲言。李格非的这个题目显然是针对程颐“理学”的。洛阳太学的学子，多年来受程氏“理学”的熏陶已成风气，所以，这个题目在西京太学里掀起了轩然大波，一时闹得沸沸扬扬。学子们脑筋大开，不管是口头争辩还是挥毫作文，都是滔滔不绝、洋洋大观。此时正值夏末秋初，西京太学很有点儿当年稷下[③]学子们挥汗成雨的气象。李格非看过学子们的策论，不管是对自己命题的赞同者、质疑者，还是对诘难者，都适当地给予称赏，鼓励他们继续争鸣。李格非给西京太学带来了一股新的学风，很受学子们的欢迎。

刚来到洛阳的时候，李格非从太学回来便趁着傍晚的夕阳，跟夫人、清照、迒儿、玉珠，到“环溪”园子里去玩。这园子南边有一个临水的亭子叫

“华亭”，从园子外面进来的溪流遇华亭分为两条，两溪往北环绕过一座“凉榭”，然后汇成一个大池塘。池塘里的藕花已经凋谢，几个莲蓬在荷叶上面低着头，半枯半绿的荷叶丛里横着一条小船，像是等候采莲的人们。李格非一家登上“凉榭”北边近水的“风月台”。从台上向北望去，可看到北邙山麓的宫阙楼阁，千门万户、岧峣璀璨，延亘十余里。李夫人说，那都是隋唐留下来的陈迹，经过重新修葺，做了本朝皇上和王公国戚的离宫别墅；再远处的山坡上，松柏密林的深处，是大宋皇帝和后妃们的陵寝。“凉榭”的南边有座“多景楼”。李格非一家人穿过“凉榭”，登上“多景楼”向南眺望。李夫人指着南面的天际处说：“那远处隐隐约约、模模糊糊的就是嵩山、少屋的翠峰，近处看得清楚的便是龙门的伊阙了。”他们从多景楼上下来，又登上“凉榭”以西的一座大厅，叫作“锦厅”，厅内可容百人，厅外是秀野台。站在台上，周遭树木花卉一览无余，松柏栝桧皆为佳木，阶除两侧，菊花正含苞待放。

每逢太学休假，李格非就带着一家人去凭吊各处的名胜古迹，游览各家的园林胜景。他们先去拜访四朝元老潞公文彦博，顺便游览了他的“东园”。时潞公年八十有七，耳聪目明，身轻体健，尚能陪李格非一家在湖边游目骋怀，策杖漫步。

尔后，李格非一家人用假日次第观览了“富郑公园”“丛春园”“吕文穆园”等洛阳诸家名苑。清照对唐白乐天旧迹“大字寺园”和司马温公的“独乐园”情有独钟，她在这两处驻足时间最长，因为这两处各有许多石刻和温公在壁上留下的题诗。然而，这两处却是最不好玩的地方。“大字寺园”只剩下陈迹和废墟，“独乐园”更是简陋逼仄，一览无余，难以想象这是司马光和范祖禹编纂历史巨著《资治通鉴》的地方。清照流连忘返的时候，远儿却等得不耐烦了，硬是拉着姐姐往外走。李格非想起他们逛龙门石窟的时候，清照让他买了几册名碑的拓片；所以今日，李格非也猜出女儿的心思，他特意嘱托各家管园子的主人把石刻拓下来，把题诗抄下来，日后再派人带银子来领取。

李格非晚上回家，便在灯下随时记下所见所感。一日，李格非写完游记之后，有所感悟，便写下了下面这几句话：

天下之治乱，候于洛阳之盛衰而知；洛阳之盛衰，候于园圃之废兴而得。呜呼！公卿大夫方进于朝，放乎一己之私以自为，而忘天下之治忽，欲退享此乐，得乎？唐之末路是矣。

一日，李格非让夫人和清照看他写的游记，夫人看到这几句话之后默然不语。清照见母亲不爽，便对父亲说：“凡事不能一概而论。治乱盛衰乃人世造化之常，人不能因世事无常便无所作为。文潞公[4]、富郑公[5]、文穆公[6]，还有外曾祖[7]，生于治世，为政清廉，以自己之俸禄，造百代之园林，遗美于人间，未必不是善举。他们的功业道德，岂是那些‘放乎一己之私以自为’者所能比拟。”李夫人听了女儿的议论，会心一笑，说：“小小年纪，倒教训起父亲来。”李格非解嘲道：“韩愈曰：‘是故弟子不必不如师，师不必贤于弟子。’看来在我李家，子不必不如父，父不必贤于子。”清照撒娇道：“应该是：‘女儿不必不如父，父不必贤于女儿。’”李夫人说：“清照，你爹爹认了输，你就不能得寸进尺了。”李夫人说得三人都笑起来。

光阴荏苒，不觉到了中秋，爱菊院阶前和环溪园秀野台下的菊花都已盛开，有金黄的，有雪白的，也有绛紫的。都是洛阳城中的名贵菊品。清照最爱白色的菊花，这也是她在老家没有见过的，乡间的菊花都是黄色的。今春在东京她见过白色的牡丹，那也是她从未见过的，也特别喜爱，喜欢白牡丹的清纯和大气。中秋节晚上，李格非一家在园子里的秀野台上饮酒赏月。冰轮悬空，霜华铺地，朦胧中那白色的菊花似乎更白，白得玲珑剔透，像冰雕玉琢的一般。清照仰首望月，想象着月中的嫦娥，穿着一袭白纱做的衣裙，抱着玉兔，坐在桂树下俯瞰人间的繁华。清照此时想起苏东坡《水调歌头》中的名句：“但愿人长久，千里共婵娟。”今夜，跟她“共婵娟”的是谁呢？她一会儿想起明水的伯父伯母，一会儿又想起东京的赵明诚；她忽而又清泪盈眶，想起自己早逝的生母，觉得那月宫中的嫦娥，便是她升天的母亲。深夜，月亮正在中天的时候，渐渐被云层遮住，似乎秋雨将至，三人顿时觉得秀野台上不胜寒冷。大家都怅怅地回房去了。清照诗情萦怀，没有睡下，正在室中徘徊，忽听到窗外秋风乍起，飘飘洒洒地下起雨来，声音似落叶一般。方才在秀野台上涌动着的一段诗情就像溪水一样涓涓流出，清照提笔写在纸上：

多丽·咏白菊

小楼寒，夜长帘幕低垂。恨萧萧、无情风雨，夜来揉损琼肌。也不似、贵妃醉脸，也不似、孙寿愁眉[8]。韩令偷香[9]，徐娘傅粉[10]，莫将比拟未新奇。细看取、屈平陶令，风韵正相宜。微风起，清芬酝藉，不减酴醾。

渐秋阑、雪清玉瘦，向人无限依依。似愁凝、汉皋解佩[11]，似泪洒、纨扇题诗[12]。朗月清风，浓烟暗雨，天教憔悴度芳姿。纵爱惜、不知从此，留得几多时。人情好，何须更忆，泽畔东篱[13]。

清照写完，搁笔上床睡下，随着风雨声渐渐进入梦乡。

这正是：

造化人工相辅成，林园国运共枯荣。远山近水分秋色，泽畔东篱爱玉英。

注解：

①直秘阁：直通值。值班、值勤之义。直秘阁，以京官兼任，是一种类似荣誉称号的职位。

②秘书省正字：秘书省掌管国史脩撰、三阁图书。正字是其中负责编辑、校勘的官员。

③稷下：稷，齐国都城临淄的城门，或说是齐国的山名。挥汗成雨：语出《史记·苏秦列传》。形容齐国都城人烟稠密、商贸繁荣、文化鼎盛。

④文潞公：文彦博的谥号。他在洛阳的园林叫“东园”。

⑤富郑公：北宋著名宰相富弼，政绩显著，封郑国公，曾参与“庆历新政”改革。他在洛阳的园林叫“富郑园”。

⑥文穆公：北宋著名宰相吕蒙正，为官清正廉洁，为人宽厚仁慈，封文穆公。他在洛阳的园林叫“吕文穆园”

⑦外曾祖：李清照继母李夫人是追赠开府仪同三司的王拱辰的孙女。他在洛阳的园林叫“环溪”。

⑧孙寿愁眉：《后汉书·梁冀传》：“妻孙寿，色美而善为妖态，作愁眉……以为媚惑。”

⑨韩令偷香：“令”字应为“掾”。典出《世说新语·惑溺》。韩寿美姿容，贾充辟以为掾。贾女悦之，发以吟咏。其婢女告韩寿，寿心动，及期往宿，越墙而入。后贾

充与诸属吏会，闻寿身有奇香，此香只己有，乃帝所赐。充秘知寿与女私通，遂以女妻寿。

⑩徐娘傅粉：此典亦有误，傅粉乃何郎事。《世说新语·容止》：“何平叔（何晏）美姿仪，面至白。魏明帝疑其傅粉。”徐娘无傅粉事，《南史·梁元帝徐妃传》：“讳昭珮，东海剡人也。帝左右暨季江有姿容，又与淫通。季江每叹曰：‘……徐娘虽老，犹尚多情。’”

⑪汉皋解佩：出自《太平御览》所引《列仙传》中的“郑交甫将往楚，道之汉皋台下，有二女，佩两珠，大如荆鸡之卵。交甫与之言，曰：‘欲子之佩。’二女解与之。既行返顾，二女不见，佩亦失矣”。

⑫纨扇题诗：出自《文选》班婕妤《怨歌行》中的“新裂齐纨素，皎洁如霜雪。裁为合欢扇，团团似明月。出入君怀袖，动摇微风发。常恐秋节至，凉飙夺炎热。弃捐箧笥中，恩情中道绝”。

⑬泽畔东篱：屈原行吟泽畔，陶潜采菊东篱。与前之“屈平陶令”相呼应。

第八回

西园雅集众星拱月　校场检阅边帅操兵

元祐八年五月，国子监司业赵挺之升迁为京东东路转运副使。转运使是负责本路赋税、运输、农商、水务等方面事务的大员。京东东路包括青州、潍州、密州、莱州、登州、齐州和淄州七个州，还有淮阳军[①]。本路衙署设在青州，这里恰是赵挺之的家乡。

赵挺之的原籍是密州，其父赵元卿做知县时，把家迁来青州。青州是京东东路的大郡。洋水穿城而过，西南有仰天、云台、云门诸山；这里山水相依、峰峦相连，山里泉瀑层叠，溪水蜿蜒；这里是人杰地灵、钟灵毓秀的地方。赵挺之年轻时中进士上第，娶了青州中散大夫郭概的四女儿为妻。这郭概大夫，原籍东平，后迁居青州，为官后常居京城，曾做过几路提点刑狱。他没有子嗣，生了五个女儿，五个女婿都做了官，人称慧眼识珠、善于择婿。郭大夫的长女、次女、三女，分别嫁给上蔡人谢良弼、原武人邢恕、平邑人高昌庸。小女儿的丈夫就是时任秘书省正字的陈师道。当时郭家和赵家是青州城两个显赫的大家族。

赵挺之去青州上任，是奉命办理朝廷公事。他想顺便在青州改建、扩建一下他赵家的宅第，以备老年致仕[②]后做退隐的居所。他把宅第的院落、房舍和花园的布局画成了草图，并把主厅标注为“归来堂”，且自己用榜书写了堂名，备做正堂牌匾的字样。他把修缮拓展宅第的事情交给了弟弟赵援之。赵援之行侠仗义，在青州结交甚广，熟知各行各业的行规和行情。赵援之有两个儿子和两个女儿，大儿叫赵守诚，字仁甫；小儿叫赵克诚，字能甫；大女儿已远嫁密州；小女儿叫赵婉月，尚未及笄。赵挺之嘱咐弟弟，修建宅第时，财务上的每笔进出都要记录在册，莫给别人留下把柄。

放下青州的赵挺之不说，回来再说汴京城里的苏轼。苏轼因为仗义执言、心直口快，在朝廷得罪了不少人。王安石当政时，推行新法急功近利，苏轼揭其弊端，毫无情面，结果酿成了“乌台诗案”，差点儿丧了性命。后来守旧的司马光执政，力除新法，苏轼又反对司马光雷厉风行的作风，怕他对新法矫枉过正。司马光要取消新法的“免役法”[③]，恢复“差役法”，委托苏轼办理。苏轼说，免役、差役利害均等，又说“法相因则事易成，事有渐则民不惊”，对司马光的急于求成也有异见。因此，苏轼在朝中也屡次受到旧党弹劾，曾多次被贬到地方任职。他这次回到京城，看到太皇太后身体每况愈下，守旧的老臣相继去世，熙宁至元丰年间新派人物伺机再起。面对动荡的时局，苏轼心灰意冷，感到自己已无回天之力；但他又是一个心忧天下、不甘寂寞，胸中块垒不吐不快的人。

元祐八年八月，太皇太后驾崩，皇上赵煦亲政。苏轼根据他多次担任侍读时对皇上的印象，预感到政局将有大变，遂提出外任的请求。苏轼的请求很快被皇上下诏批准，以端明殿大学士、翰林侍读两学士衔出知定州。苏轼想跟皇上当面辞别，以便阐明时局利害，规劝皇上切勿操之过急，轻率改制。但皇上避而不见，苏轼只得上书直谏，大略云：

> 臣将行之际，不得以不能面辞而不效愚忠。陛下听政之初，当以通下情，除壅蔽为急务。古之圣人将有为也，必先处晦而观明，处静而观动，则万物之情毕陈于前。臣愿陛下虚心循理，默观庶事[④]之利害，与群臣之邪正。以三年为期，俟[⑤]得其实，然后应物而作，使既作之后，天下无恨，陛下亦无悔。此乃社稷宗庙之福，天下幸甚！

谏言奏上后杳无音信。

定州是北方宋、辽边界上的要塞大郡。宋初辽军犯境，定州首当其冲，人民不堪战争之苦纷纷逃亡，再加上连年水旱成灾，定州遂沦为荒寒不毛之地。宋辽“澶渊之盟”[⑥]以后，几十年太平无事，民间农桑耕织才逐渐恢复起来，但定州仍然是贬谪官吏、流放罪犯的地方。所以京官带衔任职定州，虽不是黜降，却也有警示的意味。

此时，原颍州汝阴县的都头李直方正在东京汴梁。他老母亲去世，因跟汝阴县尉[⑦]不合，辞职来到京城，想到军中谋一个武职。他听说苏轼出知定州，知道定州是需要武备的地方，心想，这正是报答恩人苏东坡先生的时机。李直方来到苏轼府上，请求苏轼带他去定州。他还说，如今北边常有绿林强人出没，一路上他可以护卫先生一家，管保万无一失。苏轼慨然应诺，当即托人去枢密院⑧给李直方入了个校尉军籍，枢密院命他到定州由知州酌情差遣。

受苏轼所托，给李直方办军籍的这个人，名叫王诜，字晋卿。他尚神宗妹妹大长公主，是当今皇上的姑夫，是历经两朝的驸马都尉。王诜才华横溢，有治国兴邦的远大抱负。按宋朝的规矩，皇亲国戚不能干预朝政，这使他非常郁闷，对驸马都尉养尊处优的生活很不情愿，常常把怨气撒在公主身上。公主对他一往情深，他对公主的感情却冷若冰霜。王诜跟文人学士们在诗酒唱和中往来应酬，又天天在风月情场、酒楼瓦肆里醉生梦死，甚至狎妓纳妾，从不把公主放在心上。王诜除了诗词歌赋样样精通之外，尤其在书画方面享有盛誉，跟书家苏轼、黄庭坚、米芾和丹青高手李公麟等都过从甚密。王诜也是个古董文物收藏、鉴赏大家。他为收藏书画建了一座厅堂，叫作“宝绘堂”，还请苏轼写了一篇《宝绘堂记》。苏轼陷于“乌台诗案”，王诜不避朝廷“皇亲不得干预朝政”的禁忌，居然为苏轼四处奔走，鸣冤叫屈，因而牵连“乌台诗案”而被治罪，放逐均州多年，元祐年间才回到京城。王诜为人处世豪爽义气、侠骨柔肠，所以，他的府邸总是冠盖相属、高朋满座；他家的西园也成了文人墨客们的雅集之处。

今天，王诜旧习不改，不顾时局多故，在他的西园为苏轼饯行。赴宴的有苏门四学士黄庭坚、秦少游、张耒，以及上月刚从扬州回京任著作佐郎的晁补之。另外，陈师道带着赵明诚也来了。苏门后四学士，只有在洛阳的李格非未到。原枢密编修李之仪、书学博士米芾等京城众多文人骚客都前来送别。参加饯别宴会的自然也有苏轼的好友李公麟。李公麟字伯时，号龙眠居士，时任中书省删定官。李公麟是大宋画家第一人，鞍马、佛像、山水、人物、花鸟、楼台界画无一不精。他先后画了两幅《西园雅集图》，描绘了苏轼等文人学士在王诜西园聚会的盛况。李公麟胆小怕事，“乌台诗案”时，见了苏家的人，为避免寒暄，竟用扇子把脸遮住，被人们讥笑为“扇子公”。但苏轼毫不在意，过后仍跟他来往如初。这次李公麟西园赴会，拿来他画的两幅《阳关图》，请苏轼在两幅画上分别题诗，而后赠苏轼一幅，自己留一幅。他此举似乎有冰释前嫌，雪洗“扇子公”前耻的意思。

客人们展开《阳关图》一看，无不为之叹服。那是一幅描绘王维“阳关三叠”诗意的画作，画面上驿馆柳青、酒客对饮，远处荒城古道、关河苍凉，意境高远。苏轼说：“这样工致精美、立意奇诡的佳作，我怎么能拿到定州那个荒僻的地方去？万一有个闪失，岂不是罪过。我先在两幅上面题诗，送我的这幅，放在王驸马的‘宝绘堂’暂存，等我回来再取。”黄庭坚说：“这样最好，我也题一首，就算给东坡先生的赠别诗吧。”大家齐声赞道：“伯时作画，苏、黄题诗，珠联璧合，必是价值连城的绝世珍品！”王诜道：“两幅画双璧同辉，妙绝！就怕后人说两幅画是一真一假，成了打不清的笔墨官司。苏学士，不怕我给你卖掉，你就放在我这里。”他说完立刻命人笔墨伺候。

苏轼让黄庭坚先题。黄庭坚在两幅画上各题诗曰：

断肠声里无形影，画出无声亦断肠。想得阳关更西路，北风低草见牛羊。人事好乖当语离，龙眠貌出断肠诗。渭城柳色关何事？自是离人作许悲。

元祐八年癸酉九月黄鲁直题

然后，苏轼题诗曰：

不见何戡唱渭城，旧人空数米嘉荣。龙眠独识殷勤处，画出阳关意外声。两本新图宝墨香，樽前独唱小秦王。为君翻作归来引，不学阳关空断肠。

元祐八年癸酉九月苏东坡题

苏、黄题罢，众人齐声喝彩。陈师道问赵明诚：“这‘何戡、米嘉荣’是谁？”赵明诚答道：“姨父要考考我——何戡是唐朝长庆年间的歌者。米嘉荣不就是唐朝那位胡人歌者吗，他是刘禹锡的好朋友，‘阳关三叠’唱得最好。”陈师道又问：“这‘小秦王’是谁？‘归来引’是什么？”明诚答道：“‘小秦王’不是人名，是唐朝时候‘阳关曲’的别名，原来叫‘秦王破阵乐’。‘归来引’是说陶渊明的《归去来辞》吧。苏老先生的意思是：大家不要悲伤，我去定州跟告老还乡一样啊！”众人听了解颐而笑，也把明诚夸奖了一番。苏东坡摸了摸明诚的头顶说：“这孩子厉害！我在颍州领教过了。”宴席间，苏轼为报答王诜的深情厚谊，将他带来的随身小书僮高俅送给王诜，说："这小子机灵通透，笔札、口才颇为可观，让他鞍前马后，给你效力吧！"高俅谢过苏轼又拜过王诜，站立一旁伺候。

宴罢，黄庭坚向苏轼推荐好友李之仪，希望苏轼能接纳李之仪做他幕府的僚属。苏轼应诺，当即给吏部写了一封推荐信，推荐李之仪做定州通判，让李之仪持信先去吏部挂名，等任命后再去定州。这李之仪有文名，做过枢密院编修，最近从陇西原州通判任上卸任，回京之后，朝廷尚未任命。

第二天早晨，苏轼一行在隋堤上告别了前来送行的亲朋好友，带着家属和李直方乘船登上征程。他们先沿着运河向西，到郑州中牟县过黄河古渡口，然后乘马、驱车北上，一路上风尘仆仆、风餐露宿，越走土地越荒芜，越走人烟越稀少。苏轼在车上举目望去，四野空旷，一马平川，一派肃杀凄凉的景象。又见长空中一只孤雁时而盘旋，时而南飞，哀哀远去。苏轼的妻子王闰之，年初刚刚去世，此次跟他北行的是他的爱妾王朝云。他想起因"乌台诗案"贬谪黄州时为爱妾写的词《卜算子》，仰天长叹，吟道：

缺月挂疏桐，漏断人初静。谁见幽人独往来，缥缈孤鸿影。
惊起却回头，有恨无人省。拣尽寒枝不肯栖，寂寞沙洲冷。

李直方坐在前辕驾车，见先生心情惆怅失落，便挥鞭策马、引吭高歌：

老夫聊发少年狂，左牵黄[9]，右擎苍[10]，锦帽貂裘，千骑卷平冈。为报倾城随太守，亲射虎，看孙郎[11]。　　酒酣胸胆尚开张。鬓微霜，又何妨！持节云中，何日遣冯唐[12]？会挽雕弓如满月，西北望，射天狼。

这是壮年苏东坡在密州做郡守时作的词，词牌寄《江城子》。苏东坡听后感叹道："知我心者，不唯朝云，亦有直方也。"王朝云说："先生还是一肚子的'不合时宜'[13]。"苏轼、李直方听后都会心地大笑起来。咯咯的笑声伴着马蹄的嘚嘚声，知州的车马扬起一路烟尘，向定州疾驰而去。

不几日，苏轼来到定州。次日，他先去孔庙和韩琦庙祭拜，然后便到州衙视事。因定州知州身兼定州安抚使，所以他改日又到军营视察。经过几天巡视，始知定州军备严重坏弛。熙丰年间推行保甲法，削减了军费，把操练士兵的职责划归乡里的保甲；因此，驻守边塞的军营里，军饷供给不足，将校军官们又肆意克扣下属饷银，士卒兵勇苦于冻馁，怨气冲天。天下承平日久，官兵俱无边塞之忧，既无防备也不操练，整日不是酗酒就是赌博。为了防备辽兵骚扰，边界上只得靠当地叫作“弓箭社”的民间武装巡守防卫。“保甲法”之弊，元祐年间因新党阻挠未能根除，使“保甲”和“募兵”两制互相掣肘，无所适从。前几任知州，胆小怕事，坐视不管；所以迁延至今日，军中将校仍然是莫衷一是，对士卒放任自流，致使兵营里一片混乱，且常有因打架斗殴引起的火拼事件。

正当苏轼初理定州政务、军务，百废待兴，人手空缺之际，李之仪以通判职衔携家眷前来上任，苏轼大喜。

苏轼新官上任第一把火，就是惩治军官贪赃枉法，把有大恶行的撤职查办，发配到本州偏远荒僻的地方做苦力；然后，修缮营房，筹措军饷，禁止饮酒赌博，使官兵们衣食稍足，军心稍得安定。尔后，他又按军中规制整顿风纪，演习武艺，部勒战法。此间，也有刁兵蛮卒懒惰散漫成性，不肯服从。他们气势汹汹，屡屡寻衅滋事。李直方为此手执画戟时时刻刻不离苏轼左右。这些歹徒竟然唆使一蛮悍将校约李直方校场比武。李直方向苏轼请命，说：“如不应战，纵容这班小人长了锐气，待他们起哄哗变，事已晚矣。直方愿以死相报。”苏轼说：“你如确知自己必胜，我便应你。此事万万不可意气用事。你不应他，我自有别的办法处置。”直方再三恳请，苏轼无奈，只好嘱咐道：“届时相机行事，不必死拼，输也无妨。”比武那天，苏轼派了几个心腹暗中保护直方。不料那个将校虽有一身好武艺，但多年松懈怠惰，早已把那武功丢了十之八九，不到十个回合，便气喘吁吁，甘拜下风溜走了。自此，无端生事的少了。其中有恶行者居然串通一气，预谋伺机起事，把苏轼逐出定州。有一个小校见有机可乘，向苏轼密告他的长官贪赃，但查无实据。苏轼将他当众罚以二十军棍后发配至边境驻守，并当众焚毁所有告发密信。经过此案，官兵们看到苏轼为人处世明察秋毫，不偏听偏信，人人心悦诚服，放弃了起事的心思，军营内渐渐趋于风平浪静。

元祐九年春，军营按例阅兵。鉴于军中制度废弃已久，将、校、尉官无上下之分，苏轼命令阅兵时必须按职务高低穿着戎装，披坚执锐就位，违者严惩不贷。副总兵王光祖声言自己是老将，不愿穿戎装披甲胄，请求只穿礼服，苏轼不允。演练时王光祖谎称有病没来点卯，苏轼当即令通判李之仪拟写奏章，欲报请朝廷削去王光祖的军职。王光祖害怕了，乖乖穿戴整齐来到校场。自此，其他大小校尉，没有一个再敢怠慢。

阅兵时，校场之上旌旗招展、刀枪林立、盔甲生辉，士兵们步伐齐整、精神抖擞、杀声震天。阅兵之后，定州老百姓都说：“自从韩琦走后，再也没见过这么严整威武的阅兵典礼了。”阅兵后，定州百姓送太守一块牌匾，上书“江山永固”四个大字，苏轼将“江山永固”牌匾悬于书斋正中。

定州名士滕大夫仰慕苏轼大名，送来青色奇石一块，石上有雪样花纹，苏轼取名为“雪浪石”，并置于书斋门前的石槽内，书斋亦改名曰“雪浪斋”。另一杨姓绅士，自称杨业后代，送定州白瓷茶具一套，茶盘上刻着苏轼的两句诗：“潞州煎茶学西蜀，定州花瓷[14]琢白玉。”一日，苏轼宴请滕大夫和杨绅士，在“雪浪斋”前饮酒，发现“雪浪石”酷似故乡蜀州的“离堆”[15]，油然生起一缕淡淡的乡愁；他令人提来一桶清水，自己一瓢一瓢地将清水泼向“雪浪石”，将石面冲洗得干干净净，像雨后的青山秀色喜人。滕大夫亦爱石如痴，见状赋诗颂之，苏轼遂赋诗三首答谢，其一云：

> 承平百年烽燧冷，此物僵卧枯榆根。画师争摹雪浪势，天工不见雷斧痕。离堆四面绕江水，坐无蜀士谁与论。老翁儿戏作飞雨，把酒坐看珠跳盆。此身自幻孰非梦，故园山水聊心存。

某日，李之仪设家宴请苏轼，两人诗酒唱和，谈笑正欢，有一公人来找苏轼请示公务。苏轼将此公务条分缕析，指出妥善处置办法。公人听完连声称善。李之仪夫人在屏风后窃听，晚上对李之仪说：“我原以为苏东坡是一介书生，只会高谈阔论、不通世务；今日才晓得东坡先生是一位事理通达、老成干练的治世能臣！甚至所涉之物的尺寸斤两，所值钱数多少，都锱铢必较，计算得不差毫厘。”李之仪说：“苏学士名垂海内，众望所归，岂能徒有虚名？”李之仪夫人叫胡淑修，字文柔，父亲是翰林大学士，本是江南常州大家闺秀，不仅知书达礼，而且长于算术，曾提举过司天监、任过三司使的沈括，遇到解不开的算术难题，还屈尊来向她请教。苏轼在常州置有别业，胡氏在闺中便闻苏轼文名，虽仰慕已久，但恐盛名之下其实难副，至今亲自聆听苏轼理事风采，方才深信不疑。此后，胡淑修便与王朝云结为金兰姐妹，亲如手足。

转瞬间，苏轼在定州任期将近一年，打算退隐。他自知辞官后再无给皇帝进言的机会，胸中愤懑郁结，骨鲠在喉，便不计后果，在离任前写了一张言辞激烈的奏折。他列举边防之危机、保甲法之弊端，指出若不尽早废弃此法，当辽国撕破盟约，再次劫掠中原时，大宋朝廷将无以自保。

时值皇上正热衷绍述神宗新法，擢拔章惇入相，章惇正预谋弹劾苏轼。苏轼奏章果然触怒龙颜，不久便下来圣旨，贬谪苏轼去岭南英州，并不准进京。因苏轼原来留在京城的衣物皆不能去取，胡淑修给苏轼做了两身新衣服赠别。苏轼感激致谢，胡淑修说："我本一女子，能得识大人尊颜，死而无憾矣。"

李直方决意跟随苏轼去岭南，愿与老师终生相伴，苏轼答应了李直方的请求。临别，苏轼嘱咐李之仪抄写《华严经》，说世事艰难、仕途坎坷，此"经"可终生受用。苏轼辞别这天，李之仪夫妇相送至十里长亭，苏轼与李之仪举杯同吟"阳关三叠"，胡淑修与王朝云执手垂泪、互道珍重，尔后挥手告别。

苏轼被贬岭南之后不久，李之仪调京城内务府任香药库总监。

这正是：

世乱疾风知劲草，时危板荡识诚臣。路遥始见真马力，患难同舟乃至亲。

注解：

①淮阳军：军，是宋朝的一种兼有军事作用的特别行政区域，与州平级，所辖地域比州小，但军事地位重要。淮阳军在今江苏省淮阳县一带。

②致仕：官员按规定年龄退休。

③免役法：王安石变法的重要举措之一。将原来规定成年男丁每年必须完成无偿服徭役或服兵役的任务改为有偿服役，不愿服役或家无男丁之户可按规定捐钱代役。

④庶事：有关国计民生的政务。

⑤俟：音[sì]，等待。

⑥澶[chán]渊之盟：是北宋和辽国经过二十五年战争后缔结的盟约。宋真宗

景德元年，辽国萧太后与辽圣宗，亲率大军南下深入宋境。宋真宗与多数臣僚主张避敌南逃，因宰相寇准力劝，才至澶州督战，使宋军士气大增。宋军坚守辽军背后的城镇，又在澶州（河南濮阳）城下大胜辽军。辽国失利后愿与宋议和，宋真宗也有讲和意愿，于十二月间宋辽订立和约：辽宋约为兄弟之国，宋每年送给辽岁币银十万两、绢二十万匹，宋辽以白沟河为边界。史称“澶渊之盟”。此后宋、辽百年间不再有大规模的战事。

⑦县尉：县里掌管地方武装和治安的官员。

⑧枢密院：掌管军队的最高机构，长官叫知枢密院事，官阶与参知政事同级。副职叫签书枢密院事。

⑨左牵黄：黄，黄犬。

⑩右擎苍：苍，苍鹰。

⑪“亲射虎，看孙郎”：孙郎，孙权。《三国志·吴书》：“建安二十三年十月，权将入吴，亲乘马射虎于陵亭。”

⑫“持节云中，何日遣冯唐”：节，使者所持信物。云中，今内蒙古、山西交界处。汉文帝时云中郡太守魏尚守边有功，后因上报战果数字略有误差被革职，冯唐谏文帝待名将太苛，文帝遣冯唐持节云中复魏尚太守官。

⑬不合时宜：王朝云原为钱塘歌姬，苏轼的红颜知己，后被纳为侍妾。一日，苏轼指着自己的肚腹问侍妾们：“谁能说出我这肚子里装有何物？”一侍女答：“是文章。”苏轼摇头，另一侍女又答：“是见识。”苏东坡还是摇头，王朝云笑答：“先生这肚子里装的都是不合时宜。”苏轼闻言大笑，赞曰：“知我者，唯有朝云也。”

⑭定州花瓷：宋定州窑出白瓷，所谓花瓷，是指在瓷胎上雕刻花纹后再上釉烧制的白瓷。

⑮离堆：亦作“离碓”。古地名，在四川省都江堰市境内。秦时蜀守李冰凿离碓，于城中穿二江辟沫水之害。

第九回

讽时事巧赋如梦令　重气节坚辞害人局

却说元祐八年九月，太皇太后高氏驾崩，庙号谥曰宣仁，十八岁的皇帝赵煦亲政。此前，太皇太后垂帘听政八年，赵煦做了八年唯命是从的傀儡，大气不敢出一口，憋了一肚子怨气。今日亲政，如野马脱缰，踌躇满志；然而他却是志大才疏、昏庸无道，在宫里宠信宦官、耽恋女色，在朝中远君子而近小人。他从小就听内侍们告诉他，神宗时国库里装满了钱，穿钱的绳子朽烂了，散钱多得往外流。内侍还说，有了钱可以兴建宫室，拓展园林；可以金屋藏娇，妃嫔成群；还可以开疆拓土，成就千秋不朽之伟业，永垂万世不灭之美名。至于国库的钱多了，是因为哪里的钱少了，他却不明就里，曰："非朕宜知也。"

皇上赵煦刚开始着手政事，便召集刘瑗、郝随等十名内侍询问国是，他们一致赞成皇上重启新法。大臣范祖禹愤而谏阻，列举史上宦官当道祸国殃民之害，劝皇上勿蹈东汉十常侍的覆辙。皇上不听，遂令元祐间被贬逐的新党要员章惇、吕惠卿、李清臣等人官复原职，并升迁李清臣为中书侍郎[①]。

元祐九年三月，廷试进士，李清臣发策，暗含着起复诸条新法之意，皇上御批曰"可"。苏轼的弟弟，门下侍郎[②]苏辙抗言上奏。皇上览毕奏章勃然大怒。奏章中有一句话说："汉武帝外事四夷，内兴宫室，财用匮竭，于是修盐铁、榷酤、均输[③]之政，民不堪命，几至大乱。"皇上抓住奏折中的这句话，怒斥苏辙说："敢比先帝为汉武吗？"越日，竟然下诏降苏辙官职，令其出知汝州。没过几天，诏命章惇为左仆射兼门下侍郎，总揽朝政，也就是一人之下、万人之上的首相。章惇在神宗时曾任三司使，很多变革条例都是出自他手。

章惇举荐曾布为翰林学士，同时以讥斥前朝的罪名免去了苏轼的翰林学士官衔，贬其去知英州，后又谪惠州安置。这两处都在几千里之外的岭南，是弥漫着瘴气毒雾的蛮荒之地。苏轼被贬到岭南，就是踏上了不归路。他有命不得进京，京城所有门生、亲朋好友都无缘再跟他见上一面。

章惇原是苏轼的好友，两人都才华天纵，有着远大志向。他们惺惺相惜，常常结伴远游，诗酒唱和，一起指点江山，臧否人物，谈古论今。苏轼赞扬章惇刚毅、果断，勇往直前；章惇佩服苏轼学识渊博，文采斐然。章惇还曾在“乌台诗案”时为苏轼伸张正义，给在黄州的苏轼写信表示问候。苏轼今日被放逐岭南，虽然感觉错愕，但还是原谅章惇，说：“子厚也是迫不得已啊！”子厚是章惇的字，如同子瞻是苏轼的字。子瞻不曾想到，有的人只能共患难而不能共富贵。他已经是子厚的心腹之患，子厚把他当作最主要的政敌，要把他苏子瞻置于死地。

翰林学士曾布上书说，欲恢复先帝的政事，必先改年号，向天下昭示皇上的施政意向。四月，改元祐九年为绍圣元年。“绍圣”者，即继承神宗皇帝的遗志，推行王安石的新法。推行新法需要扫除障碍，必须把元祐大臣逐出朝廷。为了罗织罪名，章惇建议设立元祐章奏编审局。编审局设检讨官数名，专事从元祐大臣的章奏中发现反对新法、讪谤前朝的言论，以便据此给他们定罪。所以，有人把编审局叫作“害人局”。

章惇把他拟定的编审局检讨官名单上奏皇上，御批的名单上却增添了一人，这个人就是李格非。章惇大惑不解，难道皇上不知李格非是苏门后四学士第一人？他不敢去问，只得按圣旨发文到洛阳，让李格非诣阙受命。

李格非接到调任文书，不知道这编审局检讨官为何等职务，心中狐疑不定，但上命不可违。李格非携家启程回京这天，到河埠头送行的有西京太学的几位博士、学生，还有李格非在熙宁九年的同榜进士杨时。这杨时便是“程门立雪”的杨时，他做了几年地方上的小官，就辞官不做，以钻研经学为务。元祐八年，他再次来洛阳伊川的伊皋书院，投奔程颐门下继续深造。他常到洛阳的国子监拜访同年④李格非。杨时对李格非的治学态度和教学方法颇加赞赏。两人虽然学术见解不同，但都能虚怀若谷，虚心倾听对方的论见，在探索学理、切磋经义时，互相争辩诘难，如棋逢对手，互不相让；促膝谈心时，却又像知己密友，侃侃而谈。宽宏大度的胸襟，使不同门派的两位学人建立了深厚的友谊。今天，杨时为李格非送行，带来伊川出的两坛杜康美酒作赠礼，让脚夫直接挑到了船上；这是他们两人往日聚会时常用的酒品，李格非十分喜欢饮用，甚至女儿李清照闻到那醉人的酒香，想起曹孟德的诗句“何以解忧，唯有杜康”，也忍不住要抿两口。

跟杨时和其他几位朋友话别之后，李格非一家便辞别住了半年多的西京洛阳。傍晚，李格非的船停泊在一个小镇的埠头上，一家人上岸进了一个小酒店，坐下来要了几样小菜和几个炊饼。用饭之时，只听得酒店店主的女儿一边在井边打水洗菜，一边唱着小曲：

蹴罢秋千，起来慵整纤纤手。露浓花瘦，薄汗轻衣透。　见客入来，袜刬金钗溜。和羞走，倚门回首，却把青梅嗅。

玉珠问那女孩儿，是谁教给她唱的。女孩儿答道：“这是今年刚从东京传过来的。只要是有井的地方，就有人会唱。我们镇上的女孩子没有不会唱的。”清照和玉珠十分诧异，没想到在这偏远小镇上居然也遇到了知音。李格非问清照和玉珠，这么清新活泼的小令是谁作的。清照和玉珠当然知道，而且知道是谁传唱出来的，但她俩都守口如瓶，笑而不答。

吃完饭，他们回船上休息，清照看着舱外满天的星斗，回忆起那天荡秋千的情景；至今，差不多又一年过去了，他，赵明诚又长高了吗？她在朦胧中似乎看见他的背影，渐渐消失在开远门那漆黑的门洞里。“他为什么不跑过来呀，难道他忘了我？”清照在梦里委屈地哭了，直到玉珠把她叫醒，才知道天已经蒙蒙亮了，船夫的摇橹声也吱吱地响了起来。

李格非一家回到东京家里，看门的仆人已经把“有竹堂”的前后两院和堂内堂外打扫得干干净净。清照走进后院，见满院海棠盛开，蝴蝶在花间飞舞，蜜蜂在枝头低唱。立在院角的秋千似乎也在欢迎她回到家里。她登上秋千，荡了几个来回，往过厅后门那里瞥了一眼，看有没有人来。李格非正站在过厅后门口跟仆人说话，仆人告诉他：“前几天张耒大人来过，是来问大人您回来没有。他说朝廷给大人您有新的任命，您近日就要回来。”李格非问：“还有没有其他朋友来过？”仆人说没有别人来。这仆人说的张耒，字文潜，是苏门四学士中最年轻的一位。他身材伟岸，仪表堂堂；苏轼赞扬他“为文汪洋冲淡，有一唱三叹之声”。张耒被苏轼擢拔为馆职之后，在馆阁八年，固守信义，淡泊名利，敬业好学，在士林中口碑颇佳，现在朝中任起居舍人⑤。

当天下午，张耒来访，恰值李格非一家刚刚安顿下来。张耒一副心事重重的样子，告诉李格非，自从章惇执政，苏轼流徙岭南之后，最近又贬黄庭坚出知宣州[⑥]，贬晁补之出知齐州[⑦]，贬秦少游通判杭州，只有他张耒暂留京师，不知日后如何发落。李格非问张耒："何以调我来做检讨官？这编审局为何而设？"张耒答道："据说是为了编审元祐章奏的。"李格非又问："编审章奏有秘阁，何必另设编审局。"张耒摇头，表示他也莫名其妙。

天色渐晚，张耒告辞，李格非请张耒留饭，张耒说："你们刚到京城，一路旅途劳顿，就不必麻烦了。改日我再为兄长接风洗尘。"李格非把从洛阳带来的杜康酒送给张耒一坛，张耒说："这几天正需要这'青州从事'[⑧]，我就不客气了。"

张耒走后，李格非命仆人到外面酒店买了几样下酒的菜肴，把另一坛杜康酒启封，然后召集全家入席，说："今日我们回京，摆个家宴庆贺一下。"他举杯请夫人共饮，然后对清照说："清照，你不是喜欢杜康吗？今晚大家都尽兴吧。何以解忧，唯有杜康！"这是父亲第一次允许清照正式饮酒，她闻着醉人的酒香，尽情地喝了一大口。李夫人说："清照，可不要喝多。你还是小孩子。"清照说："阿娘，我今年都十二岁了。我心里有数，不会喝醉的。"李格非一杯接一杯地喝，李夫人看出丈夫心事沉重，便问道："张文潜先生跟你说什么了？"李格非说："我的好朋友黄庭坚、晁补之、秦少游都放外任走了。"李夫人说道："到外边州郡体察一下民情，兴利除弊，做点儿实实在在的事，倒也不是坏事。"李格非道："如果留在朝廷当道的尽是奸佞小人，外任的怎能安心治事？兴利除弊，谈何容易？君子以为利者，小人却以为弊；处处与你掣肘，让你寸步难行。"李格非摇摇头端起酒杯，李夫人劝他不要再喝了。清照听了爹娘的话，知道是关于官场的事，虽不十分明白底细，但也懂得大概意思。清照三杯酒下肚，听爹娘说话的声音有点儿模糊，怕自己喝醉，便吃了点儿东西回房去了。

玉珠擎着烛台在前边引路，说："离家差不多一年了，家里的路走不惯，小姐小心别绊倒。"清照看那灯光照着的海棠，更加娇艳妩媚，说："我们这才真的是：'只恐夜深花睡去，故烧高烛照红妆。'"回到卧室，时候尚早，清照好像也有放不下的心事，惆怅满怀地坐在几案前，剪去灯花，又令玉珠研墨，似乎要写点儿什么。玉珠研完墨，清照拈笔在纸上写了一行字，又觉得不妥，涂抹了重写，写来写去，也没写出满意的东西；后来索性令玉珠给她换了支大笔，另铺一张大纸，悬肘抬腕，慢慢地写了一篇隶书大字。玉珠看见纸上反反复复写了三个字，便问："小姐，这是什么诗？怎么只写这三个字？这三个字念什么？"清照笑说："看你打破砂锅'闻'到底，不认得就不要问了。"玉珠说："明天小姐再教我认字好不好？就教这三个字。"清照答曰："好啊，不过这三个字先不教。"玉珠说："这'日'字和这'月'字合起来怎么念？"清照不答，故意岔开话题，道："以后认字多了，我还教你作诗呢。"玉珠说："那敢情好，小姐说话可要算数。"清照伸出一根弯成钩子的手指说："来，拉钩！"主仆两人咯咯笑着拉完钩各自睡下。

夜里清照被窗外的风雨声惊醒，但酒力未消，翻了一个身又睡着了。早晨醒来，日头已经上了树梢，见玉珠正在卷帘，问道："海棠花怎么样了？"玉珠看了看外面的海棠，答道："跟昨天差不多。"清照说："海棠不禁风雨，应该是零落憔悴，落花遍地了吧。"清照起身，到窗前看了看院里的海棠，不禁惋惜地叹了一口气。梳洗完毕，回忆起昨晚父母的谈话，虽然模糊，但也有些印象，父亲似乎说在京城的朋友少了，朝廷里只剩下小人。清照见园中景象，似有所悟，便借砚上的残墨，写下一首小令：

调寄《如梦令》

昨夜雨疏风骤。浓睡不消残酒。试问卷帘人，却道海棠依旧。知否？知否？应是绿肥红瘦。

次日，李格非到吏部报到，并询问这编审局检讨官的职责为何，吏部官员回复说："到相府去请示宰相，宰相将会面授机宜。"李格非去相府见到章惇，章惇告诉他："把元祐时的章奏分门别类装订成册，然后摘录其中讥刺、诋毁前朝的言论，汇集成册备案，依次呈报皇上裁决，然后依裁决行事。"李格非听后当即请辞，说："格非本人亦元祐官员，担任此职恐有不便，请宰执另行差遣。"章惇没有挽留，说："阁下请便。"李格非退下，离开相府回到家里，等候处置。

因李格非任编审局检讨官是皇上钦点，他拒不赴任应由皇上亲自处置。章惇把此事奏明皇上之后，皇上立即降旨，曰："李格非无视恩赏，抗旨不遵，贬通判广信军[9]反省悔悟，以观后效，嗣后另行任用。钦此。"章惇读罢皇上的御批，又一次感觉蹊跷。他原以为皇上一定龙颜大怒，从重发落，没想到却是不痛不痒。章惇曾任知制诰，贬谪朝臣的诏书竟用"另行任用"一语，实属罕见，这使他大惑不解。是皇上另有打算，还是草拟圣旨的知制诰昏了头呢？章惇虽然聪明过人，可也猜不透其中的机关。

在秘书省任正字的陈师道，知道李格非回到京城，按理应该前来会面，但因听说李格非是到章惇的编审局任职，心中十分不快，所以迟迟未来。今听说李格非辞官不就，遂携赵明诚来李宅问候，并对李格非的大义之举表示赞赏。

像往常一样，赵明诚又是趁姨父跟李格非在客厅叙话之机，迅速来到后院书房找清照，给清照送来他从大相国寺买来的蜜制点心"笑靥儿"。清照问明诚："你不知道我家回东京来了？"明诚答道："昨天才听姨父说，今天请假就跟姨父来了。我现在也上太学了。"清照说："个子长高了，成了太学生，架子也大了那么一点儿。不过，我知道你早晚会来的。你看我从西京给你带来的礼物。"清照吩咐玉珠把带来的几册碑帖拿出来放在几案上，解释说："这几册是从白居易的'大字寺园'拓来的，那几册是从龙门石窟买来的。哪像你，就知道送吃的。"赵明诚笑道："小姐雅兴，哪像我这般俗气。年来有哪些佳作，能让我看看吗？"清照说："有是有，只选两篇满意的给你。"清照拿出在西京作的《多丽》和前几天作的《如梦令》词稿给明诚看。明诚看完两篇词稿后说："没想到《多丽》这种长调，你写得也这么好，难为你记得这许多典故，又用得这么恰当。不过，这首《如梦令》，清新婉转，如行云流水，我看没人能超过了。'绿肥红瘦'，亏你能想得出来！"清照说："此言差矣，我自己不会超越自己吗？"明诚道："那是，那是！明天我就传到太学里，让全京城都唱《如梦令》！"从外面端茶进来的玉珠插嘴说："我们在运河边的小镇上，都听到小姐的《点绛唇》了。真得谢谢公子，让我家小姐的词传到四面八方。"明诚道："玉珠姐真会说话。那是因为你家小姐的词作得好，好酒不怕巷子深啊。"两人你一言我一语说得清照眉开眼笑，她嘴里却说："你们闲着就会编派人，再不住嘴，我可要生气了。"

明诚在清照的书房里玩了多时，直到玉珠从前厅过来说陈先生要告辞了，他才拿起清照送给他的几本碑帖和词稿，恋恋不舍地离开清照的书房。

次日，李格非接到吏部文书，是命他去通判广信军的任命状。李格非上殿领旨谢恩之后，回家跟夫人商量。他告诉妻子，广信军在北方的宋辽边界上，比定州更遥远、更荒凉，且经常遭到辽军的袭扰；所以，他打算让夫人带着孩子们留在京城，他独自去上任。夫人却决定跟丈夫一起去，说夫妻应当患难与共，彼此互相照顾。李格非感激夫人深情厚谊，但是他担心清照到那种地方受苦，便想了个主意，让清照和玉珠再回老家明水，住到她伯父伯母家里。李夫人说这样也好，只带李迒去。清照虽然想跟父母在一起，但又怕拖累父母，也就勉强答应了。

李格非一家离京启程这天，到京城北门——新酸枣门送别的只有张耒、陈师道和赵明诚三人。几个大人在长亭内饮酒话别，清照和明诚在路边一棵柳树下说悄悄话。明诚见清照眼里泪光莹莹，安慰她说："你们老家明水离青州不远，我们青州老家的新宅子'归来堂'已经盖好了，我夏天去青州给姥姥拜七十大寿，经过齐州，一定去明水看你。我发誓，一定去，你等着吧！"明诚又伸出一个弯钩的指头。清照往长亭里瞥了一眼，见玉珠正给四位大人斟酒，没人注意这边，便飞快地伸出指头跟明诚拉了一下钩，又立即抽回来，那杏脸早已羞得通红，赶忙双手捂住脸，顺势擦干了眼泪，又转身去折那垂下来的柳枝。

喝完离别酒，拭罢伤心泪，李格非一家跟朋友们辞行，又一次告别了京城。他们旱路上乘车，水路上坐船，一路向北进发。

这正是：

患难之交诚可贵，官高忘义理难容。平生不做亏心事，宁可衔冤走远城。

注解：

①中书侍郎：唐、宋时，朝廷中的机构主要有三省，即尚书省、中书省、门下省；长官分别为尚书令、中书令、侍中，其副职分别为尚书左右丞、中书侍郎、门下侍郎。唐朝已将尚书令分为左右仆射，至宋已不设中书令和侍中，只设中书侍郎、门下侍郎，且大多由尚书仆射兼任。

②门下侍郎：见注①

③盐铁、榷酤、均输：盐铁，此处指汉朝使用的盐铁专卖制度；榷酤[què gū]，指酒的国家专卖制度；均输，指国家对运输和税收的管控制度。国家专卖等制度抑制了富商巨贾的暴利，增加了国库收入，但后来却流变为贪官污吏搜刮民脂民膏的

手段。

④同年：此处指科举同年得中之人。

⑤起居舍人：官名，负责记录皇帝日常行止及国家大事。

⑥宣州：今安徽省宣城市。

⑦齐州：今山东省济南市。

⑧青州从事：好酒的代称。《世说新语·术解》："桓公有主簿善别酒，有酒则令先尝，好者谓'青州从事'，恶者谓'平原督邮'。"

⑨广信军：广信军在今河北省徐水县一带。军，见第八回注。

第十回

边城道上驱逐妖孽　历下亭中创制雅词

话说李格非一家来到齐州济南城，在驿馆歇了一宿。第二天，李格非先去拜访知州晁补之。两人寒暄之后，晁补之说：“我在扬州时，令爱从老家接到东京，我没有亲见；我从扬州回京，你们一家又都去西京洛阳了，又无缘见到。在京城坊间、酒楼上听过令爱作的《渔家傲》和《点绛唇》。前者超凡脱俗，后者清词丽句，截然不同凡响。今天能见一见就好了。”李格非立即差家仆去驿馆把清照领到郡斋，引见给晁补之。清照给晁补之请过安之后，恭敬肃立一旁，静听晁补之的问话。晁补之像迎接贵客似的起身设坐，让清照坐定，并吩咐侍仆上茶，然后对李格非说：“格非兄，你女儿天分这么高，又这么俊俏，莫非是得到上天的眷顾？”李格非笑答：“贤弟过誉了。”晁补之转脸对清照说：“清照，近来可有新作？”清照红着脸说：“谢谢先辈关爱。只有两首尚可。”晁补之说：“能不能念给我听。”清照说：“不怕先辈见笑，我就按曲牌唱一遍吧。”清照便把《如梦令》和《多丽》各唱了一遍。晁补之听了赞不绝口，说：“前一首《如梦令》，通晓流畅，蕴藉婉约。后一首长调《多丽》，华赡典雅，格调高迈。天才！天才！你这金玉般的声音也好听。嗓音好，也是得天独厚，别人学不来的。”清照起身谢过，说：“先辈夸奖，晚辈受之有愧。”晁补之说：“这两首，我让齐州的乡亲们先唱起来，抢在京城的前头。”清照说：“谢谢知州大人，不过东京已经有人唱了。”晁补之说：“哦，这么快！还是京城能得风气之先。”李格非这回猜出了第一个传唱的是哪一个人，但没说出来。当天晚上，晁补之在齐州酒楼设宴，为李格非一家饯行，并令歌姬现场按曲演唱清照的《如梦令》。齐州虽不是京城，也是有名的大郡，酒楼里照样是轻歌曼舞，丝竹之声悠扬。从此，李清照的《如梦令》进入了齐州济南城的千家万户。

次日，李格非一家向东走了一天的路程到了章丘明水。李格非向大哥大嫂引见了夫人王氏和迒儿。清照见抚养她长大的伯父伯母的额上又多了几道皱纹，头上也添了几缕白发，往日温馨的亲情又涌上心头，使她乐极生悲，热泪盈眶。迒儿见了伯父家的四个哥哥李迥、李迨、李远和李迈，也觉得格外亲切，居然说他想留在明水，不想去别处了。清照的伯父共有六个儿子，大儿李褐、二儿李过已成家，分开另过，还有四个儿子未成年，跟着他们的父亲过日子。

李格非和夫人，还有迒儿，在明水住了三天，又继续北上。临走时，迒儿和清照姐姐以及几个哥哥们难分难舍，一路上怨声怨气，只怪父母不把他留在老家。一家人经过十几天的长途跋涉终于来到广信军地面，到治所安顿下来。

李格非任广信军的通判。宋朝的军和州，是等级相同的地方军政辖区。不同的是，每个州都下辖几个县，军则是从过去的驻军区域演变来的，没有辖县，多设在边塞要地或军事重镇，虽地面不及州郡的幅员广大，但地位重要。军的长官原来叫节度使，现在叫知军，其次便是通判。通判虽是副职，但他有监督知军、直接向朝廷奏事的权力。

广信军的军营里，也跟苏轼以前去的定州一样，军纪松弛、军心涣散，既不训练，也不巡边，将校们无所事事，天天以酗酒赌博混日子。兵勇们闲得无聊，则四处寻衅滋事，惹是生非。知军叫郝勉，原来叫方勉，他做了内侍郝随的干儿子以后，没改名，但换了姓。郝随是当今皇上的宠妃刘婕妤的亲信。郝勉仗着干爹的势力，克扣军饷，养着一个叫作公孙豹的妖道。妖道公孙豹自称是辽境蓟州罗真人的开门大弟子，声言自己能呼风唤雨，撒豆成兵，还能上观天文星象，预知人间祸福。郝勉听了公孙豹的一派胡言后信以为真，居然把妖道当作镇边御敌的宝贝。郝勉按公孙豹的要求给他做了一辆四匹马拉的战车。公孙豹驾车巡边，扬言随时可以在车上撒豆成兵，将犯境辽兵杀得片甲不留。实际上，自“澶渊之盟”以后，犯境的辽兵，不过是两三个散兵游勇而已，并无大股的辽兵侵扰。公孙豹常常借巡防边境之名，驾着马车，四处游逛，为非作歹。他随意闯入民宅，强行给人算命，或者看风水，然后勒索高额酬金。

这天，李格非骑马出行，有一青壮男子上前拦住去路，高喊：“小民冤枉，请通判大人为小民做主。”李格非勒住缰绳，对那男子说：“有冤情，应向军衙告状！”男子说：“知军大人不与小民做主，反说小民聚众闹事、惑乱军心，把小民打了五十军棍。小民在家养伤治病，两个多月不能出门行走。听说通判大人为官清正，今日小民才敢冒死喊冤。”李格非让男子道出冤情。男子说，他下地干活儿，浑家一人在家；公孙豹闯入他家，强行给他浑家算卦，说他浑家十日之内有血光之祸，如能出二两银子可以破财免灾；他浑家说没有那么多银子，也不想免什么灾；公孙豹说这卦不能白算，没有钱可以用“房中事”替代；公孙豹正要对娘子无礼，幸亏他从地里回来，他便和浑家，还有闻讯赶来的邻居，一起揪住妖道去衙门告状；不料知军郝勉反把他和浑家打了一顿撵出衙门。李格非听完边民诉苦，恨得咬牙切齿，决计除掉这个祸害边民的妖孽。

一天，李格非视察边防营寨回来，途中遇见公孙豹的马车。公孙豹不但不下车给通判大人行礼，反而不给通判的车骑让路。李格非命卫士将公孙豹拿下，厉声斥责道：“把你那撒豆成兵的伎俩演给我看。若果然应验，我奏明皇上，推荐你做个天师大元帅。否则，我便打你一百军棍，把你逐出境外，让你再去罗真人那里继续修炼。”公孙豹强辩说没带施展法术的器物。李格非说：“不带法器，如何巡边？”公孙豹被问得哑口无言，卫士们不容公孙豹争辩，便把他捆绑起来，将他打了个皮开肉绽，然后搭在车上，像扔死狗一样丢到广信军境外。事后，李格非向郝勉通报此事，郝勉知道此事不可闹大，便暂时咽下这口窝囊气。郝勉明里没说什么，背地里却给朝廷上了一份奏折，诬告李格非越权擅自决断军务，扰乱军心、图谋不轨，理应典刑处置。

中书省把郝勉弹劾李格非的奏折呈到皇帝的御案上，皇上御览后把奏折给内侍刘瑗看，刘瑗说：“陛下知道，知州、知军跟通判不睦，这种事屡见不鲜，官家[1]不必挂虑。这广信军知军郝勉是刘婕妤近侍郝随的干儿子，这李格非也是官家将来用得着的人。以奴才之见，官家就睁一眼闭一眼，不必细究。索性把李格非调回京城另行任用。”刘瑗又顺手写了清照的《如梦令》，呈给皇上说：“这是近来在京城风传的小令，也是李格非的那个女孩子写的。这‘雨疏风骤，绿肥红瘦’似有所指，不妨给他们旧党的人一点恩典，消减一下他们的怨气。”皇上说：“你说的正合朕意。如果这‘雨疏风骤，绿肥红瘦’确有所指，这女孩子可非同一般了，没有统御后宫、母仪天下之德，也有上官婉儿[2]理政之才。告诉吏部，先给李格非一个官职把他安顿下来。”于是，一道圣旨下到广信军，命李格非回京。李格非一家人喜出望外，接到圣旨便整装即发。

算来前后不到三个月，李格非又回到了明水老家。他跟家里人一阵寒暄之后却不见清照。大哥告诉他说：“昨天从青州来了一位公子，说是转运副使的孩子，叫赵明诚，字德甫。下午，他刚刚跟李迈、清照、玉珠四个人，去西麻湾里划船游玩去了。”

这西麻湾在明水村的西边，是一片周遭约有二十多里的湖泊，当地人称作“西麻湾”。这湖泊的水底和岸边，到处是汩汩冒水的泉眼，泉水汇成一片偌大的水域。水面下清澈透明，可以看清水底的小鱼在长长的荇草间轻快地游弋。水泊里长着一丛一丛的蒲苇，蒲苇间生长着莲藕。此时正值盛夏，那映日荷花，有的洁白，有的嫣红，争奇斗艳，婀娜多姿。其间，时有少年村姑划着小船，或捕鱼，或采莲，或游玩嬉戏。西北边，湖水流入绣江河的出口处，有一间小小的酒家，旁边柳荫下翼然立着一个草亭，这是人们上岸歇脚乘凉的地方，也是附近文人雅士饮酒聚会的所在。

等到日薄西山的时候，还不见清照他们回来，李格非的大哥觉得事情有点儿不妙，便决定带着儿子李远去西麻湾看个究竟。李格非和夫人说一起去看看，远儿也跟着去了。他们走了二里路来到西麻湾，太阳已经落山，西边的天上散布着紫红色的晚霞，湖面上静悄悄的看不到一个人影。对面湖边的亭子，在晚霞里显出一个小小的黑色剪影。

李格非他们向湖面上瞭望了许久，见远处有一只小船慢慢摇过来。等小船划到跟前，却不是清照他们。李格非的大哥问船上的人，他们说，先前看见过亭子上有几个后生喝酒，来时亭子上已经没有人了。大家全都慌了手脚，断定清照他们出了意外的事情。这时，远儿突然大喊：“你们看，那里飞出几只白鹭，姐姐他们可能在那边！”大家向西南方向望去，几只鸥鹭从一片荷叶后边的芦苇里向天边的晚霞飞去了。李远立刻借来刚划过来的小船，向鸥鹭飞出的地方射箭似的划过去。天色渐渐暗下来，晚霞变成了浅灰色。西边天上，最先出现的长庚星越来越亮了。等了多时，大家看到远处出现两只小船的影子，船影伴着几个年轻人的笑声，慢慢向岸边靠拢。大家登上岸，互相道过平安之后，清照见过大伯和父母，说：“让大伯、父母担心害怕了。还好，没出什么事。如果不是李远哥哥去接，我们恐怕还在荷叶底下转悠呢。”明诚和李迈都夸奖远儿心眼儿多，幸亏是他发现了鸥鹭，才找到了船的位置。大家边说边笑回到家里，尽情享受着全家再次团聚的欢乐。清照格外高兴，因为赵明诚也在这里，就像是一家人。

晚上，赵明诚告诉李格非说，母亲、姨母和姨父陈师道在济南城等他回去一起去青州，给外祖母过七十大寿。明诚又说，姨父也被贬职为棣州[③]教授了，等给姥姥拜过寿以后就从青州去棣州上任。还说，晁补之大人也将调往亳州。李格非听说陈师道在齐州，便辞别大哥一家，携夫人、清照、迒儿、玉珠，跟明诚来到了济南城内，到驿馆见到了陈师道。次日，又去郡斋拜访晁补之。晁补之说，苏门学士三人雅集齐地，这是一次难得的机会，在这朝中多事之秋，有生之年恐怕离多聚少；他要尽地主之谊，在大明湖心历下亭宴请李格非和陈师道及其家人一行。

翌日一早，他们各自如约乘船来到大明湖的历下亭。晁补之已经派人到亭上的酒楼把酒品肴馔安排妥帖。等客人到齐，晁补之邀请各位嘉宾按年龄辈分坐定。大家环望大明湖四周景色，只见接天莲叶，一片碧绿，红白荷花点缀其间，画舫、游船来往如织；岸上杨柳垂幔，摇曳生姿，似为游客献舞。南边的历山层峦叠嶂，云气缭绕，北边的鹊山怪石嶙峋，松柏苍翠。再低头看那桌面上令人眼馋的时令菜肴，有红烧大明湖鲜鲤、荷叶脱骨扒鸭、莲花水晶鹅肘、水煮椒盐虾、蜜渍糯米藕，还有洁白如玉的莲子杏仁茭白粉丝羹，其余菜品蔬果更不必细说。酒过三巡，东道主晁补之发话："有酒无诗太俗气，一边饮酒，一边赋诗，才有味道。我提议，按座次先后轮流饮酒，轮到谁那里，谁先赋应景诗词一首，才得饮酒一杯，否则，罚酒三杯。不赋诗者，可吟应景的名人诗作一首。儿童只吟一联便可。"迒儿马上说："吟一联不行，我要吟一首。"大家都笑了，晁补之夸奖说："还是后生可畏啊！那就从迒儿开始吧。"迒儿听见树上有鸟叫声，又望见湖上有几只野鸭飞过，便吟道：

> 两个黄鹂鸣翠柳，一行白鹭上青天。窗含西岭千秋雪，门泊东吴万里船。

大家拍手赞道："迒儿念得好。"迒儿抿了一下杯子，举箸夹了一片蜜渍糯米藕，咂咂嘴说："这比东京的好吃，味道好鲜美啊！"又引得大家一阵欢声笑语。迒儿催促清照说："该姐姐的了！姐姐唱得好听，我愿意听姐姐唱。"清照想了想说："那我就仿照弟弟吟诵的杜诗情景填一首小令吧，调寄《如梦令》。”清照随即轻启歌喉，唱道：

尝记溪亭日暮，沉醉不知归路。兴尽晚回舟，误入藕花深处。争渡，争渡，惊起一滩鸥鹭。

歌声清丽婉转，如云端飘来的仙乐，四座皆惊，众人击节相随。曲终，远儿说：“我知道了，姐姐唱的是明水老家的真事。”晁补之举杯起身说：“哦，是真事？不是真事也是绝唱。清照，为你这首小令，我敬你一杯。”清照立刻举杯站起来，说：“清照敬郡守大人一杯才是。晁大人，请干杯！”清照一饮而尽，然后屈身表示谢意。坐在清照旁边的明诚说：“‘尝记溪亭日暮’，还是‘常记溪亭日暮’？”大家都说：“用经常的‘常’字更好！”清照说：“那就用‘常’字吧！”然后她让明诚赋诗，明诚说：“这可是难为我了。我吟一首欧阳修的诗吧，是那年在颍州的西湖上，跟欧阳公子学的。”

池面风来波潋潋，波间露下叶田田。谁于水面张青盖，罩却红妆唱采莲。

夫人们道：“赵公子不说，我们还不知道欧阳公作的这首诗呢，不愧是大家手笔。”清照令玉珠给明诚斟满酒，说：“干了吧！”明诚饮罢，说声谢谢，然后请陈师道继续。陈师道说：“前几天游鹊山，写了一首小诗，不成样子，大家不要见笑。”

登鹊山

小试登山脚，今年不用扶。微微交济泺④，历历数青徐⑤。朴俗犹虞力⑥，安流尚禹谟⑦。终年聊一快，吾病失医庐。

明诚捧杯请姨父饮酒，待姨父饮罢，他回头问清照：“姨父为什么最后突然说‘吾病失医庐’？”清照解释道：“这你有所不知，鹊山是古代神医扁鹊给人治病的地方。扁鹊仙逝了，病人找不到看病的地方了。但有神医不如无病痛，这不是‘终年聊一快，吾病失医庐’吗？”明诚道：“原来如此，明白了。”陈师道端起酒杯请晁补之赋诗，晁补之说：“我虽是济州巨野人，但齐州是我少年游学的地方，也算是我的故乡。日内就要去亳州了，故土难离，亲情难舍啊！不知何时归来，作了一首词聊作纪念，调寄《忆少年》。”词曰：

别历下[⑧]

无穷官柳，无情画舸，无根行客。南山尚相送，只高城人隔。

罨画[⑨]园林溪绀碧[⑩]，算重来、尽成陈迹。刘郎[⑪]鬓如此，况桃花颜色。

听了郡守的词作，众人叹赏后不免感伤世事沧桑、人生无常，席面上有些冷清。李格非有意打破沉寂，道：“这酒席上，我年近半百，可算是年岁最大老翁了。俗话说，花甲老翁赛顽童。按晁郡守说的，儿童只吟名诗一联即可。今天，我这个老顽童就只吟两联。杜甫诗曰：‘海右此亭古，济南名士多。’还有一联是：‘蕴真惬所遇，落日将如何！’[⑫]今天，正是酒逢知己，千杯不多，何必心为物役，管他是日出日落。劝大家共进一杯，祝晁郡守明日一帆风顺。”众人起身，向东道主晁郡守敬酒。

此时，玉珠见大家余兴未尽，起身给众人的酒杯都斟满之后说：“还有三位夫人没饮酒赋诗呢？”晁补之夫人说：“咱们齐州还有一桩文坛盛世，如果不提，今天的雅集就不圆满。大家知道，李白也来过齐州，作了三首诗，题为《陪从祖[⑬]济南太守泛鹊山湖》。我只吟第一首。”诗曰：

初谓鹊山近，宁知湖水遥？此行殊访戴[⑭]，自可缓归桡[⑮]。

晁夫人吟罢，陈师道夫人立即接应：

湖阔数千里，湖光摇碧山。湖西正有月，独送李膺[⑯]还。

李格非夫人也不示弱，起身道：

水入北湖去，舟从南浦回。遥看鹊山转，却似送人来。

李夫人吟罢，晁夫人邀请李、陈二位夫人共进一杯酒。明诚问清照：“这鹊山湖是这大明湖吗？”清照说：“唐朝时候的鹊山湖在鹊山脚下，如今变成了一片稻田。小时候，伯父带我来济南游玩，去过鹊山。”明诚说：“难怪这里你什么都知道。”

宴席散后，晁补之邀请大家登上游船，在大明湖里游了一圈，直到中午彼此分手。

这正是：

山清水秀济南城，名士云集历下亭。李杜行吟游览处，红颜小令入画屏。

注解：

①官家：宋时官人对皇上的昵称。

②上官婉儿：又称上官昭容，唐代女官、诗人、皇妃。因聪慧善文，得武则天重用，封为“内舍人”，掌管朝廷的政令文告，有“巾帼宰相”之名。

③棣州：今山东惠民阳信县一带。

④济泺：济水和泺水合称。山东境内济水河道后来被黄河侵占。泺水，发源济南趵突泉，原流入济水。

⑤青徐：青州和徐州的合称。

⑥“朴俗犹虞力”：虞，上古中原部落联盟之名，首领为虞舜。此句意为朴厚的风俗继承了虞舜的传统。

⑦“安流尚禹谟”：禹，大禹；谟[mó]，谋划、策略。此句意为按照大禹的规划洪水被驯服。

⑧历下：今山东省济南市。

⑨罨画：[yǎn huà] 色彩鲜明的绘画。

⑩绀：[gàn]带有紫色的深蓝色。

⑪刘郎：见唐刘禹锡《再游玄都观》中的“百亩庭中半是苔，桃花净尽菜花开。种桃道士归何处，前度刘郎今又来”。

⑫杜甫《陪李北海宴历下亭》：“东藩驻皂盖，北渚凌清河。海右此亭古，济南名士多。云山已发兴，玉佩仍当歌。修竹不受暑，交流空涌波。蕴真惬所遇，落日将如何？贵贱俱物役，从公难重过。”

⑬从祖：祖父的兄弟。

⑭访戴：出自《世说新语·任诞》：王子猷居山阴，夜大雪，眠觉，开室，命酌酒，四望皎然。因起彷徨，咏左思《招隐》诗。忽忆戴安道。时戴在剡，即夜乘小舟就之。经宿方至，造门不前而返。人问其故，王曰："吾本乘兴而行，兴尽而返，何必见戴？"

⑮归桡，返回的船。桡[ráo]，船桨。

⑯李膺：东汉时的名士、官员。他位列"八俊"之首，有"天下楷模"之称。诗中是李白以李膺自况。

第十一回

避嫌疑隐居游故地　兴大狱灾变警君心

话说李格非在齐州跟晁补之、陈师道分手之后，于夏末秋初携家回到东京汴梁；朝廷给他安排了一个著作佐郎的职务，虽未官复原职，但是个清闲差使，正适合李格非著书做学问的夙愿。不过，他回到京城之后，却发现苏门故旧已是寥若晨星，往日业已凋零的文坛显得更加冷清了。张耒出知润州去了，苏门后四学士的廖正一、李禧和董荣也都放了外任。朝中的元祐老臣如吕大防、范纯仁等，几乎一个不剩地到穷乡僻壤做被监管的地方官去了。

入冬之后，李格非因为受命给皇上写了一篇长至节[①]郊祀用的祭文，升迁为著作郎。这年年底，也就是绍圣元年年末，赵挺之从京东东路转运副使升迁为吏部侍郎。赵挺之回京任职，对儿女管教甚严，赵明诚不但必须每天到太学里上学，而且即便休假日回到家里，也必须手不释卷、温习旧日的功课，只有父亲不在家的时候，才能偷着到西衢街有竹堂找李清照去玩半个时辰。赵明诚来有竹堂的次数少了，李格非觉得家里有些冷清，清照也不再那么欢快。李格非明白，明诚和清照已经不是过去那种青梅竹马、两小无猜的年龄，做父母的到了应该慎重考量、有所防范的时候，所以明诚不来未必不是好事。然而，李格非却又时而想起赵明诚来：赵明诚坦诚、好学、聪敏；他非常喜欢这个孩子。可是，他对赵挺之却抱着很大的成见，赵挺之曾两次参劾苏东坡。在李格非的心目中，赵挺之是一个睚眦必报、汲汲于官场的势利小人。嫁女要选乘龙快婿，更要门当户对；他心里想：凭自己女儿的非凡才气和出众相貌，难道不能找一个门当户对的如意郎君？李格非决心在女儿还未完全陷入情网之前，躲开京城这个令他烦恼的地方。

他跟夫人商量，夫人说，最好是再去西京洛阳，那里有环溪园，居住环境清静舒适，就怕清照不高兴，不愿意离开京城。李格非觉得夫人说得正合他的心思，因为他准备把以前在洛阳作的游记加工整理成一篇《洛阳名园记》，并以这篇游记为蓝本，扩展成一部记述洛阳城历史沿革的史学著作。为此，他需要到洛阳再做一次深入的考察。至于清照愿意不愿意离开京城，那由不得她——正是因为她跟明诚的早恋，才促使他李格非决计离开汴京。此事，他跟夫人心照不宣。事情决定下来之后，他向朝廷请辞，希望再到西京太学任教，只做一名博士。朝廷很快答应了他的请求，任命他以著作郎官衔兼任西京国子监博士，并允许他随时可以回京任职。

李格非带全家第二次去洛阳，在洛阳环溪安顿下来，一边在国子监讲学，一边从事史学、经学研究和著述。这且放下不提。

且说朝廷章惇独相，一手遮天，他一面任用亲信推行新法，一面打击政敌，为推行新法扫除障碍。他令王安石的女婿蔡卞任国史脩撰，蔡卞的哥哥蔡京任户部尚书。稍后，蔡卞提出审查、重修《神宗实录》的建议。蔡卞任用其心腹为国史检讨官，令他们从《实录》中挑检出"讪谤、讥刺"神宗的文句，共计千余条；然后把原来编修《神宗实录》的官员们集中安置到京畿的州县，以备随时进京验证核实。经过多方验证，最后只有三十二条不明虚实。黄庭坚原是《神宗实录》编修官，其中一条"用铁龙爪治河，犹同儿戏"是黄庭坚亲笔所书，检讨官认为这是讽刺先帝。检讨官诘问黄庭坚，黄庭坚据理驳斥道："那个叫范子渊的所造之铁龙爪，乃小儿玩具而已。铁爪短了挖不到河泥，铁爪长了挖不动河泥，铁爪轻了沉不到河底，铁爪重了陷入河泥拔不出来，岂不是儿戏？我当时在大名府北京国子监做博士，此等儿戏在河边亲眼所见。如不是儿戏，为何后来废弃不用？"以后，凡是诘问其他事项，黄庭坚皆据实直言以对，使得问者夺气敛声，闻者扬眉吐气。于是，黄庭坚的证词轰动京城百姓，在闾巷坊间广为传诵。章惇、蔡卞闻之恼羞成怒，不问是非曲直，竟将黄庭坚由宣州再贬为涪州别驾②，黔州③安置；实则在涪州挂一个"别驾"虚名，安置在黔州监管。秦少游也因参与《神宗实录》的编修，由杭州通判先后被贬监管处州④酒税，寻徙郴州⑤。前宰相吕大防因监修《神宗实录》，也被连坐，徙安州⑥居住。元祐年间凡是参与编修《神宗实录》的官员，均因诋毁先帝罪再次被贬斥。

此时，章惇又根据他所设的元祐章奏编审局提供的资料，罗列了文彦博、司马光、吕公著、苏轼兄弟等三十多名元祐老臣的许多罪状，列籍上奏，请按典刑从重惩处。活着的如文彦博、苏轼兄弟，均判处窜逐更远的雷州和琼州[7]；死了的如司马光、吕公著等则判决掘其坟墓以警后世。掘墓事因大臣谏阻，皇上考虑“非朝廷盛德，亦非朕意”，遂寝罢。又顾忌放逐累朝元老，恐大骇物听，特降恩赦免了八十九岁的文彦博，令其洛阳就地安置。诏曰：“元祐大臣朋党，司马光以下，各以轻重议罚，余悉不问，特此布告天下。”自此始有元祐党人之称。

当今皇后孟氏，本是太皇太后垂帘时亲自选聘策立的。章惇、蔡卞把孟皇后看作心腹之患，生怕日后孟后左右朝政，再次上演“元祐更化”[8]，所以必欲除之而后快。他们知道皇上专宠刘婕妤，便暗中勾结刘婕妤的侍从宦官郝随，唆使刘婕妤利用床笫之便，进谗言谮语陷害孟后。刘婕妤得到章惇、蔡卞等人暗中支持，欲将孟后取而代之的野心越发膨胀起来。郝随觇知刘婕妤的心思，说：“欲取而代之，必先行废之；欲废之，必先行毁之。”郝随又在刘婕妤耳边悄悄说了几句话，刘婕妤狐媚一笑，点头道：“随你去做。”

一日，孟后率妃嫔去景灵宫朝见向太后，行礼之后，孟后就座。按礼，妃嫔们应该站立一旁侍候。偏偏刘婕妤轻移莲步，退往帘幕后面。孟后的侍女陈迎儿心直口快，伶牙俐齿，见状呛声道：“谁在帘下立着？”刘婕妤听见，非但不过来，反而蛾眉倒竖，怒目而视，忽地扭转腰肢，“哼”的一声，背身而立。陈迎儿正要再次发作，被孟后以目制止。至孟后、妃嫔们返宫，刘婕妤粉脸上还带着三分怒意。

郝随在后宫里故意寻机跟陈迎儿打了个照面，笑脸相迎后，说：“迎儿小姐姐，你能不能跟皇后娘娘美言几句，让我去侍候娘娘。打个下手也行。”陈迎儿撇嘴道：“伺候婕妤好好的，那儿热热闹闹，怎么又想来我们这冷冷清清的地方？我看你素日忠心孝敬主子，怎么又三心二意了？”郝随答道：“不孝敬主子，那不是砸自己的饭碗？我们这号人还不是跟女人一样，也是嫁鸡随鸡，嫁狗随狗。你们皇后的牌子正、根子硬，脾气也好。谁不想攀高枝儿？”郝随环顾左右，小声说：“刘婕妤的行五做六，我实在看不下去，也干不下去了，说不定哪天得罪了她，把我打一顿赶出宫去。”陈迎儿听到这里，抿着嘴、绷着脸，强忍住笑说：“别说你，就是娘娘不是也受她窝囊气？让她等着，我非要给娘娘出了这口恶气不成！”郝随嘘了一声，悄悄说：“你这话说到我心里了！”说完又凑近陈迎儿的耳边嘀咕了几句，陈迎儿应道：“就这么办。死了也出这口气。”郝随说：“给皇后出了气，可有我一份功劳啊！别忘了皇后御前多给我美言几句！”陈迎儿答道：“你等着。”

继而到了长至节。按例，这天皇后要带领众妃嫔到隆祐宫拜谒皇太后。后妃们来到隆祐宫的时候，向太后尚未御殿。后妃们在殿右待着，暂时就座。向来按例皇后坐的座椅是朱漆金饰的，妃子们的座椅不得相同。刘婕妤立在旁边，偏不肯入座常席。此时郝随命人搬来一把与皇后相同的椅子，给刘婕妤坐下。尔后，郝随捕捉到陈迎儿的目光，指了指刘婕妤的座椅，向陈迎儿使了一个眼色。郝随见陈迎儿点头会意，便大声唱喏：“太后驾到！”后妃们立即站起来迎接太后，等了片刻，也不见太后出来。后妃们又相继坐下。刘婕妤入座时，突然“哎呀”一声，仰面朝天跌倒在地。妃嫔们相顾窃笑，连孟后也忍俊不禁，解颐而笑。原来后边的椅子已被悄悄移开，她坐空了，幸亏穿着绵衣皮裘没伤着皮肉。刘婕妤连忙爬起来坐在地上。郝随过来将她扶起来，又把椅子挪过来让她坐下。但刘婕妤此时好像很识大体，没有发作。等太后出来，妃嫔们拜谒请安之后，太后也没什么问答，随即退了回去。

刘婕妤回到宫中，便蒙头遮脸呜呜咽咽地抽泣起来，继而又驴打滚儿似的在床上翻来覆去地号啕大哭。刘婕妤哭了多时，直到哭得脂粉纵横、鬟鬢凌乱、衣饰不整，郝随才去把皇上请了来。刘婕妤见皇上来了，也不去接驾，等皇上走近，方慢慢立起身子。皇上见她泪眼红肿，玉容毁损，心里立刻可怜爱惜起来，问道：“莫非太后有什么斥责？”刘婕妤答道：“太后有训教，理当顺从才是，贱妾怎能生嗔呢？都是贱妾不好，受人欺侮。”说着又哽咽不止。郝随过来把事情经过给皇上禀告了一遍。皇上问：“是谁挪了婕妤的座椅？”郝随答道：“是皇后的侍女陈迎儿。”皇上大怒道：“都说皇后贤德，竟敢令人做出这等下作的事来。把陈迎儿给朕找来！”郝随亲自把陈迎儿叫来，陈迎儿见到皇上，一言不发，跪地听候发落。皇帝问道：“你可知罪？”陈迎儿答道：“刘婕妤僭越，不循礼法！奴婢才有撤座之举。”皇上又问：“是谁指使你如此无礼？”陈迎儿说：“未受别人指使，是奴婢自作主张，奴婢情愿一人受死。”皇上令郝随用大刑鞫治。此时，刘婕妤反而停住哭泣，请皇上息怒，说：“看在皇后面上。还是饶了迎儿吧！”郝随也趁势给陈迎儿说情，说：“此事闹大了，惊动了太后和皇后反而不好，既然婕妤已经消了气，皇上就看婕妤的面子饶了迎儿吧。”皇上见刘婕妤心肠慈悲，宽宏大度，陡然对她添了几分爱意。看她那愁眉泪眼，受了委屈却能隐忍不发的样子，越发地像是一枝带雨的梨花，娇嫩却又憔悴得令人爱惜。当晚皇上命内侍取来御膳，与刘婕好对饮，待到酒酣耳热，已是夜阑人静，皇上就在刘婕妤处留寝。夜来，刘婕妤巧言令色、软语温存，把个年少君王迷惑得颠来倒去、昏昏沉沉。

绍圣三年，孟皇后的亲生女儿福庆公主得了一种怪病，久治不愈。皇后的姐姐颇懂医理，皇后就请姐姐给福庆公主治病。可针灸汤药、丸散膏丹、放血刮痧都用过了，仍然不见疗效。皇后和姐姐见公主瘦成皮包骨头，奄奄一息，都很焦急。无奈之下，皇后姐姐从外面道观里弄来一张驱除妖魔的符箓，说烧成灰烬放在水里喝下去病就好了。皇后大惊失色，说："姐姐，这巫术在宫中是犯禁的，被人知道要按死罪论处！"皇后姐姐闻听惊慌失措，说："要不我把这符箓带回家去。"皇后说："这宫里耳目甚多，万一被察觉，我们就都完了！你且放在这里，我自有办法。"过了不多日，皇上为了排遣无聊，巡视后宫，来皇后处闲坐，顺便看看公主的病情。皇后趁机拿出符箓说明原委，当面把符箓烧成灰烬。皇上说："你的姐姐也是为了给公主治病，穷极无法，才做了这等错事，往后不要让她再来就是了。"皇后深感惭愧，跪在地上请皇上恕罪。皇上略加安慰，不等皇后立起身子，便匆匆离开。皇后跪在地上，诚惶诚恐，半天不敢挪动，陈迎儿进来才把她扶了起来。

这皇后的姐姐不懂宫里的忌讳。回家后，得知皇后不让她再进宫里，便和皇后的养母听宣夫人燕氏、女尼法端，在佑神观里给皇后和公主打醮[⑨]，祈祷平安。不料这事被郝随派出的细作窥伺得知，郝随便造出谣言密奏皇上："宫中有人在外魇魅，须防内变。"皇上鬼迷心窍，未曾细究，便信以为真。这魇魅就是巫蛊，方法是用桃木刻制一个人形木偶，上面写上仇人的名字和生辰八字，在人偶心脏处钉上一根铁钉或扎入一枚钢针，然后将人偶埋入地下，据说经过七七四十九天之后，仇人就会因心脏剧烈疼痛而死亡。

皇上命内押班梁从政和皇城司苏珪从严鞫治。于是，便兴起了一场宫廷大冤狱，皇后姐姐及皇后养母燕氏、女尼法端以及皇后近侍的宦官、宫妾三十余人被逮捕。梁从政、苏珪两人，内受郝随密意，外受章惇指使，唆使酷吏严刑逼供。孟后本来宽厚仁慈，宦官、臣妾们大多感恩戴德，哪肯无端诬陷好人。有几个烈性的宫女义愤填膺，反唇相讥，把个郝随骂了个狗血淋头。陈迎儿更是连刘婕妤一起骂上："让我招供？那我就招！那个狐狸精的床底下，就埋着她诅咒皇后的木头人，是她让我和郝随挖地三尺埋进去的。不信？你们去挖挖看！"陈迎儿原来跪着，她挣扎着站起来，踉跄着向前走了几步，厉声吼道："不要废话！快把我杀了，让她踩着我的尸骨爬上皇后的宝座！等我下了地狱，变作厉鬼！我也去勾那个狐狸精的魂！勾你们这帮魑魅魍魉的魂！”陈迎儿说完，一头撞向公堂的桌子角，登时鲜血迸流，玉山倾倒。梁从政、苏珪愣了半晌，回过神来之后，令人将陈迎儿的尸首拖出，继续审讯别人，手段更加穷凶极恶。谁不按他们的旨意招供，便割了谁的舌头，直至断肢折体，投入死牢。结果是死的死，残的残；得不到任何口供，只能由梁从政和苏珪凭空捏造，构成罪状，奏与皇上。

朝中左正言邹浩乃耿介之士，闻听宫内冤狱实情，奏请皇上将此宫廷重案移交御史台[10]复审。为此，皇上诏令侍御史董敦逸复审此案。董敦逸奉旨提审，但见罪囚一个个只有一息尚存，不能发声，已是无供可录，不禁触目生悲，秉笔难下。章惇、郝随亲到御史台面见董敦逸，催促结案。董敦逸被迫违心地维持原来定案，敷衍了结。

皇上遂下诏废后，令孟后出居瑶华宫，法号华阳教主玉清静妙仙师，法名冲真。章惇、郝随等乘势劝皇上册封刘婕妤为皇后，奏章一日三上，刘婕妤也对皇上频献殷勤。但皇上好像对立后之事并不热心，每有所问，便顾左右而言他。为应付章惇、郝随等人所请，他只把刘婕妤晋封为“贤妃”了事。

内侍刘瑗窥知皇上的心思，对皇上说：“立后之事，何不效仁宗先例，将名门望族或士族贤达的闺秀选入宫中，教以宫中礼仪，然后选聪慧、贤德、美仪容者立之。”皇上说：“正合朕意。”刘瑗紧跟着说：“何不升迁李格非，使其进入朝中显贵之列？”皇上笑曰：“此事任你安排。”

是时，为绍圣三年孟冬，天气本应渐渐转冷，不料忽而转暖，竟有柳树吐绿、桃杏含苞等反常现象出现，又有雷电交加、劈倒枯木之类骇人听闻的消息不胫而走，惊动朝廷。太史局、司天监[11]连上奏章，言时序反常、灾变频仍，乃纲常错位、尊卑颠倒所致。董敦逸自觉心虚，复又上书谏阻：“中宫之废，事有所因，情有可查。诏下之日，天为之变，人为之痛，乃天人俱不欲废后也。愿陛下暂收成命，宁谴臣以明枉，毋污后而贻讥[12]。”奏上，皇上始有惶恐、惭愧之意，说：“章惇、郝随坏我名节。”皇上畏惧上天灾异之变，且有悔过之意，立后之议遂罢。

这正是：

天人感应何由系？本是人心自在知。噤若寒蝉无处语，假托灾异警顽痴。

注解：

①长至节：冬至。

②涪州别驾：涪[fú]州，地名，今属重庆市。别驾，汉置官名。宋各州通判职任似别驾，因以别驾称之。

③黔州：辖境相当于今重庆彭水、黔江区等地。

④处州：今浙江丽水。

⑤郴州：今湖南郴州。

⑥安州：今广西钦州。

⑦雷州、琼州：雷州，今广东省雷州半岛。琼州，今海南省海口市。

⑧“元祐更化”：宋神宗死后，十岁的赵煦即位，改元元祐，太皇太后高氏垂帘听政，任用保守派司马光为首的旧党，推翻王安石变法，此政事变更，谓之“元祐更化”。

⑨打醮：音[dǎ jiào]，道士设坛为人做法事，求福、禳灾的一种迷信活动。

⑩御史台：中国古代官署名，东汉设置的中央监察机构，唐宋沿置。是中央监察机关，司法机关之一，负责纠察、弹劾官员。其长官为御史中丞，属官有侍御史、监察御史等。

⑪太史局、司天监：掌管观测天文、气象、制定历法的官署。

⑫贻讥：留下令人讥笑的过失。

第十二回

赢了打马输了诗句　才下眉头却上心头

话分两头，却说绍圣元年年底李格非携全家又来到洛阳，他一面在西京国子监任教，一面在环溪园著书立说。李夫人则带领女儿清照、儿子迒儿读书写字、弹琴赋诗。环溪园的“爱菊院”原是王开府王拱辰的书斋。这里的书库藏书很多，从古典的经史子集到当朝的诗词歌赋、野史杂记、韵书琴谱，无所不有。还有一张仿制的焦尾古琴，供清照练习操弄。酷爱读书的清照沉浸在书山学海中，似乎忘记了成长中的许多烦恼。她在豆蔻年华中悠闲地度日，不但出落得亭亭玉立、光彩照人，而且才名远播，俨然一代名媛闺秀。她的词作风靡京洛，特别是那两首《如梦令》，竟然使她的行藏成为王孙公子、风流名士仰慕追逐的仙踪。早慧、早熟，略谙世事的清照并不把虚名放在心上。她深居简出，虽名声在外，但并没有几人见过她的“庐山真面目”。洛阳有个风流倜傥的才俊，名叫朱敦儒，家境殷富，不求仕进，浪迹于伊洛山水之间，终日与诗酒相伴。闻清照住“环溪”，曾三次慕名拜访，都被拒之门外。

过年时节，仆人们都回家去了，环溪园里只有管家和一两个仆人留下看守。一场大雪过后，园里冰天雪地，玉树琼花，一片洁白，静悄悄地鸦雀无声。零零星星的爆竹声从远处传来，更映衬出园中的冷清。清照写了首词给母亲看。这首词调寄《菩萨蛮》，词曰：

归鸿声断残云碧，背窗雪落炉烟直。烛底凤钗明，钗头人胜[①]轻。
角声催晓漏，曙色回牛斗。春意看花难，西风留旧寒。

李夫人看完清照的词稿，感到有些冷飕飕的寒意。她知道孩子们离开热闹的京城，远离经常来往的亲朋好友，住在这深宅大院里，逢到佳节更觉得孤独、寂寞。虽然爱菊院里书声、琴声不断，但时间长了，也总觉得单调乏味。李夫人心知，应该把日子安排得有些生趣才是。

李夫人想起小时候跟父母、兄弟姊妹在这里玩“打马”游戏时热闹快活的情景，便从父亲书橱的角落里找出了一本叫作《打马图谱》的书来，让清照看。清照见书里有图有字，图画精美，文字雅驯，便一口气读完；读后知道，原来“打马”是一种优雅的争先取胜游戏，特别适合闺房娱乐之用。

清照秉性好胜，幼时即痴迷博弈，几至废寝忘食的地步。她先在老家跟伯父学会围棋，然后跟高手廉复老先生对弈，有时竟然能赢得两三个子儿，教他下棋的伯父更是不在话下。来到京城以后，也跟父母在棋枰上较量过，但她都是有意给长辈留点儿面子，输几个子儿。

今日，她一口气把《打马图谱》读完，对“打马”的游戏规则也了然于胸；不过没有博具，只能是纸上谈兵、望图兴叹。于是，李夫人便寻遍环溪园的大小房间，终于在库房里翻箱倒柜找到了“打马”用的棋盘、棋子和骰子——全套的“打马”博具。

李夫人把孩子们叫到跟前，看那棋具：这棋盘是黄杨木制；长方形的棋盘，比八仙桌面略小，盘上用红漆画着方格，宽九个格，长十个格，在角上还单独有一格，共九十一个方格。李夫人又从一个檀木盒子里拿出棋子让众人细看：那象牙做的棋子，铜钱大小，厚约三分；棋子的两面分别刻着马的名字及其图形，共有五种——赤兔、乌骓、的卢、骅骝、绿耳；马名不同，字和马的颜色也不同，赤兔用红色，乌骓用黑色，的卢用白色，骅骝用黄色，绿耳用绿色。李夫人讲解道：“棋子按照掷骰子的点数移步，每点移一格叫走一步，在横行里按‘之’字形、像牛耕地一样来回行走，走完一行就移到前边的另一行里。每隔九格之后，第十个格里写着几个字，注明赏或者罚，这种赏罚格子连同角上的起步格共十个，俗称‘窝’。如果棋子按点走进赏窝里，可按规定多走若干步；如果落进罚窝，则要按规定停掷几次骰子或用别的棋子来救，才能跳出罚窝。所以，掷骰子行棋要趋赏避罚，方能得胜。”

李夫人又说：“‘打马’有两种玩法，一种叫‘关西马’，每人用一个‘将’棋、十个‘马’棋。关西马棋艺粗陋，全凭掷骰子碰运气，没有多少智巧，多在酒肆茶馆里使用。我们这种‘打马’叫‘依经马’，比关西马高深、文雅，讲求心机谋略。可以两人玩，也可以三人、四人玩，最多可以五个人玩。‘依经马’没有‘将’，每人用同名的马棋二十枚。棋子共有一百枚，可供五人同时使用。一个格子里可以重叠放置若干枚棋子。”

李夫人拿出两枚骰子掷给大家看，然后说，马棋按照掷骰子的点数走步，几个点就走几步，一步走一格。可以一枚棋子按总点数走步，也可以按两个骰子的点数分别走两枚棋子。骰子的点还讲究花样，例如，两枚骰子点数相同，或者颜色相同，都可以加倍走步。花点还有打揭、猪窝、族鬼、胡画、数仓、赌快等等，不一而足，都各按特定方法计点。

李夫人说：“打马是掷骰子看点走步，谁先走出棋盘谁获全胜，落在后边的人的输赢，按走出棋盘的先后顺序分出甲乙等次，或输或赢，另有规定；所以，即便是落在后面的，也想决出胜负，不肯轻易放弃。乍看掷骰子走步，好像碰运气，其实不然，这里边机变无穷，几句话说不清楚，玩起来方知其妙。掷骰子也有玄机，酒楼瓦肆里的赌徒们，那技艺高超得想要什么点，几乎就能掷出什么点。”

清照又用了半天时间，对照棋盘，把《打马图谱》读透，把游戏规则记熟。她先是跟母亲玩，然后又教给玉珠和迒儿。尔后，他们变成三人玩、四人玩，最后连李格非也加入进来。人越多，互相掣肘的地方就越多，越是要随机应变、用智运巧，以致令人不忍释手，如同上瘾一般。清照几乎每次都能先胜，有时像先前一样让给母亲一两局，父亲她是绝不相让的。一时，爱菊院里吆五喝六，好不热闹！

但时间一长，输多赢少的便兴趣大减，清照自动退了出来让给玉珠和迒儿玩，她站在一旁看热闹，或者指点一下落伍者。后来，李夫人见迒儿因耽于“打马”荒废了功课，便规定一天只许玩一局。

清照利用读书写字的间隙，偷偷练习掷骰子。一个月之后，她把迒儿叫到跟前，在桌子上给他进行掷骰子表演。她让迒儿要什么点，她就能掷出什么点，掷花点也是十拿九稳，很少失手。姐姐的表演像魔术一样离奇，惊得迒儿大呼小叫：“姐姐成了神仙，就像变戏法的术士，以后谁还敢跟你玩？”从那时起，爱菊院里的“打马”声渐渐消停下来，大家又安下心来读书写字、弹琴赋诗。

不知不觉，春天已经来了多日。“洛阳三月花似锦”，桃李过后，三月、五月间，牡丹花开，洛阳人为即将到来的牡丹花会而忙碌。街头巷尾，人们用松枝、柳枝扎起牌坊，上面插满各色各样的牡丹花。人们将自己培育的名花摆在门前的花架上，供过往行人观赏。牡丹花会前后几天，洛阳人几乎倾城出外赏花、买花，赠送花礼。街上游人如织，玉轮雕鞍络绎不绝，就是尘埃里也弥漫着牡丹花的香气。

李格非趁牡丹花会期间太学放假，带全家出去游玩散心。洛阳牡丹花会有两个最好的去处，要赏花就去“李氏仁丰园”。李格非全家进得园里，满园鲜花万紫千红，散发出芬芳的气息。园里有五座亭台，每座亭子都有雅称，曰“四并”、曰“迎翠”、曰“濯缨”、曰“观德”、曰“超然”。它们高低错落、有藏有露，掩映于万木丛中。环绕亭台，广植桃李、梅杏、莲菊，各数十种；花圃中百余种牡丹正迎时盛开，数十种芍药正孕育着花苞。而南国异域的奇花异卉如紫兰、茉莉、琼花、山茶之类更是园中的珍品。洛阳名花，李氏园中无不拥有；四季仙葩，仁丰园中无不具备。一年四季，花开花落，连绵不绝。花会期间，这里花团锦簇，游人如潮。

李格非全家从园里出来，已是中午，在一家酒楼用过饭之后，雇了一辆车子，径直往郊外买花去了。

买花的最好去处是城外“天王院花园子”。这里是花农聚集卖花的集市，几百亩花田中数十万朵牡丹争奇斗艳。花会之日，这里帷幄列张，翠幕低垂，花棚鳞次栉比。帐篷里张灯结彩，陈列着各色名贵牡丹的样品。伴着管弦，花农们唱着赞歌，把那名贵花名逐个报了出来：

> 魏紫、姚黄登玉堂，二乔、豆绿供书房，洛阳红、御衣黄，醉酒杨妃倚明皇。青龙卧墨池，龙飞凤舞云中翔。

花农们恨不得都把自家的牡丹夸奖成“若非群玉山头见，会向瑶台月下逢”似的仙女一般。这天，城里的缙绅、仕女们来赏花、买花。他们货比三家，来到帐篷里看好中意的花样，然后到花棚里取花，再回到帐篷里结账。名贵的品种大约每束数千钱不等。唐时“一丛深色花，十户中人赋”，此话不是虚传。李格非给家人买了五束中品的牡丹，花了不下五千钱。

李格非他们回到家里，已是傍晚时分。当晚全家早早睡下，只有清照看着花瓶里的牡丹，诗情萦怀，陷入沉思。去年来洛阳时牡丹已谢，今年洛阳花会，是她初次亲近牡丹，可观、可嗅、可触。一天之内繁华阅尽，留给她的反而是淡淡的哀愁，勾起她近来似乎淡忘了的思念。于是，她斟了一杯“杜康”，一饮而尽，提笔写道：

调寄《庆清朝慢》

禁幄低张，彤栏巧护，就中独占残春。容华淡伫[2]，绰约俱见天真。待得群花过后，一番风露晓妆新。妖娆艳态，妒风笑月，长殢东君[3]。

东城边，南陌上，正日烘池馆，竞走香轮。绮筵散日，谁人可继芳尘。更好明光宫殿，几枝先近日边匀。金尊倒，拚了尽烛，不管黄昏。

清照写完，收起词稿，卸妆睡下。

不觉又到了夏天。清照去洛阳已经半年多了。赵明诚自打清照走后，为了打发太学里刻板的岁月和百无聊赖的时光，便在京城走访那些收藏古器物、旧书画的耆旧元老。最常去的是驸马都尉王诜的府邸、中书删定官李公麟的宅院，还有书学博士米芾家。前两人是在饯行苏轼的宴会上认识的，米芾则是赵家的世交。他们都有渊博的鉴赏古物的学问，家里也有很可观的收藏。在王诜的公主府里，明诚还结交了高俅，高俅现在是王都尉买卖古董书画的经纪人。

明诚很早就跟金石收藏家刘跂结成了忘年之交。刘跂的父亲刘挚，元祐年间先后任御史中丞、尚书右仆射，是明诚的父亲赵挺之进入馆阁的推荐者。刘跂是刘挚的小儿子，三十来岁，是赵挺之府上的座上宾。刘跂告诉明诚，他有一个以师长相称的朋友叫王寿卿，进士出身，三十多岁，陈留人，是当朝篆书第一人，通晓金文、籀文、石鼓、蝌蚪、鸟虫书。刘跂说，他曾跟王寿卿学过籀文。熙丰年间，朝廷刊印王安石著《王氏字说》，命王寿卿篆写字头[4]。王寿卿以自己所学跟《王氏字说》相悖而婉辞，为当朝宰执所不容，削职沦为布衣，现居洛阳以课徒为业。明诚早就耳闻王寿卿的大名，被刘跂说得心动，居然想负笈去西京游学。

绍圣初年，章惇当政，将元祐重臣刘挚以变更前朝新法和弃地罪，贬官知黄州，再贬光禄卿分司南京，蕲州[5]居住。刘跂将随侍父亲离开汴京。临行，他受明诚之托到赵府做说客，向赵挺之建言，说道：“汴京的国子监，自熙丰年间在南城扩大规模以来，学生增加太多，难免良莠不齐、鱼龙混杂，导致学风败坏，竟有在学宫内邀妓饮酒行乐之事。西京洛阳是程派理学发祥地，那里民风朴厚、学风纯正，不如让明诚转入西京国子监深造。”赵挺之本来因为明诚总是出入于元祐旧人之间，在京城新党的耳目中非常扎眼，担心儿子给自己惹是生非，听了刘跂的一番话以后，觉得刘跂说的倒是一个好办法，便答应了。刘跂给王寿卿写了一封信，推荐明诚在西京国子监受业之余，到王寿卿门下学习古文字。

就这样，明诚如影随形，清照走到哪里，他就跟到哪里。明诚来到洛阳之后，入了西京国子监，拜见了博士李格非，然后去拜访王寿卿，并送上一份丰厚的束脩[6]作为初次见面之礼。几天之后，明诚从国子监里打听到李格非的住处，便来到环溪园找清照。这天是休假日，李格非也在家。明诚到西京国子监来上学之事，李格非在家里从来没有提起过，所以清照并不知晓。明诚来到环溪园，从天而降一般，清照大喜过望，掩饰不住喜悦的心情，笑容满面、神采焕发。这一切，李格非都看在眼里，却是面露难色，有点儿进退失据、不知所措。既然人已经来了，也不能太冷淡，只得默许明诚和清照单独玩了一些时候。

清照和明诚互相问候之后，清照自然问明诚得了什么古器，买了什么碑帖；明诚则问清照有什么诗词新作。清照就把她来洛阳后作的几首诗词拿出来给明诚看。明诚看到《庆清朝慢》中的“更好明光宫殿，几枝先近日边匀”时，突然问清照，“这‘几枝先近日边匀’，是不是苏东坡说的‘金鞭争道宝钗落，何人先入明光宫’[7]的意思？”清照突然红了脸，道：“你又想歪了！”清照夺过词稿撕了个粉碎，掷向一边，一头跌进床褥上轻轻地啜泣起来。明诚后悔自己说话太冒失，赶紧走近床边赔礼道：“别哭了，算我小心眼儿，不懂‘赋比兴’和‘风雅颂’，好不好？”清照破涕为笑，擦干眼泪说：“你不在东京好好念书，到西京来干什么？”明诚凑近一点儿，悄声答道：“还不是为了‘先近日边匀’吗。”清照又笑道：“别过来，离我远一点儿。”明诚坐回原来的地方，把来洛阳的原因说了一遍，无非是重复刘跂对赵挺之说过的那一套，还说是为了拜王寿卿为师学习古文字。清照说：“这学古文字倒是正经事。别的理由我都不信。”明诚说：“信不信由你。其实我自己都不信。”两人都会心地笑了起来。两人正在说笑，玉珠进来招呼他们去用饭。午饭后，明诚怅怅地离开了环溪园。

明诚走后，清照忽然想起，明诚临走的时候，为什么不让她把撕碎的词稿重抄一遍给他？难道他真的不喜欢那首词吗？她悔恨极了，她悔恨自己写牡丹不该跟“明光宫”和“日边”扯在一起，这不是又落了俗套？

一个月之后，明诚带着他写的秦篆、古籀书法作品各一篇来见清照。环溪园的看门人说，李格非先生一家出门了。明诚问去了哪里，门人不耐烦地回答说："就在此山中，云深不知处。"明诚心里说："都说宰相府门人强过县令。看来这学问也不差。"明诚很是懊恼，他雇了一头毛驴，径直去龙门逛石窟去了，他希望在那里能遇见清照。明诚在龙门徘徊了半晌，不遇而归。回到太学的寝室，他怅然若失，提笔用篆书写了一首唐诗：

去年今日此门中，人面桃花相映红。人面不知何处去，桃花依旧笑春风。

他掷笔沉思："不知何故，这些日子，李格非先生在国子监里对自己态度冷淡。清照是不是因为我不喜欢她那首牡丹词，生我的气了？门人的回话，难道是清照让他那样说的？"连日来，明诚惴惴不安。半个月之后的假日，他决定再次去环溪园，并带着他写的那首"人面桃花"诗，以便见了清照时倾诉一下那天吃闭门羹的委屈。但他到了环溪园门口，从门人那里得到的回答却是："学生有什么事，在太学里直接禀告李先生就是了。"明诚听到此话，就像五雷轰顶，立刻软了身子，坐在台阶上发起呆来。过了半个时辰，他稍微清醒了一点儿，寻思道：也许这是清照父母的主意，清照本人并不知晓！想到这里，明诚心里平静了许多，他便打起精神去了王寿卿老师家，去听王老师讲授古文字。

这天，清照和她父亲确实没在家。他们全家去了文彦博的东园。李格非是来慰问文彦博这位四朝元老重臣的。李格非听说，章惇要把这位将近九旬的耄耋老人贬到岭南，幸亏有人谏阻才得幸免，留在洛阳就地安置。李格非说了许多安慰话，老人却很看得开，对朝廷的处置一笑了之，又邀格非全家到东园湖上划船。清照、玉珠、远儿三人在湖上游荡之时，李格非夫妇陪着文彦博在岸上漫步；老人健谈如昨，步履还是那么稳健。兴尽之后，李格非约文彦博改日到"环溪"聚会，老人笑说："文叔不避禁忌，来这里看我，我已经很是宽慰。朝廷皇恩浩荡，把我安置在这个老窝里监管，我是哪里也不去了。老朽不能连累你们。只是我的不孝之子文及甫结交非人，老朽放心不下；今后如有不测，还望文叔多加关照。"李格非答曰："先辈放心，晚辈理当尽力。"然后依依惜别。

转眼又是中秋，晚间在秀野台上赏月。清照原以为明诚今天会来的，眼巴巴盼了一天，却是杳无音信。清照心里思忖：“因为那首词，他生我的气了？至今三个月没见他，是否又回了东京？”她想问问父亲，话未出口又咽了回去。清照忆起两年以前的中秋节，觉得今年没了以前的好心情；不等月到中天，便回房睡下。她前半夜没睡好，后半夜枕簟凉透衣衾，也没睡安稳。好容易睡着，醒来已是日上帘钩。下午，百无聊赖，她忽然想起在文家东园划船的情景，独自去园子里风月台前，登上荷塘里的小舟，绕着“环溪”荡了几圈。晚上，清照在灯下写了一首词，以抒发近来压在胸中的郁闷：

调寄《一剪梅》

红藕香残玉簟[8]秋。轻解罗裳，独上兰舟。云中谁寄锦书来？雁字回时，月满西楼。　花自飘零水自流。一种相思，两处闲愁。此情无计可消除，才下眉头，却上心头。

清照把写好的词稿小心收好，盼着明诚再来时送给他。

这正是：

阅尽繁华空对月，闲愁闷损日迟迟。须知藕断丝千缕，正是无眠长夜时。

注解：

①人胜：《荆楚岁时记》：“人日剪彩为人（形），或镂箔为人，亦戴之头鬓。”人日，农历正月初七。

②淡伫：音[dàn zhù]，淡雅，恬静。

③长殢东君：殢音[tì]，滞留，沉溺。东君，司春之神。

④字头：字书条目中以单个汉字形式出现的说明对象。如《说文解字》中的篆字。

⑤蕲州：今湖北省蕲春县一带。

⑥束脩[xiū]：扎成一捆（十条）的干肉。是古时学生送给教师的酬礼。后用作学费的代称。

⑦明光宫：唐朝宫中有明光宫，也有明光殿。

⑧玉簟：簟音[diàn]，洁白光滑的竹席。

第十三回

奸佞臣阴谋欺黯主　痴情女热泪表春心

且说孟后被废以后，刘婕妤满以为如愿以偿，立刻就能登上皇后宝座。不料皇上只封了她一个“贤妃”称号，并对上书立后的大臣们说：“朕当效法仁宗皇帝，立后不选于嫔妃，而是别选名门贵族中有德有才之名媛闺秀立之。”刘贤妃、章惇、郝随等人大失所望。

绍圣四年初，随龙内侍刘瑗向宰相章惇传皇帝旨意，著作郎兼西京国子监博士李格非升任礼部员外郎。接到圣旨，李格非从西京洛阳携家眷返回东京到礼部上任。赵明诚随后也离开洛阳回东京，进入东京太学继续未竟学业。

先前，李格非拒绝编审元祐章奏，却未受元祐诸臣更多牵连，从广信军回京后，反而屡受皇恩垂顾，这早已引起章惇的猜疑。李清照的文名，朝野上下早有耳闻。皇上说从“有德有才之名媛闺秀”中选聘皇后，这话使聪明过人的章惇断定皇上属意的皇后人选非李清照莫属。李格非升迁礼部员外郎的任命，更坐实了章惇的疑虑。这可是非同小可的事情。李清照能作出不让须眉的诗词，将来进入后宫，必定是武媚娘再世。她的父亲是苏门弟子，不肯与新党为伍。假如李清照被选中成为皇后，那后果将不堪设想。想到这里，章惇禁不住出了一身冷汗。他知道李清照将近及笄之年，必须早做打算，全力阻止李清照进宫。

章惇记起元祐初年，皇上即位时，邢恕曾放出口风说，当时重臣王珪对策立当今皇上持有异议。王珪是李格非前妻的父亲，也就是李清照的嫡亲外祖父。章惇想到这里，立即把邢恕从青州知州的任上调入京城，连升三级，推荐为专事监察、弹劾大臣过失的御史中丞。

邢恕，字和叔，熙宁二年进士。他跟谢良弼、高昌庸、赵挺之、陈师道都是郭概大夫门中的女婿。此人博览群书，熟知古今兴亡成败故事，长于高谈阔论，纵横捭阖，颇有战国时苏秦、张仪遗风。但他心术不正、见风使舵，且心狠手辣。他先是投靠王安石，却把新法贬斥得一文不值；在神宗病危之际，勾结新党宰相右仆射蔡确，为策立新君上蹿下跳。神宗共有十四个儿子，前五个儿子夭折，第六子赵傭（即位后改名赵煦）年龄最长，被封为延安郡王，是理所当然的太子人选；但赵傭时年只有九岁，即位后不能亲政。邢恕便伙同蔡确密谋通过高太后①的两个侄儿高公绘、高公纪向高太后进言，拥立高太后的亲儿子、神宗的弟弟雍王赵颢继承大位。他们以为这样既能得宠于高太后，又能建立嗣大功，将来挟功自重，可保自己永享恩宠。但高太后的侄子们断然拒绝，说："你们这不是要让我家犯灭门之罪吗？"邢恕见事不谐，立即改弦更张，宣称他与蔡确主张立延安郡王为太子。此时，左仆射王珪位在蔡确之上；但他处事谨小慎微，素有"三旨宰相"之称，意思是"取旨、领旨、得旨"，只会上传下达，没有个人建树。王珪在立嗣这样的国朝大事上态度暧昧，他说："立嗣乃皇家家事，外人不得干预。"意思是听太后的决断。后来太后表态，同意立延安郡王，于是，邢恕和蔡确便反咬一口，把自己做过的事栽赃到王珪的身上，造谣说王珪建议太皇太后立雍王继位；并且大事张扬，称当今皇上能够继承大统，是右相蔡确和他邢恕力排众议、秉持朝纲正统的结果。但了解当时内情的太皇太后，反把自称有拥立之功的蔡确贬谪到岭南，送上了不归路，邢恕也因此被贬出京。

至绍圣四年，王珪去世已经十二年了。这天晚上，章惇在府邸宴请邢恕，酒酣耳热之际，章惇道："我曾听太皇太后的侄子高公绘说，神宗不豫时，你邀请公绘、公纪到你家赏白色桃花，说白色桃花能治圣上顽疾。你见了公绘，不谈桃花治病之事，却让他禀告太皇太后，商议立雍王颢为储。可有此事？"邢恕听了章惇这话猛然一怔，两腿发软，但他立刻便装作若无其事的样子，说："这分明是王珪老儿反咬一口，嫁祸于人。我倒是听别人说，这老儿曾找太皇太后的伯父高遵裕商量过立储之事。"章惇说："我也有所耳闻。这两件事的是非虚实，如果不弄个水落石出，张扬出去，可都是杀身灭族之祸啊！王珪已经死了，你可是还活着呢！"邢恕听明白了章惇的意思，说："请责成我鞫治此案，在下愿效犬马之劳。"章惇说："望和叔秉公了断，不负朝廷厚望。"邢恕受宠若惊。章惇面授机宜，晚宴上邢恕喝得醺醺欲醉，入夜才离开章惇府邸。次日，邢恕便启程去洛阳会见西京宫苑副使高士京。

高士京的父亲高遵裕是太皇太后的娘家叔父。高遵裕曾任镇守西部边陲的刺史，神宗时被西夏战败，几乎全军覆没，他被贬为郢州团练使，未几，殁于郢州任上。邢恕来到洛阳，把高士京约到一个僻静的瓦子里。酒过数巡，邢恕说："高府名为皇家贵戚，历年来却不见皇上和太皇太后推恩，何故？"高士京摇头叹息，表示不知。邢恕又问："令兄高士充安在？"高士京答曰："已病故有年。"邢恕说："元丰末，神宗病危，左相王珪曾请令兄询问太皇太后立雍王的事，违忤太皇太后旨意。太皇太后因令兄是同宗不便治罪，一直隐忍不发，但从此往后贵府恩数不再。而今太皇太后已崩，大臣中知情者已无顾忌。如不先期奏请，恐事发以后有灭门之罪！"高士京十分惶恐，向邢恕请教请罪奏章的写法。邢恕见高士京已经入彀[②]，便帮高士京撰写了请罪奏章。之后，邢恕回京约见素与王珪有隙的给事中叶祖洽，令其揭发王珪在策立今上时曾有异言。又唆使章惇的亲信右正言刘拯奏称："蔡确本有策立之功，然元祐奸党借机陷害，将策立之功归于王珪。为忠者被祸，为奸者受赏。何以教天下，示后世？"

待高士京、叶祖洽、刘拯的奏章一起呈送给皇上的时候，人证俱全，皇上焉得不信，气不打一处来，未加深究便批复道："王珪遗表恩例，并行追夺，其子孙须次远郡差遣，不得住近京路安置；所赐宅第拘收入官。已故承仪郎高士充，特追回出身以来文字。"

内侍刘瑗在议事朝堂上看到皇上的御批，立即回到内廷对皇上说："陛下知否，李清照的生母，也就是李格非的亡妻，乃是王珪的女儿。"皇上说："朕不知还有这许多干系。不过，既然她生母已亡，是后母名下的子女，名义上也就不再与王珪有所牵连。"刘瑗说："陛下圣明。但遴选皇后之事，是否往后拖一拖？"皇上说："避避风头也好，免惹非议，有损朕誉！"

追贬王珪之后，很久未听到选聘皇后的消息，章惇自以为得计，但仍把李格非视为眼中钉、肉中刺。章惇思忖，如果再把李格非治罪，那么就断了李清照做皇后的路径。邢恕从章惇的言谈话语之中悟出了章惇的心事。他对章惇道："这次去西京洛阳，听高士京说，李格非跟文彦博过从甚密。"章惇眼睛一亮，问道："他们有什么反状吗？"邢恕答道："不曾细问。但文彦博之子文及甫过去被刘挚弹劾得罪外放，文及甫为此怀恨在心，曾给蔡确之子蔡渭一封信，这信蔡渭让我看过，其中暗讽刘挚等人颇有反意。文及甫何以知道刘挚有反意？这与文彦博有无关系？而李格非与文彦博过从甚密，意欲何为？不妨借此事把文及甫拘押起来，然后再向他索取需要的口供。”章惇点头称是，对邢恕说：“既然你亲自看过文及甫的信，此事与你有涉，你且回避，我另着人审理。你只让蔡渭具状上奏便是。”

于是，邢恕指使蔡渭状告文及甫隐匿刘挚等人的反状不报，随后章惇派人拘捕了文及甫，委任户部尚书蔡京和谏议大夫安惇在同文馆审理此案。蔡京，字无常，兴化仙游[3]人。神宗时，蔡京协助王安石力推新法，由扬州知州升任中书舍人。神宗晏驾后，司马光当政尽废新法，贬蔡京出知成德军[4]。绍圣初，复行新法，章惇推荐蔡京升任户部尚书，成为其心腹，故能受命兼职审理大案要案。

文及甫给蔡渭的信中有这样几句话：“司马昭之心，路人皆知，又济以粉昆，欲以眇躬为甘心快意之地。”文及甫在狱中供述，司马昭暗指刘挚，“粉”暗指元祐旧臣王岩叟，因为他脸面白皙似粉；“昆”暗指元祐旧臣梁焘，因为梁焘字况之，“况”字右旁为“兄”，故称之为“昆”[5]；文及甫又说：“‘眇躬’是指皇帝，‘甘心快意之地’当然就是企图废弃皇帝另立新君。”蔡京追问文及甫：“刘挚等阴谋废立，何以知之？”文及甫说：“先父临终时屏退左右，独自告知。”案情审问到这里，因为文彦博已经去世，文及甫的供述死无对证，不能结案。章惇便指使蔡京用重刑逼迫文及甫，令他供出李格非在洛阳时曾勾结文彦博，有谋反言论。文及甫明白，按蔡京指使诬供李格非，必加重他父亲的罪名，他自己也难逃干系。文及甫顿时警悟：蔡京横生枝节，事态越闹越大，诬供越多自己反而陷得越深，枉送性命；索性咬紧牙关，连前边的供词一概推翻，把命豁出去，任凭有司发落。

先是，绍圣三年，刘挚已被贬为鼎州团练副使，安置新州，因忧劳成疾谢世。现又根据文及甫供词，罪上加罪，皇上遂下诏书追加刘挚、王岩叟和梁焘的罪名，并且把他们的子孙发配到岭南监管。

刘挚之子刘跂，是赵明诚的好朋友。同文馆狱未结案，刘跂就被流放岭南监管，赵明诚甚是愤愤不平。他请父亲赵挺之上书援救，说：“已故宰相刘挚对我家有恩，父亲何不伸以援手？”赵挺之面有怒色，对儿子说：“当今宰执专权，权势炙手可热，朝廷上下避之唯恐不及，你要我飞蛾投火不成！往后，你再跟那些元祐老臣的子孙往来，看我如何处置你！”

父亲几声呵斥，吓得赵明诚敛声息气逃出家门。他在蔡河河沿上徘徊了多时，最后转到了李格非家门前，但他在门前转了几圈，都没敢敲门进去。

赵明诚因在洛阳的环溪园吃过闭门羹，所以回东京后，还没进过李格非的“有竹堂”。他不是不想来，曾经来过几次，都是踌躇再三，最后又离开了。近来，他在亲朋好友间听到过关于皇上选后的风言风语。他想知道底细，又怕把谜底揭穿。如果再被拒之门外，那事情十有八九是真的了。所以，他伸手想去叩那门环的时候，心里扑腾腾乱跳，手也打着哆嗦，最终还是把手缩了回来。他胆怯了，宁愿将自己蒙在鼓里，也不愿从梦中惊醒。

又过了几天，赵明诚和他父亲都正在家里，姨夫邢恕忽然来访。赵挺之十分厌恶邢恕的为人，他俩虽是连襟，但来往很少。可邢恕毕竟和赵家有关系，又是当朝御史中丞，赵挺之虽不情愿，却也不敢怠慢，便把邢恕迎进客厅，寒暄之后问道：“内兄今日光临寒舍，有什么赐教吗？”邢恕道：“今日正要向内弟请教，您可知道李格非是苏门的后四学士？”赵挺之答曰：“这是尽人皆知的事，妻兄何必问我。”邢恕又问：“已经追贬赠官的王珪，是李格非前妻的父亲。”赵挺之反问道：“这些事跟我有什么关系？”邢恕说：“内侄明诚可是李格非家的常客。”赵挺之反驳道：“王珪是李格非前妻的父亲，李格非现有妻室，明诚与李格非来往，与王珪何干？”邢恕板起脸来说：“听说他在洛阳跟李格非一起去过文彦博家。私自造访监管罪臣，恐有越轨之嫌。如贤侄先行检举李格非，可立功赎罪。”赵挺之正色道：“如确有此事，我们赵家自有家法。”邢恕见赵挺之已有怒色，便起身告辞道：“你我乃是内亲，故先来告知。此事恐家法可恕、国法难容。各人好自为之吧！”赵挺之起身道：“恕不远送。”

赵挺之嘴硬，心里却是忐忑不安。邢恕走后，他把明诚唤来，厉声责问道：“去洛阳不好好读书，跟李格非去文彦博家做什么？”明诚答道：“我去过李家住的‘环溪’，那是王开府的花园，不是文彦博的！我不知道文彦博住在哪里。”赵挺之再次追问：“我问你到底去没去文彦博家？你给我如实道来！”明诚道：“父亲若不信，可去问李格非先生。”赵挺之见儿子那冤屈无告的样子，心里一下子软下来，说：“去告诉你姨父，就说你不曾去过文家。”

赵明诚找到邢恕家，先给姨父邢恕请过安，然后说明在洛阳不曾去过文彦博家。邢恕在赵家撂下重话，料到明诚必来，便装作若无其事的样子，说：“没去过就没去过吧，何必再来告诉我。我是跟你父亲随便说说的。”明诚要离开邢家，邢恕拦住他，说：“不过，既然你来了，有些话我还是跟你说了好，因为我是你的姨父，咱们是至亲。”听姨父说有话要跟他说，明诚便停在客厅的台阶上等着姨父开口。邢恕又把明诚拉进客厅，低声问：“你想娶李清照吗？”明诚听后一惊，他不想把真心话告诉姨父。他沉默不语，没理睬姨父的问话。邢恕更把声音放低说：“你知道皇上要选李清照做皇后吗？”明诚像听到晴天一声霹雳，眼前一阵发黑，好不容易才站稳。关于此事，明诚虽有耳闻，但总是半信半疑。今日邢恕作为朝廷重臣把话挑明，显然是确有其事了。邢恕看到明诚惊恐的样子，紧跟着说：“要是能把李格非发配到岭南，李清照就连妃子也做不成了，皇帝不能选有罪人家的闺女。那时候，不管你娶李清照为妻，还是纳李清照为妾，就看你愿意不愿意了。”明诚故意试探邢恕：“怎么才能把李格非发配到岭南？”邢恕如此这般说了一番，明诚答道：“诬告李格非跟文彦博谋反？这样的事我做不出来。李清照做皇后也好，做妃子也好，那是她的命。我没有这个福分，也是我的命。您就别给我操心了！告辞！”

明诚从邢恕家出来，急忙来到“有竹堂”门前，伸手叩动了门环。出来开门的是玉珠。玉珠瞪大了眼睛，露出了惊喜的样子，又似乎嗔怪他，说：“哪阵风把公子刮了来？一年没见公子了，公子把我家小姐害得好苦！”听见这话，明诚稍微平静了一点儿，说：“我找你家小姐有要紧事情！”玉珠把明诚直接引进清照的书房，见清照正在纸上写着什么。清照听见有人进来，抬头一看，惊得半天说不出话来，转过身子背对明诚，用手抹了抹眼睛，然后又慢慢转过身来说：“你往哪儿去了？怎么没看见你？”听这话，仿佛刚才他们还一起玩儿似的。清照一句半痴半呆的话，让明诚动情地噙着眼泪说：“我们差不多一年没见了，看你瘦了好多，你过得好吗？”清照答道：“好不好，你应该心里有数。”明诚忽然改变了主意，不想再说下去，说道：“有许多话，我们以后再说吧。今天我有件急事想禀告李先生。”清照莫名其妙，问：“有什么要紧事？不能跟我说吗？”明诚说：“以后你会明白。让玉珠带我去找李先生，好吗？”清照令玉珠先告诉父亲一声，然后带明诚去父亲的书房。李格非见了明诚，好像有点儿尴尬，略显局促不安的样子，但立刻转忧为喜，惊讶道：“好长时间没来我家了吧？”明诚笑道：“托先生的福，时间不长，才一年。”李格非问：“听玉珠说，你有要紧事要跟我说。”明诚等玉珠退出后，说：“是啊！不知先生知道不知道，朝中有人密谋要害先生！”此话由一个十七八岁的公子哥儿嘴里说出，李格非不以为然，笑问：“怎么个害法？”明诚答道：“这是我听姨父邢恕亲口说的。他说要把先生牵连到同文馆狱案里，跟文彦博、刘挚等元祐老臣，还有文及甫，一起判结党谋反罪。”李格非知道邢恕是明诚的姨父，这事恐怕不是明诚信口开河，他正色问道：“我李格非埋头读书、著书立说，未曾得罪过他们啊！我不入章惇的编审局，也不过是洁身自好罢了。还不至于把我置于死地吧？”明诚见李格非对朝中局势不知底细，便急切地说道：“看来有些事晚辈不得不打开窗子说亮话。不知先生听说过没有，朝廷上下都说皇上废掉孟后以后，想选清照进宫。”李格非说：“虽有耳闻，我从未当真。这事对清照绝非好事，那宫闱禁地是人间地狱，我也绝无攀龙附凤的奢望。”明诚听出李格非似有误解，便直截了当地说：“章惇、邢恕他们企图立刘贤妃为后，所以才设法把先生列入同文馆案，加以废立、谋反的罪名，阻挡清照进宫。”明诚说到这里，李格非方才醒悟，知道他已经陷入宫廷内斗和党争的漩涡之中，预感到大祸临头，向明诚询问：“你说我该如何处置？”明诚说：“既然皇上有意立清照为后，您应趁机奏明皇上，跟文彦博来往并无他意，只是对耆旧老臣心怀敬重、感佩皇上对老臣的宽宥之恩而已。您应劝皇上勿听谗言，勿再令小人无中生有，构陷冤狱——罪与非罪，全在皇上一句话！”李格非说：“公子虽年少，却深明大义，言之有理。明天早朝我便呈上奏章，成败在此一举，非此别无他法。”李格非没有料到明诚年纪轻轻，竟有这么深的城府，心里暗中佩服。

明诚心下稍慰，便向李格非告辞，离开书房向大门走去。忽然听到玉珠在后面说道：“公子就这样走了吗？”明诚回身站住。玉珠说：“小姐跟公子有话说，请公子跟我来。”明诚跟玉珠来到清照的书房，见清照含着泪，心情沉重地端坐在案旁。清照开口道：“你不必瞒着我，你跟父亲说的话，玉珠姐都在过厅屏风后听见了。今天，我也不想多说，只有一句话跟你说，假如非要让我进宫，我只有以死相报。”明诚听完清照的绝命誓词，泪流满面，沉默多时后说道：“你如果寻短见，那李格非先生就是抗旨不遵的死罪！为了李先生，你还是进宫去吧。以死相报，殉情的应该是我赵明诚。我对天发誓！”玉珠插嘴说：“看公子和小姐海誓山盟似的，都说到哪里去了，事情还没到那个地步呀！俗话说，天无绝人之路啊！怎么能说那些不吉利的话呢？我真不该偷听公子和老爷说话，让小姐和公子难过，该死的是我！”玉珠一番话，使大家心情稍微放松了一点儿，彼此又说了些安慰的话语之后，清照把她在洛阳作的《一剪梅》给了明诚。明诚接过诗笺含泪看了两遍，小心折好放进衣袋；随即把在洛阳两次造访不遇的事跟清照说了。清照知道这是父亲做的事，只说了句："这些事我一点儿都不知道。"明诚说："我知道不是你。"说完，明诚要离开了。清照问他什么时候再来，明诚说："我来次数太多，对你不好。你不知道，街上有逻倅[⑥]。我发现有几个细作、耳目，天天在你家门口盯着。"明诚走时，清照送他到门口，两人挥泪告别。李格非也出来站在厅前向明诚挥手致意。

次日早朝，李格非呈上奏章。下午诏书便由内侍刘瑗直接下到同文馆，圣旨曰："已故元祐旧臣文彦博、刘挚等人，前次已按罪情轻重处分有差。至于文及甫所供，因无佐证，可按反形未具，一概赦免处置。更不得由此横生枝节、累及无辜。"

至此，迁延数月的同文馆狱不了了之。章惇、邢恕、蔡京、安惇等人立即缩头乌龟一般不再飞扬跋扈，意在静观其变、伺机再动。

同文馆狱流产，章惇感觉失了面子，为了掩人耳目，特意请皇上擢蔡京为尚书右丞，又加封安惇为御史中丞，贬原御史中丞邢恕知汝州[⑦]，以封邢恕之口。时曾布知枢密院，密奏皇上说，蔡京弟蔡卞已任尚书左丞，兄弟二人同时任辅政，恐尾大不掉。皇上遂令蔡京转任翰林学士承旨。此事后来被蔡京探知，跟曾布生了嫌隙，结下梁子，这是后话。

这正是：

夺利争权官场事，欲加罪过不愁无。无德若是多才气，势焰熏天变歹徒。

注解：

①高太后：后来的太皇太后高氏。

②入彀：彀音[gòu]，比喻人才被网罗。"彀中"指箭能射及的范围。

③仙游：今福建莆田下辖县。

④成德军：今河北省正定市一带。

⑤昆：昆仲，古代兄弟的雅称，昆为兄，仲为弟。

⑥逻倅：宋时街上巡逻的士兵。

⑦汝州：今河南省平顶山市下辖县级市。

第十四回

辨玉玺孰知真和假　观星河未卜喜与悲

绍圣四年冬，太原府大地震，震坏庐舍数千间，万余灾民严寒中无家可归，冻馁而死者不计其数；又值太白星昼出、火星入舆鬼[①]。太史上书称：“这是奸邪谗佞欺君惑主，引起天怒人怨、人神共愤。愿陛下亲近正人君子，远离小人贼子，修德格天，顺应民意。”于是，皇上避殿减膳，下诏求谏。

绍圣五年元日，皇上下诏：“免朝贺礼，且上元节之庆一切从简。”正当朝中正直敢言之士，趁皇上求谏之机，准备弹劾章惇、蔡京一伙专横跋扈、坑害忠良的时候，从翰林院传出一件奇闻，说关中送来一枚玉印，估计是秦朝的御玺。

坊间传道：“去年冬末，关中咸阳县一位名叫段义的县民，在田间劳作时，从土里捡到一块方方正正的玉石。洗净上面的泥土，清清楚楚地现出上面的文字是‘受命于天，既寿永昌’。段义便将玉石拿到县衙，在大堂上当众大声唱喏：‘献上玉印。’这咸阳知县也是一个有心人，看了玉印，当即赏给段义十两白银，令其回家安心务农，静候朝廷另加封赏。年底，这玉印从县衙经州府一直送达京城，暂时放在翰林院保存。”人们将发现玉玺之事说得有鼻子有眼。

上元节之后，章惇等人上书：“去年岁末，咸阳县献玉制秦玺一枚，玉玺上镌有‘受命于天，既寿永昌’之语。这分明是天赐祥瑞，大吉大利之象。地震、星象乃造化常有之事，不足为惧，恳请陛下且勿为灾变忧心。”关中的咸阳、长安一带，历经周秦、两汉、隋唐许多朝代，都是帝王之都，人们从地下刨出秦砖、汉瓦、钟鼎、碑碣、三彩陶片等古代遗物并不是什么稀罕事，便是牧童、樵夫也知道拾到遗物要献给官府，可以得到丰厚的赏赐。但这玉制印信一样的东西却不是常有的。皇上看了章惇的奏折将信将疑。章惇推荐翰林学士承旨蔡京领衔辨验玉玺真伪，皇上准奏。

蔡京在词赋文章、书法绘画、考古训诂诸方面造诣颇高，凡文物典籍，经他鉴定后，别人便不再质疑。蔡京辨验玉玺之后，写出奏章并附上一份贺表，大意是：“天人感应，古宝呈祥，国泰民安，惠及万方，宜昭告天下，行朝会大礼，受元符真命之宝。”皇上御览贺表后大喜，定此宝名为“天授传国受命宝”，择日在大庆殿行受玺大礼，并下诏绍圣五年六月朔日改元，改绍圣五年为元符元年；又颁诏书特赦罪犯，唯元祐党人不赦。又召段义入京，赐银二百两、绢二百匹，授右班殿直②。献宝州县有关大小官员皆各有赏赐。

却说，汴京城里有一位年老致仕的将作监，名字叫李诫。他曾在内务府任职，总领宫室陵寝建造和御用物品制作。为把他一生所积累的宫室建造技艺传之后世，拟写《营造法式》一书。此书需把那宫殿楼阁、亭台廊榭的种种样式摹写成图，因此他便拜李公麟为师，学习界画③。赵明诚常到李公麟府上观摩他的藏品，于是便与在李公麟府上学画的李诫结成忘年之交。李诫知道明诚迷恋古文字收藏，便给了明诚一张秦玺印文，说是秦玺刚送来京城时，宰执让他摹印了几份，这是他多印出的一张。明诚得到印文，喜不自禁，没来得及仔细品鉴，便急忙去找清照共同赏玩。

明诚很长时间没来李宅了。明诚进到李宅，见清照正跟母亲李夫人、迒儿、玉珠在过厅里玩“打马”。明诚给李夫人问过安之后，李夫人停下“打马”，跟迒儿走进李格非的书房；清照和玉珠便领明诚到自己书房说话。明诚见清照又消瘦了，眉宇间带着淡淡的哀愁，眼里也失去了往日的光彩，神情恍惚，似乎心里有挥之不去的隐忧；清照对于他的到来，似乎也心不在焉的样子，失去了往日的热情，不知是变得老成，还是心灰意冷了。

明诚拿出玉玺的印本，像得了宝贝似的让清照看，说这就是皇上今年受命的秦玺“天授传国受命宝”的印文。皇上受宝改元之事，清照在闺中也有耳闻。清照冷冷地瞥了一眼印文，不以为然地说：“既然是从地里挖出来的秦玺，怎么成了天授？”明诚答道：“如果不是天意，怎么能从地里挖出来呢？”清照说：“我明白了，早不挖，晚不挖，偏偏天上地下有灾变，皇上撤殿减膳，求人指摘时政的时候，就挖出来了，这就是天授！你是从哪里弄来的这东西？”明诚说：“是做过将作监的李诫送我的。他说是玉玺刚送来京师的时候，宰执让他摹印了几份。”清照说：“拿个印章印到纸上，谁不会做？宰执们怎么非要这位致仕的老将作监做这事？玉玺大印已经在手里，摹几张印文下来干什么？这么重要的东西能随便让一个将作监摹印下来送人？说不定这玉玺就是将作监奉命制作的呢。是真是假，谁知道？"清照不知从哪里来的无名火，越说越来气。清照接着又问："怎么见得就是秦玺？"明诚答道："因为印文是秦篆。"清照说："我们大宋朝的印章，十有八九不也是用的秦篆？秦朝二世而亡，怎么是'既寿永昌'？用秦玺做传国命宝本来是不吉利的凶兆。我看皇上也是不学无术的白痴，宰执们的昏话也相信。"清照的一席话好像一盆凉水泼到明诚的头上，把他浇得张口结舌。明诚觉得清照说得有理，便说："等我问问李诫，看他怎么说。"清照说："问也白问。这是关乎天命的大事，他知道底细也不敢告诉你。谁想知道这印文是真是假，由他自己掂量去吧！"明诚听了清照一番议论，不得不打心底里折服，说道："你的鬼心眼儿真多！"清照面露霁色，笑道："世上有鬼，就要长点儿鬼心眼儿。"明诚说："看你好不容易笑了，只要你能笑一笑，我今天就算不白来。"玉珠在旁边也说："好多日子没见小姐的笑容了。以后公子常来走动走动，让我家小姐高兴高兴。"清照立即打断玉珠的话："玉珠姐，这些话不必说了。"明诚见清照满腹怨气，随时想找人发泄，遂不敢多言，胡乱搭讪了几句，便起身告辞。清照没挽留，也没出来远送。

玉珠送走明诚，回来责怪道："小姐冷淡公子，公子走得好冷清，好可怜。"清照黯然神伤，道："我想让他忘掉我。要不，万一真到了那一天，我不管是死是活，他岂不是更难过。"清照说到这里，泪珠儿禁不住扑簌簌滚落到衣襟上，一头扑到玉珠的怀里伤心地哭起来。玉珠强忍着，让小姐把怨气都哭出来，心神稍定之后，才说："这些日子，那些流言蜚语少了许多，说不定烟消云散了呢。"清照说："就是没有宫里那些事，咱李家跟他们赵家不说是冤家对头，可也不是同路人，两家南辕北辙，道不同不相为谋，更不必说别的事情了。玉珠姐，这些话我也只能跟你说。"玉珠也鼻子酸酸地掉下眼泪说："不是冤家不聚首，说不定是好事呢。"玉珠嘴上安慰清照，心里却思忖道：小姐的这门亲事，如果没人上心，也就耽搁了，何况两家又有隔膜，谁肯来过问此事？夫人对小姐虽然视若亲生，但小姐的心事怎么好对继母明说？这种话更不能跟父亲说。小姐只能跟我说说心里话，可是，我能帮小姐做点儿什么呢？玉珠是齐州明水人，九岁父母先后离世，十岁进李家时，清照只有七岁；她比清照大三岁，就是为了她年龄大、脾气好，手脚勤快，能照顾清照，李家才买了她这个孤女做丫头。主仆二人都没有亲生母亲，所以玉珠总觉着她应该像个姐姐一样与小姐相依为命，多为小姐操心；可又无能为力，只有干着急。

明诚从李宅回到家里，让父亲看他的玉玺印文，不料父亲看后说的话，竟跟清照说的差不多。明诚心中惊讶，问道："父亲怎么也这样说？"赵挺之问："谁还这样说过？"明诚得意地脱口而出："李清照！"赵挺之问："你又去李格非家了？"明诚有点儿惶恐地回答说："是。"赵挺之自言自语道："李格非生了这么个女儿，或许真是他的福气。"这次说到清照和李格非，父亲没有生气，明诚感到心里萌生出一种难以言说的情愫，他自己都不知道是高兴还是悲哀。赵挺之又补充说："你以后还是少去她那里。"

七月五日，七夕节将至，玉珠跟李夫人说："过七夕节了，夫人是不是跟小姐出去散散心？"李夫人说："我正在想，明天带你们去大相国寺玩玩，一块给佛祖和观音烧香上供，也许个愿。你问问小姐想不想去。"玉珠说："小姐肯定想去。"玉珠便来到书房问清照。几年来清照离开老家随父来到京城，此后大多住在洛阳，虽知道"相国霜钟"是京城的胜景，每天早上也隐约听到那里传来嗡嗡的钟声，但阴差阳错竟不曾去过一次。清照于是说："去逛逛也好，万一有什么不测或一旦永诀，岂不枉住京城。"玉珠说："夫人说，还要烧香许愿呢。"清照道："你也许个愿吧。"玉珠说："我许什么愿？小姐什么命，我就是什么命。我跟夫人都给小姐许愿。"清照脸上泛起一阵红晕，说："我认命，没有什么好许愿的。我听说那里有个很大的书市，倒很想去看看。"

次日，李夫人跟清照、迒儿、玉珠雇了一辆车子，沿御街向北，过了龙津桥，向右拐进惠民河东大街，又左拐进了旧城的保康门，经过相国寺大桥，穿过商铺林立的大街，来到一处古木参天、松柏蔽日的宽敞去处，这里便是大相国寺的门前。大树下阴凉地里搭建了各种彩幕、帐篷，做商家的铺面，陈列着七夕的节令物品。有的铺面专卖叫作"磨喝乐"的工艺品——泥塑的牛郎织女在木雕彩绘的鹊桥上相会，牛郎涂金挂绿，织女披红饰翠，一件价值数百钱。另有铺面卖一种叫作"谷板"的小摆设——在木制的浅盘里铺上一层泥土，泥里撒上小米生出小苗，然后放入木制小茅屋和泥制小牛和人物，模仿牛郎住的村落人家，几十钱便可买一套。还有的铺面卖"水上浮"——即用轻质木材雕刻的成对凫雁、鸳鸯、龟鱼之类，一对可卖几十或上百钱不等。李夫人给玉珠买了一对鸳鸯，给迒儿买了一套"谷板"。清照说她想到寺里买书，就不要买这里的小玩意儿了。

大相国寺果然名不虚传，山门是红墙金顶，雕梁画栋，全然是皇家寺院的恢宏气派。山门前两尊威猛的石狮和两尊硕大的石象分列两边，巍然屹立、庄严肃穆。进得山门，门内四大金刚怒目而视，狰狞凶猛的样子令人竖起汗毛、不敢正视，只得屏息匆匆而过。穿过山门，是一个宽大的院子，院子四周和中间全是商家搭建的摊位。这里不像是佛家清静之地，倒像是一处繁华的闹市。摊位上主要售卖各种奇花异草、珍禽怪兽，如盆栽的荷花、睡莲，细链子拴着的猧子、猫犬、猿猴，架子上的鹦鹉、鹩哥，笼中的八哥、画眉，栅栏里的孔雀、仙鹤等等；另外还有山石盆景和神佛雕像，琳琅满目，无所不有。李夫人买了一簇并头莲——两个未开的荷花骨朵拼接在一起，跟一个莲蓬几片荷叶用红线捆成一束；这是七夕礼佛的应时供品。

他们走进寺院的"不二法门"[④]，便看见对面远处高大华丽的大雄宝殿雄踞在汉白玉砌成的月台上。"不二法门"东西两侧分别耸立着雄伟的钟楼和鼓楼，钟楼和鼓楼后面各有一座铁锈色的琉璃宝塔。庭中的彩幕露屋里售卖各色什物，如蒲盒、簟席、屏帷、鞍辔、刀剑、弓矢；占据两廊的是各寺院的道姑，陈卖自己制作的绣品、头饰、衣帽、鞋袜、花朵、珠翠之类。靠近大殿，有商家"赵文秀"的笔和"潘谷"的墨，最是知名，李夫人给清照和迒儿各买了几支笔和几锭墨，又买了香烛和几样蜜饯、果脯、糕点，便带着他们登上大月台，跨过宝殿前廊的高门槛，进入大雄宝殿。大殿里的如来佛祖和两旁陪祀的观音、文殊、普贤、地藏四尊菩萨，皆是金身宝冠，黄绢披身。殿内香烟缭绕、钟磬齐鸣。李夫人带领孩子们奉香、燃烛、献祭，把并头莲插进佛前的净水瓶里，然后跪在锦垫上叩首、作揖，双手合十，心中默念自己的祈祷愿词。祈祷完毕，他们从大殿的后门出来，经过"大三门"，进入"资圣阁"所在的禅院。

禅院的两廊僧舍，全是比丘尼们开设的书肆、画廊、当铺和古董店。壁上悬挂着国朝名公们的墨宝和画作，书案上陈列着经卷、书籍、文房四宝、珍玩古器。清照浏览、翻检了多时，最后买了一套价格不菲的《昭明文选》[⑤]，迒儿也买了一本《四体书千字文》字帖。然后他们走进资圣阁，瞻仰、膜拜金身金面的五百尊罗汉。

迒儿走近清照，悄悄说："姐姐，你看那是谁？"清照朝迒儿指的地方望去，看见罗汉塑像的前边跪着一位公子，清照立刻认出那是明诚。清照让迒儿把明诚叫过来。明诚见到远儿，喜不自禁，说："我没猜错，知道你们一定会来。"远儿把明诚领过来。明诚向李夫人请过安之后，便走近清照，悄声说："我前天就来等你，今天不见你们来，就趁空儿上这阁里数罗汉解运。"清照好奇地问："这数罗汉怎么解运？"明诚道："把父母和自己的年龄合成一个总数，然后按照你心里任意规定的顺序去数这些罗汉，数到你跟父母年龄的合数为止，数到哪个罗汉，哪个罗汉就是你的佛界真身、真命。"清照说："你数给我看。"明诚说："我父亲年五十九，母亲年五十二，我年十八，合数是一百二十九。方才我跪拜的那尊罗汉，就是我数的第一百二十九尊。"明诚带着清照到那罗汉前边，说："你看这签板上写着，这尊罗汉叫作'佛陀难提尊者'。你再看签板上的小字，写的是佛陀难提的故事，这个故事说的就是你和我。"清照随口说："你又胡说。"她仔细看了看那签板上的小字，却会心地抿嘴笑了笑，然后说："我不信。"明诚让清照自己数，清照说："罗汉里没有女身，数了也不灵。"明诚说："佛门没有男女之别。"清照悄悄问："母亲的年龄，是生母的还是继母的？"明诚吞吞吐吐答不上来，清照便转身回到李夫人身边，去拜别的罗汉了，明诚也随后跟了过去。

李夫人跟孩子们拜过五百罗汉之后，从资圣阁出来，在返回的路上一边游览，一边也买了些衣帽、头饰、鞋袜之类。他们不知不觉出了大相国寺的山门，回到门前的闹市，又买了些七夕晚上"乞巧"用的果蔬和菜肴，还买了些用凤仙花加白矾做的指甲膏和扁豆叶，这是七夕夜里女孩子染指甲用的。

李夫人叫过车子准备回家。临别时，明诚偷偷告诉清照，他每月朔望休假日上午都到这里来选购书画和碑帖。清照不语，玉珠说："记住了。"

清照一家人回到家里，吃过午饭，各自回到卧室休息。玉珠问清照："在大相国寺资圣阁里，赵公子说，那罗汉的签板上说的就是他和小姐的故事，一定很有趣，能讲给我听听吗？"清照说："你信他胡说，跟我一点儿瓜葛都没有。我讲给你听，你就明白了。"玉珠说："小姐快讲，我听着呢。"清照坐稳，慢条斯理地说："说的是，西天有个叫达摩罗的佛国，有一位叫佛陀难提的尊者，长相奇异，浓眉匝须——匝须就是络腮胡子，目光如炬，而且敏慧多智，能言善辩。禅宗七世祖伐苏蜜多见佛陀难提相貌不凡，便收他为徒，传授给他许多精深的佛法，并给他开了天眼，使他能看到人世间别人看不到的奥秘。佛陀难提修成正果，功德圆满之后，便四处游方、传授佛法。他来到提迦国的一处村庄，看到一家住户的房顶上有一道白光腾空而起，他知道里面必有圣贤居住。于是，佛陀难提来到那户人家，要求户主施舍一个人做他的侍从。户主答应了，把自己的儿子送入寺庙拜佛陀难提为师。他就是后来的佛陀蜜多尊者。在佛陀难提即将离开尘世时，他送给佛陀蜜多几句偈语⑥，说道：‘虚空无内外，心法亦如此，若了虚空故，是达真如⑦理。’佛陀蜜多忍住悲痛，也说出几句偈语送别师父：‘我师禅祖中，当得为第八，法化众无量，悉获阿罗哈。’佛陀难提面含笑容，闭目端坐，归于涅槃。他的弟子们建起一座宝塔，把他的真身供养在塔里。”玉珠问：“涅槃是不是就是死了？”清照回答：“和尚修行成佛，超脱生死，进入四大皆空的境界，才是涅槃。”玉珠又问：“什么是四大皆空？”清照答道：“佛门把地、水、火、风谓之万物之元，叫四大。四大皆空就是万物皆空的意思。”玉珠说：“赵公子说得有道理，他就是佛陀难提尊者，你看他两道剑眉下面眼睛发亮，嘴唇上面和两腮青须须的，很快就要长出络腮胡子来。小姐就是佛陀蜜多尊者。”清照说：“佛陀蜜多是男身。”玉珠说：“我听见公子说佛界不分男女。小姐比男人还有学问，有见识。小姐转世以后一定是男身。”清照说：“看你说的。我们快休息一会儿吧，晚上还要供牛郎织女呢。”

下午，一阵风雨声把清照从睡梦中惊醒。她想起梦中似乎乘着一只小船，沿着银河到天庭去寻找牛郎织女，却只听见风吹波涛的声音，放眼四顾只见云海茫茫，什么也没看到，就从云里坠落下来——她从惊恐中醒过来，才知道是做梦。她揉揉眼睛，见窗外还淅淅沥沥地下着小雨，传来雨滴打在梧桐叶子上的声音。渐渐地，外面的光线越来越亮了，传来远儿高兴的呼喊声：“晴天了，晴天了！牛郎织女不哭了，见面了！”

当天晚上，李夫人和清照、玉珠在“有竹堂”前把两张八仙桌子并起来，摆上买来的节令贡品，有花瓜——瓜皮刻花的西瓜或甜瓜，笑靥儿——用油面蜜糖制作的甜点；还有几样时令瓜果菜肴：葡萄、林檎、白桃、金橘、蜜饯，酒肴都装盘，摆在桌上。此外桌上还放了笔墨纸砚、针线尺剪和几块小幅的素绢。

入夜，那笑眯眯的弯月渐渐沉没在西边天际的暮霭里了。此时，银河从东北到西南斜贯天穹，天河两岸的织女星和牛郎星正在中天，就像两颗璀璨的钻石，镶在漆黑的天幕上熠熠生辉，犹如爱侣眨着眼睛，隔河相望。李夫人带着孩子们给天上的牛郎织女上香、奠酒之后，把李格非也叫出来，一起围着桌子开怀畅饮。此时，碧海青天上有一颗流星划去，几片薄云飘来，一阵南风徐徐掠过，给人们带来了几丝凉意。远儿要求李夫人讲牛郎织女“鹊桥会”的故事。李夫人说：“这个故事你们都听过多少回了，不如大家都背诵几首七夕诗词。清照会作诗填词，自己作一首才好。”众人说：“妙哉！”李夫人说：“远儿先朗诵一首吧！”远儿很爽快地应声道：“那就念一首昨天姐姐刚教给我的《鹊桥仙》，是秦少游作的。”词曰：

纤云弄巧，飞星传恨，银汉迢迢暗度。金风玉露一相逢，便胜却人间无数。　　柔情似水，佳期如梦，忍顾鹊桥归路！两情若是久长时，又岂在朝朝暮暮。

远儿吟罢，请姐姐作首新词，且要比秦少游作得好。清照道：“姐姐填词的造诣，还没到登堂入室的地步，怎能比得上先辈。随便作一首吧，请爹爹、阿娘矫正。”词曰：

调寄《行香子》

草际鸣蛩[⑧]，惊落梧桐，正人间、天上愁浓。云阶月地[⑨]，关锁千重。纵浮槎来，浮槎去[⑩]，不相逢。　　星桥鹊驾[⑪]，经年才见，想离情、别恨难穷。牵牛织女，莫是离中。甚霎儿晴，霎儿雨，霎儿风。

清照吟罢，李格非颔首，李夫人夸奖，都说作得好；远儿说：“姐姐作的词跟秦少游的不相上下。”李夫人说：“远儿要好好跟姐姐学习才是。”接着，她念了一首古诗《迢迢牵牛星》：

迢迢牵牛星，皎皎河汉女。纤纤擢素手，札札弄机杼。终日不成章，泣涕零如雨。河汉清且浅，相去复几许？盈盈一水间，脉脉不得语。

最后，李格非背诵了苏东坡的《鹊桥仙·七夕》：

缑山[⑫]仙子，高清云渺，不学痴牛骏女[⑬]。凤箫声断月明中，举手谢时人欲去。　　客槎曾犯，银河波浪，尚带天风海雨。相逢一醉是前缘，风雨散、飘然何处？

大家吟罢诗词，已是深夜，李格非回到后院卧室睡了。远儿把他的“谷板”，玉珠把她的“水上浮”，放在院子正中。清照和玉珠，拿了桌子上的绣花针、丝线、尺剪和素绢，躲到竹丛下的黑影里去穿针引线学做女工。远儿则在桌子上借着朦胧的星光写字。这就是京城的“乞巧”习俗，每年七夕千家万户都做的游戏。

“乞巧”之后，李夫人给清照和玉珠的指甲上敷上凤仙花泥，用扁豆叶子把指甲包起来，说：“过一夜之后，明天早晨指甲就染红了，那就是织女眼里滴出来的血泪染红的。”

清照和玉珠回到卧室，因为手上包着扁豆叶，怕睡觉时脱落，不想早睡，便搬了凳子坐在院子里乘凉，仰头辨认天上的星星：往年七夕，母亲指着天上的星星，告诉她们那织女星旁边的三颗小星星是牛郎送给织女的牛轭；牛郎星一前一后那两个小星星，是牛郎用担子挑着的一儿一女。离开牛郎星稍远处那四颗小星是织女抛给牛郎的织布梭。织女怕伤着孩子们，把织布梭扔到了远处。今夜，天上这一个个星座，仍然演绎着千年不变的爱情故事。两个少女沉浸在古老的神话传说里，憧憬着爱情的温馨和甜蜜，又品味着爱情的酸涩和凄苦。

这正是：

爱恨情仇作伴生，适才风雨又天晴。若无苦涩辛酸泪，怎有吹箫共凤鸣。

注解：

①火星入舆鬼：火星侵入鬼宿。舆鬼，即鬼宿，二十八宿中南方七宿之一。

②界画 ：以画宫室殿宇、亭台楼阁为主的画种。

③右班殿直：护卫皇帝的禁卫军的军官。

④不二法门：佛教用语，“不二”指不是两个极端，“法门”指修行入道的门径。后用来比喻独一无二的门径。此处指从前院到中庭的院门。

⑤《昭明文选》：南朝梁太子萧统主持编纂的诗文总集。

⑥偈语：音[jì yǔ]，佛经中的唱词。用韵文写的感悟人生世态的语句。

⑦真如：佛教术语。真如无我，无我一切皆真如。

⑧蛩：[qióng]，蚱蜢，古书中也指蟋蟀。

⑨云阶月地：以云为阶，以月为地，言天上也。唐杜牧诗句云："云阶月地一相过，未抵经年别恨多。"

⑩"浮槎来，浮槎去"：见张华《博物志》："旧说云：天河与海通。近世有人居海渚者，年年八月有浮槎，去来不失期。人有志……乘槎而去……十余日中，犹观星月日辰……奄至一处。有城郭状，屋宇甚严。遥望宫中，多织妇。见一丈夫，牵牛渚次饮之。"

⑪星桥鹊驾：旧传七月七日乌鹊造桥，牵牛、织女相会。桥名乌鹊桥，亦名星桥。

⑫缑山：[gōu shān]即缑氏山。指修道成仙之处。

⑬骇女：[ái nǚ]傻女子，痴情女子。唐卢仝《月蚀》诗云："痴牛与骇女，不肯勤农桑。"

第十五回

旧主驾崩重启仁政　繁台春晓喜逢贵人

话说元符元年，章惇构陷同文馆狱没有得逞，反而在朝廷失了面子。为了挽回局面，他居然变本加厉，妄图追夺太皇太后高氏的“宣仁”谥号，将其废为庶人。他伙同尚书左丞蔡卞，污蔑司马光、文彦博、王珪、刘挚等人，在元祐初年曾沟通崇庆宫内侍张士良密谋废立。崇庆宫为太皇太后的居处，张士良是崇庆宫内侍的干役。

章惇仍然委派蔡京和安惇究治此案。蔡京、安惇在刑堂之上用鼎镬刀锯等酷刑威逼张士良招供。张士良在严刑逼供之下拒不认罪，仰天大声哭诉曰：“太皇太后不可诬，天地良心不可欺。士良情愿受刑，不敢妄供！”蔡京、安惇只得伪造口供，编织罪状，将张士良处死。张士良蒙冤被诛之后，章惇、蔡卞遂擅拟草诏，追废太皇太后为庶人。

草诏由内侍刘瑗呈送崇政殿请皇上御批。皇上在灯下翻阅多时，迟疑不决。太皇太后是皇上的祖母，虽说祖、孙因政见不同结下刻骨铭心的仇怨，但追废自己的祖母，毕竟是天地不容之大不孝。自己不孝，如何以孝治天下？皇上感觉胸中郁闷地喘不过气来，便信步走到殿外的玉阶上换换空气，刘瑗也跟了出来。夜阑人静，天上一钩残月照得宫院里阴森朦胧，一阵秋风袭来，吹得皇上打了一个寒噤，接连不断地剧烈咳嗽起来。刘瑗抢上前去给皇上轻轻地捶了几下后背，把皇上扶进殿内。皇上坐着干咳了多时，喉咙似乎有一种咸而带有腥味的东西涌到口里，连忙向唾壶里吐出。他示意刘瑗把灯端过来，望唾壶里定睛一看，只见水面上漂着一块鲜红的血迹，立刻将头垂了下来，不住地喘息。这一切，刘瑗都看在眼里，他赶忙取来漱口的杯子让皇上漱口。近来，皇上总觉得疲倦无力，咳嗽气短，以为是自己纵欲之过，没把这症状放在心上。他遵照太医开具的药方，吃了不少参茸一类的补药，即便是刘贤妃那里，也很少临幸了。皇上今日看见吐出的鲜血，顿觉万念俱灰，有气无力地瘫倒在床上。刘瑗连忙差人去请太医。

没过多时，有两个黄门抬着一乘小轿子来到宫前，从小轿子上下来的却是向太后。刘瑗赶紧上前迎驾，太后没理会刘瑗，急匆匆走进皇上的卧室。刘瑗以为太后听说皇上吐血，前来看视，正要向太后禀告皇上病情，却听太后带着怨气对皇上说道："我刚刚准备就寝，忽然听说有人进言追废宣仁太后，令我惶恐不已。深夜里，我本不想打扰皇上，可这事关系重大，我不得不来跟皇上说个明白。宣仁太后在世时，我天天在崇庆宫侍候。皇天在上，我从未听说宣仁太后有废立的遗言。试想宣仁太后待皇帝恩德深厚，仍然有被这等谣言中伤之虞，日后恐怕也没有我的好日子过了！"说到这里，向太后潸然泪下，面带惨容，不停地拭泪。皇上一面起身下床请安，一面惶恐地说："儿皇怎能做这等不孝之事，这都是那些小人散布流言蜚语来离间两宫，蛊惑朕听。他们这是想让儿皇进不得英宗皇帝的太庙啊！"说完，又接连不断地咳嗽起来。向太后起身说："我就知道这不是皇上的意思。今日听了皇上的金口玉言，我也就放心了。皇上保重御体为是，朝中那些蝇营狗苟的小人无事生非，为他们劳心伤神不值得。我们皇家的事不用外人来多嘴！"太后吩咐刘瑗说："你们要小心侍候，千万不能让皇上受了风寒。"刘瑗躬腰诺诺，送太后鸾驾回宫。送走太后，皇上令刘瑗取来章惇、蔡卞的草诏，放在灯上烧成灰烬。此时，太医也赶到了。太医给皇上切了脉，看了舌苔，开了药方。刘瑗差人煎了药，服侍皇上服药睡下，已经是东方将晓的时候。从此，皇上天天参茸杂进，龟鹿齐投，但病情时好时坏，不见明显好转。渐渐地，皇上连早朝也是隔三岔五上一次。朝中大事，尽由章惇专断。

自从废掉孟后之后，蹉跎过去了三年，刘贤妃尽管机关算尽，也没当上皇后；日夜翘首期盼、望穿秋水一般。她在内廷央求皇上身边的刘瑗等宦官，在外面拜托章惇等朝廷重臣，为她献言于皇上。这刘瑗虽满口答应，但心里却另有打算；章惇、蔡卞们倒是尽心竭力，请皇上册封皇后的奏章不下数十个，但都如石沉大海，没了消息。近来刘贤妃连皇上的面也不常见了。刘贤妃思忖：难道真的是人老珠黄，到了被打入冷宫的时候？正在绝望之时，这天用膳，突然一阵恶心，差点儿呕吐出来。她猛然醒悟：莫非是怀上了龙种！她这才想起，自皇上上次临幸，大约快两个月了，未见来潮。想到这里，她心里一阵狂喜；可转念又想：是龙子还是凤雏，不得而知。但不管如何，这等大事，必须禀告皇上。刘贤妃把这事告诉郝随，让郝随先去给皇上透露一点儿消息，看皇上说些什么。郝随也心中暗喜，急忙去见皇上，说："陛下，贤妃这几日用膳的时候总觉得恶心，是不是请太医来把把脉？"这些日子，皇上只为自己的病闷闷不乐，冷冰冰地应道："那就去请太医看看。这点儿小事也值得来打扰朕不成。"刘瑗在旁，听了心里一惊，但也不妨说句皇上爱听的话："陛下，贤妃可能是怀了龙种呢。"这话提醒了皇上，皇上打起精神坐起来说："郝爱卿，你先去叫太医给贤妃诊脉。刘爱卿，扶我去看看贤妃。"皇上来到承恩宫，刘贤妃立刻满面堆笑地把皇上迎进内室坐定，面带羞涩地说："这几天，用膳就想呕吐，想请太医看看。"皇上说："我已令郝随去请，太医很快就来了。"不多时，太医随郝随入宫，拜过皇上之后，隔着锦帐给刘贤妃诊脉。太医双眼微闭，眉头紧皱，一副恭谨凝神的样子。过了多时，太医突然起身走到皇上面前行了一个跪拜大礼，奏道："微臣恭贺皇上福寿康宁。皇妃大喜，永续大宋宗祀！此乃社稷之大幸，宗庙之大幸！"皇上脸上露出笑容，问道："是麟儿？"太医道："看这脉相，是麒麟下凡无疑。"皇上慢慢颔首，似乎悬在心上的一块石头落了地。太医开了保胎的药方，领了赏赐之后离开了承恩宫。皇上年已逾冠，被废的孟后曾生有一女，不幸因病早亡，还引来了宫中一场冤狱，至今皇上想起来都懊悔不已。皇上自知身染重病，凶多吉少，心里思忖：今日贤妃有孕，难道是苍天有眼，令我有嫡亲继承大位？他那已经绝望的内心，燃起了一点儿希望的亮光。

此后，刘贤妃住的承恩宫里又增派了几个内侍和宫人，专门伺候她的饮食起居。贤妃每日用膳都是山珍海味：鱼翅、燕窝自不必说，就是熊掌、驼峰也是有求必应，就只差龙肝、凤髓没吃过了。

时光荏苒，日月蹒跚。刘贤妃天天东祷西祀、求神拜佛，终于十月期满，临盆分娩，生下一位郎君。刘贤妃喜极生悲、热泪纵横，皇上也甚感欣慰，忘记了病痛。这等天大喜事，立时传遍朝野。于是，章惇等大臣的奏章一日数上，恳请立刘贤妃为后。皇上下旨命礼官制备礼仪，择黄道吉日，举行册后大典。右正言邹浩上疏谏阻曰："立后以配天子，安得不审？而所立乃贤妃，一时公议，莫不疑惑。孟氏垂废之初，天下孰不疑立贤妃为后？及请诏书，有'别选贤族'之语，又闻陛下临朝慨叹，以为废孟氏乃国家不幸。于是天下始释然不疑。今竟立之，岂不上累圣德？皇后统御后宫，母仪天下，任莫大焉，当以德为先，不得以子之有无为缘由。”皇上览奏踌躇不决，遂将原疏交与中书、门下复议。此时，朝廷上下皆是章惇的心腹爪牙，唯章惇马首是瞻，谁敢另有异议？不仅如此，章惇还诋毁邹浩狂妄，目无君上，请按典刑严惩。皇上见章惇势倾朝野，遂将邹浩削职除名，流放岭南的新州监管起来。接着，皇上下诏策立皇后。按照司天监择定的黄道吉日，皇上御文德殿，亲授刘后册宝。大礼完毕，百官轮番朝贺，后又宴飨群臣数日。刘后数年期盼，胸中无限怨愤，终于到了扬眉吐气的时候。她颐指气使，飞扬跋扈，在宫中使唤得宦官和宫女们有如走马灯一般，搅得整个后宫鸡飞狗跳。

然而，无德之人岂能载物，颜色换来的福气怎得长久？可怜那龙子生来便带下好哭的毛病，渐渐变成日夜号啕不止的夜哭郎。吃药、求神，甚或冒犯宫禁灌符水，均不见效，慢慢地骨瘦如柴、气息奄奄，连哭的力气也没有了，百日没过便呜呼哀哉。谁知福无双至、祸不单行。自打皇子夭折之后，皇上的御体也如同雪上加霜，病入膏肓了；好容易挨过年节，正月初八，也溘然长逝。

皇上于元符三年正月初八驾崩，享年二十有五，身后无嗣，但国不可一日无君。向太后召集诸位大臣，商议嗣君大计。太后曰：“国家不幸，大行皇帝没有子嗣，亟待择贤继承大统，慰安中外。”章惇抢先出列道：“依照礼律，当立大行皇帝的同胞兄弟简王似。”向太后不悦，应道：“老身无子，诸王皆为神宗庶子，都不是嫡出，不应以跟大行皇帝同胞与否来分别。”章惇道：“如要按长幼顺序，则应立长子申王佖。”太后道：“申王有目疾，君临天下、治国理政恐有不便。还是神宗第十一子端王佶最为合适。”章惇大言抗声道：“端王浮华轻佻，不能君天下。”知枢密院事曾布出列斥责章惇道：“章惇未曾与臣等商议，微臣谨遵太后圣谕，赞同太后明断。”蔡卞等大臣也趁机附和道：“合依太后懿旨。”太后道：“神宗曾说端王体健气足，必有福寿，且仁孝慈爱，又文采斐然，若继位为君，正是人心所向，谅无他虞。”章惇自知众叛亲离、大势已去，便退后入列缄口不语。

太后宣旨，召端王赵佶入宫，在先帝灵前登临大位。曾布等劝太后权同处分军国大事，垂帘听政。太后谓新君年长，不必垂帘。新君赵佶再三恳请，礼让多时，太后方才依允，并限半年为期。于是，赵佶御紫宸殿接受百官朝觐，并诏谥先帝赵煦庙号为哲宗皇帝，尊刘皇后为元符皇后；召前朝宰相韩琦之子韩忠彦为门下侍郎，黄履为尚书左丞；进首相章惇为申国公，按成例兼任哲宗山陵使，总理哲宗葬礼。未经几日，诸王分封及朝廷官职皆安排就绪，朝政运作恢复如常。年号暂不改变，仍为元符。

韩忠彦上疏首陈施政方略：广仁恩、开言路、去疑似、戒用兵。向太后和皇上赵佶览疏后甚是嘉许，遂升任韩忠彦为尚书右仆射兼中书侍郎，并召还放逐岭南的邹浩、陈瓘等当初因策立皇后之事被贬之臣，官复原职，为左、右正言。又复孟后为元祐皇后，自瑶华宫迁居禁中。因韩忠彦之请，皇上追复已经去世的元祐老臣司马光、文彦博、王珪、刘挚等人官阶，并召回绍圣年间被放逐的元祐大臣。同时，皇上采纳台谏的弹劾，贬蔡卞分司池州，安置邢恕于舒州监管。

这天，吏部侍郎赵挺之回到家里，赵夫人对他说："自向太后听政、新君登基以来，朝政大变。过去元祐年间放逐的旧臣陆续被赦免，有的官复原职。妹夫陈师道，在无棣县做学官已有数年，位卑官小，不知道朝中还有没有人记得他？"赵挺之答："朝中处理元祐诸事，从大到小，总得有个先后，无己慢慢会回来的。"赵夫人说："吏部尚书空缺，你这吏部侍郎就是吏部天官，就不能给妹夫说句好话，让他早点儿回京？"赵挺之说："难道不知道你这位妹夫的倔强脾气？他如果知道是我说了情才让他回来，他自己就不愿意回来了！"赵夫人说："你还跟他一般见识？你不说，他怎么知道是你的情分。再说，这又不是徇私舞弊，只不过循例官复原职，先走一步，别人也不会有什么话说。"赵挺之说："那就试试看吧。"

没过多少日子，朝廷召陈师道回京，官复原职任秘书正字。赵明诚听说姨父回到东京，便来见姨父。明诚跟姨父倾诉了这几年经历的事，毫不掩饰地表白了他对清照的爱慕之情，述说他和清照在皇帝选后的阴影下度过了多少胆战心惊的日子。他把和清照曾经山盟海誓的情景，都跟姨父一股脑儿倾吐出来。陈师道和夫人听了明诚的诉说，心领神会，自愿挑起了一副担子：做明诚和清照的大媒。明诚走后，陈师道和夫人商量着怎么把明诚和清照之间的这座鹊桥架起来，令这对有情人终成眷属。

陈师道让夫人先去找赵夫人探听一下情况。再说，陈夫人从无棣县回来，也应该先去看望阔别多年的姐姐。过了两天，陈夫人买上礼物来到赵府，见到赵夫人。姐妹叙了寒温、道过平安之后，陈夫人引入正题，说起儿女的婚事。赵夫人说："老大存诚已婚且有了孩子，老二思诚因心气太高，拖延到今天还没订婚，说是等中了进士以后再订也不迟。"陈夫人说："我倒是给你们老三明诚物色了一门亲事。”赵夫人说：“说起来老三也不小了，也到了提亲的时候，但不知妹妹提的是哪个府上的千金？”陈夫人说道：“说出来明诚管保一百个愿意，就看你跟姐夫的意思了。她就是礼部员外郎李格非的千金，大名鼎鼎的才女李清照！”赵夫人说：“我倒是听明诚经常提起她来，明诚还给我看过她写的两首《如梦令》的词呢。那词写得端的老到，明白易懂，又不落俗套。这门亲事我倒是没有不满意的，就怕你姐夫挑剔。要不是他挑挑拣拣，还不至于把老二的婚事耽误到今天呢！真得谢谢你。今天提的这件事，等你姐夫点了头，我就给你信儿。”陈夫人与姐姐又相叙了一会儿，便告辞回到自家的住处。

过了几天，明诚从太学回家，母亲问他想不想娶李清照。明诚高兴得差点儿跳起来，小孩子似的凑近母亲问道：“今天阿娘怎么问这事，是不是姨母给我说媒来了？”赵夫人道：“你怎么知道？你托姨母给你说媒来着？”明诚答复说：“我没明说，大概是姨母觉得她做媒人最合适。”赵夫人说：“你先别高兴太早，你爹爹还没应承呢！”明诚说：“我就知道爹爹从中作梗。爹爹不允，我就一辈子不娶！”赵夫人说：“你父亲也没说不允，只是说此事不可草率，须慎重掂量掂量。”明诚不高兴地说：“那就让爹爹掂量吧，阿娘，你也得有自己的主见啊！在爹爹面前给我美言几句吧！”

过了春分，眼看快到清明，东风拂面、小雨如酥，正是柳色远看如烟、草色近看却无的时候。明诚在太学的御诗碑前徘徊徜徉，想起差不多也是这个时候，他和清照初次在这里邂逅；两人青梅竹马、拉钩打赌，何等快活！从那以后，他便魂牵梦萦，心里总装着她，至今更是命运相连，割舍不下。明诚正沉浸在回忆里，只见迒儿也跑到御诗碑前，好像找明诚有话要说——迒儿今年刚入太学，天天都能见到明诚——他笑着递给明诚一张诗笺，说：“姐姐让我给您的。”明诚打开诗笺，见笺上写道：

念奴娇

萧条庭院，又斜风细雨，重门须闭。宠柳娇花寒食近，种种恼人天气。险韵诗[①]成，扶头[②]酒醒，别是闲滋味。征鸿过尽，万千心事难寄。

楼上几日春寒，帘垂四面，玉阑干慵倚。被冷香消新梦觉，不许愁人不起。清露晨流，新桐初引[③]，多少游春意。日高烟敛，更看今日晴未。

明诚读罢，心潮起伏，随即让迒儿跟他去学斋；他铺开一张素简，写道：

繁台春色寒食日，禹庙桃花禁火时。望断皇都车马路，佳人不许故来迟。

写罢，他将诗笺叠成方胜[④]，交给迒儿，嘱咐他只能给姐姐看，不能弄丢。迒儿说："哥哥放心。"这是迒儿第一次叫明诚哥哥，让明诚笑得合不拢嘴，夸他懂事。

明诚所作七绝中的"繁台"是汴京东南郊的一块高地，原来叫"禹王台"，传说是大禹治水时歇脚的地方。后世有繁氏人家在附近聚族而居，所以俗称繁台。繁台最高处有座六檐宝塔，峭然耸立、插入云霄。塔旁一座寺院，叫作天清院。繁台脚下是禹王庙，庙里殿阁峥嵘，金碧辉煌；庙外苍松翠柏，郁郁苍苍。繁台是京都官宦士庶清明踏青、重阳登高的地方；春日桃李盛开的时候，这里繁花似锦，草青柳绿，是京城八景之一，名曰"繁台春色"。寒食、清明节前后，京城百姓、男女老幼，乘车的、骑马的，踏青游春而来，或花前饮酒赋诗，或树下轻歌曼舞，尽情享受着蓝天白云下的明媚春光和大地复苏的芳香气息。他们到禹王庙赶庙会，到天清院进香礼佛，祈求一年的好运。整个繁台及其附近的村舍，到处春意盎然，焕发着撩人的勃勃生机。

寒食这天，明诚早早地骑马来到繁台，把马拴在树上，站在禹王庙门前，等候着一家人到来。心里思忖：他们不会不来吧？是一家都来呢，还是只有她和玉珠来？

不知何时，明诚终于看到从远处来了两辆车子停在树下，从车上下来几个人。明诚认出那正是李格非一家。为了不让李格非知道他是跟清照有约而来，他便躲进庙里等候清照来找他。明诚先到大殿拜了拜禹王，然后到配殿去祭拜周文王姬昌。这周文王演《周易》六十四卦，是算命卜卦先生的祖师爷。所以，每逢庙会，庙中配殿里多有人扶乩、算卦。明诚走进配殿，看到周文王神像前的几案上，摆着一个木制的沙盘，这就是扶乩用的乩盘。一位须发雪白的老者坐在乩盘旁边，见明诚进来，起身施礼后对着明诚上下打量了一番，然后说："你这位后生，可是赵侍郎的三公子？"明诚看着老者，思索了一会儿，说："哎呀！我想起来了！老先生十一年前在徐州给我父亲治过病。先生妙手回春，是家父的救命恩人。您老不受馈赠、不留姓名，飘然而去，仙风道骨，令我记忆犹新。不意老先生仍然鹤发童颜、精神如昨，真神人也！请受晚辈一拜。”明诚施礼之后长跪不起。老者问道：“晚生难道要扶乩问卜？请免礼起来说吧。”明诚起身，将他跟清照的恋情和心愿跟老者详细述说了一番，并把他父亲犹豫不决的态度也说了个明明白白，最后说：“特来请老先生扶乩问个究竟。”老者说：“李清照的诗名我也知晓，才女垂青赵公子，这是你们赵家的福气！想当初，我云游到徐州，听老百姓有口皆碑，说你父亲清廉，原是个少有的明白人，才自愿去给他治病。这多年过去了，中了什么邪气使他如此糊涂？这样的天配良缘竟不肯玉成。这事我倒有个办法。等清明节后，头一个望日，我就去你府上拜访赵大人，给他去去邪气！但要记住，那一天，你一定在家等着！不要让别人知道我去你家。”赵明诚千恩万谢，又行了一次跪拜大礼。

明诚从文王殿出来，恰好碰上李格非一家拜过禹王，往配殿这边走，明诚便迎上前去，给李格非夫妇行礼，说道：“原来先生和师母也来踏青拜庙，幸会！”李格非和夫人略显惊异，微笑颔首还礼。明诚在院里等候李家参拜过各殿之后，跟随李家一起登上繁台最高处，来到天清院的佛堂。从佛堂出来，一家人在院里的石凳上稍坐小憩，明诚对清照小声说：“以后，我若看破红尘，就到这里来出家。这里是汴京城最清静的去处。”清照说：“要清静，就要到人迹罕至的深山老林，学介子推⑤。”明诚道：“小隐隐于野，中隐隐于市，大隐隐于庙堂。我与庙堂无缘，能隐于市，夙愿足矣！”清照笑曰：“隐于山林，你不像介子推似的被人烧死，也会像伯夷、叔齐⑥一样饿死！所以你不敢去！”李夫人嗔怪道：“清照，不许说不吉利的话！”明诚说：“师母，清照说得对！我不介意。我如果隐居山林，就见不到你们了。我不是不敢去，是不愿去。”说得大家都笑了。

这正是：

皇家选后如悬剑，剑毁云开天地宽。情海难知深与浅，且将戏语挑心弦。

注解：

①险韵诗：用不常见难押之字为韵作的诗。

②扶头酒：容易醉人之烈性酒，非酒名。

③“清露晨流，新桐初引”：清照引用《世说新语·赏誉》原句。

④方胜：形状像由两个菱形部分重叠相连而成的一种首饰。借指这种形状为“连心结”之意。

⑤介子推：又名介之推、介推，后人尊为介子，春秋时期晋国（今山西）人。晋文公流亡时，他割股奉君而食。后晋文公即位，他隐居山林，晋文公遣使臣屡召不仕，后使臣下令烧山亦不出，终被焚于山火中。此举深得世人怀念。死后葬于介休绵山，并立庙祭祀，由此产生了“寒食节”，有了禁火寒食之习俗。

⑥伯夷、叔齐：商末孤竹国君的两位王子。哥俩出国前往周国考察，周武王伐纣，二人扣马谏阻。武王灭商后，他们耻食周粟，采薇而食，饿死于首阳山。

第十六回

良臣酷吏善恶终报　怨女痴男人神共怜

且说过了清明节，三月十五，正是衙门、太学休假的日子。早饭刚过，那位云游四方的老者，携着扶乩的器具来到赵府。赵挺之夫妇立刻认出是十几年前的救命恩人，把老者请进客厅，让到上座，令仆人伺候茶、果。赵挺之躬身行了个大礼，说道："老先生的救命之恩，永志不忘。今日光临寒舍，蓬荜生辉。想必有要事赐教。"老者坐定，慢慢说道："今夜老朽做了一个梦，梦见厕神紫姑[①]，告诉我吏部赵侍郎有家事未决，令我前来明示。"赵挺之本来不信占卜之类的术数，但因自己是老者神奇医术的活命者，爱屋及乌，对老者的占卜术也心怀钦敬和好奇。老者说："侍郎可有公子在堂，当使一并扶乩为宜。"赵挺之急命仆人叫明诚来参见老者。赵明诚来后，拱手行礼道："老长辈久违，惜别十年有余，别来无恙？"老者拍着明诚的肩膀，道："倏忽十年，总角小儿长成堂堂七尺伟男，怎不令我辈自觉日薄西山哉。后辈终身大事，不事绸缪，更待何时？"说话间，老者在桌上摆好乩盘，撒上细沙，然后在一个罗圈中固定好一个"丁"字形木架。老者要来香炉，焚香、施礼、祝告之后，自己用两手持罗圈一侧，令明诚把住另一侧。老者闭目入定，念动咒语，少顷，仿佛神灵附体，神情怪异，带着明诚架起罗圈，令罗圈前后左右摇来晃去。须臾间，那"丁"字架下端的木杆便在沙盘上划出回环曲折的痕迹。老者审视良久，解读沙盘上的划痕，曰："言与司合，安上已脱，芝芙草拔。"老者令明诚将这三句谶语记下来，然后说："天机不可泄露，请侍郎大人跟公子心领神会吧。"说完，老者便收拾好乩具告辞，头也不回地走了。

赵挺之是聪明又有学问的人，心里明白这谶语是"词女之夫"的意思。他心里暗暗诧异：难道明诚和李清照是命里注定的姻缘？天命不可违！答应了这门亲事，把名冠两京的才女娶进门做儿媳，也是很有光彩的事。但转念又想，朝廷上局面波谲云诡，变幻无常。谁能保证新法不再启用？如今元祐党人死的死，老的老，剩下的也是七零八落、元气大伤。苏轼、黄庭坚他们还能重回朝廷？李清照可是苏门弟子李格非的女儿。跟李格非结成儿女亲家，岂不是我有意攀附苏门，玷污了我助推新法的一世清名？

一天早朝，赵挺之在朝房遇见中书舍人曾肇。曾肇是赵挺之的好朋友。去年他们还携手给已故杭州知府韩宗道做过墓志，由曾肇撰文，赵挺之书。曾肇对赵挺之说："闻令郎思诚今年春闱荣登三甲，可喜可贺！"赵挺之对曰："犬子不才，侥幸忝列榜尾，何足挂齿！"曾肇说："殿试御裁，何言忝列。阁下教子有方，佩服！佩服！季子明诚想必亦是学业有成，前途无量！"赵挺之借机说道："小儿赵明诚在太学上舍[2]，年刚弱冠。他向闻令兄千金曾茜英诗名，仰慕已久。阁下可否做月老成全此事，挺之不胜感激，期盼之至。"曾肇说："此事大好，可令贱内先去问问兄嫂，再做商量。"赵挺之道："拜托！拜托！在下坐等佳音。"这曾肇是曾巩和曾布的弟弟。长兄曾巩是当朝文章大家，陈师道即是他的入门弟子。次兄曾布知枢密院掌军中大权，年初拥戴赵佶登基，正是官运亨通、风头旺盛的时候。曾布的夫人叫魏玩，出身襄阳书香世家。因曾布策立有功，魏玩又资质贤淑、恪守妇道、雅善文辞，朝廷遂嘉奖敕封她为鲁国夫人，因姓魏，时称魏夫人。魏夫人早有词名，亦能赋诗，李清照未成名之前，她曾被誉为大宋第一才女。她有小女名叫曾茜英，自幼受父母熏陶，知书能文，亦有词女之称，唯不及清照著名。今日赵挺之求曾肇给明诚提亲，意在应"词女之夫"这则谶语。

隔了数日，在百官退朝的时候，曾肇将赵挺之引到他当值的紫薇宫[3]，道："前日内人已跟兄嫂提及阁下所托之事，家兄愿招新科进士思诚为婿。但不知思诚婚否？"赵挺之听后一怔，不知如何应对，但对好友不得不承认思诚不但未婚，而且不曾订婚。曾肇不等赵挺之应口，立刻说道："正好，我与你也可以做个亲家了！"赵挺之惶恐不安地退出紫微宫。回到家里，把这事跟夫人一说，夫人高兴地抿着嘴乐："这可是'有心栽花花不发，无心插柳柳成荫'。给老三找媳妇，不小心给老二找上了。那位占卜老者可真是位神仙。不过，你瞒着我给明诚找别人，这事做得可不那么厚道。这事阴差阳错，也是天意难违，让思诚做曾家的快婿，也就成全了明诚和清照。破了你的调包计，看你还有什么话说？"赵挺之被夫人抢白得一时语塞，无言以对。

这天，明诚因事回家，赵挺之问他：“你知道扶乩得来的谶语是什么意思吗？”明诚答道：“这个谶语，小孩子也猜得出，分明是‘词女之夫’四个字。我命中就是词女李清照的夫君。”赵挺之说：“那也未必，谶语没说谁是‘词女之夫’，也没说谁是词女。有人给你二哥提亲来了，女方就是曾枢密的千金曾茜英。曾茜英也是一位有名气的词女。”明诚立刻红起脸来争辩道：“是我扶乩，那谶语当然说我是‘词女之夫’，关我哥什么事？就是把枢密的千金给我，我也不要！我跟清照的婚事，如果父母不允，我明天就去出家！”明诚说完便赌气离开父母回到自己房里，关起房门大哭了一场。

明诚离开以后，赵夫人便跟赵挺之吵起架来：“本来好端端的两件事，你非要放着河水不洗船，把活鱼摔成死的卖！你诸事明明白白，怎么今天这事就犯了糊涂？万一明诚有个三长两短，你的调包计张扬出去，恐怕连思诚的婚事也被你搅黄了。等鸡也飞了，蛋也打了，我看你还怎么活着见人？”赵挺之低声道：“年轻人感情用事，没正主意，过几天消停消停就好了。儿女之情，这不是什么大事。此事且放下，日后再说吧！”赵夫人抗声道：“这是儿子的终身大事，是闹着玩儿的吗？你以为孩子们都像你对我一样无情无义，不把女人当回事？”赵夫人说着说着也泪如雨下、泣不成声，后来竟然不留情面地数落自己的丈夫：“你为了保住官帽子，为了往高枝上飞，越来越变得薄情寡义，一肚子的铁石心肠。”赵挺之被夫人骂得面红耳赤，哑口无言，坐在那里发呆。

过了几天，休假日却不见明诚从太学回家，赵夫人差家人去太学询问，家人回道：“太学的学生们说，公子已经数日不见踪影！”赵挺之夫妇这才慌了神。赵夫人说：“快快去各家亲友，或是去李格非家问问，”赵挺之说：“不妥，不妥，这事万万不能张扬出去。”复又安慰夫人说，“明诚是二十岁的人了，不会出什么大事。或许一时赌气外出闲逛，淘换什么金石拓片去了。”赵夫人不信，急得坐卧不宁，连饭也没心思吃了。

又过了两天，正当赵府上下栖栖惶惶、不知所措之际，繁台天清寺来了两个和尚，说：“贵府的赵明诚公子，要在我寺皈依佛门。方丈令贫僧前来询问贵府施主，公子剃度出家，施主须施舍银子百两，方能获取朝廷的度牒④文书，不知施主情愿与否？阿弥陀佛。”赵挺之夫妇闻听此言如晴天霹雳，把和尚打发走之后，立刻备车前往天清寺。临上车，夫人对赵挺之说：“你是不见棺材不落泪，非要闹出这么大的乱子你才死心！到天清寺见了明诚，你就别说话了！全听我的。要不你就别去！”赵挺之诺诺连声，不再言语。

他们来到寺里，拜见方丈，赵夫人说明来意：“犬子因婚事不谐，一时使性，欲遁迹佛门。奈何其俗缘未断，恐有辱宝刹净地。望师父大慈大悲，令不肖之子重归世俗，再历磨难，待其真看破红尘之后，再来修行。”方丈道：“喏。菩萨慈悲为怀，信众自在地来，自在地去，有来才有去，有去才有来！阿弥陀佛，善哉！善哉！”遂令一老僧引领赵挺之夫妇到禅房去见赵明诚。赵明诚正在蒲团上打坐诵经，见父母进来，旁若无人一般，也不起身。赵夫人见儿子那副木然失神的样子，心疼地垂泪道：“明诚啊！见娘来，你怎么不说话啊？”明诚停住诵经，仍然沉默不语。赵夫人说：“明诚，你看，你爹爹也来了，他答应了你的婚事，咱们回家吧！”明诚眼里流出了泪水，睁开眼，低声道：“爹爹答应了我跟谁的婚事？”赵夫人说：“你跟清照的婚事啊！”明诚问父亲：“爹爹答应了？”赵挺之点头说：“答应了！”明诚慢慢起身去收拾他带来的行囊和书籍。赵挺之夫妇帮着儿子收拾完东西，一起去佛堂辞别方丈，施舍了银两，便驱车回到了家里。

第二天晚上，赵夫人来到陈师道的住处，告诉陈师道夫妇，她和赵挺之同意了明诚和清照的婚事。陈家夫妇答应尽力去办；看来这几天陈家对赵家发生的事情一概不知。

翌日，陈师道携夫人来到李宅“有竹堂”。他从棣州回来以后，跟李格非、晁补之、张耒、李之仪在清风楼聚会过一次。宴席上，晁补之提起在齐州大明湖上清照即兴作的《如梦令》，着实地又夸奖了一番，并且问，李清照和那次宴席上的后生真是天生的一对，不知两个有情人是否结成了连理？因为当时还没听到赵家的回信，陈师道岔开晁补之的问话，把话题引向别处，李格非当场也不便多语。今日，陈师道又对李格非提起晁补之的问话，说道：“清照已届及笄之年，到了谈婚论嫁的时候，不知仁兄作何打算？”李格非感叹道：“这也是我的一桩心事。你知道，赵明诚跟清照因太学的一次偶遇，便结下解不开的缘分。明诚他笃好学问，通情达理，无投机钻营之心，亦无追名逐利之趣，是一个正派的孩子。只是他父亲的为人、政见，不瞒您说，我实在不敢恭维。”陈师道说：“凡事无有十全十美。儿女的婚事，只求孩子们情投意合、执手偕老足矣！关他老子何事？”陈夫人把丈夫的话茬接过来跟李夫人说：“赵家已经找过无己，托我们成全清照和明诚的婚事。”李夫人对李格非说：“既然赵家有求在先，又托无已来说亲，我们就答应了吧！”李格非沉吟片刻，说道："看在无己和陈夫人的分上，答应也未尝不可。是福是祸，就看明诚、清照他们自己的造化了。"

经过陈师道夫妇的撮合，赵、李两家的父母对明诚和清照的婚事都点了头。于是两家很快换了订婚帖子。这订婚帖子上，不但登录男、女姓名和生辰八字，还要载入两家三代人的名讳；此外还要有媒人和证婚人的署名。媒人自然是陈师道夫妇，证婚人请晁补之夫妇担任。赵家同时跟曾家也换了思诚和茜英的婚帖。两位公子同时与名媛才女订婚，赵府乃是双喜临门，所以连日来前来贺喜的贵客盈门，筵席不断。

九日以后，行"担许口酒"之礼，寓意"言而有信，天长地久"。男家以红丝绳结成的网兜装两大瓶佳酿，酒瓶上系大花九朵，另有生色罗绢九匹，银胜九枚，置于担上，命家仆送于女家。女家则留下佳酿，洗净原来的酒瓶装满清水；另有竹箸（筷子）一双，活鱼三五尾，放置其中；仆人用原担挑回男家，寓"君子之交淡如水、竹箸成双庆有鱼（余）"之意，表明女家心淡如水，并不贪图男家富贵，只求夫妻和睦、白头到老。此礼之后，两家有事，只靠媒人来回传话，双方家长、儿女之间尽量回避。

按照古礼，女子十五岁以后，就要举行及笄之礼，也叫"上头"，就是在家里举办一个庄重的仪式，将女子的发辫盘到头顶，结成发髻，用发笄、簪子固定住，表示女子已经成人，待嫁闺中。今年清照十七岁了，而且有了婚约，李夫人便给女儿张罗举行笄礼。为此准备了银簪、金钗和珠翠头饰，做了行礼时"三加"用的三套新衣服。李夫人又亲自写了请帖，请晁补之夫人做正宾，陈师道夫人做赞礼，又请太常少卿张耒的夫人、香药库监李之仪的夫人莅临赏光。届时，不知曾府的魏夫人从哪里听到消息，也带着两个丫鬟来到李宅，祝贺清照及笄，并带来了丰厚的礼物，给李家增添了不少热闹气氛。李夫人将魏夫人请到后庭内室，令玉珠奉茶献果，殷勤招待。魏夫人说："今日我冒昧来到贵家，一来我们往后都是赵家的儿女亲家，二来我今日也是慕名而来。我素闻清照的文名，也读过她的多首词作，端的是脍炙人口、实至名归；但我跟她从未谋面，今日有幸亲睹清照的芳容，心里高兴得很呢！"李夫人令玉珠唤清照前来见魏夫人。李清照自幼就知道魏夫人的芳名，也略知魏夫人与曾布不甚相谐的悲情轶闻，所以内心里深深地同情着魏夫人。清照见魏夫人装束朴素淡雅，举止落落大方，并无诰命夫人的珠光宝气和骄娇之态，先自生出几分敬意。她给魏夫人施礼道："感谢夫人光临晚辈的笄礼。"

清照优雅的姿态和靓丽的仪容，立刻赢得魏夫人的欢心，她让清照靠近自己，两手抚摸着清照的双肩上下打量，像对自己女儿一样，亲切赞美道："真是一个天生丽质、倾城倾国的绝代佳人！美艳的女孩子并不难得，难得的是兰心蕙质、才艺超群。清照，上天会赐给你好运的。"清照红着脸答谢道："夫人过奖了。夫人才是女子中的状元，您作的许多诗词我都记得。"魏夫人说："噢，那好啊！你能背一首让我听吗？"清照说："好，如果背错了，请夫人雅正。我很喜欢您的《好事近》。"清照吟诵道：

雨后晓寒轻，花外早莺啼歇。愁听隔溪残漏，正一声凄咽。

不堪西望去程赊[⑤]，离肠万回结。不似海棠阴下，按《凉州》[⑥]时节。

清照诵完，魏夫人拊掌称赏："好，好，我就知道清照是我的知音。"清照说："夫人能让我依韵[⑦]和一首《好事近》吗？"魏夫人道："这依韵作诗可是有些难的！"清照答曰："依韵作诗总比次韵作诗容易一些。"魏夫人颔首说："那倒也是。可我这首词的情调有些凄婉，不合你们年轻人的心境。"清照说："夫人，我也经历过跟生离死别差不多的际遇。让我试试看，有不妥处请夫人指点。"

风定落花深，帘外拥红堆雪。长记海棠开后，正伤春时节。

酒阑[⑧]歌罢玉尊空，青缸[⑨]暗明灭。魂梦不堪幽怨，更一声鶗鴂[⑩]。

魏夫人又一次起身把清照拥进怀里，拍着清照的后背，赞不绝口："清照，我的好孩子，如果你是我的闺女就好了！我们娘俩天天诗词唱和，那日子过得该多么惬意。'帘外拥红堆雪'，还有'青缸暗明灭'，这两句情景交融，意境清新，才思敏捷如同天纵。愧煞我了！等你和茜英做了妯娌，可要好好教她啊！"清照脸上飞起一阵红云，说道："茜英姐姐的词作，我也读过，写得也很好。夫人，我不能久陪了。我还要到那边更衣，准备行礼。稍后，请夫人观礼、赏光。"清照辞别了魏夫人，回卧室沐浴更衣。

按照礼节，清照遵照赞礼、正宾的引领，给父母和来宾行过大礼之后，接受了父母和来宾的祝福和礼物，然后上笄、戴簪、插钗，同时由玉珠服侍三次更衣。先是着童装，然后逐次换少女、成人的裙装；每换装一次，都要给长辈和来宾行礼一次。及笄礼毕，已是晌午时分，主人在清风酒楼宴飨众位嘉宾。自是笑语欢歌、觥筹交错，至晚方散。

且说元符三年六月，向太后见皇上赵佶任贤黜邪，初政清明，遂决意撤帘还政。朝野士庶无不称赏太后不恋权位、明断进退的大智大慧。

八月，哲宗葬西京永泰陵，灵车在行程中陷入泥淖。台谏诸官纷纷弹劾山陵使[11]章惇怠慢渎职、犯大不敬罪，因而罢知越州[12]。章惇罢相之后，韩忠彦升任尚书左仆射兼门下侍郎，晋升曾布为尚书右仆射兼中书侍郎。左、右正言邹浩、陈瓘继续弹劾章惇："当政专权时陷害忠良，以赶尽杀绝、惨毒无状为能事，应明正典刑，警诫后世。"朝廷遂贬章惇潭州[13]安置。又夺其羽翼蔡京等人官职，令远徙杭州。

新任宰相曾布，幼年丧父丧母，从学于兄长曾巩，且与兄同年登第。神宗时，王安石为相，任用曾布与吕惠卿创制青苗、免役、市易、均输、保甲、农田水利诸法。原宰相韩琦上疏极论新法之害，神宗疑虑不决。王安石命曾布针对韩琦奏疏条分缕析予以驳斥，其驳文深得神宗及宰执们的赏识。后开封府尹[14]吕嘉问推行市易法，禁止商贾先于市易司私自买卖，由官办市易司实行官价交易、囤积居奇，使商家纷纷破产倒闭，货物不得流通。且市易司以获利多寡奖惩地方官吏和牙侩。官吏以低价收购、高价卖出获取丰厚利润，又徇私舞弊，从中肥私。曾布据此上疏，痛斥吕嘉问与民争利，违背市易法之本意。曾布的奏章惹恼了王安石和吕惠卿，被王安石逐出朝廷。元丰末年，神宗悔悟，弃用新法，擢曾布任翰林学士，迁吏部尚书。元祐年间，司马光执政，力除新法，恢复旧制，命曾布增损免役法，曾布辞不受命，曰："免役法的条文，无论巨细，皆下官亲手制定，若遽令改易，出尔反尔，义不能为。"朝廷诸臣多以曾布多变，谓之不诚不信，实则曾布坚持新法始终如一，只是对新法所失能够犯颜直谏，并有所矫正而已。

韩忠彦忠厚老实，但缺乏主见，朝中大事多由曾布决断。曾布当国，常与朝臣议论熙丰、元祐年间新法兴废的得与失，以为需要趋利避害，大中至正，消释朋党之争。曾布提出倡议，建议来年改元为"建中"，以中庸之道治国。有人则说"建中"乃唐德宗年号，不如效仿太宗时"太平兴国"年号，改为"建中靖国"。"靖国"者，消除朋党之争，国家太平之谓也。曾布将新年号呈送皇上，皇上制曰"可"，并颁诏改元。次年正月朔日，皇上临朝受贺，百官拜舞，祝新年号"建中靖国"颁行，预兆万象更新。

不久，向太后驾崩。范仲淹之子，前宰相范纯仁病逝。右正言任伯雨奏曰：“章惇久窃朝柄、迷国罔上，毒流搢绅[15]。向使策立之议得逞，将置陛下与皇太后何地？若贷而不诛，则天下大义不明，大法不立矣！范纯仁之死乃章惇迫害所致，应严惩章惇，以息众怒，安定民心。”后又有台谏多人联名弹劾。皇上遂将章惇贬雷州司户参军。从前苏辙贬雷州时，章惇下令不许苏辙居住官舍。苏辙无奈只得租赁民居。章惇又诬陷他抢夺民宅，下令州县究治。苏辙幸有租赁契约得免。此时章惇谪居雷州，按他规定的成例，亦不得不去租赁民居，但却无人应允。章惇诘问其故，房主答曰：“宰相有令，不得租于戴罪之人。”章惇闻之如食噎喉，羞愧难当，只恨入地无门。后改徙睦州[16]，病发而死。

这正是：

是非功过费区分，正误忠奸细问询。似火痴情化顽铁，适逢好雨报三春。

注解：

①厕神紫姑：紫姑神相传为李景之妾。为大妇阴杀后为厕神。紫姑的职责是代卜人事的吉凶。

②太学上舍：“三舍法”是北宋王安石变法科目之一。太学被分为外舍、内舍、上舍三等。官员子弟可以免试即时入学，而平民子弟需经考试合格入学。在一定的年限及条件下，外舍生得升入内舍，内舍生得升入上舍；上舍生考试成绩优异者直接授官，中等者直接参加殿试，下等者直接参加会试。

③紫薇官：中书舍人值班，为皇上草拟诏书的地方。

④度牒：宋代，政府批准平民出家做和尚的证书。

⑤赊：遥远，偏远。例如，唐·戎煜《桂州腊夜》中有“坐到三更尽，归程万里赊”。

⑥《凉州》：此指《凉州词》，唐乐府诗名。凉州，今甘肃武威。

⑦依韵：跟别人诗词唱和时用相同的韵部。依韵跟“次韵（步韵）”不同，次韵不但韵部相同，且用的押韵字及顺序也必须相同。

⑧酒阑：谓酒宴将尽。

⑨青缸：青灯。

⑩鴂：音[jué]，伯劳鸟。

⑪山陵使：掌管皇帝陵墓的建造和陵寝安葬事宜的大臣，一般由皇帝生前的宰相担任。

⑫越州：今浙江绍兴。

⑬潭州：今湖南长沙、岳阳、湘潭一带。

⑭开封府尹：开封府的知府。开封是首都，府尹比一般知府官职高。

⑮搢绅：音[jìn shēn]，插笏于绅。绅，围于腰际的大带。或缙绅，有官职的或做过官的人。

⑯睦州：今浙江淳安。

第十七回

文苑泰斗凭吊知己　词林红颜喜结良缘

且说，元祐八年时，太皇太后晏驾，哲宗亲政，章惇专权，苏轼被贬岭南蛮荒瘴疠之地。先是以本官知英州[①]，后惠州安置；三年后，又远谪海南琼州[②]别驾，居昌化[③]——即儋耳——据说是章惇因苏轼字子瞻，“瞻”与“儋”两字形音俱相近，便故意贬苏轼去儋耳，以此羞辱苏轼。苏轼虽屡遭迫害，但仍然情志淡远，心无芥蒂，与当地土民无论贤愚皆泰然相处。土人为其盖屋、犁田、插秧、收割，还捕鱼、种菜，却也能温饱度日。苏轼幼子苏过，跟随父亲南来，殷勤小心服侍。因此，苏轼得以修身养性，参禅悟道、著书立说，闲看花开花落、云卷云舒。

皇上赵佶初政清明，大赦元祐旧臣。苏轼、苏辙兄弟遇赦北归。苏轼从琼州渡海至雷州，遇门生秦少游。绍圣、元符年间，秦少游因元祐党罪被贬为杭州通判，又相继编管郴州、横州、雷州，此时尚未接到放还北归的赦令。苏轼、秦少游师生二人海角天涯萍水相逢，老师已是年过花甲的白发老人，而昔日风华正茂的学生也饱经风霜，未老先衰。二人无限感伤，相拥而泣。苏轼作《雷州八首》赠少游，其中第四首曰：

培塿[④]无松柏，驾言[⑤]此焉游。读书与意会，却扫可忘忧。尺蠖[⑥]以时屈，其伸亦非求。得归良不恶，未归且淹留。

秦少游写了一首词回赠苏轼，调寄《江城子》，词曰：

南来飞燕北归鸿，偶相逢，惨愁容。绿鬓朱颜，重见两衰翁。别后悠悠君莫问，无限事，不言中。　　小槽春酒滴珠红，莫匆匆，满金钟。饮散落花流水，各西东。后会不知何处是，烟浪远，暮云重。

秦少游与苏轼分别不久，诏令秦少游复宣德郎，放还北归知衡州[7]。中途至藤州[8]，出游华光亭，为客道梦中长短句，索水欲饮，从人取水至，笑视而卒，享年五十一岁，壮志未酬，盛年而殁，亲友闻讯无不感喟惋惜。

苏轼离别秦少游之后，去惠州祭扫爱妾王朝云的坟茔。苏轼父子来到惠州西湖孤山上的“六如亭”。亭柱上镌刻着苏东坡写的一副楹联：

不合时宜，唯有朝云能识我；独弹古调，每逢暮雨倍思卿。

亭后是王朝云的墓冢，亭内有苏轼为王朝云立的墓碑，铭有苏轼写的碑文。他们扫墓添土之后，苏轼上香，诵读他怀念爱妾而作的《西江月》，权作祭文：

玉骨那愁瘴雾，冰姿自有仙风。海仙时遣探芳丛，倒挂绿毛幺凤[9]。素面翻嫌粉涴，洗妆不褪唇红。高情已逐晓云空，不与梨花同梦。

苏轼读罢祭文以后，将祭文焚化，一步一回首，恋恋不舍地离开了墓地。

苏轼父子离开惠州，去岭北永州[10]，跟在那里做都头的李直方告别。当初，苏轼被放逐南来经过永州时，永州知州向来仰慕苏轼，苏轼不忍让李直方去岭南受苦，便把他留下做了永州知州的幕僚。八年过后，李直方见到苏轼，长跪不起，热泪纵横地说：“我就知道，吉人自有天佑，先生必定会遇赦归来。”李直方留苏轼父子在永州游玩了几天，凭吊了柳宗元的遗迹——西山、钴鉧潭、小石潭等地。临别，李直方赠给苏轼《浯溪大唐中兴碑》拓片一套，说：“这是我托人从祈阳浯溪的摩崖石刻上拓来的，知道先生喜欢，特意留给先生。所憾浯溪距永州城尚有百余里，不能陪先生前去一游。”苏轼知道这《浯溪大唐中兴碑》乃是唐朝元结撰文，颜真卿书写，是享誉四海的名碑。他双手接过拓片，满怀感激地说道：“还是那句话，‘知我者，直方也’！老夫身子也确实大不如前了，哪里也不想去了，只求快快回到北方。”苏轼与李直方挥泪告别之后，一路北上，连遇三次大赦，诏命提举玉局观，复朝奉郎。苏轼最后定居常州别业。

苏轼在常州，将《浯溪大唐中兴碑》拓片托人摹制了几份，然后装裱成册，又将他在岭南的诗作亲笔抄写了几本，题曰《岭南诗抄》；随后便派苏过携带诗抄、碑帖去东京。他说："你到京后，先去公主府拜谒驸马都尉王诜，将碑帖和诗作送给他一份，并取回李公麟的《阳关图》。然后再去拜访苏门故旧，礼物也是碑帖和诗作。顺便也打听一下高俅的下落，看那小子出息得怎么样。"

苏过领了父命，乘船沿运河北上，半月后便到了东京汴梁。他弃船登岸，找了一家客店，安顿好了住处。当晚，苏过跟店小二打听了一下王都尉和高俅的情况。第二天，他便雇了一匹脚驴前往公主府。苏过向门子通报了姓名，门子呈报后，两位头戴乌纱襥头、身着锦袍玉带的官人前来相迎。苏过认得，这为首的是王都尉，另一位年轻的，经王都尉介绍得知，原来就是他父亲当年的僮仆高俅。看高俅穿戴的官服，那官阶几乎跟王都尉不相上下，心中不免诧异。王诜、高俅迎上前来殷勤问询苏轼"安否"，苏过回答了父亲近况并向二位道了谢忱。

苏过被主人请进客厅，看见里面的餐桌上杯盘罗列，便知道原来王都尉和高俅正在酒酣耳热之时。王都尉令家仆撤去用过的杯盘，重新布置酒馔，邀请苏过一同宴饮。宴罢，苏过奉上碑帖和诗册，王诜将诗册和碑帖次第展开浏览一番，啧啧称赞之后，又感叹道："看见苏老夫子的手泽，如闻见其音容笑貌，当日宴集西园的情形，历历如在目前。不知何时有幸，能在西园再聚。"苏过答道："来日方长，家父当有此幸！"王诜令家仆去"宝绘堂"将李公麟的《阳关图》取来，奉还给苏过，说道："回去转告令尊，这画的保管费用也就免了。"说得高俅和苏过都笑了起来。

酒罢临别，高俅盛情相邀，请苏过到他家再次宴饮。晚间，在高府家宴上，高俅向苏过介绍了自己仕途上的奇遇，说道："元祐末，苏东坡大人外放定州。在王都尉的饯别宴会上，苏大人把我托付给了王都尉。当今皇上那时候还住在端王府。端王和王都尉都是风流文雅的才俊，诗词歌赋、琴棋书画无所不能，也喜欢古董、书画等玩巧之物。这些方面，我也略知一二。端王和都尉同气相投，过从甚密，我两面服侍、应酬，也深得他们的欢心。一天，王都尉令我去端王府送一对羊脂玉雕的狮子，恰逢端王在院里跟几个小黄门蹴球。没想到球踢歪了飞到我的脚下，我顺势玩了个鸳鸯拐，抬脚把球踢给了端王。端王见我球艺不俗，便让我当场踢给他看。我即使出浑身解数，博得端王连声喝彩。端王便派人到公主府要我，都尉便把我送给了端王。不才又练过武艺，摔跤相扑、刺枪使棒也能亮得出台面。于是，我便做了端王的贴身护卫。如今，端王成了咱大宋朝的真命天子，我也就跟着一步登天，开始做汴京禁军步兵都指挥，现为殿前都指挥使。说实话，我做梦也想不到有这么大的福气。这好运是怎么造化来的？归根到底还是托了令尊大人的福。如果不是他老人家看中我的笔札和口才，把我送给王都尉，我怎么能一步一个台阶走到今天？苏大人是我的第一个伯乐！”

苏过听完高俅一番自我表白，感觉他并不像在客店里听说的那样势利，倒是一个坦率、诚恳，知道感恩的人。当晚苏过离开高府的时候，高俅令家仆奉上一百两银子，送他回到客店。苏过也把碑帖和诗册各一份，令仆人带回，回赠高俅。

此后，苏过在东京依次拜访了遇赦回京的晁补之、张耒、陈师道、李格非、李之仪等人，并赠送了碑帖和诗册。苏过离京之日，晁补之一众都到通津门外虹桥旁边的酒楼来饯行。河埠头上，人们给苏轼带来的礼物装满了客船的货仓。宴罢，人们执手折柳，客人挥泪登船，送客的自然又是一番叮咛，不必细说。

建中靖国正月，北方辽国派使臣来东京朝贺宋廷改元，朝廷委派王都尉和太常少卿张耒为接待使。是时，辽国国运已衰，为了苟延残喘，便将公主嫁与西夏，与西夏结盟，共同要挟宋朝，其目的无非是通过侵扰宋朝的边境，讹诈、勒索宋朝的岁贡。这次辽使以说服西夏息兵为诱饵，令宋廷增加岁贡数目。不期遇上王诜和张耒，碰了个软钉子，无功而返。送走辽使，张耒感叹道：“绍圣年间，刘后惑主、奸相当道，重启边衅，兵祸连年，致使国运江河日下。如放任辽、夏狼狈为奸，不仅恢复燕云诸州无望，且必将重蹈唐朝‘安史之乱’之覆辙！”王诜亦牢骚满腹、愤然不平道：“今日主上所用非人，将来国有不幸，恐怕找不到郭子仪[11]、李光弼[12]那样的将帅了！”张耒问：“今上睿智圣明，亦有所用非人之事？”王诜答曰：“你看，原来我的家僮高俅，只因会一点花拳绣腿、蹴鞠杂耍，居然爬上禁军殿前都指挥使高位，跟我平起平坐。”张耒说：“下官见他倒是常到贵府请安。”王诜说：“话说回来，此人倒不是那种忘恩负义之辈，但是他出身卑微，绝非治国经邦之才，将来恐怕不想误国也要误国！”张耒说：“既然驸马跟圣上情谊笃厚，何不私下劝阻圣上，谓此人不可大用。”王诜曰：“今日皇上，恐怕不是昔日的端王了。”说罢，两人沉默不语。越日，接待辽使的使命告成，两人揖别，各自回府。

张耒回到家里，想起苏轼赠送的《浯溪大唐中兴碑》，便从书橱里取出来，在几案上展开，仔细观览。只见颜真卿⑬手书的碑文，字体苍劲沉郁、气势雄浑，笔墨庄重而又险峻，不愧为大家手笔，可谓书艺之观止。碑文曰：

天宝十四载，安禄山陷洛阳，明年，陷长安。天子幸蜀，太子即位于灵武⑭。明年，皇帝移军凤翔⑮。其年，复两京，上皇还京师。於戏！前代帝王有盛德大业者，必见于歌颂。若今歌颂大业，刻之金石，非老于文学，其谁宜为！

颂曰：噫嘻前朝，孽臣奸骄，为昏为妖。边将骋兵，毒乱国经，群生失宁。大驾南巡，百僚窜身，奉贼称臣。天将昌唐，繄⑯晓我皇，匹马北方。独立一呼，千麾万旟⑰，我卒前驱。我师其东，储皇抚戎⑱，荡攘群凶。复服指期，曾不逾时，有国无之。事有至难，宗庙再安，二圣重欢。地辟天开，蠲⑲除祆灾，瑞庆大来。凶徒逆俦，涵濡天休，死生堪羞⑳。功劳位尊，忠烈名存，泽流子孙。盛德之兴，山高日升，万福是膺㉑。能令大君，声容沄沄，不在斯文。湘江东西，中直浯溪，石崖天齐。可磨可镌，刊此颂焉，于千万年！

张耒读罢碑文，掩卷沉思，感慨良多，拟在卷尾题诗，便令童仆笔墨伺候；自己则在室内来回踱步，沉吟推敲，半个时辰过后，提笔一气呵成。诗曰：

玉环妖血无人扫，渔阳马厌长安草。潼关战骨高于山，万里君王蜀中老。金戈铁马从西来，郭公凛凛英雄才。举旗为风偃为雨，洒扫九庙无尘埃。元功高名谁与纪，风雅不继骚人死。水部㉒胸中星斗文，太师㉓笔下蛟龙字。天遣二子传将来，高山十丈磨苍崖。谁持此碑入我室？使我一见昏眸开。百年废兴增叹慨，当时数子今安在。君不见，荒凉浯水弃不收，时有游人打碑卖。

张耒写罢，反复吟诵，颇为得意。改日，又抄写了一份，去给晁补之看，说："请仁兄雅正。"晁补之看过之后说："原来也想写一首赞颂此碑的古体长诗，看了贤弟的大作，我却想起了一联名句。"张耒问："哪联名句？"晁补之笑答："李谪仙写在黄鹤楼上的：'眼前有景道不得，崔颢题诗在上头'。"张耒道："仁兄谦虚了。"晁补之说："当今诗坛有位高手，我们不妨去请他也作一首。且看如何。"张耒说："那敢情好，只是在高手面前，不要说这诗是我作的，以免贻笑大方。"晁补之说："就依你的。"晁补之将张耒诗笺放进衣兜里，便跟张耒出了家门。自从苏轼、黄庭坚离京，张耒未曾听说京城还有哪位是诗词高手。张耒不知道晁补之葫芦里装的什么药，一路上，只是跟着晁补之穿街过巷，左转右拐，不觉来到西衢街李格非家，方猜出这高手是谁。他们进到"有竹堂"客厅内坐定，晁补之便请李格非唤出李清照来，说："清照，你看过东坡先生送给你父亲的《浯溪大唐中兴碑》吗？"清照答道："看过了。"晁补之说："我这里有一首古体诗，也是刻在浯溪山崖上的，有人抄来送我，你看这诗作得如何？"说罢便出示张耒的诗作令清照观赏。清照仔细看了一会儿说："好诗啊！就气势而言，像大江东去、波浪滔滔、一泻千里！"晁补之赞曰："高见！"清照接着说："然就其文思、见地而言，把安史之乱归咎于杨玉环，将女人看成祸水，却不免堕入史家们的老生常谈、迂腐之见。至于唐玄宗奢靡纵欲、养虎为患，诗中只字未提，并未切中安史之乱的肯綮。安史之乱使盛唐元气大伤，一蹶不振；招致叛乱又平定叛乱，其功未能与其过相抵，又何必摩崖铭碑称颂于时？平定安史之乱乃人心所向，天下各路勤王之师同仇敌忾、共赴国难，方能成功，何以把功劳记在郭子仪一人身上，这未免言过其实、欠缺公允。"

清照一番话把三位前辈说得心服口服，不断点头称是；张耒也脸红耳热起来。李格非感觉女儿说话未免锋芒毕露，便说道："你说得虽有道理，但作诗不是论史，哪里能够面面俱到，说得容易做起来难。以你的见地，不妨也作一首试试看！"晁补之说："我们正是来让清照作诗的呢。"清照说："本不敢在先辈面前班门弄斧，为了给我们女孩们说句公道话，我就冒昧作一首。不过这等长篇咏史诗不能即时写就，请诸位长辈稍等。"清照说罢一揖，便回书房写诗去了，李格非陪着客人品茶论史。过了大约半个时辰，清照拿着诗笺回来了，她说："我怕先辈们久等，匆匆急就成篇，请先辈雅正。"李格非说："快读给先辈们听！"清照持诗稿朗声念道：

五十年功如电扫，华清宫柳咸阳草。五坊供奉斗鸡儿[24]，酒肉堆中不知老。胡兵忽自天上来，逆胡亦是奸雄才。勤政楼前走胡马，珠翠踏尽香尘埃。何为出战辄披靡，传置荔枝[25]多马死。尧功舜德本如天，安用区区纪文字。著碑铭德真陋哉，乃令神鬼磨山崖。子仪光弼不自猜[26]，天心悔祸人心开。夏商有鉴当深戒，简策汗青今具在。君不见，当时张说最多机，虽生已被姚崇卖[27]。

清照一口气念完，惊得三位长辈面面相觑、咋舌不已。少顷，张耒对晁补之和李格非说："你们看到没有？她完全是步我的韵脚作的！这么长的诗，押韵用字与原作一个不差，佩服！佩服！实乃天降奇才啊！"张耒激动不已，不小心把自己是原诗作者也说出来了。清照先是一惊，说："请前辈原谅，清照不知是张大人所作，前番冒昧议论，自知失礼，甚是惭愧。"张耒连忙说："这有什么惭愧？惭愧的倒是我跳不出古人窠臼。长江后浪推前浪，后继有人，这才是我们苏门学派的幸事！"晁补之感慨道："清照啊！你投错胎了！否则，无论是在政坛还是在文坛，你就是第二个苏东坡！"清照被人夸奖得不好意思，致谢后，托词离开了客厅。

送走晁补之和张耒，清照把《浯溪大唐中兴碑》的碑文、张耒的颂诗，还有她的步韵和诗，凭着她过目不忘的记性，又在诗笺上重写了一遍，并加写了一段跋语，介绍这些文字的来由。写毕，她把几页笺纸都装在一个信封里。几天后，李迒从太学回家，清照把那个信封交给李迒，让他转交明诚。

明诚收到清照的诗稿，用心读了几遍，便小心地将诗稿收了起来，然后托迒儿给清照带回一封复信，信中大意说：

清照：别来无恙，见字如晤。笄礼之后，未能谋面。时光迟迟，日月悠悠，"辗转反侧，寤寐思服"，苦不堪言。我之金石收藏中正缺《中兴碑》碑文，能得此碑，幸甚，幸甚。次韵和张耒之诗虽绝好，但有讽喻之嫌，前车之鉴未远，切勿轻易示人，至嘱。眷恋之情，不能尽言，云尔。明诚字。

但明诚不知，清照的诗作《浯溪中兴颂诗和张文潜》，经晁补之和张耒的传播，在士大夫中流传开来。此时，皇上尚能广开言路，纳谏如流；所以清照和张耒的诗作流入宫中之后，反受到皇上的嘉奖，每人赐绢一匹、端砚一方。

清照的诗作获得宫廷的青睐，明诚鉴于哲宗选后的教训，觉得此事凶多吉少，怕夜长梦多，便跟父母商议，趁早把他的婚事了结为好。父母说，刚给他的哥哥思诚办完婚礼，虽未大操大办，眼下家里也是拮据难支，最好再挨过一年，等家里稍有宽裕时再说。明诚通过迒儿跟清照书信来往，商量结婚的事儿。他先是对清照讲明他们婚姻面临的危机，并说这绝不是危言耸听、杞人忧天，应从速了结是为上策，然后又说若婚事从简，近期便可成亲。清照深明大义，她让李迒传信，说她并不喜欢民间结婚时的那些陈年俗礼和繁文缛节，只要简率得体、雅观庄重即可，无须铺张浪费。

明诚请姨母陈夫人出面，与两家父母商量跟清照完婚之事。陈夫人提议：男方彩礼，女方陪嫁以及婚礼应酬，都尽量从俭。双方皆无异议。婚期定于当年七月七日。

虽说约定婚礼从简，但赵家仍尽量隆重。七月五日，赵家来李家下催妆的凤冠、霞帔、绢花、脂粉，李家则回送新郎所穿公裳、簪花襆头。李格非夫妇对清照的婚事也是尽心竭力，过嫁妆时，仅是陪嫁清照的书籍，就足足装了两车，引得过路人伸长了脖子驻足围观。六日“铺房”，李家派陈夫人和李之仪夫人到男家铺设洞房，竟整整忙了半天。

七日是合卺的日子，夜里寅时初交，一乘花轿和两辆花车，一队鼓吹和一队灯笼仪仗在前导引，从赵家出发。明诚喜气洋洋地骑着一匹雕鞍白马随后，马颈上的串铃儿一路上响个不停。到了李家，先是闭门不开，那锣打得山响，也不见动静，迎娶管带送上利市彩缎，几番婉拒又复增益，方徐徐开门。此时，车上下来两位打扮庄重而华丽的迎宾，原来是明诚的两位嫂子谢彩云和曾茜英。她们进得李家门里便去闺房迎接新娘。玉珠正在为清照上妆，清照眼里流着泪，脸上的脂粉总也施不匀停。两位迎宾软语款款，劝说清照不要伤心，说女孩儿命里都有这一天。门外吹鼓手们的催妆乐奏得响彻云霄，锣也敲得像阵阵春雷。清照戴上凤冠，蒙上盖头，身穿水红长裙，外面套一件耀眼的玫红色湘绸罩衣，胸前绣着一朵粉色荷花，花下是翠羽贴的荷叶和莲蓬，边线都是销金的。她由玉珠搀扶着走出闺房。到了前厅，她跟明诚一起拜过父母之后，便洒泪出了李家大门，上了花轿。玉珠作为陪嫁的贴身丫头早已穿戴齐整，跟着两位迎宾一起上了花车。另一辆花车，坐了陈师道夫人、晁补之夫人、张耒夫人、李之仪夫人，她们是护送新娘的娘家人。车驾正要启动，突然鼓乐骤停，筛锣的、抬轿的、赶车的、打旗打灯笼的，都放下手里的家什，站在路旁，吵要利市花红。李家的管事知道这是娶亲惯例，于是便拿出预备好的散碎银子赏了众人，大队人马这才起轿动身。

不多时，迎亲的车轿仪仗回到赵家门口。新郎下马至花轿前行礼，玉珠和两位迎宾从车上下来，撩起花轿帘子，将新娘搀扶出来，踏上铺在地上的红毡毯，向新郎回礼。这时鼓乐齐鸣、爆竹震天、烟雾弥漫，一年轻貌美的少女持一面铜镜，迎着新娘，自己倒行引路，领新娘跨过一具马鞍和草荐——这女子便是明诚的妹妹赵婉贞。另有一对童男童女手持执斗，迎上前来为新娘护行。执斗内盛糖果、谷豆、草节、符箓，一路走一路抛洒，看热闹的闲客和小孩子们争先恐后抢拾，这谓之“撒谷豆”。新娘入门后，踏着一直铺到洞房的红毡毯，径入洞房，端坐床上，这谓之“坐富贵”。此时，新郎恭请女家四位送亲宾客进入客厅的宴席。众宾客酒过三巡之后，齐到正厅给新郎敬酒。新郎坐正中高背椅上，接受客人们恭贺新婚大喜。然后，新郎步入洞房。洞房门额之上横挂红色绸缎一幅，碎裂其下，众闲客扯小片而去，谓之“缴门红”。新郎用檀木如意挑起新娘盖头，请新娘出洞房；由男女两家各出红绸半匹，绾成同心结，新郎新娘各执一端；新郎一端挂在象牙笏上，新娘一端搭在手上。伴随着鼓乐吹奏声，新郎倒行，引领新娘至正厅，双双参拜父母高堂和众位宾客，然后新人互相对拜，新娘重回洞房。

午宴之后，客人辞归，新郎逐一送至门外，频频拱手答谢。至晚，乐声再起，新郎回洞房，童男执酒壶，童女执杯盘，盘上有用红绸连接的两酒盏；待童男斟满酒后，随着两位迎宾的唱喏和吹奏声，夫妇再次对拜，各饮一盏，饮讫掷盏，谓之“交杯酒”。接着童男、童女各持执斗前来念唱“撒帐”歌谣，将执斗内大枣、栗子、花生、囍字撒向床上。事毕，新郎、新娘各自卸下头上的花冠、幞头，置床下一仰一合，谓之“大吉”。新人将床上所撒之物略加收拾，分发给看热闹的闲客、儿童。“撒帐”完毕，新人上床，两位迎宾帮忙掩帐，众人退出洞房。

当夜七夕，天上星斗灿烂，人间洞房花烛。窗外听房者屏息附耳谛听，就像在扁豆架下倾听天上牛郎织女的窃窃私语。

这正是：

清照洞观安史乱，讽今迂腐作常谈。明诚勘破皇家事，不教深宫锁玉簪。

注解：

①英州：今广东省英德市。

②琼州：今海南省海口市。

③昌化：今昌化镇，位于海南省昌江黎族自治县西南部。

④培塿：[péi lǒu]本作“部娄”，小阜。低矮的小山丘。

⑤驾言：驾，乘车；言，语助词。驾言，指代出游、出行。

⑥尺蠖：[chǐ huò]尺蛾的幼虫。身体细长，行动时一屈一伸像个拱桥，身体能斜向伸直如枝状。

⑦衡州：今衡阳市。

⑧藤州：今梧州市藤县附近的区域。

⑨绿毛幺凤：亦作“绿毛么凤”，鸟名。暮春来集桐花，体形较燕子小，羽毛五色，以绿色为主。

⑩永州：位于湖南省潇、湘二水汇合处。雅称“潇湘”。

⑪郭子仪：字子仪，陕西华州郑县人，出身太原郭氏。唐朝中兴名将，政治家、军事家。安史之乱时，拜朔方节度使，率兵勤王，收复两河、两京。后吐蕃破长安，奉命驱逐吐蕃敌军。平定仆固怀恩叛乱，单骑说服回纥，合兵大破吐蕃。唐德宗即位后，拜太尉、中书令，充皇陵使，赐号“尚父”，剥夺实权。建中二年去世，享年八十五。追赠太师。

⑫李光弼：营州柳城人。唐朝中兴名将。天宝十五年（756），经郭子仪推荐任河东节度副使，东出井陉，参与平定安史之乱，任朔方节度使。以河南副元帅出镇临淮，震慑叛乱诸将，以功进封临淮郡王。晚年为宦官所谗，拥兵不朝，声名受损，因此愧恨成疾，在徐州病逝，年五十七。

⑬颜真卿：字清臣，京兆万年人。安史之乱时，颜真卿率义军对抗叛军，功勋卓著。官至吏部尚书、太子太师，封鲁郡公。谥号“文忠”。颜真卿书法精妙，擅长行、楷。

⑭灵武：今宁夏银川一带。

⑮凤翔：今陕西省宝鸡市所辖县。

⑯繄：[yī]，文言助词，无实际意义。

⑰旟：[yú]，一种军旗。

⑱储皇抚戎：指太子李亨联合少数民族武装在灵武即位事。

⑲蠲：[juān]，免除。

⑳“凶徒逆俦，涵濡天休，死生堪羞”：大概意思是“安史二叛贼之乱，是唐皇姑息养奸所致，上天令其灭亡，无论其生与死，都是奇耻大辱”。涵濡，涵养之意。此处为享受意。

㉑膺：[yīng]，胸，引申为接受。

㉒水部：指《中兴碑文》作者元结。元结在平定安史之乱中有功，进水部员外郎。

㉓太师：指《中兴碑文》书写者颜真卿，曾任太子太师。

㉔“五坊供奉斗鸡儿”：参见《新唐书》载中的“闲厩使押五坊以供时狩。一曰雕坊，二曰鹘坊，三曰鹞坊，四曰鹰坊，五曰狗坊”。《岁时广记》载中的“明皇乐民间清明节斗鸡戏。及即位，治鸡坊，索长安雄鸡千数养于鸡坊。选六军小儿五百，使教饲之”。

㉕传置荔枝：参见《新唐书·杨贵妃传》中的“妃嗜荔枝，必欲生致之，乃置骑传送数千里”。

㉖“子仪光弼不自猜”：指郭子仪和李光弼两人不互相猜忌，同心协力、一致对敌。

㉗“张说、姚崇”句：指两人钩心斗角的故事，见本回之后的附记。

附记：

“张说、姚崇”：郑处诲《明皇杂录》卷上云：“姚元崇与张说同为宰辅，颇疑阻，屡以其相侵，张衔之颇切。姚既病，诫诸子曰：‘张丞相与我不叶，衅隙甚深。然其人少怀奢侈，尤好服玩。吾身殁之后，以吾尝同僚，当来吊。汝其盛陈吾平生服玩宝带重器，罗列于帐前。若不顾，汝速计家事，举族无类矣。目此，吾属无所虞，便当录其玩用，致于张公，乃以神道碑为请。既获其文，登时便写进，乃先刊石以待之，便令镌刻。张丞相见事迟于我，数日之后当悔。若却征碑文，以刊削为辞，当引使视其镌刻，乃告以闻上讫。’姚既殁，张果至，目其玩服三四，姚氏诸孤悉如教诫。不数日，文成，叙述核详，时为极笔。其略曰：‘八柱成天，高名之位列；四时成岁，亭毒之功存。’后数日，张果使人取文本，以为词未周密，欲重为删改。姚氏诸子乃引使者视其碑，告以奏御。使者复命，悔恨拊膺曰：‘姚崇颇能算生张说，吾今知才之不如也远矣。’”张说、姚崇俱玄宗时宰相，《唐书》并有传。

第十八回

琴瑟和鸣说典论律　命途多舛感疾归阴

清照和明诚七月七日行过大礼之后，次日新婿明诚去岳家"拜门"。三日，清照娘家人送"彩缎、油、蜜"至赵家赴宴，谓之"晌女"。七日，新娘清照回门归省，谓之"洗头"。一月期满，则赵、李两家又各摆宴席，大会宾客，谓之"满月"。自此以后，礼数渐简，遂步入平常日月。

八月十四日清晨，明诚妹妹赵婉贞，蹦蹦跳跳，口里哼着小曲儿，手里捧着几束月季花，来到清照的新房，说："三嫂，这是我从外边卖花担子上买来的月季，你是新人，先让你挑一束，剩下再给大嫂和二嫂。"清照说："还是先让大嫂、二嫂挑选吧。"婉贞说："三嫂只管挑，我买的花，我做主。"每束都是三朵花：红色、粉色、黄色各一朵。清照随便选了一束。清照把花插进一个龙泉瓷的花瓶里，上面的露珠落下来弄湿了清照的手指，清照用手帕擦了擦。赵婉贞连忙拿起清照的手指看了看，说："月季花有刺，小心，别扎破手！"说完便扭身一阵风似的跑了。

明日是中秋节，清照知道太学休假，今晚明诚一定回来。她剪下一朵粉色的月季花戴在头上，又写下一首小令，准备等明诚回来给他看。明诚进得门来，给父母请过安之后回到自己房里，看见戴着花的清照，装作吃惊的样子说："哎呀呀！我还以为进了巫山仙境，遇上神女了呢！"清照红着脸抿嘴笑道："大白天的做什么梦，哪来的巫山神女！"明诚凑上去想嗅一嗅清照头上的月季花，清照拿着诗笺挡住明诚的鼻子，说："看看这首小令作得怎么样。"明诚接过诗笺，见上面写道：

减字木兰花

卖花担上，买得一枝春欲放。泪染轻匀，犹带彤霞晓露痕。
怕郎猜道，奴面不如花面好。云鬓斜簪，徒要教郎比并看。

明诚看罢，说："花面不如人面好，词面尚有一字欠。"清照忙问："哪个字用得欠妥？"明诚说："'买得一枝春欲放'。如今是中秋八月，怎么是'春'欲放？"清照笑道："词里没说什么花，谁能知道是什么季节？月季花一年开三季，写成春天开放，才有春意萌动的情致。作诗、填词免不了要虚虚实实、加一点夸饰的成分。诗词里的'香车宝马''瑶琴玉笛'，哪个是真的宝啊玉啊做的？像你这样拘泥刻板，怎能作出好诗，填出好词？"明诚道："娘子说得对，在下领教了！还是让我闻一闻那花的香气，说不定就能茅塞顿开，作出好诗、好词来！"清照含嗔答道："花瓶上还有两朵，去闻那里！"明诚嗅了一下花瓶里的花，然后说："我今日才看清月季花枝子上全是刺。"清照笑而不语。此时，玉珠端来洗脸水，让明诚更衣盥洗，然后一起去前厅用餐。

晚上，明诚和清照正在灯下读书，妹妹婉贞和二嫂曾茜英牵着手来到清照的房里。婉贞说："三嫂嫂，那天你抄给我的几首'浣溪沙'，有两处不明白。我问二嫂，二嫂也不知道。"清照说："哪首词有不明白处，先把整首词背来我听听！今天，我正要考一考留给你的功课。"明诚插嘴说："跟你嫂子学作词呢？"婉贞答："是啊。"明诚说："换了我，我才不跟她学呢，她浑身都是刺！"婉贞说："三嫂不浑身都是'词'，我还不跟她学呢！"明诚说："二嫂比你三嫂强。原来跟二嫂学得好好的，又跟你三嫂学，三心二意学不好！"婉贞假装生气地说："你怕累着三嫂，是不是？二嫂、三嫂我都要学！转益多师才开眼界。"清照说："不必理他！你背你的。"婉贞于是背诗，第一首是：

莫许杯深琥珀浓，未成沉醉意先融，疏钟已应晚来风。　瑞脑香消魂梦断，辟寒金小髻鬟松，醒时空对烛花红。

第二首是：

髻子伤春慵更梳，晚风庭院落梅初，淡云来往月疏疏。　玉鸭熏炉闲瑞脑，朱樱斗帐掩流苏，通犀还解辟寒无。

清照说："我明白了，你不知道两个'辟寒'是什么意思。"婉贞说："三嫂猜的正是。"清照说："让你哥给你讲一讲吧，他懂！"明诚说："这回用着我了？我才不替你讲呢。婉贞刚才还说我生怕累着你！"婉贞摇晃着明诚的胳膊，撒娇地说："好哥哥，你就替三嫂讲讲吧。"明诚执意不肯，婉贞噘起嘴说："那就是哥哥也不懂！"明诚清了清嗓子，说："逗你玩呢，让我告诉你吧。前一首里的'辟寒金'是一种小颗粒的金子，说的是昆明国进贡的漱金鸟，口吐粟米一样大小的金屑，宫里用金屑打造成首饰给后妃们用。漱金鸟在北方怕冷，必须养在辟寒的小屋里。所以这种首饰叫'辟寒金'。宫人们说，'不服辟寒金，那得帝王心'。"玉珠给明诚端了一杯茶来，他停下来喝了一口茶，然后说："后一首里的'通犀还解辟寒无'说的是唐朝开元年间，交趾国冬至进贡一只犀牛角，殿中立即似有暖风袭来，使者说，此乃辟寒犀。"明诚看了看二嫂和婉贞，说："明白了吗？前一首说的是漱金鸟吐的金屑，后一首说的是暖人的犀牛角。"茜英问清照："三弟说得对吗？"清照笑答："差不多吧。看来小妹的激将法用得不错。"清照的话惹得众人笑得不行。明诚解嘲说："你们笑什么？赤壁之战，诸葛亮用激将法，激的是英雄豪杰——孙权和周瑜。"清照说："怕你不是孙权也不是周瑜，倒是盗书的蒋干呢！"众人都笑，明诚也讪笑道："只要有人心甘情愿嫁给蒋干这个实在人，也算是慧眼识珠。"清照抿嘴一笑，转脸对茜英和婉贞说："咱们不理他。我想借此跟二嫂和妹妹说的是：作诗、填词虽然着意在格调、韵致，然铺叙、故实亦不可少，否则缺乏典重，没有饱学之士的大家气象，难免小家子气。但话说回来，用典过多成了掉书袋，或者过于生僻，致人频检类书、训诂，费力费时，也不可取。我用的这'辟寒金'和'辟寒犀'两个故实，让二嫂和小妹枉费了许多工夫，实乃不大值得。"茜英说："我娘嘱咐我用心跟你学。清照妹果然学识渊博，以后要多给我们讲讲这方面的学问。"清照说："小妹适才所云，不过班门弄斧之愚见，我姑妄言之，嫂嫂姑且听之。"四人又说笑了一会儿，各自回房休息。

次日上午，明诚和清照去逛大相国寺的庙会，买回一本《文心雕龙》，还买了几样时令水果：弄色橙橘[①]、银杏、葡萄、鲜枣之类。中午回家，听母亲赵夫人说，父亲在张家酒店预订了露天雅座，晚上全家都去那里的平台上赏月。这张家酒店坐落在州桥旁边汴河北岸，岸边有石砌平台，台前有石雕栏杆；明月当空，波影荡漾，天上人间清光澄澈，融汇成一个琉璃[②]世界；更加笙歌彻夜、佳果飘香，确是中秋赏月的好去处。母亲又吩咐下来，中午饭各房自己安排。明诚让玉珠去买了几样菜肴和一瓶杜康酒。清照说："让婉贞妹妹也过来吧。"明诚说："正是，正是。"玉珠请来婉贞，布置好杯盘箸匙、果品肴馔；明诚坐正中主位，清照、婉贞各坐八仙桌子的一边打横，玉珠坐桌前侍候。酒过三巡，明诚提出让清照和婉贞即兴填词。婉贞让嫂嫂先填。明诚说："那是，那是。你嫂子是你师傅，师傅领进门，应该先填。"清照没有推辞，便指着盘子里的银杏说："你们看，有两个银杏是并蒂的，我就作一首咏物词，题目是《并蒂银杏》，调寄《瑞鹧鸪》。"词曰：

风韵雍容未甚都[③]，尊前甘橘可为奴[④]。谁怜流落江湖上，玉骨冰肌未肯枯。　　谁教并蒂连枝摘，醉后明皇倚太真。居士擘开真有意[⑤]，要吟风味两家新。

婉贞听了说："嫂嫂作的词太难懂。"明诚问道："是不是有的典故不懂？"婉贞说："那倒不是，这里的典故都不生僻。"明诚说："我也不知道你嫂子说了些什么，故作高深罢了。不管她，你来作一首。你学了一个月了，我看有没有长进。"婉贞说："三嫂让我先看唐人元稹作的《莺莺传》，还说看完了作一首《浣溪沙》。"明诚说："你嫂子授徒倒是有点儿办法，让莺莺把你领进门，给你点儿作词的由头。那就作一首吧。"婉贞说："我想了好几天，今天总算有点儿眉目了。你们听着，可不能笑话我！"明诚说："看你说了这么多废话，急死我了，快念！快念！"婉贞念道：

绣面芙蓉一笑开，斜飞宝鸭[⑥]衬香腮，眼波才动被人猜。　　一面风情深有韵，半笺娇恨寄幽怀，月移花影约重来。

明诚听罢鼓掌道："好啊！有《莺莺传》的意思！"清照也称赞道："'眼波才动被人猜'，这句话曲尽人意，风情万种，写得不错！'月移花影约重来'，比《莺莺传》的'拂墙花影动，疑是玉人来'，格调不在其下。"明诚说："如果把莺莺这句诗改成'月移花影动，疑是玉人来'是否更好些？"清照笑道："想不到你也有点石成金的悟性。'拂墙花影动'太写实了，不如'月移花影动'空灵而有诗意。"明诚对婉贞说道："这是你嫂子第一次夸奖我，我受宠若惊了。"

饭罢，婉贞回闺房去了，玉珠去厨房洗刷杯盘碗盏。明诚问清照："你那首《瑞鹧鸪》，东一句西一句，不仅婉贞不懂，我也是蛤蟆跳井——扑通！不知所云。"清照看看门外没人，悄声说："你看玉珠忙前忙后，一上午没闲着。她跟你同龄，今年二十一岁了。我们让她老于是乡不成？"明诚道："把她嫁出去？"清照说："我跟玉珠从小相依为命，就像并蒂银杏，能分开吗？她没有父母，没有家，能让她飘零江湖、流落无归？"明诚明白了清照的意思，沉默不语。清照说："玉珠虽然读书不多，但人很聪明，模样长得也端正，能调教成风韵雍容的美人儿。"明诚说："我不能做对不起你的事。"清照说："只要明皇不醉，不难风味两新。今日我把这事说开了，我是真心实意。现在再去读那首《瑞鹧鸪》，应该明白了吧。"清照见明诚心事重重，又说道："你可不能当作玩笑。过几天我就禀告翁爹、翁姑，让你把玉珠收进房里。"明诚说："你让我好好想想。像你这样做的，天下恐怕找不出第二个。"清照说："前人亦有先例，只是不多见而已。"

中秋次日晨，清照刚刚梳妆完毕，二嫂茜英便来找，说昨夜从州桥赏月回来，一夜未眠，填得一首《浣溪沙》，让清照妹妹改一改。清照接过词稿，见诗笺上写道：

桂影无尘雁影来，绕庭玉砌草蛩哀，凉窥珠箔梦初回。　压枕闲愁挥不去，西风恐负菊花开，起看清秋月满台。

清照读罢，说："我原来听说二嫂的词写得好，看今天这首《浣溪沙》，确实名不虚传。这词的意境营造得很好。月色澄澈，雁飞蛩鸣，风起梦回，暗含着一点点淡淡的闲愁。"茜英说："我可不是来听你夸奖的，说说哪里还需改一改。"清照说："就是在格律上略有微瑕。你前边几句都合律，只是最后一句'起看清秋月满台'的格律是'仄仄平平仄仄平'，不对。《浣溪沙》最后一句格律应是'平平仄仄仄平平'。"茜英说："哦，我把这个词牌最后一句的格律记混了。"清照说："这个地方最容易出错。填词，最难处就是格律复杂多变。需要知道，词别是一家，不同于诗。作诗，只要分清字之平仄，记住诗句的四种平仄格式，再用准句与句的'粘、对'关系，便可吟出各种篇什，差别只在格调高下。词是按曲牌歌唱的，各种词牌每句的字数、格律都不尽相同，需要死记。上声、去声、入声，虽然都是仄声，在诗里不用分别，但在词里却必须区分清楚；而且每句不但要讲究五音、六律、五声，还要讲求清浊、轻重、缓急。清越处不可用浊声字，洪亮处不可用入声字，急切处不可用上声字，反之亦然。如此按曲吟唱，方能字正腔圆。如果字的声调、吐字方法与曲牌的格律不符，不仅歌唱时叫人绝倒，读起来也令人捧腹。既然二嫂填词愿意精益求精，我就多说了这许多话，实在是为了你我共勉。话说多了，回到原题：你把这首词末句的格律改成前边说的第二种就行了。”茜英略加思索，道：“那就改成‘秋霜皓月满瑶台’，你看行吗？”清照说：“可以。”

茜英说：“以前哪里知道填词的规矩这样严格。听清照妹细细讲来，真是受益匪浅。只是这五音、六律我还是不甚了了。”清照说：“我也不是十分清楚。只知道五音分‘宫、商、角、徵、羽’。五音再加‘变徵’就是六律。夹于六律之间的五个音再加‘变宫’谓之六吕。六律和六吕，合起来称十二律吕，是正音、定调之本。这需要对照琴或瑟的弦，才能讲得明白。”茜英说：“‘锦瑟无端五十弦’，如果我们有一张五十弦的‘瑟’就好了。”清照说：“是啊，哪怕有一把七根弦的古琴，我们姐俩就可以一块儿学了。学会了这些，才是真正通音律。通音律，然后才能制曲、作乐，就像前人柳屯田⑦、今人周邦彦⑧一样，创制新曲。”茜英说：“不知道思诚他们能不能给咱们买一张瑟，买一把琴也行。”清照说：“这东西都是乐师自己定制，市面上很少有卖的，有卖的价格也不菲。”妯娌两个越说越投机，不知不觉竟然已近中午，直到玉珠来请她们去吃午饭。

清照曾跟母亲在洛阳的环溪爱菊院里学过古琴。她打算回娘家一趟，跟母亲商量一下，看能否将洛阳的琴借来一用。她跟玉珠回到娘家“有竹堂”，跟母亲商量借琴一事。李夫人说可以托人去一趟洛阳，反正那琴也是闲着没人用；另外还有一本琴谱也可以一并借来。清照正跟母亲说话，玉珠从前厅过来说：“张耒先生来跟老爷辞别，说朝廷放他外任去知兖州。”于是，李夫人和清照到前厅会见张耒。清照说：“幸好今日回门，有幸送别张先生。望先生一路顺风。日后如有诗作，请托付进京的便人惠赐。”中午，全家去酒楼为张耒饯别。

张耒先是知兖州，旋改颍州；颍州是苏轼任过知州的地方。张耒在这里，到处寻访苏轼足迹。也是在这里，张耒得到了苏轼在常州去世，葬于汝州郏县的噩耗。张耒在颍水之畔设了祭祀苏轼的灵帐，携几位知己好友，为苏轼亡灵举哀行服，敬香献酒，赋诗致祭。诗曰：

今晨风雨何剧哉？飞沙走石举世哀。只道翁身如玉树，百年炼就擎天材。望天留之付真主，谁料树大致冤灾。恨不隔世从杖履，随君垂钓严子台⑨。

张耒念罢祭文，随风焚化，再拜而还，三日不理政事，哀毁不已。

张耒将悼苏轼诗寄与李格非，苏轼逝世的消息不胫而走，一时惊动了京城。驸马都尉王诜出面，在他的西园设堂祭奠。晁补之、陈师道、李格非、李公麟、李之仪、高俅等苏轼生前友人都前来吊唁。明诚和清照也想去悼念，唯恐父亲阻挡。赵挺之对他们说："今乃'建中靖国'之年，唯中庸之道方能安天下。望你们忘记父辈前嫌，去公主府西园代我致祭。无论如何，苏轼毕竟是文章大家，必是名垂青史的一代宗师。"赵挺之的态度，使明诚和清照甚觉诧异，也甚为感动，二人次日便从大相国寺买了祭品，去了公主府。两人祭奠完毕之后，在灵堂前遇见陈师道和陈夫人。明诚和清照见陈师道面容憔悴，时而长咳不止，似乎衰老了许多，便劝姨父节哀珍重。陈师道担心明诚他们会因悼念苏轼触怒赵挺之，便嘱咐不可让赵挺之知道他们来过这里。明诚说是父亲让他们来的。陈师道连连摇头，表示不解。明诚和清照也没做解释，只对陈师道又叮咛了几句"保重"的话，便告辞了。

后来，章惇旧党邓洵武等人奏称张耒悼苏轼诗有诽谤先皇、暗讽今上之嫌，且荒疏政务、目无法纪，皇上遂贬张耒为房州别驾，安置黄州监管。黄州，乃苏轼因"乌台诗案"被监管之地，章惇旧党执意以此羞辱苏轼门生。

秋去冬来，寒风刺骨，落叶上渐渐覆盖了厚厚的积雪，天气似乎比往年更加格外的冷。清照和明诚知道陈师道身体不好，又家境贫寒，那天祭奠苏轼回来，放心不下，曾去陈师道家探望过几次。只因明诚还是个太学生，没有俸禄，也只能尽其所能，接济些衣物而已。幸好姨父的身体也慢慢恢复了些。

冬至节将到，这是皇上举行郊祀，祭天、祭祖的盛大节日。正值当今圣上第一个年号"建中靖国"之大礼之年，势必大兴郊祀之祭。

郊祀前五日，陡然寒风袭来，天气骤冷，汴河、蔡河上都结了冰。明诚从太学回来，冻得浑身打战，跟清照说："快拿辟寒犀来，冻死我了！"清照把手上的铜制小手炉递给明诚，笑道："这就是辟寒犀，拿去暖暖手吧。"明诚说："我在路上想，冬至皇上幸南郊祭天，大多都在露天。文武百官扈从，姨父也需随侍，往返要三四天。那些达官贵人，人人锦袄棉裤、裘衣皮帽，可姨父怕是连个像样的厚棉袍子也不曾有过，如何熬得过这几日？"清照说："你这个内侄，姨父倒是没白疼。你不会让翁姑拿一件翁爹的棉袍子借给姨父穿几天？"明诚说："这倒是个办法。"明诚说完，便去找母亲。明诚到了母亲房里，见父亲也回来了，便把给陈师道借衣服的事说给父母听。赵挺之和赵夫人应承得很痛快，并立刻从箱子里取出一件厚棉袍子，交给明诚。

次日清晨，明诚上学，顺路给姨父送衣服。因姨父去秘阁当值，他便把衣服交给了姨母。晚上，陈师道回家，夫人让他试试棉袍大小。没想到陈师道以为是夫人从姐姐家借来的，气不打一处来，把棉袍扔进夫人的怀里，怒声斥道："你不知道我陈师道从来不用他赵家的东西！"陈夫人说："这不是我借来的，是明诚送来让你冬至郊祀时候穿的。"听说是明诚送来的，陈师道气消了一半，但仍坚持不穿，说："明日还给赵家，不必告诉明诚。"

冬至前三日，皇帝驾宿大庆殿，尽列法驾、仪仗于殿门之外。仪仗有信幡、龙旗、相风乌、指南车。宰执百官立于殿前玉阶之上，皆按品级服法衣、戴巾冠。钟鼓楼上有太史局官员测验刻漏[10]，每过一刻便学作鸡唱，然后擂鼓，继之钟磬齐鸣，太史令执牙牌按时辰奏之。数万禁卫军士，金装铁骑，围绕大内值夜警卫。是夜又有兵士十余人作一队，共数十队，各执银裹头黑漆杖子，在大内周遭巡逻，谓之"喝探"。每隔一刻，每队首领喝曰："是何人也？"众曰："殿前都指挥使高俅。"彻夜喝叫不停。又置警场于宣德门外，谓之神武戒严兵士。日晡[11]、三更，各用鼙鼓、画角齐奏戒严号令。

皇帝的大驾仪仗、卫队，自次日五更相续而行。铁骑披五色介胄，执旌旗、幡衮做前导，七头大象次第跟进，各以文锦披身，锦衣人跨其颈项，象背置莲花宝座；而后高旗大扇、金瓜玉手、画戟长矛，还有引大旗、执大斧、挎宝剑、执盾牌者。千骑万乘，前呼后拥，浩浩荡荡出宣德门，至景灵宫。当夜皇帝驾宿景灵宫太庙。至三更，皇帝乘玉辂，服星官服，顶通天冠，执元圭。车驾执事皆皇室宗亲。宫架作韶乐，执事奉太祖神主出室，而后旌旗、幡衮、仪仗、甲马、车辂、鱼贯出南薰门，驾诣青城斋宫。所谓青城，乃以青布做成的帐幕，青布上画砌甃之文，围成城阙殿宇式样。铁骑围卫斋宫外，至夜戒严，警卫、喝探皆如前日。

次日三更，驾出青城，南行右转西去约一里许乃祭天、祭祖之坛。坛高三层，玉阶七十二级。坛上设二黄褥，设置“昊天上帝”和“太祖皇帝”二灵位。灵位两侧，宫架上悬挂编钟、玉磬、钟鼓、方响。乐工执箫管、琵琶、箜篌、琴瑟，舞者持雉羽、麈尾，共二十余人，载歌载舞。皇帝由礼官导引扶持，三登祭坛，用玉盏献酒跪祭，太常卿宣读祭文。礼毕，皇帝降坛，仪仗出郊坛南门，回青城。此时，天色未晓，百官路旁迎驾，撩袍端带、扬尘舞蹈，三拜乃止。然后，皇上更服衮冕，登大安辇，由铁骑、仪仗护驾，鼓吹喧阗进南薰门，直抵宣德门。皇上登宣德门楼，七头大象列队向城楼上皇帝作揖、跪拜，舞之蹈之，状若人之行为。然后，城楼上放下锦制的金凤，口衔赦书飞至门前彩楼。通事舍人得赦书后当众宣读。闻鼓声，楼前开封府、刑部、大理寺押解来的罪犯，皆开枷释放。而后，鼓乐大作，观众三呼万岁。至此，冬至郊祀大礼结束。

陈师道在去郊祀的路上就冻病了，咳嗽连连、气喘吁吁，浑身冷得发抖。幸有朋友陈瓘、邹浩一路照顾，才得以回到家门。到家之后，他的病情愈加严重；请来医生诊治，吃过几服药，略有好转。不料迁延月余，将近年底又北风怒号、天降暴雪，陈师道突然病情加重，亲朋故旧得到消息前来探望的时候，已经不省人事。最后，陈师道竟连一句遗言也没留下便与世长辞，享年四十九岁。

这正是：

冰柱易折雪易污，至清活水亦无鱼。审时度势循常理，何苦自戕作腐儒。

注解：

①弄色橙橘：变换颜色的橙子或橘子。

②琉璃：古代把玻璃叫琉璃。

③“雍容、未甚都”：参见《史记·司马相如传》中的“雍容闲雅甚都”。都，姣好，诗曰：“洵美且都。”

④“甘橘可为奴”：参见《三国志·吴志·孙休传》中的“丹阳太守李衡每欲治家，妻辄不听，后密遣客十人，于武陵龙阳汎洲上作宅，种甘橘千株。临死，敕儿曰：‘……

吾州里有千头木奴，不责汝衣食，岁上一匹绢，亦可足用耳。'”。以橘树类比奴仆。

⑤“居士擘开真有意”：信奉佛教而未出家者谓“居士”。擘开，意同今之剥开。苏东坡有诗云：“莲子擘开须见薏……”“薏”为莲子之心，古人常借其音作“意”用，李清照借用银杏之“薏”以表其心。

⑥宝鸭：妇女鸭状首饰。

⑦柳屯田：柳屯田即柳永，宋初建州人，字耆卿。原名三变，排行第七，世称柳七。景祐进士，官至屯田员外郎，故亦称柳屯田。喜作歌词，常与乐工合作谱制新曲。

⑧周邦彦：字美成，钱塘人，北宋著名词人。徽宗朝，周邦彦提举大晟[shèng]府，负责谱制词曲。

⑨严子台：东汉隐士严子陵在富春江垂钓之处。详见第四十六回。

⑩刻漏：我国古代计时器。

⑪日晡：申时，下午三点至五点。

第十九回

玩关扑清照试身手　设巧计明诚招妹婿

明诚、清照得知姨父陈师道去世的讣告，便与母亲去陈家吊唁。灵堂就设在陈家正房，灵前悬挂着青布幛幔，以及王诜、晁补之、李格非、李之仪、李公麟、陈瓘、邹浩等亲朋好友敬送的挽联。赵夫人进了灵堂，陈夫人便扑到姐姐怀里抱头痛哭；跪在灵前草荐上的两儿一女也都伏身哀泣。少顷，陈师道的长子陈丰和次子陈沛、女儿陈巧娘起身劝母亲和姨母节哀，郭氏姐妹才止住哭声，坐在一边叹息。丧礼司仪宣告祭奠开始，孝子回到草荐跪下；明诚上香、奠爵，清照献馔、献羹、献帛。然后，明诚下跪宣读祭文：

时维建中靖国元年辛巳，腊月庚辰日，不孝内侄赵明诚携妻李氏清照，谨以香烛炬帛、时馐清酌，行不典之仪，致祭于姨父陈讳师道大人灵前，泣以告曰：於戏！痛惟姨父，出身名门，家道中落；少年游京师，不登权贵之门；弱冠辞科举，道不同不相为谋也。曾受业于曾南丰，得激赏于苏东坡。赋诗，创江西诗派之一宗；填词，堪比秦七、黄九[①]之佳作。德高饮誉士林清流；文名远播江淮京洛。嗟我姨父！高风亮节，松柏不足喻其志；耿介正直，金石不足喻其真；著述宏富，高山不足喻其伟；学识渊博，东海不足喻其深；诲人不倦，春风不足喻其暖；奖掖后学，父母不足喻其亲。无奈生不逢时，狭途密布荆棘蓬榛，讥诮毁谤甚嚣烟尘；仕途坎壈，宦海浮沉，不得扬帆骋其胸襟。唯其安贫乐道，闭门苦吟，始造就古奥沉雄、百代不朽之诗文；岂非塞翁失马，不幸之中之大幸哉！

於戏！嗟余姨父！忠孝仁爱，克己恭谨；如斯之人，宜寿百旬。然大业未竟，未捷先殒。岂非天道不可期，天理亦不公、不义、不仁？如可赎兮，人百其身！嗟余姨父！一朝弃我，阴阳两隔，百喊不闻；吊唁来迟，瞻仰不及，音容莫分；号天泣血，诚何以达？情何以申？兹当祭奠，匪簠匪莒②，聊表寸心。姨父有灵，驾鹤来品。於戏哀哉！尚飨！内侄赵明诚携妻李氏清照泣血敬奠。

明诚、清照焚化祭文，长跪行礼，哀恸不已。众孝子亦随之拄哀杖涕泣。祭毕，明诚、清照在灵前唏嘘、逡巡有时，方才奉赵夫人而归。

陈师道去世之后，朝廷按官阶赠素绢二百匹、银二百两。赵、李两家及亲朋好友皆慷慨解囊、多方接济。买棺入殓后，陈夫人携子女扶灵柩回徐州彭城，将丈夫安葬于陈氏墓地。陈家尚有薄田百亩，可供陈氏子弟耕读为业、勤俭度日。陈师道生前任秘书正字，也可荫补一子为官。此是后话，暂且不表。

且说元符三年，曾布任尚书右仆射兼门下侍郎；因左相韩忠彦缺乏胆略，朝中大事皆决于右相曾布。曾布原是王安石门下主张变法的策士谋臣，今朝专权，自然踌躇满志，一心想继续推行熙宁年间的王氏新政。他逐步排斥掉元符末年起用的旧人，擢用赞成新法的后来者。因赵挺之曾在德州通判任上力主推行市易法，又两次弹劾苏轼，被曾布视为绍述新政的助手，赵挺之遂升迁为试吏部尚书、侍读，编修国朝会要，又迁中大夫。不久，赵挺之的儿女亲家李格非，也自礼部员外郎升迁为京东提点刑狱。

建中靖国元年，赵挺之又由试吏部尚书转为吏部尚书正位。赵挺之的长子存诚和次子思诚，均入馆阁任职。三子明诚也将从太学上舍结业，即使不参加科举，也可荫补出仕为官。三个儿子皆已成家，姻亲都是官宦人家，三儿媳李清照更是誉满京城的才女。次年，改元崇宁。新年伊始，赵挺之志得意满，全家喜气洋洋，一片欢乐景象，正应了王安石的那首诗所称道的：

爆竹声中一岁除，春风送暖入屠苏。千门万户曈曈日，总把新桃换旧符。

正月初一，赵挺之携存诚、思诚去禁中大庆殿参加朝会。明诚与好友相约去酒楼宴饮。午后，男人们回来了，赵夫人则带领三房儿媳和女儿驱车去马行街、潘楼街等热闹去处，观赏商家关扑交易。按例，元旦后开封府放商家关扑三天。所谓关扑，即是商家跟顾客用博彩做买卖。顾客选中欲购之物，跟商家商议，两相情愿，顾客按远低于物品价格之数出具押金，跟商家掷骰子赌输赢。顾客赢了，则留下押金，将欲购之物取走；输了，则将押金留下，空手而去。是日，街上车马交驰，人声鼎沸，贵家仕女闺秀亦纷纷前来纵情观览。在人群摩肩接踵之时，或有巧笑顾盼、眉目传情的风流韵事发生，以致有公子哥儿或千金小姐春心萌动，在香尘灯影里千百度地你追我寻。这种情景多年相沿成习，风靡京城巷陌，人们见怪不怪。商家铺户皆结彩棚，陈列冠梳、珠翠、头饰、花朵、衣着、领抹、靴鞋、玩好之类，招引过往游人入场参赌。入夜，商家华灯齐放，街市明亮如昼，商家关扑、酒楼宴饮，勾栏瓦肆里歌管笙簧，轻歌曼舞，乐声响彻夜空。

赵夫人和儿媳、女儿在潘楼酒店宴罢之后，进了马行街的一家香药店。赵夫人选了一块鹅卵大小的龙涎香，看了看成色，凑近鼻子嗅了嗅，有点儿海水的腥味，便摘下自己的金钗作抵押，欲与商家关扑。这龙涎香是香药中的珍品，价比黄金。不但点燃后香气四溢，熏过的衣服香气经年绝不衰减，而且可以入药行气活血、散结止痛、利水通淋。商家说需抵押两枚金钗方可。清照见赵夫人踌躇不定，便抽出自己的金钗，跟商家说："我这里还有一枚！"赵夫人说："太贵了，我们不赌了。"清照说："翁姑不赌，我替翁姑赌！商家请！"商家拿出两枚象牙骰子，说："请夫人先投。三局两胜为赢。"清照接过骰子，在灯前仔细审视了一番，又掂量了掂量，两手将骰子拱起，晃了几晃，轻轻抛进硬木制的盘里，那两枚骰子在盘里打了几个旋，稳稳地停下来，是两个六——"双六"，俗称"对六"或"六六大顺"。"好极了！"赵夫人和众人高兴地喊出声来。这是最大的一副"点"，又是一副"对子"。只有"双幺"才能赢它。商家和他请来的博者看出"来者不善"，额上沁出细碎的汗珠。博者将骰子在手里晃了又晃，掷到盘里，两枚骰子先是打旋，后又翻滚了几个跟斗，停下来，原是一个"幺点"和一个"二点"，共三点。看出他是想掷"双幺"，却失手掷了个三点。这种由两个骰子的点加起来的点数，叫作"散点"。"散点"按点数多少决输赢，点多的赢，点少的输。散点最多是十一点。无论"散点"有多大，都要输给"双点"（也叫"对子"）。如果都是"双点"，则要看"双点"点数的多少定输赢，唯独"双幺"大于"双六"。

商家的博者先输了一局，他说去后堂喝杯茶再回来。此时商铺里挤满了看客，大家眼巴巴地等着看第二局。有的看客说："哪里是喝茶！分明是去喝杯酒壮壮胆子。"引得人群里发出一阵笑声。不料等了许多时候，却不见那博者回来。商家无奈，只得另请高手上场。观者说："中间换人，破了关扑规矩！"清照说："换人就换人，大年初一，图个开市大吉！"这次是商家的高手先投，高手也是先掷了一副"双六"，清照轻摇玉手，掷出了一副"双幺"。此时店内观者如堵，大家为清照的"双幺"连声喝彩。高手甘拜下风，溜之大吉。清照伸手将龙涎香拿了过来，这时一只大手伸过来，攥住清照的胳膊，那手背上长着几根黄毛。清照转脸看那伸手的人，秃顶黄髭，一脸横肉，嘴里喷出一股酒气，一副泼皮嘴脸。那人说："要想拿走这里的东西，先留下名和姓，须得我的许诺，方才放你出去！"赵夫人说："你这莽汉子不得无礼，放开手！要留名和姓，说出来吓死你！"看客中有人喊道："牛大！快放手！她是李清照，年前我还去她的婚礼上看过热闹。"牛大说："我不认得什么里清照、外清照！"那看客说："她是当今吏部天官的儿媳，那婆婆是赵天官的夫人！"牛大立即软了下来，抽身要走，店堂里爆出一阵哄笑。那汉子回身道："天官总有一天掉到地下！走着瞧！"说完，扭头溜之乎也。众人对商家说："像你这样毫无信义，何不快快关门！"原来这商家做关扑交易，从未败在顾客手里，顾客也就不知道他有这般劣行，居然雇个打手帮衬。果然，后来这间闻名京城的香药铺就很少有人问津。过去在这里输过关扑的仇人，把商家告到开封府衙门，店主吃了官司，这家香药铺不久便关门上锁。这是后来的事，放下不提。

正月初七，是人胜日，也是"试灯"预赏灯光胜景的日子。"试灯"是老例儿，怕"正月十五雪打灯"误了赏灯的时机，先把这良辰美景享受一番，也是提前做些演练。从去年冬至之后就开始搭建的灯山也已装饰、彩画完毕，用木板仿制的山石上画着神话故事，山石之间插上松柏树枝和丝绸纸箔做的花草，宛如真山一样。这灯山锦绣交织，在宣德门前的御街中央，高耸入云，巍峨壮丽；入夜灯火万盏，与天上的星月交辉，仿佛人间仙境。灯山名曰"鳌山"。鳌山东西两门之上，各装二龙戏珠的龙灯，龙灯闪耀蜿蜒十余丈。鳌山北面，正对着宣德门，依山设置骑着青狮的文殊菩萨和骑着白象的普贤菩萨。菩萨的手指和狮、象的口鼻皆有水流涌出，自高处泻下，状若瀑布。原来是在山顶上设桐油木柜贮水，水源是御街的清渠，用脚蹬的水车把水逐级送到山顶，然后再流到菩萨的手中和狮、象的口鼻之中。这一切的机关奥妙都隐藏在鳌山内里，局外人哪里知道。

在鳌山和宣德门之间，用方木搭建起一座巨大的露台，台上四周用锦绣栏杆围护，台下有禁卫兵士肃立守卫。露台四面设有乐棚，内有教坊或军容直[3]轮番奏乐。

在御街两廊上，东边是王侯宗室及其内眷的席位，西边是宰执大臣及其家属的座次。向晚，赵挺之一家男女老少来到西边御廊座位上依次坐好。酉时三刻，乐声大作，宣德楼上顿时灯火辉煌。然后旗开两面、黄盖[4]高张，翠扇[5]并举；皇上卷帘临轩，与万姓同乐，御街之上游人山呼万岁，此起彼伏。接着在露台陆续表演歌舞、百戏。最后由教坊戏班上演《比干剖心》[6]《卧薪尝胆》[7]《萧何追韩信》[8]等戏。上演这几出具讽谏意味的百戏，是大宋朝廷从祖宗那里传下来的规矩，意在劝诫人主戒奢尚俭、选贤任能，亲君子而远小人。但是，沿袭至今，每逢上演这类剧目的时候，皇上皇后便开始困倦打盹，意欲起驾回宫了。待新月西沉，灯烛欲尽之时，御街和御廊上的游客也都渐渐尽兴各自回家。有些青壮年则到那茶馆酒肆里豪饮，或去烟花柳巷寻欢，彻夜不归。

年后，清照妯娌们连着出去玩了几天，着实有点儿累了，便在家里写字、下棋，玩打马，时而也用作诗、填词打发时光。初七那天赏灯回来，清照想起元旦关扑时那个牛大说的话。今日得闲，便把打好腹稿的一首古风长诗写了下来。诗曰：

> 伴君犹如抱虎眠，炙手可热心可寒。纣王荒淫迷狐媚，比干剖心枉自贤。李斯[9]、晁错[10]天下士，却为君王弃市廛[11]。范蠡[12]、张良[13]志存高远知进退，文种[14]、韩信[15]驽马恋豆[16]难保全。介甫[17]、君实[18]皆君子，何事门生反相残？革故鼎新家国事，竟将恩怨、利害杂其间。君不见，前朝牛李[19]争权势，徒教渔樵千古作笑谈。

清照将诗稿递给明诚看，明诚读罢，悄声说："应该让父亲看看。"清照说："父亲正春风得意，怎么听得这等言语。倘遇要紧时候，你相机行事就是了。"明诚把诗收起，对清照说："我在太学里有一位同窗好友，名叫陆德夫。"清照插嘴说："噢！德夫！跟你的字'德甫'差不多。"明诚说："是啊，太学里有人把我也叫作'德夫'呢。他是官宦人家的子弟，家境殷实，人品儒雅方正，学问也很好。过几天，上元节我邀他一起去逛灯会，你相他一相，看能中意不？"清照说："你酒喝多了，怎么说起醉话来？"明诚笑答："我是让你替别人相一相。”清照说：“嘻，我明白了。我看索性约婉贞一起去，岂不更妙。”清照说完，两人会心一笑。清照又补充说：“你的用意，事先不能让他们两个知道。万一不谐，岂不尴尬。”明诚说：“正是，正是。”

正月十四日，皇上驾诣五岳观，至晚回大内登宣德楼，观鳌山华灯和露台百戏。正月十五日，是元宵节的正日子，也叫上元节。白天，皇上驾诣上清宫，至晚幸晨晖门，御览商铺关扑，赐游人御酒，再次与万民同欢。

是日，酉时三刻，相国寺钟鸣十五响，全城华灯齐放，一时夜明如昼；大街小巷，宝骑骎骎，香轮滚滚，五陵年少满路行歌，贵妇绣女笑语相和；汴河、蔡河水边，东风习习，春意融融。俊男靓女雅会幽欢，只恨流光易逝、寸阴苦短。酒楼瓦肆里，处处演唱着欧阳修的《生查子·元夕》：

去年元夜时，花市灯如昼。月上柳梢头，人约黄昏后。　今年元夜时，月与灯依旧。不见去年人，泪湿春衫袖。

傍晚相约出去赏灯，存诚、思诚各自携妻儿出门去了。明诚穿戴整齐先自去约朋友陆德夫，跟清照约定在东华门外的莲花王香药铺前汇齐。清照、婉贞略施粉黛，淡扫蛾眉，头上戴着铺翠冠儿和撚金雪柳，以及夜蛾儿、蜂蝶儿一类的小头饰。玉珠也在发髻上插了一枝玉梅。主仆三人出得门来，先去附近的葆真宫看玉柱玉帘窗槅灯；然后驱车进保康门，去相国寺。一路上经过的宫观寺院、酒楼瓦肆的门前，都张灯结彩，笙歌绵延不断。不多时，车过都驿亭，到了大相国寺。她们进寺里看了诗牌灯——红木制的灯箱四面镂刻着名家诗句，里面衬以纱绢，烛光透过纱绢显出字样。几十盏诗牌灯，沿着大雄宝殿前的月台四周和两廊排列起来，煞是壮观。她们又去殿后观赏了资圣阁前的水灯，参拜了水灯照耀下的佛牙舍利。从相国寺出来，她们驱车往北，便直奔东华门大街的莲花王香药铺。

这莲花王香药铺的彩灯，是最有名气的，特别是画着“沉香救母”故事的宝莲灯，更是享誉京城。引人注目的还有带着机关的灯盏：狮子滚绣球灯，那绣球竟然团团旋转；三阳开泰灯是三只羊次第轮番作抵角状；鲤鱼跳龙门灯果真是一尾红鲤鱼望空跳上去又落下来——其实都是有人藏在暗处牵线所致，算不得十分奇巧。

清照三人来到莲花王香药铺时，明诚和陆德夫已经等候多时。他们正在一盏叫作“三英战吕布”的六面宫灯前观赏。这灯是今年才添的花样，叫“走马灯”，才算得是巧思妙想。宫灯的纱罩里，烛焰生出的热气向上升腾，冷气从下面钻入灯里带动风轮，使里面的转盘跟着旋转起来，转盘上用透明驴皮制作的四个骑马的小人儿，映在灯纱上的红红绿绿的人影儿不停地绕圈子，便成了刘备、关羽、张飞三人追着吕布厮杀的场景。

清照三人和赵明诚、陆德夫见了面，明诚向清照三人介绍了陆德夫。清照从上到下把陆德夫打量了一番，只见陆德夫文质彬彬、风度翩翩，隆眉直鼻、目光炯炯，心里不禁暗暗称奇：“这德夫和明诚就像是孪生兄弟，难怪做了好朋友还想联姻做亲戚。”清照瞥了婉贞一眼，见婉贞两颊绯红，含羞带笑地眼里放着光彩。五个人说着话走进莲花王香药铺。清照问婉贞想要什么香药。婉贞知道嫂嫂又想赌一把，便爽快地说：“我想要一把檀香扇。”原来这香药铺也卖檀香木做的扇子。店家刚拿出一把名贵的扇子让清照看，突然一位闲汉在门前呼叫：“快来看啊！李清照又来关扑了！”这店家早前听人说过元旦日李清照关扑买龙涎香的故事，此番听闲汉喊出李清照的名字，店家连忙收起扇子，满脸堆笑说：“在下不识夫人尊颜。夫人要用扇子，何必玩关扑。”说着话便从货架上取下另一把扇子，道：“小店送给夫人这把扇子，乞夫人笑纳，日后常来赏光！”清照接过扇子看了看，扇子正面是仿黄筌的工笔重彩，画着一幅村姑采莲图，题字是“江南可采莲，莲叶何田田”十个楷书字。清照觉得那画和题字都有些俗气。清照又把扇子递给明诚，让明诚看，明诚闻闻那扇子的香气，说：“这香气不似檀香，怕是用沉香熏来的气味。”清照说：“店家，能不能拿一把最好的？”商家面有难色，说：“夫人多多包涵。别看在下的店面热闹，可如今生意难做。好扇子不能作关扑。”清照说：“我就要刚才那把扇子。既然您刚才拿下来了，就是允诺作关扑，做买卖可要讲信用呀。”正在双方僵持不下的时候，站在一旁的陆德夫对商家说：“你拿一把最好的，我来付钱。”商家打量了一下陆德夫的衣着模样，从货架高处拿下一把扇子来。陆德夫打开扇子，人们立刻闻到一股诱人的香气，看那品相也高贵、雅致得多了。清照见那扇面画的也是一幅采莲仕女图，但画工却是仿徐熙的水墨淡彩画法，几乎能够乱真；背面是用很见功力的行书题写的一首小令，正是清照的《如梦令·常记溪亭日暮》。陆德夫把那扇子品鉴了一番，便掏出一个五两的银锭放在柜台上，说道：“这些够用吗？”商家说：“足够，足够。我还要找给公子一两的银锭呢。”清照说：“让公子破费了。”陆德夫说：

“只要小姐不嫌弃就好，实在不成敬意。”清照把扇子递给婉贞，婉贞红着脸接过来，微笑着瞥了陆德夫一眼，低声说了声谢谢，便躲在清照身后，笑吟吟细看那扇子上的题词。五人离了莲花王香药铺。游客目送明诚和清照一行，直到他们消失在远处的灯影里。游客没看到李清照关扑，但目睹了李清照的芳容，领略了才女的风采，也觉得很是幸运。

正月十六日，开封府仍放关扑，市民游赏庆贺与上元日相仿，至晚仍然是满城华灯宝炬、月色花光、香雾融融。经明诚和清照安排，陆德夫和赵婉贞两人结伴出游。亥时，二人到宣德楼下瞻仰天子的龙颜。二更鼓响，宣德楼上乐声大作，皇上戴小帽穿红袍，卷帘临轩宣万姓、赐民安；直到子时，三更鼓响，一盏小红灯纱球缘索升空。此时，皇上驾还大内，静鞭三响，山楼上下，灯烛数十万盏，一时尽灭，宣告元宵灯节结束。游人遂怏怏地各自回家，只有难舍难分的情侣们仍留在茶坊酒肆里徜徉，以尽余欢。那些离人游子、纨绔子弟、鳏夫闲汉则去了柳巷青楼，在灯红酒绿中赚得个一醉方休。

且说元宵节过后，李格非奉旨就任京东提点刑狱，到京东路巡视检查各州县的刑事诉讼案件。这一去，来回恐怕三五个月不止。李格非遣家仆来接清照回娘家，说老家有亲戚来了。清照回到娘家，看到伯父的六个儿子李褐、李过、李迥、李逅、李远、李迈，还有刚从太学请假回来的李迒。大家久别重逢、欢聚一堂，好不热闹。原来这些兄弟，听说叔父升了京东提点刑狱，要使用不少差役，便赶来投奔叔父谋个差使，混口饭吃。从谈话中清照知道，伯父母为了拉扯六个孩子长大成人、成家立业，耗尽了心血，过早地辞世了；所遗家业分成六份，地不够种，房不够住，更加水旱灾害连年不断，绍圣年间欠的青苗钱和免役钱到现在还没还清。官府日夜追逼，李家跟乡亲们经不住鞭扑拷打，只得倾家荡产偿还债务。李家兄弟说，来京路上，看到四处逃亡的流民络绎不绝，远望墟里不见炊烟，近听村落不闻鸡鸣，一派萧条凄凉景象。清照听罢黯然神伤，恳请父亲务必把这六位哥哥安顿好。李格非答应道：“我尽量想办法就是。”送走父亲和六位兄弟之后，清照在“有竹堂”又陪母亲住了几天，才依依不舍回到赵府。

这正是：

灯红酒绿争奢靡，累卵之危在玉墀[20]。将相王侯沉醉日，流民转徙号寒饥。

注解：

①“秦七、黄九”：秦少游和黄庭坚。七、九分别为二人在同族兄弟中的大排行次序数。

②匪簠匪莒：匪，通“非”。簠和莒为古代祭祀或宴会用的器皿。匪簠匪莒，祭者自谦祭品不好。

③军容直：军中乐队。

④黄盖：御用黄色大伞。

⑤翠扇：宫廷御用或民间婚嫁仪仗中用于障尘、遮日的绿色大扇子。

⑥比干剖心：比干是商纣王的叔父，又是他的丞相。比干对纣王倒行逆施的暴虐统治不满，多次向他谏阻，纣王不听，传说比干剖心以死相谏，死后葬在卫辉。

⑦卧薪尝胆：越国被吴国战败。越王勾践睡柴草、尝苦胆，发愤图强，洗雪国耻的故事。

⑧萧何韩信：汉王刘邦与楚王项羽争夺天下。韩信不受楚王重用投奔刘邦，刘邦也不重用，韩信出走。丞相萧何将韩信追回，拜韩信为大将军。后韩信协助刘邦打败项羽，取得天下。

⑨李斯：辅佐秦始皇统一中国，任秦国丞相，建立郡县制，统一文字、货币、度量衡等。秦始皇死后，与赵高废太子扶苏，立胡亥为帝，即秦二世。后因谏阻秦二世荒淫，被胡亥腰斩。

⑩晁错：西汉政治家、文学家。景帝即位后，任为内史，后迁至御史大夫。晁错主张“重农抑商、纳粟受爵”，移民实边、抵御匈奴。政治上，进言削藩，加强中央集权。七国诸侯以“请诛晁错，以清君侧”为名举兵反叛。景帝下令腰斩晁错于东市。

⑪市廛[shì chán]：街市上商店或商店集中的地方。

⑫范蠡：出身贫贱，但是博学多才，与楚宛令文种相识、相交甚深，一起投奔越国，辅佐越王勾践，灭吴国，一雪会稽之耻。功成名就之后急流勇退。传说三次经商成巨富，三散家财。

⑬张良：颍川城父（今河南禹州）人。秦末汉初杰出谋臣，与韩信、萧何并称“汉初三杰”。在鸿门宴上卑辞言和，疏通项羽季父项伯，使得刘邦顺利脱身。张良凭借出色的智谋，协助汉王刘邦赢得楚汉战争，建立大汉王朝，帮助吕后之子刘盈成为皇太子，册封为留侯，之后退隐。

⑭文种：春秋末期楚之郢人，定居越国，著名的谋略家。和范蠡一起为勾践最终打败吴王夫差立下赫赫功劳。灭吴后，自觉功高，为勾践所不容，最后被勾践赐死。

⑮韩信：淮阴人，西汉开国功臣、军事家、淮阴侯，兵家四圣之一，汉初三杰之一，军事思想家。经萧何保为大将，为刘邦制定了汉中对策。先破楚军于京、索之间，后平定魏国，北伐拿下代国，又击败赵国，派人降服燕国。于潍水全歼龙且二十万楚军。汉五年，带兵会师垓下，围歼楚军。项羽死后韩信被解除兵权，徙为楚王，因人诬告贬为淮阴侯。吕后与萧何合谋诱杀于长乐宫钟室，夷灭三族。

⑯恋豆：出自《三国志·魏志·曹爽传》中的“驽马恋栈豆”。驽马，劣马；栈豆，饲料。

⑰介甫：王安石字介甫。

⑱君实：司马光字君实。

⑲牛李：牛李党争，是指唐代后期以牛僧孺为领袖的牛党与李德裕为领袖的李党之间的争斗。斗争持续时间将近四十年，最终以牛党苟延残喘、李党离开中央而结束。牛李之争主要是个人意气之争，但其中也有选官制度的分歧，即门阀传统和科举制度的分歧。

⑳玉墀：宫殿前的台阶。

第二十回

画牡丹题字心相印　潜高府救夫义不辞

且说元宵节陆德夫和赵婉贞定情之后，换了帖、订了婚，婉贞也行了及笄礼。二月初，在太学里，陆德夫见明诚在御诗碑前徘徊，走过来说：“人都娶到家里了，怎么还总到这里转转悠悠？”明诚说：“从初次跟清照在这里邂逅，算来已经十几年了，之间经过不知多少波折，能有今天，怎不思绪万端？”陆德夫说：“我打断你的万端思绪，跟你说件事情。”明诚说：“怎么，等不及了？”陆德夫说：“哪里，是别的事。昨日，我到相国寺买书，碰到古董商张飞卿。他是家父老朋友的儿子，接替他父亲做古董生意。他让我看了一幅画，原来是徐熙的《牡丹图》。我觉得倒像是真迹。如果你有意，明天我们就去看看。”明诚说：“倘若今天被人买走，明天就看不成了。我们现在就告假去看。”

陆德夫领着明诚走进相国寺的一间僧舍。这里是张飞卿租用的古董店铺。店主彬彬有礼地将客人迎入客房坐定，奉上茶来。明诚见张飞卿的相貌衣着、谈吐举止，不像是个商人，倒很像个饱读诗书的学士，便觉得或许不虚此行。张飞卿拿出徐熙的《牡丹图》，挂在壁上，让二人鉴赏。明诚眼前立刻一亮，看出那画工确实不同寻常；画面以水墨为主，略施淡彩晕染，落墨之处风骨毕现，状物传神，惟妙惟肖。张飞卿介绍说：“徐熙是南唐首屈一指的画师，终生不仕，专攻水墨丹青，开创写意文人画之先河。这是我最近从江宁府[①]买来的。卖家是南唐李氏后裔。”明诚问：“价格几何？”张飞卿答曰：“看在贵公子和世交陆公子的面上，只要二十万钱，不能再少。”二十万钱，即是二百两银子。这对没有出仕的明诚来说是个不小的数目。明诚说：“能否拿回家让家父鉴赏之后，再行定夺？”张飞卿说：“按我们行内规矩，应该我亲自送到贵府面议。如果陆公子肯做保人，写个借据也未尝不可，但借期最好不超过三天。”陆德夫说：“张学士做事就是痛快！就这么办了！”明诚写了个借据，借据上注明价值二十万钱，借期三天。明诚和陆德夫都在后面画了押。

傍晚，明诚把《牡丹图》拿到家里给清照欣赏，清照也是爱不释手、目不转睛地观赏。落日收尽窗前的余晖，玉珠点燃两支蜡烛。大家又在烛光下细看，朦胧中的牡丹另有一番情趣。明诚把画拿去请父亲观览。赵挺之正在夜读，明白儿子的来意，看完画之后说：“画是绝世珍品，二十万也值。只是这二百两银子恐怕一时筹措不齐。去年你跟思诚办婚事，花去了家里的积蓄，今年还要操办你妹妹的嫁妆，没有闲钱了。可以跟你的两个哥哥商议一下，看他们有没有办法。”明诚到两位兄长的房里，把画拿给存诚和思诚看，两人都说是难得一见的好画，只是银子阙如，十分惋惜。

明诚回到自己房里，清照正坐在桌前出神。清照见明诚垂头丧气的样子，说：“看来情况不妙，这本来是预料中的事。刚才把我们的些少积蓄和值点儿钱的首饰衣物，折算了一下，也不到二百两银子。”明诚说：“我必须请求父亲，让我早一点儿出仕。有了自己的俸禄，哪会这么作难！”清照说：“出仕不出仕，那都是后话。当前要紧的是三天以后就必须把画还回去。我想把这图临摹一幅，你看如何？”明诚说：“凭你的功力，完全能够胜任。只是这时间太仓促了。”清照说：“不妨。废寝忘食、夜以继日干两天，或许差不多吧。”明诚说：“累坏身子可不行，宁可不要这《牡丹图》。”清照说：“你放心，我不会那么傻。明天你到相国寺买几张‘澄心堂’的纸，送回家再去太学。笔墨、颜料我都有，不必买了。”

翌日清晨，清照早早起身，令玉珠去洗笔、研墨。她把画小心翼翼地挂到壁上，便全神贯注地琢磨那画的技法；对画上墨色的浓淡干湿，笔法的勾勒皴点，花瓣的形态，枝叶的偃仰层次，甚或花蕊的疏密，一丝一毫都力求了然于胸。玉珠把笔墨颜料放在几案上，又把明诚刚刚买来的“澄心堂”纸铺展平整，然后用檀木镇纸压牢。一切准备就绪，清照在椅子上坐稳，屏住气息，然后提笔开始静心临习，先练习画叶子和花瓣。

不知不觉，一天过去了，傍晚明诚特意从太学请假回来，他从外面买来清照爱吃的蜜制笑靥儿，让清照吃。清照正觉得有点儿饿，便停下手来，伸展了一下腰肢，一边坐下歇息，一边吃点心，眼睛还看着那画出神。明诚坐在旁边，看见纸上画满了一片片叶子，三叶一组，九叶一枝；还有形态、颜色各不相同，散落在画面各处的许多花瓣。明诚说：“怎么好像刮过一场大风，把花瓣和叶子吹落了一地？”清照笑说：“这是练习画花、画叶，随处画的，不是正图。”明诚又指着那花和叶子，评头论足、说三道四。玉珠说：“公子何不替夫人画一张，省得夫人连饭也顾不得吃。”明诚笑道：“我只会动嘴，动手就不行了。这叫当事者迷，旁观者清。娘子，你说是吧？”又转脸对玉珠说，“你也跟着学学。”玉珠说：“我学着磨墨、调色就行了。画花描叶，可不是粗手笨脚的人干得了的。”

第二天明诚回来的时候，大嫂、二嫂和小妹婉贞，都在看清照的画；那画的四个角粘在壁上，众人注目观看，无不啧啧连声、交口称赞。这是清照经过昨天的练习，今天画的正图。大嫂说可以乱真，二嫂说“青出于蓝胜于蓝”，婉贞说：“看那花的颜色比原作还雅致！”明诚凑前细细观摩，只见茂密的枝叶簇拥着几朵鲜艳欲滴、富丽华贵的牡丹，姿态雍容大气，迎风摇曳、生机勃勃，真可谓形神兼备。明诚心里佩服，面子上却是随口支吾了几声：“嗯，不错，不错。”众人见明诚回来，相继回到各自的房里，玉珠也去给明诚打洗脸水。明诚趁屋里无人，抢着亲了清照一口，抱住清照的细腰抡了一遭，嘴里喊着：“娘子了不得！”羞得清照满脸绯红，赶忙挣脱出来，嗔声说：“怎么小孩子似的，不怕叫人看见！”明诚说：“我就是要叫人看见！你去站到那牡丹旁边，让我看看是人面好，还是花面好。”清照说：“别胡扯了，玉珠就要来了。说正经的，画面上还应该题几个字呢。”明诚说：“这字我来写，你到里屋休息休息去吧。这两天怕是累坏了。”清照笑说：“如此，有劳郎君大驾，清照这厢有礼了！”说罢走进卧室。玉珠端来脸盆，明诚洗漱完毕后，便揭下画来题字。半个时辰过去，明诚招呼清照出来看是什么字。清照一看，那字原是她在洛阳“环溪”写的那首《庆清朝慢》：

> 禁幄低张，彤栏巧护，就中独占残春。容华淡伫，绰约俱见天真。待得群花过后，一番风露晓妆新。妖娆艳态，妒风笑月，长殢东君。
>
> 东城边，南陌上，正日烘池馆，竞走香轮。绮筵散日，谁人可继芳尘。更好明光宫殿，几枝先近日边匀。金尊倒，拚了尽烛，不管黄昏。

清照说：“这首词我都忘了，亏你还记得。你不是不喜欢吗？”明诚说：“谁说过不喜欢？现在更喜欢了。”清照说：“那天你只读了一遍，我就把稿子撕碎了，没想到你记得这么清楚，一字不错。你也过目不忘呢。”明诚说：“别人写的我可记不住。”清照笑着说：“就你这张巧嘴会哄人。今晚赶紧把原画提前还回去。耽误画商两天时间，应该给人家一些酬金，跟画商交个朋友才好。”明诚答道：“那是，那是。”

春去夏来，不觉到了端午。端午节，明诚和清照从金明池看罢龙舟竞标回到家里，李迒来赵府报信，说父亲和六位哥哥从京东回来了，让清照回去一趟，并请姐夫也去玩一天。次日，明诚和清照来到“有竹堂”，他们问候了父亲之后，李格非拿出从外面带来的二十几册碑帖、拓本，让明诚挑选，说：“这几本碑帖是我去参拜孔庙、孔林，在孔府买的；那《汉从事武梁碑》和石室画像石拓本，是我特意绕道兖州嘉祥县武宅山村拓来的。”明诚将这些碑帖、拓本浏览一遍之后，说：“这些碑帖我都要了。有几本孔庙碑帖，我家虽然有藏本，但不同版本可以互相参照，补缺正误。这些武梁祠的拓本太珍贵了，我访求了多年都没得到。”爱婿满意，岳父自然十分欣慰。明诚令玉珠到酒店买来羊酒肴馔，给岳父接风洗尘。翁婿二人一边饮酒，一边谈天说地，从金石考古说到文字演进，话越说越投机。向晚，亲人们都尽兴之后，明诚和清照才回到赵府。暂且放下不提。

却说元符末年，蔡京被削职后安置到杭州居住。他能书善绘、通晓古物鉴赏，在杭州便以卖字鬻画、倒卖古董赚些外财，日子过得倒也富裕滋润。此时朝廷接纳高俅奏议，正要扩建城西金明池，既作训练水军之用，又作皇上游玩娱乐之地。朝廷派中贵大太监童贯任杭州监造局总管，采办扩建金明池所需石材木料、奇花异草、珍禽异兽，以及幢幔旌幡、摆设动使诸物。童贯来到杭州之后，蔡京以重金贿赂，两人遂旧情重续。蔡京深知皇上痴迷书画和古董珍玩，便把他收藏的珍品奇货托童贯呈送皇上；他又精心绘制了许多屏帐扇带和卷轴册页，托童贯赠给皇上身边的妃嫔、内侍。童贯每次回京述职，都在御前夸奖蔡京既有文韬武略，又有天赋文采；妃嫔们的枕边香风把个蔡京也吹得天花乱坠。宰相曾布本来欲使皇上绍述熙宁王氏新政，屡次推荐蔡京复官，已经说得皇上心动了。如今水到渠成，先是下诏令蔡京知定州，未上任又改任北京大名府留守[2]。蔡京从杭州去大名府，路经汴京，曾布推荐蔡京复官翰林学士承旨，留京待召。元符初年，蔡京主管同文馆狱案，事后章惇欲给蔡京加官晋爵，曾布尝以蔡京、蔡卞兄弟不得同据朝廷要津为由加以阻拦。蔡京便在心里与曾布结下仇怨；但曾布却不知内情，事过境迁，反以蔡京为同道。曾布遂荐蔡京为尚书左丞，后因感觉蔡京的政见与己常有不合，乃推荐赵挺之为尚书右丞以牵制蔡京。

起居舍人邓洵武跟蔡京有父执之谊[3]，其父是王安石门生。他向皇上奏曰："昔日神宗厉行新法，韩琦以为不可。今日韩琦之子韩忠彦继承父志，尽改熙宁之法。陛下为神宗之子，反不能绍述先皇之政耶？"皇上闻言愧悔动容，问道："朕欲绍述，何人可担当大任？"邓洵武答曰："非蔡京莫属。"不久，皇上贬首相韩忠彦任大名府留守，升迁蔡京为尚书左仆射兼中书侍郎，其位反在曾布之上。曾布始知自己为他人做了嫁衣裳，悔之晚矣！幸好，皇上又下诏晋升赵挺之为尚书左丞，曾、赵是儿女亲家，这使曾布略感安慰，以为是皇上有意牵制蔡京。

蔡京拜相之后，立即起用兄弟蔡卞任枢密院使，至交邓洵武为中书舍人。曾布见朝中尽是蔡京心腹，便推荐他长女的公爹陈佑甫任户部尚书。蔡京在御前当面驳斥曾布说："爵禄乃朝廷公器，奈何使相公私授亲家？"曾布抗声道："你家兄弟怎能同朝为相？"曾布声色俱厉，惊动了殿中待奏的大臣。蔡京党羽温益窃窥皇上面有愠色，便斥责曾布："曾布不得御前无礼！"皇上拂袖而去，曾布只得悻悻趋出。次日，侍御史弹劾曾布："援引、包庇元祐大臣，排挤绍圣忠贤。"当日诏下，罢曾布为观文殿大学士，出知润州[4]。

曾布罢相之后，有巨商富贾到京城告状说："章惇开启边衅穷兵黩武，曾布用白银布帛媾和息兵，共借商家三千七百万贯，乞朝廷令有司限日偿讫。罪民泣血顿首，诚惶诚恐。"蔡京将商家诉状奏于皇上。皇上蹙额道："朝廷拖欠商家钱债，岂不丧失国家信誉？来日若社稷有难，谁人再肯救急？"蔡京回奏道："圣上何足挂虑，臣请偿还就是。"尔后，蔡京命各内库监司清点内库陈旧之物，如粗细香药、漆器、牙器、锦绣之类，高估价值，以物抵债。商家不愿承领，说"货不当值"。蔡京遂奏请复市易法，命市易司按官府定价强行收购粗细香药，抗命者轻者施加杖刑，重者投入监牢。不久市面上香药被官方收储殆尽，致使市上香药的价格暴涨数倍，价超黄金。蔡京又令市易司将香药按时价一半，以物抵债偿还商家债务。商家以为香药价格低于时价一半，有利可图，遂承领了官府用来抵债的香药。蔡京以此法抵偿了国债。皇上大喜，从此更加宠信蔡京。

如此，市面上香药数量陡然大增，价格锐减，不及原价十之二三。商家方知上了蔡京的大当，只能"哑巴吃黄连——有苦说不出"。香药库监司李之仪，对蔡京操纵香料交易、坑害商民的伎俩看不下去，又发现蔡京收受商家贿赂，且用家中乳香替换库中名贵香料，便写了一份奏折弹劾蔡京。无奈蔡京正被皇上恩宠，一名小小的香药库监司的奏折，皇上哪里会看在眼里。皇上的近侍都是蔡京的眼线，李之仪上书弹劾之事很快便传到蔡京的耳朵里。不几日，李之仪便以渎职罪被贬河东路提举常平仓，到太行山西边的并州[5]管存放赈灾粮的仓库去了。

蔡京又令户部铸造“当十”大钱，致使物价陡涨；又设“榷场”和“盐钞”，垄断茶、盐商路，与商家争利，使商民倾家荡产，连带茶农、盐民也断了生计。于是，民生凋敝、盗贼蜂起，震惊了朝廷上下。建中靖国初年官复原职的元祐旧臣纷纷上疏弹劾蔡京，有的绍圣新贵也愤然不平。这使蔡京想起首先奏事的李之仪，仍觉得余恨未消。为了钳制众口，杀一儆百，便想再从李之仪开刀下手。

蔡京知道，李之仪师从范仲淹之子、元祐重臣故相范纯仁。元符末范纯仁去世，李之仪受范家所托曾为范纯仁写过“行状”，述其一生行藏功过甚为翔实。蔡京唆使侍御史弹劾李之仪，告发《范纯仁行状》有毁谤先皇的大不敬言词。诏下，大理寺设狱案，将李之仪从并州押解至京。

李之仪夫人胡淑修跟丈夫一路同行。到达京城以后，胡淑修因孤身一人不便到旅店投宿，记起曾到西衢街李格非家参与李清照的及笄礼和婚礼，便到李家借住。李家殷勤接待，请胡淑修长住“有竹堂”。几天之后，胡淑修怕连累李格非一家，就在李宅附近租住了一间简陋的小屋，暂时安顿下来。时值盛夏，骄阳似火，胡淑修每日早起晚归，买米拾柴，生火做饭，烟熏火燎、汗流浃背，然后再去监狱为丈夫送饭。李格非家及众邻居送来钱物接济，但她分文不取。

胡淑修每天一日三餐去狱中送饭，李之仪悄悄道：“范纯仁的‘行状’可能在其弟范纯礼家，如果能拿到‘行状’原稿，可以洗白罪名。”胡淑修到范家打问，始知范纯礼已贬往颍昌[6]，临行时将“行状”托付给好友殿前都指挥使高俅，请高俅呈交皇上御览，希望将其纳入国史，以资旌表，光大范氏门楣。

胡淑修到“有竹堂”跟李夫人商议如何向高俅讨要“行状”。李夫人说：“清照婿赵明诚跟高俅在古董行里有过交往，可让他试探一下。”胡淑修说：“那就拜托了。”

赵明诚受岳母之命去拜访高俅。说明来意之后，高俅说：“范纯仁的‘行状’确实在寒舍。因为近来圣上属意熙宁新政，对元祐旧臣心存芥蒂，所以我就把‘行状’这事压了下来，未呈上御览。范纯礼做尚书右丞时得罪了驸马都尉王诜，才被贬官放了外任。王驸马知道范纯仁的‘行状’在我这里，告诉我不要去管范纯礼的闲事。我若让你把范纯仁的‘行状’拿到朝廷上去洗白李之仪，岂不既得罪了蔡相公，也让我跟王驸马生出嫌隙？”明诚故作玄虚说：“听说殿前都指挥使马上就晋升太尉了，堂堂高太尉连这点儿事都办不到？”高俅哈哈笑道：“你别给我戴高帽，也不用激将法。办法倒是有一个，我来告诉你，只能你知我知，天知地知！”高俅在明诚耳边悄悄说了许多话。明诚含笑点头，随即离开高府。

明诚回来告诉胡淑修：“这高俅说什么也不肯放手。不过，我在高俅府上，探听出那‘行状’好像是藏在他的书房里，书房是进入大门第三个院落的正房，房门口有两棵梧桐树。我还打听到高府的看门人是个怕老婆的财迷。”胡淑修说：“我明白了，你是让我去行贿，去做贼。”明诚笑道：“除此之外，也想不出别的办法。”

次日傍晚，胡淑修将随身带来的几样金银首饰裹在一个布包里，按明诚告诉的地址，来到高府看门人的家里，买通了看门人的老婆。这看门人的老婆趁夜阑人静，领着胡淑修到了高府，叫他男人开了一条门缝，让胡淑修溜进了高府的院子。院子里静悄悄的，看不到一个人影。胡淑修看见梧桐树，摸到书房，幸好书房的门还没上锁，她便踅了进去。说来也“巧”得很，桌子上放着一册书卷，她拿到窗前，借着星光看那上面的字，正是她所要的“行状”。胡淑修喜不自禁，连忙把“行状”藏到怀里，由看门人接应，神不知鬼不觉地离开了高府。

第二天，高俅命家仆去请驸马都尉王诜来赴宴。王诜来到高府，见高俅正拿着鞭子狠狠地抽打一个家丁，逼那家丁招供：“是跟蟊贼同谋，还是监守自盗？”家丁供认受人贿赂，引人入室。高俅见来了客人，便让家丁在供状上画押，之后，吩咐管家先把那家丁关起来听候发落。高俅请王都尉进了客厅，气哼哼地把夜里丢了“行状”一事跟王都尉说了一遍。王诜听后说：“这是有人买通了你的家丁干的事，就怕有人告发你私藏‘范纯仁行状’。让蔡京知道这事，恐怕有点儿麻烦。”高俅说：“到时候我自有办法，谅他也没有那么大的胆子。”王诜说：“那是。不过对这种吃里爬外的家贼，也是得放手时且放手。给他点儿银两把他打发走算了。”

当天，明诚和清照来“有竹堂”探问情况。胡淑修正跟李夫人商议怎么将“行状”呈送给皇上才不会落到蔡京的手里。清照建言曰：“当今皇上宠信郑贵妃。郑贵妃才情过人，知书达礼，曾跟魏夫人有诗文来往。能否托魏夫人把‘行状’呈送给郑贵妃，由贵妃转呈皇上？”清照又向胡淑修解释道：“这位魏夫人就是闻名京师的女诗人魏玩，敕封鲁国夫人，是我二嫂的母亲。在我的及笄礼和婚礼上，胡夫人见过她的。”胡淑修说：“是啊，我们还交谈过。”李夫人问道：“曾相公罢了官，魏夫人的诰命没有追夺吗？”明诚答道：“没有，曾相公还是观文殿大学士呢。曾相公知润州，魏夫人也没随行，仍在京城。清照说的这个办法估计可行。”胡淑修问：“郑贵妃跟蔡京关系如何？”明诚答曰：“听说郑贵妃的远房堂弟郑居中赞成新法，蔡京举荐郑居中知枢密院事，郑贵妃让内侍谏阻，使皇上收回了成命。可见郑贵妃跟蔡京大概不是一路。我们只能碰碰运气，此外没有别的好办法了。”清照说：“事不宜迟，你赶紧领胡夫人去见魏夫人吧！”

明诚托二嫂曾茜英引胡淑修见到魏夫人。魏夫人听罢胡淑修诉说，弄清了事情原委，深表同情。曾布受蔡京排挤，魏夫人正想借机给丈夫出口怨气，便很爽快地答应下来。魏夫人在曾布为相时，因跟郑贵妃诗词唱酬，常常出入后宫，所以没费多少周折便到后宫见到了郑贵妃。魏夫人递进“范纯仁行状”，请贵妃过目，望贵妃施以援手。郑贵妃本是贤惠女子，对范纯仁的德政和李之仪的文名也有所耳闻，所以便答应说：“一定上达圣听，助绵薄之力。”

皇上御览“范纯仁行状”，没找到李之仪对先皇不敬的只言片语，郑贵妃又从旁多有美言，遂赦免李之仪。蔡京不敢多问，只得胡乱了结此案，把李之仪释放出狱。但蔡京心有不甘，未让李之仪官复原职，而是将他除名监管，流放到太平州，安置于当涂县居住。这当涂县就是李白投水自尽的地方。

李之仪出狱时，胡淑修在监狱门前见丈夫神采奕奕、满面红光，一点儿不像坐牢的样子，说：“囹圄中什么愁苦煎熬没有，看你这勇毅不屈的样子，竟比往常丰盈富态，难道你一点儿都不介意？”李之仪说：“有娘子每日三餐供饭，菩萨般地大慈大悲，鄙人愁苦焉在哉？”回到住处，李之仪写了一首诗感谢爱妻，诗曰：

熬熬内火战骄阳，鹤唳风声便着忙。
波浪翻天谁与渡，却应甘井⑦是慈航。

这正是：

朝廷政事乱如麻，弱肉强食鱼噬虾。耿介为人肉中刺，圆滑机变御阶花。

注解：

①江宁：今南京市。六朝古都，又称金陵，五代十国时南唐的首都。

②留守：皇帝离开京城时，留在京城的长官叫留守。宋朝其他三京的主政长官也叫留守。

③父执之谊：父亲的朋友。执，志同道合之人。

④润州：今江苏省镇江市。

⑤并州：今太原。

⑥颍昌：今河南省许昌市。

⑦甘井：水味清甜的井。参见苏轼诗句“共寻两欧阳，伐薪照黄昏。是家有甘井，汲多终不浑”。

第二十一回

贬蛮荒逐客占古韵　交厄运异乡遇相知

且说绍圣元年，黄庭坚被贬知宣州，后因《神宗实录》案，又被贬涪州别驾黔州安置。建中靖国年间，黄庭坚遇赦知舒州，后以吏部员外郎被召入京，辞不就。闲居时因得知老朋友李之仪被流放到太平州监管，他便请求去知太平州，以便对老朋友有所照应。黄庭坚到任太平州，与李之仪会面，见彼此容颜已改，不免都感叹英年不再。既然老友重逢，夙愿已酬，便当及时行乐；于是两人相约到“桃源洞酒家”畅叙。这“桃源洞”是一处庭院式的酒家，位于李白坟茔附近。院内芭蕉叶肥，修竹荫浓，常有文人骚客光顾。这天，似乎苍天有意，在酒店里，两位孤苦落泊文人与一位妙龄歌姬邂逅。歌姬名杨姝，正是豆蔻年华，十三岁有余，袅袅婷婷、楚楚动人。她不仅有一副银铃似的好嗓音，且有一双灵巧的纤手，弹得一手好琴。杨姝得知黄、李二人皆是沦落天涯的风流才子，便给每人敬了一杯酒，弹了一首琴曲《履霜操》，且用韩愈为此曲写的歌词边弹边唱：

父兮儿寒，母兮儿饥。儿罪当笞，逐儿何为。儿在中野，以宿以处。四无人声，谁与儿语。儿寒何衣，儿饥何食。儿行于野，履霜以足。母生众儿，有母怜之。独无母怜，儿宁不悲。

歌词讲的是周朝伯奇被继母诬陷，挑唆父亲将其逐出家门赤足履霜的故事。歌声凄婉哀怨，令黄、李二人青衫泪湿，唏嘘不已。黄庭坚当场为杨姝填词一首，调寄《好事近》：

一弄醒心弦，情在两山斜叠[①]。弹到古人愁处，有真珠承睫[②]。使君来去本无心，休泪界红颊。自恨老来憎酒，负十分金叶[③]。

李之仪用原调次韵和之，曰：

相见两无言，愁恨又还千叠。别有恼人深处，在懵腾双睫。七弦虽妙不须弹，惟愿醉香颊。只恐近来情绪，似风前秋叶。

以后数日，黄、李二人便常来酒家消遣，在诗酒歌吟中忘却尘世纷扰，图得一时之快！

孰料黄庭坚到太平州上任刚刚九天，便接到流放岭南宜州[④]的诏书。

原来，湖北转运判官监察御史陈举窥知朝中政局有变，上书朝廷，云：“故元祐党人黄庭坚，放逐黔州，建中靖国年间遇赦东归，途经荆南承天寺院作记，曰：‘自余省事以来，观天下财力屈竭之端，国家无大军旅勤民丁赋之政，则蝗灾水溢或疾疫连数十州，此盖生人之共业，盈虚有定，非人力所能胜者也！’此幸灾乐祸之言，嘲讽时政逆天悖伦之意，昭然若揭。乞圣上明察，以正典刑。”黄庭坚遇赦复官知舒州，经过荆南承天寺，受方丈智珠所托，写了一篇碑文《荆南承天院塔记》。依例，碑文落款应开列地方官吏姓名，黄庭坚或因一时疏忽，居然把陈举姓名漏掉。陈举因此怀恨在心，伺机报复。他见蔡京得势，便写了这篇奏折。蔡京知赵挺之与黄庭坚有嫌隙，故意将奏折示与赵挺之，并询问如何处置。赵挺之答曰：“唯请陛下旨意。”蔡京奏上，竟然将已赦免的黄庭坚再次加罪流放岭南宜州监管。

朝廷命令，不容耽搁。在李之仪的饯别宴席上，李之仪嘱咐黄庭坚途中注意饮食起居，要乐观达命，随遇而安，且常写书信来，免得老友牵挂。黄庭坚答应谨奉挚友之嘱，并赠与李之仪一包“青琅玕”，让李之仪医治皮痒之疾。临别，李之仪送黄庭坚至江边，依依惜别后，李之仪望断长江上的帆影，潸然泪下，怅惘良久始郁郁而归。他们未曾料到聚也匆匆、离也匆匆，更不知此去竟是永诀。黄庭坚到宜州之后三年，便贫病交加，与世长辞。

与黄庭坚分别后，李之仪也接连遭遇不幸，他的子女相继染瘟疫舍他而殁。三年后，跟他相依为命四十年的爱妻胡淑修也染痁疾而逝。他把妻子安葬在当涂县藏云山的致雨峰脚下，刻石立碑，铭曰：

余妻胡氏淑修，字文柔，吴郡常州人氏，出身诗书礼乐世家。上自六经，司马氏史，多所涉猎。作歌词禅讼，皆有师法，而尤精于算数。胡氏归余，余适弱冠，与余四十年伉俪，历半世贫寒，经百事艰辛，然相濡以沫，晨昏致养，相守如初。胡氏性高洁，严仪表，尚风节，喜论事，侠骨柔肠而又练达世故，自许甚重，于人物取舍，则毫发不假借。余每念及其生前音容行止，则历历在目，辄哀不自胜，遂揽涕而铭之，尚恨所不能尽也。夫端叔志。某年某月某日。

李之仪对妻子极尽赞誉和缅怀之意，其失意、冷落之感几不堪言。幸有歌姬杨姝知遇，李之仪在孤苦寂寞中又经历了一段凄楚缠绵的生死之恋。这是后话，放下不提。

把话说回来。崇宁元年蔡京专权，以推行熙宁新法为名聚敛财富，以致朝野上下怨声载道。他为了扫清推行新政障碍，便开始排斥、陷害元祐党人。这年九月，蔡京重订元祐党籍，入党籍者共一百二十人，一概称为奸党。其中包括已经去世的司马光、文彦博、刘挚、范纯仁、王珪、苏轼以及遇赦北归途中病逝的秦少游，仍然在世的则有苏辙、黄庭坚、晁补之、张耒、李格非，还有曾布之弟曾肇等百人。当时黄庭坚已因“荆南府承天院塔记”案除名羁管宜州，张耒因“祭奠苏轼诗案”被贬黄州别驾。此次重订党籍，李格非因不肯编元祐章奏被贬象州[5]别驾，晁补之也被贬出知河中府[6]。

蔡京请皇上御书一百二十名元祐党人姓名，刊刻石上，立碑大内端礼门，以儆效尤。这叫“党人碑”。

明诚将此次朝政之变转告清照，清照就像五雷轰顶，顿觉天旋地转，不能自持。明诚将其扶到床前坐稳，她才吐出一口闷气，突然扑在明诚的怀里，簌簌地流下眼泪，哽咽道：“为什么命运对我如此不公，遂心之事，总是来得那么艰难、迟缓，走得却这么容易、急促！”明诚在一旁解劝，清照很快冷静下来，擦干眼泪，止住哭声，对明诚说：“翁爹身为执政，能不能想点儿办法挽救爹爹，即使不能免罪，能否从轻发落？”明诚说：“岳父何罪之有？等父亲回来，我们一起去找他说理！”清照摇头说：“这事肯定是蔡京所为，你找翁爹讲什么理？我们只能请求翁爹从中斡旋，将大事化小罢了！”清照写了一首诗交给明诚，让他转交翁爹，先试探一下赵挺之的态度。诗曰：

荀灌[7]搬兵救宛城，缇萦[8]代罪动天旌[9]。惊闻老父投荒域，泣向翁亲诉怨声。不望直言抗九鼎，唯期至孝感神明。羊羔跪乳三春草，何况人间父子情。

不多时，玉珠告说老爷回来了，明诚立刻去找父亲，递上清照的诗，说："请阿爹过目。"赵挺之接过诗笺展纸细读，沉思有顷曰："如今蔡京势焰正盛，党人碑又是皇上御笔；应暂避锋芒，日后再作处理。"明诚回来，将父亲的想法告诉清照，清照一夜无眠，也一夜无语。

第二天，清照与明诚去"有竹堂"探望父母。李格非和夫人正忙着打点行装。清照见了，便跟父母抱头痛哭起来。李格非安慰清照说："宦海浮沉，我已见惯不惊，并不介意。所牵挂者唯有你和明诚，要多加珍重。"李格非又对明诚说："我把清照托付给你了。"明诚答曰："岳父大人放心就是。岳父的事我跟家父说了，他说日后再做处理。"李格非说："这事怎么能让亲家公作难？转告亲家公，不必挂虑，以免受到牵连。"清照又问："母亲和弟弟怎么办呢？"李格非答曰："都一同去象州。"清照又问："那六位哥哥怎么安置？"李格非说："我把你李远哥带去，其他人只得回明水，我给了他们回去的盘缠和少许安家费用。"清照说："还是爹爹想得周到。"李格非说："等我走后，你和明诚搬到'有竹堂'暂住，看好这份家业，等李迒回来再交给他。"清照听了父亲这几句好像是遗嘱的话，不由得吞声哽咽，连连点头道："爹爹放心，我们等着爹爹平安归来。"临别，清照又嘱咐弟弟，岭外是虫豸瘴疠之地，务必侍奉好父母的衣食住行，且要勤奋苦读，不可荒疏学业。李迒垂泪颔首，跟姐姐告别。

日月如过隙之驹，转瞬已是崇宁二年春末。李远从象州回来，带来好的消息，说朝廷令叔父内徙为鄂州别驾，住在武昌樊口。清照知道，樊口是荆南七县一州通往长江的咽喉，舟船来往如织，是长江九派之上人烟稠密去处。清照得知后大大地舒了一口气，一颗悬着的心总算有了点儿着落。李远还带来了李格非在象州写的四首古体五言诗。清照看见父亲的亲笔，立刻热泪盈眶，眼前浮现出父亲的音容笑貌。父亲写道：

初至象郡

其一

禅海环九州，瀛海[10]抱中国。世人持两足，遽欲穷畛域[11]。心知禹分土，未尽舜所陟。吾迁桂岭外，仰亦见斗极。升高临大路，邮传数南北。山川来时经，草树略已识。枝床归梦长，乡堠[12]行历历。

其二

去日有近远，寒暑乃不同。手捉而喙饮，嗜欲南北通。是邦亦洙泗[13]，人可牛与弓[14]。良知尽虚市[15]，妙质老耕农。彼时张曲江[16]，此时余襄公[17]。二子稍颖脱[18]，一洗凡马空[19]。斯文隔裔土[20]，后生昧华风。闽中要常衮[21]，剑外须文翁[22]。

其三

秦扁[23]不南游，医方略岚嶂。茅黄秋雨淫，与痁盖同状。咒师乌能神，适市半扶杖。吾欲养黄婆[24]，母壮子亦王。妙药只眼前，乞汝保无恙。

其四

居近城南楼，步月时散策。小市早收灯，空山晚吹笛。儿呼翁可归，恐我意惨戚。从来坚道念[25]，老去倦行役。天其卒相予，休以南荒谪。宴坐及此时，聊观鼻端白[26]。

清照含泪读完。父亲思接千载、视通万里的深厚学养，对黎民百姓生死、教化的关切，对道德信念的坚守，以及对乡土亲人的眷恋情怀，深深地打动了她；而父亲对老于岭南的忧虑，也令清照更加揪心。父亲的诗句，也把她带进另一个世界；她未曾经历过的岭南风光和当地的醇厚民风，都使她耳目一新，使她进入了脱去尘世繁华、返归古朴自然的境界。

李远还说："来时叔父叮嘱，今内迁鄂州，或许是得益于亲家缓颊[27]，应向赵相致意。"为此，清照让明诚转告翁爹赵挺之，表示谢忱。明诚回来告诉清照，此事果然跟父亲从中施以援手有关，但父亲叮嘱，切勿声张。

李远在"有竹堂"住了几天，办完了叔父吩咐他做的几件事，便准备回鄂州。清照给父亲写了一封长信，倾诉了她对父亲的怀念和牵挂，也叮嘱了许多珍重之语。最后，她写道：

……父亲在象州时，女儿在京闻说张耒先生谪官黄州别驾，李之仪先生居当涂。今日，父亲在鄂州。如此，三位长辈齐聚江左，相去不远，日后或有过从往来、言笑谈欢之时；女儿夜来做一游仙之梦，醒来则作一游仙之诗；仅以此寄女儿之衷曲，以期吾父辗然一笑矣！诗曰：

晓梦随疏钟，飘然蹑云霞。因缘安期生[28]，邂逅萼绿华[29]。秋风正无赖，吹尽玉井花[30]。共看藕如船，同食枣如瓜[31]。翩翩座上客，意妙语亦佳。嘲辞斗诡辩，活火分新茶。虽非助帝功，其乐莫可涯。人生能如此，何必归故家。起来敛衣坐，掩耳厌喧哗。心知不可见，念念犹咨嗟。

李格非接到女儿的信，看到女儿写的诗，始知张耒贬官黄州，便去黄州拜访。他乡遇故知，二人当夜燃烛长谈。翌日，二人同去游览赤壁，凭吊东坡故园，缅怀逝者仙踪。

李格非在黄州逗留几日，回到鄂州月余，张耒又来鄂州回访，两人同去游览龟山和蛇山、鹦鹉洲和黄鹤楼，寻觅先朝诗贤们的遗迹。他们远离官场宦海，纵情于山水之间，与古人忘情神游，忘却了尘世的烦恼。数日之后，张耒说，他要去当涂寻访李之仪，顺便祭扫李白的墓冢。分手时，李格非雇舟送别张耒至樊口。张耒告别李格非之后，一日百里，顺流而下，途经黄州时未曾登岸，趁强劲的西南风，扬帆直接去了当涂。在当涂，张耒见到了李之仪。李之仪陪张耒参拜了李白祠和李白墓，又在桃源洞酒家宴请了张耒。李之仪介绍酒店家的歌姬杨姝献艺，张耒为杨姝的美貌惊艳不止，且为杨姝弹唱的《履霜操》青衫泪湿。

五日后，张耒留下他和李格非的礼金，离开当涂回黄州。途中，过庐山经富池县时，江上遇逆风被阻，他辞舟上岸，着官服向隔江的甘宁[32]庙祈求便风。祈祷未竟，风向大变，是日便乘风破浪回到黄州。江上的奇遇让张耒陡生感慨、思绪联翩，不顾舟船劳顿，当夜灯下赋诗一首，题曰《自庐山过富池隔江遥祭甘公祠求便风》：

江边古祠吴甘公，往来祭祷严且恭。我离匡山已经宿，舟挽不进篙工慵。沙边朝服遥致祷，浇酒未竟天回风。一帆百里至还作，不徐不疾来雍容。我生久已甘困滞，神亦何事特哀穷。但疑神理与人异，意诚词直无不通。林皇夜泊若平地，疑有鬼物驱蛟龙。天明旗脚向北指，舟子笑语开船蓬。

张耒从当涂回来，李格非又来黄州。张耒将求便风诗写给李格非看，李格非阅毕，道："好诗！诗贵神异奇诡，所以楚辞多讲神仙故事。然万象更替，事有偶然，并非神鬼驱使；'谋事在人，成事在天'，命运穷达，事之成败，皆有天定。"张耒道："夫子曰：'五十而知天命。'天命果可知耶？"李格非道："天命虽有，然人不可知也。若天命可知，夫子晚年何故屡遭困厄而不省？"

自是，李格非和张耒，常常驾舟往来于鄂州、黄州之间，或赋诗于黄鹤楼之上，或怀古于赤壁之下；或穷究宇宙运行之理，或议论治乱兴亡之道。光阴在大江东去之中不觉倏忽而去。崇宁三年中秋将至，张耒去鄂州拜访李格非，说："近日李之仪来信，说爱妻胡淑修病故，子女亦相继染疟疾而亡。他终日孤苦无告，痛不欲生，欲学李白投水而死。"李格非说："如能招他前来相聚，或许能令他乐以忘忧，打消死的念头。只怕他在太平州编管，不能前来。"张耒说："之前，我曾两度任职黄州，在太平州有几个老朋友，可以到州府疏通一下，允许他来住些时日。"于是，张耒回到黄州之后，遣人去太平州打通关节，把李之仪接到了黄州。

李之仪在黄州住了半月，李格非又约他跟张耒去鄂州玩了几天。李格非见李之仪在鄂州心意彷徨，似有旁骛，便问道："难道贤弟在太平州还有放心不下的事情？"李之仪答道："不瞒兄长，在太平州有一妙龄歌姬，名叫杨姝。弹得一手好琴，唱得许多好歌，令我难以忘怀；她对我也是一见倾心，舍不得我离开她呢。如果能把她接来，每日给我们奏一曲《履霜操》，我便是在这里住几年也能安下心来。"张耒说："噢，原来仁兄心中已有意中人了，可喜可贺！那就把杨姝也接过来喜结连理，岂不更好。我跟文叔虽遭贬谪，但这点儿小事又有何难？"李之仪说："那敢情好，拜托贤弟成全我的好事。只是这杨姝仍未脱娼家户籍，要赎身需不少银子呢。"张耒说："此事我跟文叔自有办法，不必忧虑。"张耒跟李格非西借东凑，筹集了二百两银子，跟李之仪说："不管这二百两银子够不够，明天就遣人去接她。接不来再另想办法。"于是，李之仪修书一封，告知杨姝他的朋友为她赎身之事。书信内附上他写的《卜算子》一首，曰：

我住长江头，君住长江尾。日日思君不见君，共饮长江水。　此水几时休，此恨何时已。只愿君心似我心，定不负相思意。

李之仪将信封好，交给张耒。张耒差人带着李之仪的书信去太平州。杨姝接到李之仪的信之后，喜出望外，便去找养母赎身，养母出价三百两银子。杨姝拿出自己积攒的私房钱五十两，共二百五十两银子去见养母，声言如不应允，她便投江自尽，吓得养母不得不应。

半月以后，杨姝来到了鄂州。李格非看见杨姝，心里便想："果然是下凡的神仙，大概她就是清照诗里说的萼绿华了。"在接风宴席上，张耒道："今日得见杨小姐，原来是二八佳丽，月中嫦娥。难怪端叔兄身在鄂州，心在当涂。今日若能有幸听一曲《履霜操》，我们也不枉远离庙堂，到这江湖上走一遭了。"杨姝红着脸道："听说诸位都是黄庭坚大人和李之仪先生的好友，我才来向诸位献艺、求教的。但愿我的琴艺和歌吟，能得诸位欣赏。"杨姝说完，便轻启歌喉，略弄纤指，边弹边唱起来。歌罢，众人黯然神伤，许久，方才复归平静。

由李格非和张耒热心操办，李之仪跟杨姝在鄂州结了婚。婚礼设在汉阳的"晴川阁酒楼"。李之仪年近六十，杨姝十六岁，白发配红颜，让李格非和张耒羡慕得不得了。婚礼上，张耒说这是梨花、海棠配，欲吟诵苏轼贺张先[33]新婚诗，把杨姝羞红了脸。李之仪笑着说："张先八十纳的是十八岁的妾，我六十娶的是十六岁的妻，不可同日而语也！"众人笑曰："那就请新郎填词，新娘子抚琴，合唱一曲，为新婚志喜，如何？"李之仪即兴作了一首词，调寄《浣溪沙》，新娘操琴，新郎高歌，词曰：

> 玉室金堂不动尘。林梢绿遍已无春。清和佳思一番新。　　道骨仙风云外侣，烟鬟雾鬓月边人。何妨沉醉到黄昏。

曲终，众人欢宴，至晚方才散去。

无奈李之仪是戴罪编管之人，不得在安置地之外长久居住。婚后不久，李之仪与杨姝又回到太平州当涂。李之仪由张耒推荐，在太平州衙门做了一名小小的书吏。尺牍公文，正是他的擅长；杨姝仍到酒楼弹琴卖艺，李之仪有时填首新词，由杨姝唱出，酒朋诗侣们格外欢迎，因而也能多挣得些银两。老夫少妻，相敬如宾，日子过得倒是衣食无忧、美满和谐。但天有不测风云，人有旦夕祸福。后事如何，暂且按下不表。

这正是：

望断飞鸿宫阙远，荒山野水意何安？半生琴瑟谁为续，一曲履霜伴暮寒。

注解：

①“两山斜叠”：两道倾斜的眉毛。

②真珠承睫：睫毛上挂着泪珠。

③十分金叶：斟满的酒杯。金叶，酒杯。

④宜州：今属广西壮族自治区河池市。

⑤象州：今广西壮族自治区南部来宾市。

⑥河中府：今山西省永济市蒲州镇。唐开元八年蒲州升为府，因位于黄河中游而得名河中府。

⑦荀灌：晋朝平南将军荀崧的女儿，曹魏名臣荀彧的五世孙女。建兴三年，叛将杜曾率领一万兵马围攻宛城。城中粮尽，荀崧打算派人到襄阳求援。当时十二岁的荀灌主动请缨出城搬兵。荀灌带领十几个勇士穿越重围，到达襄阳。南中郎将周访派遣其子周抚，会同襄城郡太守石览，援救宛城，击退了杜曾的叛军。

⑧缇萦[tí yíng]：汉文帝四年，有人上书言“齐人淳于意受赂，以刑罪当传送长安”。意有五女，随而泣。意怒曰：“生子不生男，缓急无可使者！”少女缇萦伤父之言，乃随父西之长安。缇萦上书曰：“妾父为吏，齐中称其廉平，今坐法当刑，妾切痛死者不可复生，而刑者不可复续，虽欲改过自新，其道莫由，终不可得。妾愿入身为官婢，以赎父刑罪，使得改行自新也。”文帝悲其意，从此始废除肉刑，旌表缇萦为孝女。

⑨天旌：皇上的表彰。旌音[jīng]，旗帜，引申为表扬。

⑩裨海、瀛海：裨音[bì]，小海，参见汉王充《论衡·谈天》中的“《禹贡》九州，方今天下九州也……每一州者四海环之，名曰裨海。九州之外，更有瀛海”。瀛海，大海。

⑪畛域：界限，范围。畛音[zhěn]。

⑫堠：音[hòu]，古代瞭望敌方情况的土堡。

⑬洙泗：洙水与泗水的合称，都在山东省。

⑭人可牛与弓：不详。大概是说当地的土民也会使用牛耕田，用弓箭打猎。

⑮虚市：虚通墟，墟市，集市。

⑯“彼时张曲江”：曲江，长安城南郊的风景区，唐时文人学士聚会游览之处。

此句意为作者过去在京城为官时宴飨游乐。

⑰“此时余襄公”：余，我；襄公，或指春秋时的宋襄公。宋襄公曾在会盟时被楚成王拘留在楚国。作者或是以此自比流放象州。

⑱颖脱：脱颖而出，显露才华。

⑲“一洗凡马空”：出自唐代杜甫诗作《丹青引赠曹将军霸》中的“斯须九重真龙出，一洗万古凡马空”。

⑳“斯文隔裔土”：裔土[yì tǔ]，荒瘠边远的地方。全句意为来到荒凉、贫瘠的地方，远离了文明。

㉑常衮：字夷甫，河内郡温县人。唐代宗时期宰相。唐德宗即位后，贬潮州刺史，后迁福建观察使。注重文化教育，增设乡校，亲自讲授，闽地文风为之一振。

㉒文翁：汉庐江舒州人。景帝末，为蜀郡守，仁爱好教化，在成都市中起学官，入学者免除徭役，成绩优者为郡县吏。蜀郡自是文风大振，教化大兴。

㉓秦扁：春秋时的名医扁鹊。

㉔“吾欲养黄婆”：黄婆，道教炼丹的术语，指脾脏。参见唐吕岩《七言》中的“九盏水中煎赤子，一轮火内养黄婆。”又，宋苏轼《与孙运勾书》：“脾能母养馀脏，故养生家谓之黄婆。”

㉕道念：道德与信念。

㉖鼻端白，佛教修行法之一，即注目谛观鼻尖，时久鼻息成白。

㉗缓颊[huǎn jiá]：出自《史记》。意为人求情或婉言劝解。

㉘安期生：参见《列仙传》中的“安琪先生者，琅琊阜乡人也。卖药于东海边，时人皆言千岁翁。秦始皇东游，请见，与语三日三夜……曰：‘后数年，求我于蓬莱山。始皇即遣徐市（福）、卢生，率数百人入海。’”

㉙萼绿华：参见《真诰·卷一》中的“萼绿华者，自云是南山人，不知何山也。女子，年可二十上下，青衣，颜色绝整……此女，已九百岁矣”。

㉚玉井花：参见韩愈诗《古意》中的“太华峰头玉井莲，开花十丈藕如船”。

㉛枣如瓜：参见《史记·封禅书》中的“李少君曰：‘……安期生食巨枣，大如瓜。安期生仙者，居蓬莱，合则见人，不合则隐。’”

㉜甘宁：三国时吴国的名将。

㉝张先：字子野，今浙江湖州人。北宋著名词人。晚年退居湖杭之间，八十岁时与一十八岁歌女结婚，苏轼《戏赠张先》诗云：“十八新娘八十郎，苍苍白发对红妆。鸳鸯被里成双夜，一树梨花压海棠。”

第二十二回

明大义忍痛走伊洛　保名节决绝辞庙堂

崇宁二年，明诚在太学上舍结业，父亲赵挺之也由尚书左丞晋升为中书侍郎，由执政升迁为宰相。赵挺之的长子存诚、次子思诚均已进士及第出仕。季子明诚是宰相之子，援例可以直接荫补为正八品官职。赵挺之坚辞不受，而授以从八品[①]秘书省校书郎职。

蔡京上书奏曰："元祐奸党虽已贬斥，然其余孽未尽，欲廓清朝纲，使政通人和，须饬令责降人子弟不许注在京及府县[②]差遣。"皇上准奏。蔡京又唆使台谏弹劾赵挺之，指责赵挺之之子赵明诚为元祐党人李格非婿，现在京差遣，滞留不去。赵挺之闻之大怒，但在御前隐忍未发，回家跟夫人商议，是逆来顺受，让明诚和清照离京，还是上表皇上据理力争。赵夫人说："明诚是元祐党人之婿，但女婿是子弟吗？为何不说明诚是当今宰相之子？清照是李格非之女，但女儿是子弟吗？为何不说她是赵挺之之媳？三纲五常、三从四德，是大宋治国之本。是夫为妻纲，还是妻为夫纲？是妻从夫，还是夫从妻？如今，清照是李家的人，还是赵家的人？这是谁在紊乱朝纲？应该当着皇上的面，让蔡京的门徒说说清楚！"这位以提点刑狱名扬朝野的郭大夫的千金——赵夫人的一番议论，让赵挺之顿觉思绪豁然开朗，理顺条畅，当即就要在灯下书写奏折，遂命大丫头玉环笔墨纸砚伺候。老爷和夫人的话，玉环都听进耳里，记在心上，觉得此事不同寻常，她趁老爷写奏折的空儿，赶紧告知存诚。存诚命家仆驱车，送玉环去"有竹堂"找明诚和清照。

"有竹堂"里，明诚正在灯下整理碑帖，清照正在练习弹琴——这琴是去年洛阳王开府的后人来京变卖"环溪"的房产，应李夫人之请，顺便给清照捎来的。明诚和清照听玉环说明来意以后，两人觉得这事非同小可。皇上喜怒无常，出尔反尔；蔡京阴鸷险恶，专横跋扈；上奏折争辩，肯定凶多吉少，弄不好可能招致更大的祸殃。清照说：“我离开京城，看他们还有什么话说？我正要去鄂州看望父母，跟父母住在一起，离开汴京这个是非之地。”明诚寻思半晌说：“鄂州太远了，你看去洛阳行不行？我打算将咱家收藏的三百余件古器物铭文，让洛阳王寿卿先生摹写上石、刊刻成碑。以后我会常去洛阳。如果我不在那里，你可替我关照一下刻碑的事。”清照说：“这倒也是个办法。不过，洛阳的‘环溪’已经转卖给别人，需要另找住处。”明诚说：“可以让王寿卿先生给我们租赁一套。”

当晚，明诚和清照来到赵府。赵挺之已经写好奏折，准备就寝。赵挺之将奏折拿给明诚和清照看。奏折辞气慷慨、大义凛然，深深打动了明诚和清照，使他们打消了以往的成见，对父亲立刻肃然起敬起来。明诚把清照决计离开京城的想法告诉了父母，建议父亲先不要上奏折。赵夫人说：“若容忍蔡京一味地横行霸道，以后难免要翻脸。不如这次就给他点儿颜色看看，杀杀他的威风！”清照说：“杀他的威风，不能用咱家的私事做由头。以后若有事关国家社稷、黎民百姓的大事情，再跟他面折庭争也不迟。”赵挺之说：“清照说得有道理。只是离开京城太难为清照了。清照打算去哪里？”清照说：“明诚让我去洛阳。事已至此，这也是最好的办法。”明诚把打算去洛阳刻碑，让清照到洛阳暂住之事，跟父亲说了，赵挺之说：“摹刻古器铭文，我也早有这个想法。家藏古器物铭文拓本三百余件，皆世上罕见古文秘字，若摹刻上石，供好之者摹写、拓印，使世人知文字源流，这可是继承祖先、泽被后人的大功大德。”又说，他愿意先拿出二百两银子助一臂之力，让明诚看着安排。明诚又说：“若朝廷有人执意追究，我宁愿外地差遣。”赵挺之说：“若蔡京欺人太甚，我自有办法对付。”

明诚的朋友文及甫，过去在同文馆狱案中曾得到过李格非的救助，他听说明诚要在洛阳租房，便告知明诚，愿将洛阳文家府邸的一处院落借给明诚和清照。住处有了着落，明诚便准备送清照和玉珠去洛阳。清照对明诚说：“玉珠必须留在你的身边，你日常饮食起居有人照料才行。我走后，你就跟玉珠住在这里，给我们李家看守好这‘有竹堂’。”明诚说：“我不能让你一个人去。”清照说：“我一个人去是有许多难处，但是玉珠必须留下。”清照压低声音悄悄说：“我们结婚两年多，老人们还没见到孙子，不能再耽搁了。”

明诚跟父母商量，说：“清照让玉珠留下来服侍我。我想让徐州的姨母和表妹陈巧娘、表弟陈沛跟清照去洛阳。这样，既能和清照作伴儿，又能周济姨母一家。”赵挺之夫妇都很赞成这个想法，并答应每月接济他们十两银子。明诚说：“我现在有了朝廷的俸禄，可供他们日常用度。”赵挺之说：“你姨母年纪也不小了，日子不要过得太艰辛，银子，你只管每月来支取。”赵夫人顺便问了问陈师道长子陈丰的情况，明诚说：“大表弟倒是常有信来。他已经成家，家有百亩薄田，还可勉强度日；如果姨母三口跟清照去洛阳，家里省出三口人的费用，大表弟的日子会富裕一些。”赵夫人感叹道：“人称我父善于择婿，其实名不副实。二姐跟了邢恕那个千刀刮的，让我在人面前抬不起头来。我们姊妹五人，小妹妹的心地最善良，可是小妹妹的命最苦。都说善有善报，恶有恶报，我看并不尽然。”赵挺之说：“或许好日子还在后面呢。”赵夫人说：“男人没了，还有什么好日子。”

明诚派家人去徐州把姨母陈夫人、表弟陈沛、表妹陈巧娘接到东京，然后向官府告假，亲自把清照和姨母她们送到洛阳。明诚刚出仕，挂的是个闲职，可以在外逗留数日。

在文彦博府第安排好住处之后，明诚先去拜访王寿卿老师，说明欲将家藏古器物铭文摹写上石之事，并请老师书丹③。改日，明诚又带姨母和清照等人到龙门石窟游览。游完龙门，在酒楼吃过午饭，明诚雇了一辆车子，让清照四人先回文府；他自己留在龙门走访了几家石匠作坊，意在请工匠刻写《古器物铭碑》。

洛阳是古都，聚集了许多刻碑、雕像的能工巧匠，他们在龙门附近聚族而居，以此为业。京西路各州县的石碑，大多是请这里的石匠们镌刻，石匠们的生意十分红火；但今天石匠们家里不是锁门，便是没有男人。细问其故，石匠家的妇人们才慢慢把实情讲了出来：原来是朝廷敕令各路州县，都要刻《元祐党人碑》，限日把碑立在衙署公厅之前示众。洛阳是河南府治所所在地，这次刻制党人碑，仅京西路洛阳四周的州县就有三十几通碑待刻。按说依照免役法，出工服役的石匠们是有钱可赚的；但从州至县当差的官吏们却层层盘剥，到了石匠们手里的工钱已经寥寥无几，且工期紧迫，到期不能完工还要到衙门里挨板子，挨了板子还要加倍扣除工钱。男人们嫌工钱太低，工期又短，不肯应命，就像躲避瘟疫似的，相约离家出了远门，逃到外地揽些私活儿干。为此，州县衙门下令，党人碑未竣工之前，石工不得给私人刻碑，违令者杖五十且罚没所得。妇人们还给明诚讲了这样一件事：伊阙有个叫安民的石匠，因逃避差役，被官府捉拿，欲加鞭笞。安民申辩道：“小民虽然愚笨，也知道朝廷立碑的用意。可是，如司马相公、苏轼兄弟，四海之内皆称为贤相忠臣，今被指为奸党，小人实在不明白是什么道理。我们石工们逃避差役，不仅是因为工钱少、工期短，也是不愿留下骂名呢。”原来在碑上刻字，石碑竣工之后，石匠要在碑上刻上姓名，就像书家落款一样，一是为了扬名，二是为了担责。监督刻碑的胥吏呵斥道：“谁让你刻上名字的！你以为一个石匠的名字值几个钱？”石匠安民说：“如此说来，倒是可以遵命。”谁知当晚石匠安民回家，众邻居都来把他羞辱、数落了一番，第二天他又逃得不知去向。石匠家的女人告诉明诚：“等党人碑立起来，我们就能接私活儿了。官人，您等半年之后再来吧。”

明诚听了石匠妇人的诉说，心知刻碑的事必须往后推，便决定先回汴京。次日，明诚拜访老师王寿卿，并在酒楼设宴告别。席上，明诚告诉王寿卿，一时雇不到石匠，刻碑的事只得往后推，因此摹写铭文之事也就不必着急了。王寿卿说：“雇石匠之事你不必操心。我有个老搭档，名叫任升，是远近知名的刻碑巧匠，他有办法。另外，我以前忘记告诉你，在汜水辇运司官廨的墙壁里有一块碑，是《汉任伯嗣碑》。我去看过，碑的阳面露在外边，那汉隶苍劲古拙，颇为可观。据说砌在墙里的阴面上还有字，但不知是什么字。此官廨在虎牢关，也叫汜水关。你回京城就经过那里，不妨顺便去看一看。”明诚应道：“今次耽搁时间太久了，以后我常在东西两京行走，一定找机会去仔细看看。”

告别了王寿卿，明诚回到文宅，清照说：“文家的‘东园’你还没去过，我跟父亲去过两次，园里有湖，值得一游。湖上水面浩渺，波光云影煞是好看；若荡舟其间，渺渺乎如行江湖之上，令人心旷神怡。东园离宅邸只有里许，明日何不跟姨母一家去那里再游玩一天？”明诚心知这是爱妻挽留之意，决定再迁延一日，去东园玩一玩。翌日，他们进了东园，明诚和清照、陈巧娘和陈沛各驾一叶扁舟，向着湖心亭划去；陈夫人说她晕船，愿意坐在岸边的石凳上等候。此时已是深秋，荷叶渐枯、莲蓬已老。西风袭来，波光粼粼、荻花瑟瑟、芦叶萧萧。天地之间澄澈洁净，万物都似乎一尘不染。他们先把船划到湖心亭，湖心亭旁边的沙洲上有一对鸥鹭，一动不动地交颈而眠，水边有几枝红蓼的紫穗儿迎风摇曳，叶子变成暗红色。两只小船在湖心亭四周绕了两圈之后，便钻进荷叶丛里，四个人摘了许多莲蓬，又回到湖心亭。他们坐在亭子里休息，剥着莲蓬子儿，一边吃着莲子，一边眺望北边邙山的远影。此时，从邙山上空缓缓飞来一个雁阵。湛蓝的天空上，大雁排成“人”字，嘎嘎叫着向南飞过来。清照说：“我们都来数一数，看有几只鸟儿。”数完，明诚、巧娘、陈沛都说有二十八只，清照偏说有三十只。大家都说不对，清照说：“你们看，沙洲上还有两只呢。”明诚说：“那是两只鸥鹭，不是天上飞的大雁。”清照说：“我没说数天上飞的大雁，我说的是数一数看有几只鸟儿。”明诚说：“你不识数，反来胡搅蛮缠。”说得大家都笑起来。清照说：“姨母都等烦了，我们快回去吧。”于是，大家各自回到船上。离开湖心亭时，陈沛向着那两只鸥鹭打了个招呼：“我们回去了！鸟儿们！”可是两只鸥鹭旁若无人，任凭两只小船渐渐远去，鸟儿们仍然交颈相拥、纹丝不动。

回到住处，晚上，清照在灯下填了一首词。她把词拿给明诚看，说：“明天你就要走了，不知什么时候回来，这词是送给你的，拿去做个纪念吧。”明诚接过词稿，见到是一首调寄《怨王孙》的词，他轻轻念道：

> 湖上风来波浩渺。秋已暮、红稀香少。水光山色与人亲，说不尽、无穷好。　　莲子已成荷叶老。清露洗、苹花汀草。眠沙鸥鹭不回头，似也恨、人归早。

明诚读完词，说：“人归早，早去是为了早回啊。”清照说：“没说你，我说的是天上的那个‘人’字。”

次日，明诚启程回东京。之后，清照跟姨母、阵巧娘、陈沛像一家人一样住在文宅。陈氏一家对清照关怀备至，尊崇有加；清照则像师长一样教陈巧娘、陈沛读书、写字、赋诗、弹琴，有时也玩玩打马，日子过得也还充实、快乐。

明诚不几日回到东京，先去给父亲请安。赵挺之问过陈夫人及清照的情况之后，又问起刻《古器物铭碑》之事。明诚答道：“当今雇不到石匠。王寿卿老师说，他给请一个叫任升的师傅做，但未说定。”赵挺之问：“雇不到石匠？”明诚答道：“因为石匠们不肯刻元祐党人碑。官府下令：‘党人碑不竣工，不准石匠们承接私活儿。’”赵挺之诧异，问道：“石匠们为何不肯刻党人碑？”明诚答道：“一是工钱太低；二是工期太短，怕不能如期完工挨打受罚；三是石匠们不忍辱没……”赵挺之忙问：“不忍辱没什么？”明诚答曰：“石匠们说，那奸党名籍上的人，都是名儒清流。”明诚怕触动父亲的忌讳，立刻改口说：“其实石匠们是嫌工钱低、工期短。”赵挺之叹息道：“原先朝廷用差役法，成年人丁都是轮流出义工，役伕们不堪重负、纷纷逃亡。如今推行新法，不出工的依法出钱免役，官府用免役钱雇人服役。有钱的出钱，有力的出力，各尽其责，合情合理。推行新法之初，人皆称善，连苏轼兄弟都不无褒词。沿袭至今，人们嫌工钱少、工期短；这必定是官府收缴的免役钱都落入贪官污吏的私囊了。可见新法虽好，没有清明廉洁的吏治，反致流弊丛生。”明诚说：“这也就难怪有那么多人抗命不遵了。”明诚以为说错了话，会惹父亲生气，不料父亲反而颔首称是。赵挺之接着说：“现在你大小也是朝廷的命官，在这世风日下的时候，切记不可与那些贪鄙小人同流合污，丧失名节，愧对祖宗。”明诚听罢，感佩父亲的教诲，说道：“孩儿铭记。”

崇宁三年五月，蔡京奏称，元符三年向太后垂帘听政时，有上书言事者，攻讦绍圣新政，应将此类奏章定为谬论邪说，与元祐党人列为一籍，刻石立碑，予以惩戒。赵挺之上疏，婉辞奏曰：“攻讦者多，乃施政者苛，致使民不堪命。夫子曰，苛政猛于虎。法不责众，众怒不可犯，陛下不可不察。”但皇上惮于蔡京的淫威，屈意准奏。蔡京重订党籍，共三百零九人，然后进呈皇上，由皇上御书刻石，置于文德殿门之东壁。事后皇上悔悟，然木已成舟，一时难以挽回。九月，皇上下诏，赵挺之由中书侍郎转官门下侍郎，此举对蔡京一意孤行显然有警示之意。

且说绍圣年间，章惇挑起边衅，直至元符末年当今皇上登基时，西夏国仍然伙同羌人、吐蕃部落侵扰宋朝西部边陲。因边将指挥失当，宋朝相继丢失了湟州、鄯州、廓州。宋朝只得用弃地、岁贡来安抚西夏、西羌和吐蕃诸部，以求苟安。如今，蔡京当政，欲以边功邀宠。他创置京都大军器所打造兵器，推荐中贵童贯为监军，率三路大军往西境进兵。初战告捷，收复了上述三州失地。捷报快马驰告京都。蔡京率百官入贺，皇上下诏论功行赏，授蔡京为司空④，晋封嘉国公，升任童贯为景福殿使⑤兼襄州观察使⑥。

蔡京自恃有边功，更加趾高气扬，不可一世。他令天下有事，直达尚书省，于是门下、中书两省形同虚设。蔡京遂用童贯为熙河、兰湟、秦凤三路经略制置使⑦，图谋发兵扫平西夏，完成靖边大业。赵挺之上书谏阻，曰：“去岁收复的三郡，皆羌人、吐蕃散部所占，天朝吊民伐罪，所向披靡。然今王师所指乃是西夏，西夏非蕞尔小国，更与辽国联姻，形成犄角之势，虎视中原。

今日欲图西夏，应三思而后行。微臣愚见，应养精蓄锐，待时而进。”奏章寝而不报。知枢密院使蔡卞也奏称：“急功近利、好大喜功，是兵家之大忌；尤其令宦官任守疆大吏，必定贻误大事。”蔡京偏袒童贯，斥责乃弟蔡卞心胸狭隘，怀有嫉妒之心。蔡卞遂假意请辞，不料皇上放其外任出知河南府。蔡卞恨蔡京不顾手足情谊，对己遭贬竟无动于衷。他哪里知道，皇上恐怕蔡京功高震主，寻机削弱蔡氏兄弟的势力，正好借此机会顺水推舟，把蔡卞逐出朝廷。

蔡京在翰林院时，蔡卞任知枢密院事，执掌军务，职位比肩执政。那是因为蔡卞是王安石的女婿，是靠裙带关系爬上高位的。王安石去世之后，蔡卞失去靠山，职位就一直停滞不前。如今哥哥蔡京超越了他，心里本就妒火中烧，更恼火的是夫人王氏天天发牢骚，说：“你兄今日位于你的上风。你羞不羞呢？”蔡卞为了挽回面子，便故意与蔡京在朝廷上龃龉。王安石的女儿号称七夫人，颇通经史，亦能诗文。蔡卞每次上朝，必先受教于闺中，聆听七夫人面授机宜。僚属们尝嘲谑他：“今日奉行各事，莫非床笫余谈耶？”蔡卞入知枢密院时，家中设宴张乐庆贺，演滑稽百戏的伶人大声谐谑道：“枢密今日大拜，都是夫人裙带！”引得宾客们哄堂大笑。蔡卞只得装聋作哑，不敢诘问伶人。

闲话少叙。且说童贯任熙和、兰湟、秦凤三路制置使，阴图西夏。蔡京贪功心切，屡次催促将帅们突入西夏境内杀戮西夏牧民兵卒，且以斩获人头数论功行赏。后又敕令边将招降西夏人，不论来降的是兵是民，是头领还是从属，赏赐与斩获相同。西夏国王忍无可忍，遂率骑兵万人入侵宋朝镇戎军，掠去边民数万口；又与西羌、吐蕃散部合兵围攻宋朝宣威城。鄯州宋军驰援宣威，中途遭遇夏军突袭，全军覆没；主将高永年被夏军主帅剖心挖肝而食，使宋军闻风丧胆，不战自溃，将前次所得湟、鄯、廓三州全部丢弃。

蔡京、童贯瞒报战况，文过饰非，把失利败北的原因全部推诿给带兵的将帅。皇上心中虽然疑惑，但不忍惩治蔡京、童贯，也就没有细问，反而把战场上拼命的将帅们当作替罪羊，贬官降职了事。

崇宁四年三月，皇上下诏，赵挺之自门下侍郎晋升为尚书右仆射兼中书侍郎。同时，蔡京由原来的尚书左仆射兼中书侍郎转迁为尚书左仆射兼门下侍郎。

五月，赵挺之上书，历数蔡京贪赃枉法、结党营私、虚报战绩、诿过于人等奸恶行迹，请皇上整肃朝纲，息兵罢战，让百姓休养生息。蔡京亦愈来愈把赵挺之看作眼中钉、肉中刺，暗中指使其党羽监视赵挺之的言行，窥伺其过失。无奈赵挺之老成持重、谨言慎行，蔡京一时抓不到他的把柄。时蔡京私党有在京东路任监司者，怀疑赵挺之任京东东路转运副使时结交地方豪绅营建青州私宅，该监司的侄子任监察御史，据此上书弹劾赵挺之。明诚得知后问父亲："'营建私第'是捕风捉影，抑或确有其事？"赵挺之斩钉截铁地说："乃父为人，你却不知？"明诚建议父亲挑明此事，请辞宰相位，让台谏核查虚实。明诚拿出清照过去写的古诗给父亲看，劝父亲保全名节，远离庙堂。赵挺之展开清照的诗卷，凝眸默读，诗曰：

伴君犹如抱虎眠，炙手可热心可寒。纣王荒淫迷狐媚，比干剖心枉自贤。李斯、晁错天下士，却为君王弃市廛。范蠡、张良志存高远知进退，文种、韩信驽马恋豆难保全。介甫、君实皆君子，何事门生反相残？革故鼎新家国事，竟将恩怨、利害杂其间。君不见，前朝牛李争权势，徒教渔樵千古作笑谈。

赵挺之读罢，沉思良久，感叹道："清照说得对。古来忠贞正直之士，曾有几个全身而退？急流勇退，方才是识时务者。余今年六十有六，应是顺势而退的时候了。"

赵挺之次日上书引疾辞职，皇上下诏，罢赵挺之右仆射兼中书侍郎，授文散官阶金紫光禄大夫、观文殿大学士、中太乙宫使⑧，且将"营建私第"事寝罢不问。

赵挺之罢相后，皇上在垂拱殿单独召见他。皇上曰："卿非宗室，然与朕同姓，乃朕之手足也。愿俟重来，匡扶朕躬，亦熙庶绩。"赵挺之听到皇帝居然把他引为同姓，十分惶恐，忙跪地叩首，声称万死不敢。上又曰："卿为京官经年，在京竟未有私第，廉洁至此，何结交富人之有？朕已令赐第一区府司巷宅邸一处。"赵挺之泣血顿首、千恩万谢，三呼"皇恩浩荡"而退。然"营建私第"事不了了之，却留下后患。

这正是：

安石首倡行新政，意欲强国惠万民。无奈朝纲遭毁弃，反将硕鼠作权臣。

注解：

①从八品：唐宋时，官员同品级的分正、从，如正八品、从八品。从，类似现在的候补。

②注在京及府县：在京城及其管辖区域的附近州县有户籍或注册有官籍。

③书丹：用红色颜料将碑文写到石碑上，然后由石工镌刻。

④司空：中国古代官名，西周始置，位次三公。至唐宋时期，司空只是一种荣誉称号。

⑤景福殿使：某某殿使是授予宦官的荣誉官衔。

⑥观察使：地方总揽军政的长官。

⑦制置使：宋朝在战时临时设置的掌控地方军事力量的长官。

⑧中太乙宫使：宫观使，以提举宫观名义享受俸禄。常以前任宰执提举。

第二十三回

填新词人比黄花瘦　次旧韵笔诛佞宦奸

崇宁四年六月，赵挺之罢相之后，蔡京大权独揽，更加毫无顾忌、为所欲为。他自诩周公，制礼作乐，粉饰太平；设礼制局，编成五礼新仪，又定黄钟律，作大晟乐。蔡京奏请效仿禹铸九鼎故事，创制新鼎，并建九成宫，将九鼎奉安宫内。每鼎各设一殿，四周环筑垣墙。中央一殿安放“帝鼎”，北曰宝鼎，东曰牡鼎，南曰彤鼎，西曰晶鼎，东北曰苍鼎，东南曰冈鼎，西南曰阜鼎，西北曰魁鼎。定鼎之日，蔡京任礼仪使，行问鼎之礼，导引皇上逐鼎献祭，奏大晟乐，焚香、酌醴。不料皇上酌献北鼎时，突听一声爆响，鼎壁炸裂，刚刚注入鼎中的醴酒汩汩溢出；皇上大为扫兴。蔡京见龙颜不悦，忙近前解释道：“陛下，此乃预示北方辽邦分崩离析，是大宋收复燕云十六州的先兆呢！”皇上转惊为喜，命择吉日良辰御大庆殿受百官朝贺。

自蔡京倡议制礼作乐以来，朝廷上下忙碌了数月。蔡京因其间事务冗杂，礼仪繁缛，鸿胪寺的职事日不暇给，请充实鸿胪寺官员。鸿胪寺是朝廷专司朝会、祭祀、庆典、赏赐、宴享、迎送国宾等礼仪的官署。鸿胪寺卿和鸿胪少卿正副两职的原任，皆因元符末上书言事被编入邪等籍而罢官，暂时缺位。蔡京之子蔡攸原为鸿胪寺丞，于是，皇上命蔡攸权任鸿胪寺卿，又命赵明诚权任鸿胪少卿。此处“权”字乃权且代理之义，伺后再视实绩正式任命。蔡攸依仗父亲的权势，凡是劳心劳力的事儿，都推给明诚去做。明诚做事勤奋干练，诸事都安排得井井有条、滴水不漏；蔡攸落得个清闲自在。几月下来，大家相安无事；明诚因操劳过度，身子瘦了一圈儿。

进了九月，洛阳文宅院子里的菊花都开了，眼看就到重阳节。自前年秋天清照来洛阳定居，明诚差不多每隔两个月便来探望一次。今年夏天，他来过一次之后，至少四个月杳无音信。清照担心：是不是出了什么事情？他的身体怎么样？玉珠是不是有了喜？明诚自己不来，怎么连封信也没有？虽然她和姨母一家衣食无忧，但是在这个举目无亲的深宅大院里，过着几乎与世隔绝、清冷寂寞的日子，明诚他就不放在心上吗？中秋节没来，难道重阳节也不来？想到这里，清照心里蒙上了一层阴影。姨母也看出清照内心的焦虑，看到她消瘦的面容，她想让儿子陈沛去东京打听一下情况。清照说："先让陈沛弟到王寿卿处问一下有没有东京来的消息，顺便看看那'古器物铭碑'刻得怎么样了。"陈沛从王寿卿家回来说："王寿卿那里也没有东京来的信。王先生说，那古字碑马上就要竣工了，如果竣工后表哥仍然不来，他就亲自到东京去看个究竟。"清照说："这样也好。"

重阳节这天，寒气骤降，天地间弥漫着浓浓的雾气，似乎预示秋高气爽的时光已经过去，秋雨连绵的日子就要来临了。姨母担心清照心情不好，便说："没有地方登高，我们就去东园散散心吧。"清照和姨母一家进了东园，见文宅的家仆正在湖里摘莲蓬、挖莲藕，还有人驾着小船在湖上撒网。姨母和清照跟他们搭讪，他们说莲子和莲藕可以趁节日卖个好价钱。清照说："我们也买一些吧。"家仆们便送给清照他们几只藕瓜和几个莲蓬头，清照要付钱，仆人说："住在一起就是一家人，付钱就见外了。久仰夫人才名，斗胆请给我们填首词最好。"清照说回去给他们写一首。

回到住处，清照把前年写的那首《怨王孙》抄在纸上，让陈沛送给文宅的家仆们。陈沛回来，手里提着两尾金鳞红鳍的鲤鱼，说："这是文家给的，让我们过节用。他们说，园里的鲤鱼比黄河的鲤鱼还鲜美。"傍晚，姨母和陈巧娘做了一盘红烧鲤鱼和几个素菜，又煲了一锅鲜藕莲子汤。清照拿出一坛杜康酒。陈沛按清照的吩咐，在院里的菊坛旁边打扫了个干净去处，安放了桌椅，摆上菜肴和酒具，又在餐桌旁边安放了琴架和古琴。四人围桌而坐，开怀畅饮。酒过三巡，略觉微醺，陈巧娘起身坐到古琴前，说："我不胜酒量，愿弹一曲跟表嫂学来的《怨王孙》给大家助兴。"陈巧娘将那琴弦，亦抹亦挑，轻拢慢捻，琴曲便似幽咽的清泉从琴箱里涓涓流出。众人随着陈巧娘的弹奏，配上清照前年填的那首词，纵情地唱了一遍又一遍：

湖上风来波浩渺。秋已暮、红稀香少。水光山色与人亲，说不尽、无穷好。　　莲子已成荷叶老。清露洗、苹花汀草。眠沙鸥鹭不回头，似也恨、人归早。

几人一边歌唱，一边饮酒，直到喝得醉意朦胧，方才各自回房休息。

早晨，清照酒醒，一阵秋风吹来，觉得有些凉意，见同屋的陈巧娘睡得正香，便将自己的夹被给她盖上，轻手轻脚地去洗脸，然后坐在梳妆台前，对着镜子梳头。梳洗完毕，清照撩起窗帘看看外面，天上灰蒙蒙的，院子里湿漉漉的，像下过一场小雨。那花坛里的菊花经过夜间的风吹雨淋，花瓣上滴着水珠，显得有些憔悴。清照没有惊动别人，自己走到桌前研墨展纸，提笔写下了一首词，调寄《醉花阴》：

薄雾浓云愁永昼，瑞脑销金兽。佳节又重阳，玉枕纱橱，半夜凉初透。

东篱把酒黄昏后，有暗香盈袖。莫道不销魂，帘卷西风，人比黄花瘦。

清照写完，把诗稿装在一个信封里放进抽屉。

过了重阳，转瞬进了十月，王寿卿来访，告诉清照说，《古器物铭碑》已经告竣，他要去东京请明诚来验收，也顺便拜访几位亲朋好友。王寿卿还说，请清照先去过目。清照说："谢谢王先生，经过半年多的操劳，终于成全了明诚的一桩心愿。等明诚来了我们一起去看吧。"清照从抽屉里拿出一个信封，交给王寿卿，说："烦先生把这封信转交明诚。"

王寿卿到了东京，见到明诚，转交了清照的信件，说明了《古器物铭碑》已经完工，只欠序言还没有镌刻。明诚表示谢意，结算、付清所有的酬金，并请王寿卿在"有竹堂"多住几日。

王寿卿跟明诚的妹夫陆德夫的父亲原是世交。王寿卿乃京畿陈留人氏，祖籍尚有亲族居住。他听说陆德夫在陈留县做县令，便要去拜访他的几位先辈和陆德夫，请县令对他的族人多些照应。明诚把清照给他寄来的《醉花阴》另抄在一张纸上，夹在他平日写的几十首诗词里，装入一个硕大的信封，并附上一封信。信中说道，这些诗词都是他的新作，请陆德夫给评骘[①]一番。这几十首诗词，是明诚平日退朝回到"有竹堂"为了排遣寂寞而写，当然也是想下点儿功夫，写出几首好诗词给清照看看，博取清照的欢心。

陈留县离汴京不远，五日后，王寿卿从陈留县归来。明诚问他，陆德夫对他的词作有何评论。王寿卿说："他说，这几十首诗词，有一句写得最好，清词丽句，无人能比。”明诚忙问：“是哪一句？”王寿卿说：“莫道不消魂，帘卷西风，人比黄花瘦。”明诚笑道：“这下我真的服了！德夫还真是有眼光。”王寿卿说：“这句分明写得好！”明诚说：“可惜不是我写的，是清照写的啊！”王寿卿笑道：“你是服了清照，还是服了德夫？”明诚答：“都服。一个会作，一个会赏。”

此间，朝廷下诏，命赵明诚正式上任鸿胪少卿。同时，蔡攸转为翰林学士兼鸿胪寺卿。王寿卿为明诚打抱不平，说：“听朋友们议论，定鼎之礼，全是你主持操办，那蔡攸坐享其成，事成之后，他反而连升三级。一人得道，鸡犬升天，恐怕大宋朝廷也要改姓蔡了。”明诚说：“先生，这定鼎之事，乃是我不得已为蔡京父子逢场作戏而已，并非我心甘情愿。同僚们对我口碑再好，也不是我的光彩。不怕先生说我俗气，说实话，我是为了保住这鸿胪少卿的俸禄才尽力去做的。你知道，人生在世不能为了银子，可是要做点儿事情，没有银子也不行啊！在当今官场上，受点儿冷落倒也不是坏事，如果攀附、受宠，青云直上，反而贻笑后人呢。”王寿卿颔首称是。

王寿卿把打算在东京办的事都办完了，明诚便告假跟王寿卿结伴儿来到洛阳。明诚见了清照，首先向清照道歉；然后诉说因参与定鼎之礼，几乎忙得蓬头跣足，无暇顾及私情，让爱妻惦念，耗伤了身子，心里甚是惭愧。清照见明诚也消瘦了不少，也是心疼不已，只是埋怨了一句：“公务太忙脱不开身子倒也罢了，为何不写封信来？”明诚说：“可巧这几个月运河上少船，没有一个熟人来洛阳。”清照再也没说什么话。两年来，夫妻聚少离多，今日重逢犹如新婚，所以平日里的一切怨尤都化为昨日的云烟，不复计较。

两天后，明诚和清照跟王寿卿相约看石碑。他们来到龙门石窟前看那《古器物铭碑》。石碑共十六通，每通镌刻铭文一卷，共十五卷，还有一通碑空着没刻字，是留着刻序文的。青石雕凿的石碑整齐地矗立在伊河岸上，碑体雕凿得庄重、古朴而又典雅。明诚和清照对石碑的形体和碑文的刻工都很满意。王寿卿说：“这碑文都是我的老搭档任升师傅镌刻的。”清照说：“这刻工确实高超，你看，原件上这飞白、剥蚀、缺损处，摹刻得惟妙惟肖、犹如真迹。这碑应该安放在亭台之上、廊檐之下不受风吹日晒、雨侵霜打的地方。”明诚对清照说：“可以暂时存放在‘有竹堂’的前院，这样，我就可以跟石碑朝夕相处、日夜为伴了。”清照笑说：“看你痴迷成这个样子，何不跟石碑同床共寝呢？”明诚和王寿卿都笑了，清照却忽然感觉失言，脸上发热，忙改口道：

“这古器物铭是你们赵家收藏的秘籍，放在我们李家不妥。我看放在府司巷的宅邸里最好。”明诚说：“你家，我家，你分得好清楚！不过你说得倒是有些道理，我们不能据为己有。”明诚扭头对王寿卿说：“这件事我还是托付先生帮我办理，愿先生不辞辛苦。”王寿卿说：“只要德甫信得过我，我当尽心竭力。”

明诚交代完洛阳的事情之后回到了东京，王寿卿便着手安排托运那十六通石碑的事。这《古器物铭碑》似乎生不逢时，刻字时找不到石匠，现在托运又雇不到船只。运河上的大船都被官府征调去江南运“花石”了，水面上只横着几只打鱼的小舟。王寿卿跑了一天没雇到大船，只好站在运河岸上望河兴叹。

且说自九鼎告成，皇上渐生奢侈，由奢侈而骄纵，由骄纵而淫逸，而后越陷越深，不能自拔。一日，皇上召集左右辅臣入宴，令内侍取出一副进膳用的玉盏和玉卮[2]，曰：“朕本欲用此物，恐言路又要喧哗，责朕太奢，故而迁延至今。今日见天下承平无事，又见尔等孝敬，朕方敢偶尔小试一次。”蔡京连忙启奏：“臣等因陛下平素以俭德治天下，不敢率尔陈请。今日既然得此佳制，正好奉觞上寿，哪个敢有不宜之论？”皇上道：“爱卿此言差矣，谏官指朕之失，乃应有之责，岂能问敢与不敢。”蔡京对曰：“事情如果合于情理，何畏人言？曩日神宗垂问先贤介甫，介甫对曰：‘人言不足恤！’古人云：‘唯辟[3]作福，唯辟作威，唯辟玉食。’陛下富有四海，正当玉食万方，区区酒器，何足介怀？”皇上闻言，不禁笑逐颜开，宴罢留蔡京寝殿长谈，夜深方散。

翌日，传出圣旨，命朱勔[4]领苏、杭应奉局及“花石纲”于苏州。

皇上除了书画珍玩之外，还特别喜爱两种石头：一是玉石，一是奇石。所谓“奇石”，主要指产于太湖的太湖石，另外还有灵璧、慈溪、武康诸石。太湖石以白色为主，其形体以“皱、漏、瘦、透”为特色，形状各异、千姿百态：有的瘦骨嶙峋，像贫僧化缘；有的玲珑剔透，像龙宫瑰宝；有的似龙腾虎跃，威猛狰狞；有的如美女出浴，婀娜多姿。所谓“花石纲”是指朝廷兴师动众搜罗、转运奇花异草、怪石珍木的“盛举”。这些叫作“花石”的东西需要编成车队、船队转运，每十只大船为一纲，所以叫“花石纲”，以搬运湖石为主。

这苏州应奉局和“花石纲”的总领最是肥得流油的美差，内帑[5]由他随意领取，动辄数百万缗。朱勔将数十万的钱截取下来输入蔡府，然后仗着蔡京的势力横行于苏浙一带。朱勔指使下面的胥吏、走卒们搜岩剔薮，凡是寻常士庶家里或有一草一木一石可供玩赏，便派悍卒入内，指为贡品，用黄表封存；如有异言，则加以“大不敬罪”；如若丢失，则以私藏贡品之罪鞭笞交加、数倍惩罚。待搬运之时，则破壁拆门，令主家恭敬抬出，装于车船之上。若在荒山野岭、绝壑深渊发现奇石珍木，必叱工驱役，哪怕掘山辇石、竭泽钩沉，也不惜人力物力，志在必得。及载舟运物之时，无论商船市舶，一经指定差遣，则不容推诿。曾在太湖得一巨石，高广皆有数丈，奇伟无比。用大船装运巨石，水陆牵挽，毁闸断桥、凿堤拆堰，历经数月方运抵汴京。其间，役夫劳敝、农田损坏，江淮运河两岸，民众无不侧目切齿。而朱勔却奏称：“不劳民，不伤财，安抵都下，乃是川渎效灵，神运而来。”朝中将此石唤作“神运石”。蔡京又引荐一方士奏曰：“若在紫禁城东北方，用奇石堆垒一高山，将神运石置于山顶，谓之‘艮岳’，按文王八卦，艮卦主皇嗣兴旺、皇寿无疆。”皇上准奏，蔡京令朱冲主管此事。

苏、浙一带百姓遭“花石纲”之祸，轻则倾家荡产，重则家破人亡；于是，官逼民反，他们有的啸聚江湖，有的揭竿山林，为匪为盗，专与官府作对。崇宁五年春正月，西方天上出现彗星，彗尾竟天。皇上信奉“人言不足恤”，但天象告警，却让他吓破了胆，把那“天命不足畏”丢到了九霄云外。于是，皇上谨奉祖宗的老办法，撤乐避殿、素服减膳、焚香祭天，以求豁免。如此经月，彗星仍晖耀在天，犹如宝剑高悬，令皇上日夜战战兢兢、寝食难安。赵挺之与吴居厚趁机请皇上下诏，求直臣诤言，匡扶时政；皇上降旨准奏。户部尚书刘逵与赵挺之相善，曾对赵挺之说：“他日若得天时，必奏黜蔡京。”赵挺之向皇上密奏：“蔡京在朝中经营多年，羽翼无数，蒙蔽陛下于左右。若言不能达圣聪，人有言而不敢进。故若求言，必须进用贤达之人。”皇上然诺，遂按赵挺之的推荐，晋升吴居厚为门下侍郎，刘逵为中书侍郎。刘逵上书请求碎元祐党人碑，宽赦元符上书邪籍禁令；皇上亦顺从刘逵所请，当夜即派遣黄门数人至文德殿东壁砸碎元祐党人碑，撤去碑石。次日，蔡京见党碑毁去，即在朝堂质问皇上，皇上答曰：“朕意亦在宽大为怀，所以毁去此碑。”蔡京怒曰：“碑可去而名不可灭！党籍不可毁！”这一怒吼，威震朝堂，无人敢言，皇上微现惊诧之意，瞥了他一眼，愤然退朝。不过半日，刘逵呈上奏牍，极力陈请曰：“蔡京专横，目无君父，党同伐异，陷害忠良，兴役扰民，损耗国帑，应亟加罢黜，靖国安民。”皇上览奏犹豫不决，迁延数日，待司天监奏称“太白昼见”，天象又一次警告，皇上才罢免蔡京的宰相职务，令其领太乙宫使，留居京师。随后，朝廷大赦一切党人，令尽还故里，等候复任；又去除蔡京所立崇宁诸法，复归旧制；复用赵挺之为尚书右仆射兼中书侍郎。自是，赵挺之与吴居厚、刘逵共同辅政，凡蔡京所行悖理虐民的事情都稍加纠正，并劝皇上罢兵息民，停“花石纲”，罢“艮岳”工役，皇上皆准奏。

毁元祐党人碑、罢黜蔡京之后，明诚立即去洛阳接回清照和姨母一家。清照又回到“有竹堂”，姨母一家也留下住在这里。一日，清照翻阅往日她和父亲的旧作，不禁睹物伤情。回想几年来，朝政遭波谲云诡、翻天覆地之变，她身陷离乡背井、飘零无归之苦，不禁百感交集、思绪万千。她看见过去写的次韵和张文潜的《浯溪中兴颂》诗，胸中又诗情涌动、喷薄欲出。于是，她以古鉴今，第二首次韵和诗，便一口气流泻到笔端：

君不见惊人废兴传天宝[6]，中兴碑上今生草。不知负国有奸雄，但说成功尊国老[7]。谁令妃子天上来，虢、秦、韩国[8]皆天才。花桑羯鼓玉方响[9]，春风不敢生尘埃。姓名谁复知安、史[10]，健儿猛将安眠死。去天尺五抱瓮峰，峰头凿出开元字[11]。时移势去真可哀，奸人心丑深如崖。西蜀万里尚能反[12]，南内一闭[13]何时开。可怜孝德如天大，反使将军称好在[14]。呜呼，奴辈乃不能道辅国用事[15]张后尊[16]，乃能念春荠长安作斤卖[17]。

晚上，明诚回来，清照把才作的诗给他看。明诚看罢感叹道：“古来勒石铭文都是旌表人臣功勋，唯有我大宋的党人碑是为了禁锢人臣而立。浯溪中兴碑历经三百多年，依然高悬山崖之上，蔡京的党人碑三年不到便捣毁了。立碑旌表也罢，禁锢也罢，虽然都是浅陋之举，但从其存废久暂，毕竟可以看出人心向背。”清照说：“但人心有时未必灵验。捣毁党人碑，是彗星横天，皇上恐惧，不得已而为之。蔡京仍留居京师，乃是皇上舍不得蔡京。翁爹、刘逵主政虽顺从民心，但毕竟势单力薄，对蔡京不可不防！不见高力士一声‘好在’之后，便被李辅国放逐到远恶之地，食荠菜而叹味美！”明诚说：“这首诗我也要让父亲看看。”

因罢停“花石纲”，运河里有了运货的大船，王寿卿便雇船把十几通“古器物铭碑”运到了东京。明诚征得父亲的同意，把碑安置在府司巷府邸前院的廊檐下面。于是，京师的文人学士、好古成癖者，闻风慕碑而来，渐渐成了赵家府邸的门前客、座上宾。明诚住在“有竹堂”，便聘请王寿卿做赵家的门客，在府司巷专门接待来瞻仰碑文的贵宾们。

这正是：

艮岳犹唐抱瓮峰，夸功嗜欲满朝廷。士林忧国空无奈，宋帝操权看彗星。

注解：

①评骘[pí ng zhì]：评定。骘，排定。

②玉卮：玉制的酒杯。

③辟：此处为“君主”意。

④朱勔[miǎn]：苏州人。北宋奸臣，为“六贼”之一。

⑤内帑[tǎng]：古代指内务府库或其储备的钱财。

⑥天宝：唐玄宗年号，共十五载。

⑦国老：老成持重的老臣。

⑧虢、秦、韩国：参见《唐书·杨贵妃传》中的“有姊三人，皆有才貌……大姨封韩国，三姨封虢国，八姨封秦国，并承恩泽”。

⑨花桑羯鼓玉方响：花桑，不详。羯鼓，玄宗最擅长的乐器。玉方响，乐器。

⑩安、史：安禄山、史思明。唐玄宗时二人发动叛乱，史称安史之乱。

⑪“抱瓮峰、开元字”：抱瓮峰，应为“瓮肚峰”，参见《开天传信记》中的“华岳云台观中方之上，有山崛起如半瓮之状，名曰‘瓮肚峰’。上尝赏望，嘉其高迥，欲于峰头大凿‘开元’二字，填以白石，令百余里望见。谏官上言，乃止”。

⑫“西蜀万里尚能反”：指安史之乱时，唐玄宗逃亡四川，太子李亨称帝。平定叛乱之后，玄宗以太上皇名位返回长安，

⑬“南内一闭何时开”：南内即兴庆宫，旧时唐玄宗听政处。玄宗自蜀返回长安后，唐肃宗宠信宦官李辅国，李将玄宗软禁于西内，南内从此关闭。

⑭“反使将军称好在”：唐玄宗从南内迁往西内途中，李辅国率禁卫军执兵刃押送，玄宗惊恐万状，几乎坠马四次。跟随玄宗的太监高力士大呼：“五十年太平天子，李辅国旧为家臣，不得无礼。”又传玄宗诰曰：“将士各得好在否？”将士皆高呼拜舞：“太上皇万福！”

⑮辅国用事：参阅上条。唐肃宗李亨信任宦官李辅国，李辅国擅权。

⑯张后尊：参见《唐书》中的“皇后宠遇专房，与中官李辅国专权禁中，干预政事，请谒过当”。后来因争权，皇后被李辅国所杀。

⑰“春荠长安作斤卖”：高力士七十岁时被流放巫州，见园中荠菜，当地人不懂可吃，遂作诗曰：“两京作斤卖，五溪无人采。夷夏虽有殊，气味应不改。”

第二十四回

石癫题跋御赐诗卷　众女试作王孙怨词

崇宁五年初春，毁元祐党人碑，朝廷大赦元祐党人，令其任便居住，等候差遣。张耒自黄州迁居陈州，从此隐居不仕。李格非携夫人和李迒，从鄂州回到东京故居“有竹堂”。李远也带着家眷一起来到东京。

清照跟明诚为父母平安归来，在“有竹堂”设家宴为他们接风洗尘，从早晨便开始准备家宴所用酒品、肴馔。李格非从行囊中取出采自洞庭君山的“白鹤团茶”，请家人品尝。清照接过茶饼，让玉珠拿来茶碾，一边碾茶，一边寻思这几年的遭际。一家人经过几年的颠沛流离，今日终又团聚；清照在苦涩的回忆中，从心底重新唤起了曾经有过的甜蜜和温馨。玉珠奉上新茶，团茶是苦的，但细细品味有沁人心脾的余香。品茶之际，清照在心里吟成一首调寄《小重山》的词；晚间，在开宴之前，她对着亲人们朗诵了她的新作，以表达自己由衷的喜悦心情：

> 春到长门[①]春草青，江梅些子破，未开匀。碧云笼碾玉成尘，留晓梦，惊破一瓯[②]春。　　花影压重门，疏帘铺淡月，好黄昏。二年三度负东君，归来也，著意过今春。

李迒说：“姐姐，我好久没听你唱歌了，你就把这《小重山》唱一遍吧。”清照令陈巧娘抚琴伴奏，自己则引吭高歌，欢快的歌声在“有竹堂”庭院中回荡。清照唱过之后，对李迒说：“你会唱岭南的民歌吗？如果会，我可把咱爹爹的诗作稍加变动制成岭南韵味的曲词。”李迒说：“我不会。姐姐如果早告诉我，我能学会很多首岭南的民歌。”清照笑说：“又来夸口。自己喜欢，还用别人告诉。”家宴在一片欢声笑语中结束。

“有竹堂”自从来了李迒便热闹了许多。早晨，李迒跟李远夫妇在前院练武，陈沛和陈巧娘站在旁边观看。陈沛看着眼热，李迒便把陈沛拉进来一起练，还要陈巧娘也参加进来，陈巧娘害羞地跑到屋里。李迒跟陈沛荡秋千，比赛谁荡得高。李迒说，他小时候荡秋千，最高时，脚下的画板能超过秋千架上边的横梁，陈巧娘在旁边说：“我不信。”李迒便登上画板荡起来给陈巧娘看，把秋千架荡得摇摇晃晃，好像要把那秋千架的柱子折断似的。陈巧娘吓得脸色苍白，连声喊道：“李迒哥，我信了，快下来吧！”忙上前拉住秋千绳索，说，“你小时候身子轻，荡得高，现在人高马大，秋千架可经不住你使劲荡来荡去，摔下来可不得了。”李迒从秋千上下来，突然问陈巧娘：“你看我们‘有竹堂’好玩不好玩？”陈巧娘说：“好玩。”李迒说：“好玩，就别走了，住下来吧。”陈巧娘脸上泛起一阵红晕，说：“这是你的家，我们不能总住在这里。”李迒说：“我的家也是你的家。”陈巧娘心里泛起一阵热浪，面颊绯红，悄声说道：“这话你别跟我说。”昨天，李迒听姐姐说，“有竹堂”里连李远夫妇，共住了四家人，房少人多住得太挤，姐姐和姐夫打算搬到府司巷赵府，陈夫人一家也一块儿搬过去。府司巷那里，赵夫人安排了一个小院落，让她的妹妹陈夫人跟孩子们住在里边。所以今日李迒才说出挽留巧娘的话语。

搬家这天，陈沛、陈巧娘、清照都恋恋不舍，舍不得离开“有竹堂”。清照看见，巧娘眼里滚着泪珠，李迒悄悄递给她手帕。陈巧娘擦了眼泪，又把手帕还给李迒。

清照的新家是府司巷赵家府邸中的一套小小的院落，院内花木山石安排得错落有致，地方虽小，但干净齐整、舒适清静。搬完家，明诚跟清照说：“今天我们总算有了一个自己的窝，就是小了一点儿。”清照说：“陶潜曰：‘倚南窗以寄傲，审容膝之易安。’有了这立足之地，比流离失所、寄人篱下强多了。”明诚说：“那我们就把这居室叫作‘易安室’。你那首《瑞鹧鸪》说过：‘居士擘开真有意’，你就用‘易安居士’作号，如何？”清照说：“这名号先不要对人说，别让父母误解我们嫌房子太小。”明诚说：“小时候在彭城到关盼盼的‘燕子楼’去玩，就想有朝一日给爱妻盖一座‘燕子楼’。至今，这‘燕子楼’还是一个梦。”清照说：“你若能给我一座藏书万卷的陋室，便胜过金屋玉床。”

安居之后，明诚托王寿卿去汜水关，请邑官将辇运司廨舍墙壁里的《汉任伯嗣碑》取出，将阴阳两面的碑文各拓印了若干份，然后又出资将墙壁修复。

一日，明诚正与王寿卿装裱《汉任伯嗣碑》，门人来报说，有米姓客人来访。明诚知道客人是当今书画大家、书学博士米芾，便跟王寿卿一起去迎接。此时，米芾已经进到前院，正凝视着矗立在院子中央的一块巨大的灵璧石发呆。

米芾，字元章，不仅善书，而且善画，独创用墨点画山水，人称米点山水；其点画的溪山烟雨图，云雾弥漫，朦胧淡远，意境空灵虚幻。米芾也善画石头，痴迷各种质地优良、形态优美的奇石，人称“石痴”；只要是他喜欢的石头，必定称之为“石兄”，并虔诚膜拜。米芾生性癫狂、豪迈不羁，所以人们又称他为“石癫”或“米癫”。

明诚和王寿卿来到前院，见米芾旁若无人地端详那块灵璧石，便悄悄走到米芾身后，静静地等候；直到米芾向山石鞠躬再三，礼拜完毕，他两个方才向前施礼。明诚说道：“米大人驾到，恕晚辈有失远迎。”米芾吃惊道：“哦！德甫何时来到这里？免礼，免礼。”又对王寿卿说：“噢，原来寿卿也在这里！自从你去洛阳之后，至今有十几年未曾谋面了吧？”王寿卿答曰：“是啊，久违了！”米芾感喟道：“想来苏、黄二公乘鹤西去，这留在世上的书法大家，只有我和你两家了！哈哈！两家相遇，岂不是三生有幸、书家有幸么！”王寿卿道：“不敢。博士是篆、隶、楷、行、草诸书皆通，我可是只粗识古文篆籀③罢了。今天可要跟博士好好切磋切磋。”他们转过山石，走到通往内院的仪门前。米芾看见仪门两侧廊檐下的《古器物铭碑》，立刻停住脚步，走到碑前，说：“我今日就是为了看这碑文来的。”米芾每看一碑，必先给碑略施一礼，然后再观摩那碑上的文字；如此反复十五次，大约过去了一个时辰，终于把每块碑上的古文字粗略读了一遍，然后跟王寿卿说：“这些古文字都是出自贤弟手笔？”王寿卿道：“小弟不才，德甫聘用，敢不尽力！”米芾道：“明诚知人善任，才有这文字盛事。我看你这古篆，颇得二李笔意，笔画端劲，当今无人能比。其中的钟鼎金文④，古意卓然，也是独步书坛，无人能及。”王寿卿道：“博士过誉了，寿卿不敢当。”米芾说：“我向来不说恭维人的客套话！”

三人携手进了中门，步入客厅。米芾入座之后，明诚令仆人烧水备茶。米芾道：“我今日造访贵府，还要看看你家的秘籍！”明诚说：“只要先辈喜欢的，晚辈一定奉上。”米芾说：“人说贵府藏有金石碑帖两千卷，一时看不完，今天就看蔡君谟⑤的《进谢御赐诗卷》，如何？”明诚一边说“遵命”，一边去书库取来《诗卷》，像捧着价值连城的宝贝一样，双手小心翼翼地放在米芾旁边的桌上，展开卷轴令米芾观赏。米芾先是净手，然后拭目，每个字都凝神静气看得很仔细，似乎对每个字的写法都推敲了一遍。然后说：“这卷尾还有许多空处，我想写几个字。”明诚知道米芾意在卷后作跋语，遂命人笔墨伺候。米芾写道：“芾于旧翰林院曾观石刻，今四十年，于大丞相天水公府[⑥]，始睹真迹。书学博士米芾。”王寿卿自始至终看着米芾写下这三十几个字，由衷感佩道：“博士行草重意趣和笔势，脱去唐人窠臼，率真自然，神完气足，具有晋人二王风骨，书风自成一家。”米芾笑曰：“今天遇见知音，寿卿之论，恰当至极。”王寿卿接着说：“这卷后题跋，跟蔡襄公相得益彰，可谓珠联璧合。”米芾笑道：“还有一句：‘日月同辉。’”明诚对米芾说：“先辈不吝题跋，小子不胜感激。”米芾说：“只要不是狗尾续貂就成！”明诚连忙拱手致谢：“哪里，哪里！乃是锦上添花也！”米芾开怀大笑，说道：“这叫：家有梧桐树，才能引得凤凰来。”明诚说：“那是，那是。二位前辈，我还有件字帖，是一卷《小篆千字文》，都说是徐铉写的，请二位先辈鉴定一下，若能留下题跋更好。”明诚从书库取来《小篆千字文》，米芾一打眼，便说：“寿卿，你看像不像徐铉写的？这回我听你的，你是篆书的行家。”王寿卿说：“这件字帖，明诚给我看过，我说像是徐铉的，不敢肯定，所以也不敢作题跋。”米芾说：“寿卿做事谨小慎微，生怕看走眼贻笑大方。依我看，这肯定是徐铉的真迹。”米芾未等明诚说话，便顺手拿起笔来，在《小篆千字文》上也写了几行字。明诚等米芾写完跋语，便吩咐仆人准备分茶用的茶炉和茶具，然后取出一块茶饼，说：“这是我岳父从荆南带来的洞庭君山‘白鹤茶’。中饭前，我们活火分茶，品一品这明前新茗[⑦]，二位前辈意下如何？”米芾要过茶饼，看了看成色，嗅了嗅气味，曰：“这茶是真的。”王寿卿说：“明诚，以诚信为上。其物没有赝品。”明诚答曰：“王先生夸奖了。今日不以‘诚’无以答谢二位前辈的赐教啊。”

三人品茶之后，已近中午，明诚叫来两位兄长跟米芾和王寿卿共进午宴。其间，五人觥筹交错，吟诗放歌，直到米芾喝得酩酊大醉方才罢休。明诚又令仆人将米芾扶到一间寝室里，让他睡到酒醒。临走，明诚赠送米芾《汉任伯嗣碑》阴阳两面拓片各一份。米芾对明诚说：“我还有件事忘了跟你说，章惇的儿子有一卷蔡襄写的《赵氏神妙帖》让我题跋，又向我求售，开价二百千。不知你是否有意买下。”明诚说：“既然先生说是真迹，我就买下了。”米芾说：

“经我眼的，当然是真迹。只是这价钱高了一点儿，不能还价。”明诚说：“这无所谓，我先付您一百两银子作定金。请先生稍等。”明诚回房告诉清照买蔡襄字帖之事，清照欣然同意，拿出两人节衣缩食积攒的一百两银子交给明诚作定金，说：“其余一百两，就拿我结婚时那几件贵重首饰和衣服去质铺当来就是。”明诚拿了一百两银子到客厅交给米芾，约定三天后带一百银子到米芾府上交割。三天后明诚取来《赵氏神妙帖》，跟清照翻来覆去地欣赏了几个晚上亦未能尽兴。

又过了若干时日，有古文字癖好的文人学士们都来赵府看过了“古器物铭碑”，赵府便渐渐“门前冷落鞍马稀”了。王寿卿觉得无事可做，成了在赵府吃闲饭的清客，便跟明诚透露出要回洛阳的意思。明诚舍不得王寿卿离开，便说：“我们还有一事未了，那块准备刻序言的空碑还没立起来呢。以前，我曾托刘挚相公的公子刘跂先生为《古器物铭》写篇序言，后来他随父亲流徙岭南，多年没有音信，不知写完与否。如果不是跟刘跂先生有约在先，请王先生写一篇就是。”王寿卿说：“既然有约，便不能失信。但不知刘跂现在何处？”明诚说：“解禁元祐党人之后，听说他从岭南回到东平故里安葬父亲。王先生能否辛苦几天，去趟东平府，请刘公子把序言写完，拿来刻在那块空碑上。”王寿卿欣然允诺，说：“我正要去拜访老友。”明诚给足盘缠和给刘跂的润笔费用，委托王寿卿去了东平。过了二十几天，王寿卿果然拿来刘跂写的序言，并说刘跂现居东平府汶阳，日子过得很清苦，但精气神尚好。之后，明诚又让王寿卿聘请石匠任升把序言刻在碑上，将此碑立在众碑之首。至此，《古器物铭碑》才算完全告竣。明诚又让王寿卿把碑文拓印了若干份，裱褙后装订成册，分送友人。王寿卿也因此在赵府又住了许多时日。王寿卿本是布衣，生活拮据，他明白明诚挽留他的一片好意，因而心存感激之情，尽量把明诚托付的事情做得无可挑剔。之后，王寿卿便离开汴京回到洛阳。

且说建中靖国元年时，宰相曾布因在御前跟蔡京争执，被蔡京弹劾罢黜宰相职，出知润州[8]。后蔡京加曾布赃贿罪，后者几经流徙，远谪岭南任廉州[9]司户[10]。崇宁五年蔡京罢相，曾布徙知舒州[11]，复太中大夫，提举崇福宫。时曾布年七十，已垂垂老矣。曾布想起老伴儿魏玩，便把魏夫人接到舒州共度桑榆晚年。自魏夫人离开东京，清照的二嫂曾茜英心里总是挂念着年老的母亲。曾布热衷官场，对妻子冷漠寡情，使才情过人的魏夫人过了半生寂寞凄凉的日子。作为女儿，茜英每次想到这里，便有一种对母亲的悲悯情怀萦绕心头，总是挥之不去，似乎父亲欠母亲的情债，应该由她做女儿的偿还。

一日，茜英从清照的庭院旁走过，听到院墙里琴声悠扬，侧耳细听，像是笛曲《梅花三弄》，便信步走了进去，原来是巧娘在清照房里弹奏。茜英说："巧娘妹妹都会弹这么高雅的古曲了。"巧娘答道："在洛阳跟表嫂学了两年多，还是弹不好。"茜英说："弹得不错。"清照听见是二嫂的声音，便从套间里走出来，说："二嫂今日清闲，请坐。《梅花三弄》是笛子曲，我把笛曲改制成琴曲，二嫂听来如何？"茜英故意作嗔道："以前你说教我弹琴，巧娘都会弹《梅花三弄》了，我还什么也不会！"清照说："刚从'有竹堂'搬过来半个月，忙忙活活，还没顾得上呢。我们从今天起就学，你看怎么样？"茜英说："我今天就是来学弹琴的。"清照说："好啊。今天我们先从曲谱的读法开始，好吗？"清照取出琴谱，便给茜英讲了起来：什么是"宫、商、角、变徵、徵、羽、变宫"[12]，什么是"上、尺、工、凡、六、五、乙"[13]，以及板眼的记法等等。茜英也是绝顶聪颖的女子，不到半月，便把识谱的方法学会了。清照告诉茜英："以后选个简单的曲牌学习弹琴，那指法边弹边学就行了。"又问茜英，"你喜欢什么曲牌？"茜英说："小时候，听母亲最爱唱《菩萨蛮》。"清照说："魏夫人作的那首《菩萨蛮》非常好，那就从《菩萨蛮》开始学。这可是有名的古曲，是从唐朝就流行很广的教坊曲子，据说是更早些时候从南诏国[14]进贡传过来的呢。"

次日，茜英来学琴，清照先拿来一支竹笛，吹出七个音，令茜英按笛声调准了琴弦的音高，然后翻开曲谱，找到《菩萨蛮》曲，便一个音一个音地按指法教给茜英弹奏。茜英学得很认真，着迷似的学了二十几天，居然能自弹自唱魏夫人作的《菩萨蛮》了：

> 溪山掩映斜阳里，楼台影动鸳鸯起。隔岸两三家，出墙红杏花。
> 绿杨堤下路，早晚溪边去。三见柳绵飞，离人犹未归。

茜英伴着古琴的优美颤音，有板有眼地唱了一遍又一遍，唱得幽怨、凄婉，如泣如诉，泪水滴在了琴弦上，感染得清照也动了情。清照用两根手指在桌沿上轻轻击着节拍，眼里噙着泪花，不由自主地跟着茜英的琴声也哼唱起来。

妯娌两人的琴声和歌声在赵府穿堂过院，飘进邻近的谢彩云的绣房，把正在绣花的大嫂的魂儿也摄了过来。没过多时，大嫂和巧娘都来到清照的房里。于是，茜英又再次操琴，清照领着大嫂和巧娘又唱了一遍。众人唱得正酣，玉珠来报说："婉贞小姐从陈留县来了，太夫人让大家快去正厅会面。"

原来，陈留知县陆德夫升任雍州[15]通判，从陈留来京领旨之后，昨天启程前去上任。赵婉贞因怀有身孕，不便远行，便暂留京师，打算回娘家住些时日。大家在客厅里热闹了一阵之后，清照便约姐妹们到自己房里去坐。

向晚，明诚回来，婉贞向哥哥问好之后，跟清照说："三嫂，三哥的填词功夫长进不小。前几年，他写了一首《醉花阴》，有一句写得特别好，德夫看了赞不绝口。"清照问："你念来，我听听。"明诚说："不许念！"婉贞说："应该念给嫂子听，嫂子一定喜欢。"明诚说："谁让她喜欢？就你多嘴。"婉贞说："我偏要念。"清照说："别管他。你且念来就是。"婉贞念道："莫道不销魂，帘卷西风，人比黄花瘦。"清照笑道："不过叫我看，也是平常。"婉贞嗔着说："三嫂眼光也太高了，我倒要看你能写出什么惊人的词句！"清照抿嘴笑，不搭话，明诚对婉贞说："别提这个事了。我问你，为什么不跟德夫去雍州？"婉贞答曰："德夫说，那里离西夏太近，边界上不太平。老百姓住寒窑里，就像唐朝王宝钏，挖野菜吃。"明诚笑道："有一种野菜叫荠菜，味道很美，在长安论斤卖，你不去享用一下？"婉贞说："我不曾听说。"明诚说："没听说过？问你三嫂便知。"晚上，婉贞就住在明诚院子的西厢房里，玉珠已经按赵夫人的吩咐收拾好了房间。

每天，茜英和巧娘都到清照房里练琴，婉贞被那优美的琴声挑逗得心旌摇荡，也要跟清照学琴。这样，学琴的就是三个人了，连同清照共四个人。四个人一张琴不够用，明诚便托在大相国寺开古玩店的张飞卿又买了一张。这样一来，可把清照忙得没了一点儿空闲，屋里总是琴声不断，没有一霎时的清静。

这天，婉贞听到巧娘边弹边唱清照写的《怨王孙》，便从西厢房里跑来对清照说，她也要学这个曲子。清照说："不是正跟二嫂学弹《菩萨蛮》吗，怎么又想学《怨王孙》？"婉贞说："《菩萨蛮》学得差不多了。"清照说："想弹《怨王孙》，先把这个词牌的词填好，再学这个曲子也不迟！你填一首《怨王孙》的词让我看看。"婉贞说："二嫂、巧娘学弹琴，都是先学填词吗？"清照说："二嫂原来就会填词。巧娘比你小，你不能跟她比。"婉贞嗔着说："那不公平。三嫂不愿教我，我就不学了！"婉贞委屈得眼里含着泪，噘起樱唇，转身要走。清照说："你先别生气，听我告诉你。用自己写的词，一边学唱，一边学琴，自弹自唱，才别有兴致呢。保你学得快、弹得好。"婉贞还是觉得委屈，噘着嘴不说话。清照说："这样吧，把大家都请来，每人都填一首《怨王孙》，凡是不合格的都先学填词，然后再学弹琴。"婉贞转怒为喜，破涕而笑说："大嫂没想学琴，也叫人家填词？不知大嫂会不会？"清照说："大嫂也是大家闺秀，哪有不会弄点儿诗啊词啊的，说不定还会弹琴呢，大嫂是真人不露相。"婉贞说："也可能。"清照说："那就有劳妹妹去把两位嫂嫂请过来吧。"巧娘起身说："我跟表姐一起去请两位嫂嫂。"

婉贞和巧娘，一阵旋风似的各院转了一圈儿，没多大工夫，大嫂、二嫂，还有正跟大嫂学绣花的玉珠，就都过来了。清照说："我把姐妹们请来，是想趁着姐妹们难得相聚之机，也学苏东坡、王晋卿他们的'西园雅集'，咱们赵府的姐妹们，连同表妹巧娘，共六个女流之辈，也来一次诗文会，大家说好不好？"大嫂首先表示赞同，然后别人齐声响应。婉贞说："人家苏东坡们雅集有个名堂，叫'西园雅集'，我们也要有个名堂才是。"大嫂说："清照写了那么多诗词，名动京洛，也该有个名号。"清照说："明诚倒是给我起了个名号，叫'易安居士'，他说，这屋子就叫'易安室'。"婉贞说："今天的雅集就叫'易安室雅会'，如何？"众人都说好。清照说："婉贞妹妹想学弹奏《怨王孙》这个词曲，咱们每人都按这个词牌给她填首词，让她以后自弹自唱，好不好？"众人齐声说好。婉贞说："三嫂鬼点子真多，她知道我没常性，就想了这么个办法，让大家督促我。我若学不会这个曲子，就对不住大家了！"清照说："只要你明白嫂嫂的用心就行。"巧娘搭话说："表嫂们都会填词，我可不敢班门弄斧。"清照说："《怨王孙》这个词牌是用来写闺怨的，我们女人家，谁没有闺中怨气？没有，还可以想出一点儿怨气来呢，作诗填词本来就是虚虚实实。巧娘，你也跟我学过填词，不妨试着填一首，以后自弹自唱自己作的词，别有一番滋味呢。今日填词，用韵、格律都不必太严格，只要读起来上口就行。"大嫂说："清照说得对，巧娘尽管大胆作。"巧娘点头同意，说："请嫂嫂、姐姐们指教了。"巧娘又对玉珠说："玉珠姐，你跟清照嫂嫂日夜相处，耳濡目染也能作诗填词了，何不跟我做伴儿，也填一首？"清照说："好啊！玉珠姐也填一首。"玉珠说："填一首也行，反正丑媳妇迟早见公婆，我就献丑了。"于是，玉珠研墨备纸，大家开始凝思默想。

半个时辰过后，婉贞、茜英、彩云、巧娘、玉珠陆续写完。清照对婉贞说：

“婉贞妹妹，你第一个作完，你先念。”婉贞咳嗽一声，大声念道：

帝里春深门户掩，归雁断，阶前苔染。凭栏楼上望关山，古道远，夕阳惨。　　皎皎月圆人未见，星斗转，更长厌厌。多情应是自相怜，去也罢，谁思念？

清照说：“婉贞妹妹的词，最后一句写娇嗔之态，活泼俏皮，挺好，往后可以学《怨王孙》琴曲了。下一位是二嫂念。”二嫂茜英清了清嗓子，念道：

梦断愁浓还酒恼，推宝枕，翠屏向晓。看庭前落叶残红，恨未了，风难扫。　　声断玉箫人信杳，春又去，连天芳草。声声悲怨杜鹃啼，勿忘我，归来早。

清照说：“二嫂的词写得委婉曲折，一唱三叹。二嫂本来就是词坛名媛，果然名不虚传。下面轮到大嫂了。”大嫂彩云念道：

绿暗红嫣浑可事，春有几？烟消云匿。纵然载酒曲江池，怎不会，家乡忆？　　不枉暖风吹客泪，应记起，清明家祭。有人憔悴问东风，似唤醒，归期至。

清照评论道：“大嫂的词老到沉稳，有莼菜鲈鱼[16]之思，颇耐人寻味。下一位是巧娘妹妹。”巧娘脸上泛起一阵红云，竭力压住心跳，颤着声音念道：

日理瑶琴声阵阵，理还乱，青丝云鬓。恨王孙忘却山盟，又辜负，春闺信。　　锦绣韶华何不吝？别错过，花期春讯。伯牙琴碎报知音，泪不尽，凭谁问。

巧娘念完，众人齐声鼓掌，清照说：“没想到巧娘用的是险韵，还真是应当另眼相看了。结语有深意，值得玩味。好得很！最后我们看玉珠姐的词。”玉珠有些不好意思，嘻嘻笑着，小声念道：

公子王孙谁敢怨？惟恐怕，香消韵散。风流蕴藉岂能攀，近朱者，赤也淡。　　只愿素心常眷恋，深夜月，青灯黄卷。念夫人体健康宁，这乃是，平生愿。

众人听完，都面面相觑，惊讶不已。大嫂说：“玉珠写到这个地步，也煞是难为她了。只是这‘深夜月，青灯黄卷’一句，不知何意？”玉珠解释说：“我想说，每天夜里念佛，给夫人们祈福祈寿。”婉贞说：“我还以为玉珠姐要出家呢。”众人都笑了，清照说：“玉珠姐的美意，我心领了。这首词文若其人，忠厚朴实。‘近朱者，赤也淡’，出语奇特，将谐谑入词，俗而不失其雅。不过，‘赤’字是仄声，不合律，要改一改。”婉贞说：“索性改成‘红也淡’，虽然俗一点儿，可是更有味道。”清照说：“婉贞改得也好。整篇来看，格调还要再高一些。写诗填词作文章，都不能小看自己。”玉珠说：“谢谢夫人指教。”茜英说：“我们都填完了，清照妹妹也该填一首，做众人楷模。”清照说：“这《怨王孙》词牌，有两种体式。我们作的是五十四字的，还有一种是五十三字的。两种体式不仅字数不同，格律也不一样。为了省事，我就套用婉贞词的立意，作一首五十三字的《怨王孙》。”词曰：

帝里春晚，重门深院。草绿阶前，暮天雁断。楼上远信谁传，恨绵绵。

多情自是多沾惹，难拚舍，又是寒食也。秋千巷陌人静，皎月初斜[17]，浸梨花。

大嫂彩云说：“清照妹妹的词，全篇换了三次韵，起伏跌宕，有兔起鹘落之感。”二嫂茜英说：“变韵能使音韵婉转曲折、摇曳多姿。回去我们也试着作一首五十三字变韵的《怨王孙》。”婉贞应声道：“明天作完，都到三嫂这里交卷，我有赏呢。”

这正是：

夫愿所学传后世，妻甘技艺授多人。夫妻比翼双飞燕，唤醒花红柳绿春。

注解：

①长门：长门宫，汉朝长安宫殿名。司马相如曾作《长门赋》，其序言说，汉武帝陈皇后，生性嫉妒，被贬长门宫。陈以重金贿赂司马相如作《长门赋》，感动武帝，又得亲幸。

②瓯[ōu]：盆盂类瓦器。词中是指盛茶的瓷制器皿。

③籀[zhòu]：春秋战国时流行于秦国的一种字体，今存石鼓文是其代表，亦称“大篆”。

④钟鼎金文：铸在钟、鼎等青铜器上的古文字。

⑤蔡君谟：蔡襄，字君谟，福建仙游人。北宋名臣，书法家、文学家、茶学家。曾任翰林学士、三司使、端明殿学士等职，为官正直，所到之处皆有政绩。累赠少师，谥号“忠惠”。

⑥天水公：赵挺之所属赵姓的郡望，即祖先居天水郡，今甘肃天水，故米芾称之为天水公。

⑦明前新茗：用清明节前采的芽尖做的茶。

⑧润州：今江苏镇江。

⑨廉州：今广西合浦周围区域。

⑩司户：州府里主管户籍财政的官员。

⑪舒州：今安徽舒城。

⑫“宫、商、角、变徵、徵、羽、变宫”：中国古代乐谱的调名，即今C、D、E、F、G、A、B。

⑬“上、尺、工、凡、六、五、乙”：中国古代音阶符号，即今简谱的1、2、3、4、5、6、7。

⑭南诏国：唐朝时云南境内少数民族建立的国家。

⑮雍州：今陕甘宁三省相毗邻的区域。

⑯莼莱鲈鱼：《晋书·张翰传》记载，苏州人张翰在洛阳做官，“因见秋风起，乃思吴中莼羹、鲈鱼脍……遂命驾而归。”后来此事被传为佳话，谓“莼鲈之思”。

⑰斜：此处读尖音[siá]

第二十五回

高太尉驱妖用奇计　金明池竞渡争锦标

“易安室雅会”之后，过了寒食，清照跟姐妹们商量着去金明池游玩几天，看水陆虎翼军的操演；但赵夫人从婉贞嘴里知道此事之后，却不让她们去，说：“听说那池子里出了个双头妖怪，专门拉人下水！”

婉贞将母亲的话告诉了清照，清照很诧异，问明诚。明诚把事情的原委跟清照说了一遍，并告诉清照不要再告诉别人。

原来，每年二月底，御史台都会在宜秋门贴出黄榜，晓谕市民无论贵族仕宦、市民百姓，皆可进入金明池、琼林苑纵情游冶玩赏。从三月初一开始，京西顺天门外的金明池和琼林苑，每日都有禁军教头操练水陆虎翼军士，演习各种仪式、阵仗、武艺、竞技，以备三月十八日皇上驾幸时检阅观赏。其中尤以水上的画船百戏、龙舟争标等节目格外精彩纷呈、惊心动魄，令京师万众翘首期盼。三月十八日之后，每日池上游船如织、笙歌如潮的热闹景象会一直持续到端午节。往年一进三月，池苑内便人头攒动、热火朝天，但今年却是三三两两、门可罗雀。

先是，蔡京未罢相之前，皇上因彗星在天，如头上悬着一把利剑惶惶不可终日，弹劾蔡京的奏章也雪片般飞来，蔡京便指使其门生党徒捏造祥瑞取悦皇上，消解皇上的疑虑。什么黄河清、甘露降、祥云现，甚至并头莲、连理木、牛生麒麟、鸡产凤凰之类，外臣接连奏进。都水使赵霆，自黄河得一异龟，身有两首，作为吉祥之物献于朝廷。蔡京贺曰：“此为齐小白象罔[①]之物，见者主霸，乃陛下威服四夷、万国来朝之象。臣敢为陛下贺。”皇上命内侍将异龟留在宫中，养在一个紫铜色的钧窑瓷缸里。偏有那因升官不成、心生怨隙，如今成了蔡京对头的郑居中奏上一本，曰：“事出反常必为妖孽。天无二日，人无二王。龟有二首，岂象人主有二乎？”皇上听后大惊，却又迷信蔡京的“象罔主霸”之说，心里拿不定主意，遂命内侍将异龟抛入金明池湖水中暂时养着。可巧三月初五，一名虎翼军士操练时溺水身亡，此事一经传出，一传十、十传百，愈传愈邪，坊间竟流传金明池有了兴风作浪的双头妖怪。今年金明池开放以后，听到谣传的都望而却步；但清照姐妹们深居闺中不得而知。

金明池游人稀少，毕竟不是好兆头。宰相赵挺之、中书侍郎刘逵也为这事大伤脑筋。若等到三月十八那天皇上驾幸金明池，看到这种冷冷清清的状况，岂不龙颜大怒？怎么才能驱散笼罩在市民百姓心中的妖雾，使金明池重新热闹起来？这对赵挺之和刘逵来说，成了迫在眉睫的难题，如不及时解决，必定成为政敌弹劾他们的口实。那首相左仆射的空位，分明是皇上给蔡京留着的。一旦蔡京复位，首当其冲遭殃的便是赵挺之和刘逵。赵、刘二人想不出好的办法，只得下令禁止市民传谣，朝廷官吏更不得传与眷属亲朋，违令者严惩。赵夫人见赵挺之天天心事重重的样子，再三追问，才知道了个中缘故。

皇上驾幸金明池时，所有操演、竞渡、朝贺、宴飨、乐舞、游赏、仪仗诸务皆由殿前都指挥使高俅总揽，鸿胪寺和太常寺协办。鸿胪少卿赵明诚自然对坊间的传闻十分清楚，也正为此事发愁。既然清照问起，他就把事情原委全部说了出来。清照听完，信口说了一句：“这说不定就是蔡京一伙造谣惑众，何不来个以假乱真的驱妖降魔术！”明诚恍然悟道：“此计倒是可行。”

次日，明诚特意去金明池视事，会见殿前都指挥使高俅，说：“皇上驾幸那天，观竞渡、争标，如果没有游人喝彩，山呼万岁，你我将何处容身？”高俅说：“阁下说的是。我也正为此事烦恼，阁下可有妙计？”明诚说：“我倒是想了一个只能你知我知的办法，正要找你商量，不知意下如何。”明诚凑到高俅耳边说了几句悄悄话，高俅听后哈哈笑道：“看来英雄所见略同，我也是这个意思。”明诚说：“这双头龟可是皇上养在金明池的，只要你不怕犯欺君之罪就行。”高俅道：“哼！这双头龟本来就是蔡京犯了欺君之罪。皇上睁一只眼闭一只眼，正想去掉这块心病呢。”两人相视而笑，便各自准备去了。

过了几天，坊间传说，高太尉——太尉是百姓对高阶武官的尊称——率虎翼军从金明池里打捞上来一只双头龟。越日，一支浩浩荡荡的虎翼军队伍，后面跟着一队手持法器的道士，一路上念着咒语，放着鞭炮，鼓角连天地押解着一辆囚车，从顺天门进了州桥西大街。市民们闻声跑去观看，只见那囚车的笼子里立着一个木头刑架，架子上吊着一只乌龟。人们从不远处望去，见那乌龟直挺挺地伸着脖子，脖子上确实长着两个头。押解囚车的队伍，穿过围观的人群，缓缓地往前行进。从州西大街到州东大街，足足用了两个时辰。中午，队伍出了丽景门，说是用快马将双头乌龟送回黄河里去。

晚上，明诚回家，清照说她和玉珠去看了那游街示众的双头龟，问那双头龟是怎么做的。明诚说，把一根木棒的一端削尖，另一端刻成两个乌龟头部的样子，找一只真乌龟，乌龟缩头之后，从颈窝里把木棒的尖头使劲插进去，就做成了双头乌龟。清照听了毛骨悚然、不寒而栗，说道："生生地将一根木棒插进一只活乌龟的颈窝里去，这种狠心的事情，也只有你们男人才想得出来、做得出来！"明诚笑答："还不都是你的主意。"清照说："胡说！谁让你们用真乌龟！不会都做成木头的？"明诚说："木头做的不像真的，怎么骗人？"

这办法果然灵验，第二天金明池的游客便蜂拥蚁聚，一下子多了起来。

东京的市民们终于盼到了三月十八日。天刚蒙蒙亮，各条大街上便已香车隆隆、玉勒萧萧，人们扶老携幼、前呼后拥往金明池而去。清照和彩云、茜英妯娌三人，还有婉贞、巧娘、玉珠，在晨光熹微之时便起床梳洗打扮。刚要用饭的时候，陈沛、李迒也从"有竹堂"来到了赵府；陈沛是昨天奉清照之命去"有竹堂"约请李迒一起去金明池游玩的。吃过早饭，女眷们便登上两辆红木雕花轿车，陈沛、李迒骑马，汇入了去金明池的车水马龙之中。

金明池在京西顺天门外街北，周围约九里三十步，池东西宽二里许，南北长约三里。大宋初，太平兴国年间，这里是虎翼军操练水战的场所，后来演变成虎翼军龙舟争标、皇上与民同乐的水上园林；近几年，经过高俅的改建，更加华丽壮美，成为京都的著名景观。

清照一行数人进得金明池南门，向右驱车至池之东岸。东岸临水皆垂杨，近岸设彩棚帐幕，租赁给官宦富绅的家眷在此观看争标。清照等人找到赵府租赁的帐篷，安排好茵褥坐具、茶水果品之后，李迒、陈沛请示清照，要去池内各处去观赏游览。清照对李迒和陈沛说："巧娘没来过金明池，让她也跟你们一起去玩玩。你们两个要把巧娘照顾好，若有什么闪失，我拿你们是问。"李迒答应说："姐姐放心就是。"巧娘十分高兴，便跟在李迒和陈沛身后，走进了熙熙攘攘的人群。他们回到池水南岸，来到面北的临水殿。李迒介绍说，这是皇上车驾临幸，观看龙船争标之处。他们再西去二百步，来到了仙桥桥口牌楼式的大门。李迒说："这门的名字跟孔夫子的庙门相同，叫棂星门。"门里两彩楼对峙。李迒介绍说："每有争标，彩楼上列伎女作乐助兴。"跟棂星门相对，街南有砖石甃砌的高台，上有楼观，广百丈许。李迒说："这楼台叫'宝津楼'。宝津楼跟仙桥门之间这个宽百余丈的校场，是陆上虎翼军的兵士化装成天兵天将，跟妖魔鬼怪角力、格斗，表演百戏的场所；皇上临幸宝津楼，赐宴群臣之时，远可瞭望仙桥水殿，近能俯瞰校场骑射。宝津楼的南面就是琼林苑，园里种着四时花卉。"李迒一边解说，一边带领陈家兄妹走进了棂星门，再向北走数十步，登上仙桥。仙桥长约二百步，桥身如飞虹卧波之状，谓之"骆驼虹"，桥两侧有朱漆栏杆。他们走到桥尽头，下桥进了五殿的南门。所谓五殿者，乃是位于金明池湖心岛上的五座殿宇：四座配殿围绕着中间一座宏伟壮丽的主殿。四座配殿各在湖心岛的东、西、南、北四方临水而建，四殿之间用圆形回廊连通，回廊前的水岸皆用方石砌成。各殿中皆设御幄，有朱漆明金龙床，床后立着戏龙屏风。从前这里是皇上观水战演习的地方，自南岸的临水殿落成之后，皇上便不再驾幸五殿，这里成了供游人玩赏的场所。五殿上下及其回廊，皆是关扑饮食、动使、头饰的铺席，以及艺人表演百戏的勾栏。在五殿的游廊上，李迒展示了一下从姐姐那里学来的关扑技巧，赢了一副玉石手镯，红着脸送给巧娘，巧娘也红着脸戴到手上。

李迒等三人离开五殿，回到仙桥，登上"骆驼虹"的驼峰，这里是观看龙舟竞渡的最佳去处。此时，金明池各处鼓乐齐鸣，炮声震天，游人朝着南岸的临水殿欢呼雀跃，"吾皇万岁"之声此起彼伏。李迒指着东南方的临水殿说："巧娘，你看！皇上的御驾降临了！"果然，远远望去，殿前的亲水平台上，禁卫班直[②]列队于前：龙骧卫士头戴雉尾簪缨，身披锦绣衫袍，竞逞鲜新；虎贲兵勇手执龙旗麟幡，腰挎金刀宝剑，威震天地。众星拱北之处，翠扇黄盖之下，御座之上，乃当今真龙天子。临水殿前，横列四艘彩舟，上有诸军百戏：舞旗、舞狮、棹刀、蛮牌之类；又列两船，载教坊乐部；还有一小船，上结小彩楼，彩楼下近水有三个小门，如傀儡戏的彩棚。殿前平台上三声静场鞭响过之后，乐船上参军近御前致敬语，随之船上乐声大作。小船彩棚的中门打开，出来一艘玲珑精致的小舟，小舟上有一披蓑戴笠老翁垂钓，后有小童举棹划动。小舟在水面缭绕数周之后，钓出鲜活小鱼一条，然后划入彩棚中门；继而有木偶从彩棚两侧小门出来，在水面上蹴球旋舞之后回到小门里。此类水戏，谓之“水傀儡”。又有两画船，上立高竿、秋千架，百戏伶人爬上高竿作诸种惊悚奇险的戏要身段，左右军院鼓笛相和；又数人轮番蹴秋千，秋千荡起将要平架时，蹴秋千者翻筋斗掷身入水，谓之“水秋千”。如此反复数次，引来岸上游人的阵阵欢呼之声。水戏呈毕，百戏乐船与水傀儡船分两壁各自退到水殿两侧。

之后，有小龙船二十只，上有绯衣军士各五十余人，各设旗鼓铜锣；船头有一军校，舞旗招引。又有虎头船十只，船上各有一锦衣人，执小旗立船头上；余皆着青色短衣，顶长头巾，齐舞船桨。诸小龙船划到池北岸的“奥屋”，牵拽出一条大龙船。其间，小龙船争先团转翔舞，迎导于前，虎头船以绳索引大龙船跟随在后。大龙船长约三四十丈，阔三四丈，头尾鳞鬣，皆雕镂金饰；中设御座，上有层台楼观。龙头上有人舞旗指挥，至临水殿停泊。之后，小龙船分两队横列于水殿前，东西相向。虎头船布列其后，如两阵之势。须臾，鼓乐大作，皇上登上大龙船就座，殿前水棚上一名军校以红旗招之，小龙船各鸣锣鼓出阵，舞桨旋转，共为一个大圆阵，谓之“旋罗”；水殿前又以旗招之，其船分为两队，各为一小圆阵，谓之“海眼”；又以旗招之，两船队交错相划，谓之“交头”。又以旗招之，则诸船皆列池心五殿之东面，对临水殿排成行列。此时，则有小舟上一名军校执一竿，上面悬挂锦缎、彩绸、银碗之类，谓之“标竿”，插在临水殿前的水中；又见旗招之，则两队龙船向临水殿鸣鼓并进，岸上观众呐喊助威，捷足先登者得标；连同虎头船之类，各三次争标而止。然后，皇上辞舟登岸赏赐得标者，军民山呼拜舞。龙船竞渡争标结束后，小龙船复引大龙船入“奥屋”之内。小龙船则系于池之西岸。之后，皇上移驾宝津楼，大宴群臣，再观校场的骑射、角逐等陆上百戏。

皇上移驾时，仙桥及岸上的游客为了前去瞻仰天子风采，潮水般拥向临水殿。在拥挤的人流里，巧娘被冲散了。李迒发现丢失了巧娘，便拉着陈沛去找。他们在摩肩接踵的人群里一边往前挤，一边大声呼喊着巧娘的名字。在喧闹的人声中，他们听见了巧娘的应声，便向那应声处拼命挤去。在仙桥的桥头上，他们看见巧娘正被四五个泼皮样的小子调戏，为首的是个寒酸的恶少，他们故意把巧娘拥挤到桥头，围住巧娘动手动脚，欲行无礼。巧娘见李迒过来，拼力挣脱出来，躲到李迒身后。李迒冲上前去，怒声斥道：“你是何人？竟敢放肆！”那恶少一脸的无赖相，指着旁边的四个人，摇头晃脑地答道：“要知本公子是谁，你且问问他们！”旁边一泼皮跷着大拇指应声说：“听说过高衙内吗？这位小爷便是高太尉的公子。”李迒道：“噢，高衙内？我倒是去过高府几次，怎么没见过你？”那恶少听李迒话语有些来头，又见李迒高出自己一个头颅，先自软了下来，说道：“小弟眼拙，也不曾记得见过公子。请问公子台甫[3]？”那恶少一边说，一边往后边虹桥上退，李迒抢前几步拦住他的退路，伸手揪住他的衣领，说：“今天就要让你跟我去见高太尉，高太尉正在宝津楼上接驾！”那恶少挣扎着要逃跑，却被李迒从后面拦腰抱住，用肩抵住他的后背，猛地起身，来了个“霸王扛鼎”，将他仰面扛在肩上，然后走近桥栏杆，往栏杆外使劲一甩，一个“霸王卸甲”，便把个瘦小的恶少扔到桥下的水里。只听得“扑通”一声水响，池面上的水花落下，咕噜咕噜冒上几个泡来。旁边看热闹的人们打趣道：“这人的水秋千蹴得好啊！”另一个说：“可惜皇上没看见！”跟着恶少的那几个泼皮见势不妙，趁机钻到人群里，连影子也看不见了。却说那恶少浮上来在水里打扑腾，巧娘说：“李迒哥，要出人命了！怎么办？”李迒赶紧脱了外面的衣服递给巧娘，露出一身腱子肉，一跃跳进水里，一手抓住那恶少的衣服，另一手划水，把恶少拖到岸上。等那恶少把肚子里的水吐干净了，喘过气来，李迒跟那恶少说：“我的名字叫李迒，住西衢街“有竹堂”，我在家里等着你！今日不奉陪了！”李迒说完，便跟巧娘、陈沛扬长而去。他们到了金明池东岸，找了一个隐僻去处，等李迒把湿了的内衣换下来，便回到赵府租赁的帐篷里。

李迒把痛打“高衙内”的事跟清照说了一遍，清照说：“这样你才像我的弟弟。”清照深情地看着弟弟魁梧的身材和精明的样子，说：“弟弟可以做女孩子的靠山了。”李迒红了脸，岔开话题问道：“那高太尉真有个儿子吗？”清照说：“你姐夫跟高俅是朋友，他可能知道，回去问问就是。怎么，害怕了？”李迒道：“我是怕连累姐夫。”清照说：“男子汉就要敢作敢当！不管这个高衙内是真是假，你都应该这么做。”李迒说：“姐姐说的是。”

春天过去，夏天来了。自五月初一至初五，京都的各家各户又开始忙碌起来。人们争先置办各样端午节的时令物品。赵府的媳妇们到大相国寺买来百索艾花、艾叶人胜、银样鼓儿花、花巧团扇；又在家里跟女仆们一起包粽子，做香糖果子、五色水团；又将艾叶、紫苏、菖蒲等切成细末，搓成细茸，与香药相和，装入各种式样的香囊和香荷包。巧娘拿着一对绣着荷花鸳鸯的香荷包来找清照，红着脸说：“表嫂，我绣了一对香荷包，等你去‘有竹堂’的时候带给李迒哥哥吧，谢谢他在金明池救了我。”清照说：“好吧，先放在我这里。你把陈沛叫来，我有事叫他去办。”巧娘说：“荷包的事，别让弟弟知道。”清照说：“嫂嫂懂得。”巧娘把陈沛叫来之后，清照对他说：“后天就是端午节了，你去‘有竹堂’把你李迒哥叫来，后天我们再一起去金明池看赛龙舟，到琼林苑看花。”到“有竹堂”去找李迒，是陈沛巴不得的开心事，清照的话刚落音，他便转身出了院子。

端午节早晨，赵府各房把艾叶、紫苏、菖蒲挂在自家的房门、院门上，用来驱虫、解毒、辟邪、祛瘟；大门的守门人则把百索艾花和艾叶人胜挂在门楣上。端午节官府谒告[4]，早晨，赵挺之和夫人跟存诚、思诚、明诚及其各自的妻子儿女在厅堂聚会，孙辈解开粽子献给爷爷奶奶，叫作“解粽”。爷爷奶奶给存诚、思诚的儿子恬儿、谊儿的手腕系上五彩丝线，额上抹了雄黄。然后，大家喝了雄黄酒。存诚、思诚各自驱车带孩子去道观，请道姑给孩子们用药水做熏浴，以求去病消灾、纳福迎祥。明诚、清照尚无子女，便带着李迒、陈沛、婉贞、巧娘和玉珠去了金明池和琼林苑。临去，清照把巧娘做的荷包偷偷给了李迒，说：“看见荷包上的鸳鸯了吗？回去告诉爹娘，爹娘就知道该怎么办了。”李迒脸上泛起一阵红晕，心也跟着扑腾扑腾跳个不停，小心翼翼地将荷包放进衣袋。

在金明池，明诚、清照诸人不想再看赛龙舟了，他们便租了两只游船，划到五殿西边的湖面上比赛划船。李迒、陈沛、巧娘用一只船，明诚和清照、婉贞、玉珠用一只船。李迒的船上人少，划船人年轻力壮，自然遥遥领先，很快划到了西岸的水边。清照对明诚说：“你喊话告诉李迒，让他们自己玩吧，我们去琼林苑了。”明诚喊话后，清照他们的游船便掉头划回了游船埠头。

池之西岸，是游人稀少的清静去处。这里垂杨蘸水，烟草铺堤，岸上坐着垂钓之士。李迒将小船系在岸边的垂柳上，跳上岸，到“池苑所”租了两副钓鱼竿，又买了牌子，然后回到船上，三人便在船上钓起鱼来。过午，他们将钓来的几尾鲜鲤拿到“池苑所”过秤按价付钱之后，便在近处找了一家临水小酒肆，令店小二当即红烧。三人以鱼荐樽，开怀畅饮，对着那湖光潋滟、山色空蒙的美景乐而忘归，连琼林苑也不想去了。直到斜阳欲坠，游人渐少之时，他们才回到船上解缆返程。李迒一边划船，一边唱起他姐姐作的《如梦令》：

常记溪亭日暮，沉醉不知归路。兴尽晚回舟，误入藕花深处。争渡，争渡，惊起一滩鸥鹭。

端午过后，李格非夫人来赵府拜见亲家母赵夫人，请赵夫人做大媒给儿子说亲，那女家当然就是陈夫人的女儿陈巧娘。这本来就是亲上加亲、皆大欢喜的事，所以，赵夫人出面一说，陈夫人便满口答应下来。

六月，李格非接到朝廷的复官任命状，按例低于原职，出任齐州通判。因李格非年迈体弱，需要夫人和李迒跟随侍候，这一去不知何时回京。为此，李夫人来赵府请求赵夫人向陈夫人美言，希望及早给李迒和巧娘完婚，以便全家同去齐州。这本来也是两相情愿的喜事，可陈夫人说："只是嫁妆没有备齐，若男家愿意近期结婚，只能恳请男家见谅了。"于是，由赵夫人做主，出资给巧娘置办了几套嫁妆，选定了良辰吉日，一顶花轿便在吹吹打打声中将巧娘抬进了"有竹堂"。过嫁妆的时候，清照把那张古琴作为礼物送给了巧娘，清照对巧娘说："这琴本是母亲从洛阳外祖家要来的，也算是李家的东西，现在物归原主，我把琴还给你。以后你看见这张琴，就跟看见姐姐一样。"巧娘眼里含着泪说："姐姐教我作诗、填词、弹琴，我一辈子都要记住姐姐的大恩大德。"

李迒和巧娘结婚以后，夫妻两人便随父母去了齐州。同去的，还有李远夫妇。

这正是：

明哲看透世间尘，乖巧承欢且保身。操演金明池水上，奉迎万岁醉游人。

注解：

①"齐小白象罔之物"：意即象征齐桓公称霸。齐桓公，名小白，齐国的国君，"春秋五霸"之首。象罔，《庄子》寓言中的人物，含无心、无形迹之意。

②班直：皇帝随身的卫兵。

③台甫：台甫是旧时民间初次见面的礼貌用语，即请问对方姓氏、表字。古人以直呼其名为失礼。

④谒告：放假。

第二十六回

无子嗣责岂在妻妾　有功勋理应垂汗青

且说崇宁五年二月，赵挺之拜相之后，按照大宋朝廷的回避制度，他的两个儿子赵存诚和赵思诚都辞去原来官职，做了只领俸禄不管正事的所谓“监庙差遣”。赵明诚也奏请辞去鸿胪少卿官职，但皇上不准，因其二兄已皆为闲差，回避不必过当。端午过后，皇上加恩赵挺之，诏令存诚知河南府，思诚知河中府。赵挺之上书辞谢不敢受此隆恩，诏答不允。旋又以赵夫人郭氏出身名门，治家有道、教子有方，敕封为秦国夫人。

是年十二月初六，是赵夫人六十大寿，儿孙们都想举办一个隆重的寿礼，热热闹闹地庆贺一番。赵挺之向来不喜欢张扬，且虑及朝廷今年又是多事之秋，所以他提前传出话来，夫人的寿辰不宜大操大办，只在赵府家人中进行，外礼一概不收，外宾也一律不请。

腊月初六这天，日出扶桑[①]，暖阳临窗，赵府内一片喜气洋洋。儿子存诚、思诚和女婿陆德夫都从外地任所风尘仆仆地赶回家里，给母亲拜寿。中午寿宴之前，全家尊卑长幼齐聚正厅行祝寿礼。大厅的正面挂着一幅赵挺之手书的寿字中堂，中堂前边的几案上，左面摆着一件用寿山石雕刻的南极仙翁[②]，是存诚兄弟三人共同送给母亲的寿礼；右面一件蓝田玉雕刻的麻姑献寿[③]，是陆德夫途经长安买来的。赵挺之和赵夫人坐在大厅正面的太师椅上，依次接受众人的跪拜。存诚和思诚携妻儿拜过之后，恬儿和谊儿都去亲吻爷爷奶奶。赵挺之和夫人被孙辈们逗得笑逐颜开、合不拢嘴。思诚和茜英献祝寿新词《玉楼春》，词曰：

戏彩[④]堂高无寒暑，满座风生闻笑语。慈闱[⑤]今日庆生申[⑥]，歌遏行云香篆缕。　　万事从今休挂虑，儿辈行当壮门户。一杯祝寿比庄椿[7]，愿与青山相永驻。

轮到明诚和清照跪拜了，两位老人正襟危坐，听明诚诵读一首祝寿的贺词，调寄《长寿乐》：

微寒应候。望日边，六叶阶蓂[8]初秀。爱景[9]欲挂扶桑，漏残银箭，杓回摇斗。庆高闳[10]此际，掌上一颗明珠剖。有令容淑质，归逢佳偶。到如今，昼锦[11]满堂贵胄[12]。　　荣耀，文步紫禁，一一金章绿绶[13]。更值棠棣[14]连阴，虎符[15]熊轼[16]，夹河分守。况青云咫尺[17]，朝暮重入承明[18]后。看彩衣争献，兰羞玉酎[19]。祝千龄，借指松椿[20]比寿。

明诚读完，父亲问道："这词是清照作的吧？"明诚答曰："是。"父亲说："谅你也作不出来！下去吧。"接下来是陆德夫和婉贞拜寿，拜完，婉贞将怀里刚过百日的儿子抱与母亲，赵夫人接过外孙，笑嘻嘻地亲了又亲。此时，从孩子的开裆裤里稀里哗啦地漏出水来，热气腾腾地撒了赵夫人一身，婉贞笑着赶紧把孩子接过来，说："这孩子懂事，他知道过生日尿到谁身上，谁就延年益寿！"说得众人都哈哈大笑，乐不可支。众人行过寿礼，赵夫人去换了衣服，大家一起吃完寿宴各自回房休息。

祝寿词《长寿乐》是清照精心制作的，没想到在大庭广众之中遭到父亲的冷遇。回到自己房里，清照问明诚："翁爹今天对我们不满意，你知道为什么吗？"明诚答："因为我们没有孩子，又不能老莱子似的彩衣争献，承膝下之欢。"清照说："你说这事怨谁？"明诚想了想，说："东坡曰：'春色三分，二分尘土，一分流水。'[21]"清照问："谁是土？谁是水？"明诚说："二分尘土，是你和玉珠。我是灌园老叟，水也，占春色三分之一。"清照正色道："跟你说正经事，没心思跟你掉书袋、说荤话。依我说，有无子嗣，男女各占一半，妻、妾又各占一半的一半，我占四分之一，玉珠占四分之一。"明诚红了脸，说："你是说，主要是怨我？"清照说："我没说只怨你，也没说不怨我和玉珠。我只想说，这是命！红颜薄命！我虽然不能自诩红颜，但薄命是注定了。"明诚说："来日方长，我们还年轻。"清照说："那也很难预料，猴年马月的事不能指望！不孝有三，无后为大，我不能背着不孝的罪名，在别人白眼底下过日子。”明诚说：“今日父亲母亲也没说别的。”清照说：“你让我等翁爹写了休书再走？那我只有上吊的分了。”明诚说：“你说让我怎么办？”清照说：“我先回‘有竹堂’去，后面的事让父母给你安排，你和我的事，以后看情况再说。”

过了数日，趁明诚不在家，清照带玉珠去“有竹堂”，打扫、收拾她原来的书房和卧室。歇息的时候，玉珠说：“公子让我劝夫人不要回‘有竹堂’来，他说，老爷太太没有埋怨我们‘不孝’的意思。”清照说：“翁爹、翁姑嘴上没说，心里怎么想，我们哪里知道。自古以来，没有子嗣就是我们女人的罪过。《孔雀东南飞》里的刘兰芝，善良、贤惠、孝顺，也没能避免棒打鸳鸯、投水自尽的厄运。自古以来，男人们从来没有想过，或根本就不敢去想，没有子嗣也可能是他们的毛病。”玉珠说：“那我们怎么办呢？”清照答：“如果真是我们做女人的有病，背着‘不孝’的罪名，忍气吞声也就罢了；可是，这到底怨谁，谁能说得清楚？我不想这么糊里糊涂地过日子，我要活得明明白白。哪怕做牛做马，也要做得清清楚楚。”玉珠接着说：“让公子再续个侧室，如果还是无子，看老爷太太怎么说！”清照说：“如果公子有了子嗣，我们当然高兴。哪怕我们成了弃妇怨女，也听天由命，心甘情愿。玉珠姐，你就把我的这些话原封不动地告诉公子。”玉珠说：“还是夫人当面跟公子说清楚最好。”清照说：“当面说，我怕按捺不住，哭成了泪人，就什么也说不清楚了，他也不会答应。”玉珠说：“我说也行，就怕说不明白。”清照说：“反正就是这么一回事，实话实说就行。告诉公子，不要以为我是使性子，我是把这事当作大事、正事来办的。”玉珠说：“这样，我以后在赵家也是一个多余的人，不如跟夫人一块儿回‘有竹堂’来。”清照想了想说：“那也好。这可以让他早一点儿或续妻，或纳妾，尽快弄个水落石出。”

经过几天悄悄准备，清照决定离开赵府。冬日天黑得早，一天，天色已晚，明诚尚未回家，玉珠从街上雇了一辆马车停在赵府的后门，清照和玉珠带了几件必备衣物，神不知鬼不觉地登车离开赵府，去了“有竹堂”。

明诚回到家里，未见清照和玉珠，屋里黑洞洞的，暗中看见书案上有张写字的纸。明诚点烛观看，原是清照留下的信笺，上面写道：“夫侯德甫钧鉴：妾清照于归[22]赵氏，转瞬已近六载矣！初，夫妻琴瑟和鸣，情厚意笃，愿执手相偕百年；然妾薄命，未有子息以报厚恩，愧对列祖列宗。‘维鹊有巢，维鸠盈之’[23]，冀君侯再娶，以继宗祠之祀。唯恐惊动阖府，致使节外生枝，故不辞而别，请转致严慈[24]，敬乞海涵。千头万绪，万语千言，欲语已咽，余不赘言。清照，某月某日。”明诚读罢，已是泪流满面，立刻冲出家门，奔向“有竹堂”。明诚跑到“有竹堂”前，只见大门紧闭，千呼万唤，不见有人应声。他在门前逡巡多时，直到夜深人静，估计院内的人已经睡下，方才离开。

尔后，明诚接连两天到“有竹堂”找清照，都不遇而归。第三天，明诚将清照出走之事禀告父母，并向父亲出示了清照的信笺。赵挺之面色凝重，匆匆一阅，只说“知道了”，也未置可否。明诚退出后，赵挺之对夫人说：“清照这孩子深明大义，只是做事太决绝了！”赵夫人说：“我看清照也没有失礼之处，倒是令人可怜起来。让明诚每月给她两人送些银两过去，不然，两个女人家怎么过日子。”说完，两人都陷入了沉思。须臾，夫人打破沉寂，说道：“日后，明诚是续妻还是纳妾？”赵挺之说：“续妻？清照的名分怎么办？把清照休了，你舍得吗？明诚愿意吗？”赵夫人说：“如纳妾，也必须另居一处，不让任何人知晓。有了孩子再把她母子接进家里来。如果纳妾也不能生育——”赵挺之打断夫人的话，说：“若又不生育，那女人我们要还是不要？把女人弃之如敝屣，非我赵家所为。如要，妻妾三人竟不能有一男半女，岂不坏了明诚的名声？”两人商量来商量去，也没商量出个好办法，只能暂且放下不提。明诚本人明白其中的紧要处，是清照逼他做一件事：这件事可以分清谁应该担当“不孝”的罪名；但是，谁担这个罪名都不是好事。所以，这件事他决不能去做，他决定把这件事无限期地拖延下去，让岁月去消磨清照的意志；只要他赵明诚自己不怨天尤人，时过境迁，清照一定会回心转意。明诚想清楚之后，就再没去“有竹堂”。他竭力不去想清照的事，除了朝廷上的公务之外，他把全部精力都投入到《金石录》的收集、考订、题跋和编纂等事务之中，用来打发冷清寂寞的日日夜夜。

年底腊月，“有竹堂”清照卧室门前的那棵梅树悄悄萌动着春天的信息，琼枝上鼓出几粒芽苞，芽苞绽开，带着清芬的香气，吐出了鲜嫩的花瓣，白里透着红。一日，寒风突来，吹下漫天雪花，那梅花迎着风雪，晶莹剔透，开得更有精神。风住了，云散了，傍晚斜阳西坠，晚霞给梅花染上一抹隐隐约约的红色；夜深了，一弯下弦月从云隙里钻出来，暗淡的月光照到梅枝上，梅枝的疏影在洁白的雪景里横斜舒展，婀娜多姿。长夜漫漫，百无聊赖，清照不能入睡，起身打开房门，见天上一钩弯月像一只迷离的眼睛，向屋里探视，似乎要跟她倾诉什么；她披衣从卧室里出来，在月光朦胧中欣赏着梅花的韵致。她想起十几年前，从秋千架上看见明诚来了，便急忙下来跑到这里，假装嗅树上的梅子，穿过叶子的空隙，窥视明诚的身影。而今天，梅树长高了许多，疏密有致的枝丫上，错落地点缀着怒放的花朵；像梦幻一样，命运又让她回到这里，然而情怀就像青梅一样酸涩，失去了旧时的天真与烂漫；但她仍然自诩保持着往日的清纯和高洁，就像这傲雪的梅花。清照穿过积雪的院子，走进对面的书房，写下了她连日来酝酿的一首词，调寄《满庭芳》：

小阁藏春，闲窗锁昼，画堂无限深幽。篆香[25]烧尽，日影下帘钩。手种江梅更好，又何必、临水登楼。无人到，寂寥浑似，何逊在扬州[26]。

从来，知韵胜[27]，难堪雨藉，不耐风揉。更谁家横笛，吹动浓愁。莫恨香消雪减，须信道、扫迹[28]情留。难言处，良宵淡月，疏影尚风流。

明日，清照把昨晚作的词拿给玉珠看，玉珠把词偷偷抄下来，借上街买菜之机来到赵府，把那词交给大嫂，让大嫂转给明诚。明诚见词，自然心领神会，知道清照一定会回到他的身边。

崇宁六年，新年伊始，上元日已过，蔡京私党邓洵武见赵挺之日渐消瘦，精力不支，遂揣摩上意，奏曰："陛下即位以来，一切建树，上足立国，下足裕民，有何逆天背人之政，反要威谴自损呢？"皇上闻之和颜悦色道："卿言极是。"年前，天上的彗星消失了，皇上又想念起蔡京的诸多好处。蔡京见时机成熟，遂暗中嗾使御史弹劾刘逵，曰："刘逵专恣反复，肆意更张，陵蔑同列，引用邪党，理当罢黜。"一道圣旨，便将刘逵逐出京城，去知亳州。之后，蔡京官复原职，再授尚书左仆射兼门下侍郎。蔡京请皇上下诏改元，将崇宁六年改为大观元年，属意绍述新法。

且说清照和玉珠在"有竹堂"过着冷清寂寞的日子。虽然有赵府的接济，不愁日常用度，但是无所事事却也如坐监牢一般，苦闷难耐。不比玉珠洗衣做饭，忙里忙外，清照有的是空闲，她便抄写了几部佛经，让玉珠去大相国寺卖给寺里的住持。住持欣赏清照的工整小楷清秀可爱，且因清照名高望重，居然给了个好价钱，让玉珠拿了几两银子回来。清照不无得意地说："我们也有了自己的生计，若没有公子接济，也可以衣食无忧了。以后再卖了钱，务必买点儿果子来吃。"玉珠说："大相国寺里占定两廊的，都是各寺庙的女尼、道姑们卖的绣作、头面、绦线一类的什物。我也可以做点儿针线活儿拿去卖。"

清照笑道："明日我们就去剪了头发做尼姑吧。"玉珠笑答："那敢情好，我也看破红尘了。"后来，清照又写了几幅苏若兰的织锦回文诗，让玉珠绣到锦缎上，又画了几幅墨竹，一起拿去卖，卖书画的店家给的价格也不菲。玉珠买回几样干果子回来，如旋炒银杏、栗子，河北梨条、梨干，密州胶枣、枣圈、核桃蘸之类，还有清照爱吃的蜜制笑靥儿。主仆二人吃得津津有味，日子过得有苦有甜，倒也别有一番滋味。

三月，赵挺之见蔡京卷土重来，自己又病体恹恹，知无力回天，遂上书请辞。诏下罢赵挺之尚书右仆射兼中书侍郎，授特进、观文殿大学士、佑神观使等闲职。

赵挺之罢相三日后，蔡京下奏章弹劾赵挺之在原籍青州结交富人，贪赃枉法，营建私宅。之前，蔡京有一私党曾任京东东路监司，根据道听途说弹劾过赵挺之，当时皇上未听。此时，蔡京重翻旧案，赵挺之闻之，气血上涌，不省人事。又两日，卒中而殁，享年六十八岁。

皇上下诏，官给丧事，赠司徒。存诚、思诚、德夫和婉贞，皆从外地星夜赶来赴丧，明诚把清照和玉珠接到赵府，跟姑嫂们一起身穿重孝，在灵堂帘幕之后的草荐上席地举哀。

皇上驾临赵府，为赵挺之祭奠。赵府阖家男女老幼、亲朋友人、僮仆奴婢，皆到大门外恭迎圣驾光临，称颂皇恩浩荡。皇上于灵前奠御酒三杯，由中书舍人读罢祭文之后，到正厅落座，逝者家眷和孝子们再谢龙恩。谢恩毕，内侍问赵夫人有何恳请。赵夫人上前施过大礼后，恳求对逝者的谥号[29]内用"正"字，皇上曰："待理会。"赵夫人知道这是皇上的托词，实为不允，日后可能按蔡京所奏，设狱鞫治赵挺之的所谓"结交富人、贪赃枉法"之罪。之后，赵府沿袭大宋旧制三日殓、六日葬之礼，第六日发丧，移灵柩于佑神观寄存，待日后归葬青州。又过数日，内侍来传圣旨，谥赵挺之曰"清宪"，虽无"正"字，然亦"清正廉洁、奉公守法"之义，赵夫人及子女们方才稍微宽心。

赵挺之去世后，蔡京下令，命京东东路转运使王旉在青州设狱鞫治赵援之及其全家，并将赵夫人娘家郭大夫家也牵连进来。在京城开封府又置狱查封府司巷的赵府，羁押了赵挺之全家及其亲眷，连同前来奔丧的存诚、思诚、陆德夫都不能幸免。

逮捕赵明诚时，捕快都头见其房中没有别人，问其眷属何在，明诚答曰："年前已将妻子休回娘家。"都头不信，明诚遂拿出清照出走时的信笺作证。

那都头看见署名是清照，说了句“你把才女休了就该去坐牢”便没有认真追究，只押了明诚出了赵府。这样，清照和玉珠因住在“有竹堂”得以幸免牢狱之灾。在赵府大门外的街上，捕快们将明诚和赵夫人、存诚、思诚两家男女孩童，以及住在赵府的陈夫人和陈沛等主仆若干人，捆绑在一根绳索上，押往开封府的监狱。赵家一干人犯在大街上鱼贯而行，沿途观者如堵，人群中有惊愕张大眼睛的，有胆小不敢正眼看的，有木然毫无表情的，也有幸灾乐祸看热闹的，更多的是深表同情而垂泪相送的。那个叫牛大的在人群里喊了一声：“我说过，天官也有掉到地上的一天！哈哈！今日应验了。”人群中发出一片嘘声，吓得牛大悄悄溜走了。有人小声问：“怎么没有才女李清照？”话音未落，立刻被淹没在一阵斥责的声浪里。

清照和玉珠在“有竹堂”惊闻赵府被抄家，合家被监禁的消息，就像晴天一声霹雳，天崩地裂一般，两人一时惊慌失措、坐立不安。玉珠说：“我们逃走吧，说不定官府也来抓我们。”清照说：“往哪里逃？此时谁敢收留我们？更何况我们在京城举目无亲，投奔谁去？”玉珠说：“回齐州投奔老爷。”清照说：“那样岂不连累了他们。我们不能动，一动反而是心中有鬼，授人以柄。抓去就抓去，我们现在还是赵家的人呢，应该跟赵家患难与共，你说是吧？”玉珠答：“是啊！我活是赵家的人，死是赵家的鬼！”清照道：“哪里就说到死呢。”

过了几天，清照跟玉珠说，应该去探监，看看明诚、太夫人和兄嫂们的情况，给他们送点儿吃的、用的。玉珠说：“全家主仆三十几口人，都是给谁送？总不能只给公子送吧。再说，夫人，您这不是自投罗网吗？”清照觉得玉珠说得也有道理。两个人商量了许久，一时拿不定主意；最后玉珠说：“我先去打探一下情况，如果行，夫人再去。”清照给明诚写了一封家书，让玉珠从外面买了许多吃食，又给了玉珠几两散碎银子，让她疏通关节，见机行事。玉珠去了开封府大狱，半天后回来，红肿着两眼对清照说，她谎称是赵家的远亲来探监，监狱的看守告诉她，现在没有结案，亲友不能探视，也不能互通信问。玉珠又说，她给了看守二两银子，看守把吃食送了进去，明诚写了个纸条子让看守拿出来。玉珠把清照写的那封没送到的信和明诚的字条递给清照，清照凝视着明诚写的“明诚收讫”四个字，眼里的泪水如同散落的珠子顺着面颊滚到衣襟上，强忍着悲痛没哭出声来。

赵家蒙难系狱之后，清照和玉珠失去了接济的来源，还要不时地往监狱送些吃食、用品之类，在监狱看守那里打通关节更是一笔大的花销。于是，抄写佛经、作书绘画、制作女工绣品，拿到大相国寺去换些银两，便成为清照和玉珠每日必须操劳的生计。除此之外，清照还为酒楼上的歌姬写了几首词，也得了不少酬金。其中有两首是咏梅的。一首是《玉楼春》，诉说她内心的苦闷和牵挂：

红酥肯放琼苞碎，探著南枝[30]开遍未。不知酝藉几多香，但见包藏无限意。　道人[31]憔悴春窗底。闷损阑干愁不倚。要来小酌便来休，未必明朝风不起。

另一首是《渔家傲》，寄托着她的怀抱和希冀：

雪里已知春信至，寒梅点缀琼枝[32]腻。香脸半开娇旖旎[33]，当庭际，玉人浴出新妆洗。　造化可能偏有意，故教明月玲珑地。共赏金尊沉绿蚁[34]，莫辞醉，此花不与群花比。

操劳让人忘记牵挂，忙碌使人觉得充实。光阴似箭、日月如梭，不知不觉过了四个月。七月初七，明诚突然衣衫褴褛、蓬头垢面地来到“有竹堂”，瘦削的脸上络腮胡须遮住下巴，让清照和玉珠几乎认不出他是谁；她们从浓眉下的目光中认出是明诚，见其枯槁憔悴之状，心疼不已。明诚说，父亲的冤案已经了结，赵家的人都释放出来了。清照问过太夫人和兄嫂“安好”之后，立刻和玉珠伺候明诚吃饭、洗浴、换衣。饭间，明诚告诉清照说，青州发来结案文书，向刑部和大理寺报上案情，所谓父亲“结交富人、贪赃枉法”纯属子虚乌有，乃小人诬告；提点刑狱上报朝廷，此案得以洗雪。开封府案，则经数月穷究严查，据家属、亲朋、奴婢供析，赵挺之坐政府日，亦不过只有俸禄的少许剩利，至微，不足以定罪。所以，皇上下令撤销青州、东京两处刑狱，释放两地所有涉案人众，解封府司巷赵府。

蔡京见其陷害赵挺之的阴谋未能得逞，遂唆使台谏的私党交章论列，以赵挺之得入京官乃元祐党人刘挚所荐，又屡次包庇元祐奸党曾布、曾肇、李格非为由，上书弹劾赵挺之。皇上慑于蔡京势力，下诏夺去赵挺之观文殿大学士职以及所追赠的司徒称号，且收回府司巷官邸，限期搬出。

赵挺之之妻秦国夫人郭氏接旨后，满腔悲愤，立即上书驳斥蔡京，其奏章大略云：“元祐党人碑业已毁弃，元祐党人罪业已昭雪，何故又以元祐党人所荐及庇护元祐党人加罪？且故相曾布亦非元祐党人。先夫清宪秉公奉法，天地可鉴，蔡京肆意亵渎朝纲、紊乱法理，诋毁朝臣、挟私报复。此乃祸国殃民之端、天下大乱之兆！如不重整纲纪，大宋无望矣！”奏上，蔡京欲加“大不敬罪”，御批曰：“妇人之见，不必究问。”遂寝罢不问。然此奏章流播民间，广为流传，有人赞曰：“郭概大夫生前提点刑狱十路、数十州，秉公断案有包拯再世之美誉，其女秦国夫人得其父真传也！”

这正是：

事关大义家国事，纷至沓来欲辩时。万丈摩崖天刻字，不及百姓口中碑。

注解：

①扶桑：参见《梁书》中的“扶桑，在大汉国东二万余里，地在中国之东”。以及《说文》中的“扶桑，神木，日所出也”。

②南极仙翁：神话传说中掌控人间寿命的仙人，特征是头大且额前凸出，白色长胡子。即寿星。

③麻姑献寿：麻姑，据《神仙传》记载，其为女性，年十八九，貌美，自谓“已见东海三次变为桑田”。又流传西王母寿辰，麻姑于绛珠河边以灵芝酿酒祝寿的故事。故以麻姑喻高寿。

④戏彩：借用孝子老莱子的故事，言为母亲献寿。《太平御览》引《孝子传》曰“老莱子者楚人，行年七十，父母俱存。至孝蒸蒸，常着斑斓之衣。为亲取饮，上堂脚跌，恐伤父母之心，偃仆为婴儿啼”。

⑤慈闱：也写作“慈帷”或“慈帏”，母亲的代称。

⑥生申：生日。语出自《诗经》中的“生甫及申”。后人引用泛指生日，不必申时出生。

⑦庄椿：典出《庄子》中的“上古有大椿者，八千岁为春……”。后以“庄椿”指高寿。

⑧六叶阶蓂：此典出自张衡《东京赋》薛综注。蓂，是上古尧时的一种植物，夹阶而生。每月从初一开始，每日生一荚，至月半生十五个荚，然后每日落一荚，至月底落尽。六叶阶蓂，意即该月初六是生日。

⑨爱景：冬日的太阳光。

⑩高闳：音[gāo hóng]，指高大的门，亦指显贵门第。

⑪昼锦：称富贵还乡。《汉书·项籍传》载，项羽入关，思归江东，曰“富贵不归故乡，如衣锦夜行”。

⑫贵胄：指贵族后代。胄音[zhòu]，胄：后代人。

⑬金章绿绶：高官使用的印信及装饰品，代指高官。

⑭棠棣：音[táng dì]，花名。语出《诗经》中的“棠棣之华，鄂不韡韡，凡今之人，莫如兄弟”。喻兄弟情义。

⑮虎符：古驻外将帅验证皇帝命令真伪的铜制虎形信符，分为两半，皇上与将帅各执一半，契合为真。

⑯熊轼：音[xióng shì]，伏熊形的车前横木。因以指代有熊轼的车。古时为显宦所乘；借指太守。

⑰青云咫尺：指日高升意。青云，代指高位。咫尺，距离很近。

⑱承明：宫殿名，在汉朝未央宫中。

⑲兰羞玉酎：兰羞，美食。玉酎(zhòu)，佳酿。言诸子争献酒食。

⑳松椿比寿：参见《庄子·逍遥游》中的“上古有大椿者，以八千岁为春，以八千岁为秋”。此以松椿比喻长寿。

㉑“春色三分”句：参阅苏轼《水龙吟·次韵章质夫杨花词》。见本回后附记。

㉒于归：女子出嫁。

㉓“维鹊有巢，维鸠盈之”：《诗经·鹊巢》中的句子。意思是喜鹊自己搭了窝，把窝让给斑鸠来生儿育女、繁衍后代。

㉔严慈：严父、慈母的合称。指父母。

㉕篆香：类似庙宇中神像前点燃的“盘香”，将香做成篆文的式样。

㉖何逊在扬州：何逊，梁朝诗人。参见杜甫诗中的“东阁官梅动诗兴，还如何逊在扬州。”

㉗韵胜：言梅花的风韵、风度高雅，超过他花。

㉘扫迹：参见《文选》中的“乍低枝而扫迹”和杜甫诗中的“山林迹如扫”。言踪迹扫尽无所留。

㉙谥号：音[shì hào]，古人死后依其生前行迹而作出评价，为其所立的称号。帝王的谥号一般由礼官议上，臣下的谥号由朝廷赐予。

㉚南枝：咏梅诗常用典。例如“南枝独早芳”“南枝向暖北枝寒”“大庾岭上梅，南枝落，北枝开”。

㉛道人：得道之人，或曰僧人。

㉜琼枝：著雪的树枝。

㉝旖旎：音[yǐ nǐ]，柔和美丽。

㉞沈绿蚁：沈，通沉。绿蚁，酒。指浮在新酿的没有过滤的米酒上的绿色泡沫。参见白居易诗中的“绿蚁新醅酒，红泥小火炉。”

附记：

苏轼《水龙吟·次韵章质夫杨花词》

似花还似非花，也无人惜从教坠。抛家傍路，思量却是，无情有思。萦损柔肠，困酣娇眼，欲开还闭。梦随风万里，寻郎去处，又还被、莺呼起。

不恨此花飞尽，恨西园、落红难缀。晓来雨过，遗踪何在？一池萍碎。春色三分，二分尘土，一分流水。细看来，不是杨花，点点是离人泪。

第二十七回

返故乡千里走齐鲁　遵师嘱一心究异同

话说大观元年七月，因蔡京诬陷，已经去世的赵挺之，被黜落生前的观文殿大学士职，并被夺去死后追赠的司徒称号。他的三个儿子也因丧父须“丁忧三年”，被免去官职。皇上赐予赵挺之的府邸也被朝廷收回。赵夫人决定先携存诚、思诚两家大小，扶丈夫的灵柩回故土青州安葬，把赵家的家具、动使、细软一并运走，定居青州“归来堂”；留下明诚和陈沛整理赵家的书籍、书画、碑帖、文物古器，随后也运往青州。

明诚去“有竹堂”把全家迁往青州的安排告知清照，问清照作何打算，清照说：“家遭不幸，应当风雨同舟，如果你不因无嗣而怨悔，我也愿‘与子同袍’，患难与共。”明诚说：“我有什么好怨悔的？是我对不住你和玉珠。”清照说：“也不必这样说。用你的话说，来日方长，我们都还年轻。”明诚低头沉默不语，清照又说：“家里所藏文物，仅碑帖就有数千件，更不用说数万卷书籍和古董器物，要装箱发运，三十车也装不下。如今盗贼蜂起，路上也不太平。你看，把我老家的几个堂兄弟叫来帮忙如何？他们有的是力气，也有武功，无论整理、装卸、押运，都可以派上用场。”明诚拍手道：“你说得对！我正为这事发愁呢。我马上回家告诉两位哥哥，让他们经过明水的时候，把几位兄弟叫来。”清照说：“还有，家里的那十几通‘古器物铭碑’，带不走，只能留下来，必须找个寄存的地方，请人妥善保管。”明诚说：“是啊，是啊，还是你想得周到，放在‘有竹堂’最好。”两人商议好了，便带着玉珠又搬回府司巷暂住。几天后，赵夫人便带着存诚、思诚两家，还有她的妹妹陈夫人，一起去了青州。

明诚他们辛苦忙碌了二十多天，一切都准备就绪的时候，李过、李迥、李逅、李迈从明水也赶到了东京，在济南李格非处当差的李远也跟着来了。

明诚从市面上雇了三十辆载货用的“太平车”，还雇了四辆家眷坐的车子。载人的车子叫“平头车”，比“太平车”略小，但有棕作盖，前后有门，门上有垂帘。八月初九是个吉祥日子，这天，天刚刚亮，赵家浩浩荡荡的车队便出了汴京城北的新酸枣门。

五天之后，车队到了济州的州治巨野。明诚、清照知道，巨野的缗城[①]是晁补之的家乡。他们在巨野的客店里打听到，晁补之自元符二年丧母丁忧除服之后，提举鸿庆宫在家闲居。其间，他重修了准备隐居的庄园，也以“归来”为名，叫作“归来园”，自称“归来子”。晁补之历来推重清照的词作，几近逢人说项[②]，称赞清照：“垂髫[③]之年即有文名，才力华赡，逼近前辈。”清照也把晁补之以知音、恩师相待，尊崇备至。明诚和清照停下车队，让车队人马在巨野暂住，便带了王寿卿装裱的《古器物铭碑》和《汉任伯嗣碑》各一册做礼物，又从当地买了些别的礼品，驱车去缗城拜望晁补之。

缗城在微山湖之西。殷纣王之兄微子，因谏阻纣王荒淫无道，被纣王迫害而逃亡到这里，死后葬于湖中山丘之上，微山湖因而得名。明诚、清照来到缗城郊野，向东边放眼望去，湖中微山上的松柏葱茏蓊郁，微子庙的殿宇楼阁巍峨耸立，在烟波浩渺的湖水中若隐若现，令人如临蓬莱仙境。按照农夫的指引，他们来到一处高岗，高岗西面濒临一片水泊，岗上有一座柳荫环抱的庄院，白壁粉墙后面露出青砖黛瓦砌就的房山屋脊；这里就是晁补之的“归来园”。拾级而上，进门看见一座轩敞的厅堂，门楣上的牌匾书写着“松菊堂”三个大字。明诚和清照进得厅堂，见厅里高朋满座，人们正高谈阔论；晁补之蓦地起身迎上前来，惊呼：“哎呀呀！是明诚和清照！你们光临寒舍，真是神仙突然下凡、蓬荜顿时生辉啊！”晁补之向座中客人逐一介绍了赵明诚和李清照，众人皆呼：“久闻二位大名，幸会！幸会！”其中一位叫晁冲之的道：“刚才家兄还称赞夫人的才学，说‘若本朝妇人，当推文采第一’。天下哪有这样的奇事，说曹操，曹操就到了！”晁补之说：“曹孟德《短歌行》引《诗》曰‘我有嘉宾，鼓瑟吹笙’，你们来了，这是我的缘分！我的福气！”明诚双手递上带来的碑帖，道：“区区薄礼，不成敬意，望先辈笑纳。”晁补之答谢道：“在京时耳闻阁下制作此碑，只因外放不曾目睹，尝为平生一大憾事；今日得此碑帖，正了此生心愿。在下仅表谢忱！”之后，寒暄、谈笑间，不觉到了中午。令明诚和清照感到诧异的是，午餐竟是大开宴席，美味佳肴摆了三大桌。众人就座，晁补之把清照、明诚请到主人席上。酒过三巡，等大家都举杯向晁补之祝寿时，明诚和清照才知道今日是晁补之五十五岁生日，是双五诞辰。

晁补之是太子少傅晁迥五世孙，参知政事晁宗悫之曾孙。父端友，工于诗，其弟晁冲之亦是当朝著名文士。晁家乃五世文学世家，门生遍及朝野，今天来祝寿的都是当地致仕或辞官归隐的门生，也有德高望重的乡绅。席间，宾客们纷纷请清照赏光饮酒，填词助兴。清照起身向晁补之施礼敬酒，云："我与夫君前来拜望先辈，幸逢先辈双五寿辰，今日又恰值秋分节气，可喜可贺。然仓促间未备寿礼，愧对先辈盛情。清照不才，仅填歌词一首，以贺恩师松龄鹤寿。调寄《新荷叶》。"词曰：

薄露初零，长宵共、永昼分停④。绕水楼台，高耸万丈蓬瀛。芝兰为寿，相辉映、簪笏⑤盈庭。花柔玉净，捧觞别有娉婷。　鹤瘦松青，精神与、秋月争明。德行文章，素驰日下⑥声名。东山高蹈，虽卿相、不足为荣。安石须起，要苏天下苍生。

清照诵罢，众人夸奖之声不绝于耳。晁冲之曰："夫人之词，情致高雅，格调超迈，一扫柳三变以来矫揉造作、纤弱尘俗之风，令人耳目一新。"晁补之道："清照词，历来是清新不生涩，婉约不柔靡，浑然如天籁；后主词差可比肩，'花间词'仅能望其项背耳。"清照说："先辈过誉了，小可不敢当。"晁补之说："说句公道话，柳耆卿也写过好词，如八声甘州云：'渐霜风凄紧，关河冷落，残照当楼。'此真似唐人语，风骨不减东山高蹈处！"宾客们随声附和道："那是，那是，瑕不掩瑜。'杨柳岸，晓风残月'也是流传至今的名句哩！"一宾客道："年轻时，先父教我作诗填词，然又责备我说，诗不像诗，词不像词。到底何为诗，何为词？至今我也不甚了然，今日能否向晁大人和清照女士两位大家请教？"晁补之道："这可是个大题目。新乐府发端于盛唐，兴盛于我大宋，然后有'诗余'和'词'之称。然'词'坛之堂奥以及与诗坛之分界，我思索了几乎半生，至今也没参透。清照，你若有高见，不妨说给众人听听。"清照答："此题所涉，虽有所思，但未曾深究，不敢贸然妄言。但我愚见，诗与词的界别并非无迹可寻。词在立意、修辞诸方面都别是一家，不独句有长短而已；尤其在声韵格律方面两者更有泾渭之分。若以后有幸聚会，再与诸位先生切磋。今日晁大人寿宴，乃难得之良辰美景，又有琼浆玉液相伴，大好时光莫要错过。值此盛会，我再敬晁大人及诸位高士先贤一杯！”之后，又是一阵猜拳行令、觥筹交错之声。

寿宴结束之后，宾客怅然散去。晁补之请明诚夫妇留宿。明诚见天色已晚，便答应留下来。晁补之引领明诚夫妇先后游览了微子庙和张良墓，且拓了几张碑帖。晚间，晁补之与清照又继续探讨诗与词的异同；两人侃侃而谈，兴致浓厚。晁补之送给清照一本他写的词话《评本朝乐章》，说如讲求诗、词之要义，拙作或许有用。其间，明诚和清照向晁补之索取词作和墨宝，晁补之欣然命笔，写道：

东皋寓居，调寄《摸鱼儿》

买陂[⑦]塘、旋栽杨柳，依稀淮岸江浦。东皋嘉雨新痕涨，沙觜鹭来鸥聚。堪爱处最好是、一川夜月光流渚[⑧]。无人独舞。任翠幄[⑨]张天，柔茵[⑩]藉地，酒尽未能去。　　青绫被[⑪]，莫忆金闺[⑫]故步。儒冠曾把身误。弓刀千骑成何事，荒了邵平瓜圃[⑬]。君试觑。满青镜、星星鬓影今如许。功名浪语。便似得班超[⑭]，封侯万里，归计恐迟暮。

晁补之写完，解释道：“这是今夏归来园落成时有感而作。因为此园在水边高地，‘东皋寓居’乃取《归去来辞》之‘登东皋以舒啸，临清流而赋诗’之意。”

明诚和清照告别晁补之，回到了巨野的客店。越日，两人又驱车去嘉祥县武梁祠买了几册画像石拓片回来。明日，车队启程向曲阜进发。赵家的车队，一路晓行夜宿、栉风沐雨，四天之后来到曲阜阙里。李家五兄弟自诩曾陪叔父李格非游览过孔庙、孔林，愿做明诚的向导。明诚令李远看守车辆，便携清照和其他李家兄弟、陈沛去孔庙参拜。

自汉武独尊儒术以来，孔庙经过历代皇朝修葺扩建，宋朝之前已初具规模。宋太祖立国之初，即至曲阜拜祭，下诏增修；至大观年间孔庙已是规模宏大的庙宇。远望孔庙酷似一座城郭，城垣高耸、角楼入云，颇为壮观。近得前来，只见重门洞开、层阙对峙，门列十六戟，门上匾额赫然写着“宣圣庙”三个鎏金大字，乃本朝仁宗御书。进入棂星门，回廊曲折，复殿层叠，令人应接不暇；仰望殿顶飞檐翼张、钩心斗角，令人惊心动魄。整座孔庙分东、中、西三路并行，主殿都在中路。中路是四进院落，每院都有石碑林立。明诚和清照一边走一边审视矗立在阶下的一块块巨型石碑，分辨、识读碑上的文字。这些石碑的碑文，明诚家中大多都已收藏，但今天能目睹这些文字瑰宝，却使他们思接千载、视通万里，心生敬畏之意。他们不知不觉来到一座最宏伟的大殿之前，抬头仰视匾额，是飞帛书体的“大成殿”三字，也是仁宗御书。明诚与清照及其随从众兄弟进殿参拜孔子圣像之后，时已过午，只觉饥肠辘辘，腿脚乏力。他们离开孔庙，回客店用餐休息。途中经过孔府，在孔府门前的书肆里购买了几册家里未收藏过的碑帖。

次日，他们去游孔林。从阙里驱车往北行三里许，便到了孔林。长长的神道两旁苍松翠柏夹道侍立，龙干虬枝、古木参天，乃汉唐时所植。神道尽头为“至圣林”木构牌坊，这是孔林的大门。进入大门，石砌的神道直通孔子墓。道旁的石仪，有成对的望柱、文豹、甪端等神兽。神道尽头是孔子墓前的享殿，享殿广五间，黄瓦歇山顶，前后廊式木檐，檐下是五彩斗拱。享殿东侧有真宗祭孔时建的“驻跸亭”。享殿后面有子贡亲手栽植的楷树和子贡的墓庐。楷树拱有三围，但已半枯；墓庐是宋初仿古再造，也略显破败。沿着甬路再走数十步，便是孔子的墓冢。

孔林中墓冢累累，石仪成群，碑碣林立。除孔子、孔鲤、孔伋这祖孙三代墓葬之外，还有孔家数代后人的墓冢。碑上文字，自汉魏、两晋、北魏、北齐、隋唐，下讫本朝的诸种书体无不具备，可谓书艺之洋洋大观，故孔林亦有碑林之美名。在明诚、清照专注那些丰碑大碣上的文字时，李迈从孔林的一片古柏深处跑过来，对清照说：“姐姐，姐夫，跟我去看一块碣石！”清照问：“那碣石有什么好看？”李迈说：“去了，就知道了！”清照和明诚跟着李迈，来到了一处叫“思堂”的地方。这里立着许多碣石，每块碣石上镌刻着来孔林参拜的达官贵人、文人雅士的名字，以及他们题写的游记，题记有繁有简，字数不一。李迈领着明诚和清照到一块碣石前面，说：“姐姐，姐夫，你们看吧！”李家兄弟也都围在那里看，上面刻着：“提点刑狱、历下李格非，崇宁元年正月二十八日率禂、过、迥、迨、远、迈，恭拜林冢下。”李迨高兴地说：“我们的名字刻在碑上，百年以后的人也能看到！”李迥说：“一百年算什么，一千年也不止！”李迈应声道：“那是！我们也永垂不朽了！”清照看见自家兄弟们那兴高采烈的样子，从心底十分羡慕。这碣石上没有她和李远的名字，心里也有点儿小小的嫉妒，她没多说话，只说：“可惜李禂哥跟我父亲来过这里，但没见到刻有他名字的碣石。他日子过得苦，不幸过早去世了。”清照一句话提醒了大家，人们立刻默哀似的安静下来。清照、明诚在思堂转了一圈，又进到一座叫“东斋”的厅堂里，发现这里原是卖孔林碑帖的地方。明诚选了五本碑帖，打算买下来，算了算价钱，却发现囊中羞涩；原来带在身上的银子在孔府花去了十之七八。李迥跟那卖碑帖的人说：“买碑帖的妹妹，是题字的李格非先生的千金。看着李先生的金面，能不能减点儿价钱？”卖帖人说：“来这儿再大的官也有，不管谁，都要讲‘信’，一分钱都不能少！我不能多要，你也不能少给，这叫‘仁义礼智信’，是修身立业之本，这是孔家祖宗立下的规矩，谁都不能改。”清照听完卖者的高谈阔论，便从头上抽出一支镶着翡翠的凤头银钗，说：“这个够了吧！”卖者颔首，把五本碑帖用纸包好，递给了明诚。

次日平明，车队又登上北去的行程。走了两天，来到大汶河畔的汶阳。明诚的挚友，东平人刘跂就住在这里。建中靖国时，他被解除元祐党籍后任监庙差遣，在泰山之阳择地买房，致仕后来这里隐居，专以搜集、整理、考据泰山石刻为务。《古器物铭碑》的序言，就是刘跂在这里写的。刘跂欲留明诚登泰山，访古碑、寻石刻。明诚盘缠即将告罄，遂推说：“怕误了家父的葬期，不敢久留。青州离泰山不远，日后必定常来拜访，后会有期。”临去，明诚赠刘跂《古器物铭碑》和《汉任伯嗣碑》摹本各一册。

车队人马在汶阳只住了一宿，次日便登程向齐州进发。不过三日，车队就来到齐州治所济南城。明诚、清照当然先去探望李格非夫妇。此时，李格非因身体欠安辞去齐州通判官职，以七品官朝请郎监庙身份在家闲居。因章丘明水的兄长已经谢世，他便在济南的柳絮泉附近买了一套四合院住下来。济南城山明水秀，有泉城之称。这里，离故乡明水虽然还有百里之隔，清照已经觉得一山一水、一草一木都无比亲切，更别说听到浓浓的乡音所唤起的童年记忆。在就要到家的路上，清照想象着父亲、母亲的模样，白发、皱纹又添了多少？父母会怎样迎接自己的女儿呢？弟弟李迒和巧娘两人感情融洽吗？巧娘有身孕了吗？想到这里，清照又觉得自己有愧对父母的地方，不能给年逾花甲的父亲和年逾半百的母亲带来更多的欢心和安慰。她轻轻地嘘了一口气，似乎是对命运的一种无奈的叹息。到家后，迎接清照和明诚的是母亲和弟媳巧娘。母亲告诉清照，父亲应知州大人梁彦深所请去佛慧山下甘露泉游玩，李迒也跟着去了。清照看巧娘的身子，果然有了身孕。清照在无人处向巧娘道喜，巧娘避开姐姐羡慕的目光，羞红了脸。巧娘带清照观看父亲买的新居。四合院宽敞齐整；院里柳荫花影，屋里明窗净几，令人感觉舒适而又温馨。傍晚，李格非和李远回来，连同玉珠、陈沛和李家五兄弟，又一次团聚在一起。整个晚上，满院欢声笑语，直至夜阑更深，大家方才睡去。

清照、明诚在济南城住了三天。他们去大明湖历下亭旧地重游，回忆起当年初恋时的情景，引发了无数的感慨，情不自禁地一起唱起了那首《如梦令》："常记溪亭日暮……"尔后，他们又寻访了几座碑碣，求购了几件书画古董。晚间，清照和父亲在灯下长谈。清照问父亲："在缗城，晁补之大人的宾客曾问及'何为诗，何为词'，女儿不知如何答复，想听听爹爹的高见。"李格非答曰："依我一孔之见，无非是能依曲歌唱的方为歌词，而今简称曰'词'。风雅颂、楚辞、汉魏六朝的乐府，原来也能歌唱。后来这些'诗'失去了乐曲，不能歌唱了，只可依照原来的韵律吟诵。这些只能吟诵的'乐章'古人都叫作'诗'。于是，文人仿照这些'诗'的韵律写了许多只供吟诵的篇什，如古风和律诗，沿袭原来名称，也就习惯叫作'诗'了。唐宋的新乐府歌词，都能依曲歌唱，为了区别于只能吟诵的诗，其文字篇什便叫作'词'。如果将来这些词牌的曲子失传，只能吟诵，其实质也就与'诗'无异。有人写的'词'如果不能歌唱，只能算作'诗'，不能叫作'词'。"明诚在侧聆听，说道："岳父言之有理。"清照问："那么诗与词，意趣、指归有何不同？有人说，诗言志，词抒情，可有道理？"李格非道："诗为何不能抒情？词为何不能言志？只是各有侧重罢了！因为词能歌唱，适合抒情，故偏重抒情而已。"清照和明诚听罢，觉得受益匪浅。

离别了济南，车队又走了四天，终于到了青州。明诚、清照从东京到青州，历尽一个多月的辛苦，走了一千多里的路程，花了不少银子，也见了许多世面，即将迎来的是平静安逸的隐居生活。这里无官场尔虞我诈的凶险，也无功名利禄的烦恼，两人心满意足地来到了一个新的家里，开始了新的生活。

路上，清照读完了晁补之送给她的《评本朝乐章》，苦苦思索着诗和词的异同，以及写词的要领，似乎也有不少心得。又过了一个月，已是初冬，赵家买地修坟，安葬了赵挺之。此后，清照心里清净了许多，她便坐在"归来堂"里，凝神静气，把这些天来的思考所得一口气写了下来：

乐府声诗并著，最盛于唐。开元天宝间，有李八郎[15]者，能歌擅天下。

时新及第进士开宴曲江，榜中一名士先召李，使易服隐姓名，衣冠故敝，精神惨沮，与同之宴所，曰："表弟愿与坐末。"众皆不顾。既酒行，乐作，歌者进，时曹元谦、念奴为冠。歌罢，众皆咨嗟称赏。名士忽指李曰："请表弟歌。"众皆哂，或有怒者。及转喉发声，歌一曲，众皆泣下。罗拜曰："此李八郎也。"

自后郑、卫之声[16]日炽，流靡之变日烦。已有《菩萨蛮》、《春光好》、《莎鸡子》、《更漏子》、《浣溪沙》、《梦江南》、《渔父》等词，不可遍举。

五代干戈，四海瓜分豆剖，斯文道熄。独江南李氏[17]君臣尚文雅，故有"小楼吹彻玉笙寒""吹皱一池春水"[18]之词。语虽奇甚，所谓亡国之音[19]哀以思者也。

逮至本朝，礼乐文武大备。又涵养百余年，始有柳屯田永[20]者，变旧声作新声，出《乐章集》，大得声称于世；虽协音律，而词语尘下。又有张子野[21]、宋子京兄弟[22]，沈唐[23]、元绛[24]、晁次膺[25]辈继出，虽时时有妙语，而破碎何足名家。至晏元献[26]、欧阳永叔[27]、苏子瞻，学际天人，作为小歌词，直如酌蠡水于大海[28]，然皆句读不茸之诗尔。又往往不协音律者何耶？盖诗文分平侧[29]，而歌词分五音，又分五声[30]，又分六律，又分清浊轻重。且如近世所谓《声声慢》、《雨中花》、《喜迁莺》，既押平声韵，又押入声韵；《玉楼春》本押平声韵，又押上去声，又押入声。本押仄声韵，如押上声则协；如押入声，则不可歌矣。王介甫、曾子固，文章似西汉，若作一小歌词，则人必绝倒[31]，不可读也。

乃知词别是一家，知之者少。后晏叔原[32]、贺方回[33]、秦少游、黄鲁直出，始能知之。又晏苦无铺叙；贺苦少典重；秦即专主情致，而少故实，譬如贫家美女，虽极妍丽丰逸，而终乏富贵态，黄即尚故实，而多疵病，譬如良玉有瑕，价自减半矣。

清照写到这里，文章戛然而止，感觉意犹未尽，想继续写下去，可又觉得不知从何处落笔。她拿来晁补之的《评本朝乐章》，又翻阅了一遍，觉得有些关于撰写诗词的要旨，能心领神会，但不能言传，遂搁笔暂且不论，待以后学养厚积，成竹在胸，再写续篇。

这正是：

瓜熟蒂落吹灰力，水到渠成不费工。设若成竹胸未有，应培幼笋使葱茏。

注解：

①缗城：今山东省济宁市金乡。

②说项：相传唐朝杨敬之非常器重一个叫项斯的人，在别人面前总要讲项斯的好话，并且写诗表白自己说“平生不解藏人善，到处逢人说项斯”。后来泛指到处说某人的好话。

③垂髫：音[chuí tiáo]，古时儿童不束发，头发下垂，因以垂髫指儿童。

④“长宵共、永昼分停”：秋分时节昼夜时间相等。

⑤簪笏：音[zān hù]。官员固定头冠的簪子和上朝时手持的笏板。比喻官员或官职。

⑥日下：京都。

⑦陂：为多音多义字[bēi pí pō]，池塘、水边、山坡（土坡）。

⑧渚：音[zhǔ]，水中的小岛。

⑨翠幄：幄音[wò]，绿色的帐幕，指柳荫。

⑩柔茵：柔软的褥子，指草地。

⑪青绫被：汉代制度规定，尚书郎值夜班，官供新青缣白绫被或锦被。这里用来代表做官时的物质享受。

⑫金闺：汉朝宫门的名称，又叫金马门，是学士们著作和草拟文稿的地方。这里泛指朝廷。

⑬邵平瓜圃：邵平是秦时人，封为东陵侯。秦亡，在长安城东种瓜，味甜美。世称东陵瓜。

⑭班超：东汉名将，在西域三十余年，七十余岁才回到京都洛阳，不久即去世。

⑮李八郎：见唐李肇《国史补》卷下，李八郎名李衮。“李衮善歌，初于江外，而名动京师。”

⑯郑卫之声：参见《礼记·乐记》中的“郑卫之音，乱世之音也”。

⑰江南李氏：宋初，南唐在灭亡之前，国君不敢称帝，称江南国主。

⑱“‘小楼吹彻玉笙寒’‘吹皱一池春水’”：南唐元宗乐府辞云“小楼吹彻玉

笙寒”，冯延巳有“风乍起，吹皱一池春水”，皆为时人称许的警句。

⑲亡国之音：参见《礼记·乐记》的“亡国之音哀以思，其民困”。

⑳柳屯田永：宋初著名词人柳永，官至屯田员外郎，时称柳屯田。

㉑张子野：张先字子野。详见第二十一回注解。

㉒宋子京兄弟：宋子京，名祁，官至翰林学士承旨，其词作《玉楼春》中的“绿杨烟外晓寒轻，红杏枝头春意闹”颇有名。其兄宋庠，官至宰相。

㉓沈唐：字公述，与韩琦同时，作品不多，亦无名作。

㉔元绛：字厚之，钱塘人，官至参知政事，词作传世甚少。

㉕晁次膺：晁端礼，字次膺，宣和年间充大晟府协律郎。

㉖晏元献：晏殊，字同叔，官至枢密使，卒谥元献。词作有《珠玉词》一卷。

㉗欧阳永叔：欧阳修字永叔，官至参知政事，文章诗词皆佳，唐宋八大家之一。

㉘“直如酌蠡水于大海”：蠡，瓠瓢。此句言文章大家作小词如用瓢从海中取水一样轻而易举。

㉙平侧：声调的平仄。平，阴平、阳平；仄，上声、去声、入声。

㉚“五音，五声”：五音，宫、商、角、徵、羽。五声，阴平、阳平、上、去、入。

㉛绝倒：笑倒。参见《新五代史·晋家人传》中的“左右皆失笑，帝亦自绝倒”。

㉜晏叔原：名几道，晏殊之子。官开封府推官，有《小山词》二卷行于世。

㉝贺方回：名铸，卫州人，官位不显。黄庭坚云“解道江南断肠句，只今惟有贺方回”。有《东山词》《东山乐府》行于世，俱不全。

第二十八回

文殊寺斗草教稚子　简政堂题跋会亲朋

青州的赵家和郭家都是官宦人家，又是亲戚，两家不分你我，犹如一家；经过三代人的经营，合在一起，共有良田数百亩，另外在青州城里还有一家生药铺和一家生丝店。郭家没有子嗣，女儿都随做官的女婿在外地居住，赵、郭两家家产都交给赵挺之的弟弟赵援之经营。因此，赵挺之一家主仆近二十口人，连同陈夫人母子，日常用度，仰取俯拾，绰绰有余。赵挺之素以严谨、节俭持家，明诚兄弟们也不是锦衣玉食、斗鸡走马的纨绔子弟，青州的粗茶淡饭、酒朋诗侣，足以让他们优哉游哉，享受山林溪泉之乐；清照姐妹们更是在诗词歌赋、琴棋书画中过着悠闲自在的日子。

大观二年春，寒食将临。“归来堂”院里的梨花将谢，柳树开始吐絮，纷纷扬扬似雪花飞舞；飞絮穿过绣帘，落在清照的梳妆台上、古琴上。午睡醒来，清照和大嫂、二嫂三人在清照房里玩“打马”，呼卢喝雉，一决胜负；稍后，她们又去后花园里荡秋千，巧笑软语，上下翻飞，如同春燕啄泥；渐渐云来雾聚，飘飘洒洒地下起如酥的春雨，雨水跟汗水一起湿透了秋千上丽人们的春衫。

晚上，清照正在灯下填词，明诚说：“明天去仰天山，天不亮就要动身，早点儿睡吧。”清照说：“两首小令，写完就睡。”明天是寒食节，大嫂谢彩云的长兄谢克家写来请柬，邀请赵家、陈家表兄弟们明后两天去仰天山游玩、踏青。车马、食宿，表兄谢克家都安排好了。

谢克家是郭概大夫长女的夫婿谢良弼之长子，跟明诚兄弟及陈沛皆为表亲。谢家原籍河南上蔡，是东晋谢安的后裔，秉承谢家东山高蹈遗风，“学有渊源，文有典则”，诗书传家、耕读为本。谢良弼官至朝散大夫，名位不甚显赫，其兄谢良佐是程颐门下的高足，与杨时齐名。谢良佐创理学“上蔡学派”，名重一时；崇宁初年召对，却不称皇上旨意，未被录用，后受蔡京迫害，入元祐党籍，被除名。谢克家为绍圣二年进士，娶表妹高氏——姨父高昌庸之女为妻，生有一子名谢伋，现在太学上舍读书。谢克家原在察院任侍御史。大观二年，蔡京故伎重演，捏造祥瑞，命人献玉印，劝皇上受八宝大礼。蔡京由是被晋封为太师，位极人臣。谢克家弹劾蔡京“铸九鼎、受八宝”，以导谀[①]为能事，欺君罔上、图谋不轨。奏上，皇上偏袒蔡京，反而贬谢克家通判青州。由是，谢克家能够跟赵、陈两家姨表亲有缘青州相聚，四时相约游山玩水，诗酒唱和，倒也快活。清明节前两日为寒食，衙署谒告三天，正可去仰天山游玩两日，然后赶在清明节前回来，再给外祖父郭概大夫、外祖母、姨父赵挺之扫墓。于是，谢克家便写了一张请柬，派人送到赵府，约赵、陈两家表亲及眷属同游仰天山。

仰天山在青州城西南，距青州城八十余里。为了尽早赶到那里，谢克家与赵氏、陈氏兄弟一行若干车马天不亮就出发了。一路上，马蹄似追风，车轮如奔雷，巳时近午时分，他们到了仰天山前的文殊寺。寺里方丈带着几个僧徒前来迎接，引领客人先进入斋堂。在斋堂里每人吃了点儿素食，喝了碗清凉的僧粥，时已中午，各自去预先安排好卧具的僧舍里休息。午后，众人由一位四十来岁的和尚领着，去佛殿拜过了骑狮仗剑的文殊菩萨。人们从佛殿出来，只见甬路两旁各有一八角形水池，池内泉眼吐珠，涓流成溪。引路的和尚说，这水池叫“黑龙潭”。

出了文殊寺院山门，向寺东北方的高岗拾级而上，便到了“文昌阁”，这里供奉着文昌帝君，只见阁台高拔，白壁红柱，飞檐如翼，势若凌空。凭窗而望，整个寺院及周围的天光云影尽收眼底。和尚对客人们说：“愿文曲星保佑施主文运亨通，大富大贵。”和尚既然如是说话，施主们自然也就布施了一番，给文昌帝君前的功德箱里舍了些铜钱。明诚与谢克家小声议论：“不知何时，文昌帝君也皈依了佛门。”

从文昌阁上下来，和尚又领施主们去“望月亭”观光。“望月亭”坐落在文殊寺西南方一道山梁上。登山的路上，和尚告诉来人说，文殊寺始建于太祖时，真宗以后，陆续建成现在的山门、钟鼓楼、伽蓝殿、文殊阁，仁宗时香火最盛。和尚抱怨说，近年来乡里百业萧条，道教大兴，山中道观仗势抢夺佛寺香客，来文殊寺的施主愈来愈少，僧徒们快吃不上饭了；和尚的意思是让通判大人及其家人亲戚多多布施些善款。

说话间，人们来到“望月亭”。“望月亭”，名为“亭”，却是石质拱顶殿式结构，拱顶无梁，因而又谐音叫作“无量殿”，乃佛家“功德无量”之意。殿内供奉一尊小小的“无量寿佛”，佛前毫无例外地设有“功德箱”。来这里的人谁不愿意积些功德？于是，来人往功德箱里又加了些铜钱、碎银。白昼不能望月，但可望远；窗门四达，一眼望去，丛木环列，云湿风凉；亭侧有野梅两株，玉树临风，似同胞姐妹，叫“二乔梅”——取东吴大小两乔之意；和尚说：“山中野梅开花晚，如施主早来一月，还能看到梅花。”又说，“这仰天山的梅花，是最靠北的；再往北，就再也见不到梅花了。”亭后的山岩上有松三株，且旁边有桃树四五棵，桃花正开得妖娆鲜艳，松树名曰“桃园结义松”。向南望，越过如黛的山巅，可以直视苍穹；向东望，穿过灌木丛生的深谷，目光所及，一览无余。和尚说：“若能在这里度过月光如洗的中秋之夜，看月影下藤葛缠枝，听耳边虫声唧唧，天上皓月当空，山间清风徐来，是绝世超尘的好去处。望施主中秋重来赏月。”施主们连连应声、赞叹。从“望月亭”向西望去，寺西尽头有一巨型山崖，一壁万仞，如刀削斧劈，壁立陡峭，高宽各数十丈，人称“佛光崖”。夕阳晚照下崖色紫红，远望云动崖移，飞松倒挂，其势险绝。和尚说：“崖顶有一块光滑石壁，夜里发光如镜，故名‘佛光崖’。”众人站在“望月亭”前，仔细地辨认那块会发光的石壁，望了多时也没确认出来。陈沛说：“我们到山跟前看看吧！”和尚说：“看起来没有多远，走起来可不是一时半时就能到那里。天色已晚，施主们也累了，该回寺休息，我们就不到‘佛光崖’那边去了。今天，到此为止，施主若满意贫僧的伺候，请大慈大悲，酌量赏银，阿弥陀佛！”谢克家拿出一个小银锭，说：“区区薄礼，不成敬意。”和尚道一声“阿弥陀佛，善哉”，挥手飘然而去。

次日，领路的和尚换了一个年轻人，他戴的僧帽、穿的袈裟都是才换洗过的，干净齐整，令人感觉十分清爽。谢克家夫人高氏，年近四十，本来体弱多病，昨天爬山走路太多，感觉腰酸腿疼，不想再到山上去了。谢彩云、曾茜英、李清照也说昨天太累了，今天在文殊寺的周围看看花草树木就行。那和尚见四位夫人不去，似乎有点儿扫兴，凑到夫人们跟前说：“我们今天上午只逛两个山洞。这两个洞离这儿不远，不用爬很高的山。”和尚见四位夫人沉默不语，便夸赞说：“不去‘罗汉洞’，你就不知道这仰天山的名字是怎么来的！不去‘水帘洞’，你就不知道这山洞里还会哗哗地往外流水！”清照说：

“你先给我们讲讲这两个洞，若确实好看，我们就去。”那和尚便兴致勃勃地讲起来：“这罗汉洞俗称千佛洞，又名太祖洞，太祖带兵时曾在这里留宿。洞宽十来丈，深二十多丈，高十丈。洞里南壁上有四排佛龛，供奉着‘应真造像’四十八尊。洞顶南边有一天生的石头缝，从石头缝里仰脸可以看见青天，‘仰天山’的名字就是这么来的。女施主去了可仰看那阳光从石头缝里射进来。每逢八月中秋夜半，可以从石头缝里看见那个银盘子似的月亮，这就叫‘仰天高挂秋月圆’。当夜，我们文殊寺的和尚们都来洞里，敲磬打钹，念经赏月，通宵不停。洞壁上还有好多石刻，最早是天禧年间的文人学士、达官贵人的题字。如果几位施主想名垂千古，也可花上几两银子把自己的字号刻在石壁上。”清照又问：“那水帘洞里有什么好看的？”和尚说：“水帘洞在山的北面，洞口跟城门一般大。洞里深不见底。水从洞里流出来，流到洞口的水池里，水从池子里溢出来，沿着石壁泄到下面的山沟里，就像一副高挂的水帘子。”清照说：“我还以为水帘子挂在洞口上呢，像你说的那是瀑布，就没什么出奇了。”和尚说：“那好看的还在里面呢！洞深看不见底，我可以点上松明子领施主们进去，到洞深处有从洞顶上垂下来的‘石奶子’（石钟乳）。”再看四位夫人，都扭身走开了。四位官人没吭声，站着不动。还是陈沛打破僵局，说：“诸位兄长，时候不早了，下午我们还要赶回城里呢。既然来了，就去看看吧！”四位官人跟着和尚去逛那两个山洞。

男人们上山之后，谢克家的夫人高氏和谢彩云留在僧舍休息聊天，姑嫂离多聚少，似乎有说不尽的话。清照、玉珠跟二嫂茜英到寺外一边观赏风景，一边照看着大嫂、二嫂的两个孩子恬儿和谊儿。这两个小男孩儿跑跑颠颠，像出笼的小鸟在野地里疯玩。清照怕他们跌在山石上、滚到山沟里，就把他们叫过来，教给他们玩一种叫作“斗草”的游戏。清照对茜英、玉珠以及孩子们说：“这是唐朝人清明节踏青的时候喜欢玩的一种游戏。人们先采集各种野草，然后聚在一起‘斗’。你拿出一种草，我如果也能拿出这种草，两人便是平手，各人把这种草放在自己的右边；若你出的草我没有，便是你赢我输，你便把这种草放在你的左边。最后看谁左边的草多，多了多少，便是赢了多少。大人可以赢铜钱，小孩子也可以赢刮鼻子、弹脑门儿。文雅的是赢者按赢多少，让输者唱曲、填词、作诗。这种游戏可以两个人玩，也可以三个人玩，不过输赢的算法不尽相同。若要更高雅一点儿，还要说出草的名字。‘斗草’游戏能让我们‘多识于鸟兽草木之名’②。”大家都说：“好极了，我们就来玩‘斗草’！”清照说：“你们两个小孩子玩刮鼻子、弹脑门儿，我们三个大人玩唱曲、填词，好吗？”大家齐声说：“太好了！”曾茜英的小儿子谊儿说：“婶婶，刮鼻子、弹脑门儿可不能太使劲儿！”清照说：“那是，要轻轻的。”于是大人、孩子都立刻去采集自己的野草。

清照、玉珠和茜英采野草回来，坐在寺前石桌周围的石凳上。清照说：“三人玩斗草另有规矩：必须预先备齐作筹码用的草棒；如果某种草只有一个人独有，另两人都没有，则独有者赢两筹；只有一人没有，另两个皆有者则各赢一筹。最后，得筹最少者唱歌两首，得筹其次者唱歌一首。也可以填词、作诗代唱。”茜英、玉珠说：“明白了。”

两个小孩子斗草，很快就结束了，他们到大人这里看热闹，谊儿说：“哥哥弹脑门儿太痛，以后再也不跟他玩了。”恬儿辩解说：“我一点儿也没使劲儿。”说得大人们都笑了。清照说：“都是婶婶不好，不该让你们弹脑门儿。”谊儿说：“婶婶好，我们喜欢玩斗草，疼一点儿没关系。”说话间，大人也结束了斗草游戏，最后算来，玉珠的草最多，得筹最多，茜英次之，清照最少。这时候谢夫人高氏和大嫂彩云也从寺里出来，凑到清照她们跟前看热闹。按规矩该唱歌、填词了，茜英说，那我就填一首《浣溪沙》：

不是无心惜落花，落花无意恋春华，今朝吹去落谁家？　绿暗红消春去也，梦回云散在天涯，长安[3]回望夕阳斜。

大家都为茜英鼓掌、喝彩。清照说：“二嫂的词作得真好，这情调酷似晏元献的‘无可奈何花落去’，又有天涯沦落之叹，眷恋而又苍凉，意蕴深远，我甘拜下风了。那我就把前天晚上新填的两首词念一遍吧；说来凑巧，词牌也是用的《浣溪沙》。”两个小孩子说：“我们愿意听婶婶唱，婶婶唱得好听。”清照说：“你们喜欢听婶婶唱，婶婶可不能白唱，你们必须拍手击掌才行。”两个孩子拍手欢迎，旁边的嫂嫂们也一起按节击掌，清照唱道：

淡荡春光寒食天，玉炉沉水[4]袅残烟。梦回山枕隐花钿。　海燕未来人斗草，江梅已过柳生绵。黄昏疏雨湿秋千。

众人鼓掌，清照清了清嗓子，接着唱第二首：

小院闲窗春色深，重帘未卷影沉沉。倚楼无语理瑶琴。远岫[5]出云催薄暮，细风吹雨弄轻阴。梨花欲谢恐难禁。

清照唱罢，众人再次拍手叫好。那些念完经准备吃斋饭的和尚，听见清照的歌声，也三三两两来到山门外谛听。老方丈出来招呼他们去吃斋，他们才慢吞吞地回到寺里去。

中午，游览山洞的男人们回来了。吃过斋饭，谢克家跟方丈算清了住宿、斋饭和施舍费用，又写了一篇题记，记载此次仰天山胜游，并交了五两银子，请方丈雇人刻石。之后，车轮滚滚，马蹄嘚嘚，傍晚日落时分，游冶了两天的人们又回到了青州城。

此后，谢克家在青州通判任内，于端午、中秋、重阳三节又约赵氏兄弟游览了云门山和泰和山，每次登山都刻石题记，算来竟有四次之多。这且放下不表。

且说四朝元老文彦博的第六子文及甫，曾跟郭概大夫的次女女婿邢恕交好，不料被章惇、邢恕陷害，陷入同文馆狱案。他经不住蔡京、安惇的严刑拷打，编供污蔑刘挚等元祐党人有谋反之心。后因其供词死无对证，经李格非营救出狱。建中靖国初年，文及甫复官提举明道宫；后蔡京当政，又将文及甫夺职，贬为庶人。失去俸禄，文及甫落魄潦倒，只能依靠变卖家产、写字卖画为生。文及甫身为名相之子，结交非人，狱中失节，玷污先考，为世人所不齿；及至晚年，无论元祐党人还是蔡京新党都不与之交往。他孤独无助，既悔且恨，背负着良心的谴责，感叹自己“一失足而成千古恨”，不知如何才能救赎自己的罪过。他这一生，最对不起两个人：先父文彦博和先父老友刘挚，这两人都已作古。他记起刘挚的儿子刘跂，想找刘跂倾诉自己的无奈和内心的忏悔，希望得到刘跂的原谅来抚慰自己的心灵，解脱精神上的重负。他现在没有任何牵挂，却有一副父亲传给他的仍然健壮结实的身子骨；他决心往汶阳找刘跂赎罪，顺便游历泰山。

大观三年春，文及甫踏上寻求心灵安适之旅。他像个乞丐，沿路乞讨、流浪，食无定时、居无定处，随心所欲、随遇而安。秋末，他先登临泰山，下山后辗转来到了东平的汶阳，找到了刘跂家。他用颤抖的手叩开了刘跂家的柴扉；童子开门后，他问清了主人姓名，便从胸前的衣襟里掏出一张叠得整整齐齐，但已揉损的纸，请开门的童子递给主人。

刘跂接过童子递进来的那张纸，打开一看，心里立刻翻江倒海般不能平静：他痛恨、蔑视文及甫屈服蔡京，变节苟存，对父亲落井下石；可转念又想，文及甫千里迢迢认罪来了，而且写得又是这样痛彻心扉！难道我刘跂就不能网开一面，原谅一颗负罪的心灵吗？况且，在蔡京的淫威下，如果是我，我又能怎么样呢？如果我今天把他拒之门外，我的父亲能起死回生吗？既然父亲业已昭雪，往事都成了过眼的烟云，何必斤斤计较？文及甫的忏悔文字打动了刘跂的恻隐之心，他起身迎了出去。当刘跂看见文及甫衣衫褴褛，俯首跪在门外的时候，刘跂心中顿时生出一股怜悯之情，立刻小跑几步迎了过去，将文及甫搀扶起来，让进屋里。文及甫还想再说些道歉的话，刘跂说："我知道你也为我父亲吃了蔡京不少苦头。今天你千辛万苦来到寒舍，胜过千言万语。"刘跂令家人给文及甫拿来换洗衣服，又准备酒饭款待。刘跂说："粗粝野蔬，不成敬意。"文及甫答曰："贤弟以德报怨，愧领了。惭愧！惭愧啊！"刘跂说："过去的事，不必总挂在心上。"晚间，两人深夜长谈。文及甫谈起国事，仰天长叹道："皇上贪恋酒色、迷信神仙，终日与江湖术士为伍；蔡京营造宫室、捏造祥瑞，以取悦皇上为务；致使朝廷政务不修，国库空虚，民不聊生。"文及甫对朝廷怀着满腔怨愤，恨不能一吐为快。两人正谈到投机处，刘跂夫人来叫丈夫回房安歇。刘跂夫妇回到房里，夫人说："人心隔肚皮，忘了他是怎么编派老爷了？"刘跂说："人非圣贤，孰能无过。能痛改前非、洗心革面，也难能可贵呀。"

次日，文及甫说，他要去齐州拜谢救命恩人李格非，再去青州探望老朋友谢克家和赵明诚。刘跂说："去年春，登泰山绝顶，寻访到李斯写的'秦碑'，碑体四面皆有字，摹拓了几份。请文先生给德甫带去一份。"刘跂又给了文及甫二两银子作盘缠。文及甫看了那"秦碑"拓片，甚是眼热，也想要一份，可自知落拓至此，便不敢张口。这样贵重的东西托他转交别人，已属信得过自己，怎能再得陇望蜀？他心中甚觉惭愧，也从中尝到了些人间冷暖、世态炎凉的滋味。他凄然、酸楚地告别了刘跂。

文及甫在齐州拜谢了李格非之后，又长途跋涉三百多里，于十一月初，风尘仆仆地来到了青州，他先去衙门拜见谢克家。

谢克家把文及甫迎接到州衙的"简政堂"，这是郡守、通判会客的地方。谢克家接待文及甫，一方面是对文及甫的遭遇怀有同情之心，另一方面谢家和文家本是世交。洛阳的“伊皋书院”原是文彦博捐赠的家产，谢克家的伯父谢良佐和父亲谢良弼都在那里拜程颐为师，学有所成之后又在那里讲学，且都受过文彦博的推荐和提携。谢克家将文及甫留下来住在郡斋，每天酒食应酬，也不曾慢待。

文及甫跟谢克家说，他有刘跂托他转交明诚的“秦碑”拓片，能否让明诚到州衙来取。谢克家答应说：“这有何难？让他来取就是。”文及甫又说：“赵家藏有蔡襄《进谢御赐诗卷》，是书家珍品，可能在明诚处，能否让他顺便拿来观赏。”谢克家说：“我以前只是听说，也未曾亲眼见过，可让表弟拿来共赏。”谢克家写了一张便笺，令公人送往赵家。

明诚接到便笺，便跟清照商量，说：“文及甫来到青州，现住郡斋。刘跂托他送来‘秦碑’拓片，克家兄让我到郡斋去取；还让我把《进谢御赐诗卷》拿到‘简政堂’，让大家一起观赏。你说是拿也不拿？”清照说：“这文及甫是有些令人诟病之处，然而也是命途坎坷，被人所害，本人并非小人；文及甫也是书画名流，何况在我们危难之际还伸过援手。蔡襄的书品是给人看的；没人看，束之高阁也没有用。”

明诚拿了《进谢御赐诗卷》，像抱着一个十世单传的婴儿，来到郡斋。经过一番问候寒暄之后三人便一起进酒饭。酒饭后，三人欣赏了“秦碑”，再欣赏《进谢御赐诗卷》。当在《诗卷》后面看到米芾跋语的时候，文及甫也想题跋，明诚想起清照说的一番话，便答应了。文及甫写道：“大观三年仲冬上休日、青社郡舍之简政堂观，河南文及甫。”

文及甫题完跋语，明诚请谢克家题写，谢克家婉言谢绝曰：“我还没想好写什么，日后想好了再题吧。”文及甫看出，这是谢克家不愿意将名字与他文及甫并列，遂于次日一早不辞而别。谢克家得知文及甫已走，十分后悔，也十分无奈。不久，谢克家奉命回京，朝廷另有任用，临走匆匆忙忙，也没能在《进谢御赐诗卷》上题字。

这正是：

人生恰似履薄冰，务必谨言又慎行。一旦失足成悔恨，方知冷暖世间情。

注解：

①导谀：带头阿谀奉承。

②“多识于鸟兽草木之名”：出自《论语·阳货》中的“《诗》可以兴，可以观，可以群，可以怨；迩之事父，远之事君；多识于鸟兽草木之名”。

③长安：在古诗词中多用长安表示京城，此处当指汴京。

④玉炉沉水：玉炉，香炉；沉水，沉香木一类的香料。

⑤岫：音[xiù]，本意是指山穴、山洞，文言文中多指山峰。

第二十九回

慈岳父魂归故乡土　慧明诚智断无字碑

大观四年七月底，李远从济南骑快马来青州，报李格非染急病，危在旦夕。随后，明诚和清照、玉珠驱车星夜兼程直奔济南。待他们赶到济南时，李迒身穿白色孝服出迎，清照大惊，快步趋入灵堂，先是放声大哭，继而泣不成声，而后几欲昏厥。明诚、李迒和巧娘连忙过去把她搀扶在座椅上，经众人百般劝解，情绪仍不能平息下来。巧娘对她三岁的小儿子说："明儿，去劝劝姑姑，让姑姑节哀。"明儿过来拉住清照的手说："姑姑，阿娘叫姑姑节哀，节哀就是不哭。"清照见侄儿聪明可爱，抱起明儿搂在怀里，哽咽着说："明儿好乖，姑姑不哭了。"之后，清照和明诚都换上孝服，到灵前举哀。入殓前，举行家祭大礼，李迒请姐姐写祭文，清照说："眼前昏天黑地，何以为文？弟弟是李家承重独子，祭文应由你亲笔撰写，方能昭示我李家后继有人。"李迒没有推辞，须臾立就，请姐姐、姐夫过目。明诚阅毕，说："迒弟今非昔比，文笔不亚于乃姐。"清照看过也说言简意赅、至情至性，无需增减。家祭礼毕，然后入殓，而后发讣告，接待来吊唁的亲朋好友。三日过后，举家扶灵柩去章丘明水下葬，那里的墓地里有李格非预先给自己和夫人修好的墓穴。

李格非葬礼结束之后，受赵夫人邀请，李夫人携李迒夫妇到青州"归来堂"居住，以便李家人阖家团聚，以天伦之乐排遣丧亲之痛。李家商议给李格非的茔前立碑，清照说："父亲一生著作等身、卓然不群、士林仰慕；将弟弟的祭文补充些父亲的行实功业和道德学识，便可作碑文使用。"明诚建议请洛阳书家王寿卿书写碑额和碑文，以彰显岳父一世英名，表达做子女的一片孝心。他说，米芾去世后，大宋书家再没有超过王寿卿的了。清照姐弟齐声赞同，将此事委于明诚去做。

且说蔡京专横跋扈、结党营私，庙堂噤声、路人侧目，士庶忍无可忍。大观四年初，殿中侍御史洪彦升、毛注等上书申论蔡京之罪，请立即驱逐蔡京出都。太学生陈朝老与几十名同学联名上书，历陈蔡京十四项罪恶："渎上帝、罔君父、结奥援[①]、轻爵禄[②]、广费用、妄制作、喜导谀、钳台谏[③]、炽亲党、长奔竞[④]、尊释老、崇邪术、穷土木、矜边衅[⑤]。"皇上为平息民愤，命蔡京致仕，但仍留他在京师居住。夏天，彗星出现奎娄[⑥]间，皇帝照例避殿减膳，诏命朝臣直陈缺失。御史石公弼、张克公等极论蔡京不轨不忠，多至十余事。众怒难平，皇上无奈，被迫割爱，贬蔡京为少保，出居杭州。

秋九月，谢克家升任枢密院承旨，他给青州的姨母赵夫人来信，告知蔡京下野，朝廷全部解禁元祐党人，姨父赵挺之岂能再背负"庇护元祐党人"的罪名，蒙受不白之冤？应该上奏朝廷予以昭雪。赵夫人接到谢克家书信之后，便由存诚、思诚跟从去了汴京，以秦国夫人的名义状告蔡京，为丈夫申冤。赵夫人来东京时，明诚曾托两位兄长给王寿卿带去一封书信和两份古器物拓片，说："东京常有人去洛阳，如有便人可给王寿卿捎去。"原来，去年潍州昌乐县丹水河的土岸坍塌，当地人修复堤岸时掘土发现两件古铜器，一件是爵，一件是觚，且都有铭文，明诚买下这两件古器，并做了拓片。明诚在信中说："寿卿先生，别来无恙？贵体安否？今托家兄带去拓片两帧，请先生钧鉴。拓片乃潍州去年出土一爵、一觚之铭文。另有一事奉告：岳父今秋去世，葬后欲立碑铭记，特聘请先生书丹[⑦]，并请石工任升师傅刻石，望先生约任升师傅一并前来。青州一带各县沿袭厚葬风俗，常有官宦之家、富户豪绅为祖先立丰碑大碣，此地著名碑文书家和刻石工匠甚缺，酬金比两京丰厚甚多；先生若肯来，不仅衣食无忧，且能饶有积蓄。专此奉达，其情切切，翘首以盼。学生德甫年月日。"

王寿卿接到明诚的书信，内心十分感激，不仅古器拓片是他所好，且明诚时刻惦念着他这个布衣之人的生计，可谓非知己者不能若是。是时，王寿卿年近半百，儿女亦各自成家，他已无牵无挂；所以，他便约了石工任升师傅，各自带着老伴儿来到青州。明诚给先生和师傅在"归来堂"安排了一个院落住了下来。明诚和李远买了碑石，王寿卿在碑石上用丹砂写了碑文，便由任升师傅去精雕细刻。王寿卿闲下来，像过去在京城一样，仍是帮明诚把碑石、古器物拓片，摹写、装裱，然后签题，编入《金石录》。

次年朝廷改元"政和"，春二月某日，明诚跟王寿卿聊天，王寿卿忽然提起书家米芾于大观元年去世，他去吊唁时的情景。当时宾客们说唯独明诚未到，都感叹为一大憾事。明诚说："那年正是家父蒙冤获罪，离京时未敢前去道别，至今仍觉愧疚。想起五年前在东京府司巷，米芾先生来访，题蔡襄《进谢御赐诗卷》，又题徐铉《小篆千字文》，王先生您在一旁观看，彼时情景恍惚如昨日一般。"王寿卿伤感道："倏忽之间，故旧阴阳两隔，烟消云散。京都繁华、文坛盛事，都成了邯郸旧梦[8]。"明诚接着说："那时，先生说，《小篆千字文》像是徐铉手笔，但又不敢肯定。不知何故？"王寿卿说："只因我从未见徐铉写过这么小的篆字，没有旁证，不敢贸然题跋。说来也是凑巧，前年我的老朋友李平叔跟我说，他见过徐铉的小字篆文，其字体比五铢钱略小，这跟你的《千字文》字体大小正合。你知道，李平叔也是鉴赏大家；可见你的徐铉《小篆千字文》必是真迹无疑了。"于是，明诚拿出《小篆千字文》请王寿卿题跋，王寿卿便在《小篆千字文》后面写了四行篆书：

徐骑省[9]书韵高古，足为近代之冠，然世多大字，而此特谨小，尤可珍贵。

政和元年二月晦，王寿卿题

三月，李格非墓碑刻就，清明节，李家雇车将其运抵章丘明水李家墓地，清照和明诚、李迒和巧娘跟至墓地给父亲行祭礼。墓地上，李远等本家五兄弟已素服麻衣恭候多时，祭礼所需之物也皆备齐。亲朋聚齐之后，众人扫墓、添土、树碑、植松柏，然后默哀致祭。此事成当地一大盛举，附近士民闻讯都赶来观看，特为瞻仰名家所书名人之碑。

五月，皇上下诏，恩准恢复赵挺之原观文殿大学士、特进及原追赠司徒。同时任命赵存诚为秘书少监，赵思诚为起居舍人，赵明诚为青州通判。赵明诚因青州知州余深是蔡京党羽，辞不就。明诚陈请监庙差遣，诏命提举醴泉观。

去年，赵夫人去京城时，曾嘱咐明诚，若父亲得以昭雪、恢复追赠官爵，便请人给父亲立碑。是时，得知父亲昭雪，明诚买了碑石，写完碑文，经清照润色以后，便请王寿卿书丹。之后，任升师傅开始镌刻碑文。

明诚提举醴泉观。提举醴泉观就是任宫观使，这是大宋朝廷优待士人的一种享有俸禄的闲差。明诚、清照虽衣食无忧，但他们一如既往，食去重肉、衣无重彩；首无明珠、翠羽之饰，室无涂金、刺绣之具；遇书史百家善本，不吝贵贱辄市之。每获一书，夫妇两人则共同校勘、装帧、签题，故能纸扎精致、字画完整，令诸收书家所不能及。得名人墨迹、画作，彝鼎、爵觚等宗器，则二人摩玩舒卷，指摘疵病，每晚以燃尽一烛为限。他们虽处忧患，而志不屈，欲穷遐方绝域，搜尽天下古文奇字。日积月累，致使藏书的柜橱箱箧再无空隙可用。收书既已垂成，于是“归来堂”再起书库数间，置大书橱罗列书册，按经史子集、诗文辞赋、稗乘笔记等簿录甲乙丙丁。如要讲读，辄取钥开锁取书。若谁读过之后书有污损，必罚擦拭、修补、压平，方才罢休；如不能平整如初，则痛悔不已。

每日饭罢，夫妇则坐“归来堂”品茗、读书、临帖、赏画、鉴古，自谓葛天氏之民，甘心老于是乡。某日夜深，两人读书略觉困倦，玉珠烹小龙团茶；分茶之后，清照对明诚说：“你任说一典故，我便能说出这典故出自某书、某卷、某页、某行。”明诚说：“我知道你过目不忘，但能说出某卷、某页、某行，我却不信。”清照说：“不信你就试试看。如果我赢了，此茶我先饮，而且要你捧给我饮。如何？”明诚说：“好吧。”明诚想了想，说，“记得那年寒食你写的《念奴娇》，有一句‘清露晨流、新桐初引’，我见别人也用过这字句，可能是有出处的。你说是哪书、哪卷、哪页？”清照答：“出自《世说新语》卷四《赏誉》第八下，第二十六页第二行，乃本卷第一百五十三条。”明诚说：“待我取书来看。”明诚拿钥匙打开书橱，取出《世说新语》，按清照所说的卷帙页码寻找，果然不差。明诚心里暗服，但嘴里却说：“这八个字有七个字在第二行末，却有一个字在第三行之首。你猜得不对。”清照说：“就算猜得不对，你重新再说一个典故。”明诚说：“其实也没全错，就错了那么一丁点儿。因为这一丁点儿错，这茶，你不能全喝，应该让我先抿一口。”清照笑说：“就依你。”明诚端起茶杯抿了一口，然后双手捧起茶杯，高举齐眉，弯下身子，送到清照唇边，说：“举案齐眉[10]的男孟光来也！”清照未饮，先笑得乐不可支，不小心未将茶杯端平，茶水热乎乎地洒到衣襟上。明诚连忙拿手帕揩拭，说：“去换一件吧。”清照说：“天晚了，不用换了。把你那杯分我一半，我们喝完，早点儿去睡。”

中秋，八月十四日晚，王寿卿和任升，在他们居住的小院里设宴招待明诚。席间，王寿卿跟明诚说，他来青州经过东平汶阳时到访刘跂，刘跂告诉他，泰山顶上除了“秦李斯碑”之外，还有唐高宗封禅[11]后刻的纪号文，是大字摩崖；大观二年刘跂宿泰山顶，因为拓秦碑用完了纸墨，又遇雨耽搁，用完了给养，便匆忙下了山，没敢去探寻唐高宗的纪号文。明诚听罢，顿生奇想，说："我们不妨去登泰山，把那"唐登封纪号文"拓来，拓不来也要把碑文录下来。先生意下如何？"王寿卿说："如果能在九九重阳，到泰山登高、访古，可是一生难逢的好机遇。"任升师傅也连声赞同。明诚说："好，就这么定了。"晚上，明诚和清照商量，清照说："九九重阳，登泰山极顶，寻访古碑，这也是文人墨客的壮举。不过，登山、拓碑，特别是拓摩崖大字，有很多危险，应该多去几个人；让李远、陈沛，还有两个赵家兄弟——赵守诚、赵克诚，七个人一起去才好。大家互相协助，热热闹闹不觉攀爬之苦，人多势众，不怕路上、山上遇见歹人、豺狼之类，家里人也才放心。"明诚说："你说得对！你跟我们去更好。"清照说："登山是你们男人的事，我们女流只能在家'高山仰止'[12]了。"

八月底，明诚备齐车马，带了一切所需之物，一早启程，力争重阳节前登上泰山玉皇顶。临行，清照给明诚三个信封，信封上分别标着甲、乙、丙字样，说："从登山那一天起——看甲字第一封，以后每过一天看一封。"明诚笑道："这是诸葛孔明的锦囊妙计？"清照说："那未必，或可解除旅途疲劳、烦闷。"

经过几天车马颠簸，九月五日，明诚一行到了泰山脚下的泰安县城，找了一家客店歇了一夜，次日去岱宗祠祭奠"岱宗天齐仁圣帝"，又派人驱车去汶阳把刘跂接来，做登山的引路人。明诚、刘跂和王寿卿，三位好古的朋友聚首，自然是把酒言欢、谈古论今，至夜，三人像桃园结义的兄弟，共衾而眠。

夜里下了一场急雨，翌日天亮，却是蓝天无云，明诚他们便来到中溪前的红门宫，只见大地如洗，殿阁如新。刘跂说："红门宫向东跨过溪水，再向南是'白骡冢'遗址；传说唐玄宗登泰山封禅乘一匹白骡，礼毕下山至此，白骡累死，遂封'白骡将军'，并备棺垒石为冢；现冢无存，仅留石碑，传为'白骡冢碑'，可以去看一看。"众人走至碑前，见碑文漫漶，有多字不可辨认，再看碑额棱上有"垂拱元年□月廿五日造"一行飞白行书残字；"月"字之前一字残缺，不知何月。"垂拱"乃武后年号，而白骡故事是后来玄宗开元年间事，与时不合；明诚根据稗史上有《小字登封纪号文碑》的记载，对照残缺不全的碑文，估计这是唐高宗在乾封元年封禅，武后于垂拱元年为高宗补立的封禅纪号碑；人们未详审，便附会民间故事讹传为"白骡冢碑"。他将自己的见解说与刘跂和王寿卿听，刘、王称赞明诚见谓精博、识见独到。他们停下来，将碑文拓了三份乃去。

刘跂告诉明诚，古人登泰山多从东谷，今人多循西谷攀登。于是，他们从中谷入西谷，缘石磴拾级而上。泰山的秋天来得早，山下炎热未退的时候，山顶已是凉爽宜人。金秋泰山，一改过往三季云雾弥漫、雨雪霏霏的景况，变得天高气爽。层峦叠嶂间，山崖嵯峨、巨石荦确[13]，山岩间遍布着火红的霜叶、斑斓的野花，万木姹紫嫣红、争芳斗艳。黄栌、五角枫、花楸，叶红似火；银杏、紫椴、槭树，叶黄如金；还有爬山虎，夏季里不露声色，到了深秋却殷红似血，或红满一石，或紫盈一沟，或爬上树梢又垂下来，鲜红欲滴。愈往高处，岩石愈裸，草木渐稀；其间松柏不凋，依然青翠，在山崖、路旁，或挺立或俯仰；亦少有鸟语虫鸣、草木迎风之声，恰似时光凝滞、万籁俱寂一般。至南天门，回望晚日斜照城郭，汶水、徂徕如画，山腰上云雾缭绕，像玉带飘逸飞动，变幻莫测。面对泰山高远壮阔的秋景，人们不禁想起杜甫的诗篇：

> 岱宗[14]夫如何？齐鲁青未了。造化钟神秀，阴阳割昏晓。荡胸生曾[15]云，决眦[16]入归鸟。会当凌绝顶，一览众山小。

七日傍晚，明诚一行登上山顶，先到玉女祠旁的驿馆安顿好住处，然后八个人围桌而坐，在驿馆沽酒，开怀畅饮。酒足饭饱之后和衣而卧，未几，人们便鼾声大作。

一天来，“白骡冢碑”和“小字登封碑”的疑团始终在明诚的心里萦绕：唐高宗乾封年间封禅，为何二十年之后，武后才在垂拱年间立“小字登封碑”？解不开的谜团，使他不能马上入睡。他忽然想起清照的“锦囊妙计”，遂坐起燃烛，拆开清照的甲字信封，取出一张诗笺，笺上有词一首，调寄《品令》，词曰：

> 急雨惊秋晓。今岁较、秋风早。一觞一咏，相逢莫负、晚风残照。可怜菊花正美，南山正俏。　　山崖野草，恰称得、人情好。有些言语，也待醉说，无人知道。问与山花，谁比泰山更老？

明诚读罢，似有所悟，心里笑道：“谁比泰山更老？是啊，古来泰山多少事，谁能知道？不管它！明日再说。”明诚侧身睡下，立刻响起有节奏的轻微鼾声。

次日清晨，明诚等人先去玉女祠参拜“碧霞元君”，然后去西墙外看“玉女井”。刘跂说：“这玉女井，原为玉女池，汉代砌为方井。宋真宗东封泰山时，在玉女井内发现玉女石像，遂另制白玉造像，建龛奉祭，并册封为‘天仙玉女泰山碧霞元君’，从此山上香火大盛。”井旁矗立着一块黑色巨石，曰“飞来石”，石上矗立着天下第一名碑——“秦碑”，此碑碑文乃秦篆之典范，是秦相李斯为秦始皇封禅歌功颂德而撰文并亲自书写的。瞻仰秦碑之余，明诚嘱咐任升师傅说：“我和刘跂先生都有秦碑的拓片；下午，你给王寿卿先生和你自己都做一套拓片带回去珍藏起来，今天这机会难得。”又对守诚、克诚兄弟说：“任师傅做拓片，你们来帮帮忙，顺便也学学做拓片的技艺，常言道‘艺不压身’。”守诚、克诚欣然答应。李迒、陈沛也说来帮忙，并学做拓片。

众人离开秦碑，登上玉皇顶，去参拜玉皇庙里的玉皇大帝。参拜礼毕，人们走出山门，在庙门正前方，看到一块巨碑，高近两丈。碑的正面和背面皆无字，只在碑侧面可看清有“震、极、为、帝”四个字，皆为正楷书；问庙中道士，道士说这碑叫“无字碑”，不知何时、何人、何故而立。明诚、刘跂、王寿卿在无字碑前后审视、徘徊良久，直到李迒催促，他们才想起要去寻访摩崖碑“唐登封纪号文”。明诚等人在玉皇顶上四处搜寻，终于在一块矗立的峭壁上找到了一方摩崖石刻，上有“皇帝李治御书”字样，正是他们要寻访的摩崖唐碑。碑面亦破损、剥落得厉害，字画多有缺失。明诚、刘跂、寿卿三人颇费分辨之力，方把碑文勉强录下，中间不免有多处缺文。因摩崖岩石高耸、险峻，碑面又不平整，明诚决定不做拓片，仅录文字以归。

下午饭后，明诚、刘跂、王寿卿三人坐玉皇顶“望河亭”上远眺“黄河金带”。刘跂问明诚：“依你之见，那‘无字碑’是什么来历？”这也是明诚盘旋在脑际的又一个谜团，明诚说：“史载，秦皇、汉武封禅必在泰山留下两物，一曰封禅‘纪号文’，一曰封禅‘纪号石’。秦、汉年代久远，文存而石没。何耶？纪号石上无字，年代久远，后人不知何物，无人爱惜，日渐损坏，遂作废石弃置或移作他用。今无字碑侧的四个字，不是秦篆，不是汉隶，而是正楷，学生以为，大约是唐高宗封禅的‘纪号石’。唐代距今较近，‘纪号石’保存完好，我等才有幸亲眼见到。”刘跂颔首，王寿卿称是。

晚间，众人回到玉女祠驿馆畅叙一日所得，感怀颇多，李迒说：“如果姐姐能来，一定写出几首好词。”明诚说：“我这里有你姐姐写的词，我念一首给大家听。”明诚念了那首《品令》，并按照自己的意思稍加解释。刘跂说：“跟我们在山道上见的、想的差不多。”王寿卿道：“‘谁比泰山更老？’真是神来之笔。”明诚愈加得意，又打开“乙”字信封，只见那纸上写了一首诗和一首词，诗是：

初疑无字碑，莹洁谁敢文？又怪玉女井，高绝何由渊？

陈沛说：“表嫂没来过泰山，就知道有‘玉女井’和‘无字碑’，这正是‘秀才不出门，能知天下事’。”李远说：“这两句诗问得妙，难煞天下学富五车的高人也不会想出这样的疑问。放下无字碑不提，在高高的泰山顶上，这玉女池里的水是哪里来的？谁能说得清楚？姐姐问得好！”明诚说：“我还没读完，后面还有四个字呢。”李远问：“哪四个字？”明诚故意卖关子，缄口不语，静待大家都侧耳恭听，等得不耐烦时，方说：“晁补之作。”众人大笑。陈沛说：“那也了不起！要不是博闻强记，谁知道晁补之作过这首小诗？”明诚说：“你表嫂的记性可真厉害！下面还有一首词呢，调寄《鹧鸪天》。”词曰：

寒日萧萧上锁窗，梧桐应恨夜来霜。酒阑更喜团茶苦，梦断偏宜瑞脑香。　　秋已尽，日犹长，仲宣[17]怀远更凄凉。不如随分尊前醉，莫负东篱菊蕊黄。

明诚读给众人听罢，李远说：“我们出来半个来月了，真的很想家，家里也盼望我们回去呢。”赵守诚说：“嫂嫂在她的词里说了，想家没有用，不如随分喝酒、赏菊过重阳。”赵克诚说：“大家放心，明诚兄不会亏待我们！”大家说笑了一番，相约明晨起早在玉皇顶“迎旭亭”上看日出。

九月九日重阳节，众人看罢日出，各自在山顶上游览了半天，中午又在“古登封台”上席地畅饮。下午，年轻人继续去游玩。明诚、刘跂、王寿卿则在驿馆里核对大、小两“唐高宗登封纪号文”的文字。两文对照、互补缺失，居然拼凑成了一篇大致完整的文章。三人喜极，遂又开怀畅饮，直到日落。明诚不胜酒量，在醉意中睡去，一直睡到第二天早晨才醒过来。就要下山了，他穿好衣服，打点好行囊，拆开第三个信封，读清照的第三首词。该词调寄

《行香子》，词曰：

天与秋光，辗转情伤。探金英知过重阳。袂衣初试，绿蚁新尝。渐一番风，一番雨，一番凉。　　黄昏院落，恓恓惶惶，酒醒时，心往山岗。那堪永夜，斜月西窗。闻砧声捣，蛩声细，漏声长。

明诚读罢，知道这是清照催促他赶紧回去的意思，一阵难以言说的柔情蜜意涌上心头，恨不能一步到家。明诚一行八人，从中谷下山，于十日下午回到泰安城客店，派人送走刘跂，又歇了一夜，明晨开始返程，五天后回到青州。

政和二年春，赵挺之墓碑刻就，清明节明诚和清照到墓前致祭立碑。此时，章丘县城一穆姓豪绅来访明诚。豪绅名叫穆渼，其先祖坟茔的陵园在章丘城北女郎山上。穆渼欲在陵园门前立表，因在明水见到王寿卿和任升做的李格非墓碑，慕名来到青州，求王寿卿撰写表文、书丹，并请任升镌刻。方形茔表分左右两座，表身通高一丈二尺。两座茔表共八面皆刻字；表额阳文篆书题："穆氏先茔石表"，表文书阴文篆字。这两座茔表的工期为一年，政和三年春交工。穆渼给出的报酬十分丰厚，工期也很宽裕。王寿卿、任升很高兴地应承下来。

这正是：

赏心乐事谓为何？美景良辰不用歌。家有娇妻同雅趣，知心好友聚无多。

注解：

①结奥援：暗中结交政治势力。多指官场的投机钻营，例如大臣勾结宦官、后妃、外戚。

②轻爵禄：随意授予官职，以培植私党。

③钳台谏：钳制言官，堵塞言路。

④长奔竞：长于奔走竞争，指追名逐利。

⑤矜边衅：对外轻敌、冒险，不予防备或妄动干戈。

⑥奎娄：星次，是中国古代对星辰方位的划分，源于我国远古对星辰的自然崇拜。

⑦书丹：在打磨平滑的碑石上用红色颜料书写碑文，然后由石工镌刻。

⑧邯郸旧梦：唐代沈既济《枕中记》载，卢生在邯郸客店中遇道士吕翁，用其所授瓷枕，睡梦中历数十年富贵荣华。及醒，店主炊黄粱未熟。后以“邯郸梦”喻虚幻之事。

⑨骑省：官署、官职名。古人常用官职名代人名。例如唐代钱起诗中的“向夕野人思，难忘骑省文”。

⑩举案齐眉：汉代梁鸿的妻子孟光给丈夫送饭时，总是把端饭的托盘举得和眉毛一样高，以表示尊敬。

⑪封禅：封为“祭天”，禅[shàn]为“祭地”，是指中国古代帝王在太平盛世或天降祥瑞之时祭祀天地的大型典礼。起源于春秋、战国，祭坛多设在泰山之顶。

⑫高山仰止：出自《诗经》。详见第四十六回注解。此处清照只用其字面意。

⑬荦确：荦音[luò]，怪石嶙峋貌。参见唐韩愈《山石》诗中的“山石荦确行径微，黄昏到寺蝙蝠飞”。

⑭岱宗：泰山。

⑮曾：通“层”。

⑯决眦：[jué zì]裂开眼眶，表示极目远视。

⑰仲宣怀远：王粲字仲宣，三国人，建安七子之一。王粲《登楼赋》中有诗句“虽信美而非吾土兮……”

第三十回

臣谋君诺形同傀儡　夫唱妇随恰似鸳鸯

且说大宋北边的辽国，享国日久，国运渐衰；辽主的继任者荒淫无道，一代不如一代。辽国东北有个女真部落，此时乘机崛起。隋唐时，女真旧称靺鞨，五代时始称女真。女真人以渔猎为业，威猛强悍，但地处偏远、荒寒人稀，曾饱受辽国欺压。宋大观年间，女真部酋长乌雅束，东和高丽、北收诸部，势焰日炽，与南方的辽国形成争雄之势。

此时，童贯镇守西陲已久，以岁币换安宁，宋与西夏、西羌暂无战事。他看到辽国面对女真部的威胁已是朝不保夕，遂打起如意算盘：通女真、灭辽国、收燕云，图谋建立丰功伟业，以便加官晋爵。政和元年初，童贯奏请皇上，愿贺辽主生辰出使，借以窥伺辽国虚实。皇上准奏。童贯入辽，道经卢沟，偶遇辽国光禄卿马植。马植因内乱情事获罪，欲叛辽投宋，自言见辽势式微[①]，愿去逆效顺，向宋朝献联合女真灭辽复燕之策。童贯大喜，入辽京贺礼完毕，便携马植回到东京觐见皇上。马植奏曰："辽主荒淫失道，女真恨辽入骨，若天朝派遣使者，自莱、登二州渡海，与女真部结盟，相约各从南北夹攻，辽国腹背受敌，不怕辽国不亡。"皇上御批交于辅臣论列，大臣们慑于童贯势力，随声附和者多，亦有异议者谏曰："大宋与辽结盟在先，唇齿相依，唇亡而齿寒。若辽国灭亡，则女真大兵压境，譬如狼去而虎来，天朝无宁日矣！"皇上犹豫不决，召马植入对，亲自询问。马植曰："辽国气数已尽。陛下若代天谴责，吊民伐罪、以治攻乱，王师一出，辽民必箪食壶浆[②]来迎，既能解辽民于倒悬，又可收复燕云十六州。当今辽国大势已去，女真与宋结盟能灭辽，不与宋结盟亦能灭辽。若云'狼去而虎来'，亦应拒虎于燕云之外；以燕山为屏障，可保大宋江山无虞。请陛下明断。"皇上听罢心服口服，当即面授马植秘书丞官职，赐姓“赵”，改名“良嗣”；未几，又擢为右文殿脩撰，倍加恩宠。

童贯见皇上决意攻辽，则劝皇上再次起用蔡京辅政，以便协力统筹灭辽大计。皇上本是无主见之人，又惦记蔡京孝敬自己的许多好处，即命童贯去杭州宣召蔡京。蔡京趱程入都，皇上当日在太清楼赐宴召对，垂询灭辽大计。蔡京极力迎合皇上好大喜功之心，曰：“天赐良机，正可借机成就一统大业，是天降大任于陛下也。若错失良机，恐违天意。”皇上龙颜大喜，立即下诏恢复蔡京以前所有官爵，且赐第京师。蔡京再得皇上宠信，愈加献媚、阿谀。而后，凡与皇上议定之事，事无巨细，蔡京皆请皇上“御笔手诏”，任何人不得违忤。蔡京出谋划策，皇上御笔颁行，皇上沦为蔡京的牵线木偶。中书、门下两省形同虚设，全由蔡京一人擅权。

政和二年春，赵夫人见蔡京、童贯擅权，朝政日非，义愤填膺又无能为力，便离开京都返回青州，图一个眼不见为净。此时的青州，赵援之已于去岁病逝。赵夫人便将赵、郭两家的家业做了新的安排：让赵守诚主管两家的田亩租赋，赵克诚专营生药铺，陈沛专司生丝店。由赵夫人做媒、主婚，陈夫人之子陈沛与赵援之之女赵婉月结为夫妻。从此，赵、郭两家亲上加亲，犹如一家，主仆人丁各司其职、收支有度，秩序井然。

李迒因丧父，须守孝三年，方可依例荫补出仕。李迒心高志远，并不想荫补为官，所以立志苦读，准备守孝期满后参加科举，以获取进士出身。他每日除了研读经书之外，便向姐姐学习诗文辞赋，抽暇也帮姐夫整理古籍，学做考据之学。清照建议弟弟先荫补出仕，然后再参加“镙厅试”——专为无出身官员应进士举者所设立的——获取进士出身。明诚对李迒说：“你姐说得有道理。荫补可以尽快出仕，领取俸禄。有了俸禄，既可养家，又可做想做之事。依我说，还是把那进士的虚名看淡一些，把工夫用到自己喜欢的学问上；只有随心所欲，才能其乐无穷。”李迒说：“待我好好想想。”

七月，秘书少监赵存诚上书言事，曰：“……敕令诸州取访遗书，乞委监官总领，庶天下之书，悉归秘府……”皇上御批“从之”。所谓遗书，是指藏于民间而朝廷秘阁未备之书。秘府即是秘阁，乃国家藏书之所。若遇朝廷寻访遗书，民间藏书者可自愿列出书名、版本、内容提要，向秘府申报献纳。若所藏之书被秘府监官选中，则朝廷给以奖赏，出资令书主雇人誊录留下副本。若正本收入秘府，副本身价亦随之倍增，付梓刊印，书主可名利双收。藏书家都乐于献书于朝，唯恐所藏之书内容浅俗、文字拙劣，不被选中。存诚知明诚的《金石录》行将完成，言取访遗书事，乃是借任秘书少监之便，帮弟弟一把，于国于家，一举两得。存诚身为秘书少监，自然是寻访遗书的监官；他派心腹到青州查验明诚的《金石录》。明诚对来人说："此书尚未完成，须继续收录、评鉴、题跋、装裱，献书之事待日后再议。"来人问："几时可成？"明诚答曰："难以预料，三年、五年或可有望。"来人说："其实，古代金石遗存，无尽无休，何时能收罗殆尽、完备无缺？《金石录》可以随时杀青。尚未评鉴、题跋之收藏，以及日后出土之古器碑石，皆可收入续篇。"但明诚不肯，说："来日难以预料，凡事中断，小有成就，便容易陷入满足、怠惰，不如一气呵成来得圆满。"来人无奈，说："待我回京向令兄报备，日后再来商议。"来人回京禀告存诚，存诚甚是遗憾，说："吾弟做事必欲臻善臻美，不留缺憾。他历来如此，几成怪癖。人各有志，由他去吧。"

此事过后，清照对明诚说："《金石录》是凝聚你青春年华、汗水心血的一部皇皇巨著，卷帙浩繁，内容浩如烟海。日后秘阁来人检视，管窥蠡测怎能得其全貌？浮光掠影怎能得其精髓？理应写个序言，撮其要领、申明指归。读罢序言虽不能深入堂奥，也可略知大概。待大功告成献于朝廷、刊行于世之后，才能令世人因序言而兴起临渊羡鱼、退而研读的欲望。"明诚说："正是，正是。我本想编纂、题跋结束之后再写序文。"清照说："正如来人所说，此类著述是一生事业，无穷无尽，只要生命未了，则未有终结之时。不如先将序言写好，再随时随事补充修改，岂不更好？"明诚说："多亏娘子提醒，否则仍不知所措。本丈夫明日便开始动笔撰写序言，还有待娘子协助完成，予以修改、润色，使序言能收画龙点睛、点石为金之效。"清照嗔着说："又来贫嘴。"

翌日，明诚把自己关在书房闭门不出，半日工夫，写成了《金石录》序言，拿给清照去看，说："有不妥处，请娘子斧正。"清照接过序言草稿，凝神审视，见序文曰：

余自少小，喜从当世学士大夫访问前代金石刻词，以广异闻。后得欧阳文忠公《集古录》，读而贤之。以为是正讹谬，有功于后学甚大。惜其尚有漏落，又无岁月先后之次。思欲广而成书，以传学者。于是益访求藏蓄，凡二十年而后粗备。上自古代，下讫隋唐五季。内自京师，达于四方遐邦绝域夷狄，所传仓史[③]以来古文奇字，大小二篆[④]，分隶行草[⑤]之书，钟鼎簠簋尊敦甗鬲盘杅[⑥]之铭，词人墨客诗歌、赋颂、碑志、叙记之文章，名卿贤士之功烈行治，至于浮屠[⑦]老子之说，凡古物奇器丰碑巨刻所载，与夫残章断画磨灭而仅存者，略无遗矣。因次其先后为二千卷。余之致力于斯，可谓勤且久矣。非特区区为玩好之具而已也。盖窃尝以谓诗书以后，君臣行事之迹，悉载于史，然是非褒贬出于秉笔者私意，或失其实；至其善恶大节有不可诬而又传之既久者，理当依据金石勘正谬误。若夫岁月地理官爵世次，以金石刻考之，其抵牾[⑧]十常三四。盖史牒出于后人之手，不能无失。而刻词当时所立，可信不疑。则又考其异同，参以他书，为《金石录》三十卷。至于文词之嫩恶，字画之工拙，览者当自得之。皆不复活。呜呼！自三代以来，圣贤遗迹，著于金石者多矣。盖其风雨侵蚀，与夫樵夫牧童，毁伤沦弃之余，幸而存者，止此耳。是金石之固，犹不足恃。然则所谓二千卷者，终归于磨灭，而余之是书有时而或传也。东武赵明诚序。

清照读完，将最后“东武赵明诚序”六字勾掉，在稿纸空余处又写了下面几句：

孔子曰：“饱食终日，无所用心，难矣哉！不有博弈者乎？为之，犹贤乎已。”是书之成，其贤乎无所用心，岂特博弈之比乎？辄录而传诸后世好古博雅之士，其必有补焉。东武赵明诚序。

清照写完，明诚看罢笑曰：“经娘子补充，风采、神韵立现。以后，我想请刘跂为《金石录》写篇后序，你也写篇后序。”清照说：“如果别人已经把话说尽，我又何必狗尾续貂？看情况再说吧。”

冬去春来，转瞬进入政和三年春三月。王寿卿和任升所作《穆氏先茔石表》按期竣工，穆渙来青州勘验，十分满意，遂雇车发运至章丘女郎山安放。王寿卿和任升在青州住了三年，确如明诚所说，衣食富足且有若干积蓄。但毕竟两人年逾半百，渐进暮年，因而思乡心切。他们向明诚提出要回洛阳，说若以后有事相约，再来青州。明诚自然不能强留，遂备办盘缠和礼物若干，为他们送行。

赵夫人知道王寿卿去洛阳必经过汴京，于是，她托王寿卿携谢彩云和曾茜英及其两个孩子和两个丫鬟同行，把她们带给存诚和思诚。王寿卿说：“老夫人体贴儿女、深明大义，寿卿敢不遵命。”赵夫人说：“我还托付守诚、克诚护送。他们两人未出过远门，不认得路径，一路上会给您添不少麻烦，请您多加费心。”王寿卿说：“老夫人放心就是。”

就这样，连同王寿卿和任升及其家眷，“归来堂”走了大小十几口人，一下子冷清了不少。赵夫人便把守诚和克诚的妻儿接到“归来堂”暂住。于是，归来堂又热闹起来。守诚、克诚去汴京送罢两位嫂嫂，在京城玩了半月，回到青州已近端午。在这两个来月的时光里，清照跟守诚、克诚的妻儿相处得非常融洽。这两位弟媳，还有婉月，日后便常到“归来堂”找清照谈天说地、绣花描叶、纺线织布，每日“归来堂”里机杼连声、笑语不断。

夏末，李夫人、李迒、巧娘和明儿，也离开了“归来堂”。他们卖了济南的房子回到汴京的“有竹堂”。八月，李迒三年守孝期满，他先到吏部递交了申请荫补的呈文。不久，吏部下来批文，任命李迒为校书郎，成了赵存诚的属员；此时，存诚已转为秘书监。政和四年春，思诚升任中书舍人；同时，李迒参加“镙厅试”，荣登进士甲科，获得进士出身。

时光如白驹过隙，倏忽间到了政和五年春天。齐州章丘县的穆涣又来青州“归来堂”，托明诚聘请王寿卿和任升刻碑。穆涣向明诚说明该碑样式：碑额用阳文篆书，曰“宋河南穆府君墓表”。穆涣又留下他撰写的两篇碑文，墓碑阳面刻《穆翚墓表》正文，墓碑阴面刻《穆氏新兆域记》，皆用阴文正楷。碑体、字体大小，穆涣皆有尺度。明诚当即与穆涣定好酬金、工期。

此时，陈沛正要去徐州彭城看望哥哥陈丰，明诚告知陈沛：“姨父在世时官至秘书省正字，按例去世后可荫补一子，过去只因党争之故，蔡京拖延不办，现在已取消元祐党人之禁，陈丰应向朝廷呈请荫补出仕。此事可托现任吏部员外郎的谢克家办理。”赵明诚给谢克家修书一封，托他帮陈丰办荫补之事；又写了一封给王寿卿的信，约他和任升再次来青州给穆氏刻碑，信中载明了刻碑约定的一切事项。陈沛带着明诚的两封信来到老家彭城，见到哥哥陈丰，弟兄两人又一起去汴京见谢克家、存诚和思诚，报上申请荫补文书，然后两人又去洛阳把明诚的信转交给王寿卿。两人回到汴京后，陈丰住到“有竹堂”——这里现在是妹妹陈巧娘的家——等候朝廷的批文，陈沛则返回青州。

王寿卿接到明诚的邀请书信，便跟任升即日启程。两人途经东平府汶阳时，去拜访了老朋友刘跂。刘跂托王寿卿给明诚带去《汉张平子残碑》汉隶墨本一卷。王寿卿到青州之后，首先将刘跂的汉隶墨本转交明诚，然后拿出自己带给明诚的礼物：政和三年鄂州嘉鱼县出土的"楚公钟"墨本。王寿卿说："这是前年秋天他跟任升去鄂州刻碑，闻知此物出土，特寻访到嘉鱼县的物主拓来的。现在此钟已入内府。你看，这钟上的铭文，字画奇怪，不知是哪代的文字。"明诚说，他一时也不能断定。明诚一次得到两件金石墨本，喜出望外，遂吩咐厨下备宴，为王寿卿、任升接风洗尘。晚上，明诚将两件墨宝拿给清照观赏，两人相对展玩，不忍释手，直到两支蜡烛燃尽。

政和六年春，与青州相邻的潍州安邱县县民发地得两件古器，明诚闻信后立即前去寻访，原是一槃、一匜[9]，从槃上款识得知乃春秋时齐国某侯爵所用盥洗之物，明诚名之曰"齐侯槃、匜"。明诚买下带回，拓下铭文，编入《金石录》之"古器物铭"。

秋天，陈丰荫补得官，出仕任丰县县尉。陈夫人六十寿诞，陈丰偕夫人来青州给母亲祝寿，给明诚带来了下邳县农人耕地出土的《汉祝长严欣碑》墨本。李迒和巧娘应陈丰之约，也请假从京城赶来。陈家一家人在青州团聚，"归来堂"里又热闹起来。

陈丰告诉明诚，晁补之于大观四年去世，又说："晁补之在世时，在济州巨野付梓刊印了他收集的清照诗词，书名曰《漱玉诗词钞》，一部分赠予亲朋好友，大部分则卖于书商；在附近州县一书难求，我竟没有买到。据说最远能销到京城，竟能卖到两千钱一本。"明诚将此事告知清照，清照惊愕，叹息一声后沉默不语，往事萦怀，扑簌簌流下两行热泪。晚上，清照想写一首悼念晁补之的诗，诗笺废了好几张，也没写出一首满意的。明诚见状说："你大概是韵脚选得不合适，不妨换个韵试试。"清照说："索性你给我指定一个韵，说不定作起来倒容易。"明诚说："既然是悼念晁补之先生，就用'之'字所在的'四支'韵。"清照想了想，写了四句古诗，曰：

学语三十年，缄口不求知。谁遣好奇士，相逢说项斯。

清照停下笔，似乎又乱了思绪，写不下去了，对明诚说："我乱了方寸，你来写完吧。"明诚思索少许，接过笔来写道：

情比春风暖，心同父母慈。奇士当推谁？吾师晁补之。

清照看了说：“直白了一点儿，倒是说出了我的心里话。”

清照想起十一年前，在洛阳跟陈夫人、陈巧娘、陈沛过重阳节的情景，一切恍如昨日，于是对明诚说：“我们和姨父姨母、表弟表妹，自幼相濡以沫，亲如手足；今日姨母全家团聚，又逢重阳，应当好好庆贺一番。”明诚答应说：“娘子所说，正合吾意。说起来，没有姨父姨母，哪有我们的洞房花烛。”清照说：“如果没有姨母一家，真不知道我被驱遣洛阳那几年，怎么能够活过来。”明诚说：“那是，那是。没有姨父姨母，我们哪有今日？”

重九之日，天清气朗，“归来堂”后花园里菊花开得正好。明诚按照清照的吩咐，仿照在洛阳文宅时的样子，在后花园的菊圃一旁安放好了坐席，支起琴架，准备饮酒赋诗，弹琴唱曲，尽兴玩一晚上。美酒、佳肴备齐以后，赵夫人、陈夫人，明诚、清照、玉珠，李迒、巧娘，以及守诚、克诚，婉月、陈丰、陈沛，还有诸妯娌、姐妹共十五口人，围桌而坐。一阵猜拳行令之后，赵、陈二位夫人不胜酒力，借故先行退出，回房休息。留下来的年轻晚辈则继续开怀畅饮。其间，陈巧娘自弹自唱《怨王孙》，共唱了两遍。第一遍用的是清照在洛阳写的词，第二遍用她自己在“易安室雅会”上写的词，众人也都跟着哼唱。曲终，众人交口称赞。大家又让清照填词，清照说：“每有聚会，便让我填词，大家的耳朵怕是磨出茧子来了，连我自己都觉得无趣。不如换个玩法，大家都来作首诗或念一首跟重阳节有关的名家诗作，好不好？”巧娘说：“那敢情好，清照姐姐先作一首吧。”清照说：“这也要换个玩法，让你表哥先作。”明诚说：“你表嫂将我一军，我偏要作给你看！”明诚仰脸略加思索，曰：

清夜凉风至，白露结为霜。夙兴[10]步菊径，霜落沾衣裳。衣裳不足惜，乐其有余香。东篱梦陶公，语重心亦长：“一日难再晨，哀哉亦何伤。”

李迒说：“难得见姐夫作诗，今日这诗，真是不鸣则已，一鸣惊人。诗里若没有‘陶公’两个字，还以为是陶公作的呢。”清照说：“有两句就是陶公作的。”李迒说：“引用前人的成句，只要贴切自然，就是好诗。”清照笑曰：“姐夫敬的酒你没白喝。可惜‘裳、伤’两字撞韵了。”大家一阵欢笑过后，赵婉月说："下面该清照嫂嫂作诗了。"清照欣然作来，念道：

举杯黄花侧，亲族来远方。此花抱香去，雪花又飞扬。岁月不我待，倏忽两鬓霜。风华诚可贵，命途有低昂。穷达非所虑，清歌入宫商。

清照诵罢，众人称赏不已。明诚说："娘子这诗里，'风、花、雪、月'四个字全有了，佩服，佩服！"清照说："我可不是写'风、花、雪、月'。"明诚问："那娘子写什么？"清照说："'此中有真意，欲辨已忘言'。你自己去想吧。"众人又笑。明诚说："诸位请继续饮酒，今日过节，我还要到那院去陪陪王寿卿先生和任升师傅。顺便向王先生请教，娘子作的诗，那'真意'到底说的是啥。失陪了，告辞。"明诚离席，留下一片笑声。

这正是：

逢人说项旧时恩，夜鹊三匝欲断魂。把酒东篱菊圃宴，清歌淡远意无痕。

注解：

①式微：出自《诗经·邶风》中的"式微，式微，胡不归"，指事物由兴盛而衰落。

②箪食壶浆：音[dān shí hú jiāng]。出自《孟子·梁惠王下》中的"箪食壶浆，以迎王师。"食：食物；浆：汤。百姓用箪盛饭，用壶盛汤来欢迎他们爱戴的军队。

③仓史：[cāng shǐ]，即仓颉。传说他观鸟迹、虫文，造文字。为黄帝时史官，故称仓史。

④大小二篆：大篆，广义的大篆指小篆之前的文字，包括金文（钟鼎文）、籀文、甲骨文等。狭义的大篆指籀文、石鼓文。小篆，指秦篆，传说乃秦朝李斯所创。

⑤分隶行草：八分书、隶书、行书、草书，四种书体的简称。其中八分书是隶书的一种，带有明显波磔的隶书称为"八分书"。隶书起于秦，行于汉。

⑥钟鼎簠簋尊敦甗鬲盘杅：古代青铜器的名称；有礼器、食器、酒器、盥洗器。

⑦浮屠：亦作"浮图"，佛教语，梵语Buddha的音译。多义，一指佛陀，佛；二指佛教；三指和尚；四指佛塔。

⑧抵牾：音[dǐ wǔ]，互相矛盾。

⑨“槃、匜”：槃即盘，匜音[yí]，匜形如瓢，用匜倒水，以槃承接。古代盥洗用青铜礼器。

⑩夙兴：音[sù xīng]，早起。

第三十一回

雅好古痴迷金石刻　鄙流俗厌做父母官

政和六年，王寿卿和任升给章丘穆渼刻完《宋河南穆府君墓表》碑之后，又应明诚、守诚、克诚之约，给赵援之刻了一块碑，并在政和七年清明节举行了立碑祭奠之礼。之后，他们又相继做了两块墓碑。过了中秋节，王寿卿、任升因无碑可做，打算回洛阳。明诚决定与他们同行，去汶阳看望刘跂，并请刘跂为他的《金石录》写篇后序。八月底，明诚、王寿卿、任升三人到了汶阳。

自政和元年重阳节，他们同登泰山，至今过去了七个年头，一生吃尽官场苦头的刘跂虽然只有五十有五，却弓腰驼背、步履蹒跚，变得分外苍老。明诚、王寿卿不辞路远来看望他，他感动得老泪纵横。明诚拿出赠给刘跂的两件礼物：他仿照楚公钟和齐侯槃铭文拓片摹制的两件摹本和一幅李公麟书法作品；另外，他还带来了《金石录》"目录"十卷和他写了题跋的几十件金石精品摹本，以备刘跂写"后序"时参阅。刘跂老眼昏花，对这些金石铭文却是情有独钟，捧在眼前，不忍释手。刘跂也拿出他的诗文集《学易集》让明诚看；还有他编纂的《泰山秦篆谱》一卷，"秦篆谱"上有他写的序文，说是请明诚斧正并撰后序。

写序文，必须吃透原著。刘跂挽留明诚一行在汶阳住下来。明诚每天研读刘跂的著作；刘跂则天天翻阅《金石录》中的金石铭文。刘跂又请来了退居汶阳的朝士刘绎如，一起来鉴赏。刘绎如，字成叔，家藏汉唐石刻四百卷，著有《金石苑》一书，刘跂作序。刘绎如豪爽、豁达，又博学多闻，跟明诚相见恨晚。一天，刘绎如拿来一卷碑刻摹本，名曰《唐富平尉颜乔卿碣》，对明诚说："我见你《金石录》目录中缺此碑，现将此碑摹本赠给你，请笑纳。"颜乔卿是颜真卿的胞弟，他的碑碣自然是金石藏品中的珍品，因而明诚不胜感激。刘绎如又说：“此碑原在长安，世颇罕传，有人说其石已经亡失。此碑帖乃是在下做种经略幕府参军时得于延安府。”明诚说：“那就更加珍贵。”改日，明诚托刘跂向刘绎如表示，愿以此碑所值加倍相报，刘绎如却说：“吾观《金石录》目录及赵君几则跋语，虽未窥全豹，已知赵君乃好古之通人也，其书必能传世。为其完备无缺，故割爱相赠。既相赠，便是无价。”明诚听刘跂转述此话之后，对刘绎如不禁肃然起敬。

光阴荏苒，又是九月九日重阳节。刘跂尽其所能，备薄酒、蔬果设宴款待远来的客人。他特意将祖上留下的爵、觚、鼎、鬲拿出来作酒具、餐具，众人感觉其中的酒水、菜肴都古色古香，吃起来别有风味，仿佛返回远古，做了夏商周三代的臣民。刘绎如、刘跂、明诚、王寿卿、任升，五位好古之人相遇，酒逢知己，仿佛腹有千杯之量，传杯递盏，志在一醉方休。席间，刘跂兴起，赋古体长诗以飨嘉宾，诗曰：

往者李龙眠[①]，监河[②]国城岸。家多古时器，罗列供客玩。爵觚屡饮我，鼎鬲贮肴膳，到今李侯[③]书，一展如对面。迩来三十载，复向赵卿见。收藏又何富，摹写粲黄卷。沉酣夏商周，余嗜到两汉。铭识文字祖，曾玄[④]成籀篆。颇通苍雅字，不畏鱼鲁眩[⑤]。遂将传琬琰[⑥]，索我序且赞。我衰心力薄，游不出里闬[⑦]，孔[⑧]怀忘年友，契阔[⑨]异州县。深惭千里驾，请毕十日燕。诸贤共留连，更赖三语掾[⑩]。

刘跂诵罢，大家击掌称赏。散席之后，刘跂将诗抄为四份，加题曰《题古器物铭赠德甫兼简诸友》，赠与席上友人。次日，明诚将他写好的《学易集后序》和《泰山秦篆谱后序》交给刘跂。刘跂送给明诚、王寿卿、任升每人一本《泰山秦篆谱》，也将他写好的《金石录后序》交给明诚。明诚读那“后序”，文曰：

东武[⑪]赵明诚德甫，家多前代金石刻，效欧阳公《集古》所论，以考书传诸家同异，订其得失，著《金石录》三十卷，别白抵牾，实事求是，其言斤斤，甚可观也。昔文籍既繁，竹素纸札，转相誊写，弥久不能无误。近世用墨板模印，便于流布，而一有所失，更无别本是正。然则誊写模印，其为利害之数略等。又前世载笔之士，所闻所见，与其所传，不能无同异，亦或意有轩轾，情流事迁，则遁离失实，后学欲窥其罅[12]，搜抉证验，用力多，见功寡，此雠校[13]之士，抱椠怀铅，所以汲汲也。昔人欲刊定经典及医方，或谓经典同异，未有所伤，非若医方能致寿夭，陶弘景亟称之，以为知言。彼哉卑陋，一至于此。或讥邢邵[14]不善雠书，邵曰：误书思之更是一适。且别本是正，犹未敢曰可，而欲以思得之，其讹有如此者。惟金石刻出于当时所作，身与事接，不容伪妄，皎皎可信，前人勤渠郑重，以遗来世，唯恐不远，固非所以为夸。而好古之士，忘寝废食而求，常恨不广，亦岂专以为玩哉？余登泰山，观秦相斯所刻，退而按史迁所记，大凡百四十有六字，而差失者九字，以此积之，诸书浩博，其失胡可胜言！而信书之人，守其所见，知其违戾，犹勿能深考，猥曰是碑之误，其殆未之思乎？若乃庸夫野人之所述，其言不雅驯，则望而知之，直差失耳。今德甫之藏既甚富，又选择多善，而探讨去取，雅有思致，其书诚有补于学者。亟索余文为序，窃获附姓名于篇末，有可喜者，于是乎书。政和七年九月十日，河间[15]刘跂序。

翌日，告别了刘跂和刘绎如，明诚返回青州；王寿卿、任升去了洛阳。

年底，刘绎如给明诚来信，报刘跂病逝。明诚闻之哀痛不已，不料汶阳一别，竟成永诀，遂出资刻印刘跂著《学易集》刊行于世，以表其对亡友的深情厚谊。

先是，为满足皇上穷奢极欲，蔡京唆使杨戬等中贵，倡议大兴土木，扩建延福宫，由宦官领工督建。宫址在大内拱辰门外。宫内垒石为山、凿池为湖、引泉为溪；设鹤庄、鹿寨，伴有鹤唳鹿鸣之音；又置野店、酒肆，鸡犬与丝竹之声相闻；其他如嘉葩名木、怪石幽岩、文禽珍兽，布列其间，数不胜记。

延福宫外，自东华门以北，市民各行各业的铺面夹道就居，每日花天酒地，不分昼夜。从长至节到上元节，每当试灯、放灯时日，歌姬舞娃争来卖笑。平日，这里便成了一班坠鞭公子、走马王孙寻花问柳的章台路、平康里[16]。就中有个露台名妓，叫李师师，生得妖艳绝伦，善歌舞、工应酬，诗词歌赋、琴棋书画，虽非件件精通，却也能十知四五。此时，朝中有一人物，姓王名黼[17]，粉面美须，剑眉明眸，风度翩翩，曾与李师师有过来往。他崇宁年间登进士第，有口辩之才，善于奉承迎合，深得皇帝欢心；又外结宰辅蔡京，内交权阉童贯，很快升迁为翰林学士承旨。上元节前两日，王黼与蔡京之子蔡攸同值禁中，怂恿皇帝微服出游，故意将皇帝引入李师师门前，让李师师与皇上汉皋偶遇，解佩相赠，令皇上坠入缠绵缱绻之乡。从此以后，一主一妓，或青楼临幸幽会，或深宫密召赴约，频繁往来。皇上堕入巫山云雨之中，哪里还把御殿临朝放在心上。

皇帝信道教，好神仙，蔡京、童贯便投其所好，搜罗善作魔幻之术的游方道士，把他们纳入禁中，与皇上朝夕相伴，装神弄鬼，作妖作祟。皇上先是宠信方士王仔昔，后又招入温州道士林灵素。林灵素以给皇上斋醮[18]的名义，唆使皇上营建道观、醮宫。宫既成，取名“上清宝箓宫”。宝箓宫从晨晖门至景龙门，绵延数里，与禁中相通。宫中所筑馆舍楼台，其栋梁栏杆、门窗户牖，概用贵重木材楩楠、鸡翅做成，不加文采粉饰，呈现天然木理纹样，蕴含“浑然天成、道法自然”之意。停工已久的万寿山及艮岳工程也已复工。

政和七年，设立“道箓院”和“千道会”。林灵素以道箓院真主名义广招信徒；四方道流云集京都，千道会皆给俸禄。林灵素令官吏庶民拜诣宝箓宫，授神霄秘箓；朝士借机求他引进，凡经他应允者无不飞黄腾达。于是，朝中趋炎附势的无耻之徒，投机钻营的宵小之辈，皆纳贿求见，拜倒在他的羽翼之下。皇上见林灵素势倾朝野，似有不轨之图，密诏宝箓宫曰：“朕乃上帝元子，为太霄帝君，令天下归于正道。卿等应册朕为‘教主道君皇帝。’”宝箓院不得不上表朝廷，册封当今皇上为“教主道君皇帝”，百官相率拜诣宝箓宫称贺。

却说政和八年，改元重和。童贯进兵朔方[19]。西夏国王之弟察哥，麾军前来攻陷宋军的震武城，因其易攻难守，大肆抢掠之后，弃城而去。童贯兵败回朝，把西夏军故意弃城谎称夏兵畏威败走。此时，蔡京正议兴兵图辽大计，派遣武义大夫马政持诏书渡海出使金国，与金国预约夹攻辽国。金国便是前面所说女真部落。女真部酋长乌雅束病殁，其弟阿骨打战败辽国，声势大震，宋政和五年时称帝，国号“大金”。

越年，宋又改元宣和。宣和元年，金主委派李善庆奉国书，持北珍珠、生沙金、高丽参等礼物，跟马政同至汴京致贺改元。金主国书曰：“若果欲通好，请委派正使，奉贵国国书前来结盟，若仍用诏书，莫怪我大金斩杀来使！”

宋朝文武百官闻金主国书傲慢无礼，反对与金国结盟的声音陡起，皇上亦有意暂时搁置此事。叵耐蔡京、童贯力主联金灭辽。此时，那位给皇上和李师师拉皮条的学士王黼已升迁为少宰，跟蔡京、童贯沆瀣一气，力挺与金国结盟。少宰，相当于蔡京改官制之前的尚书右仆射，乃是宰执重臣。元老重臣的意见，皇上不得不从。两国约定：金兵出兵至古北口，占领燕山以北十州，宋军出兵白沟，收复燕京及燕山南部六郡；赵良嗣又擅自答应，灭辽之后将以往纳辽岁币如数转送金国。赵良嗣回国奏明与金国签约，皇上准奏。蔡京、童贯、王黼以为从此燕云唾手可得、加官晋爵指日可待，遂调兵遣将、厉兵秣马，准备伐辽。

正当朝中忙于征辽之际，忽接到两浙警报，睦州人方腊作乱，受尽“花石纲”之苦的两浙百姓纷纷响应，揭竿而起。睦州、歙州[20]、杭州、婺州、衢州等地，接连陷落，沦落方腊之手。皇上大惊，急召辅臣商议，决议暂停北伐。皇上命童贯为江、淮、荆、浙宣抚使，率陕西戍边六路精兵，增援东南，围剿方腊。

此时，北方的宋江等三十六人也早已成了气候，一天天做大，聚集江湖好汉一百零八人，另有喽啰无数。他们以东平、郓州附近的梁山泊为依托，横行京东一带。他们穿州过县、劫富济贫，惩治贪官污吏。其间，他们居然攻取了青州城，杀死了青州知府慕容彦达，抢走了府库的粮食和钱财。赵明诚和李清照带领全家逃亡仰天山避难，梁山乱军撤出青州之后，他们方才回到青州。幸亏乱军对“归来堂”之物不屑一顾，书库所藏得以完好留存。

在青州东边的莱州，有一股啸聚山林的绿林好汉，为首的是盘踞莱州登云山寨的邹渊、邹润。跟莱州相邻的登州有一猎户，弟兄两人，名叫解珍、解宝。他们跟邹渊、邹润暗里常有往来，意气相投，以弟兄相称。只因登州山里有猛虎出没，人畜被虎伤害，登州知府跟本州猎户立下甘限状[21]，限期必须将老虎捕获，捕获者有重赏，否则将受惩处。解珍、解宝用毒箭射伤一只老虎，老虎滚下山坡，窜入山下庄里毛太公的后园子，老虎箭伤毒性发作后死去，被毛太公发现。毛太公把死老虎藏了起来，准备去州衙领赏。解珍、解宝循着血迹前来寻找，毛太公却要赖不肯承认。解珍、解宝一气之下把毛太公家的家具门窗、坛坛罐罐砸了个稀烂，并告到登州官府。毛太公到登州衙门里给知府使了银子，登州衙门反把解珍、解宝丢进大牢。莱州的邹渊、邹润闻听解家兄弟落难，便暗通关节，策反登州兵马提辖孙立劫了大狱，救出解珍、解宝，杀了知府和毛太公，一起投奔了梁山泊。

登州、青州知府接连被杀，惊动了朝廷。朝廷在手忙脚乱之际，于宣和二年任命莱州知州转官知青州。为补莱州官员空缺，任命此时监庙差遣，闲居青州的赵明诚知莱州，令其即日到任。

明诚接到任命状，跟清照商量，是去还是不去。明诚诉苦说：“《金石录》还未编完，让我去做那些俗务，实在并非所愿。”清照说：“如今正值多事之秋，是朝廷用人的时候。今日如若不去，今后则升迁无望。大丈夫志在四方，不能在一个地方老死。说不定莱州也有你喜欢做的事情呢。况且，公务之余也可编纂《金石录》。”明诚说：“莱州毕竟是小地方，你不怕跟我去吃苦？”清照说：“婆母、姨母还在青州，时局又不太平，我不能离开。你先去莱州看看，等你的公务安排得有了头绪，我再去不迟。你可先带玉珠过去。”明诚说：“如果母亲和你在青州，玉珠跟我走不合适，你们都留在家里吧。如果决意要去莱州，我想跟你商量一件事。”清照问：“什么事？”明诚说：“到莱州，人地两生，我想带你们李家的五个兄弟去，做我的衙役。”清照说：“我们李家的兄弟，不是你的兄弟吗？这还要跟我商量。”明诚笑道：“那就这么定了，明天我就叫陈沛去明水，把他们叫来，他们的家眷有愿意来的也接过来，跟你做伴儿。免得偌大的‘归来堂’里空荡荡的，显得冷清。”清照说：“这样的好事，亏你想得出来。”明诚说：“不谢谢我吗？”清照说：“你们赵家有事，总是让我们李家兄弟帮忙，你应该谢我才是。”明诚作揖道：“谢谢李家妹妹！”清照笑曰：“什么时候你才能长成个大人？”明诚说：“你没看见我的胡子吗？让我用胡子扎扎你的腮，你就知道我是不是长成大人了。”清照连忙躲开，说：“别胡闹！玉珠马上就送茶过来！”

宣和二年春，明诚去莱州上任，这且放下不表。却说宋江等人因梁山泊池小水浅，终不能成就大业，众好汉计议去江淮吴楚间施展本领，与方腊形成南北呼应之势。宋江等人于琅琊郡[22]海边夺得若干商船，乘船走海路南下，在海州[23]遭遇知州张叔夜率水军用火围攻；梁山好汉们被烧得焦头烂额、一败涂地，漂泊海上不知所归。宋江等人无路可走，被张叔夜招降，随官军去两浙征讨方腊。梁山好汉们在征方腊的进程中死伤过半。攻占杭州时，张顺、时迁为打开涌金门死于非命，武松独战杭州匪首方腊之子方七佛，被方七佛卫士砍断左臂。武松忍痛与张顺之兄张横合力擒住方七佛，立了大功。攻克杭州后，陕西秦凤路官军中有一校尉叫韩世忠者，突入方腊巢穴邦源洞活捉了方腊。平定方腊之后，武松无意功名，在六和塔隐姓埋名度过余生。杭州人为张顺、时迁立庙，武松死后葬于西湖之滨。方腊、宋江之乱虽然平息，朝廷亦得渔翁之利，然大宋朝廷已是病入膏肓、奄奄一息、不堪一击了。

这正是：

内忧外患乱丛生，佞官昏君反倒行。好古鼎食爵饮者，应知社稷势将倾。

注解：

①李龙眠：李公麟，字伯时，号龙眠居士。宋朝书画家、收藏家。见第八回。

②监河：管理河道的官员。

③李侯书：指李公麟的书作手迹。

④曾玄：曾孙和玄孙。

⑤鱼鲁眩：将“鲁”字写成“鱼”，泛指文字错讹。

⑥琬琰：音[wǎn yǎn]，泛指美玉，此为碑石之美称。

⑦闬：音[hàn]，里巷之门。

⑧孔：此处作副词用，很、非常。

⑨契阔：音[qiè kuò]，多义词。此处为离合聚散意。

⑩三语掾：参见《世说新语·文学》中的“阮宣子有令闻，太尉王夷甫见而问曰：‘老庄与圣教同异？’对曰：‘将无同。’太尉善其言，辟之为掾。世谓‘三语掾’”。阮修因三个字而被任命为官员，后用“三语掾”表示对幕府官员的赞美。刘跂诗中的“三语掾”，乃指做过种经略幕府的刘绎如。

⑪东武：宋时密州，古称东武，今山东省诸城市。明诚原籍密州。

⑫罅：音[xià]，裂缝。

⑬雠校：音[chóu jiào]，校对文字。

⑭邢邵：北朝魏、齐时文学家，“邵”一作“劭”，字子才，河间鄚人，代表作有《冬日伤志篇》。

⑮河间：今河北河间，属沧州市。刘跂原籍河间，后迁居东平汶阳。

⑯“章台路、平康里”：分别为西汉、唐朝长安城街名，皆为妓女聚居之处。

⑰黼：音[fǔ]，半黑半白的花纹。

⑱斋醮：醮音[jiào]，俗称“道场”。斋醮，打醮，道士身穿道袍，手持法器，

在坛场里边唱边舞，请神驱鬼。

⑲朔方：音[shuò fāng]，朔气是指北方的寒气，北方很冷，又可称朔方。另外有郡名为朔方。

⑳歙州：今安徽省歙县。

㉑甘限状：限期完成某种任务的保证书。

㉒琅琊郡：今山东省临沂市，

㉓海州：今江苏省连云港市。

第三十二回

收燕地庆贺成艮岳　获魏碑团圆赴莱州

与宋朝征方腊同时，金国国主阿骨打命令斜也统帅金兵进犯辽国中京，辽主延禧携卫士五千余骑，败走云中；金兵乘胜攻占辽国的中京和西京。自是，金国占领了辽国燕山以北的大部疆域及四座京城。按照宋、金盟约，燕山以南六州以及燕京，应由宋军攻占，但宋朝忙于平定方腊，未能履约。金主派遣使者至宋，敦促宋廷从速攻取燕京。时内乱初平，国困民疲，皇上无意再战。此时，蔡京已奉诏致仕，王黼升为太宰，王黼曰："古人有言'兼弱攻昧，武之善经'[①]，目前辽已将亡，我若不取，燕南六州及燕京必为金国所有。中原故地，从此无归还之日了。"皇上无奈，决意出师，命童贯为两河宣抚使，蔡攸为副使，勒兵十五万，出兵伐辽。

蔡攸不懂戎事，以为辽国已是强弩之末，燕云已是囊中之物。蔡攸离京之前，入宫辞别皇帝，见皇帝左右两美妃侍候，竟色胆包天，指着两妃对皇上说："待臣得胜回朝，请将二美人赐臣。"皇上笑而不答。蔡攸道："想必是陛下默许了。此去征辽，臣能不效命！"王黼搜刮全国丁夫，计口出算，得钱六千二百万缗，充作军费，并修书致童贯曰："太师北行，黼愿尽萧何[②]之力。"童贯遂携蔡攸出师，浩浩荡荡抵达高阳关。不久，辽国内讧，皇子争夺皇位，外戚趁机专权，朝臣众叛亲离。辽国常胜军统帅郭药师，留守涿州，率所部八千人及涿、易两州，诣童贯处乞求投降。童贯大喜，立即表奏郭药师为恩州[③]节度使，受都统制刘延庆节制。郭药师新降，欲立大功以取信宋廷，请命率奇兵五千，远道奔袭燕京，并约定刘延庆之子刘光世随后率大军接应。郭药师率奇兵猛攻燕京进入外城，不料被前来救援的辽军从城外围住，而刘光世的接应大军却杳无音信。郭药师的奇兵内外受敌，全军覆没，只得孤身一人缒城逃回。嗣后，刘延庆及其子姗姗来迟，进驻卢沟，夜间却又中辽军疑兵之计，自相践踏，死伤无数。

金兵乘机越过居庸关，兵临燕京城下。除了早已逃亡的辽主之外，辽国文武百官均列队开城投降，诣金营请罪。金主一律宽免，令各守原职。除了郭药师叛辽降宋所得涿、易二州之外，燕山之南各州及燕京，均被金兵占领。

经过宋廷与金国反复交涉，宋金两国定了四条和约：

一、将过去宋给辽国的岁币四十万，转送金邦。

二、每岁宋给金加送燕京代税钱一百万缗。

三、彼此贺正旦生辰，置榷场④交易。

四、燕京及山南六州归宋，所有山北诸州及西北一带山川，概为金有。

和约既成，有诏令童贯、蔡攸入燕交割，岂料燕京城内所有人丁、财物统被金人掠去，只剩一座空城；其余各州、县、城镇也被洗劫，几成废墟。童贯、蔡攸还朝，奏曰："辽国百姓，箪食壶浆，以迎王师；燕城老幼，伏道迎谒，焚香称寿。"皇上大喜，晋封童贯为徐豫国公，蔡攸为少师。此时，汴京万岁山建成，因其在皇宫之东，属八卦"艮位"，遂改为"艮岳"。神运石被置于山顶，兀然屹立、俯瞰京城。因新得燕地，皇上特赐佳名，号"昭功敷庆神运石"。艮岳经营耗时六个寒暑，工役数万人，靡费不可胜计。这且放下不表。

且说宣和二年明诚知莱州，时国事多艰、民不聊生，流离失所之人落草为寇，与官府作对，因而维持州县治安便成了当务之急、公务之重。为严防登云山绿林好汉邹渊、邹润遗留的喽啰们流窜作案，赵明诚令所属各县县尉、都头按期率兵巡检山林。州府也专设巡检捕快到各紧要去处缉拿盗贼。李过、李迥、李逅、李远、李迈兄弟都练过武功，明诚便让他们做了逻倅的头目。

宣和三年初春，一日，李远率逻倅巡检莱州城南边九里的云峰山时，发现山上有一摩崖石刻，便立即回府告知明诚。次日一早，明诚约僚属三四人，由李远、李迈引领登上云峰山，找到了那块刻石。云峰山三座山峰一字并排耸立，犹如"山"字形笔架，又称"笔架山"。这摩崖刻石在云峰山东峰——寒洞山之阳。碑面高约一丈，宽约一丈有余，依山随形，气势雄伟，与山林互为一体。明诚近前仔细观览，见那碑额阴文正书七个大字，曰"荥阳郑文公之碑”，字态飘逸、蕴藉、风雅，明诚为之一振。碑文记述了北魏中书令秘书监兖州刺史郑羲的生平事迹，其字体雄强、宽博、敦实，洋溢着苍劲、浑厚、古朴的金石气韵。全碑洋洋千余言，字字飞动中见稳重，平正中见奇崛，从容中见跌宕，神完而气足。明诚断定这是刻石中少有的珍品，想不到在这僻远的荒山野岭中竟藏着书品瑰宝。明诚读到最后，没看到撰文和书写人的姓名。这是谁写的呢？此人定是书学大家。

明诚在碑文最后读到两段附记文字，其一曰：“永平四年，岁在辛卯刊，上碑在直南卌[⑤]里天柱山之阳，此下碑也，以石好故于此刊之。”明诚心里想：上碑有无撰文和书写者的姓名呢？改日一定去造访上碑，探个究竟。第二段附记曰：“高邮秦岘、西洛冯维秬，同游神山，读郑文公摩崖碑，因刻其后。政和三年十月晦日。”明诚跟同来的僚属说：“秦岘、冯维秬[⑥]，何许人也？看来慧眼识珠者大有人在，这两位高士是我们的同好，可惜我们晚来了七八年，未能跟他们在碑下谋面。”明诚等人在碑前徘徊良久，不忍就去。李远说：“妹夫喜欢这碑，我明天带人来，把这碑拓了去。”明诚说：“多拓几份。后天，我们就去天柱山，把那上碑也拓几份回来。”李远说：“这拓上碑的事，您就交给我，不必亲自去。”明诚说：“我一定要亲眼见了那碑，心里才觉得踏实。”第二天，李远带人从云峰山拓来下碑。第三天，明诚偕同僚属及李远、李迈去天柱山寻访上碑。

上碑在天柱山峰顶，也是摩崖石刻。天柱山突兀伟岸，刻石北面背依高峰，南面俯视平川，视野开阔。上碑碑文内容与下碑大致相同，仅差数字，字体比下碑略小；书体结字宽博、笔力雄健，镌入山巅，堪称物景双绝；但仍无撰书人姓名。明诚等人将碑拓完回到莱州城，已是日落西山、炊烟弥漫的时候。

自从得了《荥阳郑文公碑》碑文拓片，明诚兴奋不已，一连几天研读碑文，想弄清碑文的撰者和书者究竟是谁。碑文载：郑文公的长子郑懿做过齐州刺史，季子郑道昭做过光州刺史。莱州即是北魏光州所辖之东莱郡；所以，明诚估计《郑文公碑》可能是郑道昭亲自撰文并书写，但是缺少佐证，不能贸然定论。明诚吩咐李家兄弟，常去山里寻访牧童樵夫及猎户野老，询问山中是否还有别的摩崖石刻。两人寻访数日，也没有结果。明诚便拿了一份《郑文公碑》拓片，并写了一封家书，交给李远，让他回青州，一是去看望赵夫人，向母亲报个平安，二是将拓片交给清照研读，对照家藏各种北魏碑帖，看能否断定谁是该碑的书家。

李远回青州住了几日，要返回莱州时，清照给明诚写了一封信。明诚接到信，立即拆阅，清照在信中道：

夫君德甫：

见字如面。《郑文公碑》拓片已粗读。君得此金石瑰宝，清照不禁叹为神助，上天不负君心至诚，故赐于无意之间。昨夜，清照为之欢呼雀跃于梦中，碑帖却又被强人夺去。醒来冷汗淋漓，心跳如捣衣。起身燃烛再读，见此碑既有篆隶之势，复具分隶之雅，更饶草书之情理，萃众长于一碑，堪称佳构，览毕愈加爱惜。如此石刻精品，却不知何人所为，深以为憾，清照当遵嘱发微抉隐、极力探求。自君去莱，至今经年矣，然岁月悠悠、度日如年，不知何时鹊桥重渡？夫妻遥隔，又闻金兵虎视，江淮乱离，朝野扰攘，民不聊生，未知国难家愁，何时能了？来日未卜，无言以告，只能劝君勤更衣、多加餐而已。翁姑贵体近安，勿念。附今日及去岁春末词作两首，奉君一阅，聊表心曲。

其一

今日作《蝶恋花》："暖雨晴风初破冻，柳眼梅腮，已觉春心动。酒意诗情谁与共？泪融残粉花钿重。　乍试夹衫金缕缝，山枕斜倚，枕损钗头凤。独抱浓愁无好梦，夜阑犹剪灯花弄。"

其二

去年作《点绛唇》："寂寞深闺，柔肠一寸愁千缕。惜春春去，几点催花雨。　倚遍阑干，只是无情绪。人何处？连天芳草，望断归来路。"

易安室，某月某日。

清照信中的拳拳眷念之情和忧国忧民之思，令明诚不觉怆然喟叹，也勾起了他的重重心事：宋真宗时，辽军南下，宋廷危在旦夕，幸有执政寇准拥真宗率军渡河决战，战而胜之，与辽军订立澶渊之盟，以玉帛换安宁。难道历史又要重演？然而当今谁是寇准，谁又是真宗呢？怕是玉帛也换不来安宁了。若是国破家亡，今天得到这《郑文公碑》，即便是无价之宝，又有何用？想到这里，明诚心灰意冷，令李远陪他喝了几杯闷酒，便在公廨里草草睡下。

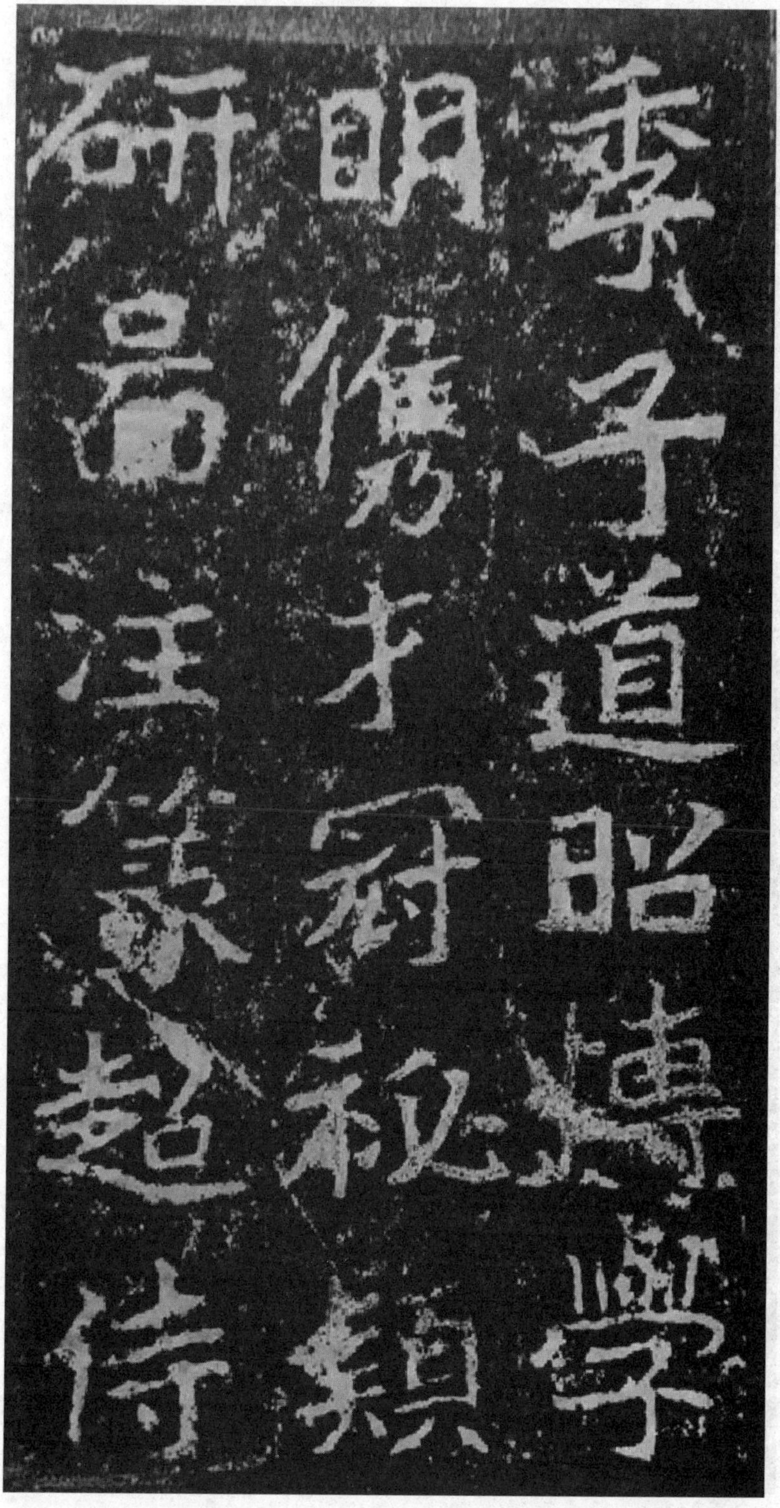

赵明诚发现《魏郑文公下碑》节选

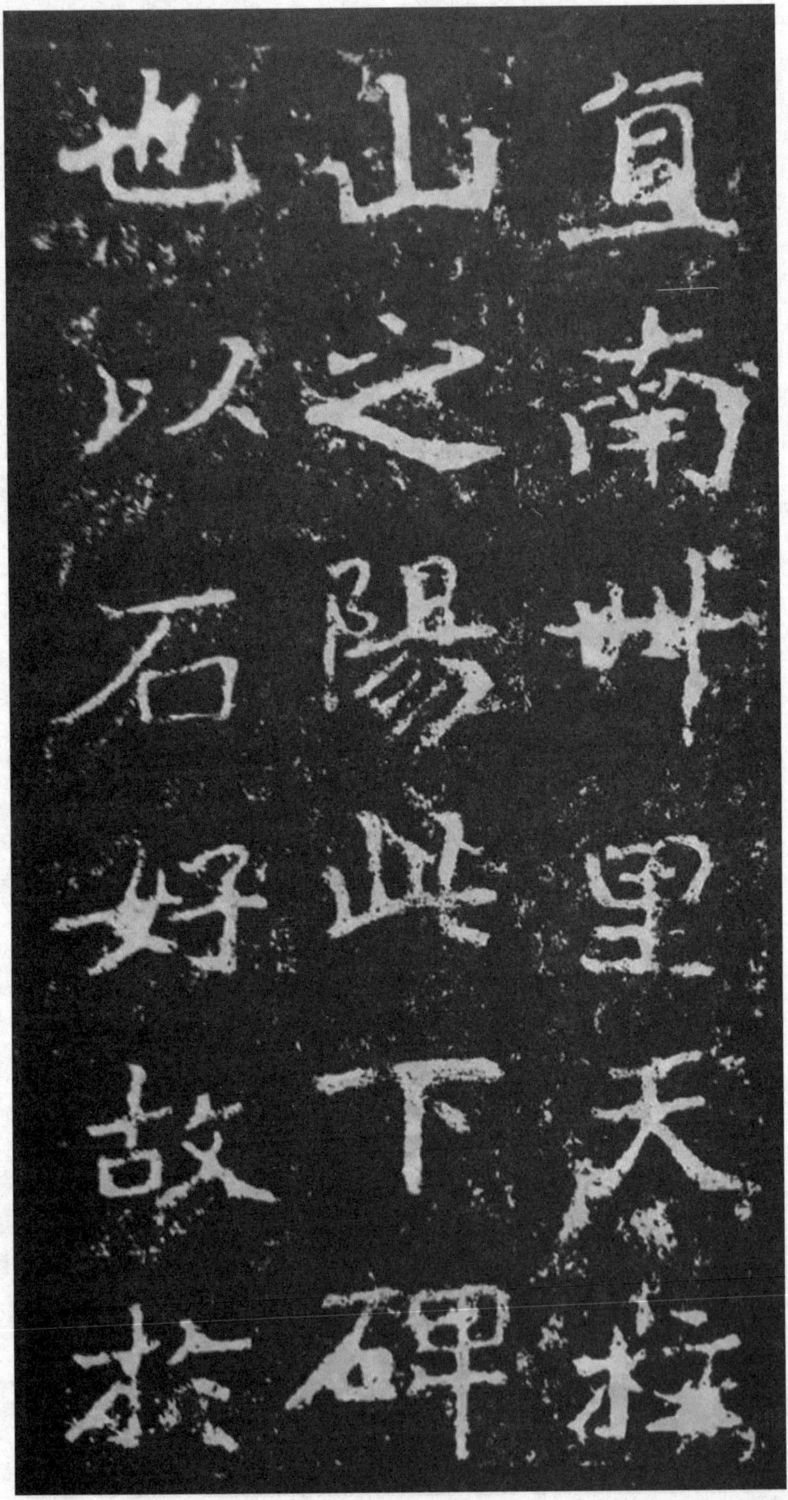

赵明诚发现《魏郑文公下碑》节选

过了两个多月，李远喜气洋洋地跟明诚说，云峰山下一老猎人告诉他，笔架山中间主峰上有一险要去处，叫作“虎头岩”，岩下有一山洞，附近有摩崖石刻两块；早先，山洞里常有老虎出没，伤人无数；百年来，从来没有人敢去虎头岩，不知道那里有摩崖石刻，只有老人们有过耳闻。明诚听罢，忘了几天来压在心中的烦闷，突然又来了兴致。他令李远挑选了几个身手不凡的捕快，带着朴刀、猎叉和弓箭，跟他一起上了云峰山主峰。通往“虎头岩”的山路，因为荒废了多年，长满了荆棘和蓬榛，已经无法通行。捕快们用朴刀披荆斩棘在前面引路，明诚在后面费力攀爬，手臂上划了几道伤痕，汗流浃背，鲜血淋漓，好不容易才找到虎头岩。虎头岩是一块斜出的巨石，石下是个巨大的山洞，那山洞远看活像一个张着大口的老虎头，似乎要把来人一口吞进去，望之令人胆战。明诚让捕快们用弓箭射住洞口，又令人往洞里投掷石块。投了几次，从洞里蹿出一只野兔，落荒而逃，人们断定洞里没有老虎，才放心地去寻找刻石。在虎头岩的附近，人们用钢叉挑开岩石上一层层历年堆积的藤蔓，果然发现了两方摩崖石刻。虎头岩下方的刻石曰《诗五言与道俗十人出莱城东南九里登云峰山论经书一首》。碑面高近两丈，宽两丈有余，是摩崖大字，字径约有半尺，共三百二十四字，但大多剥蚀残损、漫漶不清。虎头岩上方的刻石曰《诗五言登云峰山观海童诗郑道昭》，此碑较小，高与宽约为前碑的一半，共一百零四字，石质坚硬，字迹清晰，碑题下面有“郑道昭”三字历历在目。两方刻石的字体、书风皆跟《郑文公碑》雷同。由此，明诚断定，《郑文公碑》和这两处摩崖石刻的撰文者、书写者，都是北魏光州刺史郑道昭。明诚令李远改日再来拓碑，并让李迈去青州告知清照：“《郑文公碑》作者已定，乃碑文中‘郑道昭’是也，因而不必再从家藏魏碑中查询。”

李迈到青州，正遇见在京做秘书监的存诚来青州“归来堂”接赵夫人。

宣和三年六月，赵存诚接到圣旨，升迁为江宁知府。江宁府即六朝古都金陵，是江南锦绣繁华之地、温柔富贵之乡。江宁知府是权倾一方的封疆大吏，朝廷重臣才可担任。存诚受命，心里生出一种盘算：从种种迹象中看出，未来中原必有大乱，晋朝播迁、偏安江南旧事已现端倪，他欲借外放之机，将赵家迁徙到江南。

存诚在上任之前，告假回青州来接老母赵夫人，一同去江宁。存诚派李迈去莱州把明诚叫来，将他的南迁计划告知明诚，并希望明诚也能未雨绸缪，早做打算，他说："我等无力兼济天下，今日唯能独善其身，方能免做他国楚囚。"明诚颔首称是，曰："谨记兄长之嘱。"存诚又把他带来的六张金文拓片交给明诚，说："这是从前年安州孝感县出土的六件古器物上拓来的。三件方鼎，两件圆鼎，还有两件甗，其中一件锈蚀严重，未做拓片。这七件古器，皆形制精妙，款识奇古，现藏于秘阁，外人不得见。"明诚收起拓片，拿去与清照共赏。

陈夫人的长子陈丰、女儿巧娘和女婿李远都在南边，她愿跟姐姐一起去江宁，赵夫人也舍不得留下妹妹，便答应了。赵夫人离开青州之前，跟存诚、明诚商议赵、郭两家家产如何处置，议妥之后，在"归来堂"宴请赵家和郭家族人。赵夫人当众宣示，她将与其妹陈夫人一并南去江宁。赵家田产由赵守诚掌管，生药店和生丝铺交与赵克诚；郭家田产房产均由陈沛代管。"归来堂"诸事，暂托付清照弟李过打理。次日，赵夫人、陈夫人、存诚，由明诚、清照、玉珠、陈沛及赵家兄弟姐妹陪同，到赵挺之、赵援之墓前祭奠之后，当天便离开了青州。

母亲走后，明诚决计带清照和玉珠去莱州。他把在莱州做捕快头目的李过叫来看守"归来堂"，并告知守诚和陈沛，赵夫人名下的两家田产可以陆续卖掉。明诚和清照把书库所藏略加整理，取出新得的几件金石拓片，以便带往莱州装裱、题跋。然后将几间书库加锁，嘱咐李过常打开看看，注意通风，防潮。

八月初五，明诚、清照临走这天晚上，守诚、克诚夫妇，陈沛和赵婉月，还有住在"归来堂"的几位李家媳妇，大家在"归来堂"设宴聚会，为明诚和清照送行。清照虽出身官宦之家，但幼年在农家长大，她知道跟不识字的赵家、李家众位媳妇们如何相处，平日里除了跟她们一起绣花裁衣、纺线织布之外，还用她们听得懂的平常语作了几首词，教给她们按曲牌演唱，给她们带来了很多乐趣。这些妯娌、姐妹都很喜欢清照。明天，清照就要离开她们了，她们觉得将要离开一位诸事都可以请教商量的大姐、大嫂，心中十分惆怅。几杯薄酒下肚，她们不由自主地伤感起来，跟清照千叮咛、万嘱咐，絮絮叨叨，没完没了。最伤心的是赵婉月，清照教会她读书写字，还学会作几句诗词；她看着天上的一钩弯月，怨声怨气地说："嫂嫂，你看那月牙儿，谁说无怨，此月正当别时残。"说完，便情不自禁地流下眼泪。清照安慰说："婉月妹这句话，跟苏东坡的'不应有恨，何事长向别时圆'，有异曲同工之妙呢。妹妹悟性很好，以后一定能作出好诗。”婉月说：“嫂嫂走了，谁来教我？”清照说：“我会回来的。”两人边说边哭，惹得众人都泪水涟涟，脂粉随着眼泪流下来染污了衣襟。在众人止住哭泣，继续饮酒之时，婉月带领众姐妹唱起了王维的《渭城曲》：

渭城朝雨浥轻尘，客舍青青柳色新。劝君更尽一杯酒，西出阳关无故人。

散席时，赵婉月含着泪说：“嫂嫂，再见了，‘但愿人长久，千里共婵娟。’”清照对赵婉月说：“是啊，来日方长，后会有期。”

次日，明诚、清照离开青州，陈沛相送，与明诚、清照骑马并辔缓缓而行。走了一天，晚上到了昌乐，下起了蒙蒙细雨，他们投昌乐县驿馆里住宿。明诚对陈沛说：“送人千里终有一别，明天你就回去吧，家里还有许多事需要打理。我们外祖郭家这份产业，管好了也不容易呢。”陈沛说：“我还真是舍不得离开你们。”清照说：“是啊，我们相处时间最长、感情最深。等你表哥任满之后，我们还会回来，再说，你有空也可以去莱州玩几天。”陈沛说：“好的，那么我明天就回去。”晚上，清照在灯下填了一首词。次日分别时，清照把词笺交给陈沛，说：“回去念给姐妹们听，代我向姐妹们表示谢意。”陈沛展开词笺，见纸上写道：

蝶恋花·晚止昌乐馆寄姊妹

泪湿罗衣脂粉满，四叠阳关，唱到千千遍。人道山长山又断，萧萧微雨闻孤馆。　　惜别伤离方寸乱，忘了临行，酒盏深和浅。好把音书凭过雁，东莱不似蓬莱远。

陈沛读罢，说了声“好，我回去一定念与姐妹们听。兄、嫂再见”，便收起词笺，跨上马背，回青州去了。明诚、清照则去了莱州。

这正是：

荒山野岭获奇碑，似有神灵显翠微。烽火燕云千里外，莱州团聚且来归。

注解：

①“兼弱攻昧，武之善经”：兼并弱小的国家，攻击蒙昧的军队，这是用武谋略的良策。

②萧何：楚汉相争时，刘邦部下韩信领兵，萧何后方筹集钱粮。

③恩州：今河北省邢台市清河县。

④榷场：榷音[què]。宋、辽、金在边境所设的同邻国互市的市场。市场内贸易由官吏主持，除官营外，商人需纳税、交牙钱，领得证明文件方能交易。

⑤卌：四十的缩写，碑文原字字形。

⑥秬：音[jù]，黑黍米。人名用字。

第三十三回

静治堂约韵遣虚日　淄州府赏碑会古人

宣和三年八月十日，明诚、清照到莱州，暂住郡廨“静治堂”。“静治堂”里除了明诚睡的一张木床，批阅公文的一几一凳，以及盛衣服、杂物的一箱一柜之外，别无长物。清照在青州时，每日坐“归来堂”上，几案罗列，全是经史子集；灯下夜读，帐间枕侧，随处诗文辞赋；终日意会心谋、目往神授，孜孜乎乐在其中。今天，清照乍到莱州这个几乎徒有四壁的陋室，每日无书可读，就像三国时的袁公路[①]江亭绝粮，饥饿欲死。白日里，明诚除了在正厅大堂上议事、审案之外，就是外出巡视、督查；在“静治堂”这里，只有清照和玉珠两人进出。两人无所事事，枯燥乏味，就如坐监牢一般。晚间，明诚回来，抱怨公事繁忙、棘手，心烦意乱、唉声叹气。清照问：“莱州乃偏僻小郡，何以有这许多公务，整天忙忙碌碌？”明诚觉得几天来冷落了清照，愧对妻子，便解释了一番：“朝廷先是平方腊，后又伐辽国，连年用兵，致使国库空虚；王黼奸谋迭出，先是清查全国户籍，凡成年丁夫，不去应征兵役者，均按人口计算纳免役钱，每丁三十贯；官府鞭扑追缴，百姓无钱可纳，便四处逃亡。这免役钱收不上来，朝廷又改了章程，令各州县清查田亩，按田亩数征收赋税，并委派内侍做各路转运使，向州县威逼催缴。每日征免役钱的刚走，敛田赋的又来；来了朝廷的转运大员，州县还要酒宴、礼品伺候。上面横征暴敛，下面应接不暇。州衙里这些衙役、捕快也不是省油的灯，天天要加酒钱，不加酒钱，便虚与应付、不干正事；加了酒钱，喝多了又惹是生非。他们催缴上来的钱，还不够他们的酒钱。”清照说：“这等事，也只能睁一只眼闭一只眼。你也效法这些衙役，敷衍了事为上策。老百姓已经民不聊生，做父母官的应当爱民如子才是，何必做那些祸国殃民者的帮凶。”明诚说：

“你站着说话不腰疼，这事说起来容易做起来难，除非这官豁出去不做。不过，你说得也不无道理，事到如今，也只能敷衍一日是一日，别无他法。有朝一日，脱出身来编纂《金石录》才是正道。”

一日，清照一人在“静治堂”独坐，环顾四周，空空荡荡，冷冷清清。百无聊赖之时，见几案上有部《礼韵》②，想必是明诚带来学作诗词用的，心中窃喜。心里想，何不现在就作一首诗，待明诚回来，让他和一首呢？于是，她自己跟自己约定，以所开书页上的第一个字为韵。她随手拿过韵书来，信手打开，得一“子”字，于是，以“感怀”为题，用“子”字为韵，作七言古诗一首，诗曰：

寒窗败几无书史，公路可怜合至此。青州从事③孔方君④，终日纷纷喜生事。作诗谢绝聊闭门，燕寝⑤凝香有佳思。静中我乃得至交，乌有先生子虚子⑥。

晚上，明诚回来，清照拿出她作的诗给明诚看，并让明诚用“子”字韵和诗一首。明诚把清照原诗看了一遍，说：“作首五言的行不行？”清照说：“行，古诗五言的居多，古味更浓。”明诚咳嗽一声，朗声吟诵道：“学语三十年，缄口不求知。谁遣好奇士，逢人说项斯——”清照咯咯笑着打断明诚，说：“错了！错了！我们在青州作的这首诗是‘知’字平声韵，不是‘子’字仄声韵。”明诚说：“你那‘燕寝凝香有佳思’里的‘思’字，不是平声字吗？”清照说：“‘思’字作‘想’讲，读平声，作‘想法’讲时，则读仄声。‘佳思’就是好的想法，‘思’字要读去声。”明诚作恍然大悟状，说：“原来如此，你怎么不早告诉我！”清照笑说：“是你图省事，揣着明白装糊涂吧。”两人笑完，明诚说：“以后，白天的时间，你跟玉珠把那些金石拓片先装裱起来。晚上，你帮我做校勘、题跋。这样，每天有事做，你就不会‘公路可怜合至此’了。”清照说：“好的，今晚你过去跟玉珠说，让她明天把装裱用的东西准备好。”明诚说：“明天你跟她说也不迟。”清照说：“你必须今天去说。”明诚问：“为什么？”清照答：“不为什么！”明诚无奈，只得到玉珠房里去。

自清照作感怀诗之后，明诚、清照便重启《金石录》的编纂。清照和玉珠把来青州之后所得金石拓片、摹本以及须装裱的碑帖，皆装裱就绪，计有：

一、《秦泰山刻石》文。

二、潍州昌乐出土爵、觚铭文。

三、《唐登封纪号文》碑文。

四、鄂州出土《楚钟铭》。

五、安邱出土《齐侯槃铭》和《齐侯匜铭》。

六、下邳县出土《汉祝长严欣碑》。

七、《汉张平子残碑》。

八、《唐富平尉颜乔卿碣》。

九、《后魏郑羲碑》上、下两碑文。

十、安州孝感出土古器物铭文六件。

十一、《诗五言论经书一首》和《诗五言观海童诗》刻石。

明诚公事之余，每晚校勘两卷，题跋一卷。装裱、题跋初就，每十卷为一帙；每帙里面夹上驱逐蠹虫⑦的芸签，外面结上缥⑧色丝带。连同以前装裱、校勘、题跋的金石刻共两千卷，题跋者五百有二卷。宣和五年十一月底，《金石录》已初步编纂、装帧完成。

宣和五年腊月初，明诚受命权知淄州。淄州与青州毗邻，在青州以西，位于青州与齐州之间，是古邑大郡，物阜人稠，富庶殷实。淄州的治所在淄川县城。

跟随明诚四处游宦的李远、李迈兄弟，每到一处，便特别留意当地的古代遗存。明诚到淄州上任不久，李远即听说青、淄交界处的临淄县，有一农民垦荒，有许多古器物出土。明诚令李迈去青州找赵守诚，取来变卖田产得来的二百两银子，趁着假日，换下官服、着上便装，带李远、李迈、李迴、李逅四兄弟，骑马火速赶到临淄县城附近的一个小村庄，找到物主。这里是古齐国故都临淄遗址。

物主家住两间茅屋，竹篱柴扉、荒草满园。院里母鸡跳窝叫蛋、黄犬吠客守门；进到屋里，土炕瓦灶，弥漫着一股土腥气味。主人乃一贫病老翁，屋里还有两个先来的客人，老翁身后站着一个干瘪没牙的老太婆和一个目光呆滞的中年男子。老翁见明诚进来，没有说话，似乎不屑一顾。附近常有古物出土，村民对古物交易的门道大多都略知一二。他们发现古物之后，都有三怕：一怕官府来收，二怕强盗来抢，三怕蟊贼来偷。物主都急于出手，愿贱价卖出，但是对造访的顾客却往往报以冷眼，存有戒心。

茅屋里地下摆着十口绿锈斑驳的铜钟，一个比一个大，显然是成套的编钟。老翁正跟客人讲价钱。明诚站在一边仔细看那古钟，锈色纯美，形制奇特，且都有铭文。明诚见物怦然心动，数了数，最大的钟上，密密麻麻布满近五百字。世上所见钟鼎铭文之字数未有逾此者，只这一件在东京就能卖五百两银子。明诚听主、客两家讨价还价，十件要价才一百两，但那买主仅能出五十两，老翁一口咬定非一百两银子不卖。老翁对一言不发的明诚说："学士想要吗？"明诚说："如果这位先来的客人确认不买，我们再商量。"老翁转脸问那客人买还是不买，客人舍不得放弃，说："今天先付五十两银子，另五十两限我五天以后送来，如何？"老翁不耐烦地说："五天后，我到哪里找你？你给个痛快话，买还是不买？"明诚对客人说："看来阁下是真心想买，我借给阁下五十两。我只想把这上面的字拓下来。"客人把明诚上下打量了一番，说："阁下如此慷慨仗义，我怎能为区区几件尤物，夺阁下之爱。敢问阁下尊姓大名？"明诚答道："在下敝姓赵，字德甫。"客人惊问道："您是新上任的州守？"明诚淡然答曰："权且代理而已。阁下贵姓？贵府何处？隔日到府上拜访。"客人说："在下免贵姓邢，寒舍在淄川邢家庄，恭候阁下光临。"客人说完，便跟明诚拱手道别，跟同来的另一客人骑马绝尘而去；明诚后悔忘记问客人的名字。

这里，老翁一听明诚是新任太守，下跪作揖，哆哆嗦嗦地说："太守大人，如果您喜欢这几件东西，您就拿去把玩，什么银子不银子的。"明诚扶起老翁说："我不是你的太守，你在青州，我在淄州，我管不着你，你别害怕，我一个钱也不会少给你。"明诚令李远从坐骑上拿来一百两银子，跟老翁交割清楚之后，说："耕地所出，想必不止这几口钟吧？"明诚见老翁惊慌，便说："老丈别怕，你把所藏全部拿出，只要价钱合适，我一并买断。"老翁还是犹豫不决，老翁身后老太婆抢到前面，指着老翁的鼻子说："你这财迷，十个破铜罐子卖一百两银子，你还想做啥梦？房顶子漏雨，儿子没媳妇，欠官府的钱还没交，你等着贼来偷，兵来抢，竹篮子打水一场空！"傻儿子也说："都卖了，就有钱娶媳妇了。"说完，便转身跑进里间屋，把所有藏着的出土器物，一堆一堆地搬了出来，约有三十来件，鼎彝壶尊爵觚斝卮等，酒器居多，且大多有字数不等的款识。明诚和李家兄弟见了皆大吃一惊，睁大了眼睛。明诚说："老丈出个价钱吧，若价钱合适，我全要了。"老翁说："那十口钟值一百两，这三十几件，我也不多要，大人有的是银子，您就给四百两吧。"明诚说："老丈有所不知，这东西上有字才值钱，字越多越贵重。那十口钟卖一百两，是因为上面字多。这些东西字少，怕不值吧。再说，我也没带这么多银子，只有一百两了。要不，我改日再来一趟。”老妻说：“别听这老东西胡吣，今天我做主，就一百两银子，您拿走。”老翁无奈，一跺脚说：“就算我孝敬太守了。”明诚付清银子，又拿出半贯铜钱，让老农雇了一辆独轮车，令李迥、李逅跟着押车，把四十多件古器送到青州“归来堂”保存。

不觉旧年已去，新年来临，过了上元节，清照因为在淄州无事可做，想回青州看望姐妹们。明诚说：“我正想让你回青州做件事。去年我们在临淄买的那些古器，你和玉珠回去，拓下上面的款识，装裱起来，然后题上跋语，编入《金石录》的古器物铭。这事，限你们二月作完，三月初回来，不得有误。”清照说：“做装裱可以，做题跋恐怕不能胜任。”明诚笑曰：“你也学会装糊涂了。”清照答曰：“试试看吧，误了期限我可不管。”明诚又说：“到期我派车接你，逾期你自己走回来。”清照笑曰：“你不接，我们自己雇车。”明诚笑答：“如会雇车，我就不派车了。还有一事，那些古器里，我记得有形制、款识相同的；凡相同的，就各带一件回来，我有用处。”几天之后，清照给姐妹们每人买了一套淄川出的茶叶末釉的陶瓷脂粉盒做礼品，由李迥、李逅护送，跟玉珠回青州去了。

大地回春，万物复苏，不觉进了百花盛开的三月，明诚派人把清照和玉珠接回淄州。清照按明诚的嘱咐带来了五件古器物：鼎、尊、彝、斝、觚各一件，皆有款识。

几天来，都是风和日丽的阳春天气，明诚对清照说：“明天望日休假，我带你到远处游春，去拜访一位义士，就是去年在临淄结识的那位朋友，他住淄川邢家庄。去邢家庄有三十多里路程，我们骑马去，你能行吗？”清照说：“骑马游春倒是很风光。父亲通判广信军时，我留在明水，跟李远哥哥学过，在京、洛偶尔骑过脚夫的驴子，不知道现在还会不会，试试看，但不能跑快！”次日清晨，天刚蒙蒙亮，李迈牵来四匹马，明诚扶清照跨上马鞍坐稳，李远带上送给义士的礼物，四人便策马出发了。他们缓辔慢行，一边游山玩水，一边打听路径。明诚对清照说：“看你那骑马的姿态，倒是有点儿花木兰的样子。”清照说：“你见过花木兰？”明诚说：“梦里见过。”清照笑道：“此时有梦想成真的感觉？”明诚笑答：“方才说了，有那么一点儿。”两人边说边笑，不到晌午，便来到邢家庄。

这里是一个风景秀美的所在，邱地平渺、水林晶淯，墙麓硗确布错[9]，恰是君子隐居高卧的好去处。问村民可有“邢”氏人家，答曰：“全村皆姓邢。”又问可有好古者，村民回答：“有，此人字有嘉，曾任庄里的潭长，现闲居在家。那边门口有一棵大槐树的便是。”明诚一行来到大槐树底下的一个宅院门前，下了马，将马拴在槐树上。李远去叩门，开门出迎的正是临淄偶遇的义士。邢有嘉略一愣怔，便认出明诚，拱手高声道：“原是赵学士光临寒舍，有失远迎。诸位贵客请进，请进。”明诚、清照走进院里，只见院里繁花正发，花间石板铺就的甬道，通向青砖甃砌的房门口，推开枣木雕花格子门扇，走进屋里。室内几案整洁，卷帙罗列，散发出书卷的幽香。主人让座、奉上茶点，明诚呈上礼物。解开礼包，主人见是鼎、尊、彝、斝、觚，又看到件件都有款识，不禁喜出望外，呼唤家人快快出来观看。邢妻出来与客人寒暄之后，瞥了古器一眼，便走近清照搭话，极力称赞清照美貌，又问贵姓芳名，像姐妹一样亲热。当清照说出名和姓时，一下子惊动了主人邢有嘉，遂大声问道：“夫人就是李文叔先生的千金？”清照答曰：“这正是家父的名讳。”主人说：“真是无缘不相识，高堂在齐州历下书院求学时，跟文叔先生是同窗，文叔先生年轻时还造访过寒舍，留下诗作呢。”主人遂让妻子去书房，搜寻父亲与朋友当年互相赠答的诗笺。不多时，邢妻果然拿来一张发黄的旧诗笺，交给清照，清照双手恭恭敬敬地接过来，凝眸观看，那工整却又洒脱的字体使她认定是父亲的亲笔。父亲写的是一首七言绝句，题目是《过临淄》，诗曰：

击鼓吹竽七百年，临淄城阙尚依然。如今只有耕耘者，曾得当时九府钱。

清照读罢，不禁热泪盈眶，未曾想到这里是慈父留下过足迹的地方，触目所及，一草一木，仿佛都散发着父亲的体香。主人将李格非手迹赠与清照，清照、明诚非常感激，邀请主人在诗笺上题跋，主人用蝇头小楷写道：

此诗乃家父同窗李文叔先生所作并亲笔。今其女易安居士光临寒舍似有神灵差遣，诚可信也！物应归还原主，因以赠之。易安居士夫婿赵君同莅敝庐，吾不厌其为兹州之守，而重其有素心之馨也[10]。

邢有嘉，宣和甲辰某月某日。

正午，主人置酒饭留客。席间，明诚约请邢有嘉来日到淄川城做客，有嘉答曰："平生不曾迈入衙门一步，亦不惯以官衔相称，学士有幸途经敝村时，敬请光临叙话。"明城应允。酒逢知己、话不嫌多，谈笑间，不觉红日西沉，明诚、清照起身与主人告辞。至晚，月上东山时方归。

夏天，淄州遇蝗、旱大灾，明诚以告示谓乡民："各县开仓放粮，以赏代赈，打井一眼者赏粟五斗，捕蝗十斤者赏粟一升。"告示一出，百姓闻风而动，青壮年男丁结伙凿井，妇女儿童结伴捕虫，全州上下无一闲人。明诚去各县查看灾情，途经邢家庄造访邢有嘉。邢有嘉取出白居易所书《楞严经》一卷相赠，说："此乃祖传之物。上次学士光临，本欲相赠，只因此物年代久远、破损严重，羞于示人；今托人装裱，已焕然一新，请学士笑纳。"明诚展开，见是唐笺[11]楷书，装裱为一轴。明诚十分爱惜，又不胜艳羡，仔细看过之后小心卷起，辞谢曰："贵府传家之宝，在下何德何能，受此大礼，愧不敢当。"有嘉道："久闻学士乃鉴古名家，宝物归于名家，方能载于典籍，传播久远，不致泯灭于草莽。阁下若执意推辞，有嘉便见怪了。"明诚见有嘉诚心相赠，便欣然收下，即告别有嘉，上马疾驰而归，与清照共赏。当夜置酒庆贺，且饮且赏，清照展读后，说："此乃《楞严经》第九卷后半卷。既然是唐笺，应是真迹。"时已二鼓之下，酒醉渴甚，清照吩咐玉珠烹小龙团茶。待茶罄酒醒，二人又相对展玩，狂喜不支；两见烛尽，犹不欲寐，明诚便在卷后作了一篇题记[12]。

次日，明诚早起，继续下乡巡视灾情，督促官民抗旱、灭蝗。一月之内，全州灾民打井数百眼，捕虫万余斤，因而灾情迅速减退，秋收有望。大灾之后，庄稼并未大幅减产，朝廷得知，嘉奖曰：

> 朝散郎权发遣淄州赵明诚职事修举，可特除直秘阁，迁淄州知州[13]。钦此。

明诚都领淄州救灾，成效显著，百姓交口称赞；他与淄川义士邢有嘉交往的故事，也因邢家庄人的传播，获得很好的口碑。淄川百姓都知道太守博雅好古、出手大方，家有古器物者便到太守寓所求售。凡是常见、无款识或损坏严重无收藏价值的，明诚便给几个赏钱，令其携原物回家。其中两件品相完好且有款识的，明诚买了下来，一件是"盂姜匜"，一件是"平陆戈"，都收录到《金石录》的《古器物铭》卷。

宣和七年，金国兴兵南下，长驱直入，两河沦陷，直逼京师，一时天下大乱。河东、河北难民纷纷内迁，许多被金兵驱赶的宋、辽残兵流窜至齐州、淄州一带，潜入水泊、啸聚山林，沦为流寇。他们抢劫偷盗、杀人越货，成了为害一方的匪患。淄州的捕快们四处出动，抓捕盗贼，致使监狱里人满为患。淄州衙署里有一座破败的旧屋，将门窗加固后便做了临时关押犯人的牢房。一个月黑风高之夜，犯人的同伙劫狱，在牢房的后墙上掏了一个大洞，犯人全部越狱逃走。其同伙放了一把野火，将房子烧得只剩下乌黑的颓垣断壁，幸好没延烧到其他房间。大火扑灭之后，李远发现屋里的地上躺着一块石碑，除去碑上一层厚厚的炭灰，露出碑上的字迹。李远立即告诉来查看火情的明诚。明诚走进那散发着刺鼻烟味的废墟里，先去看那碑文的题目和落款，这原来是李邕撰文并书写的唐淄州开元寺碑。

李邕，江陵人，唐朝天宝年间任北海太守，人称李北海。唐朝北海郡即宋朝之青州。李北海博学多才，少年成名。为人耿介磊落，不畏权贵，屡遭贬谪。他工文，尤长碑颂：善行书，变王羲之笔法，书风焕然一新；其风格豪挺，结体茂密，笔画遒劲。继李世民《晋祠铭》之后以行书书写碑文，名重一时。很多寺观常以金银财帛作酬谢，请他撰文书写碑颂。他一生共写了八百余篇，得到的润笔费竟达数万之巨。但他却豪侠尚义，爱惜英才，常用这些家资来拯救孤苦士人，周济落拓才俊。李邕晚年在北海太守任上，遭人暗算，为奸相李林甫构陷，含冤杖死，时年七十。

不知何时、何故、何人将此碑从淄州开元寺移到州衙的空屋里来。更令明诚不可思议的是，堂堂淄州大郡的衙署，可谓是“谈笑有鸿儒，往来无白丁”之地，竟无人关注这块书文并茂的石刻珍宝，任其埋没于败屋的尘垢之中。这般情景，岂不是斯文扫地，辱没先贤！

明诚命人将唐淄州开元寺碑清洗修整，做了拓片，载入《金石录》，然后移至郡廨便座，又用木制栏杆围护起来。明诚公事之余，便立于碑前揣摩欣赏、心驰神往。此时，他好像与李北海携手遨游太虚，一切案牍之劳顿、官场之烦恼，都随之烟消云散了。

这正是：

黎民拥戴清廉吏，宝物方能遗后人。神品承蒙神保佑，祝融[14]有意现其身。

注解：

①袁公路：袁术字公路，东汉末年军阀，割据扬州，骄奢淫逸、横征暴敛，失去民心，在军阀混战中失败，因缺粮饥饿吐血而死。

②《礼韵》：宋时科举作诗用的韵书。

③青州从事：见第九回注4，指酒。

④孔方君：外圆而内有方孔，指铜制钱币，泛指钱。

⑤燕寝：本为帝王寝息之所。唐韦应物诗曰："兵卫森画戟，宴寝凝清香。"后世高官也以此称其公廨。

⑥"乌有先生子虚子"：言一无所有，空洞无物也。乌有先生、子虚子，皆汉司马相如所作汉赋中虚构的人物。子虚，虚言也，乌有，无有也。

⑦蠹虫：音[dù chóng]，咬蚀器物、书籍的小虫，如书蠹、衣蠹。

⑧缥：音[piǎo]，淡青或浅蓝色的丝织品。

⑨"邱地平瀰、水林晶渲，墙麓硗确布错"：此句引用赵明诚跋语原文，见本回后附记。硗确，土质坚硬且多石。布错，布局错落有致。言房舍坚固，布局合理。

⑩"不厌其为兹州之守，而重其有素心之馨也"：此句亦引用赵明诚题跋原文。意思是："我不因为他是本州的太守而厌弃或尊崇他，而是看重他有朴素且淳厚的情义。"见本回后附记。

⑪唐笺：唐代的纸张。

⑫见下面附记。

⑬迁淄州知州：由原来的权且代理升迁为正式知州。

⑭祝融：古代传说中的火神。

附记：

唐白居易书《楞严经》赵明诚跋云："淄川邢氏之村，邱地平瀰，水林晶渲，墙麓硗确布错，疑有隐君子居焉。问之，兹一村皆邢姓，而邢君有嘉，故潭长，好礼，遂造其庐，院中繁花正发。主人出接，不厌余为兹州守，而重余有素心之馨也。夏首后相经过，遂出乐天所书《楞严经》相示。因上马疾趋归，与细君共赏。时已二鼓下矣，酒渴甚，烹小龙团，相对展玩，狂喜不支。两见烛跋，犹不欲寐，便下笔为之记。赵明诚。"

第三十四回

往日重启两国边衅　从今又添一段新愁

且说宣和五年，辽主逃往西域，辽国名存实亡。宋与金议和，收回燕山南部六州，改燕京[①]为燕山府，宋境北疆暂息兵戈。面对虎视眈眈的强金，宋朝不知厉兵秣马、备御图强，却三番五次向金国索要燕云其余十州。其中燕山以东的平州[②]，是金国通往山南的要冲，金国将其定为南京，任命原辽国的平州知州张彀为南京留守。张彀受辽国遗民的鼓动，背叛金国，图谋恢复辽国江山。他又恐势单力薄，不敌金国，便暂时率平州军民投靠宋朝以自保。宋朝驻守燕山府宣抚使王安中喜出望外，立即奏闻朝廷。太宰王黼亦以为是天降炊饼，极力怂恿皇上招降纳叛。于是，皇上诏平州设立泰宁军，授张彀为节度使，蠲免平州百姓三年赋税，令王安中妥加安抚。宋朝背盟败约行为，激怒金主，招致金兵压境平州。张彀遭金兵伏击，兵败逃入宋朝的燕山城。金兵攻陷平州后，又兵临燕山城下，再三向宋朝索要张彀。王安中从平民中选了一个与张彀相貌相似的人杀了，将首级送与金营，不料被金人识破。此卑微无良的欺骗行为，更加激怒金人。金人指责宋朝背信弃义、草菅人命，无大国风范，扬言不交出张彀就立即攻城。王安中惊惧异常，缢杀张彀，割了首级，连同张彀的两个儿子，一并执送金营。

平州之事，金主抓住宋朝背信弃义的把柄，也看出宋朝君臣的软弱和昏庸，遂下了南侵的决心。大敌当前，宋朝君臣仍昏聩、荒诞如故。皇帝每夕微行，不是与李师师幽会，便是去宠臣家宴饮。一日，皇上到王黼家酒醉之后，又被比邻而居的大宦官梁师成邀去饮酒，酒上加酒，喝得酩酊大醉，次日昏迷不醒，不能临朝。殿前都指挥使高俅以为皇上病危，集禁军于校场，严阵以待，京中人言汹汹，以为有变；向晚皇上醒来，一场虚惊方才平息。御史中丞弹劾王黼专权误国十五项罪名，于是皇上诏令太宰王黼致仕，再次起用蔡京统领朝政。蔡京年迈昏眊③，将裁决大权交于季子蔡絛④。蔡絛专权用事，肆无忌惮。时任少师的蔡攸忌恨蔡京宠信乃弟蔡絛，恐其弟凌驾其上，自己地位不保，屡次攻讦蔡絛罪恶，劝皇上诛杀蔡絛。皇上遂勒停蔡京、蔡絛父子官职，令蔡絛侍养其父，不得干政。又晋封童贯为广阳郡王，治兵燕山府，防备金兵入侵。

宣和七年十月，金主命斜也为都元帅，坐镇京师，调度军事，兵分两路南进；命粘没喝为右路副元帅，自云中进军河东⑤太原；命斡离布为左路副元帅，从平州进军燕山。童贯见金军势不可当，借赴阙禀议为名，临阵脱逃，回到汴京。粘没喝攻克朔、代二州，直下太原，太原太守张孝纯，誓师登城，凭借地势全力固守。金兵久攻不下，暂且围而不攻，欲困死城中军民，太原成为悬于敌境的孤城。

之前，辽国常胜军统帅郭药师投降宋朝被封为恩州节度使，宋收复燕京后令郭药师镇守燕山。王安中杀张瑴之后，郭药师及其常胜军动了兔死狐悲之念，曰："金人要张瑴首级，宋廷便有求必应；若金人要我郭药师首级，岂不也俯首奉送。"又见金军势强，所向无敌，于是，常胜军军心动摇，图谋反水。左路军斡离布率金兵围困燕山城，郭药师竟胁迫燕山知府出降。斡离布既得郭药师，燕山府诸县亦即归属金国，宋朝收回的山南六州遂即尽失。金国命郭药师为向导，长驱南下，直逼大河。

警报雪片似飞达宋廷，皇上急命内侍梁师成率禁军扼守河北黎阳；令太子赵桓⑥为开封牧，并下罪己诏，罢花石纲及内外制造局，诏天下各军镇、州府出兵勤王，援救京都。皇上欲东奔逃亡南京应天府⑦，令太子留守东京监国。太常少卿李纲写血书奏曰："皇太子监国，礼之常也，今大敌入攻，安危存亡，在呼吸间，犹守常理可乎？名分不正而当大权，何以号令天下、期成功于万一哉？若假⑧皇太子以位号，使为陛下守宗社，收将士心，以死捍敌，则天下可保矣！臣李纲刺血上言。"皇上赵佶决意内禅，亲书"传位东宫"四字，禅位太子赵桓。赵佶自称道君皇帝，做太上皇。太子赵桓觐见父皇，涕泣固辞，父皇不允，赵桓遂御垂拱殿即皇帝大位，授李纲为兵部侍郎。新皇遣给事中李邺持金锭前往金军大营求和，向金通告内禅，请宋金两国再修前好。郭药师秘告金军副帅斡离布："何妨攻其不备，一鼓作气拿下汴京！"于是，金人假意做出欲退兵回归之状，以礼遣还宋使李邺。

李邺使金归来，盛赞金兵“人如虎，马如龙，上山如猿，入水如獭，其势如泰山，中国如累卵”。太学生给他起了个绰号叫“六如给事”。太学生陈东率诸生上书，大略曰：“今日之事，蔡京、蔡攸父子祸乱于前，梁师成阴贼于内，朱勔积怨于东南，王黼、童贯又结怨于辽、金，轻开边衅，使天下大势，危如丝发，此六贼者，异名同罪，伏愿陛下擒此六贼，枭首于市，传首四方，以谢天下。”时已残腊，表上未报。

越年，改元为靖康元年，忽闻斡离布率金兵攻克相州、浚州[9]，梁师成所率禁军战败后退守滑州。噩耗传来，汴京城内人心惶惶，那班误国奸臣，先收拾金银细软，带着娇妻美妾、爱子宠孙，一股脑儿出走。第一个要算王黼，逃得最快；其次是蔡京，倾家南行。连道君皇帝也准备行囊意欲逃窜了。李纲请皇上惩处误国奸臣。皇上贬王黼流放永州，后者行至雍丘，被开封府派去的勇士追杀；朱勔放归田里，籍没家产，嗣后也被诛杀。

金国骑兵风驰电掣一般，来至大河之滨，驻守大河浮桥的士兵望见金兵旗帜，便毁桥远遁。金兵渡河之后，攻克滑州，消息传入宫廷，太上皇急命东行，童贯率胜捷军护驾。所谓胜捷军，是童贯在陕西时招募的亲军，军士身体高大健壮、武艺高强，人数过万。太上皇过汴河浮桥，高俅所率近卫军悲恸呼号，牵衣顿足、苦苦挽留，童贯怕耽误时日被金兵追及，竟令胜捷军射杀近卫军士，强行渡过汴河。眼看胜捷军与近卫军将要火拼，高俅强忍愤怒，下令近卫军退避太上皇车驾之后，跟随太上皇逃到了南京应天府。

太上皇出逃京都，有大臣劝新皇赵桓暂避金兵锋芒，出幸襄阳、邓州[10]。皇上犹豫未决，李纲再三谏阻，泣拜道：“陛下万不可去，臣愿死守京都，与陛下共赴国难。试思六军亲属均在都城，万一士卒中途思亲，各自逃回，谁来护驾？且金兵先锋已迫近，倘若侦知乘舆所在，驱马疾追，陛下如何御敌？”皇上感悟，决意坚守，命李纲为亲征行营使、尚书右丞兼东京留守。皇上登宣德楼宣谕六军，誓与京都军民共存。军民拜伏门下，山呼万岁。李纲率军民加固城池，修缮战具，然未告竣，金兵已兵临城下。金兵猛烈攻城，一时难下，入夜休兵回营。李纲招募敢死士千人，缒城突入金营，杀死金兵将士百余人，迫使斡离布勒兵退避。越日，金军又猛攻天津、景阳等城门，李纲亲自督战，敢死士缒城与金兵拼死搏斗数百回合，斩首级千余。斡离布见不能速胜，疑京城中或藏有精兵，便遣使者进见宋朝皇上，假意与宋廷重新盟誓修好，并请宋廷派宰相去金营议和，实则试探宋廷虚实。宋廷命同知枢密院事李棁[11]

随金使赴金营商讨和议。斡离布据此推断宋廷并无抵抗到底的底气，便先给宋使李棁一个下马威，声色俱厉地说："汝家京城，旦夕可破，所以议和者，乃是我主仁厚宽大，欲存赵氏宗祠。今有议和条款四则，拿去令宋廷明断，如果签署，我则退兵，否则立即屠城，令你鸡犬不留，后悔莫及！"斡离布说罢，从座上将一张纸掷到李棁的脸上。李棁俯首跪在地上，战战兢兢不敢仰视，将那张纸恭恭敬敬揣进怀里，便慌慌张张离开了金营。

李纲入宫议事，见皇上正与宰相张邦昌、李棁等大臣商讨斡离布的议和条款，那条款是：

一、输黄金五百万两、银五千万两、牛马万头、表缎万匹。

二、割让中山、太原、河间三镇。

三、宋帝以伯父礼事金主。

四、须以宰相、亲王各一人为人质。

李纲看罢议和条款，顿时怒从心头起，抗言道："金人逼我如虎狼，视我如猪狗，是可忍孰不可忍！此议和条款万万不能允！"皇上说："爱卿且出治兵事，议和之事，朕自有主张。"李纲出去巡城，张邦昌、李棁竟派人入金营，送达皇上签署的和约，四个条款都答应下来。李纲闻之，悔恨不已，对皇上也大失所望。

嗣后，宋廷按协议之约，从宫廷、民间乃至倡优之家，强行征集金二十万两、银四百万两送到金营；因与约定数目相差甚远，斡离布大怒。宋使只能答应日后继续筹措。宋廷又按约送宰相张邦昌和康王赵构赴金营为人质，同时张邦昌还带去割让的中山、太原、河间三地的地图，以及皇上称金主为伯父的誓表。

张邦昌在金营天天哭泣、惊恐万状，而赵构神色自如，对张邦昌恭谨侍候、尽心呵护。斡离布见赵构不像是颐指气使的王爷，倒像是个不谙凶险、年少无知的官僚子弟，便怀疑赵构是个冒充的假王。

此时，各州郡勤王之兵陆续汇聚京畿[12]，朝廷起用老将军种师道为京畿道、两河宣抚使。种师道调集西北边境身经百战的泾原、秦凤两路兵马，倍道进援，抵达京畿。种师道进京，在御前跟李纲商议破敌之策：扼守河津，截敌饷路，坚壁清野，迫敌北归，尔后令各路勤王之兵半路邀击，使敌疲于奔命，然后乘间掩击，则胜券在握。皇上曰：“甚合朕意。”偏熙河兵都统制姚平仲，要与金兵速战速决。种师道欲等到其弟种师中率军到来之后开战。无奈姚平仲要抢头功，急不可耐，说：“敌兵甚骄，必不设防，趁夜间奇袭金营，不仅可救出康王、宰相，就是敌酋斡离布，也可如探囊取物、手到擒来！”种师道说：“未必这么容易，切不可轻举妄动！”姚平仲说：“如若不胜，愿当军令！”李纲被姚平仲所惑，说：“且去一试，我等去援助他便了。”不料金人细作探知宋军动向，姚平仲深夜率步骑万人，冲进金营，却是一座空营，陷入金人的伏兵之围，死伤无数。姚平仲拼命夺路得以脱身，怕回城被问罪伏诛，竟然逃之夭夭，不知去向。

斡离布遣使诘问宋廷：“所欠金银未齐，为何又用兵劫营？”朝臣推诿说，劫营事乃李纲、姚平仲私下所为。金使曰：“既然如此，李纲背盟擅权，为何不加罪责？”又责备说：“人质并非亲王，必须更换真亲王为质，待我验明正身，与我同归。”皇帝遂命道君皇帝第五子肃王赵枢为人质，随使者去金营。第二天，皇上传旨罢去李纲的亲征行营使、东京留守职务。李纲罢职消息传出，东京军民大哗，数万人齐聚宣德门前抗命，太学生陈东又上书：“李纲奋身不顾，以身任天下之重，所谓社稷之臣也。张邦昌、李棁之徒，庸谬不才，动为身谋，不恤国计，所谓社稷之贼也。李纲罢命一传，兵民骚动，至于流涕，或谓不日即为金兵所虏矣！乞复用李纲而废张邦昌之流，且以阃外[13]事付与种师道，宗社存亡，在此一举，伏乞睿鉴。”

宣德门外群情激愤、民怨沸腾，皇上怕生事变，遂下诏复李纲官职，众皆欢呼。因内侍传旨行动迟缓，数十名内侍遭众怒而被乱拳打死。

越日诏下，敕捕擅杀内侍的首恶，并禁止伏阙上书。朝议有人要加罪太学生，又引起军民士庶纷起抗议。时任右谏议大夫兼侍讲杨时谏曰：“诸生忠事朝廷，非有他意，但择老成方正，德高望重士人，命为监督，自不至越出常规。”皇上遂命杨时为国子监祭酒。太学诸生大喜道：“龟山先生到来，尚有何说！我等自然奉令承教。既有所陈，亦可由先生代言。”于是，城内民情稍安。龟山即杨时别号，杨时是程颐门下高足，程颐去世后，杨时以传承程氏理学为己任，此时已名冠京师，弟子满门。

金使来宋廷遣返康王，并商议交割三镇事宜。金使见汴京城内守备严固，士气高昂，军民同心；回营将情况告知斡离布。斡离布亦知京畿各路勤王大兵蜂拥而至，欲与金兵决战，而自己则是孤军深入，不宜久待，遂不再索要金银，便裹挟肃王为人质，一起北归。

斡离布撤军，皇上遣李纲迎太上皇还京，童贯、高俅随来。右谏议大夫杨时谏曰：“蔡京天资凶险诡谲，四握政权，流毒四方，天下共恨。童贯与蔡京表里为奸，权倾一时，穷凶极恶，擢发难数。其祸国殃民之罪，不正典刑，不足以平民愤、安天下、拒外敌。”此后御史台诸言官、太学生陈东、布衣张炳，纷纷上书弹劾蔡京父子、童贯、梁师成等巨奸，京都各城门皆贴出民谣，曰：“打破筒（童），拔了菜（蔡），便是人间好世界。”皇上顺应民意，将蔡京一贬再贬，窜至儋州，赐其长子蔡攸自尽。蔡京死于流放途中，其季子蔡翛窜死白州。童贯、梁师成皆在流放途中被追杀。高俅随太上皇回京后，辞官隐居民间，因民愤不大，得以幸免，而后善终。

斡离布的金兵退去之后，京城少安。皇上一时头脑发热，直欲光复失地，夺回割让的三镇，一洗前耻。粘没喝围困太原数月，太原府告急，亦须救援。是时，朝中主战者迎合圣意，督促各路援军速战速决；但因指挥不专，将帅自行其是，轻敌冒进，均被粘没喝击溃，丧兵数万。粘没喝急攻太原，城中早已粮尽，军民十死七八，知府张孝纯支持不住，城陷被俘。太原沦陷之后，粘没喝率金军一路南下，势如破竹，河东各郡或陷或降，不日兵临大河，沿河宋军望风披靡。时值枯水期，金军从孟津[14]以下徒涉过河。同时，斡离布从井陉进兵，攻破真定，直捣中山、河间两镇，河北大震。此时，朝中主和一派又占上风，纷纷指责李纲、种师道用兵无方，劳师费财。皇上亦闻风丧胆，不知所措，听信主和派论列，将李纲罢知扬州，逐出朝廷。种师道年老气衰，忧愤而死。中书舍人刘珏、赵思诚、胡安国言李纲忠心报国，国家危难之时不应外放。不料皇上竟开罪辅臣，谪书迭下，刘珏坐贬提举亳州明道宫，赵思诚出知泉州，胡安国出知通州[15]。

粘没喝遣使至宋廷，令宋廷割河东、河北两地，否则将挥师直取东京。刑部尚书王云献策曰：“粘没喝、斡离布皆喜财，无大志，金主年轻爱奢华、尚虚荣，只需应他所欠金银、交还三镇，给金主赠送冠冕、玉辂，或可解两河之困。”皇上以为此计可行，便加王云资政殿学士衔辅佐康王赵构出使金国议和。王云与康王一行行至磁州，磁州知州宗泽迎谒康王，道：“肃王一去不返，难道大王欲蹈肃王覆辙？况敌兵已迫近，去又何益？请勿再行。”康王乃留在磁州。王云一再催促康王北去，康王欲行，州民遮道谏阻。王云恃威恐吓，触犯众怒，民指为奸贼，将其乱拳打死。之后，康王接相州知州汪伯彦帛书，请康王赴相州避难。康王遂转寓相州。

康王在相州，有一位壮士，入城求见康王。康王见那壮士相貌堂堂、威风凛凛，心中暗喜。及问他姓名，那壮士答曰："不才姓岳名飞字鹏举，相州汤阴人，曾充任真定部校。"康王留岳飞做护卫，又令其招抚相州巨盗吉倩。吉倩与岳飞斗武，屡斗屡败，情愿率众三千八百余人归顺康王，康王嘉奖岳飞有功，授岳飞承信郎。

斡离布率金兵从河间南进，岳飞请康王招募兵勇抵御金兵。康王因未受命，不敢擅自招兵，正在犹豫不决，尚书左丞耿南仲奉皇上之命，从汴京便装间道而来。见到康王，耿南仲从蜡丸中取出皇上亲笔密诏："授康王天下兵马大元帅，统各路勤王之兵，从速入卫京师。"

康王接旨后，与耿南仲联署张榜招兵，当即募得河北兵勇三万余人。康王率河北军，佐以宗泽、汪伯彦，由相州出发进次大名府。金兵沿河驻扎，约有数十营。宗泽率先锋军勇猛前驱，力破金兵三十余寨，履冰渡河，直逼汴京。知信德军梁扬祖率三千人来会，其麾下有张俊、苗傅、杨沂中等猛将，俱有勇力，军威大震。宗泽请即日援救汴京，偏此时来了个朝臣曹辅，送来蜡丸密诏，内云："金人登城不下，方议和好，可屯兵近甸，勿遽来京。"宗泽谓康王曰："此乃金人胁迫圣上所为，欲缓我师。请大王督军，直趋澶渊，次第进京。"然汪伯彦道："圣旨令我暂驻，如何违命不遵？"宗泽道："将在外，君命有所不受。"但康王却听信汪伯彦之论，按兵不动。此时，高阳关路安抚使黄潜善率军来归，康王麾下人众扩充至八万。黄潜善建言先屯兵东平、济州，以观形势，待机而动。康王遂将汪伯彦、黄潜善视为心腹，言听计从；于是移师济州，坐地观望。

靖康元年初，淄州太守赵明诚，接到勤王诏书之后，立刻令李家兄弟协助淄州都统，到各县招募新兵两千余人，编入厢军，训练数日之后，准备开往京畿抗击金兵。先是，金兵南下时，在河北连下数城，宋军溃不成军，其残兵败将怕被朝廷问罪，便流窜到京东东路的齐州、淄州、青州一带为匪。这些散兵游勇，结成团伙啸聚山林，攻城略地，称霸一方，与河北吉倩形成东西呼应之势。康王驻扎济州之后，常被匪患骚扰，明诚受命率所部厢军迅速扫平济、齐、淄、青四州匪患。康王奏闻朝廷，朝廷嘉奖赵明诚勤王有功，敕曰："逋卒[16]狂悖，惊扰东州。尔为守臣，提兵率属，斩获为多。今录尔功，进官一等，剪除残孽，拊循兵民，以纾朝廷东顾之忧。惟尔之职，往其懋哉。"

特升迁赵明诚为秘阁修撰，转京东东路经制副使兼知淄州。

靖康二年春三月，大哥赵存诚派快马从江宁疾驰来报："太夫人病危，明诚速来江宁奉亲，若迟来恐不得与母亲见面。"明诚得报，立即去济州禀告康王，幸得康王应允。明诚途中快马加鞭、星夜兼程，十天后回到淄州。明诚携清照匆忙回青州"归来堂"，准备盘缠、行李诸事。明诚跟清照商量，让李远跟他去江宁。临走前，明诚由清照陪伴，将十几间书库巡视一遍。明诚忧心忡忡，抚摸着自己亲手装帧的书籍、卷帙，四顾茫然，眼里含着惜别眷恋的泪花，仰天长叹道："这些凝结着你我半生心血之物，恐怕要化为乌有了！"清照也感叹道："覆巢之下，岂有完卵。但愿国家能化险为夷，转危为安。"明诚说："等我回来，我们就把这些宗器[17]、书籍、碑帖运到南方，找个远离尘嚣的地方，以书为伴，过清静日子。"清照说："国难当头之际，你不必挂念家里，若情况危急，我会相机行事，你放心就是。"明诚叹气道："看你这些日子又消瘦了不少，我走之后，必须注意更衣加饭，以保重身体为要务。这个家就托付给你这个弱女子了。"清照苦笑，答："你又小看人！还有玉珠帮我呢。"明诚说："有你这句话，我就放心了。"当晚，赵家和李家诸兄弟姐妹，还有陈沛夫妇，都来为明诚饯行。宴罢，回到卧室，清照填词一首，调寄《凤凰台上忆吹箫》，词曰：

> 香冷金猊[18]，被翻红浪，起来慵自梳头。任宝奁尘满，日上帘钩。生怕离怀别苦，多少事、欲说还休。新来瘦，非干病酒，不是悲秋。　休休，这回去也，千万遍《阳关》[19]，也则难留。念武陵[20]人远，烟锁秦楼[21]。惟有楼前流水，应念我、终日凝眸。凝眸处，从今又添，一段新愁。

清照用工笔小楷把词写在一张薛涛笺上，递给明诚。明诚看过之后说："以后，我若想你，读这首词就能看见你那副不梳头、不洗脸、不叠被子、不打扫屋子，面黄肌瘦、无精打采、愁眉苦脸的样子。"清照笑曰："不管什么样子，只要能想起我，不忘了就行。"

次日，明诚和李远启行，众人送到城外，清照和李迈又骑马送了他们一程。此时，从南边天上飞来一"人"字雁阵，清照指着那雁阵说："但愿人归早。"明诚挥泪答曰："前途未卜，归期难定，你要多加珍重。如果情况紧急，不必等我音信，务必及时南来。"明诚说完，跟李远扬鞭策马，头也不回，疾驰而去。清照和李迈，眼巴巴地看着两骑消失在那烟花三月的古道尽头，才怅然转回青州城里。

这正是：

国破山河依旧在，城春爱侣两离分。归来堂里藏娇处，万卷书籍似伴君。

注解：

①燕京：今北京市。

②平州，今河北省卢龙、唐山一带。

③眊：音[mào]，眼睛昏花，看不清楚。

④翛：音[xiāo]：无拘无束、自由自在的样子；形容羽毛残破。

⑤河东：河，如无别名，古代即指黄河。河东，指晋、陕间南北方向的黄河以东，即今山西省一带。

⑥赵桓：桓音[huán]，立于路边的高大木柱。赵桓，死后庙号宋钦宗。

⑦应天府：宋时四京之南京，今河南商丘。

⑧假：借与。此处是“给与”的委婉说法。

⑨相州、浚州、滑州：古州郡，相州辖今河南安阳一带，浚州辖今河南浚县东一带，滑州辖今滑县一带。

⑩襄阳、邓州：襄阳，今湖北省襄樊市。邓州，今河南省南阳市。

⑪棁：音[zhuō]，梁上的短柱。

⑫京畿：畿音[jī]，旧指国都及其所辖的附近州县。

⑬阃外：读音[kǔn wài]，指朝廷之外，或指边关。

⑭孟津：今河南省洛阳市孟津区。

⑮通州：今江苏南通。

⑯逋卒：逋音[bū]，逃兵。

⑰宗器：用作祭祀的钟鼎之类青铜器。

⑱金猊：金属做的兽形香炉。

⑲阳关：王维诗句“渭城朝雨浥轻尘”中之渭城。王维此诗作为乐府曲词，谓之

《阳关三叠》。

⑳武陵：地名，今湖南省常德市境。参见陶潜《桃花源记》的“晋太元中，武陵人，捕鱼为业……”，泛指人迹罕至之远方，并非实指某处。

㉑秦楼：秦穆公女弄玉之楼，亦曰凤楼。秦楼盖与曲牌《凤凰台上忆吹箫》所含弄玉故事相呼应。

第三十五回

靖康乱康王承大统　侠义情才女感义军

且说靖康元年，粘没喝、斡离布率领金军分两路南下，两军会师，第二次包围了汴京。斡离布兵屯刘家寺，粘没喝驻兵青城。这青城便是长至节宋朝皇上祭天、祭祖驻跸之处，如今已建成正式行宫。此时汴京城里，只有卫士和弓箭手七万人。各路勤王的厢兵大多是临时招募的乌合之众，遇到久经战阵的金人劲旅，几乎一触即溃。其中只有驻在邓州的南道总管张叔夜的勤王之师战力较强，有三万余人。张叔夜令其长子伯奋率领前军，次子仲雍率领后军，自将中军，在刀光剑影、腥风血雨中出生入死，转战至汴京南薰门外。皇上命他领军入城，任签书枢密院事。金兵猛攻南薰门，张叔夜登城指挥，身先士卒，身被数创，才将金兵击退。不几日，金兵四面登城，汴京城内将士大多战死，终因寡不敌众，汴京陷落。张叔夜率残兵退守宫掖，欲保皇上拼死突围，但皇上不敢。

此时，粘没喝派使者入宋廷，要太上皇出城重新签订盟约，皇上呜咽道："上皇已经惊扰成疾，何以出城定盟？事已至此，也只能由朕亲往了。"遂令近臣写了降表，亲自率臣属往金营乞降。粘没喝、斡离布高据胡床，传宋皇入见。粘没喝厉声斥曰："我大金本不愿兴兵，只因汝国君臣昏庸已极，大限已尽，我主方命我来兴师问罪。现拟另立贤君，主持中国朝纲，待立新君事成，我军便班师回朝。"皇上默然垂泪不语。同来的宋臣答曰："贵国若要割地纳金，均可依从，唯有这易主一事，勿要议及。"斡离布正色道："既然如此，那就割让两河，纳金百万锭，银千万锭，帛千万匹。"皇上无法，只得应允，暂时被金营放归。时已年末，金营今日要粮草，明日要骡马，勒索不断，甚至索要少女一千五百人，逼得宫中许多年轻的嫔妃投池、悬梁自尽。靖康二年正月初十，金营又遣使来，令皇上入军营面议。皇上知这一去凶多吉少，无奈之下，托付太子太傅[①]孙傅辅佐太子监国，自去粘没喝驻扎的青城。张叔夜叩马谏阻，号恸再拜，皇上亦流泪曰："嵇仲努力！"说完泣不成声。嵇仲即叔夜表字，皇上以字称臣，乃托孤之意。皇上抵达金营，即被粘没喝扣留，作为向宋索要金帛的人质。皇上回宫心切，传令廷臣向民间征缴金银。上至皇亲国戚府邸，下至优伶娼妓之家，一律掘地三尺，尽行搜刮。前后两次二十多天，宋廷共向金营缴纳金四十五万两、银七百一十四万两、衣缎五万匹。粘没喝反怒道："宽限月余，只有区区这点儿东西，分明是欺我仁厚心慈！"一面勒令宋廷续缴，一面宣布金主命令，废皇上、太上皇为庶人；逼迫太上皇、太后、皇后、太子、后妃，以及诸王王孙、公主驸马等皇室宗亲三千余人，绳索连属、鱼贯出京。京城百姓见状惶恐号哭，惊天动地。唯有哲宗时元祐皇后孟氏，受元符皇后刘氏陷害，废为庶人，居住私第藏于民间，得以幸免。元符皇后刘氏则因干预外政，又有暧昧情事，事后败露，自缢身亡。人间善恶报应之说多不可信，这两位皇后的结局，或可彰显"天网恢恢、疏而不漏"之古训。

同时，粘没喝令城中推立太宰张邦昌为帝，令百官署印拥戴听命。太子太傅孙傅、签书枢密院事张叔夜不肯署名，被金人拘押营中；吏部员外郎谢克家、太常寺主簿张浚、开封士曹赵鼎不肯署名，潜逃寺庙等处藏匿起来；御史中丞秦桧联合御史台诸人，自为议状，严斥张邦昌，愿迎皇上赵桓复位，被粘没喝知道后，将秦桧捉拿关押在金营。宋廷不肯屈节者，或就义、或自尽、或逃亡者数百人，其余则被粘没喝胁迫，俯首帖耳拥立张邦昌。是年三月七日，金人立张邦昌为楚帝。张邦昌北向拜舞，受册即位，之后升文德殿受百官朝贺。但张邦昌内心始终惴惴不安，不敢就御座，传令百官勿拜。

金人恐久居生变，于四月初，将宋二帝及其以下僚属、家眷分作两路押解北行。斡离布劫太上皇、郑太后与亲王、驸马、妃嫔及康王母韦贤妃、康王夫人邢氏，向滑州北行。粘没喝劫帝、后、太子、嫔妃及张叔夜、孙傅、秦桧等，经郑州北行。将要启程，张邦昌带领百官至南薰门外遥送二帝，二帝相望悲痛欲绝。此时，忽有一半老徐娘素服而来，装扮似女道士，闯入金军队伍，乞求与上皇诀别。此人正是上皇的青楼情人李师师。李师师对斡离布道："我乞见上皇一面，愿随上皇北去。"斡离布久闻李师师艳名，又见其风韵犹存，喜出望外，遂令人引导其与上皇会面。见了面，金人将她扯向一旁，只听她说了一声“上皇保重”，声如出塞琵琶断弦绝响之音，凄厉幽怨，闻者酸泪欲滴。粘没喝之子真珠素性渔色，闻李师师到来，当即从斡离布军要来李师师，将她拥入自己的车子。然行数里之后，李师师竟仰仆车上，溘然去世。原来李师师来金营之前，已经吞食了半截金钗，此时才发作暴毙。真珠非常惋惜，便在青城附近，择地埋香，亲奠一卮而后登程。原来金人中亦有风流情种矣！张叔夜在途中，早已绝粒不食，既经白沟②，闻车夫相语曰：“过界河了！”他竟矍然而起，仰天大呼后昏厥而逝。太子太傅孙傅亦在过燕山之前亡故。

四月中，上皇过燕山，借宿农家，见院中杏花初开，梁上春燕呢喃软语，想起李师师，心中百感丛生。北地春寒料峭，上皇夜冷衣薄不能安寝，忽诗兴复萌，不能自抑，便索来纸笔写下词作一首，借以排遣日夜萦怀的无限悔恨。此词调寄《燕山亭》，题为“北行见杏花”，词曰：

> 裁剪冰绡，轻叠数重，淡著胭脂匀注。新样靓妆，艳溢香融，羞杀蕊珠宫女。易得凋零，更多少、无情风雨。愁苦。问院落凄凉，几番春暮。
>
> 凭寄离恨重重，这双燕，何曾会人言语。天遥地远，万水千山，知他故宫何处。怎不思量，除梦里、有时曾去。无据，和梦也新来不做。

“故国不堪回首月明中”，都沦落到这般地步了，上皇却仍然没忘记怜香惜玉，这大约也是不善治国、沉溺声色的风流皇帝的通病。词作写毕已近五更，刚刚和衣而卧，朦胧中听见角声连营。上皇急忙起身，与同行的皇亲国戚又用绳索连成一串长龙，往北迤逦③行进，一天的艰难跋涉又开始了。

历经千辛万苦、受尽百般屈辱，宋皇父子被金兵押解至金都④。粘没喝、斡离布先令废为庶人的赵佶、赵桓脱下所穿胡服，换穿素服，参谒金太祖阿骨打庙，随后将他们引到乾元殿参拜金主。金主封赵佶为昏德公，封赵桓为重昏侯，囚禁于韩州⑤，后来又迁二帝居五国城⑥，直至终老。至此，建都汴京，共历九主，享祀一百六十七年的宋王朝宗庙，在奇耻大辱中断了香火。

却说金兵既退，张邦昌尸位如故，几位原宋朝大臣致书张邦昌，晓以顺逆厉害，劝其还政于宋，迎康王继承大统。张邦昌迫于大势，自知既无天命，又无人望，乃迎元祐皇后孟氏迁居延福宫，尊为宋太后，暂行垂帘听政。命太常少卿汪藻代太后草拟手书，谕告天下，其要旨大略云：

……由康邸之旧藩[7]，嗣宋朝之大统。汉家之厄十世，宜光武[8]之中兴，晋献公之子九人，惟重耳[9]之尚在。兹惟天意，夫岂人谋？尚期中外之协心，同定安危之大计……用敷告[10]于多方，其深明于吾志。

孟太后遣新任吏部尚书谢克家及康王舅父韦渊，持太后手谕和大宋受命宝，诣济州谒见康王劝进。时南京应天府留守朱胜非自任所进谒，愿迎康王至应天府，上书曰："南京应天府，舟楫通南北，扼四方之要津，乃物华天宝、人杰地灵之府，为太祖兴大宋王业之地，请即日启行。"宗泽亦以为可行，于是康王决定趋应天府，命谢克家回汴京办理即位仪礼所需之物。此时，各路尚存的勤王之师或流亡各处的朝臣，如张浚、赵鼎、韩世忠等，接到太后手谕，也纷纷来归。

谢克家受命回到汴京，见城阙颓圮、宫殿荒废，人与蛇鼠为伍，不禁潸然泪下；又见内务府库空空如也，一切登基所用的法驾、卤簿[11]、车辂、冠服、礼器等皆被金人掠去，处处皆是劫后触目惊心的惨状，国破家亡之感令他痛彻心扉。不喜赋诗填词的谢克家，也在寓所灯下填了一首小令，调寄《忆君王》，词曰：

依依宫柳拂宫墙，楼殿无人春昼长。燕子归来依旧忙。忆君王，月破黄昏人断肠。

谢克家经过一个月的尽心筹措，东拼西凑、因陋就简，总算将登基所用仪仗礼器准备妥帖，即日运到应天府。同时，在应天府府治正门左首，筑受命台，定于五月朔日康王即位。靖康二年五月初一，康王登坛受命，遥拜二帝，北向悲号，尊靖康帝赵桓为孝慈渊圣皇帝。然后接受百官朝贺，改元为建炎；尊哲宗元祐皇后孟氏为隆祐太后。隆祐太后随即撤帘，一切政事，归新皇专决。新皇颁诏大赦天下，又下旨恢复神宗时元丰官制，任命黄潜善为中书侍郎，汪伯彦同知枢密院事，宗泽为东京留守，召李纲为尚书右仆射兼门下侍郎。置御营司，令黄潜善、汪伯彦分别任御营司正副使。又授张邦昌为太傅，参决军国大事。

黄潜善、汪伯彦阴忌李纲，向皇上屡进谗言。李纲闻之，向皇上力辞相位，皇上挽留，李纲曰："必欲臣暂掌政柄，臣愿效仿唐朝姚崇入相故例，首陈十项事宜，如蒙陛下采择施行，臣方敢受命。"皇上道："尽管直陈，可行即行。"李纲乃列出十条施政纲领：一曰"议国是"，二曰"议巡幸"，三曰"议赦令"，四曰"议僭逆"，五曰"议伪命"，六曰"议征战"，七曰"议守备"，八曰"议本政"，九曰"议久任"，十曰"议修德"。皇上闻此"十事"，言明日颁布施行。至次日却只颁行八事，"僭逆、伪命"[12]两事留中不发。李纲力争，入谏曰："张邦昌僭位，大逆不道，胁从者不忠不孝，苟且偷生，二者皆不可不问。如仍使在朝，在敌前死难者何以瞑目？后世宁有为国捐躯死节者乎？臣羞与张邦昌为伍，若必用邦昌，宁罢臣职！"于是，皇上出示李纲奏议，揭张邦昌罪状，先贬潭州，后勒令自尽；凡金人入京时受伪命任职者，尽行贬谪，分窜岭南诸州编管。李纲力图报国，又做出九条切合时宜的策划。皇上一时言听计从，大宋又有了振兴、光复的希望。

然好景不长，金将娄室率领重兵进攻河中府，解、绛、慈、隰诸州接连陷落[13]，朝野内外震惊。黄潜善、汪伯彦密请皇上转幸东南，皇上遂有巡幸扬州的诏命。东京留守宗泽接连上表，请皇上御驾还归汴京。皇上嘉言回复、优诏慰答，但没有还汴日期。

宗泽自上任以来，收编河东、河北巨寇数万人，编为禁军，使他们遵守朝廷约束，进驻汴京周边，护卫京师；又沿河筑连珠寨栅，建堡垒二十四座，造战车一千二百乘，备御来犯之敌。此时，金兵副元帅斡离布已死，粘没喝独揽军权，自领兵渡河，直下河南，入攻汜水。宗泽拨五百骑，派岳飞支援，大获全胜。宗泽擢岳飞为统制，由是岳飞崭露头角、声名远播。金军将领兀术从河北沧州渡河南下，剑锋直指应天府行在。黄潜善促令驻滑州都统制傅亮过河截断兀术粮道，傅亮以军备筹措未就，请李纲代为申奏暂且缓进。黄潜善责傅亮不遵号令，有意逗留，召傅亮回行在受审，欲罢其职。李纲上书，曰："傅亮乃臣所荐，其按兵缓进，亦是因前车之鉴，免蹈覆辙。若罢傅亮，臣亦愿回归田里。"李纲请辞，正中黄潜善、汪伯彦下怀，黄、汪竟阴使皇上罢李纲相位，只任观文殿大学士、提举洞霄宫两个闲职。太学生陈东又一次上书，请皇上任贤斥奸，恢复李纲官职。黄潜善竟密奏皇上："陈东屡次纠众伏阙，若不严惩，恐又骚动情事，危害匪轻。"皇上令黄潜善处置，黄潜善竟将陈东处斩。

金将兀术遭水泊义军阻截，渡河返回河北，河北州郡陆续被攻破后，欲从郑州渡河入河南。黄潜善、汪伯彦再三劝皇上南下幸扬州。皇帝从二人所言，指日启跸。隆祐太后以下先期出行。

是时，原江宁太守赵存诚，在赵夫人去世后，与其弟赵思诚、赵明诚将母亲灵柩迁到泉州安葬，并将姨母陈夫人也随灵送往泉州。赵思诚时任泉州太守，已安家泉州。这里远离中原征战之地，不似江宁面临兵灾。而后，赵存诚受命转广东安抚使知广州。接替赵存诚任江宁知府的翁彦国于建炎元年七月去世，江宁知府空缺。赵明诚正从泉州北归，途经扬州。时皇上已驻跸扬州，明诚去看望护驾前来的表哥、吏部尚书谢克家；谢克家遂保荐明诚知江宁府。国家正处多难之秋，官员可以在任上丁忧守丧，于是，朝廷以秘阁修撰起复赵明诚知江宁府兼江南东路经制使。八月，赵明诚抵江宁上任后，立即派李远回青州，千里迢迢去接清照。

李远一路快马加鞭，未用旬日便回到青州。此时，清照已预感情势急迫，正在做南迁准备：整理、包装图书和古器物。赵家收藏的文物古籍，从东京迁来青州时就装了三十车，加上屏居青州十年，连同守莱、淄两州期间，亲朋馈赠以及质衣典当购买的古籍器物又装满了新起的书库，总共四十车不止。若全部运走，莫说运费多少，就是如此庞大的车队，在从青州至江宁大约一千多里的路程上，在这兵戈扰攘、盗贼蜂起的年头，会有多少风浪险阻？不得已，清照只得从中去粗取精，将精品带走；而这种事情，只能清照亲自裁决，几乎每件都要过目，别人帮不了忙。别人只能做些除尘、加封、打包、装箱的粗活。她首先去除书籍中之重大印本者，又去除画中之多幅者，又去除古器中之无款识者；后又去除书中之监本[14]者，画中之平常者，器中之重大者。去之又去，减而又减，尚需载十五车；然后，她又变卖了部分家产作盘缠，安排好家中人员的去就：赵守诚、赵克诚留下看守赵家的家产，陈沛、赵婉月夫妇留下看守郭家的家产，李过回章丘明水看守李家兄弟们的家产；李远、李迈、李迴、李逅及其家眷，跟随清照，一起护送车辆去江宁。

此时，兀术的金兵已经逼近汴京。事不宜迟，清照跟留下来的兄弟姐妹们到赵家坟茔上祭扫之后，匆匆拭泪道别，之后，便押着车队离开了青州。

车队到章丘明水停车，清照率众兄弟夫妇到李家墓地祭奠伯父伯母和父亲李格非，之后，留下李过夫妇看守家业，车队继续向西进发；两日后中午，到了平阴县境内的孝里铺。在孝里铺五里之外有座小山叫作孝堂山。孝堂山下有个酒店，酒店前的酒旗迎风招展，上书“孝子郭家酒店”六个字。清照看见酒旗上的字，便令李远传话停车打尖，给兄嫂、弟妹及车夫们买些酒肉吃食。清照听明诚说过，孝子郭巨[15]的墓就在这官道旁的小山顶上。明诚的《陇东王感孝之颂碑》就得自这里，是他少年时跟母亲从京城去青州探望外家，经过这里时亲自拓印的。

停下车来，李远领众人进得店里，点了酒菜，大家在桌前坐了。两个店小二先端上酒来，说要等些时候再上菜肴，请客人先喝碗酒消解口渴。李远见酒店掌柜和两个店小二两只眼睛总是鬼鬼祟祟地盯着店外的十几辆车子，觉得此店有点儿蹊跷，便让众人等肉上来再喝那酒。他端着一碗酒走到柜台前，跟掌柜要了一个碗，把他的酒分出一半，递给掌柜，说："在下远道来到贵店，请掌柜多加关照。常言道：'在家靠父母，出门靠朋友！'我请掌柜赏脸，把这半碗酒饮干。"掌柜接过酒碗，变色吼道："不想喝就滚！"说完，"嗖"的一声，把碗朝李远的脸上撇过来。李远脖子一歪，躲过酒碗，便跳上柜台，猛的一拳朝掌柜的眉心打了下去，接着左手揪住掌柜的衣领，右手掐住掌柜的脖子，说："这酒里放了什么毒？如实招来！"那掌柜被李远一拳打蒙，支支吾吾说不出话来，李远喝道："若有半点儿假话，我便叫你的舌头吐得出来，缩不回去！"那掌柜不知如何应招，忙改口说："不敢，不敢！小的怎敢放毒！只是放了点儿药，让壮士睡一觉，养足了精神赶路。"下面的两个店小二，正要出手，便被李迈、李迴扭住了胳膊，动弹不得。李逅和李家几个媳妇，立刻跑到清照和玉珠前面，把两人保护起来。车夫们也都站起身来摩拳擦掌，亮出架势。掌柜见势不妙，对店小二说："快给壮士们换酒，上肉！银子嘛，就免了！"李远放开掌柜的衣领，李家兄弟也都松开了店小二的胳膊。大家吃完了饭，李远一边跟掌柜算账付钱，一边问掌柜："你们在孝子墓前开黑店，赚昧心钱，不怕坏了孝子的名声？"掌柜倒是说了实话："郭巨为了赚个孝子的名声，连亲儿子都敢活埋。挖坑埋儿子，倒挖出了金子。如今这世道，你说不昧良心，如何能发得了横财！今天算我没财气，触了霉头。江湖上的规矩，不打不成交，今日咱们兄弟好说好散！"掌柜把图财害命的事说得如此理所当然、义正词严，大家听后哭笑不得，此时此地也无法跟掌柜计较许多，便匆匆上车赶路了。

车队离开酒店不久，酒店掌柜便派人去梁山水泊通风报信，说是有十五辆车子，载了金银财宝，沿着东平府官道来了，押车的几个汉子身手了得，要多派些兄弟出来。

这梁山泊在东平府西南。因为大河改道，在梁山周围留下一片长三百里、宽二百里的水面，烟波浩渺，芦苇苍莽。以前，任由百姓在水泊里打鱼、植苇、养藕、采莲，后来太监杨戬把湖泊收归官府，无论种芦苇、采莲藕，还是打鱼，都要缴纳渔税银子。老百姓不堪官府勒索，便聚众占领了梁山泊抗税。先是宋江等一百零八条好汉在此聚义；宋江南征方腊之后，梁山泊又来了一伙强人。这伙强人的首领名叫张荣[16]。张荣是满腹经纶的秀才出身，只因屡试不第，放弃了科考，也学那白衣秀士王伦，做起了这水泊中的大王。不过这张荣非那小肚鸡肠、胸无大志的王伦可比，他手下有几百条船，近两千名水手，盘踞水泊达六年之久，声势远超宋江一伙。近来金人兀术从沧州渡河入侵齐鲁，图谋经过梁山泊南下，包围应天府的行在。张荣凭借梁山泊地势之利、金人不惯水战之弊，挖沟堑、设陷阱、布伏兵、劫粮道，把那绊马索、钩镰枪玩得神出鬼没、防不胜防，竟逼得兀术的数万骑兵又渡河回河北去了。然而，义军抗金却得不到朝廷的粮饷，欲生存也不得不做那“强收买路钱”的剪径勾当。这便发生了郭家酒店那一出戏目。

张荣接到郭家酒店的消息，便亲自带了百名壮士，前去东平府南边官道上设伏，准备收缴十五辆车上的货物。这里是一个乱石岗子，石头间灌木丛生。他们隐藏在灌木丛里，专等车队到来。晌午时分，他们看见北边远处的官道上尘土飞扬，有十几辆车子滚滚而来。车子走到乱石岗子前边，只听乱石后边喊声一片，从灌木丛里跳出百来条大汉，将车队团团围住，挡住了去路。为首的一个学究似的斯文人物，上前发话道：“金人入侵中原，国家将亡，尔等豪绅富户为富不仁，不思救国，却要携带金银财宝逃之夭夭。我等杀人可恕，尔等情理难容！如不留下车子，莫怪我等刀下无情！”李远兄弟正要上前理论，清照见来者谈吐不凡，又人多势众，不可以力取胜，便拨开众人走到前面，说：“来者可是威震金营的水泊首领张学士？”那首领答道：“在下正是张荣。”清照说：“久闻学士带领水泊中英雄好汉们抗金，如雷贯耳，今日得见，三生有幸！若能倾己所有，助好汉们抗金，恢复中原，我李清照在所不惜！”张荣听到李清照的名字，肃然起敬，说道：“原是大名鼎鼎的李夫人到了，今日冒犯夫人，敬请原谅。我等只因新皇行幸江淮，中原再难存身，需筹措南去勤王费用，望夫人捐赠若干银两相助。”清照说：“请头领们将我车上的东西检视一遍，只要抗金有用，便请随意拿去。”有几个头领不等张荣下令，便自行去车上检查，转回来告诉张荣：“车上都是些无用的书本、字纸和破铜烂铁，连一件值钱的衣服都没有；在夫人的车里倒是翻出些作盘缠用的银子，我已经留下了。”张荣也到车前去看，看见满车都是书籍、卷轴、古器及平常衣物，他知道其中很多东西价值连城，但在山寨里却是一钱不值，于是回来对那个留下银子的头领说：“把银子还给夫人！”又对清照说，“惊扰夫人了，请夫人原谅。不知夫人去哪里，我可派人护送几程，免得再生误会。”清照说：“我去江宁，途经扬州。现在，御驾幸扬州，学士若要勤王，归顺朝廷，我们可以同行。我的中表是朝中的吏部尚书，我的弟弟在朝中任敕局删订官。我可以把学士引见给他们，让他们把学士推荐给朝廷。”张荣听罢，正中下怀，说：“山寨中不便请夫人暂住。夫人可沿官道前行，我回山寨跟弟兄们整顿行装追赶，然后护送夫人去扬州。”清照欣然同意。

分手后，张荣回到山寨跟弟兄们商量，决议先由张荣带领一千人去扬州勤王，待朝廷正式招安后，另一千人再离开梁山泊，南下会师。

这正是：

大义凛然胆气豪，裙钗赴难领风骚。江湖好汉识时务，愿与朝廷共战袍。

注解：

①太子太傅：太子的老师，与太傅不同。古代三公“太师、太傅、太尉”权位高，不常设。

②白沟：宋金边界的一个镇，今属河北省保定市，在白洋淀附近。

③迤逦：音[yǐ lǐ]，曲折连绵。

④金都：金朝先定都上京(今黑龙江省阿城区)，后迁都燕京(今北京)。此处指上京。

⑤韩州：辖境约相当于今辽宁省昌图县及吉林省梨树县地。

⑥五国城：位于今黑龙江省哈尔滨市依兰县。

⑦“康邸之旧藩”：皇帝的兄弟称为藩王，康邸即康王的官邸。

⑧“光武之中兴”：西汉末王莽篡位建立新朝，西汉灭亡。刘秀推翻王莽重整汉室，建都洛阳，史称东汉，谥号光武。

⑨重耳：晋文公，姬姓，名重耳，晋国的第二十二任君主，春秋五霸之一。骊姬之乱时被迫流亡在外十九年，在秦穆公的支持下回晋杀晋怀公而立。

⑩敷告：音[fū gào]布告，宣告。

⑪卤簿：音[lǔ bù]，古代帝王驾出时扈从的仪仗队，亦指仪仗队所用之物。

⑫“僭逆、伪命”：僭逆，音[jiàn nì]，指篡夺帝位的人和事。伪命，指接受非法伪政权任命的官吏。

⑬“河中府，解、绛、慈、隰诸州”：河中府，今山西省永济市蒲州镇，其他州皆位于今山西南部地区。

⑭监本：国子监所刻之书，因公开出售，可以在坊间购买、寻访到，不必珍藏。

⑮孝子郭巨：东晋干宝著《搜神记》载：郭巨，家贫，有子三岁，母尝减食与之。巨谓妻子曰：“贫乏不能供母，子又分母之食，盍埋此子？儿可再有，而母不可复得。”妻不敢违。巨遂掘坑三尺余，忽见黄金一釜，上云：“天赐孝子郭巨，官不得取，民不可夺。”

⑯张荣：据《三朝北盟全编》记载，张荣是在梁山泊聚众抗金的义军之首。后来河北、山东等地相继落入金人之手，张荣终因寡不敌众，为了保存实力，被迫撤离了梁山泊，率数百舟船从清河南下，驻扎于楚州一带的鼍潭湖。后来因抗金有功，做了南宋的泰州知州。此事未载入正史，故知之者甚少。

第三十六回

淮泗曾访夫君旧友　广陵又逢父辈知交[1]

且说水泊梁山的义军头领张荣，跟兄弟们商议，决议跟随清照，南下扬州归顺朝廷。张荣派出二十个壮士，骑马追上清照的车队，护送车队到济阳郡[2]。张荣则带领三百只小船，载一千名义兵去济阳郡与清照会合。清照一行弃陆登舟，将所带书籍、古器等物搬到船上，随同张荣的船队进入微山湖。此前，清照给表哥谢克家修书一封，述说张荣抗金的战绩不俗，其归顺朝廷的意愿诚恳可信，请谢克家奏明皇上，望朝廷垂顾接纳；清照又写了一封给明诚的家书。清照令李远持两封信骑快马先奔扬州行在，请谢克家报与朝廷知晓，然后再去江宁，向明诚报告他们南下的情况。清照与李远约定，后者回程时务必在楚州专等。

六天之后，船队出微山湖进入运河。此时，秋风凄紧，霜华初降。路上难民行色匆匆、络绎不绝，四面风声鹤唳、警报频传。清照随同梁山义军，沿途既要躲避官兵，又要与所遇草寇纠缠，且行且止。其间，因遭遇流寇拦截，不得不弃舟绕道东海郡暂避，后又返回泗水登舟入运河，船队入冬方到楚州；李远已在楚州等候多时。李远告知清照和张荣，朝廷拟赐封张荣为武功郎，令其在鼍潭湖暂驻休整，等候朝廷招安。李远又把明诚的回信和捎来的路费交给清照；清照问李远，在扬州是不是见到了她的母亲和李迒夫妇；李远回答说："见到了，都很好。"

经过两个多月的舟车劳顿，加之途中兵荒马乱、饥寒交迫，清照来到楚州已是筋疲力尽、憔悴不堪，便决定歇息几日再走。张荣遵照朝廷旨意，带领义军去鼍潭湖驻扎，临行前来辞别清照，表示感激之情，并令其手下一名唤作尚青的好汉带领四十个水手和二十条船，护送清照去江宁。

清照在楚州住下来休息。她听说楚州太守是赵令畤，记起明诚讲过他少年时与赵令畤在颍州的一段往事。过了七八天，清照感觉体力、精神恢复了许多，决定启程去扬州。临走前一天下午，她从藏品中找出苏东坡写给明诚的那首小诗，写了投刺名帖，便带着玉珠和李远去楚州衙门拜访。

赵令畤接到门人递进来的名帖，见到清照的名字，立即到门口出迎。赵令畤是太祖仲子岐王赵德昭的玄孙，三十多年以前在颍州任签书颍州公事，受到知州苏轼的赏识，并推荐他到馆阁任职；因与苏轼交往，后来入元祐党籍被罢黜，十几年不得入京。解除党籍之后，赵令畤回京复官，再未跟明诚谋面，当然也就不认识清照；不过，清照名重一时，赵令畤有所耳闻，知道她是赵明诚的发妻，所以见到清照的名帖格外惊喜。在赵令畤的印象中，赵明诚还是一个聪明、顽皮的少年，那么他的发妻也应该是一位正当豆蔻年华的少女。当赵令畤在衙署门前看见清照时，站在面前的竟是一位面色枯槁的妇人，眼角上已现出几丝细纹，年龄大约已是四十开外了。赵令畤正要惊呼，但立即醒悟，思忖道：我自己已经六十有六，若不是国家蒙难，官员奇缺，也早该致仕赋闲了。当年那赵家少年现在也该有四十多岁了吧？他的妻子怎么还能是小姑娘呢？唉！岁月易逝，人生苦短，不过南柯一梦而已！只惊诧别人老去，并不知自己也已步入暮年！把四十年前的往事当作今天！赵令畤将清照三人请进郡斋，落座奉茶之后，便唤出他的夫人出来陪客。他的夫人姓王，出身书香门第，比赵令畤小二十多岁，年轻时长得如花似玉。婚前，王小姐在闺中不甘寂寞，迷上了写诗填词，且立誓不会写诗的人不嫁。然而世上的诗人毕竟是稀罕之物，偏偏好事难成，王小姐直到而立之年还是孑身一人。她偶然写了一首七绝“咏怀”诗，诗曰：

白藕作花风已秋，不堪残睡更回头。晚云带雨归飞急，去作西窗一夜愁。

赵令畤正丧妻鳏居，此诗传到他的耳朵里，觉得诗中大有“干柴烈火”似的深意，便托人向王小姐求婚。王小姐一听是颇有诗名的赵令畤，虽然比她大了二十来岁，也点头答应了。婚后，由于志趣相投，夫妻俩恩爱无比；人们艳羡地说，他们的大媒就是那首七绝诗，叫作“二十八字媒”。

赵令畤夫人王氏，跟清照的年龄相仿，喜欢写诗填词到了如醉如痴的地步，也知道清照的诗名，所以两人一见如故。清照拿出苏东坡写的那张帖子给赵令畤夫妇欣赏，帖子上是苏东坡作的一首短诗，曰：

后夜龙作雨，天明雪填渠。梦回闻剥啄，谁乎赵陈予。

赵令畤向王氏介绍苏东坡写此诗的缘由说，当时赵明诚借机诡辩诗中“赵”字指的是他赵明诚，要苏东坡把这首诗写下来送给他。王氏听完咯咯地笑了起来，说：“那时他也不过十一二岁吧？可真是个小机灵鬼，怪不得李夫人喜欢他！”王氏说得清照脸都红了。赵令畤说：“李夫人六七岁就会作诗，也是一个神童，他们俩正是天造的一对、地设的一双呢。”王氏对清照说：“毕竟一笔写不出两个‘赵’字，五百年前咱们都是一家人。我和夫人都是他们赵家的媳妇，是妯娌两人。”清照说：“我可不能跟夫人比，您是太祖嫡亲的五世孙媳啊！”王氏说：“夫人不是皇家的媳妇，可也是宰相家的媳妇啊！有名的才女，比那个说‘未若柳絮因风起’的谢道韫还有才呢！”赵令畤说：“那是，那是。不过，不要说这些了，天晚了，我们到外面酒店去吃酒吧。有话到酒店再说。”

赵令畤夫妇引清照一行三人进了楚州衙门附近的一家酒店。这酒店虽然不大，但户外远山近水，室内明窗净几，使人神清气爽。酒菜上齐，宾主五人推杯递盏。晚霞很快散尽，夜幕渐渐降临，远处渔火闪烁，店家也点来一盏灯火。酒逢知己，话便越说越多，从当前国家兴亡大事，说到赵氏两家人的身世际遇。此时，赵令畤又不免牢骚满腹，夫人王氏便有意岔开话题，扯到诗词歌赋上来。席间，王氏提议，请清照填词留作纪念。清照请王氏先作，王氏自谦才思迟钝，一时作不出来，让赵令畤代作。赵令畤沉思少顷，跟店家要来纸笔，写道：

迢遥千里凌波路，且目送，仙踪去。恶浪烟尘谁与度？凄风苦雨，角声鼙鼓，岂有栖身处？　　如梭岁月今迟暮，犹记东坡旧时句。家恨国仇知几许？平川荒草，大河洪泻，秋末霖阴雨。

王氏拿过丈夫写的词，朗声念了一遍，对清照说：“我家老爷上了年纪作的诗词，才有点儿苏东坡的味道。你看他年轻时候作的那些香奁体[③]玩意儿，叫人读了生厌！”赵令畤对清照说：“自从她嫁给我，天天耳提面命，令我诗风大变，真有点儿相见恨晚！”清照会心一笑，说：“先辈这是次韵贺铸的《青玉案》④，我也次韵作一首吧。”王氏递过纸笔，清照写道：

征鞍不见邯郸路，莫便匆匆归去。秋风萧条何以度？明窗小酌，暗灯清话，最好留连处。　相逢各自伤迟暮，犹把新诗诵奇句。盐絮家风人所许。如今憔悴，但余衰泪，一似黄梅雨。

王氏诵完清照的词，递给赵令畤，说：“闻说李夫人的词是婉约词宗。可是什么是婉约词，至今我也不甚了然。今日读了李夫人的词，方才尝到一点儿滋味。”赵令畤说：“婉约是含蓄蕴藉、曲折委婉，言有尽而意无穷，耐人寻味。”清照说：“我不敢与词坛先辈相比，自诩词宗。有宋以来，秦少游的词乃婉约词之佼佼者，可为词宗。但秦词专注情致，而少故实，尚未入婉约词之堂奥。”王氏说：“那我以后可要向李夫人好好学学。”王氏快言快语，惹得座中人都笑了起来。

次日，北风呼啸，船队借风扬帆驶往扬州。路上李远告诉清照：“前几天，因为见您劳累，精神不好，没跟您说实话。听谢大人说，婶母因眼见京城失陷、二帝被虏，忧愤、惊吓，病倒不起，乱中又无医药治疗，前不久去世了。李远弟跟巧娘扶婶母的灵柩回明水跟叔父合葬。谢大人说，他们也快回来了。”清照听后大惊，不觉潸然泪下，随后下船焚香，遥祭父母合葬，并祝告父母亡灵保佑弟弟和弟媳平安归来。李夫人虽非清照亲生母亲，然对清照疼爱、教诲犹如己出。清照在船上思绪联翩，回忆起母亲慈祥的音容笑貌，教她弹琴弈棋、写字画画的情景，泪水滴湿了枕头，一夜未能成眠。

两天后，船队到了扬州的河埠头。天气骤冷，河埠头的水面上结了一层薄冰。李远上岸先去告知谢克家。谢克家派人来接，将清照一行安排在瘦西湖边上的一处寺庙里安歇。当晚清照连声咳嗽，浑身冷得发抖。清照知道自己劳累中又感了风寒，上次未痊愈，这次旧病复发，病情必是变本加厉，心里暗想：“莫非见不到明诚了？船上的东西，我不能亲手交给他吗？”玉珠见夫人暗自垂泪，一副心事重重的样子；摸摸夫人的额头热得烫手，心里也慌张起来。情急之中，玉珠忙向寺庙里的住持求助。幸好庙里有保存的草药，住持给玉珠一些桔梗、连翘、甘草，让她去熬成汤剂给病人服下。玉珠从住持那里回来，按照清照告诉她的剂量，连忙配药、煎药；等清照服过药，已经过了半夜；清照一夜咳嗽不止，昏昏沉沉，不知是睡是醒。玉珠坐在床前守候，一夜不曾合眼。

次日，谢克家听说清照病情严重，便去行宫请御医王继先来给清照诊治。王继先却说，御医不准擅自离开行宫，又说他倒是很想看看故相赵挺之的家藏。谢克家明白王继先的言外之意，便装作不识，婉言离开行宫，派人去坊间给清照请来一位扬州名医。清照经过这位名医的精心调理，病情渐渐好转。十天后，清照便可以由玉珠陪着，在瘦西湖边上散步了。

清照挂念明诚，又担心船上的物品受潮、丢失，病未痊愈便想启程去江宁。此时却传来消息说，巨寇张遇[⑤]在黄州聚众作乱，近日引匪兵万人沿江东下进犯江宁。清照闻之大惊，天天提心吊胆，寝食难安。数日后又闻，江宁知府赵明诚、禁军统制官王亦，率禁军及厢兵共两千人拼死固守；张遇见江宁府城坚兵锐，屡攻不下，遂放弃江宁，率数百艘舟船顺江而下，奔扬州行在而来。江宁解围，清照悬着的心稍稍落下；然而大江之上皆贼船，如何溯江而上去江宁？清照盼望跟明诚团聚，心急如焚。谢克家建议渡江去京口[⑥]，走大江南岸的陆路。未等清照渡江，又传来张遇的匪兵犯京口的消息。清照只得作罢，暂住扬州坐等。闲来无事，玉珠陪清照在瘦西湖边散步。她们信步走到湖边一处青松掩映、楼阁耸立的所在，楼阁的匾额书曰“平山堂”。清照正要凭吊欧阳修、苏轼、晁补之诸位先贤的踪迹，未曾想到平山堂近在咫尺。清照和玉珠缘着阶梯登上高阁。她们凭栏眺望大江南岸，望见群山连绵起伏，若隐若现，在深浅有无之中，如云似烟；那里正是张遇贼兵围困的京口。清照似乎看见硝烟弥漫，听见鼓角震天。她满怀忧虑，昂首问天：“神州大地竟无一处净土，内忧外患何时才能平息？”

清照正拍栏感叹之时，听见有人缓缓登梯而上，一位老者的吟哦声渐渐清晰地送到清照的耳际：

……揽辔望云间，夜色正苍苍。空羡南归翼，幽怀增感伤。

待老者上来，清照见他那清癯的脸庞、飘然洒脱的风度，觉得好生面熟。清照觉得，这老者的神情颇像自己的父亲，只是银须霜发，比当年父亲老了许多。清照忽然想起来，便向前施礼道：“先辈可是龟山先生吗？”老人端详着清照，点点头说："老朽正是杨时。你是谁？不曾记得。"清照说："先生可记得李文叔吗？我是他的女儿啊！"老者恍然大悟道："你就是赫赫有名的李清照吧。在洛阳的时候，你还是一个十几岁的小姑娘呢。"清照说："去年先生在朝中为太学生们仗义执言，可谓功莫大焉，令人敬仰！"杨时说："我老朽何足挂齿。朝廷只让我做了九十天的谏议大夫，便让我致仕，如今成了无用的废人。"清照说："听说老先生还在做学问，阐释理学精义，著书立说。"杨时说："我老了，已过了古稀，只能写点儿东西，打发风烛残年。"清照道："晚年著书立说，乱世中正合时宜。"杨时道："可是，身无一官半职，眼巴巴看着我的学生任人陷害而无能为力，也是悲愤难平啊。"杨时停下来缓了一口气，又说："今日我来行在，就是来上书言事的，心中块垒，不吐不快啊！"清照问："皇上见到先生的奏章了吗？"杨时答曰："我托谢克家转交御史台，黄潜善、汪伯彦竟然以我无职为由，压下不报。这些灭绝天理的衣冠禽兽，别看他们今天窃居庙堂，迟早要遭到报应的！否则天理何在？"杨时苍老、沙哑、悲凉的话音，在楼阁中回响，撞击着清照和玉珠的心扉。清照怕老人因悲愤至极而出意外，便转变话题，说："先辈能否把刚才吟诵的诗句，从头至尾再念一遍，让我记下来？"老人停顿片刻，从激动中慢慢平静下来，念道：

胡雁依朔风，群飞逐南翔。游子方北征，朔风吹我裳。揽辔望云间，夜色正苍苍。空羡南归翼，幽怀增感伤。

杨时念罢，感叹道："哎，老了，不能北征，报国无门，应该魂归故里了。"清照说："谢谢老先生，这诗我记下来了。"杨时说："在洛阳时，你是名闻两京的才女，今天在这儿奇遇，也是缘分，也填一首词送给老朽吧。"清照思忖片刻说，那我就作一首《忆秦娥》，请先辈雅正：

临高阁，乱山平野烟光薄。烟光薄，栖鸦归后，暮天闻角。　断香残酒情怀恶，西风催衬梧桐落。梧桐落，又还秋色，又还寂寞。

杨时听后，说："这词，不愧是名媛手笔，把我的情怀抒写得淋漓尽致：栖鸦归巢，叶落归根，悲凉、寂寞！一切都在不言中。清照，你这词不像是出自闺阁之手！今日登平山堂遇到你，果然不虚此行。我回去记下这首词。日后见到这词，便像见到好友李文叔。”清照知道，人老了难免有些唠叨，便说：“老前辈，楼上风大，我们还是回去吧。”杨时转身欲回，清照和玉珠搀扶着杨时下了楼梯。清照说：“老先生，愿我们以后能再次聚首。”老人颔首称谢，告别清照，迈着蹒跚的步子，渐渐消失在湖边暮色里。

海日生残夜，江春入旧年。清照在扬州度过了一个惊恐、困顿、饥寒的冬天。年底，李迒和巧娘带着儿子从明水回来了。巧娘令儿子明儿向前拜见姑母。清照看见明儿已经长成二十来岁的英俊青年，满心的喜欢。同弟弟一家团聚，清照的心情好了一些。姐弟叙谈时，清照提起留在青州的众多藏品不知如何。李迒告知姐姐，听李过哥哥说，今年腊月，从西边逃过来一股土匪攻陷了青州，杀死了郡守曾孝序；乱军首领说要报靖康年间姐夫剿匪之仇，闯进“归来堂”书库，见十余屋的书籍、什物，无一有用，气急败坏，暴怒之下，纵火焚烧，皆化为灰烬矣！清照闻之心痛不已，几至昏厥，清醒过来便觉得胸闷气短、头昏眼花。李迒延医给姐姐调治，虽然见好，但清照的身体更加虚弱了。巧娘埋怨李迒说话太冒失，说：“人不能说谎，但实话也不是非说不可。”李迒也后悔不已，说：“青州的事，我说‘不知道’就对了。”

且说张遇围困京口两月有余未下，江淮制置使刘光世奉命从河南前来剿匪。这刘光世就是宣和三年因贻误军期导致郭药师在燕京惨败的那个常败将军。张遇见刘光世官军来援京口，便撤下京口，回兵占了江北的真州⑦，刘光世又仓皇撤兵去围真州。官军刚到真州，尚未安营扎寨，张遇便趁夜突袭，把官军杀得丢盔卸甲、屁滚尿流，逼得刘光世只得收拾残兵败将退保扬州，护卫行在。清照得知京口解围，便决意渡江去京口，再从江南走陆路去江宁。李迒和巧娘劝姐姐病愈以后再走，清照不肯。李迒见姐姐去意坚决，也不敢强留。

正月底，清照的船队横渡大江。江上风急浪高，舟小载轻，颠簸、摇晃得厉害，令人头晕目眩，把胃里的酸水都吐了出来。到了江心，浊浪滔天，浪花不时地卷到船上来，瓢泼似的把人们的衣裳打得透湿，令人寒冷难耐。从船上四顾江面，只见水天一色、无边无际，人和船似乎悬在虚空当中，无依无靠，一失手就会坠入深渊、葬身鱼腹；一种无能为力、命悬一线的恐惧，令清照和玉珠及李家媳妇们失魂落魄、大呼小叫、面如土色。一道江面，似乎渡了一年。幸亏尚青所率义军水手船技娴熟，奋力拼搏，才得以大江横渡。日薄江面时，船只终于划到对面京口的金山。找到埠头靠了岸，清照一行到镇上找了一家客店住了下来。越日，清照令李远、李迈、李迥、李逅分头去城内雇载货的车子，又将船上的东西搬到车上；这弃舟登陆的活计，前后又折腾了四五天。清照硬撑着身子安排这些事情，差一点儿再次病倒。

建炎二月初，官军兵败后龟缩在扬州不敢出来，张遇便又来围攻京口。京口守臣钱伯言料想刘光世的援军不会再来增援，敌兵未到，便弃城而去。一时京口人心惶惶，人们纷纷弃家逃亡。清照见雇用的车夫也跑得无影无踪，急忙命人把装满物品的车辆藏在客店后院里，用柴草遮挡起来；又把平日随身携带的碑帖珍品，分给自家的兄弟姐妹，让他们藏在贴身的衣服里面，由李远领着往城外逃走。此时，护送清照的义军也都聚集在客店里待命。清照每人给他们一两银子，让他们各自逃命。头领尚青对清照说："如果车上的东西被匪兵看见，非给你烧光不可。我们四十个兄弟愿意留下看守，我有办法对付他们，不得已就跟他们拼了。"清照问："船呢？"头领说："藏在一个河汊子里。"清照又拿出二十两银子，对那头领说："你们留下来看守，这也是个办法。先要尽可能隐蔽；如果匪徒看见车辆，你们就让他看车里的东西，若匪徒非要无礼，就给他这二十两银子，仍不答应，你们就见机行事。若敌不过他们，请你们各自保重，就不要管车子了，想办法回鼍潭湖为要。"头领说："夫人放心。"事不宜迟，李家兄弟簇拥着清照，连夜跑出城门，隐藏在一座小山上的树林里。

半夜刚过，从城外远远望见城里金山寺到杨子桥一带，火光冲天，浓烟在火光中翻滚。大火烧到天亮才渐渐熄灭。太阳出来了，城里的上空有几缕青烟慢慢飘散，静悄悄的，没有一点儿声音。李远跟李迈说："好像贼兵撤走了，我们去城里看看动静。"中午时分，李远、李迈回来说："城里狼藉一片，街上看不到一个人影。客店里的人和车子都平安无事。头领尚青说，有一伙匪兵闯进店里，想翻检车子里的东西，义军们拔出刀来说，那是他们先抢到手的，这东西归谁，只有张遇大王说了算！若想硬抢，先比比谁的刀法厉害！匪兵们见义军个个都是怒目金刚似的硬汉子，啥话没说，扭头就跑了！"

清照等人回到京口客店，等到雇用的车夫们陆续回来之后，便准备向江宁进发。临行，尚青对清照说："夫人，这里离江宁不远了，有李家兄弟保护，谅这江南的路上也无大碍，我们就不再远送了。船还泊在江边河汊子里，我们打算回鼍潭湖去。祝夫人和各位弟兄一路平安，告辞了。"清照等人倾囊而出，又凑了几两散碎银子，给义军们作盘缠。尚青说："夫人走了一千多里路，能带多少银子出来？前面还有一百多里的路程，能不有许多的花费？我们怎能再收夫人的银子。"清照执意相赠，义军头领说："夫人的好意，我们兄弟领了。夫人，弟兄们，后会有期！"清照等人说了许多感激不尽的话语，挥泪跟义军弟兄道别；义军弟兄们也频频挥手致意，不忍遽去。

这正是：

山川风月一千里，匪患常侵病扰身。幸有诗朋相慰藉，义兵护卫渡要津。

注解：

①淮泗、广陵：为了字音平仄对偶，这里用淮泗代指楚州，用广陵代指扬州。

②济阳郡：现在的济宁市。

③香奁体：一种专以女性为题材、多用绮罗脂粉之语的诗歌体，亦称艳体。

④贺铸《清玉案》：见本回附记。

⑤张遇：南宋初年长江中下游一伙匪兵的首领，建炎二年正月，曾纵兵掠京口，见《建炎以来系年要录》卷十二，时正值清照过江在京口。

⑥京口：现在的江苏省镇江市，与扬州隔江相对。

⑦真州：现在江苏省仪征市，在江北，浦口、扬州之间。

附记：

贺铸《青玉案》

凌波不过横塘路，但目送、芳尘去。锦瑟华年谁与度？月桥花院，琐窗朱户，只有春知处。　飞云冉冉蘅皋暮，彩笔新题断肠句。试问闲情都几许？一川烟草，满城风絮，梅子黄时雨。

第三十七回

出师未捷英雄谢世　咏志曾羡桂子飘香

话说建炎二年三月初，清照带领车队，历时半年多，经受了千辛万苦，死里逃生，终于来到江宁。李远先入城报信，明诚出城来接。他见到清照，喜极而悲，含泪问道："看你瘦成这个样子，不知路上吃了多少苦呢！"清照含泪悄声说："能见到你，吃多少苦也值了。"明诚说："自从李远从济阳郡来过之后，你们石沉大海一样，几乎半年没有半点儿音信，怎不让人牵挂！"清照说："路上我还真的担心来不到江宁，就此永诀了呢？"清照说着，眼泪禁不住扑簌簌掉了下来，明诚掏出手帕给清照拭泪，清照连忙接过手帕把泪擦干，又递给明诚。明诚说："为什么不让李远兄再送个信来？"清照说："我们也离不开李远哥。且不说送信路上辛苦，我们路上居无定所，李远哥回程时往哪里去找我们？失散了岂不更麻烦。"明诚说："说得也是。如今才知道，何为'烽火连三月，家书抵万金'。先是魂牵梦萦，后来竟是魂不守舍。"清照说："岂止'烽火连三月'，半年还要多呢。"明诚安慰道："来了就好，我们这不是团聚了吗！应该庆幸才是。"清照说："李远哥他们才吃了不少苦呢，你应该谢谢他们。"明诚道谢后把众人接到衙署，暂时在郡廨安顿下来。次日，清照把她和玉珠、李家媳妇们随身携带的几幅珍贵碑帖交给明诚：有蔡襄的《进谢御赐诗卷》《赵氏神妙帖》、米芾的《灵峰行记帖》和郑道昭的《魏郑文公下碑》，还有王安石写的一幅诗帖。明诚说："这幅王安石的字帖是父亲的藏品，家里很少有人记得，不曾想到你把它看成珍品随身带了出来。"清照说："这字帖不仅字写得风格独特，那绝句作得也别具一格。王荆公[①]不愧是一位嘎嘎独造的学人。"明诚说："王荆公这首诗，小时候读过，似懂非懂，后来就忘了；如果不是你从故纸堆里发现它，我还真的把它忘得没了影儿。"

明诚一边说，一边打开诗帖，念道：

可惜昂藏一丈夫，生来不读一行书[②]。子云[③]识字终投阁，幸是元无免破除。

明诚接着说："记得父亲说过，这首绝句，是荆公送给一位要人的。"清照说："好像是赠给一位叫作'北山道人'的。"明诚看了那字，说："老妻的眼力无人能比，这字确实独特。只是这句'幸是元无免破除'有些费解。"清照说："这是引唐人诗僧薛能的诗句，此处的意思是，如果子云本来不识字，他就不会跳楼自杀了。"明诚说："我们就是多识了几个字，反而自寻了许多苦恼。节衣缩食，花了许多银子，买了这许多有字之物，倒成了累赘，几乎让老妻把命搭上。"清照说："不然，幸亏把银子变成有字之物，如果车上装的是银子，不但银子被抢光，命也搭进去。"明诚笑曰："这叫'人各有志、各取所需'。"清照说："这或许也是'塞翁失马，焉知非福'吧。"她告诉明诚，青州的藏品，去年秋天被匪徒付之一炬，荡然无存了。清照又说："在京口，碰到张遇的匪兵，情急之中，我们留下车子让义军看守，把这些碑帖藏在衣服里面，连夜跑到城外的树林子里躲起来。我们大难不死，贼兵走了之后，不管是留在车上的，还是带在身上的，就像有神灵护佑，一件也没丢。"明诚接过几件碑帖，当即在《赵氏神妙帖》后面的空白处写了几句跋语：

此帖章氏子售之京师，余以二百千得之。去年秋天西兵之变，余家所资，荡无遗余。老妻独携此而逃。未几，江外之盗再掠镇江，此帖独存。信其神工妙翰，有物护持也。建炎二年三月十日。

清照看过跋语说："你写得不对。我离开青州在前，西兵之变在后，不是同时的事，两者无关。再说，我带到江宁来的不是就这一件，并非此帖独存。"明诚笑说："你不是说过，写诗填词，要虚虚实实吗！写跋语也是这样。我说，十几间屋的藏品荡然无存，唯独这一件帖子独在，表明这帖子不只是珍品，还是神品呢。这跋语就让这帖子有了那么一点儿神秘兮兮的灵气。我这妙笔不仅生花，还能出神呢。"清照笑说："什么时候跟王婆学会卖瓜了？你这样写，却把我的许多功劳一笔抹杀了！"明诚笑曰："老妻的功劳，只需老夫心领即可，不必他人知道。”清照会心一笑，说：“其实我也没做什么事，把这十五车的珍贵藏品，千里迢迢运到江宁来，都是玉珠和李远兄弟们的功劳。你应该怎么奖赏他们呢？”明诚说：“这不用你操心，本丈夫自有安排。”事后，明城让李家兄弟都做了江宁府的属吏，又给了他们安家费用，各自在江宁临时安了家。

且说建炎二年春二月，金帅兀术率兵渡河陷郑州，逼近汴京。宗泽派兵抵滑州固守河防，作渡河绝金兵粮道之状，又派精兵数千骑进趋郑州，截断金兵归路。金兵前后受敌，溃败逃窜，宋军大获全胜。宗泽派岳飞带兵接应河外都统制王彦还屯滑州。王彦率军至新乡，遇金兵数万前来。王彦部下仅七千人、将校不过十一名。大敌当前，十万火急。此时军中一将策马挺枪冲出，左挑右拨，夺得大旗一面，向空掷去。后面诸将趁势奋勇杀出，顿时金兵望风披靡，宋军一举克复新乡。此将不是别人，正是前来接应王彦的岳飞。越日，金人反攻，数万金兵将王彦军团团围住，岳飞率兵再战，身被十余创，士皆死战，又将金人击退。可终因寡不敌众，岳飞率部突围。此间，岳飞生擒金将拓跋耶乌，刺死金兵骁将黑风大王，后因粮饷不继，辗转退回汴京。都统制王彦接宗泽檄令，带兵陆续转移到滑州。

宗泽力图收复两河、燕云诸州，决计大举北进。他收编义军、招募兵勇，储备粮草、缮修兵械，准备指日渡河。宗泽上疏皇上，恳请御驾回京，图复兴大计。其奏章大略云：

> 祖宗基业，弃之可惜。陛下父母、兄弟蒙尘沙漠，日望救兵；西京陵寝，为金兵所占，今年清明，未有祭享之地；而两河、二京、秦陇、淮甸百万生灵陷于涂炭。圣上欲移幸江南，盖奸邪之臣欺主谬说，其议一为贼计，二为身谋。今京城已增固，兵械已足备，人气已勇锐，望陛下切勿沮万民敌忾之气，蹈晋朝播迁之辙。

然黄潜善、汪伯彦二人阴恨宗泽奏章中含沙射影、牵连自己，遂竭力阻挠皇上还汴，且怂恿皇上警告宗泽勿要轻举妄动。拖延到七月，炎夏雨潦，不宜用兵，宗泽收复河山之事落空，可怜老臣忧愤成疾，背生疽疮，生命垂危。诸将相约到床前恤问，宗泽矍然起床曰：“我因二帝蒙尘，奸臣擅权，才激愤致疾。汝等若能渡河歼敌，驱逐金人，我死亦无恨了！”众将曰：“留守至嘱，敢不效命！”宗泽以虚弱之气呻吟有时，然后诵杜甫诗句，曰：“出师未捷身先死，长使英雄泪满襟！”众将无不痛哭流涕，抚慰良久乃出。越宿，风雨如晦，电闪雷鸣，宗泽大呼三声“过河”而终，无一句话言及家事。宗泽殁时年届古稀，远近号恸，朝廷赠观文殿学士、谏议大夫，谥号曰“忠简”。宗泽有子名宗颖，在军营中襄助父亲军务，深得军心。汴京军民请以宗颖代父之职，但皇上却偏信黄、汪谗言，诏北京大名府留守杜充移任，命宗颖为判官。杜充任汴京留守期间，刚愎自用、酷虐寡谋，大失众望。宗颖屡谏，杜充不从，宗颖只得辞官归里，为父亲守制。从此，宗泽部下将士及其收编的山寨义军，如日暮晚霞，尽皆散去。屹立中原的汴京城，本是支撑大宋北部江山的中流砥柱，随着宗泽的死，眼看就要倒下来了。

此时，粘没喝檄令兀术再下河南，兀术连下开德府及相州；又令讹里朵攻陷北京大名府。大名府失陷，汴京失去屏障，危在旦夕。各处警报接连传到扬州，黄潜善、汪伯彦皆匿而不报，皇上反以为黄、汪二人治军理政有方，令他们分别升任尚书左、右仆射兼中书、门下侍郎。两人入谢，皇上面谕道：“黄卿做左相，汪卿做右相，朕何患国事不济？”两人听了更加忘乎所以，不把国事放在心上，整日里只与娇妻美妾饮酒调笑，或去寺院与老僧谈经说法，以此消磨光阴。

风声越来越紧，敌情越来越急，黄、汪二人瞒得了皇上，但瞒不了自己，也渐渐睡不好觉了。他们不思回汴京抗金，却打起下江南的主意，想选一处安稳的地方做陪都，把自己和皇上安顿下来。偏安江南，有两处地方可选：一是江宁，那是六朝古都，钟山龙蟠、石城虎踞的王霸之地；二是杭州，那是天堂似的养尊处优之所、锦绣富贵之乡。于是，朝廷拟派遣官员到这两个地方做些考察和准备。派到江宁去的官员是谢克家之子谢伋。他时任太常少卿，掌管陵庙祭祀、礼乐仪制以及天文、术数、衣冠之属。皇上的起居、祖宗的灵位都是要预先安排好的，这都是太常少卿的公干。江宁太守赵明诚是谢伋的表叔，所以谢伋到江宁来做这件事再合适不过。

谢伋来到江宁，先去拜访明诚，见到了他仰慕已久的表婶李清照。然后，谢伋到各大寺庙游览了一番，察看什么地方可以做皇帝的行宫，什么地方可以做皇家的太庙，什么地方可以做朝廷的省、院、台、馆等衙署。其间，谢伋在城内鸡笼山看见了一处宏大的寺院，其殿阁屋宇从山下一直延伸到山上。寺院的山门匾额题曰“鸡鸣寺”。谢伋走进寺院仔细察看，看到寺内有大殿六座，小殿堂十余所，一座九层浮屠，一座七层高的大佛阁，供奉着十方金像和十方银像。整个寺院依皇家规制而建，雄伟壮观，富丽堂皇。询问院中的僧徒，知道寺院始建于东吴，南朝梁武帝曾舍身于该寺，并常到寺内讲经说法，寺院有“南朝四百八十寺”之首的美誉。谢伋在大雄宝殿后的别院僧斋内见到了寺院的住持。住持念了阿弥陀佛，然后施礼、奉座、献茶。谢伋听住持的说话口音似是同乡，便问道：“弟子敢问，高僧可是上蔡人氏？”住持惊讶道：“听口音，难道施主是上蔡同乡？”谢伋答曰：“弟子正是。”住持问道：“施主可认识理学大家、上蔡学派宗师谢良佐先生？”谢伋答曰：“弟子姓谢，名伋，谢良佐乃弟子的从祖。”住持大惊道：“原来阁下是师傅的族裔，贫僧有失礼之处，还请见谅。施主不知，贫僧出家之前，曾在谢师门下立雪三年。”谢伋问：“那弟子应以师伯相称。敢问师伯名讳？”住持答曰：“贫僧姓周名谷，辟谷的谷。”两人又寒暄几句之后，谢伋将话语转入正题，曰：“弟子在朝廷太常寺任少卿，今奉皇上之命，来江宁府为驻跸行宫选址。我看鸡鸣寺宏大壮丽，倒是可以入选。”住持大喜道：“圣上如能驾临寒寺，全寺僧众沐浴皇恩，能不俯首以待！承蒙寒寺能入少卿法眼，望少卿在御前美言推举。贫僧拜托了，阿弥陀佛！”住持起身，双手合十，向谢伋行了一个鞠躬之礼，然后说：“我有一份俗物送给少卿，作为乡党初次见面之礼。”住持走进内室，拿出一个卷轴，然后展开请谢伋过目。谢伋见是一幅唐朝阎立本题款的《萧翼赚兰亭序图》[④]，图上画的是一书生跟一位高僧争辩，旁有两个小和尚在火炉上备茶。画中人物画得生动传神、栩栩如生，谢伋估计十有八九是真迹。住持说：“这是江南李后主故物，是一富户施主施舍给寺院的。”谢伋明白这是一件价值连城的珍宝，也明白住持赠送此画的用意，不收反而使住持大失所望。却之不恭，何乐而不为？

《萧翼赚兰亭序图》，画的是唐太宗的御史萧翼，从王羲之第七代传人高僧智永的弟子辩才的手中将天下第一行书《兰亭序》骗取到手，献给唐太宗的故事。

东晋永和九年三月三日，王羲之与当时的名士谢安等四十一人雅集于会稽山阴之兰亭，修祓禊[⑤]之礼，曲水流觞、饮酒赋诗。当时王羲之为此盛会作《兰亭序》，计三百二十四字，世称《兰亭帖》。王羲之死后，《兰亭序》传至其七世孙山阴永欣寺高僧智永手里，智永圆寂后，又传与弟子辩才和尚，辩才得《序》后在梁上凿暗龛将其藏匿起来。

唐太宗酷爱王羲之的字，因得不到《兰亭序》而遗憾，后听说辩才和尚藏有《兰亭序》，便召见辨才，辩才却说见过此序，但不知下落。太宗召见群臣，说："朕梦寐以求右军《兰亭帖》，谁能从辩才手中取得，朕一定重赏。"尚书左仆射房玄龄向太宗推荐梁元帝曾孙监察御史萧翼担当此任。唐太宗召见萧翼，萧翼奏道："陛下，我若作为公使去取必空手而归，请陛下给几件王羲之父子的杂帖，我可见机行事。"太宗应允。萧翼打扮成书生模样，来到山阴永欣寺，装着若无其事的样子观看寺中的壁画。当他遇到辩才时，故意目不旁视，只作壁上观。辩才见这位游客器宇不凡，便上前施礼问道："何方施主光临寒寺？"萧翼彬彬有礼，上前拜道："弟子是金陵人，游学、经商至此，顺道游历圣寺，有幸遇上高僧大师，幸会！幸会！"当晚辩才请萧翼入座、用茶、进餐，交谈至深夜。自此两人弈棋抚琴，评文论史，探讨书艺，情投意合。辩才见萧翼不同常人，便心生疑窦，酒后赋诗，以探虚实。诗云：

初酝一缸开，新知万里来。披云同落寞，步月共徘徊。夜久孤琴思，风长旅雁哀。非君有秘术，时照不然灰[6]。

萧翼当场也和了一首诗，打消了辩才的疑虑，两人尽欢通宵。隔了几天，萧翼带来美酒看望辩才，如此往返数次，辩才钦慕萧翼满腹经纶，疑团也就渐渐消失了。一次，萧翼拿出梁元帝书写的《识贡图》书帖请辩才指教，辩才叹赏不止。闲谈时，萧翼对辩才说："弟子现在还珍藏着几件王羲之父子的真迹。"辩才听说是二王真迹，便请萧翼带来观赏。越日，辩才看过萧翼带来的二王字帖后说："真迹倒是真迹，可惜不是上品。贫僧有一王羲之的真迹，颇不平常。"萧翼追问是何帖，辩才说是《兰亭帖》。萧翼见辩才上了钩，故意装出漫不经心的样子说："数经战乱，《兰亭帖》难以存世，肯定是赝品。"辩才将藏在屋梁龛内的《兰亭帖》拿下来给萧翼观看。看后，萧翼说是假的，二人竟争论得面红耳赤。这便是《萧翼赚兰亭序图》上所画场景。辩才戒心逐渐懈怠，竟把《兰亭帖》和萧翼的御府二王杂帖一起放在书案上。一天，萧翼趁辩才外出做客，来到了方丈室，谎称自己要将遗忘的书帖取回，请小和尚打开房门。小和尚见是方丈至交，便放萧翼进入。萧翼将《兰亭帖》和御府二王杂帖收起，转身走了。

萧翼智取王羲之墨宝回到长安，唐太宗欣喜若狂，大摆宴席招待萧翼及群臣。宴席上唐太宗当众宣诏，萧翼加官五品，赏宅邸及金银宝器若干。唐太宗宽大为怀，豁免辩才的欺君之罪，赐他谷物三千石。唐太宗令名重当时的几位书家如欧阳询、褚遂良、虞世南等人，将《兰亭帖》临摹了若干份，然后分赐皇太子及诸王、近臣。太宗崩逝，《兰亭序》真迹陪葬太宗昭陵，从此世间无缘再见矣！

得到《萧翼赚兰亭序图》，谢伋喜出望外，当晚便将此画拿到江宁府郡廨请明诚和清照鉴赏。谢伋问明诚，这画是否是阎立本的真迹。明诚说："画中的铁线描，刚健有力却又娴熟流畅，刻画人物眉眼须发、衣饰纹路，虽然工细精致，但线条飞动飘逸，没有丝毫匠气，正是阎立本的笔法。"阎立本，唐高宗时由将作大匠、工部尚书升任右相，擅长工艺，多巧思，工篆书和隶书，对绘画、建筑都很擅长，当时有"右相驰誉丹青"之说。谢伋告诉明诚："日内我将返回扬州述职，路上风大浪高，且江上张遇残匪尚未肃清，恐有闪失。此画请表叔暂存。"明诚答应曰："放心就是。"

当晚明诚置酒设家宴，为谢伋饯行。席上，明城问谢伋："贤侄前来遴选陪都，难道皇上竟无还汴之意？"谢伋答曰："汴京留守宗泽屡次陈请，剖析利害，敦促皇上还汴抗金，但黄、汪皆不予上闻。皇上即便有复兴之意，被黄、汪这般怯懦鼠辈挟持，又能奈何？李纲忠心报国反而获罪，宗泽为抗金呕心沥血，也只能含恨而死。时局如此，可悲也夫！"明诚愤然曰："若确是皇权旁落，各路将帅奋起讨逆、肃清君侧也就是了！最怕的是皇上也没有中兴之志，中原就永无收复之日了。"谢伋叹曰："表叔所言极是。不过，你我人微言轻，也只能跟着苟且偷安。否则，会有杀头之罪。"谢伋深深叹息一声，两人都垂下头来，陷入了无奈的沉思。喝了几杯闷酒以后，谢伋打破沉寂，对清照说："婶娘诗词名冠闺阁、才倾士林，能否作首诗送与小侄。"清照说："贤侄文才碾压群芳，乃文苑后起之秀。让我吟咏，我不能推辞，只好班门弄斧了。"谢伋双手合十作揖道："请婶娘赐教。"清照说："方才你们叔侄二人议论国是，我未敢贸然发表拙见。既然贤侄索句，也借机发一点儿牢骚，烦贤侄雅正。就作一首七律吧，题目就暂时拟作《无题》。"

李纲获罪宗泽死，翘首中州血泪痕。南渡衣冠少王导⑦，北来消息欠刘琨⑧。并非故土无贤士，必是朝堂有孽根。但愿苍天开慧眼，问责沉陆起桓温⑨。

清照吟罢，谢伋拍案叫绝。明诚道：“这诗只能念与表侄听。”清照道：“不是赠与表侄，我也不作呢。”谢伋说：“婶娘的诗，把我与表叔的心里话都说出来了，我记在心里就是。”三日后，谢伋返回扬州。

八九月之交，正是江宁府满城桂花飘香的时候，明诚家里来了两位贵客——明诚的妹夫陆德夫和妹妹赵婉贞。陆德夫从洪州[10]知府任上奉调转任兵部侍郎，到扬州行在上任，乘舟经过江宁，陪夫人赵婉贞登岸来探望兄嫂。自从大观元年赵挺之去世，赵家蒙难，明诚和婉贞兄妹二人已经二十一年没见面了。今日相逢，都已过了不惑之年，明诚和德夫两人的须发业已染霜，清照和婉贞两人的双颊也都失去了往日桃杏一般的光彩。四人落座叙谈，清照和婉贞都谈起在京都府司巷那些与琴棋书画相伴的青春岁月，而今彼此天各一方、年华不再，不免伤感。清照问起婉贞的儿子，婉贞笑答：“那年还在姥姥怀里撒尿，今年乡试中了举人，现暂留洪州求学。”清照笑说：“可喜可贺，待朝廷恢复科考就中进士了。”婉贞说：“托舅姑的洪福。”

婉贞还是像年轻时候一样，是个坐不住的人，第二天便让兄嫂带他们出去游玩。四人先后游览了城内秦淮河边上的夫子庙、鸡鸣寺和玄奘寺，又游览了江边的栖霞寺和紫金山里的灵谷寺。每到一处，婉贞都对那里盛开的桂花赞不绝口，且站在树下深深吸入那醉人的芳香。清照问：“洪州也应该有桂树吧。”婉贞答：“有是有，但没有这许多品种。你看这里有金桂、银桂，还有丹桂。别处桂花的香气好像也不如这里的浓郁。”清照笑说：“那你就多吸一些香气带到扬州吧。”婉贞就真的凑近桂树，踮起脚尖，深吸了几口，然后又咯咯笑着喷了出来。

陆德夫公务在身，不能久住，三天后便与婉贞启程。临行前一天的晚上，婉贞向清照索要新词，清照说：“我就知道你必定要我填词。我看你喜欢桂花，那就把近来作的三首咏桂词稍加改动送给你。”清照把她作的三首词用工楷抄写到诗笺上，递与婉贞。婉贞接过词稿，说：“嫂嫂最知道我的心，我可要好好谢谢嫂嫂。”清照笑曰：“看你怎么谢我，但愿不只是这‘好好谢谢嫂嫂’三个叠词吧！”婉贞说：“嫂嫂填词，若多用些叠词，也是别有情趣呢。”清照说：“妹妹总是别出心裁。嫂嫂记住了，以后不妨尝试一下。”

婉贞到了船上，展开诗稿，先把三首咏桂词读了一遍：

摊破浣溪沙

其一

揉破黄金万点轻。剪成碧玉叶层层。风度精神如彦辅[11]，大鲜明。
梅蕊重重何俗甚，丁香千结苦粗生。熏透愁人千里梦，却无情。

其二

病起萧萧两鬓华。卧看残月上窗纱。豆蔻连梢煎熟水，莫分茶。
枕上诗书闲处好，门前风景雨来佳。终日向人多酝藉，木犀花[12]。

鹧鸪天

暗淡轻黄体性柔。情疏迹远只香留。何须浅碧轻红色，自是花中第一流。　　梅定妒，菊应羞，画栏开处冠中秋。骚人[13]可煞无情思，何事当年不见收。

婉贞妹妹雅正，桂花飘香之季，易安居士作于江宁

婉贞在船上待了两天，也用这两个词牌，次韵作了三首咏桂词。这样，婉贞一路有了事做，不知不觉到了扬州。

这正是：

闺中空议朝中事，且寄幽怀赏桂花。颠沛流离乡梦远，何年归去再分茶。

注解：

①荆公：王安石封荆国公，世称荆公。

②“从来不读一行书”：有的资料是“从来不读半行书”。

③子云：杨雄，字子云，西汉末年鸿儒。

④《萧翼赚兰亭图》：这是一幅流传至今的名画，现藏辽宁省博物馆。

⑤祓禊：音[fú xì]，民间习俗，每年三月三上巳日，在水边洗涤，举行除去污垢及所谓不祥的祭祀。

⑥“时照不然灰”：又有“谁照不然灰”之说。然，古通燃。然灰，死灰复燃。意即打破平静的心境。

⑦王导：琅琊临沂人。永嘉之乱，晋元帝过江即位之后，王导为宰相，奠定了偏安江南的东晋政权。

⑧刘琨：[liú kūn]字越石，中山魏昌（今河北无极）人。晋朝政治家、文学家、音乐家和军事家。永嘉之乱，坚守晋阳九载，抵御汉赵和后赵的入侵。后被叛臣杀害。

⑨“问责沉陆起桓温”：“沉陆”谓国土沦陷。例如，宋辛弃疾《水龙吟·甲辰寿韩南涧尚书》词：“甫诸人，神州沉陆，几曾回首！”“沉陆”源出《世说新语》：“东晋桓温北伐，与诸僚属登平乘楼。眺瞩中原，慨然曰：‘遂使神州陆沉，百年丘墟，王夷甫诸人不得不任其责！’”

⑩洪州：今江西省南昌市。

⑪彦辅：晋朝名士乐广字彦辅，以其清高而名重当时。

⑫木犀花：桂花。

⑬骚人：指屈原。《楚辞》多收珍奇草木之名，但无桂花。

第三十八回

遇兵变蒙冤遭罢黜　经事迁忆旧话沉浮

话说谢伋回到扬州行在，将在江宁的考察所得写成奏章呈报皇上，御批曰“称旨”。因前次去杭州考察的官员未能成行，皇上遂又差遣谢伋赴杭州安排驻跸、行宫之事。

建炎二年十二月七日，受黄潜善、汪伯彦排挤，谢克家被免去吏部尚书职务，出任浙江台州知府。此时，朝廷官员多从中原南来，家眷居无定处。朝廷遂有“西北士大夫许占寺院”之命。于是，谢克家趁赴任之机携家眷迁台州黄岩灵石山麓之灵石寺暂住。谢伋从杭州回行在复命之后，因与黄潜善、汪伯彦政见不合，辞去官职，去黄岩协助父亲营造谢家的宅第，且侍奉母亲尽长子之孝；因其母高氏多病，遂开辟药园，亲手种植所需草药多种，以研习医术药理为乐；闲暇时则著书立说，其书名曰《四六谈麈》，评析骈体文[①]的源流、赏鉴、撰写之要义。

且说楚州守赵令畤因年迈上书乞骸骨，御批曰：“天下扰攘，宗室零落，尔不图效命，反欲隔岸观火乎？”皇上不允，诏命赵令畤知洪州。赵令畤接旨诚惶诚恐，立即登舟赴任，途经江宁拜访明诚、清照。时正值隆冬大雪，江宁满城琼楼玉宇、冰树银花，空中纷纷扬扬飘着飞絮般的雪团；蓬松绵软的积雪，压弯了竹茎，压折了松枝。明诚见是少小时的忘年之交冒雪来访，喜出望外，竟问客人：“晚辈如何接待先生，先生才能尽兴？请尽管吩咐。”赵令畤道：“难得今岁瑞雪天降，最能尽兴无过登楼赏雪。”越日上午，明诚在仪凤门城楼设宴，宴请赵令畤及其妻王氏，由清照和玉珠作陪。仪凤门是江宁城西门，在狮子山和绣球山之间，门前的大江从西南流向东北，至燕子矶折向东流。在仪凤门城楼上可远眺浩渺的江水和江上的帆影，又可近观狮子山和绣球山上的雪景。此时，雪花仍然零零星星飘落，赵明诚夫妇陪同赵令畤夫妇，顶笠披蓑，先到狮子山上踏雪寻梅。山上蜡梅花迎雪绽放，疏影横斜、暗香浮动，五人在山坡上徘徊流连多时。近午，五人登上城墙，沿着城墙上的马道循城远览。城墙上的积雪已被兵士打扫得干干净净，马道上，靠着城堞堆放着御敌用的滚木礌石。目光越过堞墙远望，大江南北白茫茫一片洁白世界，山丘晶莹、澄江如练，壮丽的河山不仅令人心潮起伏，又令人扼腕叹息。

五人来到城楼坐定，酒宴已经备好。酒过三巡之后，明诚提议："今日我们赵姓两家盛会，正值天降瑞雪，或是国运、家运将兴之兆。为贺国运、家运昌盛，每人诵咏雪诗词一首，然后饮酒一杯，否则，罚酒三杯。如何？"众人欣然应诺，明诚接着说："我先吟诵一首。"诗曰：

千山鸟飞绝，万径人踪灭。孤舟蓑笠翁，独钓寒江雪。

玉珠起身将每人的酒杯斟满，明诚端杯一饮而尽。清照说："此人抢得先机，拿这首黄口小儿都会的五言绝句应付，不应算数！"赵令畤夫人王氏说："要说咏雪，这可是千古绝唱。我给明诚说个情，李夫人就饶过他这一遭。"众人都笑。王氏说："我也想起唐人刘长卿一首咏雪的五言绝句。"诗曰：

日暮苍山远，天寒白屋贫。柴门闻犬吠，风雪夜归人。

玉珠把酒杯捧给王氏，王氏接杯抿了一口。赵令畤说："难怪你给明诚说理，原来也是五言绝句。"清照说："请先生念一首长一点儿的。"赵令畤应声道："简短的都让他们抢先用完，我就只好念一首七言律诗——杜甫的《野望》。"诗曰：

西山白雪三城戍，南浦清江万里桥。海内风尘诸弟隔[②]，天涯涕泪一身遥。惟将迟暮供多病，未有涓埃答圣朝。跨马出郊时极目，不堪人事日萧条。

赵令畤接过玉珠捧来的杯子，也是一口见底。清照让玉珠也背一首，玉珠想了想道："那就背首苏东坡的诗吧。"诗曰：

后夜龙作雨，天明雪填渠。梦回闻剥啄，谁乎赵陈予。

众人都笑，赵令畤说："这才是写给我们赵姓两家的诗。此诗出自名家，有'雪'字，又有'赵'字，应景应事，恰当至极。请干一杯！"玉珠干杯后，王氏说："最后轮到李夫人了，你可不能跟我们一样，必须即兴作一首才行。"清照说："王夫人偏心眼儿，你给投机取巧的说情，倒是给我这老实巴交的出难题。"王氏说："谁让你是出口成章的才女呢！能者多劳才是。"大家齐声拍掌，欢迎清照即兴赋诗，清照推辞不过，便说："那就献丑了，作首七律吧。"诗曰：

燕山大雪费登攀，梦断神京晓月残。不见隋堤烟柳碧，欲期汴水雁书难。南来尚怯吴江冷，北狩应悲易水寒。帝子狐裘炉火夜，父兄冻馁泪阑干。

明诚说："最后一联有'不敬'之嫌，不妨化用杜甫诗句改为：'海内风尘兄弟隔，天涯骨肉几时圆。'"赵令畤道："清照的诗作得好！明诚改得也好，免得犯了大忌。只是最后'圆'字出了'寒'字韵。"明诚问："'圆'字属'先'字韵，'寒、先'两韵不是能通押吗？"清照说："第一句的'攀'字已经用了通押的'孤雁出群'格，最后一句就不能再用通押的'圆'字了。"明诚笑道："最后一句用通押字，这叫'孤雁入群'格，离群的孤雁又飞回来了。"赵令畤笑道："明诚说得有理。他是另有寓意：二帝北狩会回来的。"清照举起酒杯，说："还是先辈想得玄妙。这首诗就这样改吧。请诸位再饮一杯，今日赏瑞雪，明日迎好运。"众人开怀畅饮，酒宴至晚方散。

次日，天气转晴，赵令畤和王夫人告别明诚、清照，乘船去了洪州。

建炎三年正月，金兵趁中原百姓过年、过上元节的时机，大举入侵。镇守滑州的王彦，失去作后盾的汴京，敌不过金兵，滑州失守，率残兵直去扬州入觐皇上，问罪黄潜善和汪伯彦。黄、汪挡道，不允王彦见驾。王彦愤而称疾辞官，奉诏致仕。不过数日，粘没喝破徐州，知州遇害。御营统制韩世忠率师救濮阳，因寡不敌众，败走盐城。粘没喝遂取彭城，间道趋淮东，入泗州。皇上闻警报，急遣江淮制置使刘光世率兵守淮。敌兵未到，宋军先自溃散。粘没喝分兵攻占泰州，对扬州形成包围之势。幸有张荣义军据湖沼水泊与金兵周旋，又将泰州收复。粘没喝甩开张荣军，长驱至楚州。金兵乘胜南进，距扬州只数十里。内侍闻警，忙入报皇上："金兵已到！"皇上不及问明情况，急忙披挂上马，向城外疾驰，落荒而逃。皇上跑到瓜洲渡口，得小舟渡江，日暮始至京口，随行只有王渊、苗傅、刘正彦和内侍康履及护圣军卒数十人。此时，黄潜善和汪伯彦正从寺院听罢浮屠说法，相邀归来宴飨。堂吏大呼："御驾已行！"两人仓皇不曾相顾，各自慌忙策马向南逃窜。隆祐太后及六宫嫔妃，幸有卫士扈从，相继出奔。事起仓促，朝廷仪仗、卤簿多半弃置于路上。新任太常少卿季陵慌乱中竟把太祖神主的灵牌丢弃路上。御营人马所经之处，遍地狼藉，沿途尽是丢弃之物。

皇上到了京口，权且歇了一宿，翌日晨，召集群臣商议去留。吏部尚书吕颐浩请皇上留跸京口，声援江北诸军。王渊独言，若金兵从通州③渡江占领姑苏④，京口即不可保，不如杭州深居腹地，有两江险阻可守，确保无虞。皇上遂决意趋杭州，是夕御驾发京口，五日后抵达杭州，以州治暂为行宫。

皇上经历此次虎口脱险，惊魂未定，始知黄、汪二人乃误国奸臣，遂下罪己诏，求直言。御史中丞张澄弹劾黄、汪有十大罪状，皇上乃罢黄、汪二人相位；又念及二人劝进有功，遂贬其去知富庶繁华的江南大郡：黄潜善知江宁，汪伯彦知洪州。为了安置黄、汪二人，吕颐浩奏曰："迁江宁知府赵明诚移知湖州，洪州知府赵令畤转知吉州。"皇上准奏。

正月底，明诚接到知湖州的诏命。之后，明诚在府衙整理文案、卷宗，准备与新任知府交接。清照则在家又一次收拾那十五车书籍、文物，并安排李远兄弟们去雇舟、装船，打算沿秦淮河溯流南下，经溧水去湖州。驻江宁禁军御营统制王亦来府衙见明诚，说："赵大人可曾知道，新任江宁知府就是那个奸贼黄潜善？"明诚说："知道。"王亦说："靖康年间，我在高阳关路做统制官，这个黄潜善做高阳关路安抚使，那时，他就有克扣军饷的恶行，我曾上书弹劾，后因靖康之变，他趁乱局协助当今圣上即位有功，未予追究。"明诚颔首说："我也有过耳闻。"王亦说："赵大人，你看，在黄潜善未到任之前，是否可将二月的军饷提前发放到军营？"明诚答曰："按说，从我接到移任湖州的敕令之日起，我已无权过问江宁府的税赋、财务之事。江宁府给御营禁军的饷银本来是江东路转运使拨付的，我可将饷银之事报与转运使知道，请他按期将饷银发到军营。"王亦说："那就拜托知府大人了。"王亦走后，明诚去找转运使，才知转运使已调任，由新任副使李谟代理。李谟答复明诚曰："此事须待黄知府上任后裁决。"明诚将转运副使的答复告知王亦，王亦说："李谟本是黄潜善在高阳关时的下属，他们是一丘之貉。似这类不顾国运的狗苟蝇营之徒，我等宁肯重回中原做抗金的义军，也不愿与其为伍。"明诚说："王将军是位有血性的仁人志士，在下十分钦佩。但国难当头，将军应以大局为重。"王亦答曰："为保住这支千人禁军北去抗金，饷银不能不要！得到饷银之后，我将率部投奔泰州张荣，或投奔盐城韩世忠。"明诚沉默片刻后说："此事关系重大，将军应三思而后行。"次日，转运副使李谟来府衙告知明诚："御营中有人告发王亦有谋反之意，王亦声称如不发饷，将趁夜抢劫库银，望知府预防禁军作乱。"明诚答复李谟说："我已卸任，既无钱发饷，亦无兵防乱，我已无能为力。转运使正在任上，可酌情处置。"李谟无言以对。李谟回到转运使任所，整饬所部厢兵团民，构筑街垒，在通往转运使府衙和府库的街巷设下埋伏，又在紧要路口设置栅栏，以防乱兵。

明诚怕江宁府衙有人趁乱生事，回到家里后对清照说："明天新知府就要到任，今夜必须去府衙清点文书、账目，以备明日交接。今晚不能回来。"清照不知就里，信以为真，只说："天冷，小心受风着凉。"并拿了一件丝绵斗篷给明诚披在身上。明诚让李迥和李逅夜里暗中护卫清照，然后带着李远、李迈去府衙守夜。

当夜子时，天庆观大火，城内禁军以纵火为号，喧嗓而出。王亦率兵围困转运使府衙及府库。因走漏风声，李谟先有预备，防守严密，王亦兵围困转运使府衙多时未能得手，便在天亮之前斧劈南门而去。禁军攻打转运使府衙之时，明诚跟通判府事毋邱绛、观察推官汤允恭在府衙值守，并不见有乱兵来府衙骚扰。汤允恭说："明日，若李谟见这里未受兵灾之祸，恐诬我等跟乱兵通谋。如何是好？"毋邱绛说："我们不如缒城逃脱，似被乱兵所迫而出走，罪或许轻些。"明诚说："言之有理。"于是，三人由李远、李迈协助，结绳缒城宵遁，在城外寺庙里躲避了一夜。天明，李谟果然去府衙探访明诚行踪，发现府衙的官员缒城逃跑之事，遂写奏状，上报朝廷。几天后，朝廷降旨曰："王亦谋反，罪不容赦。原江宁知府赵明诚，虽已被命移湖州，然临危不问、措置失当，且曾为乱兵索要饷银；应予以惩戒，罢职抵罪。通判府事毋邱绛、观察推官汤允恭，玩忽职守、临阵逃脱，各降官阶二等。"

明诚心怀愧疚，将王亦兵变、自己被罢官之事告知清照。他原以为清照会斥责他因怯懦无能而丢官，不料清照听后反说："你已被命知湖州，也只能做到这些。须知判决是非功过，由不得你，只要自己问心无愧就是了。"清照停了停，压低声音悄悄说："金人犯境，朝廷一味逃跑。禁军多是北人，有家不能回，能不有怨气？士兵们索要军饷，也无可厚非。"清照的话，让明诚如释重负，对夫人深明大义由衷感佩。

明诚被罢官之后，竟如断线的风筝、无根的柳絮，一时不知向何处去。国家内忧外患、形势叵测，不知何时才能再被朝廷起用，往后他只得作永不录用、长期退隐的打算。致仕、隐居，倒也是明诚、清照向往的归宿，然京都的"有竹堂"、青州的"归来堂"都在沦陷的中原，如今何处是家？大哥存诚在岭南广州，二哥思诚在闽地泉州，表哥谢克家在浙江台州，都在天涯海角、遥不可及。在走投无路的时候，明诚、清照不约而同地想起在洪州的赵令畤。他们决定溯江而上，经九江去洪州，卜居赣水之滨。他们此时还不知道赵令畤已被命知吉州。

明诚、清照和玉珠由李家兄弟四人随从，雇舟十余艘满载家藏之物，朝发江宁，趁着东北风扬帆朝大江西南方向行进。途经和县时，夜色中听舟子用船夫号子唱道：

力拔山兮气盖世，时不利兮骓不逝。骓不逝兮可奈何，虞兮！虞兮！奈若何！

另一舟子学作女声对唱：

汉兵已略地，四面楚歌声。大王意气尽，贱妾何聊生。

清照问舟子："此处是项羽乌江自刎处？"舟子答曰："正是。江北的乌江在此处流入大江。"清照知道，舟子所唱之歌，乃秦末楚汉相争，楚兵于垓下陷入刘邦汉军重围，项王与爱妾虞姬在帐中听到四面楚歌，凛然舞剑时，所唱的绝命之曲。词曲慷慨悲壮，帐外闻者无不声泪俱下。歌舞罢，虞姬不忍拖累项羽突围，毅然挥剑自裁。项王洒泪掩埋了虞姬，骑上乌骓马，当夜突围南出，麾下壮士拼死肉搏只存二十八骑。汉骑追者数千人，项王自度不得脱，谓从骑者曰："吾起兵至今八岁矣，身经七十余战，所当者破，所击者服，未尝败北，遂霸有天下。然今日终于被困于此，此天之亡我，非战之罪也。”乃驰骋汉军中，斩将搴旗[5]，呼声震野，杀敌近百人，汉军皆披靡。驰至乌江边，项王乃欲东渡。乌江亭长泊船以待，谓项王曰：“江东虽小，地方千里，民众数十万，亦足以据一方而称王，以期异日再起。愿大王急渡，今独臣有船，汉军至，无船渡江，徒望江喟叹耳！”项王忽然悔悟，曰：“我项羽与江东子弟八千人渡江而西，今无一人还，纵然是江东父兄拥戴我为王，我又何面目见之？纵使父兄不言，我独不愧于心乎？”乃谓亭长曰：“吾知公是仁义长者，然我无以为报。我座下此马才刚五岁，所向无敌，尝一日行千里，不忍杀之，以赐公。”乃令骑者皆下马步行，持短兵器与汉军接战。项王身被十余创，见汉骑司马吕马童，曰：“你莫非吾故人乎？”吕马童当面指认，对汉将王翳[6]曰：“此项王也。”项王乃曰：“吾闻汉用千金、封万户侯，悬赏我头，吾今日成全你便是。”乃自刎而死。

明诚、清照的舟船过乌江口，夜抵当涂县城，上岸寻一旅店住下。夜深，清照想起近日诸事，思绪联翩，辗转反侧而不能寐，遂于灯下赋诗，题为“乌江”，诗曰：

生当作人杰，死亦为鬼雄。至今思项羽，不肯过江东。

明诚读后，感慨道：“惭愧，惭愧啊！”清照曰：“惭愧者，不仅你我，满朝文武，不愧对项王者几何？”明诚低语道：“唯有圣上问心无愧。”清照嘘声不语。

翌日，清照对明诚说：“当涂姑孰[7]有太白墓和太白祠，今日有幸经过这里，我们应该前去拜谒。”明诚自然同意，说：“瞻仰诗仙遗风，正合吾意。”三人在太白墓和太白祠祭拜李白之后，下午来到附近一处叫作“桃源洞”的酒店。明诚、清照、玉珠进到院中，选了个僻静的雅间坐定。雅间窗外的庭院中新篁抽新芽，芭蕉卷嫩叶，桃李缤纷，蜂鸣蝶舞，一片阳春融合景象。正跟酒保点菜时，听到隔壁房间弹琴吟唱的声音，听那曲牌和唱词，是李之仪的《卜算子》：

我住长江头，君住长江尾。日日思君不见君，共饮长江水。　此水几时休，此恨何时已。只愿君心似我心，定不负相思意。

清照问酒保，是何人在弹唱。酒保答："是酒家的女儿，艺名叫小杨姝。"清照记起父亲说过，李之仪在妻子胡淑修去世后，在当涂娶了个年轻貌美的妻子叫杨姝，也会弹唱，便问酒保："这女孩儿的父亲何许人也？"酒保答道："她父亲是朝议大夫李之仪。"清照对酒保说："这就是了。你能否请酒家过来叙谈叙谈？你只需对酒家说，李格非的女儿有请。"酒保去后，不多时，来了一位中年妇人领着一少女，进来给明诚、清照请安。从相貌看，两人应该是母女。母亲四十来岁，面容端庄清秀，身段苗条适度，步态婀娜轻盈；女儿带着一把琴，是二八妙龄的美人儿，这不能不使人猜想，女儿正是母亲年轻时候的模样。明诚、清照请母女两人入座。随后，酒保端来丰盛的酒菜，摆满了一桌子，显然是酒家把肴馔另作了安排。明诚、清照心知，这位中年妇人就是杨姝。敬酒寒暄之后，在浅斟慢酌、款款叙谈之际，杨姝说出了她和李之仪的许多往事："感谢李格非、张耒二位大人做月下老人，让我跟端叔的忘年之恋得以随心如愿。后来，我跟端叔从黄州回到当涂姑孰，过了不久生了个儿子，取名尧光。老来得子，端叔欣喜若狂，视若珍宝。过了几年，又生了个女儿，就是她，人们称她小杨姝。一家四口，虽不甚宽裕，但日子过得也算是温馨滋润。几年之后，端叔遇赦复官，朝廷给以应得恩数，儿子尧光将得到荫封了，家中更是喜气盈门。可是，未曾料到祸从天降。时隔不久，他得罪了一位文友。这位文友叫郭功甫，是当涂的名流，诗写得不错。开始，端叔与郭功甫酬唱应答，甚是融洽。当地有位姓罗的员外去世，他的家人请端叔撰写墓志。端叔写道：'姑孰之溪，其流有二，一清一浊，清者罗公，浊者功甫。'指名道姓说郭功甫是'浊流'，端叔本以为他跟郭功甫已是至交，开个玩笑不会使朋友心生芥蒂。也是端叔忘乎所以，玩笑话怎能刻在碑上？这惹恼了郭功甫。郭功甫素知蔡京与端叔有嫌隙，于是他指使别人去京城告状。说我们冒充得子，获得荫封，犯欺君之罪。端叔年纪这么大，我原来身份是歌姬，说是欺君，自然有人信以为真。按朝廷规矩，官员不能与歌姬成亲，生子当然也于法不容，莫说还要荫封做官！状子又告到冤家对头蔡京的手里，结果可想而知。端叔被判犯欺君之罪，投入大牢，儿子尧光的荫封也撤销了。我把婚姻违法的罪过承担下来，受了一百杖刑。端叔被判令写了休妻的文书，同时被夺去官职，才算了结了这桩案子，让他逃过一场牢狱之灾。后来蔡京下野，赵挺之大人做了宰相，端叔的朋友为他申冤，端叔才又一次赦罪复官。

此后，朝廷授予他朝议大夫，归还恩数，儿子尧光荫补为官，在池州州衙做录事参军。端叔致仕后和我一直屏居姑孰。他著书立说、作诗填词，号称‘姑溪居士’。我和女儿仍然在酒店弹琴唱歌。我对女儿说：‘为娘一生吃尽做歌姬苦头，怎么忍心你再做歌姬。’女儿说，她喜欢唱歌、弹琴。端叔也不以为非，反说：“良家女做歌姬，是春神下凡，有何不可？”我们全家省吃俭用积攒了点儿银子，前年，便把这已经关门歇业的桃源洞酒店盘了下来。如今金人犯中原，从北边逃过来的文人学士们来朝拜李白，酒店的客人也渐渐多了起来，生意比以前好了许多；只是担心金人来犯，我们会像江北的百姓一样，不得安宁。”清照问：“李之仪先生还健在吗？”杨姝含泪道：“去年刚刚去世，享年八十三岁。”清照说：“高寿啊！可惜，我们晚来一年。”杨姝拭泪，哽咽道：“若是去年来，就能见上一面。”清照又问：“端叔先生葬于何处？”杨姝答：“遵照端叔遗嘱，将他安葬在当涂藏云山致雨峰脚下，跟胡淑修大姐合葬在一起。”明诚、清照听完杨姝陈述，眼里酸酸的，怆然不语，对杨姝肃然起敬。少顷，清照说：“今天，天色已晚；明天，我们一起去藏云山祭奠端叔先生，可好？”杨姝说：“好的，我们都去，还有我的女儿。他父亲好久没听她弹‘履霜操’了，明天让她到墓前弹上一曲，我们都听听。”小杨姝说：“久闻李夫人大名，请给我填首词好吗？”清照说：“好吧！我一看见你，从心里喜欢，就想填首词送给你。词牌是《浪淘沙》。”词曰：

素约小腰身，不奈伤春。疏梅影下晚妆新。袅袅娉娉何样似，一缕轻云。　　歌巧动朱唇，字字娇嗔。桃花深径一通津。怅望瑶台清夜月，还送归轮。

清照要来笔墨纸砚，将词写下来，递给小杨姝。小杨姝拿到词稿，立即调弄琴弦，一边抚琴，一边演唱，悠扬的歌声和着琴声，在酒店梁间缭绕，引得酒店的客人们都过来侧耳倾听。

这正是：

桃源洞里遇知音，姝女操琴展素心。共饮一江江水曲，曲终哀怨泪难禁。

注解：

①骈体文：骈音[pián]。是古代以字句两两相对而成篇章的文体，因其常用四字、六字句，故称“四六文”。全篇以对偶句为主，讲究对仗工整、声律铿锵。典型的骈体文如唐朝王勃的《滕王阁序》。

②隔：古韵为入声字，属于仄声。

③通州：今江苏省南通市。

④姑苏：今江苏省苏州市。

⑤搴旗：音[qiān qí]①拔取敌方旗帜。②高举旗帜。

⑥王翳：翳音[yì]，遮掩。王翳原为秦军将领，后投汉王刘邦。

⑦当涂姑孰：今安徽省马鞍山市当涂县姑孰镇。

第三十九回

兵谏除奸身名俱裂　疟侵殒命妻妾同悲

且说建炎三年春，皇上驻跸杭州。罢黜黄潜善和汪伯彦之后，皇上晋升原应天府留守朱胜非为尚书右仆射兼中书侍郎，王渊同签书枢密院事。王渊因劝进有功，曾任御营都统制，此次与宦官康履沆瀣一气，力主皇上从京口移驾杭州，途中殷勤护驾，因而飞黄腾达，爬上了代理枢密使的高位，成为掌管兵权的重臣。皇上从京口南撤时，他率兵断后，却私自用战船运送家财，致使数万兵马因缺船只不能及时渡江而陷于敌手。王渊勾结宦官，惜命贪利，反而骤升要职，人们愤愤不平。护驾行在，在御营中做统制的还有苗傅和刘正彦。两人都是武将世家子弟，不仅劝进有功，且都累立战功，他们功大赏薄，因而对朝廷心生怨恨。于是两人密谋，先杀王渊再杀宦官。某日，苗傅与刘正彦派心腹埋伏于城北笕桥下，待王渊退朝回营经过此桥时，伏兵顿时齐出，将王渊拖下马来，刘正彦从隐身处赶将过来，拔剑出鞘，立将王渊砍死。刘正彦与苗傅当即拥兵入城，抵达行宫门外，将王渊枭首示众，且分头搜捕住在行宫外的内侍，斩杀了百余人。苗傅指使众兵士在宫外呐喊，向皇上索要内侍押班大太监康履。朱胜非正在行宫当值，忙登门楼问状，苗傅抗声答道："我要面奏圣上。"苗傅指使士兵大声喧哗，要求见驾。朱胜非见事起急迫，无法阻拦，只好请皇上驾临行宫门楼慰谕。皇上凭栏问故，苗傅高呼："陛下宠信中官，赏罚不明。黄、汪误国至此，尚未远窜。王渊遇敌不战，占用公船偷运家财，使万名士兵陷敌丧生，未受严惩，反因结交康履，升迁枢密使。今日护卫行在将士众怒难平，现王渊及宫外中官，均已伏诛，唯康履尚在君侧，请将其缚出正法，聊谢三军。"皇上慌忙道："黄潜善、汪伯彦须窜逐岭表，康履亦应重罚，此两事朕将交于有司审理，卿等可回营听命。"苗傅道：

“望陛下以天下苍生为念，立斩康履等宦官，不然，臣等决不回营。”皇上无奈，只得绑缚康履，用绳索缒下门楼，交于苗傅正法。苗傅将康履枭首，与王渊之首并悬宫阙之前。皇上仍命苗傅回营，苗傅仍然不依，厉声谏曰：“陛下不当即大位，试思若渊圣皇帝归来，陛下如何处置？”皇上被诘问得无言以对，只得令朱胜非缒下门楼抚慰，晓谕授苗傅承宣御营使都统制，刘正彦为副。苗傅、刘正彦受命，但仍不罢休，声言曰：“皇上应效仿道君皇帝，禅位于皇子，请隆祐太后垂帘听政。”朱胜非知此事非同小可，乃用绳吊上门楼禀告皇上。皇上嗫嚅道：“当初朕在南京即位，乃奉太后懿旨。今朕退位，须有太后手诏，方可举行。”皇上命朱胜非入内请隆祐太后亲临处置。太后见情势万分危急，遂舍肩舆登门楼问状。皇上恭立于楹柱一侧，从官请皇上还归御座，皇上呜咽道：“恐无朕的坐处了。”太后御门楼面谕苗傅诸人：“当今皇上即位以来，并无失德，乃为黄、汪二人所蔽。今皇上已下令将二人再次窜逐，难道二位统制不曾知晓？”苗傅等不应，太后竭力劝曰：“今强敌当前，我一老病妇人，抱三岁幼儿临朝决议国事，如何号令天下？且招致敌国轻视，岂不长敌志气，灭己威风，如何使得？”苗傅等仍固执不从，太后转身对朱胜非道：“今日正须大臣决断，奈何相公不置一词？”朱胜非劝告皇上曰：“吾观苗、刘二将忠心有余，学识不足，恐有鲁莽非分之举，臣请陛下暂避锋芒，以防不测，静图将来，目下权且禅位为善策。”于是，皇上提笔作诏，禅位皇子旉①，请太后训政。朱胜非当众宣读诏书，苗傅等才引领众兵散去。

皇子旉即日嗣位，太后垂帘听政，改元“明受”，尊退位皇上赵构为睿圣皇帝；加苗傅为武当军节度使，刘正彦为武成军节度使，然后檄文遍告各路州府；又大赦天下，唯不赦黄、汪及其余党，窜黄、汪编管岭南，追杀已放逐的太监若干人。

檄文下到平江②。驻守平江的御营都统制张浚秘而不宣，秘密联络各路镇守讨伐苗傅、刘正彦。安抚使刘光世、御营统制张俊、留守京口的吏部尚书吕颐浩等皆致信张浚，誓共勤王。驻守盐城的韩世忠闻讯后率军从海路入江，进驻常熟。张浚向各路发了讨逆檄文，吕颐浩与刘光世亦率师来会。张浚与吕颐浩领中军，以韩世忠为先锋，张俊为辅，刘光世为游击，向杭州进发。韩世忠前军抵达秀州③，接张浚令：“叛贼苗傅裹挟圣上，吾等须投鼠忌器，此行不可过急，以免急转生变。前军宜取秀州据守粮道，俟机而进。”韩世忠遂屯兵秀州待命。

苗傅等闻韩世忠前来，心生疑惧，欲将韩世忠妻孥扣为人质，以沮其斗志，迫使其退兵。朱胜非对曰："不可，韩世忠逗留秀州踌躇不前，实为首鼠两端，怕祸及妻孥。若拘其妻孥，反而使其铤而走险，激成衅端。为今日计，不如令其妻孥出迎韩世忠，许以高官，加以厚恩，使其倒戈为我所用，平江张浚等人必将分崩离析。"苗傅喜曰："相公所言甚是。"当即入白太后，封韩世忠妻梁氏为安国夫人，令其迎迓韩世忠。

韩世忠妻梁氏，名红玉，本是京口倡家女，通晓文墨，胆识过人，挽弓射箭、剑器格斗亦不输男儿；平素见轻薄少年子弟，多以白眼视之，卖艺不卖身。宣和年间，韩世忠在延安入伍，随军南征，在帮源洞生擒方腊，名震江浙，取得一校尉头衔，返军至京口时，与红玉相遇。红玉见世忠气宇轩昂，威武英俊，知其必非常人，遂殷勤款待，以终身相托，一年后生下一子。靖康年间，韩世忠率军归附康王。康王继承大统，召韩世忠为左军统制。自此以后，世忠携妻子入行营宿卫。世忠出征，红玉留居行营，跟从行在由应天府去扬州，又从扬州至杭州。

今日受命出迎世忠，正合梁红玉心愿，梁红玉遂携子上马疾驰出城。红玉见到世忠，并未以安国夫人为是，她知道苗傅等人乃是一伙莽撞武夫，并无治国安邦的雄才大略，便将苗傅的劝降之意按下不提，反而鼓动丈夫进军杭州。红玉来归，解除了韩世忠的后顾之忧，世忠感慨曰："这乃是朱胜非之计，令我再无牵挂。此乃天赐我大功告成也！"与此同时，太后与朱胜非密谋，派心腹间道赴平江，密诏张浚同知枢密院事，处分军国大事，率各路御营禁军讨伐苗、刘叛军。

各军闻太后诏命，愈加踊跃。张浚命韩世忠即日向杭州进发，其他各路亦陆续南下，对杭州形成大兵压境之势。苗、刘闻讯，惊慌失措，急忙与朱胜非商议。朱胜非道："为二公计，速自反正，否则各军到来，公等将置身何地？"苗、刘无计可施，只得从朱胜非所言，请太后下诏，并召集百官作奏章，恳请睿圣皇帝复位，恢复建炎年号。越日，太后撤帘，苗、刘率百官朝拜皇上。皇上漫言安抚，授苗傅为淮西节度使，刘正彦为副；诏张浚、吕颐浩入朝，进张浚知枢密院事。

张浚、吕颐浩在进军途中接旨，召集诸将会议。张浚曰："今朝廷虽已复辟，然二贼仍手握重兵居内，我与吕卿若掉以轻心，只身入朝，必加罪于我。唐朝徐敬业[4]故事，为时不远；前车之鉴，后事之师！"诸将齐声道："张公所言极是，我等岂能功败垂成！不入朝清君侧，决不还师！”韩世忠率前军浩浩荡荡，兵临杭州城下，苗、刘毫无戒备，见势不妙，夜开涌金门，拥兵夺路遁去。事后，苗、刘二人皆被韩世忠捕杀。可怜两个正直刚猛勇将，原本为天下除害，只因胸无点墨，不懂谋略，落了个身败名裂的下场。

苗、刘之变既平，朱胜非固辞相位，诏致仕。临行，皇上垂问：“何人可代？”朱胜非遂推荐吕颐浩入相。皇上大加褒赏，任吕颐浩为尚书右仆射，进张浚知枢密院事兼御前左都统制，封韩世忠为少保及武胜、昭庆两镇节度使兼御前右都统制，张俊、刘光世等其他各路将领皆有不同封赏。

张浚上书论中兴大计：“光复中原，当自关、陕为始，臣愿为陛下前驱，肃清关陕、安抚川汉。陛下可率百官幸武昌以待，相机赴关内驻跸长安以御天下，恢复中原，云云。”建炎三年四月，张浚等请皇上移跸江宁。月底，皇上至江宁，驻跸鸡鸣寺；五月，改江宁为建康府。张浚率兵前往关、陕，留下右仆射吕颐浩主持朝政。

此时，朝中缺官员，皇上下诏，令朝臣推荐方正有识之士入朝为官。中书舍人綦崇礼奏曰：“江宁禁军之乱，赵明诚获罪罢职，乃遭黄潜善之徒李谟诬告所致，应复官知湖州。”制曰“可”。綦崇礼原籍密州，跟谢克家是儿女亲家，是谢伋的岳父。中书舍人之职，专为皇上起草诏书。自皇上即位以来，军务、政务千头万绪，綦崇礼草拟诏书数百篇，倚马可待，立就千言；为文浑然天成，明白洞达，言简意赅，晓然知上意所在，能得代言之体，因而甚得皇上器重，皇上对他几乎言听计从。

五月底，明诚、清照由当涂至池阳，因江上有叛匪李成沿江劫掠船只，他们只好在池阳暂且寄居于杨姝的儿子李尧光家，又租了几间房子存放那十几车的“有字之物”，等待时机去洪州投奔赵令畤。

六月初，明诚接到朝廷敕令，被命知湖州。明诚接旨，犹豫不决，经江宁罢官后，他已心灰意冷，无意仕途，于是跟清照商量，清照说：“仕宦虽非所愿，但隐居并非其时。避乱南来，房无一间、地无一垄，亦无积蓄，仅有这几间屋子的‘有字之物’，如何度日？只能暂时寄身官场，委曲求全而已。”明诚明白清照的意思，便准备去上任。时间紧迫，他还要去建康过阙上殿，当时不能携清照同去赴任，只能带李远一人随行。清照、玉珠、李迈雇船送行。现为行在的建康，就是明诚做过知府的旧地江宁，明诚心中不免五味杂陈。两人多年来颠沛流离，离多聚少，不忍遽别。今日，他们在路上竟如新婚宴尔，如胶似漆，难分难舍。明诚向清照索句，清照口占一首《浪淘沙》，词曰：

帘外五更风，吹梦无踪。画楼重上与谁同？记得玉钗斜拨火，宝篆成空。　　回首紫金峰，雨润烟浓。一江春浪醉醒中。留得罗襟前日泪，弹与征鸿。

明诚苦笑着问："夏日怎么会有'春浪'？"清照低声答道："春浪在心中。"

六月十三，船到芜湖。明诚计算到任期限时日无多，因船行迟缓，遂决定登岸寻驿站，然后换乘驿马去建康。船靠岸之后，李远先去驿馆备马。明诚见李远牵马过来，便肩挑行李，舍舟上岸，坐岸边石阶，向舟中挥手告别。清照此时的心绪悲伤至极，看到明诚冒着炎热，汗流浃背，穿件葛布短衫，掀起覆额头巾，目光炯炯照人，精神抖擞如虎，心里说不出的依恋、爱惜，不知如何回应，只是立船头大声问明诚："如果池阳城有险，我该怎么处置？"明诚在岸上戟手[⑤]遥应曰："若事有急变，随众人一起逃避。必不得已，先抛弃辎重，后扔掉衣被，其次舍去书册卷轴，最后再把古器丢掉。唯独彝、鼎等宗器者，可自己抱负，与身俱存亡！勿忘之！"明诚说完，转身上马，跟李远疾驰而去。清照、玉珠和李迈，望着远处热浪中的尘埃渐渐落定，才让船夫掉转船头回池阳。

两日后，明诚至建康，先去行宫谒见皇上，领旨后回到驿馆休息，便觉疲惫不堪。他先是浑身冷得发抖，牙齿打战，半个时辰后，又感觉高烧灼热、口干舌燥；急令李远去市面买了几味退烧的草药，煎过后用温水服了。不多时，便大汗淋漓，退烧之后顿觉轻松了许多，方才睡下。第二天，他又是先冷后热，服药之后便能退烧。明诚心知，这不是偶感风寒所致，可能是得了疟病，但他并不在意，以为仰仗自己的强健体魄，过不了几天便能痊愈；只是到任期限已近，如不能按时赴任，不知朝廷如何处置，因此心里十分焦急。他记得柴胡、黄芩可治疟病，便让李远去药铺买来，熬成汤剂，每日服一次。

闻知明诚到建康，首先来驿馆看望他的是任敕局删订官的李迒及其夫人陈巧娘，然后是兵部侍郎陆德夫及夫人赵婉贞。他们来的时候，明诚的疟病没发作。明诚恐怕朝廷收回成命，又顾虑亲友们担心牵挂，便隐瞒了病情。过了几天，綦崇礼来访，明诚已现病态，谈话时开始发作，冷得发抖，继之又高烧。綦崇礼知道情况严重，连忙去找御医王继先。王继先听说明诚的病情之后，说："这是痁病，又名疟疾，是邪气、瘴毒所致，患者可将病气传及别人。我身为御医，不能擅自去见病人。不过，看在中书舍人的面上，可开一方剂，病人服后必能见效。"綦崇礼将药方拿来给明诚，明诚看药方上也是自己用过的柴胡、黄芩之类凉药，剂量也增加了不少。既然是御医的处方，明诚便放心用药，每天遵医嘱必服两剂。不料数天以后，痁病未除，又添了痢疾，每日腹痛不止，继而大便脓血。两病交加之下，不几日明诚竟卧床不起。李远见状，告知亲戚们明诚病危，之后便去池阳报知清照。李远去后，赵婉贞和陈巧娘轮番到病榻前服侍明诚。

三日后，李远来到池阳。清照闻知明诚病危消息，大吃一惊。她知道明诚性急，得痁病高烧时必大量服用凉药，正值炎夏，冷热相激，必导致下痢，病情堪忧。于是，她立即携玉珠解舟去建康，不管风吹浪打，日夜行舟三百里；三日后到达建康，去驿馆见到明城，明诚已病入膏肓、奄奄一息。清照见明诚所服用的药剂正是柴胡、黄芩之类凉药，且剂量之大超乎寻常，大呼曰："庸医夺命！"清照见明诚身体虚弱，遂减少了用药的剂量，且添加了治疗痢疾的黄连。

越日，李远和巧娘来看望明诚和清照。互致问候之后，巧娘对清照说："如果你早来两天，就见到婉贞姐姐了，她在这里的时候，对姐夫照顾得细致周到，真没见过这么好的妹妹。"清照问："她现在去了哪里？"巧娘答道："因为中原告急，朝廷先发遣隆祐太后率六宫躲避，姐夫陆德夫带兵护驾，随太后去洪州。婉贞姐想留下服侍姐夫，可是因她任太后近身侍从，必须随行，不能违命，所以也去洪州了。"清照没见到婉贞，叹息道："失之交臂，不知还能再见否。"随后，清照又遍请良医给明诚治疗，因为时已晚，亦不见效。

朝廷召台州知府谢克家出任兵部尚书。谢克家刚到建康，便立即赶来探视明诚。清照告知明诚："克家表哥来访。"明诚闻言，睁开双眼，闪着泪光，看着谢克家，颤抖着干裂的嘴唇，嗫嚅道："表哥，这么远的路，也来看我？"说着，两粒泪珠从眼角滚下来。谢克家给明诚拭去眼泪，说："是啊，我看你来了。过几天，病会好起来的，不用担心。"明诚转脸对清照说："谢伋那幅画，让表哥带回吧。"清照哽咽道："那幅画不是带到池阳了吗？"明诚说："你怎么不带来？"清照说："我不知道表哥也在这里。"谢克家补充说："是啊，我昨天才来到建康。什么画？谢伋从未提及此事。"明诚闭上眼睛喃喃道："以后别忘这事就好。"清照遂向谢克家说明谢伋暂存《萧翼赚兰亭序图》一事。

又过了几天，某日晚上，原汴京相国寺古董商张飞卿突然来驿馆探望明诚。明诚躺在病榻上睁开眼看了看，点点头道："张学士，别来无恙，请坐。"张飞卿落座后，说了几句安慰病人的话，又说道，他是从中原来投奔老友陆德夫的，不料陆德夫去了洪州，便去找在京城时的老主顾王继先，想卖给他一件玉器，但王继先给的价钱太低，他舍不得出手。张飞卿从一个小木箱里取出一把"玉壶"，说："王御医吩咐我来领教您，说您精于鉴赏，请您估量一下这把玉壶价值几何，他说按您的估价买。"清照怕明诚精力不济，欲打断张飞卿的话，明诚却伸出双手把玉壶接了过去，令清照捧着烛台，凑到烛光前看了看，又抖着手摩挲了几下，说："不是玉壶，珉[6]也……"话未说完，便闭上眼睛，没有了再说话的力气。张飞卿见状，不敢久留，说了声"打扰、抱歉"，便匆匆离开。

夜半时分，明诚突然醒来，要笔写字，清照以为明诚欲写遗嘱，便给他披衣，扶他摇摇晃晃坐起身来。玉珠也连忙起身，将床几放在明诚身前，拿来笔墨纸砚，并动手研墨。明诚接过清照递过来的笔，突然精神一振，抖着笔写道：

生死两茫茫，金石也断肠。相期明月夜，勿忘短松冈。[7]

明诚写完，便支撑不住，低头不语，仅剩喘息。清照见明诚写的是一首五言绝句，忍不住泪如雨下，抱住明诚哽咽道："明诚，你放心，我一定将《金石录》编纂成书，付梓刊印，献与朝廷。"明诚闭着眼睛，微微颔首，渐渐停止了呼吸。夜深了，天上打了几声闷雷，下起了秋雨，雨声伴着清照和玉珠的哭声，淅淅沥沥、呜呜咽咽，持续了一夜。时建炎三年八月十八日。赵明诚年四十九岁卒。

赵明诚去世三日后举行葬礼。皇上下诏："官给丧事，赠官待制。"[8]灵堂设在驿馆，右仆射吕颐浩亲临驿馆灵堂致祭，谢克家、綦崇礼、李迒夫妇都来吊唁。到驿馆参加葬礼的还有明诚知江宁时的僚属、好友以及市民百姓，灵堂前的院子里挤得水泄不通。

时至正午，葬礼开始，上香、奠酒、献牲已毕，吕颐浩、谢克家相继致悼词。最后，玉珠搀扶着清照祭奠。此时灵堂内外鸦雀无声，人们屏住呼吸，侧耳倾听。清照沉吟良久，哀告曰：

维大宋建炎己酉八月二十日，妻李清照携玉珠，吊祭于夫君赵明诚灵前。

辞曰：

“呜呼！皇天赋命，修短不均。皇天不惠，此哀何忍？

呜呼！天灾人祸，死生契阔，真邪梦邪？可问天乎？身既逝兮幽冥，魂渺渺兮潜形。

恨年岁之将暮，哀独立而无依。意纷乱以交错，情惨悲而增戚。何命运之淹蹇，爱两绝而乖离。恐异域之倥偬，长太息以掩涕。

对空房而就衽，将取梦以通灵。昼忽忽其若昏，夜迟迟而未明。目炯炯而不寐，心怛怛而惕惊。

嗟吾夫君，天生不求闻达，好金石如爱身；视爵禄如草芥，睇门户为土坟；治学渊博精深，见谓独到绝伦；一碣一器，探岩穴而不辞；一纸一字，捐百金而不吝。克勤克俭，无怠无顿，唯矢志于学问。《金石录》既成，可正典籍之误，可补史实之空，可溯字之源流，可知文之始兴，兀兀穷年，莫大焉其功！

先是，大奸误国，朝纲崩摧。方正窜逐荒域，有去无归；直士冤死庙堂，英名不垂。山岳崩颓，既履危亡之运；春秋迭代，必有去故之悲。未知天命，即逢丧乱，内忧未息，复罹外患。萧瑟悲歌，易水风寒；燕台[9]永诀，壮士不还。

胡笳奏兮泪下，文姬归汉可返[10]；怨歌行[11]兮扇弃，君王恩断能圆。然君在青云，妾在尘泥，人神两界，霄壤悬离。路已分湘、汉，星犹看斗、牛。舟楫路穷，星汉非乘槎可上；风飙道阻，蓬莱无可到之期。

白日正中，叹庞翁之机捷[12]；坚城自堕，怜杞妇之悲深[13]。望夫成石，乃涂山之启母[14]；染竹有斑，本湘妃之泪痕。华山[15]墓开，两情羽化，双飞花间蝶；燕子楼空，佳人何在，空锁楼中燕。

昔与夫君，钟鼓乐之，琴瑟和鸣。今者与君，劳燕分飞，各自西东。前日犹记，海誓山盟：山无陵？江河竭？冬雷震？夏雨雪？天地合？其誓若何，胡为乎与我绝？[16]浩浩乎！黯兮惨兮，风悲日暮。地阔天长，不知归路。寄身异乡，胸臆谁诉？有如是耶！伤心惨目！

呜呼噫嘻！布奠倾觞，天涯哭泣。人既流徙，神灵何寄？吊祭不至，魂魄无依。时耶命耶？如之奈何？归兮来兮！呜呼哀哉！伏惟尚飨！”

随着清照诵读祭文，静悄悄的人群里传出叹惋、哀怜、啜泣、哽咽的声音，此起彼伏，惨惨戚戚。清照吊毕，悲痛欲绝。玉珠和巧娘忙上前将其扶回卧室，好言劝慰。

正当灵堂执事要焚化清照祭文时，谢克家、綦崇礼不约而同上前阻止，说要将原文抄录下来，然后再焚原稿。由是，清照祭夫之文便经谢、綦传播开去。好事者名其曰《祭赵湖州文》，曾收录于谢伋著《四六谈麈》。

八月二十四，即明诚去世后第六日，清照、玉珠将明诚葬于紫金山灵谷寺之后的山冈上，周遭植幼松四棵，暂立简易石碑为记。

这正是：

国破家亡雪打霜，伶仃孤苦在他乡。若无成就《金石》志，恐为情绝一命殇。

注解：

①尃：音[fū]，古同“敷”。

②平江：今江苏省苏州市。

③秀州：今浙江省嘉兴市。

④徐敬业：唐初名将李勣（即徐茂公）孙。徐敬业袭爵英国公。唐高宗卒，武后则天废唐中宗临朝称制。敬业在扬州协同骆宾王等人反武则天，后因战略失误兵败被杀。

⑤戟手：竖起拇指，伸直食指，将手作成兵器“戟”的形状。

⑥珉：像玉一样的石头。

⑦请参阅苏轼《江城子·悼亡妻》。见本回附记。

⑧待制：比秘阁修撰高一级的贴职。贴职类似于现在的干部级别、军衔、职称，不是实际职务。

⑨燕台：燕太子平为招揽人才而建的“黄金台”。后燕太子丹使刺客荆轲去秦国刺秦王被杀。

⑩“文姬归汉可返”：实际文姬归汉后未返回，此句意思是文姬归汉乃是生离，而非死别。

⑪“怨歌行兮扇弃……”：见前第七回注解《怨歌行》。此句意思是，虽然失宠恩断而非永诀。

⑫“白日正中，……”：据《景德传灯录》所载“居士庞蕴，将灭，令女出视日早晚，及午以报。女遽报：‘日已中矣，而有蚀也。’居士出户观之，女即登父座，合掌坐亡。居士叹女机捷，更延七日”。

⑬“坚城自堕……”：杞妇即杞梁殖之妻。据《古列女传》所载“庄公袭莒，殖战而死。杞梁殖之妻无子，乃枕其夫之尸于城下而哭，路人莫不为之挥涕。十日而城为之崩”。

⑭“望夫成石……”：大禹治水，劈开涂山，引淮东流。娶涂山女为妻，生子启。禹治水十三年，三过家门而不入，其妻登山望夫归来，久而化为石，人称“望夫石”。

⑮华山：南北朝时期民歌中的地名。在今江苏省句容市北。原文为“华山畿，华山畿，君既为侬死，独生为谁施？欢若见怜时，棺木为侬开”，写华山附近一对青年男女的殉情悲剧。畿，山边。侬，吴语，我。这是梁祝“化蝶”故事的原型。

⑯“山无陵……胡为乎与我绝?”：此段文字是引用古诗《上邪》，反其意而用之。

附记：

苏轼《江城子·乙卯正月二十一日夜记梦》

十年生死两茫茫，不思量，自难忘。千里孤坟，无处话凄凉。纵使相逢应不识，尘满面，鬓如霜。 夜来幽梦忽还乡，小轩窗，正梳妆。相顾无言，惟有泪千行。料得年年肠断处，明月夜，短松冈。

第四十回

李易安泛舟知宿命　梁红玉击鼓抗金兵

且说明诚临危当晚，古董商张飞卿携玉壶到驿馆访明诚，请明诚鉴定一下玉壶的真伪且估计一下价格。明诚说是“珉”。张飞卿见明诚病危，便匆忙告别，离开了驿馆。不料张飞卿刚出了驿馆大门，便被两个巡街的逻倅抓住，用绳索绑了，押往建康府大牢。张飞卿惊魂稍定，路上质问逻倅何以无故抓人，逻倅说他们只是奉命行事，明日提审，大堂上可以有冤申冤、有苦诉苦。张飞卿在狱中苦熬了一夜，次日被押上大堂。那提审官二话不说，先令堂上的衙役将他打了四十杀威棒，直打得他皮开肉绽，昏了过去。衙役将张飞卿用凉水浇醒，那提审官问下话来：“那玉壶是哪里来的？”张飞卿打着冷战答道：“是我从江北阳翟故里买来的。”提审官斥责道：“这是金人掠去的汴京宫廷里的贡品，是昆山玉壶。你分明是金人派来的奸细，用玉壶来行贿赂的。如实给我招来！如有半句谎言，小心大刑伺候。”张飞卿大呼：“冤枉啊！我本是汴京大相国寺的古董商，不过是想赚几个钱罢了。我要是奸细，去找一个行将就木的病人，有何用处？”提审官大喝道：“赵明诚是前任江宁知府，你不知道他已经卸任，打算收买一个叛臣，用一把玉壶换取江宁府的城池！”不容分说，提审官让衙役拿来一张供状，令张飞卿画押。张飞卿拒不招供，堂上又下令用了一次大刑。张飞卿醒来之后已经奄奄一息，他有气无力地申诉道：“我先向御医王继先求售，是他让我找赵明诚鉴定真伪再估个价钱，然后……”提审官听见张飞卿说出王继先的名字，立刻又下令再用大刑。大刑过后，张飞卿就再也没醒过来。提审官吩咐衙役捏住死人的手指在供状上按了个手印。

提审官将张飞卿的供状报与新任建康留守杜充，杜充告知御医王继先供状已经到手。于是，两人密谋将赵明诚私通金人之事奏与皇上，奏请褫夺赵明诚的赠官，抄没赵明诚的家产。

杜充的奏状呈报给皇上，御批令御史台交章论列。朝中的行文都经过中书省和敕令局，中书舍人綦崇礼和敕局删订官李迒最先得知消息。綦崇礼让李迒赶紧将此事告知清照，说："此事颇为蹊跷，恐有屈打成招、图财害命之嫌。应设法暂时躲避，待日后再酌情打理。"清照此时住在驿馆，等着明诚的"五七"[①]祭日去坟上祭奠。清照从李迒口中听到杜充弹劾明诚的消息，大吃一惊，气愤之余又十分惶恐。她连夜写了一份申诉状纸，交于李迒，准备届时上诉大理寺；然后按綦崇礼所说，立即回池阳处理家藏之物。

宗泽去世之后，杜充接任东京留守。他寡恩嗜杀，贪鄙畏葸、毫无建树。近来，听到金兵南来，决定弃城带兵南行。原宗泽部将岳飞，现归杜充统辖，进帐劝阻道："中原寸土不能弃置，今弃城南奔，中原必落敌手，而后劳师十万，也收回不得。"杜充不听，竟擅自带兵回到建康行在。在中原时，杜充与御医王继先过从甚密，此次又把从东京搜刮来的几件珍贵古器送与王继先。杜充丢弃汴京，经王继先上下通融，皇上不但未给杜充加罪，反令他任枢密院副职兼建康府留守。于是，为窃取赵明诚的藏品，王继先与杜充两人便狼狈为奸，合谋做出这等丧尽天良、谋财害命的勾当。

江北军情告急，皇上放弃张浚"先幸武昌，再入陕建都长安，以统摄天下"的谋略，仍拟建陪都于杭州，且身在建康便改杭州为临安府，以示还跸杭州的决心。同时，朝廷又派遣京东转运判官杜时亮及修武郎宋汝为去金国通好议和，并给金兵元帅粘没喝修书一封，甘愿削去旧号，称大金国为天下至尊，哀求金国罢兵。其书曰："古之有国而迫于危亡者，无非守与奔而已。今守则无人，奔则无地，所以鳃鳃然[②]，惟冀阁下见哀而已。故前者连奉书，愿削去旧号，是天地之间，皆大金之国，而尊无二上，亦何必劳师远涉而后快哉！"皇上尚且遣使通金、乞怜称臣，御史台的大臣们又有何脸面论列赵明诚的"通金"罪名；所以，杜充弹劾赵明诚的奏章也就被搁置不问了。然而，王继先并不死心，竟私下唆使太常寺，以太庙祭器丢失殆尽为由，强行以三百两黄金购买赵明诚家之鼎、彝等古铜宗器，以便他借机火中取栗。兵部尚书谢克家得知此事后上书言事曰："恐疏远闻之，有累圣德，欲望寝罢。"皇上批令三省取问王继先，王继先不敢隐瞒，皇上遂令太常寺罢停收买古器事。此时，清照已回池阳，朝廷内发生的事她并不知内情，仍然背负着"通金"

的罪名度日，身上如同压着一块石头，心中郁闷得喘不过气来，暗地里以泪洗面、痛不欲生。

清照在池阳，因遭丧夫而悲痛，因被诬陷而惊恐和愤懑，再加旅途的奔波劳顿，身体陡然垮了下来，以致卧床不起，只存喘息的气力。时势日迫，军情叵测，风传将封江禁航。清照调养了十几日，精神略好了一点儿，便挣扎着起身指派玉珠、李远兄弟们打理其家藏诸物。清照从藏品中挑选出部分轻便珍贵的卷轴、书帖、写本李、杜、韩、柳集，《世说》《盐铁论》，汉唐石刻副本数十轴，南唐写本书数箧，三代鼎鼐十数事——即明诚嘱托所谓与身共存亡之宗器者，另行打包装箱，以备随身携带把玩，不得已时走外廷投进"赎罪"。其余犹有书两万卷、金石刻两千卷、古器数百件，另有可以招待百位客人的日常所用器皿、茵褥等，皆无处存放。因知妹婿兵部侍郎陆德夫携赵婉贞随卫隆祐太后在洪州，且友人赵令畤也在洪州，青照遂遣李迥、李逅两夫妇，押送行李、辎重先期往投之。清照病未痊愈，与玉珠暂留池阳调养。

皇上命杜充兼江、淮宣抚使留守建康。韩世忠守京口，刘光世守池州、九江，皆听杜充节制。安排好大江沿线的防务之后，皇上率百官又启跸回临安去了。

金兀术接得探报，知宋朝皇上去了浙江临安，一时鞭长莫及，便改变进军路线，去洪州追讨隆祐太后。金兵横渡大江，直逼江州城下。守卫江州的刘光世整日置酒高会，不理军事，当金兵压境之时，竟无心守卫，匆匆忙忙向南康[3]遁去。

金兵占领江州，锁住了去洪州的门户，池阳也危在旦夕。清照得知消息，决定带病逃亡。然此时上江已不可往，洪州已不可去。清照四顾茫然，无家可归，只得横下一条心去追逐千里之外的行在，投靠弟弟李远。清照想：从金兵铁蹄下逃离，追随行在，走外廷投进古铜器，这或许可以洗刷'通金'的污名，还明诚一个清白。

清照携玉珠及李远、李迈兄弟，水陆并进，舟车兼程，奔波于去临安的路上。此时，金兀术已攻陷洪州，迫使隆祐太后先后逃往吉州[4]、虔州[5]。金兵不敢远征赣江上游，又回兵攻略建康。杜充众叛亲离，无力抵抗，遂放弃建康，逃往真州。他听说部将要杀他，不敢回军营，孤身一人住在真州长芦寺里，如丧家之犬，惶惶不可终日。兀术闻讯，派人持书劝降。杜充这个诬告别人通金的人，自己倒俯首帖耳，乖乖做了金人的俘虏。金兵占领建康之后，便长驱南下，不几日便到了浙西境内。皇上闻讯魂飞魄散，忙召大臣们商议，宰相吕颐浩道："万不得已，莫如航海。敌善骑马，不惯使舟，俟他退去，再还陆上。彼出我入，彼入我出，这也是兵家的奇计呀。"皇上随即东奔明州⑥，准备潜入烟波浩渺的海上。日后，江浙民间有套用《千字文》句调侃此议者，曰："彼则'寒来暑往'，我则'秋收冬藏'。"言金人趁秋冬弓劲马肥来犯，薄暑乃归，我朝则随金人来去而出入海陆之间也。

清照从池阳经徽州来到浙西，闻知金兵已逼近临安，皇上移驾越州⑦，便径直奔越州；至越州，皇上已驻跸明州。清照在越州，得知杜充投降金人的消息，料想杜充诬陷明诚"通金"的奏章必定成为一张废纸，便着实松了一口气，那古铜器也就不必急于投进了。清照又闻知泰州张荣率水师入浙勤王，驻军剡县⑧且兼知嵊州事，便去张荣驻地拜访。张荣对清照远接高迎、盛情款待，这都不必细说。因金兵尾追而来，十万火急，清照为去除累赘，便将所带古铜器和写本书等笨重之物寄存在剡县，委托张荣妥善保管，然后急往台州黄岩去投奔谢伋。

清照一行来到黄岩灵石山麓之灵石寺，此时谢家宅邸尚未竣工，全家仍住在寺里。清照、玉珠拜见了生病卧床的表嫂高氏，高氏已知明诚去世的消息，与清照相拥抱头痛哭，流了许多眼泪。谢伋也陪着说了许多安慰、劝解的话语。清照将《萧翼赚兰亭序图》交还谢伋，谢伋却说："婶娘不远千里来送画，其心至诚，令人感佩。这画便是价值连城，岂能与婶娘的深情厚谊相比，我如果收下，便对不住表叔和表婶。"清照动情含泪说："你表叔临终前还嘱咐我不要忘记还给你。"谢伋道："那我就更不忍收下。请表婶明年清明节遥祭表叔时把此画做祭品，告知表叔亡灵，我送给他了，让他安息。"谢伋边说边哭，几个人又哭了许多时候。之后，谢伋留下清照、玉珠和李家兄弟暂住寺里，等候行在的消息，再决定行止。

且说建炎三年十二月，金将阿里蒲芦浑攻陷越州，知府李邺出降；这个李邺，就是靖康年间那个出使金营吓得六神无主的"六如给事"。陈师道之子，越州参军陈丰拒不降金，痛斥李邺，被阿里蒲芦浑所害，祸及妻孥。越州义士唐琦，开封人，素与陈丰友善，见陈丰一家被害，欲为他们报仇雪恨。蒲芦浑率兵东进趋明州，留偏将琶八守越州城。琶八送阿里蒲芦浑出师，回城时，忽有一块大石头从路旁楼上飞下来，差点击中琶八的头颅。琶八喝令军士拿住刺客，刺客大声呼道："我大宋卫士唐琦也！我今死，仍得为赵氏鬼，所憾未击中尔头耳！”琶八道：“李邺为帅，且举城投降，汝为何人？敢下毒手！”唐琦厉声答曰：“李邺为臣不忠，应碎尸万段！”唐琦见李邺在旁，怒目而视，骂道：“汝享国厚恩，甘心降敌，吓破胆的‘六如’鼠辈也算得人之数哉？”李邺被骂得恼羞成怒，怂恿琶八将唐琦杀害。

阿里蒲芦浑率兵至明州，皇上早已乘舟逃至台州，驻跸台州章安镇。奉命守明州的张俊，遣统制杨沂中及知州刘洪道，水陆并击，拼命死战，将金兵杀退。金兵败退余姚，阿里蒲芦浑派人向兀术请求派兵增援。张俊探知兀术援兵将至，竟胆怯起来，弃城逃往台州。明州只剩一座空城，金兵不费一兵一卒进城，大肆屠掠。

清照在台州黄岩灵石寺住下来，每天服用谢伋配制的汤剂，调养得身子有了些力气。南方的冬季，就像北方的早春天气，竹丛仍然郁郁葱葱；风是柔和的，雪也化成了雨，把草木冲洗得绿意盎然。清照每天都让玉珠搀扶着在寺院里漫步、散心，有时还到寺外的山坡上走一走，看看远处云雾缭绕的群山、近处蜿蜒清澈的溪水。寺院山门内的山石旁边，有一株蜡梅亭亭玉立，横斜舒展的枝上点缀着粒粒花蕾，已经绽开的几朵散发出阵阵幽香。清照走近梅枝，嗅了嗅那干枝上的梅花，想伸手折一枝下来，却又缩回手去。她想起去年在江宁府跟明诚陪同赵令畤夫妇在狮子山冒雪赏梅的情景，恍如昨日，心里泛起无比惆怅、失落、伤感的情绪，不忍去折那梅枝。也在院里散步的方丈，看到清照在树旁彷徨，欲折又罢的样子，便走过来，一边折枝一边说道：“女施主，这梅花正是折枝的时候，拿回去插在瓶里，满屋生香。”方丈把缀满花蕾的梅枝递给清照，双手合十，念了一声“阿弥陀佛”，便悠然走开。

清照拿着梅枝回到卧室，把花插在几上的龙泉窑梅瓶里。晚来点灯，清照诗思萦回，含着热泪提笔写下一首悼念亡夫的词作，词牌是《孤雁儿》：

藤床纸帐朝眠起。说不尽无佳思。沉香断续玉炉寒，伴我情怀如水。笛声三弄，梅心惊破，多少春情意。　小风疏雨萧萧地，又催下千行泪。吹箫人去玉楼空，肠断与谁同倚。一枝折得，人间天上，没个人堪寄。

转天，小雨又变成雪花，在风中飞舞旋转。雪中的梅花显得晶莹透亮，有几片花瓣随风飘落在雪地上，那鲜嫩的颜色令人爱惜。清照捡起几片花瓣回到屋里，忽又一阵心绪烦乱，用手将花瓣揉碎。她闻了闻手上的余香，似乎排遣了些许忧伤和落寞，然仍有许多郁闷不能释怀，遂翻开诗册，又写下一首词，调寄《清平乐》：

年年雪里，常插梅花醉。挼[9]尽梅花无好意，赢得满衣清泪。
今年海角天涯，萧萧两鬓生华。看取晚来风势，故应难看梅花。

又过了几天，瓶中梅花将谢，清照夜间醒来，看见梅瓶中的残枝，又起身写了一首《诉衷情》：

夜来沉醉卸妆迟，梅萼插残枝。酒醒熏破春睡，梦远不成归。
人悄悄，月依依，翠帘垂。更挼残蕊，更捻余香，更得些时。

建炎四年，年关刚刚过去，谢克家、李远从台州章安镇先后派快马来黄岩报警，说："金人已攻陷明州，不日即可到台州。谢、李两家人众务必火速来行在，随御舟入海躲避。"消息传来，谢伋连忙雇海舟，载两家人员去章安镇奔行在。御舟早已入海半日，谢、李两家只得急忙驱舟随后追赶。

台州凡是有船的人家，也都举家乘舟随御舟南逃，为行在断后的水军舰只，后面跟着民船，竟在海上形成千帆竞发的壮观景象。清照见状心中感慨道：见此情景，真是令人悲从中来！海上百舸争渡，却不是向北征讨，而是向南逃亡，怎不令人痛心？今生今世，不知能否看到御驾亲征，北伐中原的壮举？如能目睹，死也瞑目了。

因为走得慌忙，清照只带了书画上船，把衣被丢在了黄岩。夜间，海上风急浪高，船上颠簸得厉害，再加上天寒衣单，清照生怕着凉，躲在舱里一夜不敢入睡。天将破晓，清照撩起舱帘向外张望，只觉得头昏脑涨、天旋地转。海面上笼罩着一层薄雾，雾中无数帆影高挂云端，天上的云缝里闪烁着星斗。这一切，都好像随着船只的颠簸而上下起舞。清照忽然想起，儿时随父母在东京丰乐酒楼上看过皇宫之后，夜里做了一个奇怪的梦，那梦境正是现在船上看到的情景。当时根据梦境他还作了一首调寄《渔家傲》的词：

天接云涛连晓雾，星河欲转千帆舞。仿佛梦魂归帝所。闻天语，殷勤问我归何处。　我报路长嗟日暮，学诗谩有惊人句。九万里风鹏正举。

风休住，蓬舟吹取三山去！

清照想：童年时做过多少美好的梦啊，天上地下任我驰骋、飞翔；每有赏心乐事，便引出许多美丽的遐想，以致心潮澎湃、热血沸腾，久久不能平息。然而，半生过去，如今却落得国破家亡、人去楼空、百病缠身、万念俱灰。人生如梦，诚哉斯言矣。那时，黄庭坚还赞扬这首词如同诗仙李白的游仙诗，这样豪情满怀的词，我今天还能写得出来吗？儿时的梦境竟与今天的情景暗合，然而此时我却没有彼时的心境了。清照感悟道："难道儿时的梦，是命运之神的暗示吗？今天的遭遇，是命运早已注定了的吗？"清照又想起明诚在大相国寺数罗汉的往事，心里想：明诚就是佛陀难提尊者，已修成正果，我是佛陀蜜多尊者，应将他的佛法发扬光大，传播开去。他留给我的《金石录》，就是他的佛法；他给我取了个佛家的名号，叫作'易安居士'，是让我弘扬他的佛法吗？"清照想到这里，觉得一切不幸都是冥冥中安排好的；命该如此，心里反而觉得安适了许多。

清照在海上漂泊了半个月，于二月初到达温州，见到了弟弟李迒。时皇上驻跸温州江心亭。谢克家扈驾随行，已升任参知政事。谢克家奉命告知清照："义郡夫人召见。"这义郡夫人乃当今皇上的妃子吴氏，开封人，知书识礼、才貌双全，十四岁被康王选入康邸，甚受康王宠爱。及康王即大位，东奔西走，吴氏不离左右，日夜介胄而驰，以身手不凡的武功做皇上的贴身侍卫。皇上漂泊海上，曾有白鱼入舟[10]，吴氏曰："这是周人白鱼的祥瑞，象君王必胜，是大宋必兴之兆。"皇上大喜，遂封吴氏为义郡夫人。吴氏闻知清照随驾至温，因倾慕清照文名已久，便命谢克家传旨召见。清照拜见吴氏，献幼年所作《渔家傲》词。吴氏读罢，称赞有加，代皇上赐歙砚一方、湖笔十支以赏。

且说兀术见宋皇南下温州，自知无海舟难以追及宋廷，金兵又是孤军深入，不能持久，且已在杭州、越州、明州等地掠得金银、绢帛等财物无数，就打算退兵返回中原。兀术引兵回临安，又取道秀州、平江抵达京口。兀术打算从京口渡江北归，不料浙西制置使韩世忠把守京口要津，战船沿大江北岸一字儿摆开，像铜墙铁壁，挡住了兀术的去路。

兀术登上北固山瞭望，只见那江北的战船约有四百艘，估计船上的水兵亦不足万人，而自己所率金兵足有十万，就未把宋军看在眼里。兀术沿江搜刮民船两千余艘，选拔精壮士兵两万余人登船，欲与宋军决一死战，杀出一条去路。兀术先向韩世忠下了战书，定下战期。届时，兀术登山见江北战船分作四队，每队有船百余只，其中有楼船的一队应为中军。中军前有一队战船，摆成前后两列，这是先锋，护卫着后面的中军船队。左右两翼各有一队，与中军相距里许。各队的船上都刀光剑影，旌旗猎猎，杀气腾腾。兀术下山登船，指挥战船向中军冲杀过去。两军将要接战之时，只听宋军的楼船上战鼓擂动，接着万道强弩，夹着轰天火炮的礌石，一起从前锋舰队上发射出来，金军船上立即有人应声落水，死伤无数。

金人不善水战，掠来的民船大小不一，船速快慢不均，舵手也把握不好方向，船前进的方向忽左忽右。前军受挫，后面的船队便失去阵法，顿时乱了阵脚。有的几十条船挤作一堆，你推我挡、互相碰撞；有的拉成一条长龙，首尾不能相顾；有的似孤雁失群，三三两两，势单力孤。此时，宋军的楼船上又一次鼓声大震，接着楼船上旌旗招展、幡影晃动。宋军各队舰只，按鼓声和旌旗传出的号令，在金军中避实就虚、穿插切割，先把金兵船队冲杀得七零八落，然后再把被冲散的小股船队包围聚歼。率领前军的韩世忠，按楼船上的鼓声和旗帜指示的方位，冲向兀术的船只，眼见得将兀术包围，却从横刺里冲进一只大船，拦住韩世忠。韩世忠抢先跳上敌船，将敌船上的将领一枪挑进水里。韩世忠旁边的两个卫兵认得此人，立即跳进水里将其活捉。原来他就是有名的猛将，兀术的爱婿龙虎大王，曾多次与韩世忠在马上交手。兀术督兵来救，救兵也纷纷落水。兀术见宋军勇不可当，金兵损失惨重，只得鸣金收兵，麾军退回南岸。韩世忠率军追杀数里，听楼船上鸣金，方才收兵。韩世忠返回楼船，夫人梁红玉头戴缨盔，身披甲胄从楼船上下来迎接。韩世忠盛赞夫人在楼船上击鼓指挥有方，红玉则称赞丈夫英勇无敌、武艺高强。越日，兀术派遣使者致书，情愿尽归所掠财物，乞求放他一条生路，且发誓永不再犯江南。韩世忠不许，将使者斥退。

当晚，韩世忠与梁红玉在楼船上设宴庆功，犒赏诸位将官。大江之上明月高悬，江面上银波万顷、一望无垠。韩世忠拔剑起舞，慷慨悲歌，调寄《满江红》：

万里长江，淘不尽壮怀秋色。漫说秦宫汉帐，瑶台银阙。长剑倚天氛雾外，宝光挂日烟尘侧。向星辰拍袖整乾坤，难消歇。　龙虎啸，风云泣，千古恨，凭谁说。对山河耿耿，泪沾襟血。汴水夜吹羌管笛，鸾舆步老辽阳幄。把唾壶敲碎，问蟾蜍，圆何缺？

将士们亦豪情满怀，击楫高歌，对江水起誓，至夜深方归营安寝。

过了几天，又经过数战，兀术见从京口渡江无望，便整顿兵马，将船只隐藏在京口附近一个叫黄天荡的港湾里，从陆路向建康进发，意欲从建康北渡。兀术知道，杜充投降以后建康已被金兵占领。不料兀术未到建康，便被岳飞半路截杀，又吃了一次败仗。原来杜充投降后，其部众大多都被部下岳飞收编，江淮的各路抗金义军，闻讯纷纷来归，齐集岳飞帐下。岳飞将官兵和义军整饬为一支军纪严明、威武雄壮的劲旅，人称岳家军。岳家军收复了建康，不忍扰民，驻在城外牛头山。探知兀术来奔，岳飞便在牛头山设伏兵将其杀了个丢盔卸甲、狼狈逃窜。兀术逃至新城，又被岳家军劫营，辎重、人马损失大半。兀术带领残兵败将，连夜逃回黄天荡。

兀术趁夜悄悄回到黄天荡，见船只犹在，于是趁着韩世忠麻痹大意，未加戒备，连夜偷偷渡过江去。待到天亮，韩世忠方知金兵逃回江北。韩世忠仰天长叹、悔恨不已，遂上书自劾请罪。梁红玉知道隆祐太后的鸾驾已回浙西衢州，遂上书太后检讨纵敌渡江之过，请仁爱为怀的隆祐太后收回安国夫人的封号，代夫领罪。数日后，朝廷遣使来京口下诏曰："韩世忠守京口，以区区八千之兵，御敌十万之众，相持四十八日，致敌损兵折将过半。胜败乃兵家常事，数胜小败，何足道哉！特拜韩世忠检校少保兼武成军节度使，以示劝勉。"世忠既受诏命，夫妇共谢皇恩。

这正是：

英雄巾帼梁红玉，魁斗[11]裙钗李易安。宋史名垂悬日月，升沉际遇各悲欢。

注解：

①"五七"：人死后第三十五天的祭日

②鳃鳃然：鳃音[xǐ]，恐惧貌。

③南康：今江西赣州西部地区。

④吉州：今江西省吉安市。

⑤虔州：今江西省赣州市。

⑥明州：今浙江省宁波市。

⑦越州：今浙江省绍兴市。

⑧嵊州剡县：嵊音[shèng]，剡音[shàn]，今浙江省嵊州市新昌县。

⑨挼：音[ruó]，揉搓。

⑩“白鱼入舟”：参见《史记·周本纪》中的“武王渡河，中流，白鱼跃入王舟中，武王俯取以祭”。裴骃集解引马融曰：“鱼者，介鳞之物，兵象也。白者，殷家之正色，言殷之兵众与周之象也。”后遂以“白鱼入舟”为殷亡周兴之兆。

⑪魁斗：主管文章之神。亦曰“文魁星”或“文曲星”。

第四十一回

物是人非感时溅泪　家亡国破恨别惊心

且说建炎四年春三月，闻金兵退回江北，宋廷行在亦从温州回到越州。清照没有跟李迒回越州，而是跟谢伋又返回台州；此前仓皇逃难，她把随身带的衣被、书籍等物丢在了黄岩灵石寺。

谢伋劝清照在灵石寺多住些日子，调养调养身子再走，清照便住了下来。春季正是播种、栽苗的季节，李远、李迈两家都帮着谢伋料理药圃；浇水、施肥、除草，都是他们的本色行当，且手脚勤快、不辞劳苦，甚得谢伋的欢心。清照跟谢伋商议道："我把李迈留给你，让他做你的管家，帮你种药采药，免得他夫妇跟我四处漂泊，老来无个归宿。"谢伋答道："这样最好，父亲致仕以后，正需要有个贴心的人跟在身边。我种药、采药也需有个帮手。"清照说："果然你需要，你就当着李迈的面，跟我说让他留下来。"谢伋会意。就这样，李迈便做了谢家的管家，在黄岩安家定居。

时光荏苒，不觉出了四月。李迒从越州托人捎信来，说是他在越州已临时安了家，请姐姐来越州团聚。于是，清照便跟玉珠打点行装，准备去越州。

清照在行李中看见一件湘绸做的玫红色半大罩衣，这是当年出嫁穿的礼服。玫红色罩衣的前襟绣着一朵粉色的荷花，荷花两边各有一个翠羽贴的莲蓬，寓意新人相亲相爱、连生贵子；缠枝上的荷叶、莲实都是销金的，金线配着翠羽，华贵而又大气。清照突然心血来潮，在罗裙外面套上了这件衣服。衣裙凸显出清照婀娜秀美的身躯，像出水的芙蓉一般。玉珠在旁边打量着清照的装束，眼里闪着艳羡的光彩，说道："夫人的腰身还是那样好看，配着这件衣裳，一点儿都不显老，身子虽是瘦了一些，还是满身贵气。"清照说："看你说的，如今还有什么贵气，只剩下晦气罢了。"天色已经傍晚，清照仍然穿着这件嫁衣，舍不得脱下，让玉珠拿来酒食，说：“好久没饮酒了，今天我们尽兴，一醉方休。”两人一杯对一杯，喝到入夜，直到酩酊大醉，便和衣躺在床上，昏睡得不省人事。拂晓之前，清照被一阵海风吹醒，发现自己仍然穿着嫁衣，又见睡在身边的玉珠，不由得悲从中来，泪水滴湿了枕席。清照起身到窗前，撩起窗帘看了看外面，天上仍然是满天星斗，地上四周却看不见一丝亮光。清照叫起玉珠，两人解去外衣，收拾好衣服，盖上夹被，又再睡下。

日上高竿，鸟雀噪窗，玉珠把清照唤醒，服侍清照洗漱、用餐。早餐之后，清照将夜里的感怀写成一首小令，调寄《南歌子》：

天上星河转，人间帘幕垂。凉生枕簟泪痕滋。起解罗衣，聊问夜何其？

翠贴莲蓬小，金销藕叶稀。旧时天气旧时衣，只有情怀，不似旧家时。

次日，清照离开温州去越州，途经嵊州剡县，她去拜访张荣，以便将她存放在这里的写本书和铜器带走。不料此前却发生了一件意外的不幸之事：金兵攻打明州时，张荣率兵增援张俊，被金兵包围；张俊见死不救，率军撤往台州；张荣身先士卒，孤军拼死突围，终因寡不敌众，以身殉职。统制汪益带领士兵退回嵊州城，闭门坚守。金兵久攻不下，只得舍城而去。金兵退往江北，汪益上书，请求朝廷追赠张荣为浙东节度使。但朝廷中有人以张荣曾是梁山盗寇为由从中阻挠，致使汪益的奏请寝罢。此事引起义军们的气愤，军营中随之怨声迭起，大有哗变之势。朝中更有人举报汪益即是江宁叛乱的禁军首领王亦，化名投奔张荣之后，被张荣举荐做了泰州的都统。朝廷对义军的偏见，令王亦大失所望，且因身份已经暴露，遂鼓动士兵们起来造反。朝廷派官军来剿，王亦带残兵逃入浙西的山区，后来不知所终。清照存放在剡县的写本书和铜器，尽入前来平叛的李将军的囊中。

清照得知剡县藏品尽失，痛心疾首，不胜惋惜；其中的十几件宗器，是明诚嘱咐“与身俱存亡”的心爱之物，如今丢失，何以面对明诚的亡灵？清照想到这里悔恨不已，竟不思饮食。玉珠劝解道：“谁也想不到张荣太守遭此不测。如不托张太守保管，那么沉重的铜器拖累得走不动，让金兵追上劫了去，反不如落到李将军手中，李将军好歹也是大宋朝的人。书也罢、宗器也罢，都是身外之物，生不带来，死不带去，夫人还是爱惜身子要紧。”李远媳妇也劝说道："当今兵荒马乱，吃了那么多苦，才能活到今天。为了几件没人要的古董哭坏了身子，那苦岂不白吃了。公子说'与身俱存亡'，说得轻巧，他要活着，让他抱着几个铜罐子跑路，恐怕也是先保命要紧。"听了玉珠和李远嫂的劝解，清照思忖：人亡弓，人得之[①]，何必斤斤于自己有无。命悬一线之时，丢失区区几件玩物，也是万不得已，若明诚亡灵有知，也未必介怀吧。想到这里，清照才觉得宽慰了一些。

清照、玉珠和李远夫妇来到越州，住在李迒的家里。李迒的家，门前是小桥流水，院子里的格局颇像京都的"有竹堂"，只是前庭过厅的窗前不是竹丛，而是两簇叶子肥硕的芭蕉。清照的卧室正与"有竹堂"里父亲书房的位置相同。舒适优雅而又熟悉的环境使清照油然生出回家的感觉，感到一丝莫名的温馨；然而，五月的黄梅天气，阴雨连绵，长夜难寐，各种思绪纷至沓来，使她不能入睡。每逢此时，她便起身燃烛，或读书，或练字，用来消磨时光，有时则用作诗、填词来排解心中的郁闷。今夜，毛毛细雨变成了淅淅沥沥的小雨，雨打芭蕉滴滴答答的声音，就像窗前有人悄悄鼓瑟，撩起清照的许多愁思。清照披衣坐起，在灯下写了一首《添字丑奴儿》：

窗前谁种芭蕉树，阴满中庭。阴满中庭。叶叶心心，舒展有馀清。

伤心枕上三更雨，点滴霖霪。点滴霖霪。愁损北人，不惯起来听。

梅雨过后，能见到晴朗天气了。李迒借官休之暇，和巧娘陪清照游览了越州的名胜古迹——大禹陵、兰亭和西施故里。清照的病体也渐渐康复。

夏六月，参知政事谢克家上书曰："王荆公首倡新法，原为富国强兵、救民于倒悬。然时过境迁，流变为朋党之争，致使政局动荡、民不聊生，外敌乘虚而入，遂有今日中原沦陷之变故。此前虽屡次诏命解除元祐党人之禁，然正值兵戈连年、时方多故，未克践行焉。臣泣血顿首，乞圣上特诏，尽还元祐党人应得恩数。"秋七月丁巳，皇上诏曰："元祐党人子孙，经所在自陈，尽还应得恩数。"谢克家又奏言曰："昔秘书正字陈师道之子陈丰，原任越州参军。金人犯境，越州守李邺及从官皆降敌，独陈丰不屈而被害。陈丰老母乃前朝正字陈师道之遗孀，孤苦无归，愿圣上垂怜赐第，使其颐养天年，令天下尽知忠孝可两全者也。"皇上准奏，赐李邺金华[②]旧第与陈丰之母。李迒委托李远夫妇去金华接收了李邺的宅邸，稍加修葺，又去泉州把陈夫人接到金华，让陈夫人在金华新家里住了几天，然后把陈夫人接到越州，与李迒夫妇一家人团聚。

转眼又到了重阳节。李迒家的后院里，花圃里的菊花盛开了，黄的金黄，白的雪白，满院弥漫着菊花的药香；这菊花是李迒为了姐姐栽种的。

重阳节这天，李迒按照十五年前在青州过重阳节的样子，在两畦菊圃之间安放了一张桌子，支起了一个琴架。天上的半个月亮正照中天，陈夫人、清照、玉珠、李迒、巧娘、李远夫妇相继入席。美酒佳肴皆已备齐，李迒令巧娘自弹自唱清照写的《醉花阴》，然后众人相约以传诵菊花诗词为酒令；传到谁那里，诵诗一首，饮酒一杯，若无诗可诵，则罚酒三杯。轮到李迒，他说："我诵读一首姐姐写的咏菊诗。"诗曰：

举杯黄花侧，亲族来远方。此花抱香去，雪花又飞扬。岁月不我待，倏忽两鬓霜。风华诚可贵，命途有低昂。穷达非所虑，清歌入宫商。

这是当年在青州过重阳节时，清照与明诚互相唱和的咏菊诗。李迒诵罢，巧娘见清照神色黯然，她明白这是李迒为了哄姐姐高兴，反勾起了姐姐的心事，便说道："请姐姐填一首词压轴，我弹琴伴奏，跟姐姐一起唱。好吗？"清照说："巧娘，那次我们在青州聚会，打破惯例只作诗不填词，今天我也作首诗吧。"陈夫人说："那也好。清照的诗不多见，越少便越是金贵。"清照说："清照不善作诗，怕是让姨母失望。如果出于真情实感，也就是尽心尽力了。"众人应口道："那是，只管作来。"清照说："那就作首七言绝句，题目就叫作《偶成》吧。"诗曰：

十五年前花月底，相从曾赋赏花诗。今看花月浑相似，安得情怀似昔时。

众人称赞之后，都默然无语。国破家亡之际，座上诸人有的丧母，有的丧夫，有的丧子，有的兄弟失散，且都无家可归，情怀已非同昔日，怎能不惆怅伤怀？清照的诗道出了每个人的心事，大家都心照不宣，在一片沉默中又闷声饮了几杯，直到都有了醉意，各自回房休息。

话分两头，且说靖康年间，金人粘没喝攻陷汴京，掳掠赵佶、赵桓二帝，欲立张邦昌僭位，胁迫百官署名劝进。御史中丞秦桧具状抗命，力主迎还皇上回宫主政，因而开罪金人。粘没喝羁押秦桧随二帝北上，同行的还有张叔夜等数名不肯屈服的朝廷重臣。二帝北行途中，张叔夜等相继殉国，唯有秦桧陪二帝辗转至韩州。及康王在应天府即位称帝，赵佶作书致粘没喝，意欲促使两国议和；此书曾经秦桧修饰润色、用工楷誊写。秦桧擅长文章辞赋，删易数句，便使文词凄婉、悱恻，读后令人动悲悯之情。粘没喝将赵佶的书信呈献金主。金主对秦桧的文笔、书艺十分欣赏，遂召见秦桧，后交与其弟挞懒亲王任用。挞懒奉命南侵，便任命秦桧为随军参谋兼随军转运使。秦桧妻王氏，乃大宋岐国公王珪之孙女，亦通文墨，且颇有心机。秦桧既得挞懒宠信，王氏便随侍军中。秦桧夫妇在金营中勤奉王事、察言观色、善解人意，格外受挞懒优宠；秦桧夫妇亦甘心效命，将其过去违抗金人立张邦昌之命拒不署名的气节丢到九霄云外。挞懒与秦桧夫妇相处已久，便熟悉了秦桧夫妇的性情，遂与其密谋，纵其还南。

十月，秦桧和妻子王氏及仆从若干人，从金军中取道涟水[③]军水寨，经海上返回越州行在。秦桧回来，自称是杀了监视自己的金兵，抢了小船才逃回的。朝臣多数怀疑秦桧来归事出蹊跷：从燕到楚相距二千八百余里，主仆多人，跨河越海，怎能没人查问而成漏网之鱼？又怎能杀看守而逃？宰相范宗尹、同知枢密院李回往昔曾与秦桧友好，尽力陈述靖康年间旧事，保荐秦桧忠诚可信。皇上召秦桧对策，秦桧首奏就是他草拟的《与挞懒求和书》。事后，皇上对群臣说：“秦桧忠朴过人。朕得到他高兴得夜不成寐；既听到二帝和母后的消息，又得到一名佳士，难道不是一大幸事吗？”随后，秦桧被任命为礼部尚书。

十一月的冬至日，清照正在卧室读书，玉珠来报，说有一王氏夫人造访，递进名帖。清照见帖子上写着：“敬请李清照表姊万福金安，圣朝岐国公王珪孙女王氏某某恭拜”。清照知道，自己的生母是前朝宰相岐国公王珪的长女，那么称自己为表姐的王氏是外家府上的哪位姐妹呢？清照生母早亡，自己长大后疏与外家走动，且又转徙多处，与外家诸位亲属十分陌生，所以不知来访的这位表妹是何许人也，更不知她为何突然来访。清照和玉珠出门迎接，见到的是一位打扮入时的贵妇，有两名侍女陪同，各人手里提件礼品，立在一辆红木雕花马车之前。贵妇四十上下年纪，蛾眉凤眼、目光灼灼逼人，见到清照便堆起满脸笑容，说道：“表姐，想不到吧，我是您的四舅王仲岏的女儿呀！您的亲生母亲就是我的嫡亲大姑母啊！我是靖康年间御史中丞、当今礼部尚书秦桧的内人。”清照愕然道：“倒是听说过，是上月刚从金人那边过来的。夫人请进。”玉珠把客人引入清照卧室对面的客厅，主客两人坐定，却相对无语。王氏听清照话音、观清照态度，感觉有些冷淡，发现表姐对她来访并未像自己想象的那样意外惊喜，便想打破僵局，说几句令表姐高兴的话：“听说表姐的异母兄弟是敕局删订官，表姐夫的两位兄长都是大郡的封疆大员，表哥谢克家是当朝参知政事，妹夫陆德夫是兵部侍郎，还有一门远亲綦崇礼是中书舍人。真是簪缨满门、笏板满床啊！叫人眼热死了！小妹还指望表姐的亲戚们提携提携秦桧呢。”清照答道：“没想到表妹南来不过一月，便对我家亲戚了如指掌。不过他们没有一个比得上秦桧，怎么提携呢？只求不连累秦桧升迁就好。”王氏觉出清照对她刚说过的话不甚爱听，便改变话题道：“听说表姐夫家藏书万卷、钟鸣鼎食，一件名家墨宝就价值连城。宰相之家家财万贯、富可敌国呢。”清照道：“这都是别人的传言，言过其实罢了。我家因为有这些东西，差点儿成了通金的奸细。”王氏听到“通金”二字，脸上一阵发烧，怕被人发觉，便连忙另找话题，道：“表姐可是当今妇孺皆知的才女，连金国那边的人都喜欢表姐的诗词。”王氏把话停下来，她后悔自己不小心说出了“金国”二字。她见清照并无异样反应，便接着说，“我今天就是慕名来求教的。秦桧还嘱咐我，想求表姐惠赠一首诗或一首词呢。”清照想了想说：“玉珠姐，你把笔墨纸砚拿来，我把一首旧作写下来，送给这位表妹吧。”玉珠研墨、展纸，清照提笔写道：

寒窗败几无书史，公路可怜合至此。青州从事孔方君，终日纷纷喜生事。作诗谢绝聊闭门，燕寝凝香有佳思。静中吾乃得至交，乌有先生子虚子。

王氏看过诗之后，心里很是不快，把诗稿还给清照说：“表姐寡居无嗣，喜欢清静，不便打扰，小妹告辞了。”清照说：“玉珠姐，送客！”玉珠把王氏带来的礼品，也一并交给王氏的侍女带走了。

腊月，到了年终皇上恩赏百官的时候。自建炎元年康王称帝以来，行在的车马浪迹江海，转徙于地方郡邑之间，御驾前呼后拥、兴师动众；天下未定，赋税无处收缴，随员却冗繁庞杂，靡费日甚。参知政事谢克家上书曰：“请放散行在百官，令其去州郡补缺，劝掖农桑、整饬赋税，或暂归乡里待命。”皇上准奏，御批曰：“非常之期，应行非常之政，国难当头，君臣共克时艰乃当务之急。”遂下达放散百官令。谢克家率先辞去参知政事，綦崇礼自请外放知闽地漳州。

诏命李迒知衢州。衢州位于浙西，是洪州通往越州的必经之地。之前，陆德夫和赵婉贞从卫隆祐太后鸾舆，从洪州避乱至虔州，又历尽千辛万苦，辗转来到衢州，因越州行宫人满为患，诏请隆祐太后銮驾暂驻衢州休整待命。腊月初，清照随李迒夫妇来衢州，在衢州租房安了家，与婉贞比邻而居。战乱中萍水相逢，姑嫂二人悲喜交集，不免掩面而泣之后又互相劝慰一番。稍安，清照问起婉贞李迥、李逅押送到洪州的若干藏品与什物的下落。婉贞说：“嫂嫂，隆祐太后尚且死里逃生，宫廷的卤簿、仪仗等物都丧失殆尽，哪能顾得上我们赵家那些书籍什物。金兵攻陷洪州之后，都落入金人之手了。”清照听罢几乎晕了过去，又一次以泪洗面、痛不欲生。赵婉贞一边给嫂嫂拭泪，一边劝说道：“嫂嫂，您千万别过分伤心。国破家亡，有多少人丧失了身家性命。我们九死一生活到今天，岂不是不幸中之万幸吗？”清照听了婉贞的话，立刻问道：“我的两个弟弟呢？”婉贞答道：“他们都跟着你的外甥到建康投奔岳家军去了。听说他两人武艺高强，战场上都立功受赏了呢。你外甥也做了岳飞帐下的功曹参军④。”婉贞这里说的清照的“外甥”，就是她的儿子。清照听罢，对婉贞说：“把儿子送到军前抗金，你也放心？”婉贞说：“是他自己非去不可。儿子翅膀硬了，老娘管不了那许多。”清照说：“是个有志气的孩子。”随后，清照又将李迥、李逅投奔岳家军的事转告李远知道。

婉贞为了让嫂嫂开心，天天都到李家来跟清照叙话。这天下午，清照午睡刚刚醒来，婉贞便来了，她说：“嫂嫂午觉睡得好香，是不是昨晚又秉烛写诗、填词？”她见清照鬓角上的白色绢花揉皱了，便从清照的妆奁里选了一朵素色的梅花给清照戴上，然后对着清照的面庞端详了半天，说：“嫂嫂真是浓妆淡抹总相宜。”清照打趣道：“人老珠黄，是瘦比黄花最相宜吧。”婉贞笑道：“嫂嫂，我告诉你一件事，你的心就会放宽许多，什么不如意的事都不值得在意了。”清照问：“什么事这么开心？”婉贞答：“不是开心，是开窍。你不知道，至圣文宣王第四十八代孙衍圣公孔端友，恭奉着祖像，带着孔家二十八家族亲，来衢州落户了。嫂嫂，你丢掉的是两万卷书籍、两千卷碑帖，衍圣公丢的可是孔庙、孔府、孔林，那里有多少文物典籍！光是那几百通丰碑大碣，比你那碑帖，孰轻孰重？”清照说：“大观初年我跟你哥哥从京师搬家去青州，路上游过阙里，那里真是咱华夏的无价宝库！”婉贞说：“嫂嫂来衢州之前，我跟陆德夫去拜访过衍圣公，我看人家也没像你似的天天愁眉苦脸。”清照露出笑容，说：“妹妹还真是让我开了窍，明天你领我也去拜谒衍圣公吧。”婉贞说：“好吧！不过嫂子得给我填首词。”清照说：“报答妹妹一片好心，今日我设晚宴款待妹妹。等我们酒过三巡之后，我再给你填词，好不好？”婉贞道：“李白斗酒诗百篇，嫂嫂给我作一百篇才好。”清照说：“你又得陇望蜀。只怕你十篇读不完就厌烦了。”婉贞笑答：“嫂嫂只记得人家的短处。”清照令玉珠安排酒馔、叫来巧娘，黄昏时分，四人便畅饮起来。待酒意微醺之后，清照写了一首《菩萨蛮》送给婉贞。词曰：

风柔日薄春犹早，夹衫乍著心情好。睡起觉微寒，梅花鬓上残。
故乡何处是，忘了除非醉。沉水卧时烧，香消酒未消。

翌日，恰逢官休，婉贞和陆德夫来约清照、李迒、李远夫妇去拜谒衍圣公。回来的路上，清照对婉贞说：“听说衢州去泉州不远。我想去泉州，一是祭拜太夫人，二是给你三哥选一处墓地，把你三哥的尸骨从建康迁到泉州，这样我和玉珠身后也有个归宿。将来北归，便跟太夫人一起迁到青州去。”婉贞说：“嫂嫂远虑，说的是正理，这事说办就办。我也想去泉州祭拜太夫人，二哥守泉州，也多年没见了，应该去看看他。我让德夫跟我们一起去，他随卫太后鸾驾，无所事事，正闲得难受。若太后身边有事，就让李迒代理。”清照说：“甚好，我们回去就打点行装，近日启程。”

说衢州去泉州不远，实际上大约也有千里的路程。这里有一条水路通往泉州，景德镇、龙泉窑、建窑的瓷器，武夷山的茶叶，江浙的丝绸，大多是经这条水路运往泉州，然后销往南洋、西洋诸国。泉州海上舟船云集、城里百业兴隆，坊间住着许多外国商人，这里有方顶的庙宇、尖顶的佛寺、圆顶的清真寺，还有许多其他地方见不到的夷人住的民居景观。那里更有大书家蔡襄作泉州太守时建造的“跨海洛阳桥”，令清照心驰神往、仰慕已久。

清照一行经过十来天的行程，来到闽地建安⑤；建安是出产黑釉建盏和北苑贡茶的地方。曾经是宰相门里，享用过这两件名贵物产的贵妇和千金，自然要进城实地领略一下这里的物华天宝。将近新春佳节，当天正是坊间节前试灯[⑥]的日子，晚上，朦胧的雾气中，灯光照着空中飘落的雪花，地上像铺了一层绵软的柳絮。孩子们跑出家门，笑着、跳着，欣赏这南国稀有的雪景，孩子们的欢声笑语给湿冷的建安城增添了许多温馨的气息。陆德夫找了一家轩敞考究的茶肆，带领清照、婉贞、玉珠和李远进得里面坐定。茶博士[⑦]迎过来，摆出五只黑黝黝的建盏和斗茶用的茶筅，还送来建安的佐茶点心。陆德夫要了一枚北苑龙凤茶饼，茶博士拿去碾成茶末，将茶末拿回来分到五个茶盏里，用清水调成茶膏，然后去茶炉上提来一把长嘴的铜壶，举过头顶，将壶里咕噜咕噜响着的沸水，冲进每个茶盏。人们用茶筅击拂茶汤，直到汤面浮起一层白色的汤花；品一口，便觉得暖透肠胃、香彻全身。

一杯香茶下肚，婉贞说："嫂嫂，欧阳修诗曰：'建安三千五百里，京师三月尝新茶'。今天我们居然来建安当地，用建盏品茶了，这也是难得的赏心乐事。嫂嫂说是也不是？"清照说："当然是。这都是托妹夫和妹妹的福。"陆德夫说："若不是嫂嫂做大媒，我跟婉贞哪里来的福。"婉贞说："嫂嫂再说这种见外的话，我可要生气了。"清照觉得自己刚才的话有点儿生分，便岔开话题说道："妹妹刚才念欧阳修的诗，让我想起他的一首词，就是那首人人传诵的《蝶恋花》。"婉贞接口念道："庭院深深深几许[⑧]——"清照插话道："正是。便是这第一句，是谁也道不出来的。"陆德夫说："既然如此，嫂嫂和婉贞都用这第一句填一首词，曲牌自选，如何？"婉贞说："好的。我正要嫂嫂看看，这几年我的填词功夫有无长进。"清照说："那妹妹先填吧。"婉贞说道："欧阳修的《蝶恋花》，词意是'惜春'，我以'迎春'为题，好吗？"清照说："题目随意。"婉贞说："好像有一个曲牌就叫《庭院深深》，嫂嫂知道它的格律吗？"清照说："《庭院深深》就是旧声《临江仙》。字数跟《蝶恋花》相同，但句子长短有别。"婉贞思索片刻，说："那我就用《临江仙》。"词曰：

庭院深深深几许？云窗雾阁春迟。为谁憔悴损芳姿。夜来清梦好，应是发南枝[⑨]。　　玉瘦檀轻无限恨，南楼羌管休吹。浓香吹尽有谁知。暖风迟日也，别到杏花肥。[⑩]

陆德夫说："这'云窗雾阁春迟'，是'惜春'之意，但'应是发南枝'却又是'迎春'之意，前后抵牾。不好。"婉贞红了脸争辩道："这'春迟'二字，是说春天姗姗来迟，并非暮春之意。"陆德夫说："我这才明白。那'暖风迟日也，别到杏花肥’也是迎春之意？”婉贞无语，清照笑说：“婉贞这词的题目索性就叫‘咏梅’。世人作梅词，下笔便俗。婉贞妹妹的梅词，作得煞是新奇，竟不用一个‘梅’字，但‘梅’的风韵精神毕现；妹妹词作委婉含蓄，词艺大有长进，当另眼相看了。”婉贞笑道：“嫂嫂给我打圆场，把他打了个落花流水。后面，嫂嫂请填吧。”清照说：“我难得再有妹妹那样的诗情。如有哀怨，只要怨而不怒，也就是了。我也用《临江仙》。”词曰：

庭院深深深几许？云窗雾阁常扃。柳梢梅萼渐分明。春归秣陵[11]树，人客建安城[12]。　感月吟风多少事，如今老去无成。谁怜憔悴更凋零。试灯无意思，踏雪没心情。

婉贞噘嘴说：“嫂嫂这首词，太伤感，我不喜欢！”清照道：“妹妹，春天来了，想起你哥远在建康府山冈上的孤冢，我怎能不倍加伤感。”婉贞含泪道：“嫂嫂，你不能总是这样伤心，作践自己。人死了不能复生，活着的更要倍加爱惜身子，这也是逝者在冥冥中的心愿呢。”

这正是：

人亡物散逝如川，痛悔惋惜心似煎。幸有温良贤惠妹，总将劝慰入心田。

注解：

①人亡弓，人得之：参见《孔子家语》中的“楚王出游，亡弓。左右请求之。王曰：‘止，楚人失弓，楚人得之，又何求之？’孔子闻之曰：‘惜乎其不大也！不曰：人遗弓，人得之而已，何必楚也。’”。

②金华：今浙江省金华市。宋时婺州治所所在地。

③涟水：今江苏省淮安市涟水县，地处江苏省北部，位于黄淮平原东，淮河流域下游。

④功曹参军：官名，州府的功曹掌管人事，记载、考核官吏的政绩。军中功曹叫作功曹参军。

⑤建安：今福建省建瓯市。

⑥试灯：宋俗，除正月初七人胜日试灯之外，宋人张镃《赏心乐事》记有十二月季冬家宴试灯事。

⑦茶博士：宋时对茶馆服务员的称呼。

⑧庭院深深深几许：学者王学初说不是欧阳修作品中的句子，实为南唐冯延巳所作《蝶恋花》的首句，是当时误传或是李清照误记。《蝶恋花》词云："庭院深深深几许？杨柳堆烟，帘幕无重数。玉勒雕鞍游冶处，楼高不见章台路。雨横风狂三月暮。门掩黄昏，无计留春住。泪眼问花花不语，乱红飞过秋千去。"

⑨南枝：古人常以南枝指代梅花。例如，因"南枝向暖北枝寒"，故"大庾天寒少，南枝独早芳"。又有"大庾岭上梅，南枝落，北枝开"。南唐冯延巳有词云"北枝梅蕊犯寒开"等。

⑩有的资料认为该词是李清照的作品，学者王学初认为证据不足，应存疑。又"别到杏花肥"一句，有的资料作"别到杏花时"。

⑪秣陵：秦汉时南京的旧称。此处代指宋时建康府。

⑫人客建安城：有的资料为"人老建康城"。学者王学初认为，该词写于冬末春初，李清照此词表达的感情应是赵明诚去世后的心情，这与建炎二年冬和建炎三年春她在建康时的情境不符。据史料记载，那时赵明诚守江宁，每值大雪，夫妻循城游览觅诗，意兴甚豪。赵明诚去世在建炎三年八月，该年冬末，李清照不在建康，此后也不在建康，何来"人老建康"之谓哉？故应从王学初说，为"人客建安城"较合情理。

第四十二回

贤玉珠弃俗入梵界　敏清照叠字填妙词

且说清照跟婉贞在建州城茶肆里品茶，清照问茶博士："博士可认识理学大家杨时先生？"茶博士答："我们建州谁人不晓得杨时先生。杨时先生今年告老还乡，已是七十八岁高龄了，应知州聘请，还在州学讲学呢。"清照问："这州学在何处？"茶博士说："就在建州城的文庙。"

第二天，清照约陆德夫和婉贞去拜访杨时。府学的守门人告知，快过年了，杨先生回将乐县家里去了。清照怅然若失，徘徊良久，刚要离开，又回身问守门人："将乐县离此有多远？"守门人答道："大约二百里山路。"清照喃喃自语："怕是见不到了。"婉贞见清照对杨时十分仰慕，便问："嫂嫂一定是很敬佩杨先生的人品和学问吧？"清照说："杨先生的人品学问固然令人敬仰，但这只是我想见他的一个缘由。妹妹，你不知道，他的相貌和风神很像我的父亲，见了他就像回到父亲身边。"婉贞说："世上还有这样相像的人？以前我以为德夫跟我三哥就很像了。"清照电闪似的瞥了陆德夫一眼，立即转脸对婉贞说："他们两人形神皆有相似之处。不过，德夫比你哥稳重多了。"陆德夫说："我的朋友都说我跟明诚兄就像亲兄弟。明诚兄是个热心肠的人，有时有点儿孩子气。"清照岔开话题，说："我们回程的时候，再去拜访杨先生吧。今天启程去泉州。"

年前，清照、婉贞一行人到了泉州。李远先去报知思诚，思诚和茜英携儿子赵谊出来迎接。赵谊上前拜见婶娘、姑姑和姑父，清照感叹道："谊儿，还记得二十年前在青州斗草、弹脑门儿吗？"赵谊道："怎能不记得？我最佩服婶娘。婶娘歌唱得好，又最喜欢小孩儿。"清照笑道："看着你们长大，我真高兴呀。"大家互相问候之后，不免又是一阵感伤。

年后，思诚带领清照诸人到泉州惠安科山，祭拜了太夫人墓，并在太夫人墓侧为明诚选好了一块墓地。然后思诚带领众人登山游览。

思诚说，科山原名登高山，圣朝初年儒生卢瞻结庐读书其上，后中举登科，民间改名登科山，俗称科山。科山与南、北的螺山、火山骈连而居中，是登高望远、访古探幽的好去处。清照见这里景色秀丽、气候温润，山崖间树木葱郁，花卉芬芳，心里顿时清亮了许多。他们登上山顶，这里有始建于元祐年间的科山寺，红檐碧瓦隐约于丛林间。在寺周山石岩壁上，有摩崖石刻数方。清照暗想，若明诚同来，定要驻足流连。下山经过卢瞻结庐处，这里有科山书院，书院门前青石雕刻的魁星爷脚踢北斗，手执文笔，形神毕肖。思诚赞赏说道，这里的晨钟、暮鼓，响彻科山周围方圆十几里，莘莘学子来自四面八方。清照看见学子与佛徒，在山间石径上并肩漫步，偶尔听见他们讽诵五经与佛经的声音。玉珠悄悄对清照说："夫人看见吗，这山路上的行人里，还有尼姑呢。"清照说："那科山寺里一定有尼姑庵吧。"

回到思诚家里，大家商议，如今天下未定，时局多变，万一建康再被金人占领，给明诚迁葬之事就不知耽搁到何年何月。大家商议令李远回建康，办理迁葬之事，尽力赶在今年清明之前返回，以便清明节安葬；清照执意要跟李远一起去建康，众人都说她身体虚弱，再也经不起风餐露宿、长途跋涉之苦了。经众人再三劝阻，清照勉强答应留下来，跟玉珠看守着把墓穴修好。陆德夫官务在身，不能久留，打算跟李远一路回衢州，婉贞愿意留下陪嫂嫂安葬哥哥。未几，陆德夫、李远便启程回衢州去了。

赵思诚因清明节安葬明诚，清照、婉贞、玉珠都在泉州，正是家人团聚，一起给太夫人扫墓的好时机，恰有公人去广州出差，遂托付公人捎信，约请存诚全家届时来泉州相会。

正月，朝廷改元为绍兴元年，将行在驻跸的越州城改名为绍兴。冬去春来，泉州的迎春花、杏花、李花陆续开了又谢。蔷薇、海棠、桃花，梨花、木兰相继谢了又开；眼看到了清明，柳絮飞舞，白花花落在街巷的石板路上，轻飘飘地翻滚。李远说好的是清明节前返回泉州，怎么还不来呢？广州的存诚大哥一家怎么也杳无音信？人们都望眼欲穿，忐忑不安地盼望着。清明这天，大家正在准备祭奠用的香烛供品，突然听得大门上的门环"嗒嗒"作响，开得门来，原是李远匆匆赶到，报说明诚的灵柩运到了。全家人立即换上素服，带着祭品，跟着李远到河埠头去迎接灵柩。举行过简单的迎接仪式之后，灵柩直接运到墓地。安葬完毕，众人分别在太夫人和明诚墓前举行了祭奠仪式，栽种了松柏。从始至终，清照由玉珠搀扶着，跟着众人来来去去，全听玉珠摆布；失神似的目光呆滞、沉默不语，似乎她的眼泪已经哭干，感情已经麻木，意识已经丧失。回到家里，清照却忽然拉住赵谊的手，说："谊儿，我若有你这样一个孩子多好！你叔叔没给我留下一个孩子就走了，你说多么可气！"赵谊说："婶婶，我就是您的孩子。"清照摇头说："谊儿，你不要骗我，婶婶明白。"赵谊垂泪，不知如何回答。玉珠见状，顿时泪如雨下，抱住清照号啕大哭起来。清照和玉珠的失常举止，令全家大惊，婉贞和茜英忙上前劝解，清照嗫嚅道："有酒吗？"思诚对茜英说："快去拿酒来，让她饮一些，睡一觉，明天就会清醒过来。"茜英拿来酒馔，跟婉贞轮流陪清照和玉珠喝下几杯之后，见清照、玉珠已醉，便服侍她们睡下。

第二天，清照醒来，精神果然好了许多。接下来，茜英、婉贞想方设法哄清照高兴。她们有时到海边，登上礁石，近听浪花拍岸的声音，远看那些挂着风帆的夷人商船。有时又到埠头上，看船上高鼻梁、黑皮肤、大胡子的阿拉伯商人和水手。在家里，姐妹们则让清照教她们诗词歌赋和琴棋书画。这都是清照热衷的闺房雅戏，只有此时，清照才会露出一点儿笑容。

一日下午，清照正与茜英、婉贞、玉珠玩打马，忽然门人来报说："广州谢夫人携公子来了！"众人忙去出迎，将大嫂谢彩云迎进屋里坐定。大嫂令儿子赵恬拜过婶娘和姑母之后，解释说："本应清明节前赶到，不料海上遇到风浪，在汕头耽误了许多天。"茜英又问大哥为何没来，彩云答："他公务太忙，朝廷要他领衔诸路转运司核查，实在脱不开身，让我也早点儿回去。"清照对大嫂说："既然来了，就多住些时日。"大嫂说："我倒不打紧，只是恬儿也是公务在身，不能久留。"清照扭头问站立身旁的赵恬："恬儿，多住几天吧。还记得在青州玩斗草的事吗？"赵恬说："婶婶，怎么能忘了呢？那是清明节前的寒食，在仰天山文殊寺。婶婶还唱了两支曲子，曲词是婶婶自己填的《浣溪沙》，现在我还会背呢。"清照高兴地说："记得就好，二十年了，恬儿长成大人了。"婉贞见清照把问赵谊的话又来问赵恬，怕又生出事来，便悄悄让赵谊带恬哥去街上走走，看看泉州的风景。

晚上，思诚从州衙回来，命厨下准备晚宴，为大嫂接风。席上，大家提起汴京府司巷的旧事，人们的话题立即多了起来。重温往日中州盛事，却使清照倍感今日的凄凉和落寞。婉贞体贴嫂嫂的心情，便说："那时最难忘的赏心乐事，就是姐妹们的‘易安室雅会’。今天除了巧娘，我们姐妹又凑在一起，何不让三嫂填一首词，增添今日聚会的雅兴呢。”众人纷纷邀请清照填词，清照也振作起来，便填了一首《转调满庭芳·芳草池塘》：

芳草池塘，绿阴庭院，晚晴寒透窗纱。玉钩金锁，管是客来吵。寂寞尊前席上，惟愁在海角天涯。能留否？荼蘼落尽，犹赖有梨花[①]。

当年曾胜赏，生香薰袖，活火分茶。极目游龙骄马，流水轻车。不怕风狂雨骤，恰才称，煮酒残花。如今也，不成怀抱，得似旧时那？

清照诵罢，众人拊掌称赏，赵恬、赵谊兄弟两人起身争先为婶娘敬酒。谈笑间，酒宴结束，各自回房休息。

次日，全家人又陪彩云去科山墓地祭祀太夫人和明诚。清明节明诚下葬时，清照与玉珠因悲伤过度，忘记将谢伋送给明诚的《萧翼赚兰亭序图》拿到坟前祭奠。这次，清照陪大嫂去科山墓地，便把那图带去做祭品，以了却谢伋的一桩心愿。祭奠之后，清照将图收起，将谢伋赠图之事情原委告知谢彩云，彩云说：“这是谢伋对他表叔的情义，他应该这样做。”随后她又问起台州黄岩谢家一家人的情况，清照都一一作了回答。

李远从建康运灵来泉州时经过衢州，带来李迒给姐姐、陆德夫给赵婉贞的信。李迒的信里说：他被召任吏部员外郎，不日将携全家以及姐姐留在衢州的藏品赴行在，姐姐跟玉珠可择日与李远兄取海路抵绍兴。陆德夫的信里说，隆祐太后将率六宫移驾绍兴府，令婉贞跟清照一起归来。

在清照和婉贞将要启程的前一日，早餐之前却看不见玉珠的身影，往日都是她安排早餐的。清照和婉贞到玉珠的卧室去找，只见屋里空空，她常用的箱笼也不见了。清照感觉不妙，又赶忙去问守门人，守门人说：“天未大亮，姨娘提两个箱笼让我开门，说是今日跟夫人回越州绍兴，提早先将两个箱笼装到船上，后来就没见姨娘回来。”清照又回玉珠卧室，看玉珠有无遗留之物，果然看见床头上放了一张纸条，上面写道：“夫人，今日我去科山寺皈依佛门。在科山寺，每年清明节，我可到公子墓前祭扫，平日里也可守望公子的阴宅。出家人虽然阴世不能与公子同穴，但愿阳世能尽服侍公子之分。夫人与我，虽为主仆，但患难与共，亲如手足，本不应中途割舍，无奈生离死别，终将有期，还请夫人见谅。望夫人珍重为念。玉珠谨奉，月日。”清照读毕，突然泪如泉涌，伏在床上啜泣不止。婉贞闻声，过来问明缘由，亦潸然泪下，对清照说："玉珠姐还真是个有情有义的人，我们应该到科山寺去看看她。看能否劝她回来。"清照说："妹妹说得是。我们今日就去。"

清照、婉贞、彩云和茜英，匆匆吃过早餐，便由赵恬、赵谊陪同，来到惠安科山寺。寺院的后边有个尼姑庵叫作"方外庵"。她们走进庵里，见到了玉珠，玉珠已经削发，穿了一件不合身的旧袈裟。玉珠见到清照，忍着眼里的泪水，说："夫人，我不能侍候您了，请您见谅，也请您保重。"清照说："玉珠姐，我们生同姐妹，朝夕相处，一旦离开，情何以堪？不知你想过没有，出家人祭扫亡夫墓冢，有尘缘未断之嫌，破了佛家戒律，是修不成正果的。玉珠姐，还是跟我回去吧，我们还有点儿积蓄，往后衣食用度无须忧虑。"众人也都劝她回家。玉珠低声答曰："夫人，我知道跟着夫人不愁衣食。可是，夫人走了，公子墓前也不能太冷清，每逢清明、中元、忌辰总要有人祭奠。即便身子不能亲自去墓前祭扫，但近在咫尺，总比人在天南海北亲近些。月明之夜，我可以偷偷去祭拜呢。"清照叹息道："出家为尼，曾是你我的戏谈，不想一语成谶。然尘世间我还有未了却的夙愿，一时不能与你同归佛门。"玉珠说："夫人，我知道，公子的《金石录》还未刊行，我也期待夫人将其上表朝廷，使之流传百世，不负公子初衷。"清照抱住玉珠，哭着说："知我者玉珠姐！等我把身前、身后之事安排妥帖，我便来出家修成佛陀蜜多尊者。"玉珠说："夫人，如果你我都出家，出家人不能与世俗之人合葬，身后谁来陪伴公子的亡灵呢？"清照颔首不语。众人在旁听了她们主仆的言语，无不涕零。临别，清照说："玉珠姐，我不出家也来找你，咱们后会有期。"众人各自取出带来的银两，作为施舍，放在玉珠的坐处。玉珠并未推辞，她学着佛家的礼数，双手合十，念着阿弥陀佛，将众人送出庵门。回到庵里，玉珠将众人施舍的银两交给了庵里的住持。

三月中，熏风南来，正是商船扬帆北上的时节。清照、婉贞由李远夫妇护送，从海上搭乘去明州的商船，半月后到了明州上岸，然后雇车走陆路，三两天便抵达绍兴。

隆祐太后率六宫和从卫官兵驾临绍兴，绍兴容纳不下行在以及六宫的宫人和众多内外官员，朝廷已在临安开始营建行宫，预备移驾临安。李迒跟陆德夫从衢州来得晚，在绍兴租不到宽绰的房子了，只得临时租了几处狭小的院落居住。李迒给自己和岳母陈夫人租了两间房子，房东姓孙；给姐姐、李远夫妇也租了两间房子，房东姓钟；两家相距不远。虽然房间非常简陋逼窄，但租金却是不菲。清照仅存的十几箱书画、碑帖、笔墨纸砚之类，将屋里的空处挤得满满的，连床铺下边也放满了箱笼。

四月，隆祐太后崩逝，享年五十九岁。隆祐太后孟氏，乃哲宗第一任皇后，膝下无子，其一生在宫禁冤案、靖康之难和南渡流亡中，两次被废黜，又两次垂帘听政。她的一生经历了太多的苦难，却在国难当头之际，审时度势，拥戴康王即位、平息苗刘兵变，两次承担起了挽救大宋王朝的重任，因而去世后举国哀恸。皇上下诏予以厚葬，诏曰："朕以继体之重，当从重服，凡丧祭用母后礼。"朝廷又有令，葬礼期间，凡七品以上京官及其内眷、遗孀，皆须素服临祭，日夜轮番守灵致哀。

太后葬于会稽[②]上皇村。葬礼当夜，清照夜间轮值守灵，次日葬毕归来，感觉疲惫不堪，饭也不想吃，便和衣卧床休息。刚要入睡，听见床下似有风吹进来，飒飒作响。清照立即起身往床下观看，发现床下的五个箱笼不翼而飞，床下后墙上有一个比箱笼还要大的窟窿。盛放着许多珍贵藏品的箱笼，因为放在床下最里边靠墙的地方，反而便宜了盗贼。失去心肝宝贝，清照悲痛欲绝，眼前一阵发黑，跌倒在地上。良久，清照苏醒过来，扶着墙，踉踉跄跄去找李远过来察看。李远房前房后察看一番之后说："此盗不远，必在左邻右舍，但赃物或已转移他处。"清照告知李迒失盗之事，李迒说："如要告官追索，须有赃物为证。盗贼闻之，必藏匿不出或销赃灭迹。当今乱世，官府也无暇顾及此类鼠窃狗偷之事，所失之物恐怕永无归还之日。不如张榜悬赏，或有失而复得的希望。"清照觉得李迒言之有理，遂写了几张"寻遗悬赏榜"，令李远贴到附近街巷。当天，李远又令房东把后墙上的窟窿堵住。

后两日，有邻人出十八轴书画求赏，他说是从破烂市上买来的，向清照索要银子百两。清照以赏五十两银子与邻人谈妥，收回了十八轴书画珍品。清照常去弟弟家跟巧娘叙话，弟家房东的女儿孙四妹便渐渐与清照相识。四妹年方十五，贤惠聪敏，深得清照喜爱。这天清照来弟弟家，四妹对清照说："那出书画求赏的人，跟您的房东是一家人，他叫钟复皓，谁家的物件他都偷过，我们街坊的人都不敢得罪他。"清照说："原来如此。对这种小人，只能敬而远之，否则他会给你掐亏吃。"四妹说："可是，人们越是让着他，他胆子就越发大了。这不，偷了您的书画，还敢拿来要赏钱。五十两银子，够他一年喝酒赌博了。"清照叹气道："只要丢失的五个箱笼都能回来，我愿倾其所有，也在所不惜。不过容忍这种恶人横行，也实在咽不下这口窝囊气。”四妹说：“您以后可要小心了，贼心总是不死。”从此，清照便把她剩下的箱笼藏在李远的屋里，李远则早晚在庭院里耍弄几下拳棒，警告贼人适时收手，否则难免头破血流。李远又四处打听箱笼的下落，同时询问何处还有愿意出租的空房。清照和李远媳妇天天守在家里不敢出门。

几天过去，再也没有人来求赏。倒是李远终于租赁了一处房舍整洁、门户严紧的院落；房东像是家道中落的士人，院里有一棵亭亭如盖的梧桐树和两个花坛，花坛里种着菊花，饱满的花蕾预示将要开出肥美的花朵。租金虽然贵了许多，但能躲开那个钟家的贼窝也值了。只是离巧娘和四妹家远了些，清照的日子过得非常孤独、寂寞。难得四妹不嫌路远，有时到清照这边来走走，问这问那，跟清照讨教点儿什么。每天，清照都眼巴巴盼望四妹过来。

时间长了，四妹也想跟清照学习认字、读书，说：“夫人，听住在我家的陈婶娘说，她跟您学会了读书、写字，还学会了弹琴，您能教给我认字、读书吗？”清照说：“怎么不能，只要你真心想学，我就教你。”四妹告诉清照，她小时候也跟邻居奶奶念过书，后来邻居奶奶没了，认过的字也差不多忘干净了。清照说：“小时候认的字，很快就会想起来。”于是，清照便把自己写的诗词，挑出几首简短易懂的，写在纸上教四妹诵读。四妹学会许多字之后，便请清照教她作诗填词。四妹聪明伶俐，没有两月工夫，作的小令也有模有样。她竟然迷了心窍似的，在家里放下针线活儿不做，专务填词吟诗，有时连吃饭的碗也顾不得刷洗了。母亲见女儿走火入魔一般，便说：“作什么诗、填什么词？这是女孩子家的正经事吗？再这样下去，饭也不要吃了！”父亲则说：“十四五岁的女孩子不在家里做针线，天天到外面疯玩，成何体统！”

清照见四妹接连七八天不来，觉得心里空荡荡的没有着落。每天早上，她便站在门口，向四妹来处张望。又过了两三天，仍然不见四妹的身影，清照心里想：莫非是四妹病了，应该去看看。她在巷口的吃食小摊上买了二斤刚上市的荔枝，来到弟弟的房东孙家。进到院里，见四妹正在洗衣服。四妹看见清照，立刻起身迎上来。清照问道：“这几天怎么没去我那里？是身子不舒服？”清照把荔枝递给四妹，四妹不敢接，答道：“不是不舒服。我娘说，认字、读书不是女孩子的事。爹爹不让我出门，让我在家帮娘做家务，说就要让我学缫丝、上织机了。”清照一下子打消了兴致，勉强打起精神道：“这是给你买的，拿去吃吧。”四妹的娘听见院里有人说话，从屋里出来说：“夫人，让您破费了，买这么贵的果子给她，这孩子怎么不晓得道一声‘谢谢’。”四妹娘把荔枝接过来说：“夫人，今天您不来，我也打算到您那里，感谢您对四妹的一片好心，表一表歉意。夫人，我说话您不要见怪。我们小户人家的女孩儿，可比不得大家闺秀，哪里有工夫去念书、写字，更别提作诗了。洗衣、淘米、做饭、养蚕、做针线才是女人的本分。”清照说：“您说得有道理，人各有志，不学也罢，也不必道歉。只是四妹这么聪慧，可惜了。”巧娘在屋里听见清照说话，便出来把清照请进自己屋里。清照在巧娘屋里坐了一会儿，说了一会儿话，便回到自己住处。

清照回到住处，坐在屋里自忖道：“四妹娘说得不错，女人认字读书没有用处，学识、才情对女人而言更是多余。一个女人的本分是生儿育女，无有子嗣，连自己所学都无人传承，岂不枉活了一世。女人，要紧的是有自己的男人和孩子，两者皆无，便无立足之地，遑论抬头之日。”想到这里，清照似乎坠入无边的黑暗，陷入孤独的深渊而不能自拔。她偷偷地哭了，撕心裂肺般地悲哀，却又压抑着不能发泄出来，又无人替她分担，便觉得更加痛苦。从此，清照便把自己关在屋里，日夜与书为伴，从书中寻觅一点儿生活的乐趣，在书中寻找灵魂的归宿。

四季更替，夏去秋来，乍寒还暖，雁阵南归。南国天气，总是阴雨连绵。早晨，今年最后一次海上的飓风[③]袭来，连风带雨，将花坛里的菊花席卷而起，又摔落下来，残花败叶，散落一地，惨不忍睹。傍晚，雨势渐小，但仍淅淅沥沥下个不停。此时，清照心里的孤独、悲凉、寂寞无处排遣，只得借酒浇愁；然而，一人独酌，愁绪反而愈加浓烈，正所谓“借酒浇愁愁更愁”。每逢此时，清照便将自己心中的感受诉诸笔端，倾泻在纸上，唯有如此，心灵才会得到暂时的慰藉；那诗笺，如同可以诉说肺腑之情的知己，又仿佛是她心灵避风的港湾。这天，暴风雨过后，清照听着窗外滴滴答答的雨声，想起曾答应婉贞用叠字填词，灵感突然袭上心头，于是写下了她诗词创作生涯中的名篇《声声慢》：

寻寻觅觅，冷冷清清，凄凄惨惨戚戚。乍暖还寒时候，最难将息。三杯两盏淡酒，怎敌他、晓来风急[④]！雁过也，正伤心，却是旧时相识。

满地黄花堆积，憔悴损，如今有谁堪摘？守着窗儿，独自怎生得黑！梧桐更兼细雨，到黄昏、点点滴滴。这次第，怎一个愁字了得！

入冬之后，一个天气晴朗的日子，李迒在家休假，监诸军审计司审计官张汝舟来访。李迒将他让进屋里坐定，两人叙话间，家人奉上茶来。李迒与张汝舟在朝中相识，但未深交。寒暄之后，张汝舟将话题引入书画鉴赏，侃侃而谈，遍数书画名家“苏、黄、米、蔡”及其作品的造诣、风格，又自称由衷钦佩清照的词作，还能说出清照几首名作的词牌和名句。李迒听来觉得虽是老生常谈，倒也是内行之论。张汝舟见李迒对自己的议论点头称是，便拿出一幅卷轴，在李迒面前展开，问李迒眼熟与否。李迒定睛一看，原是李公麟用蜀纸绘制的王右军一幅肖像，上面还有赵明诚的题跋。李迒道：“我见过的，这是我姐夫的藏品，今年四月太后晏驾时，我姐姐在钟氏家里丢失的。”张汝舟说：“这是近日我去临安行宫审计，在钱塘江边书市上买的。”李迒问：“价值几何？”张汝舟答道：“当然价格不菲，不过我知道这是令姊之物，便倾囊购下。今日我愿以此相赠，使物归原主，以表钦慕之意。”李迒说：“不可，阁下高谊诚然可贵，然无端接受馈赠，非君子所为。请阁下如实报出所值，我尽力筹措就是。”张汝舟说：“阁下如将我看作古董驵侩[5]，便是阁下看错人了，也是我看错人了，从此我不再登门就是。”张汝舟说话间把画轴收起，便要告辞。李迒赶忙拦住张汝舟，说：“在下错怪阁下了。既然阁下如此慷慨义气，在下只能是‘恭敬不如从命’，日后当与姐姐登门拜谢。”

张汝舟走后，巧娘问李迒：“你看这位审计官像谁？我怎么看他面熟呢。”李迒说：“我也看着面熟。对了，他像陆德夫。”巧娘说：“有些像，但又不像。”李迒问：“何处像，何处不像？”巧娘说：“我也说不清楚。我觉得，陆德夫沉默寡言，他，很会说话，也更像咱家姐夫。”

这正是：

妄为情真入梵门，妻担大任不辞辛。士林未必皆君子，警惕衣冠禽兽人。

注解：

①“梨花”：王学初先生以为按“二十四花信风”之说，梨花在荼蘼之前开，非

之后也；荼蘼之后开的应是楝花。此处或后人传抄错误或李清照用事有误。

②会稽：今江苏苏州古代名“会稽”，后浙江绍兴也用过此名。

③飓风：古称，今之台风。

④怎敌他、晓来风急：飓风刮了一天，晚来将停未停，所以是“梧桐更兼细雨，到黄昏，点点滴滴”。

⑤驵侩：买卖牲口的经纪人，即所谓牙行。

第四十三回

痴情女终被痴情误　不义人必将不义行

年底，清照和李远带上礼物，去张汝舟住处拜访，对张汝舟归还清照藏画表示谢意。张汝舟的房东告知，张汝舟已将住房撤租，迁到临安去了。临安行宫已初具规模，明年年初皇上将临幸行宫，张汝舟随工部官员前去督查审计，不再回绍兴。清照与李远怅然而归，后悔来晚，未能及时践行“登门致谢”的诺言。

绍兴二年正月，春节刚过，皇上移跸临安，临安从此正式成为大宋王朝南迁后的陪都；但是，因为朝廷的许多衙署尚未全部竣工，有的仍借住在寺庙，许多官员也尚未迁入临安。陆德夫和李迒仍留在绍兴待命。元旦过后半月，即是上元佳节。傍晚，西边的红日坠落在暮霭里，东边的一轮圆月爬上柳梢，不多时，明月又被一片阴云笼罩在后面，呈现出“雪打灯”的天象。清照到大门外看了看街上的景色，回到房里，坐在窗前倾听着外面的声音。谁家院里的笛声，刚刚消失在空旷的天际，伴随着深巷里卖汤圆的吆喝声渐行渐远，石板路上的车马声又由远及近隆隆而来，停在门口，然后是叩门的声音。李远开门后，陆德夫和婉贞、李迒和巧娘带着孙四妹，进得门来，他们邀请清照一起去大街上观灯、赏月。清照以身体不适辞谢了，令李远夫妇跟众人去玩，自己留在家里。

清照一人独处，百无聊赖，忆起前人两首写上元节的词，便研墨、提笔，往诗笺上抄写，借以遣怀，打发时光。一首是苏东坡的《蝶恋花》，这是苏轼在密州知州任上，想起任杭州通判时过上元节的情景，追昔抚今，作的一首词：

灯火钱塘三五夜。明月如霜，照见人如画。帐底吹笙香吐麝。此般风味应无价。　　寂寞山城人老也。击鼓吹箫，乍入农桑社。火冷灯稀霜露下。昏昏雪意云垂野。

另一首是周邦彦的《解语花》，这是周邦彦被贬在荆南[①]，度上元节，想起在汴京时的情景，抚今追昔，作的一首词：

风销焰蜡，露浥烘炉，花市光相射。桂华[②]流瓦。纤云散，耿耿素娥[③]欲下。衣裳淡雅，看楚女纤腰一把。箫鼓喧，人影参差，满路飘香麝[④]。　　因念都城放夜。望千门如昼，嬉笑游冶。钿车罗帕。相逢处，自有暗尘随马。年光是也。唯只见、旧情衰谢。清漏移，飞盖归来，从舞休歌罢。

清照抄罢，想起往年在东京过上元节的情景，忽然听见院里有动静，撩起窗帘向外张望，原是房东家的两个小孩儿，姐弟两个，姐姐提个荷花灯，弟弟提个鲤鱼灯，在院里追逐嬉笑，灯光明灭、人影晃动。见此情景，清照灵感袭来，酝酿出又一首绝妙的元宵佳作，调寄《永遇乐》：

落日镕金，暮云合璧，人在何处。染柳烟浓，吹梅笛怨[⑤]，春意知几许。元宵佳节，融和天气，次第岂无风雨。来相召、香车宝马，谢他酒朋诗侣。　　中州盛日，闺门多暇，记得偏重三五。铺翠冠儿，捻金雪柳，簇带争济楚[⑥]。如今憔悴，风鬟霜鬓，怕见夜间出去。不如向、帘儿底下，听人笑语。

清照写完，又低声诵读了一遍，自诩道：“且不说其词的意境情怀，单就遣词造句而言，不是炉火纯青，也是地道老成。赋诗填词，士人或以辞藻华丽为美，如周邦彦；或以出语清奇为贵，如苏东坡。殊不知以平常语入歌词最难。以俚俗之语入词，歌于花前月下，犹如击缶韶外，自成绝响！今有人作‘效易安体’之词，有几人得其精髓、入其堂奥者？实乃东施效颦，画虎不成反类犬矣！”清照在寂寥中孤芳自赏，油然生出一种遗世独立、超然绝俗的快意，似乎一切不幸都不足介怀。她将这首《永遇乐》词抄写了几份，以备日后分赠给诸位亲朋好友。

二月，张浚、韩世忠、张俊、岳飞等将领各率关中、江淮、荆襄宋军，收复了许多失地，也平息了几支盘踞山林、湖沼的乱军，东南江浙一带稍安。主张收复中原的抗金派势力为之大振，皇上似乎亦看到了中兴的希望。于是，皇上任用主张抗金的任颐浩为相，召谢克家入京复任参知政事；谢伋也进京迁官为太常寺卿；綦崇礼从漳州调回临安，除[7]翰林学士权吏部尚书。

二月底，兵部侍郎陆德夫和吏部员外郎李迒都随尚书省各部、曹迁入临安，清照也住进弟弟租用的一套二进的庭院里。

驻军九江的江西南路制置使岳飞，因驱逐乱军李成，又收复中原重镇襄阳，战功卓著，诣行宫接受封赏。李迥、李逅作为岳飞的随员侍卫也来到临安，随来的还有他们的家眷；跟谢伋来京的李迈和一直跟随清照的李远，再加李迒，李家兄弟五人在临安齐聚。清照因弟兄们团聚而格外高兴，与弟兄们围桌而坐，品茶谈笑、把酒言欢，畅叙在京师及在齐、青、莱、淄诸州度过的青春年华、盛年岁月，暂时淡忘了自己的不幸。

三月三，叫作上巳节。清照令李迒和巧娘设宴招待离散经年的李家兄弟，由她来作陪。李迒在西湖东岸“柳浪闻莺”旁边的丰乐楼，订了一个雅间来招待本家兄弟。这丰乐楼，便是汴京城东华门外丰乐楼酒店南迁过来的。虽然酒楼的设施、酒品、肴馔还不及汴京老店的齐全、精致，但接待客人的礼数、酒菜的口味仍然是老店的传统。临安的丰乐楼，窗外虽不是汴京的紫禁城，但眼前西湖的山光水色却更令人心往神驰。湖面上春风吹来荷叶的清香，晴空中的一弯新月映在平静的水面上，像是湖中的一只小船。李家兄弟姐妹坐在一起，观赏着湖上的风景，有说有笑、其乐融融。席上酒过三巡、菜过五味之后，按惯例自然是邀请清照填词作诗；清照从来是有求必应，今天更不会例外。清照稍加思索，便出口成章，作了一首《蝶恋花》，题目是《上巳召亲族》：

> 永夜恹恹[8]欢意少。空梦长安，认取长安道。为报今年春色好，花光月影宜相照。　　随意杯盘虽草草。酒美梅酸，恰称人怀抱。醉里插花花莫笑，可怜春似人将老。

之后便是推杯换盏，不待细说。岳飞受封赏之后，李迥、李逅因九江濒临中原争战之地，便将家属子女留在临安，托付李远代管，各自跟随岳飞回九江去了。

且说，监诸军审计司张汝舟听说清照跟李远来到临安，打听到李远的住处之后，将一幅有赵明诚题词的牡丹图，拿来做礼物，趁休假日再去拜访李远。

张汝舟来到李远家，拿出牡丹图给李远观赏，问李远道："卖家说此图出自南唐徐熙之手。此图有阁下姐夫题写的一首词，但无徐熙的款识，不知此画和题字是否都是真迹。"李远答道："不晓得图画是否是徐熙真迹，但这题字确是姐夫赵明诚的手笔，而且这首《庆清朝慢》，也确是我姐所作。"张汝舟说："能否问问令姊，这画是否是真迹，令姊一定知道。"李远令李远嫂去请清照，清照和巧娘一起从后院过来。清照进得客厅，见到张汝舟，立刻站住，呆呆地站在那里，目不转睛地盯着他。未等李远介绍，清照便说了一句令人莫名其妙的话："你从哪里来？"李远惊得不知所措，忙向姐姐解释说："这位就是审计官张汝舟先生，他有一幅画想请姐姐鉴赏。"清照嗫喏道："张汝舟先生？你怎么叫张汝舟先生？"清照走近那幅画，看了一眼，问张汝舟："你连我作的画也不认得了？还有这字，不是你写的吗？"清照的问话令李远和张汝舟大惊，李远瞥了巧娘一眼，似乎是问巧娘："刚才你们还在一起好好的，姐姐怎么一下子变成这个样子？"巧娘却以为李远让她把姐姐领走，便对清照说："姐姐，我们不管那幅画了，咱们回房去吧。"清照不理巧娘，问张汝舟："这几年，你去哪里了？把我们忘了？"又转身问别人："玉珠呢？快把玉珠叫来，给公子打洗脸水。"张汝舟心里已经明白发生了什么事情，这是他万万没想到的。张汝舟忍住内心的激动，对李远说："令姊好像认错人了，这画既然是令姊画的，就送给令姊吧。"清照说："送给我？你不要我作的画，你变心了？"张汝舟不知如何应对，现出窘迫的样子，对清照拱了拱手，道："夫人，对不起，我先回去，日后再来。"张汝舟起身欲走，清照急忙拦住，说："去哪里？去江宁？对了，你是去湖州。"李远说："姐姐，他不走，我们出去有一件公务要办，少时便回来。"李远扯着张汝舟急忙离开家。巧娘也明白发生了什么事情，便把那幅画收起来，拿着画，扶着清照回后院的卧室。清照一边走一边回首，直着两眼望着院门那里，口里念叨着："他们去哪里？他们去哪里？"巧娘劝道："他们早晚回来。"回到卧室，清照又展开画卷，看那画和题字，回首往事，突然撕心裂肺般地恸哭起来："我为他画的，他不要了！他不要了吗？”清照的凄厉哭声，使得巧娘禁不住泪流满面且毛骨悚然，以为张汝州是鬼魂附体，姐姐见了鬼。巧娘百般劝说都不见效，把画轴卷起来，索性说：“姐姐，那个人来，我们高兴才是。您不是喜欢饮酒吗？今日高兴，我们饮个痛快，一醉方休，如何？”清照恸哭一阵之后，似乎又清醒了许多，便问：“那人是谁，还是我做梦？妹妹，你实话告诉我。”此时，李远嫂正摆好酒馔，巧娘指着酒杯说：“是姐姐喝醉了，刚才睡觉，做了一个梦。”清照摇头，摸了摸卷轴说：“这卷轴不是那人拿来的吗？”巧娘说：“李远嫂，你把这画收起来，放好，别再丢了。”又对清照说，“这是姐姐在绍兴丢的，物归原主，我们应该饮酒祝贺。李远嫂，你说是吧！来，我们三人一起喝。”巧娘、李远嫂陪着清照，一直喝到酩酊大醉方止。

陆德夫和婉贞听李远说清照病了，神志不清，居然把一位来访的审计官认作明诚。他们两人便赶忙过来探望。清照看见陆德夫，便高兴地迎上去，说：“这些天你去哪里了？好久没见你。那幅牡丹图找到了，让玉珠拿来你看看。”清照对李远嫂说：“玉珠，把画拿来给公子看。”清照的言语行止，惊得众人目瞪口呆。婉贞心里明白，嫂嫂把德夫当成了另一个人，只有把话说破，才能让嫂嫂明白过来。便指着陆德夫说：“嫂嫂，他不是我三哥，他是陆德夫。”清照半信半疑，喃喃自语道：“我又是做梦？”婉贞连忙把话接过来，说：“是啊，嫂嫂夜里无眠，白天入睡，做了一个梦。我们来，把嫂嫂吵醒了，我陪嫂嫂回卧室休息吧。”婉贞和巧娘扶清照回房。清照目光呆滞，木然不语，痴痴地跟着婉贞回到自己屋里。清照的一举一动，众人都看在眼里，心如刀绞一般，都怕自己失声哭出来，强忍着眼泪往心里流。婉贞哄着清照躺在床上，令李远嫂看守着病人，便跟巧娘回到客厅，跟众人商量下一步如何处置。陆德夫和李远，都主张请临安最好的郎中给清照精心治疗，但婉贞却有自己的主意：“我没见过那位审计官，可能他跟我三哥有相似之处吧。”巧娘说：“婉贞姐说得对，那人像表姐夫，但更像明诚表哥。”婉贞说：“真是不是冤家不聚首！这事偏让三嫂遇着了。三嫂太痴情，得的是心病。这心病请郎中治不好！三哥没了，又没有个孩子，玉珠出了家，谁能天天陪着她？连个说话的人也没有，孤苦伶仃、可怜兮兮，她这种多愁善感的人，怎么能不憋出病来？”巧娘道：“婉贞姐说得对；再说，丢了那么多心爱的藏品，都是她和表哥省吃俭用积攒的，能不心疼？可是，婉贞姐，这病怎么治？”婉贞问：“不知那位审计官的人品如何？”陆德夫说：“人品好又怎样？你又想入非非了！”众人沉默不语，婉贞说："那就先请郎中试试看吧。"

自那天以后，清照每天都到门口呆呆地张望，李远嫂天天跟着她，李远嫂不说回家，她便不知道回家，甚至连饭也不知道吃。别人让她吃便吃，让她喝便喝，瘦得如同得了一场大病。郎中开的药剂更是一口不喝，喝一口便吐，烦恼上来竟将药碗摔碎在地上；一天从早到晚自言自语："他怎么还不回来？"

半月之后，清照病情加重。綦崇礼和谢伋相继来探视清照，见清照病状，大出所料、惊恐不已，告诫李迒，务必另想办法，否则后果不堪设想。李迒束手无策，巧娘说："婉贞姐好像有办法。我们去跟她商量商量，总得想出个办法才是。"晚上，两人来到婉贞家。婉贞说："这件事，只能是让你姐夫去求张汝舟，请他常去嫂嫂那里，好言劝慰，晓之以理。时过境迁，或许三嫂能渐渐明白过来。"在一筹莫展的情况下，下策也便成了上策。李迒说："这等有求于人的事，还是我去更好。"婉贞说："不行，你是弟弟，有些话不便说，还是让德夫去更方便。"

三日后，陆德夫在丰乐楼宴请张汝舟。三杯过后，陆德夫直入正题，说："你看我们二人的长相有无相似之处？"张汝舟答曰："侍郎大人，即便确如大人所说，在下也不敢造次。"陆德夫说："既然你我有缘在此同醉，就不必有上下之分。我坦诚相告，我与内兄赵明诚有些相似之处，而阁下与我亦相似，所以才有清照嫂错把阁下认作我内兄的荒唐事。清照嫂是当今天下第一才女，是性情中人，对我内兄一往情深，因此见到阁下后，便陷入谵妄而不能自拔。不知阁下能否常去清照嫂嫂那里，好言相劝，使其从溟蒙中幡然醒悟。"张汝舟现出为难的样子，摇摇头说："这种事，我不知如何措置，好言相劝能使令嫂迷途知返？恕我直言，除非假戏真做，否则令嫂只能越陷越深，不可收拾。"陆德夫没想到张汝舟说出"假戏真做"的话来，追问道："假戏真做，此话怎讲？"张汝舟说："无需在下多言，侍郎大人应该明白。"陆德夫问："清照嫂年已半百，病情深重，未知预后如何，阁下心甘情愿吗？"张汝舟答曰："救人一命，胜造七级浮屠。"陆德夫说："阁下绝不反悔？"张汝舟答："只要令姐本人及你们亲属愿意，张某认命就是。"陆德夫说："此事非同小可，我须回去商议。请问阁下年庚几何？有无妻室？"张汝舟答道："在下虚龄五十有三。前年妻子去世。"陆德夫问："为何未及时续娶？"张汝舟答："年轻貌美者有之，但德才不配，只能做妾。"

陆德夫回到家里，将张汝舟的情况跟婉贞如实说了，婉贞陷入沉思，少顷，婉贞说："我以为此事可行。卓文君[9]寡居嫁相如成全自己所爱，王安石嫁儿媳[10]保全庞氏之名，这都是尽人皆知的古今佳话。何况为救嫂嫂一命，令嫂嫂嫁给张汝舟有何不可？"陆德夫说："未曾想到你有这等见识。这事我还没跟李迒说呢。还应看李迒意下如何。"

陆德夫和婉贞把李迒和巧娘叫来，将张汝舟的话转告二人知晓。李迒、巧娘也想不出更好的办法，都难过得唏嘘涕零。李迒擦干眼泪，说："只要这张汝舟品行端正，是真心实意，姐姐后半生也算是有个依靠。请婉贞姐和姐夫去一趟张汝舟家看看实情，若张汝舟所说无有隐瞒，就答应下来；但必须明媒正娶。让他聘请两位媒人和证婚人，两家交换婚帖，正式订婚，择日完婚。"

十天后，张汝舟果然托媒人送来了婚帖。李迒仔细检视张汝舟这订婚帖子。大红色的帖子上油亮的黑字写着：张汝舟，男，五十三岁，元丰五年辛酉某月某日生。官右承奉郎，监诸军审计司差遣。后面列出三代人名讳，以及有服亲族的谱序。然后是女方清照的生辰八字，亲属姓名，最后是媒人和证婚人署名。清照的证婚人请的是綦崇礼和陆德夫。巧娘看了帖子，说："跟去世的姐夫同庚，这难道是前世的姻缘？"李迒道："我还要查实一下。"

李迒是吏部员外郎。他请吏部有司查阅张汝舟的底案，卷宗所载张汝舟情况与婚帖相符。于是两家约定五月十六日为婚期。綦崇礼和陆德夫两位朝廷命官证婚，张汝舟不敢马虎，届时举行了一个隆重的婚礼，由赵婉贞和巧娘作伴娘，新郎张汝舟骑马做导引，用花轿把清照抬到张汝舟的住处。清照下轿时见了骑着马的张汝舟，问婉贞："那骑马的是公子吗？"婉贞悄悄说："是。"清照又问："这不是做梦吧？"婉贞强忍着悲痛，哽咽着说："不是做梦。"清照跟新郎拜了天地，入了洞房。婚礼结束，婉贞和巧娘离开张家。婉贞想起三十年前，她拿着铜镜引领嫂嫂走进家门时的情景，便放声大哭起来，巧娘也跟着哭得死去活来。她们登上候在门外的车子，各自哭哭啼啼地回到自己家里。

因清照神志不清，按张汝舟之意，婚礼后的一切俗礼全都免了。但三日"眗女"，七日"洗头"，还有"满月"两家大会宾客之日，婉贞、巧娘、李远嫂都去探望了清照。她们见清照精神渐好，张汝舟热情待客，也就放下心来。

其间，张汝舟亲自来到李迒家索要清照的藏品，李迒知道这是姐姐须臾离不开的心爱之物，便让张汝舟用车把仅存的三个箱笼拉了去。不过，李远留下赵明诚的《金石录》原稿，没让张汝舟知晓。李远懂得，按宋朝律例，姐姐改嫁，应将姐夫的著作归还赵家。

七月七日乞巧节，婉贞、巧娘、李远嫂雇车一起去看望清照。不料情况大变，张家门人说张汝舟因公外出，又说清照病重，现正请郎中诊治，郎中说病人经不住惊扰，不能会见客人。婉贞见门人神色慌张、语言吞吞吐吐，便撇开门人，带着巧娘、李远嫂闯了进去。清照房门前，有两个粗壮的婆子拦住她们，不让她们进屋，婉贞便跟她们争吵起来。清照听到外面喧闹，便在屋里声嘶力竭地喊了一声："婉贞！巧娘！快来救我！"

李远嫂跟李远学过武功，这些年跟着李远走南闯北，练得身手也很了得，三拳两脚便把那两个婆子打翻在地。李远嫂把着门口，让婉贞、巧娘进得屋里。婉贞见清照躺在床上动弹不得，但神志却像往常一样清醒。清照见婉贞、巧娘进来，流着眼泪说："赶快把我救出去要紧，有话回去再说。"婉贞见事不宜迟，忙对巧娘说："你先去告诉李远，让他和李迈都快过来。再去告诉李远和德夫，让他们放下公务，马上来人。我跟李远嫂留下陪着清照嫂嫂。你快去！"巧娘按婉贞吩咐急忙把众人叫来，把清照救了出去。

众人把清照接回李远家，清照撩起内衣给婉贞、巧娘看；只见清照遍体鳞伤，浑身青一块、紫一块全是殴打的伤痕，有几处还有血迹。婉贞、巧娘见了触目惊心，痛悔不已。婉贞说："都是我害了嫂嫂。"清照说："是你救了我，怎么是你害了我？"婉贞说："是我把你送去的！"清照说："不是，是我自己走去的，做梦似的。我不知道怎么去了那个人的家里。那个人把我打得死了过去，活过来以后，我不知道自己在什么地方。像是做了一场噩梦，可是梦前的事情全都忘记了。"婉贞说："三嫂，这些事我们以后再说，你现在要做的事，就是把你的身子养好。"婉贞和巧娘去药店买来疗伤的药物：口服的、烫洗的、贴敷的都有，让李远嫂给清照按时用药治疗。

从张汝舟家救出清照时，匆忙中，李远没有找到姐姐的箱笼，清照回来三天之后，问起此事，李远便带人去跟张汝舟讨要。张汝舟说："你们趁我外出，把我女人抢走，反来讨要嫁妆！如不把人送回来，你们等着到临安府大堂理论！"张汝舟面目狰狞、凶相毕露，变了个人似的。

张汝舟此人，官职不大，但他善于投机钻营。他利用职务之便，审核官员们的财务时，可把亏空变成盈余，把贪污变成奉公。他跟福建转运使吴说的交情就是这样结成的。

先是，吴说转运使在钱塘江边书市碰到好运气，绍兴府那个姓钟的蟊贼，把清照的五箱书画、碑帖，都贱价卖给了他。张汝舟听说吴转运使买了便宜货，便前来观赏。吴转运使明白张审计官的来意，便说："选几幅中意的拿去玩玩吧。"张汝舟发现那许多名贵书画中有赵明诚的许多题跋，断定这是坊间风传的赵明诚遗孀李清照丢失的藏品；张汝舟对清照的收藏之富，曾多有耳闻，他估计吴转运使所得不过九牛一毛而已。张汝舟突然灵机一动，便随手挑选了三件——李公麟的《王右军图》、赵明诚题诗的仿徐熙《牡丹图》、白居易的《楞严经》，这三件都有赵明诚的大段题字。张汝舟还想再挑，吴转运使请他客厅用茶，张汝舟便知趣地罢了手。

从此，张汝舟便起了窃取清照藏品的祸心；李公麟的《王右军图》、赵明诚题款的《牡丹图》，便是他机关算尽，预先安排的诱饵，欲以此先来博取清照的欢心，而后再见机行事。在张汝舟的眼里，女人是经不住诱惑的，何况是一个无依无靠的嫠妇。但他未曾想到事出意外，竟然以自己的相貌轻易得手、人财俱获；那幅原计划也想送给清照的白居易的《楞严经》，便送到宰相秦桧的家里。日后，秦桧碰到张汝舟便说："汝舟，你很会办事，朝中正缺你这样的人才。听说吴转运使那里还有一幅阎立本的《萧翼赚兰亭序图》，能否弄来看看？"张汝舟受宠若惊，宰相夸奖他的意思，他也心知肚明，回家后东借西凑，敛了三百两银子，往吴转运使桌子上一撂，说宰相指名要买《萧翼赚兰亭序图》。吴转运使也慷慨大度、义气满满，说："别人买，三百两银子，我绝不给他，今天就便宜你了！"

张汝舟将画送给秦桧，自以为有了铁打的靠山；当他确知清照的藏品皆已散失之后，便气急败坏，欲将其折磨毙命。今日，他仗着秦桧的势力，竟胆敢跟吏部员外郎李迒要人，以告到临安府相威胁。

这正是：

宵小居官必不良，一朝得势更猖狂。多亏贤弟深谋略，将把豺狼锁入囊。

注解：

①荆南：宋朝时荆南指今荆州市南部湘鄂交界处一带。

②桂华：月光。

③素娥：月宫嫦娥。

④香麝：麝香的香味，泛指香气。

⑤吹梅笛怨：《横吹曲》有《梅花落》。参见李白诗中的“黄鹤楼中吹玉笛，江城五月落梅花。”

⑥簇带、济楚：皆宋时方言词。簇带，插戴满头，带、戴通用；济楚，齐整、美丽。

⑦除：台阶，登台阶。升迁官职之意。

⑧恹恹：安宁，长久。

⑨卓文君：汉武帝时，四川临卬巨商卓王孙之女，姿色姣美，精通音律，有文名。丈夫早逝后返娘家寡居。蜀中才子司马相如受临邛县令之约去卓家做客，即席抚琴，奏《凤求凰》。文君窃见相如仪表堂堂，风度翩翩，遂生倾慕之情。后，文君乘夜逃出家门，私奔相如。

⑩王安石嫁儿媳：王安石之次子王雱，患有“心疾”，极度多疑，已成病态。王雱与其妇庞氏生有一子，疑非己出，将其子害死，夫妻因而反目成仇。若让王雱夫妻直接离异，王安石怕民间因此怀疑庞氏不轨。王安石就直接出面，给儿媳重觅佳婿，保全了儿媳庞氏的名声。

第四十四回

烈嫠妇誓死揭恶吏　贤翰林直言动宸衷

且说张汝舟扣留了清照的藏品，并威胁李迒说，如不交出人来便告到临安府。李迒一时无奈，回到家里思忖着如何才能要回姐姐的箱笼，出这口恶气。被张汝舟扣押的三箱书画藏品，清照护持如同头颅和眼目，是支撑清照活下去的命根子。藏品在张汝舟手里，清照整日坐卧不宁，寝食难安。

自从清照回家之后，巧娘便把张汝舟骗婚的前后经过，详详细细地跟清照讲了个明明白白。清照知道，既然当初是张家明媒正娶，若不解除婚姻关系，张汝舟决不会轻易归还那三箱藏品。张汝舟声言告官，按大宋律例，他或许稳操胜券。清照想：张汝舟既然是包藏祸心，那就万万不能回去；要想摆脱张家这个魔窟，必须誓死与其离异不可，而且，只有离异，方能追回张汝舟霸占之物。但离异必须有个正当理由。按大宋律例，妻告夫，即使赢了，也要坐‘告周亲罪’[①]，判刑两年，坐两年的牢。”清照想到这里，悔恨交加，几近绝望，不禁潸然泪下，仰天长叹：“我的爹爹！我的娘亲！你们为何给了我一个女儿身？既然令我活得如此艰难，又何必生我！上邪[②]！你这样不公平，怎么配做人世间的主宰！”最终清照还是打定主意：“做人不能苟活，宁死也要离开这个魔鬼！”清照把自己的想法告诉李迒和巧娘说：“不能让恶人先告状。我要去控告张汝舟，跟他一刀两断。但我今日思绪纷乱，理不出个头绪，你们说，这状纸应该怎么写？”李迒说：“我也在想这件事。按大宋律例，丈夫可以私自休妻子，妻子却不能见官告丈夫。丈夫施暴，妻子都不得离异，除非丈夫犯了刑徒之罪。”清照激愤地说：“那姐姐就没有活路了吗？”李迒说：“这几天我想来想去，终于找了个控告他的理由。”清照说：“你快说给我听！”李迒让巧娘把婚帖拿给清照看。当时张汝舟送来这份婚帖，清照神志不清，家人没有让她看见。今日清照看过之后，便问李迒："你看出张汝舟此帖有假？"李迒说："如果婚帖有假，张汝舟也不过是个骗婚的私罪。男人因家庭私事犯罪，至多判三年徒刑，而且可以纳币赎罪或降官抵罪。何况妻告夫，即便属实，也以男方自首论。都不得以私罪判处夫妻离异。"清照说："你是说不能以家庭私事告他？"李迒答："对！必须告他犯了国法！"清照问："他是犯了哪条国法？快快讲来。"李迒说："我去吏部查阅了张汝舟的案卷，这婚帖上写的都是真的。正因为是真的，便可告他'妄增举数入官'③，而且其中必有他向当政者行贿，宰执卖官鬻爵之事。"清照博览群书，通晓律例，稍加思索便明白了李迒说的意思。

原来大宋王朝的科举，有个规定，凡参加在京城礼部主持的会试满十次，而仍未进士及第者，可补一官。进士及第者，官名之前加"左"字；补官者，官名之前加"右"字。婚帖上张汝舟的官名写作"右承奉郎"，必定是补官。婚帖上写明，张汝舟父祖皆从商，他不可能因父祖做官而荫补得官，一定是参加会试次数达到十次之多才补了个小小的官职。然而，婚帖上写的张汝舟年龄，今年是五十三岁；按三年一次会试，十次会试用时须三十年之久；从靖康之变以后未举行过科举，至今亦然。张汝舟靖康年间是四十六七岁，如此算来，张汝舟在靖康前三十年就中了举人，那时他才十六七岁。少年中举少之又少，而少年得志，三十年未进士及第者更是闻所未闻。李迒说："事出反常必有妖！张汝舟必定是妄增举数入官。"清照说："那我就告他'妄增举数入官'。"李迒说："不可。妻告夫，即便赢了官司，也要服两年徒刑。这事，我来替姐姐做。"清照坚决不肯，说："既然他'妄增举数'得逞，朝中必有根基，可能一石激起千层浪。官司打赢打不赢，都会得罪许多人，以后会遭人暗算。我无牵无挂，必与他弄个水落石出、鱼死网破，既便有两年牢狱之灾亦无憾矣！"

清照很快写出诉状，先后给李迒、陆德夫、綦崇礼看了，綦崇礼说："诉状写得有理有据、义正辞严，然奸臣当道，狱讼之事最暗无天日，难保胜诉。事已至此，别无他途，只能是走一步看一步了。刑部过不去，再上告大理寺。其间，亲戚朋友能帮忙的都会竭尽全力。"清照很快便递上了状子。

秦桧为参知政事，曾夸口曰："我有二策，可安抚天下。"有人问及何策，他言道："未登相位，说亦无益。"皇上闻之以为他有奇谋，遂晋升秦桧为尚书右仆射。绍兴二年，秦桧正式向皇上提出"南人归南，北人归北"的所谓二策，又提出："周宣王内修外攘，所以中兴，今二相一同居内，如何对外？"实欲将抗金之责推给左相任颐浩，自己隔岸观火、伺机与金议和。皇上乃命任颐浩兼知枢密院事使治外。此后，左相任颐浩在京口镇江开府，都督江、淮、荆、浙诸路军事；秦桧主持内政，在朝中把持了三省六部的大权，借机结党营私，排斥主战大臣。参知政事谢克家，主张抗金收复中原失地，是朝中德高望重之人；他审时度势，办事稳健，又是劝进皇帝即位的元勋，高宗对他很尊重，家国大事每每征询他的意见。他上疏弹劾秦桧，并上《褫职告词》，揭露秦桧险恶用心。告词大意曰：皇帝是"北人"，朝廷众多大臣和士兵也是"北人"，如按秦桧之策，北人归北，大宋朝廷岂不土崩瓦解？这实在是亡国之谬论。谢克家敦促皇上罢免秦桧之职。皇上再次召见秦桧，秦桧仍重复所谓二策，皇上斥责道："若南人归南、北人归北，朕系北人，将安归？"秦桧语塞，无言以对。皇上知道，秦桧居相位以来并无大作为，反而屡生事端，引发众怒。绍兴二年八月，皇上命翰林学士承旨綦崇礼撰《秦桧罢右相制》。綦崇礼处事谨慎，恳请皇上先在纸上写下旨意，他可按圣意起草。皇上写下数条秦桧罪状，作为綦崇礼撰写制词依据。綦崇礼憎恨秦桧卖国行径，早已郁积成胸中块垒，不抒不快；他辞别皇上之后，在去往翰林院的路上，便拟成了怒斥秦桧的制词腹稿。其中有云："自诡得权而举事，当耸动于四方；逮兹居位以陈谋，首建明于二策。罔烛厥理，殊乖素期。念方委听之专，更责寅恭[④]之效，而乃凭恃其党，排恨所憎。进用臣邻，率面从而称善；稽留命令，辄怵以交攻。岂实汝心，殆为众误。顾窃弄于威柄，或滋长于奸朋。方悉屏除，尚图政事，遽辞机政，屡却封章，诏谕莫回，留换难强。"制词揭露秦桧罪恶用心无遗，一旦诏告，天下传诵。秦桧遂被罢官，榜示朝堂，永不复用。

秦桧罢相之后，其所结党羽亦相继落职。清照的诉状，是民告官的案子，先由刑部经办。新任刑部有司遂提审原告、被告对簿公堂，清照被枷与张汝舟对质，张汝舟理屈词穷、认罪悔过。清照又穷追猛打，责问举数相差甚远，何以能妄增举数入官。经提审官反复审讯，张汝舟不得不招认，其父是东京富商，宣和年间先后向宰相蔡京、王黼行贿，妄增举数，得入官籍。刑部结案，判决张汝舟行贿阴结奥援，欺君枉法，又乘人之危骗婚骗财、图财害命，应遵其妻意愿解除婚姻，归还其妻财物，除名编管，发配柳州；又判李清照"告周亲罪"，按律徒刑两年。

綦崇礼闻刑部判词，不以为然，乃上书言张汝舟与李清照离异事，尽揭张汝舟之恶，力陈李清照之冤。借此案例，綦崇礼详论“妻告夫胜诉亦必徒刑两年”之乖违情理，又论及李清照乃大宋之才女，当朝之名媛，若皇恩浩荡，免其两年囹圄之缧绁，必大快天下文士、淑女之心。奏章中又云：“此乃文治礼教、应天顺民之举；皇上仁慈圣明，大盗尚可赦免，区区小事，何乐而不为？”皇上遂特诏赦免李清照二年徒刑，时清照已服刑九日矣！

清照出狱后，写了一封名为《投翰林学士綦崇礼启》的信，对綦崇礼表示由衷感谢。其文虽无“修齐治平”之宏论要旨，然其文字功底，驾驭四六骈文之笔力，亦甚有可观者：

清照启：素习义方，粗明诗礼。近因疾病，欲至膏肓，牛蚁不分[⑤]，灰钉已具[⑥]。尝药虽存弱弟，应门唯有老兵。既尔苍皇，因成造次。信彼如簧之说，惑兹似锦之言。弟既可欺，持官文书[⑦]来辄信；身几欲死，非玉镜架[⑧]亦安知。黾俯[⑨]难言，优柔莫决。呻吟未定，强以同归。

视听才分，实难共处，忍以桑榆[⑩]之晚节，配兹驵侩之下才。身既怀臭[⑪]之可嫌，惟求脱去；彼素抱璧[⑫]之将往，决欲杀之。遂肆侵凌，日加殴击；可念刘伶之肋[⑬]，难胜石勒[⑭]之拳。局天扣地，敢效谈娘之善诉[⑮]；升堂入室，素非李赤[⑯]之甘心。

外援难求，自陈何害，岂期末事，乃得上闻。取自宸衷[⑰]，付之廷尉[⑱]。被桎梏而置对，同凶丑以陈词。岂惟贾生羞绛灌为伍[⑲]，何啻老子与韩非同传[⑳]。但祈脱死，莫望偿金。友凶横者十旬，盖非天降；居囹圄者九日，岂是人为！抵雀捐金[㉑]，利当安往；将头碎壁，失固可知。实自谬愚，分知狱市。此盖伏遇内翰承旨，搢绅望族，冠盖清流，日下无双，人间第一。奉天克复，本缘陆贽之词[㉒]；淮蔡底平，实以会昌之诏[㉓]。哀怜无告，虽未解骖[㉔]，感戴鸿恩，如真出己[㉕]。故兹白首，得免丹书[㉖]。

清照敢不省过知惭，扪心识愧。责全责智，已难逃万世之讥；败德败名，何以见中朝之士。虽南山之竹，岂能穷多口之谈；惟智者之言，可以止无根之谤。高鹏尺鷃[㉗]，本异升沉；火鼠冰蚕[㉘]，难同嗜好。达人共悉，童子皆知。愿赐品题，与加湔洗。誓当布衣蔬食，温故知新。再见江山，依旧一瓶一钵[㉙]；重归田亩，更须三沐三熏[㉚]。忝在葭莩[㉛]，敢兹尘渎[㉜]。

綦崇礼读罢清照的谢启，十分赏识清照的文笔。尔后，綦崇礼进侍读兼提举史馆脩撰。皇上有旨，重修神宗、哲宗《正史》，然连年兵火，宗庙播迁，典籍散亡，史料缺失，修史无据。綦崇礼奏曰：“《神宗实录》墨本，元祐所修已是成书，朱本出蔡卞之手，多所附会，乞将朱、墨两本参照修定。《哲宗实录》，崇宁间蔡京把持国史编修，增饰语言，变乱是非，难以便据旧录修定，欲乞访求故臣之家文献事迹参照。”御批曰：“可。”

此时，泉州守赵思诚应召赴临安，暂任起居郎。綦崇礼耳闻儿女亲家谢克家言，故相赵挺之家有自修《哲宗实录》，乃询问赵思诚。赵思诚答曰：“你我两家虽是葭莩之亲，然我们在乡里青州便是世交，且祖上原籍都是密州人氏。所以，我可如实相告：家父曾兼《哲宗实录》脩撰，然主修者是蔡京。家父不满蔡京篡改史实、欺世盗名之谬，冒着私自修史的罪名，呕心沥血编纂了一百多卷。家父编修的实录，生前并未告竣，后面几十卷是兄长任秘书少监，我任中书舍人时，弟兄两人合作续编的。”綦崇礼又问：“此书现在何处？”思诚答曰：“原在我兄长手上。今春兄长在广州病逝，现移葬泉州科山，全家迁居泉州，实录也在泉州。”綦崇礼说：“此事勿让外人知晓。”

綦崇礼上书奏曰：“访求老臣耆旧文献事迹，两月过去，未有动静。只因前代有律，私自撰写国史、实录者罪杖八十，故诸致仕老臣及其子孙不敢献纳。乞献纳者无罪，且有赏赐，必有踊跃而上者。”制曰：“可”。綦崇礼遂嘱托秘书少监洪炎再奏：“……泉州故相赵挺之家，藏国史实录善本……望下逐州谕令来上，优加恩赉。[33]”制曰：“从之”。

赵思诚遂令李远、李迈结伴去泉州取《哲宗实录》。月余，《哲宗实录》取回，交于史馆。因赵家所藏《哲宗实录》，皆秉笔直书，不虚美、不隐过，且史料详尽，叙次清晰，未几，便由史官编纂完毕，最后由綦崇礼审阅。綦崇礼审毕，以为文字太质直；直录、质实固然可贵，但无太史公笔法，读来味同嚼蜡，令人望而生厌、不能卒读。于是，他到李迒家，找到了清照，请清照润色《哲宗实录》的文字，使其既不失真，又能文采斐然，成为史书之上乘者。清照明白綦崇礼的用意：他是想通过此举令她彰显于世，湔洗“败德败名”之过，止“无根之谤”与“万世之讥”。清照答曰：“编修国史非一戴罪妇人所能为，恐不妥。”綦崇礼说：“妥与不妥，你不必多虑，朝廷里的事，由我去疏通。你若能参与撰修国史，这可是蔡文姬一样的功业！”蔡文姬故事，清照自然清楚；对其悲惨身世，清照亦深有同感。蔡文姬是汉末才子蔡邕之女，蔡邕曾参与《东观汉记》的编撰，撰写了《灵帝纪》和列传四十二篇，以及

“十志”。蔡邕在汉末军阀混战中，因受董卓重用而被王允陷害，其著作也不知去向。蔡文姬在逃难中与家人流离失所，被匈奴的军队掳掠到塞外蛮荒之地，做了匈奴左贤王的妃子，且生了一子一女。曹操平定中原以后，为修汉史，寻找蔡邕的史作未果，知蔡文姬曾协助其父修史，遂派董祀去匈奴属地将蔡文姬用重金赎回。蔡文姬弃夫舍子，回到汉室，又奉命与董祀结婚。蔡文姬是古代的才女，她饱读诗书、博闻强记、才华横溢；她为自己在乱世的凄惨遭遇悲愤交加，写下了两首《悲愤诗》和《胡笳十八拍》乐曲的歌辞。她凭记忆写出其父蔡邕的史作，录入史书《东观汉记》；这《东观汉记》便是后来范晔作《后汉书》的蓝本。

清照听了綦崇礼的话，沉思良久，然后说：“我不敢与蔡文姬相比。”綦崇礼说：“不能比，但可以试一试。是非善恶、贤与不肖，尽由人去评说，青史自有公断。”清照含着热泪答应下来。尔后，綦崇礼将他聘用李清照修史之事密奏皇上，皇上曰：“魏武圣举，朕当效仿。然众口难调，此事暂不宜张扬，应以赵思诚名义代之。”

绍兴三年春正月，皇上诏起居郎[34]赵思诚试[35]中书舍人兼修国史。五月，赵思诚迁中书舍人，充徽猷阁待制，提举江州太平观。未几，赵思诚受命知温州。赵思诚将其宅邸借与清照居住，以便于清照闭门休养、修史著书。

赵思诚宅第的邻居，是吏部尚书、端明殿学士、同签枢密院事韩肖胄之弟，驾部员外郎韩膺胄。韩肖胄、韩膺胄都是仁宗、英宗、神宗时三代名相韩琦的曾孙。韩膺胄有一位韩姓门客，自称其曾祖是秦地人，韩琦守陕时，曾任韩琦的属吏；韩膺胄将门客收为义子，南渡时，义子在乱兵中护卫韩膺胄，对韩膺胄有救命之恩。义子生有一女，取名曰韩玉父。玉父正豆蔻年华，教以诗书，已露盐絮之才，韩膺胄将其视若掌上明珠，爱抚训教与嫡亲无异。韩膺胄久仰清照的文名，一日，携玉父登门，请清照收其为女弟子，教以诗词歌赋，令玉父对清照以祖母相称。清照幼时听父亲说过，李家祖上出自韩琦之门，受恩匪浅，应当报之，又见玉父俊秀聪敏，便欣然应允。于是，清照一面修史、一面教授玉父诗艺，心中感到惬意而又充实；不但身体日渐好转，精神上亦摆脱了往日的阴影，渐渐振作起来。

清照先试探了玉父的文字功底，知道她能背古诗、唐宋诗词五百余首，且能逐句讲出文义。而后，清照便以《礼韵》为本，教给玉父韵书使用方法，使其学会查阅每个字的韵部，从而学会辨识字音之平仄及其“平上去人”之分。玉父聪慧，不出一月，便能记住常用字所属韵部。然后，清照先从五言、七言绝句入手，教玉父作诗。也是没用半月时光，玉父便学会了绝句的四种格式和押韵规则。

晚春天气，风和日暖，清照住的院子里，燕子衔泥筑巢，蔷薇缘架绽放，一派融和气象。这天，玉父来得比往日早，见清照正在屋里梳头，便在院里跟修剪花木的李远奶奶搭讪。李远奶奶问她："还记得老家相州吗？"玉父答："怎么不记得，那里有高祖爷爷的'昼锦[36]堂'，又高又大，燕子任意飞进飞出，在梁上做巢孵小燕子。不知道如今那里的燕子还有不？"李远奶奶问："你想回去看看吗？"玉父说："听说我爷爷最近要回去。"李远奶奶问："那你不跟着回去看看？"玉父说："不是我亲爷爷，是我爷爷的哥哥要去，是朝廷派他去，不能带家里的孩子。"李远奶奶笑说："要是我，打滚碰头也跟着去。"玉父笑问："李奶奶，你想回老家看看吗？"李远奶奶说："我的老家是齐州明水，那里的泉水、湖水，比这里的西湖不差。可惜我老了，不知道这辈子还能不能回去。"

清照听见玉父在院里说话，便将玉父唤进屋里，将刚才作的一首绝句给她看。玉父看那绝句是：

春残何事苦思乡，病里梳头恨最长。梁燕语多终日在，蔷薇风细一帘香。

玉父读罢，清照让她标出每个字的平仄。然后，清照问她："这首诗是什么格式？有没有不合律的字？"玉父答："这是首句入韵的平起式。首句的第三字'何'，第三句的第一字'梁'，第四句的第三字'风'，按律都应该是仄声字；但绝句每句第一、三、五字，只要不犯孤平，皆可平可仄。所以，'何、梁、风'虽是平声字，但不出律。"清照对玉父的回答很满意，说："回答得不错，你明天也用这个格式以'春残'为题作一首绝句拿来我看。"

翌日，玉父把她作的诗拿来给清照看，那诗是：

儿时昼锦相州游，柳絮轻扬上绣楼。乳燕翻飞穿院户，春牛喘息卧田畴。

清照阅后，惊问："玉父，你爷爷教过你诗词中的'对仗'吗？你这诗后面两句的对仗很工整呢。"玉父答："我爷爷说，您诗里的后两句用了对仗，让我也要学着作这种句子。"清照说："玉父的悟性挺高，居然能无师自通呢。绝句的对仗规则比较自由，可以第一联用对仗，也可以第二联用对仗，还可以两联都用对仗或者都不用对仗。作绝句，不要受对仗的拘束。"玉父说："爷爷还说，您的一副联句，对仗工整，可作学习对仗的模本呢。"清照问："是哪个联句？"玉父答道："露花倒影柳三变，夜桂飘香张九成[37]。"清照笑说："这是去年南迁以来首次科举时，我看了状元张九成的对策，有'澄江泻练，夜桂飘香'词句，便跟柳永的《破阵乐》中的'露花倒影'一起作成了这副联句。这种联句纯属文字游戏、雕虫小技，不过在消遣娱乐的时候，学点儿对仗的技艺，于作诗也有好处。"韩玉父问："李奶奶，那么什么叫对仗？"清照问："你爷爷没讲给你听？"玉父摇头说："爷爷不会讲，只会让我照葫芦画瓢。"清照笑了笑，解释说："律诗的颔联和颈联，也就是第二联和第三联的前后两句，就像皇帝出行的仪仗，左右两边的旗帜、鼓乐、兵器要相类、相称。比如，仪仗的两列队伍，左边有一面龙旗，右边有一面虎旗，虽然都是旗帜，但旗上的图腾却不同，意义是相对的。诗里每联两句中次序相同的字词，不仅平仄要相对，其字义、词意也要相对，这样两个句子就叫作对仗，懂了吗？"韩玉父眨着水灵灵的眼睛，点点头说："听懂了。"清照说："你再看我的两个联句，这'带露水的花'和'夜色中的桂'，都是特别情景中的花木，这'倒影'和'飘香'都是活动着的物象，而且'影'和'香'都是可感而不可触的自在之物。所以，它们都是'对仗'的。"玉父答："奶奶讲得真好，明白了。"清照说："这副联句，人们说是工对，其实主要是指最后三个字，'柳三变'和'张九成'。'柳'和'张'，都是姓氏字，平仄相对；不用说了，这'三变'和'九成'都跟礼乐有关，《周礼》曰'乐有六变'，《礼记》曰：'每奏武曲，一终为一成。'变和成，都是奏乐的遍数。"玉父说："'三变'和'九成'，无论平仄还是意思，奶奶对得都很巧妙。"清照说："不过这副联句还有瑕疵，如果'露花'的'露'字是平声字，跟'夜桂'的'夜'这个仄声字平仄相对，就比较完美了。"玉父说："第一个字可平可仄，我觉得很完美，我爷爷说，除了您，别人想不出来。"清照心里很高兴，但仍然说："这种文字游戏，容易学会。作诗应在意境和情感方面多下功夫。"玉父说："奶奶，我一定在意境和情感方面多下功夫。"清照咯咯笑出声来，说："玉父真是个乖孩子！”

这正是：

朝士帮扶患难人，他乡偶遇若逢亲。愿将才艺传淑女，修史酬答仗义臣。

注解：

①告周亲罪：据宋《新详定刑统》卷二十四《斗讼律》中的“诸告周亲尊长、外祖父母、夫、夫之祖父母，虽得实，徒二年……被告之者，与自首同……”

②上邪：上天啊。上：指天。邪音[yé]，语气助词，表示感叹。

③妄增举数：为补官而虚报参加科举考试的次数。

④寅恭：恭敬。参见宋范仲淹《谢转礼部侍郎表》中的“臣敢不夕惕三省，寅恭一心，进则尽忧国忧民之诚，退则处乐天乐道之分”。

⑤牛蚁不分：出自《世说新语》卷下《纰漏》中的“殷仲堪父病虚悸，闻床下蚁动，谓之牛斗。”形容病已非常严重，神志错乱。

⑥灰钉已具：灰钉，棺殓时用的石灰和铁钉，形容病重将死，预备后事。

⑦官文书：此典故见韩愈作《试大理评事王君墓志铭》，清照文中喻指文字类的凭据，并非官方文书。

⑧玉镜架：出自《世说新语》卷下《假谲》，应为“玉镜台”。结婚时男方给女方的信物、彩礼。

⑨黾俛：音[miǎn fǔ]，此处是勉强之意。

⑩桑榆：此处是晚年之意。

⑪怀臭：腋臭，喻张汝舟之为人。

⑫抱璧：参见《左传》载中的“（卫庄公）曰：‘活我，吾与汝璧。’己氏曰：‘杀汝，璧其焉往？’”。意即张汝舟欲杀死清照，占有她的书画。

⑬刘伶之肋：此典出自《世说新语》。刘伶晋人，竹林七贤之一，善饮。尝与俗士相争执，俗士挥拳相威胁。刘伶和颜悦色对曰：“鸡肋岂能当尊拳？”俗人觉得无趣，废然而返。

⑭石勒之拳：此典出自《晋书》。据说石勒未发迹前，尝与邻居李阳为争种麻之

地互相殴击。

⑮谈娘：此典出自唐《教坊记》。言北齐时，有苏姓者，貌丑而酗酒，每醉则殴打妻子，其妻诉于邻里。后人将此事演变成且行且歌的戏谑歌舞，扮妻者谓之“踏谣娘”，后又叫作“谈容娘”。

⑯李赤：见唐柳宗元《李赤传》。赤遇厕鬼，以如厕为升堂，见到化作其妻的厕鬼，终于入厕而死。文中将张汝舟比作欺骗人的厕鬼。

⑰宸衷：皇上的旨意。

⑱廷尉：代指封建王朝的最高法官或法院。

⑲“岂惟贾生羞绛灌为伍”：贾生即汉初文士贾谊，绛灌乃当时无文化的武将。清照比喻两人文化修养不同，不能共同生活。

⑳“何啻老子与韩非同传”：老子是道家始祖，韩非执法家牛耳，两人的传记不能写在一起。清照比喻两人势不两立，“道不同不相为谋”之意。

㉑抵雀捐金：语出《庄子杂篇·寓言》，意即用金粒作弹丸捕雀，得不偿失。

㉒奉天克复，本缘陆贽之词：朱泚之乱，唐德宗避乱奉天（今陕西省乾县），陆贽草拟诏书，一日百篇，同舍皆伏其能。清照以此赞扬綦崇礼文思敏捷。

㉓淮蔡底平，实以会昌之诏：此处清照用典有误。“淮蔡”应为“泽潞”。据《旧唐书·李德裕传》，唐会昌年间平“泽潞”之乱，“起草指踪，皆独决于德裕，诸相无预焉”。清照以此赞扬綦崇礼不但文笔好，而且有谋略。

㉔解骖：典出《晏子春秋》。晏子在晋国见到做人奴仆的越石父，便把自己驾车的马解下来送给他，让他用马去赎身。喻救人之困。

㉕如真出己：典出《左传·成公三年》。清照言感綦崇礼之恩，如同綦亲自释放她出狱。

㉖得免丹书：古代，盖犯罪没为官奴，以丹书其罪。清照言其因綦崇礼救助而免于刑罚。

㉗高鹏尺鷃：见《庄子内篇·逍遥游》。“尺”亦作“斥”。高飞九万里的鲲鹏和只能在蓬蒿间飞翔的斥鷃。胸襟、境界相差悬殊之意。

㉘火鼠冰蚕：火鼠出自《神异经》，不怕火烧的鼠。冰蚕出自《拾遗记》，在冰里才能作茧的蚕。

㉙一瓶一钵：出自唐诗僧贯休诗中的“一瓶一钵垂垂老，万水千山得得来”。

㉚三沐三熏：典见《国语·齐语》。管仲将被敌人所杀，被人救回齐国，齐国国君为之三沐三熏。

㉛葭莩：芦苇秆中的薄膜。忝在葭莩，意思是愧为远亲。赵明诚与谢克家是姨表亲，谢克家与綦崇礼是亲家。

㉜尘渎：堵心事。尘，污也；渎，慢也。敢兹尘渎，意思是“冒昧地给你添堵”。

㉝恩赍：赍音[jī]，恩赏。

㉞起居郎：掌记皇帝日常活动和处理政事等行为的官吏。

㉟试：试用或代理。

㊱昼锦：称富贵还乡。出自《汉书·项籍传》中的“富贵不还乡，如锦衣夜行。”

㊲“露花倒影柳三变，桂子飘香张九成”：此联句出自陆游《老学庵笔记》。张九成对策原文是“夜桂飘香”，而非“桂子飘香”。不知是清照误记，还是陆游误记。

第四十五回

家国情怀充溢古律[①]　夫妇爱意寄托金石

话说宋朝绍兴初年，建都临安，国事稍定。金国粘没喝专权，依仗兵强马壮，与宋朝时战时和、反复无常。每年秋冬弓劲马肥之季，金兵则大举南侵。若是炎夏雨季、湿热水潦之时，或遭遇宋军抵抗，兵败失利之际，金军则退守北方，暂时息兵与宋言和，以囚禁在五国城的道君皇帝、渊圣皇帝做人质，要挟宋朝纳币进贡。每年值此缓兵之时，宋朝便要派出“大金军前奉表通问使”，带着丰厚的礼品金银绢帛之类，向金国示好，以保全二帝性命，同时借以观察金国的国情和动向，以便未雨绸缪，作战守准备。

绍兴三年春末夏初，尚书左仆射兼知枢密院事任颐浩在京口开府，指挥宋军抗金主力韩世忠、岳飞，在江淮一带连战连捷，使金军受挫，退守中原。按照惯例，趁金兵收敛之际，宋朝派大臣赴金通问二帝。是时，皇上命吏部尚书、端明殿学士同签枢密院事韩肖胄充任大金军前奉表通问使，给事中、试工部尚书胡松年充任副使。

宋朝受命使金的官员，常有被金国拘留不归者，因而使金者皆畏之。韩肖胄受命后入奏曰：“大臣各循己见，致和战未有定论。然和乃权宜之计，战乃长久之策，他日国富兵强，军威大振，誓当雪此仇耻。今臣赴金之行，或半年不返命，彼必有阴谋变故，宜速进兵，不可因臣等在彼而缓之也。”将行，母亲对他说：“汝世受国恩，当受命即行，勿以我老为念。”皇上称韩母为贤母，封荣国夫人。韩肖胄奏文传出，临安街巷之内士民传诵、有口皆碑。

清照得知消息，亦慷慨悲歌，作古诗、律诗各一首，赞颂韩肖胄的大义凛然之举，诗题为“上枢密韩肖胄诗”。诗前有“序言”云：

绍兴癸丑五月，枢密韩公、工部尚书胡公使虏[2]，通两宫[3]也。有易安室者，父祖皆出韩公门下，今家世沦替，子姓寒微，不敢望公之车尘。又贫病，但神明未衰落。见此大号令，不能忘言，作古、律诗各一章，以寄区区之意，以待采诗者云。

古诗云：

三年夏六月[4]，天子视朝久。凝旒[5]望南云，垂衣[6]思北狩。如闻帝若曰，岳牧与群后[7]。贤宁无半千[8]，运已遇阳九[9]。勿勒燕然铭[10]，勿种金城柳[11]。岂无纯孝臣[12]，识此霜露悲[13]。何必羹舍肉[14]，便可车载脂[15]。土地非所惜，玉帛如尘泥。谁当可将命，币厚辞益卑。四岳佥曰俞[16]，臣下帝所知。中朝第一人，春官有昌黎[17]。身为百夫特[18]，行足万人师。嘉祐与建中[19]，为政有皋夔[20]。匈奴畏王商[21]，吐蕃尊子仪[22]。夷狄已破胆，将命公所宜。公拜手稽首，受命白玉墀。曰臣敢辞难，此亦何等时。家人安足谋，妻子不必辞。愿奉天地灵，愿奉宗庙威。径持紫泥诏[23]，直入黄龙城[24]。单于定稽颡[25]，侍子[26]当来迎。仁君方恃信，狂生休请缨[27]。或取犬马血，与结天日盟。胡公清德人所难，谋同德协必志安。脱衣已被汉恩暖[28]，离歌不道易水寒。皇天久阴后土湿，雨势未回风势急。车声辚辚马萧萧，壮士懦夫俱感泣。闾阎嫠妇亦何知，沥血投书干记室[29]。夷虏从来性虎狼，不虞[30]预备庸何伤。衷甲[31]昔时闻楚幕，乘城前日记平凉[32]。葵丘践土[33]非荒城，勿轻谈士弃儒生。露布[34]词成马犹倚，崤函关出鸡未鸣[35]。巧匠何曾弃樗栎[36]，刍荛之言[37]或有益。不乞隋珠[38]与和璧[39]，只乞乡关新信息。灵光[40]虽在应萧萧，草中翁仲[41]今何若。遗氓岂尚种桑麻，残虏如闻保城郭。嫠家父祖生齐鲁，位下名高人比数。当时稷下[42]纵谈时，犹记人挥汗成雨[43]。子孙南渡今几年，漂流遂与流人伍。欲将血泪寄山河，去洒东山一抔土[44]。

律诗云：

想见皇华[45]过二京，壶浆夹道万人迎。连昌宫[46]里桃应在，华萼楼[47]前鹊定惊。但说帝心怜赤子，须知天意念苍生。圣君大信明如日，长乱何缘在屡盟[48]。

韩肖胄启行之前，清照将古、律两诗用工楷抄录在诗笺上，用信封装好，让韩玉父交给她的爷爷韩膺胄转呈韩肖胄，以此为韩肖胄壮行。韩膺胄一面将清照的诗转交韩肖胄，一面传抄给亲朋好友。清照的诗作道出宋人的故国之恋和思乡之情，于是，便在官场士林、市井百姓间广为流传，使临安府一时洛阳纸贵。

韩玉父见李奶奶的诗作传遍临安的大街小巷，对李奶奶更加敬重，学诗的兴趣愈益浓厚。清照便用自己的诗作，教玉父学作律诗和古诗。已经学会作两联的绝句，再学作四联的律诗便容易了，只需中间两联会用对仗即可。所以，玉父很快学会了律诗的作法。玉父问清照："奶奶，看您作的古诗，好像一首诗当中，可以换韵，也可以五言换七言，是吗？"清照解释道："古诗不受格律和韵律的约束，字、句的数目可长可短，不必整齐划一，只要读来抑扬顿挫、节奏鲜明、朗朗上口便可。有的长诗，为避免单调，中间可以换韵，甚至可以五言换七言，也可夹用三言、四言、九言及更多字数的句子。比如，李白的《蜀道难》及其他歌行体的诗，字句或长或短，或促或缓，都如行云流水，收放自如。"玉父问："是不是古诗比律诗容易作？"清照答："这不尽然。要把古诗写得古意盎然、质朴浑厚，也不容易呢。若人心不古，怎能作出好的古诗？再说，古诗的篇幅较长，内容丰富，必须有渊博的学识才行。这些事，要从作古诗的体验中逐步领会，以后我会讲给你听。"玉父问："我们什么时候学古诗？"清照说："我们循序渐进，慢慢来学。作七律的规矩，前几天我已经给你讲完了，今天你回家就你大爷爷出使金国事，先仿照我的第二首律诗作一首七律试试看。等律诗作得合辙押韵、起承转合都运用自如了，再着手学作古诗。"玉父满口答应，兴致勃勃地回家作诗去了。

九月，谢克家因病乞骸骨[49]，皇上不准，迁资政殿学士提举万寿观，居临安赋闲待召。一日，谢克家去法慧寺访友；此时，秘书省借住法慧寺，该寺是朝中学士聚会之所，也是他常来游览之地。法慧寺方丈拿出一幅字帖，请谢克家品题。方丈展开字帖，谢克家一看，原是蔡襄的《进谢御赐诗卷》。谢克家知道，此帖是清照在绍兴被盗之物，顿时悲从中来，感叹世事沧桑、人亡物在，几欲落泪。谢克家故意问："此物从何处得来？"方丈答："此物非我所有，我乃受人之托。大人名高望重，物主仰慕已久，但因位卑学浅，不敢面请。”谢克家想起当年在青州，表弟赵明诚请他题字，因洁身自好，不愿忝列文及甫之后，未能应明诚之约，甚觉愧疚，心里思忖：若今日题写，表弟有知，也算是偿还他一笔文字债了。他踌躇片刻，提笔写道：“姨弟赵德甫，昔年屡以相示。今下世未几，已不能保有之，览之凄然。汝南谢克家。癸丑九月十一日，临安法慧寺。”之后，谢克家觉得此举有愧于清照；按理应该告知清照此帖的下落，又怕勾起清照的心病，便没对清照提起此事。后来，谢克家经法慧寺方丈询问此帖主人，试图将此帖买回送给清照；无奈主人执意不卖，只得作罢。

且说韩肖胄至金国，金人知其家世乃韩琦之后裔，接待甚为隆重。十一月，韩肖胄回朝，金国遣使者随韩肖胄来宋朝报聘。自帝即位以来，使者凡六七年未尝报聘，至是始遣人偕来。皇上嘉奖韩肖胄，诏令其由同签枢密院事升迁为知枢密院事，提携万寿宫。

很快就进腊月了，皇上诏曰：“圣朝有立春进宫阁[50]春帖子之例，自靖康之乱废止以来已七年矣！今年国事多庆，责翰林院届时进宫阁春帖子。”所谓宫阁春帖子，乃是立春前一个月，由学士院撰七言或五言绝句，作为皇帝、皇后、贵妃、夫人所居内宫合门之帖子，送内务府，用罗帛制作，立春日，剪贴或悬挂于禁中宫门或帐幔之上。大臣们大多有翰林院学士的贴职，向皇宫进帖子，正是大臣们炫耀文采的机会；所撰帖子若被宫中选用，可得皇上的丰厚赏赐。不善文词的大臣，便请文苑高手代作，如选中，便将赏赐转送代笔作者。大臣们的文才，皇上心中有数，并不认真追究真假，只是借此图个喜庆罢了。韩肖胄在使金前，读了清照的诗作，非常欣赏清照的文才，便想请清照给他代拟宫阁春帖子。韩膺胄带着韩玉父，亲自上门转告其兄长的请托，清照当然不能推辞，便答应下来。翌日，清照便写了皇帝和贵妃的两个帖子，让玉父拿去。此时未立皇后，只有吴贵妃——原义郡夫人——专宠后宫，所以，清照只写了皇帝和贵妃的宫阁春帖子两幅。

皇帝宫阁春帖子是：

莫进黄金簟，新除玉局床[51]。春风送庭燎[52]，不复用沉香。

这是称颂皇上率先垂范、爱惜民力，不用金玉、沉香等贵重之物的节俭风尚。

贵妃宫阁春帖子是：

金环半后礼[53]，钩弋比昭阳[54]。春生百子帐，喜入万年觞。

这是称颂贵妃虽尚无皇后名号，但已享有皇后般的殊荣，并祝愿贵妃得幸，多子、多寿。两个春帖子都被选用，皇上赏赐的金帛，韩肖胄俱转送清照以表答谢。

绍兴四年七月某日，谢伋来请李清照，说父亲因病居家，想找她谈件心事。李清照赶去谢府。谢克家躺在病榻上，告诉她："你在绍兴被盗的《蔡氏帖》有了着落，年前有临安法慧寺僧人请我为其题跋，他说是受人之托，我知道这是你的被盗之物，但思量再三，最终还是研墨为其题词。"清照说："您题字，这也正是明诚生前的心愿。"谢克家又说："我原来打算把《蔡氏帖》买回来送给你，可是主家不肯卖。如今来不及了，我将不久于人世，而这件宝物大概是不可能再回到你的身边了，希望你能想开点儿。"回首往事，清照心如刀绞般痛苦，但在谢克家面前，她强忍悲痛，浅浅一笑说："国破家亡、颠沛流离，世间凡事皆经历了，我能活到今日，还有什么想不开啊？有有必有无，有聚必有散；有人失之，则有人得之，乃是常理，何足道哉？"谢克家听后，淡然一笑说："人心达观当如此言矣。"半月之后，谢克家卒，享年七十一岁。清照撰文为之祭，祭文不传。

清照从谢克家的葬礼上归来，似有所悟，心里思忖：人生七十古来稀，自己也已年过半百，步入暮年，剩下时日无多。过去几年，因怕触动心底的记忆，把《金石录》手稿锁在箱子里，想看又不敢翻阅。几经兵火盗贼，独有这手稿没有丢失，莫非明城上天有灵护持？这些年兵火连天、萍踪浪迹，更有飞来横祸，遭牢狱之灾，以致精神恍惚迷离，挣扎于生死之间，便将《金石录》定稿、表进的事搁置下来。如今时局稍安，修史之事已近杀青，可暂且放下，将《金石录》编纂完毕，然后誊录、表进，再付梓刊行，也就了却了此生最要紧，也是最后的一桩心愿。否则，一旦遇有不测，去了阴世，如何面对明诚？

清照将明诚《金石录》手稿取出，又重新校勘了一遍，并将明诚的序言和刘跂的后序誊录下来，分别附在正文的前后。八月间，她自己又加写了一篇后序。清照写这篇后序时，每次提笔辄泪眼模糊，涕泗横流，时断时续写来，几乎不能卒篇。最后写完，清照已是心力交瘁，血泪耗干。其文如下：

右金石录三十卷者何？赵侯德甫所著书也。取上自三代，下迄五季[55]，钟、鼎、甗、鬲、盘、彝、尊、敦之款识，丰碑、大碣，显人、晦士之事迹，凡见于金石刻者二千卷，皆是正伪谬，去取褒贬，上足以合圣人之道，下足以订史氏之失者，皆载之，可谓多矣。

呜呼，自王播[56]、元载[57]之祸，书画与胡椒无异，长舆[58]、元凯[59]之病，钱癖与传癖何殊。名虽不同，其惑一也。

余建中辛巳，始归赵氏。时先君作礼部员外郎，丞相时作吏部侍郎。侯年二十一，在太学作学生。赵、李族寒，素贫俭。每朔望谒告出，质衣，取半千钱，步入相国寺，市碑文果实。归，相对展玩咀嚼，自谓葛天氏[60]之民也。后二年，出仕宦，便有饭蔬衣綀[61]，穷遐方绝域，尽天下古文奇字之志。日就月将，渐益堆积。丞相居政府，亲旧或在馆阁，多有亡诗、逸史，鲁壁[62]、汲冢[63]所未见之书，遂力传写，浸觉有味，不能自已。后或见古今名人书画，一代奇器，亦复脱衣市易。尝记崇宁间，有人持徐熙牡丹图，求钱二十万。当时虽贵家子弟，求二十万钱，岂易得耶。留信宿[64]，计无所出而还之。夫妇相向惋怅者数日。

后屏居乡里十年，仰取俯拾，衣食有余。连守两郡，竭其俸入，以事铅椠[65]。每获一书，即同共勘校，整集签题。得书、画、彝、鼎，亦摩玩舒卷，指摘疵病，夜尽一烛为率。故能纸札精致，字画完整，冠诸收书家。余性偏强记，每饭罢，坐归来堂，烹茶，指堆积书史，言某事在某书、某卷、第几叶、第几行，以中否角胜负，为饮茶先后。中即举杯大笑，至茶倾覆怀中，反不得饮而起，甘心老是乡矣。故虽处忧患困穷，而志不屈。收书既成，归来堂起书库，大橱簿甲乙，置书册。如要讲读，即请钥上簿，关出卷帙。或少损污，必惩责揩完涂改，不复向时之坦夷也。是欲求适意，而反取憀栗。余性不耐，始谋食去重肉，衣去重采，首无明珠、翠羽之饰，室无涂金、刺绣之具。遇书史百家，字不刓缺，本不讹谬者，辄市之，储作副本。自来家传周易、左氏传，故两家者流，文字最备。于是几案罗列，枕席枕藉，意会心谋，目往神授，乐在声色狗马之上。

至靖康丙午岁，侯守淄川，闻金人犯京师，四顾茫然，盈箱溢箧，且恋恋，且怅怅，知其必不为己物矣。建炎丁未春三月，奔太夫人丧南来[66]。

既长物不能尽载，乃先去书之重大印本者，又去画之多幅者，又去古器之无款识者。后又去书之监本者，画之平常者，器之重大者。凡屡减去，尚载书十五车。至东海，连舻渡淮，又渡江，至建康。青州故第，尚锁书册什物，用屋十余间，期明年春再具舟载之。十二月，金人陷青州[67]，凡所谓十余屋者，已皆为煨烬矣。

建炎戊申秋九月，侯起复知建康府[68]。己酉春三月罢，具舟上芜湖，入姑孰，将卜居赣水上。夏五月，至池阳。被旨知湖州，过阙上殿。遂驻家池阳，独赴召。六月十三日，始负担，舍舟坐岸上，葛衣岸巾[69]，精神如虎，目光烂烂射人，望舟中告别。余意甚恶，呼曰："如传闻城中缓急奈何？"戟手遥应曰："从众。必不得已，先弃辎重，次衣被，次书册卷轴，次古器，独所谓宗器者，可自负抱，与身俱存亡，勿忘之！"遂驰马去。途中奔驰，冒大暑，感疾。至行在，病痁。七月末，书报卧病。余惊怛，念侯性素急，奈何。病痁或热，必服寒药，疾可忧。遂解舟下，一日夜行三百里。比至，果大服柴胡、黄芩药，疟且痢，病危在膏肓。余悲泣，仓皇不忍问后事。八月十八日，遂不起。取笔作诗，绝笔而终。殊无分香卖履[70]之意。

葬毕，余无所之。朝廷已分遣六宫，又传江当禁渡。时犹有书二万卷，金石刻二千卷，器皿、茵褥，可待百客，他长物称是。余又大病，仅存喘息。事势日迫。念侯有妹婿，任兵部侍郎，从卫在洪州，遂遣二故吏，先部送行李往投之。冬十二月，金寇陷洪州，遂尽委弃。所谓连舻渡江之书，又散为云烟矣。独余少轻小卷轴书帖、写本李、杜、韩、柳集，《世说》、《盐铁论》，汉唐石刻副本数十轴，三代鼎鼐十数事，南唐写本书数箧，偶病中把玩，搬在卧内者，岿然独存。

上江既不可往，又虏势叵测，有弟远任敕局删定官，遂往依之。到台，守已遁。之剡，出陆，又弃衣被走黄岩[71]，雇舟入海，奔行朝，时驻跸章安，从御舟海道之温，又之越。庚戌十二月，放散百官，遂之衢。绍兴辛亥春三月，复赴越，壬子，又赴杭。

先侯疾亟时，有张飞卿学士，携玉壶过，视侯，便携去，其实珉也。不知何人传道，遂妄言有颁金[72]之语，或传亦有密论列[73]者。余大惶怖，不敢言，遂尽将家中所有铜器等物，欲走外廷投进。到越，已移幸四明，不敢留家中，并写本书寄剡。后官军收叛卒取去，闻尽入故李将军家。所谓岿然独存者，无虑[74]十去五六矣。惟有书画砚墨，可五七簏，更不忍置他所。常在卧榻下，手自开阖。在会稽，卜居土民钟氏舍。忽一夕，穴壁负五簏去。余悲恸不已，重立赏收赎。后二日，邻人钟复皓出十八轴求赏。故知其盗不远矣。万计求之，其余遂不可出。今知尽为吴说运使贱价得之。所谓岿然独存者，乃十去其七八。所有一二残零不成部帙书册三数种，平平书帙，犹复爱惜如护头目，何愚也耶。

今日忽阅此书，如见故人。因忆侯在东莱静治堂，装卷初就，芸签缥带，束十卷作一帙。每日晚吏散，辄校勘二卷，跋题一卷。此二千卷，有题跋者五百二卷耳。今手泽[75]如新，而墓木已拱[76]，悲夫！

昔萧绎江陵陷没，不惜国亡，而毁裂书画。杨广江都倾覆，不悲身死，而复取图书。岂人性之所著，死生不能忘之欤。或者天意以余菲薄[77]，不足以享此尤物[78]耶？抑亦死者有知，犹斤斤爱惜，不肯留在人间耶？何得之艰而失之易也。

呜呼！余自少陆机作赋[79]之二年，至过蘧瑗知非[80]之两岁，三十四年之间，忧患得失，何其多也！然有有必有无，有聚必有散，乃理之常。人亡弓，人得之[81]，又胡足道？所以区区记其终始者，亦欲为后世好古博雅者之戒云。

绍兴二年、玄黓岁，壮月[82]朔甲寅，易安室题。

尔后，清照雇人将《金石录》三十卷另行誊录，作为副本。绍兴四年五月，赵思诚已应诏从温州来临安任中书舍人。八月，清照托赵思诚将《金石录》正本表进朝廷，藏于秘阁。而后，思诚又被命知台州，清照托李迒和陆德夫将《金石录》副本付梓刊印。是年，赵明诚著、李清照笔削其间的皇皇巨著《金石录》问世。世人将《金石录》与欧阳修著《集古录》并称考古之经典。而《金石录》的资料之广博、诠叙之条理、考订之详恰、见谓之精到，超越《集古录》远矣！

这正是：

毕生积蓄化云烟，录下金石万万千。文史欧阳[83]称泰斗，比肩差可有婵娟。

注解：

①古律：指古诗、律诗两种诗体。

②使虏：出使金国。

③通两宫：通，问候。两宫指被金国俘虏去的宋徽宗、宋钦宗。

④三年夏六月：前序文言“五月”，此处又言“六月”，必有一误，或作者误，或传写误。

⑤凝旒：帝王的冠冕上有十二“旒”，前后十二根串珠。

⑥垂衣：也叫“垂拱”。意为无为而治，亦叫“垂拱而治”。

⑦岳牧与群后：岳，即四岳；牧，一州之长；后，官长。此句意指群臣。

⑧贤宁无半千：半千指五百年。(《新唐书·员半千传》)半千始名余庆；少时举童子，见赏于房玄龄，有人称许曰：“五百载一贤者生，子宜当之。”遂改名为“半千”。

⑨阳九：厄运。言国家遭内忧外患，国运不济。

⑩燕然铭：东汉窦宪破匈奴，登燕然山，令班固作铭文，刻石勒功。

⑪金城柳：(《世说新语》)桓温北征过金城，见任琅琊守时所植柳树皆十围，曰：“木犹如此，人何以堪！”

⑫纯孝臣：《左传》：“君子谓颍考叔，纯孝也。”

⑬霜露悲：典出《礼记》中的“霜露既降，君子履之，必有凄怆之心，非其寒之谓也”。

⑭羹舍肉：典出《左传》，郑庄公赐宴颍考叔，颍考叔将肉省下来不吃，郑庄公问为何不吃，颍考叔曰：“小人有母，未尝君之羹，请以遗之。”

⑮车载脂：典出《诗经·卫风》中的“载脂载牵”，用油脂涂车轴以利行车。

⑯四岳佥曰俞：未考。

⑰春官有昌黎：春官，指接待外宾的礼部官员。此泛指出使外国的使者。昌黎乃韩姓郡望，指韩姓，如称韩愈为韩昌黎。此处指韩肖胄。

⑱百夫特：出自《诗经》中的“维此奄息，百夫之特”。百夫之中最雄俊也。

⑲嘉祐与建中：嘉祐，宋仁宗年号，韩琦曾为宰相；建中靖国，宋徽宗年号，韩琦子韩忠彦曾为宰相。

⑳皋夔：指贤臣，参见《尚书·舜典》中的“皋陶为士(掌刑法)，夔[kuí]为典乐”。

㉑王商：汉朝宰相，相貌伟岸威严，匈奴单于来朝，见王商而却退。天子叹曰“此真汉相矣”。

㉒吐蕃尊子仪：吐蕃应为回纥。郭子仪感召回纥，受回纥尊崇。比喻韩琦曾令辽人畏服。

㉓紫泥诏：言用紫色泥封之诏书。

㉔黄龙城：辽、金时城市名，在今东北。

㉕稽颡：跪拜礼，双膝屈跪，额头触地。

㉖侍子：古代两国互相派遣的人质。

㉗请缨：《汉书》载，终军请愿受长缨，羁南越王而致之阙下。后往说南越王，使其举国内属。

㉘脱衣、汉恩：出自《史记·淮阴侯列传》。项王使人往说韩王信，韩信谢曰："汉王授我以上将军印，予我数万众，解衣衣我，推食食我，言听计用，故吾得以至于此。夫，人深亲信我，背之不祥，虽死不易，幸为信谢项王。"

㉙干记室：干，干预；记室，即后代之掌书记，近代之秘书。

㉚不虞：意料之外的（坏）事。

㉛衷甲：衣服里穿着甲胄。

㉜乘城前日记平凉：见《唐书·马燧传》。唐使与蕃相会盟平凉，为蕃军所劫，狼狈逃散。

㉝葵丘践土：葵丘是齐桓公会盟称霸的地方，践土是晋文公会盟称霸的地方。

㉞露布：作战得胜后写在布帛挂在旗杆上的捷报，故称露布。

㉟崤函关出鸡未鸣：崤函关，今函谷关，位于河南省灵宝市。战国时，孟尝君从秦国逃出，夜至崤函关，关待鸡鸣时方开。秦兵追来，门客学鸡鸣，孟尝君得以逃出。意为鸡鸣狗盗之徒也有有用之时。

㊱樗栎：典出《庄子·人间世》，是一种高大粗壮的树木，但材质低劣，不堪做任何器物。

㊲刍荛之言：樵夫的话。

㊳隋珠：夜明珠。隋侯，汉东之国诸侯。隋侯见大蛇伤断，以药敷之。后蛇衔大珠报答隋侯。

㊴和璧：楚人和氏得玉璞于楚山，先后献于厉王、武王，相玉者皆曰石，且刖其足。文王即位，和氏哭于楚山下三日三夜，文王感其诚，使治玉人理璞而得宝，琢玉为璧，遂命曰和氏璧。

㊵灵光：鲁灵光殿，汉景帝子恭王余所立。汉中叶，西京诸殿皆毁，唯鲁灵光殿岿然独存。

㊶翁仲：铜铸的人像。

㊷稷下：稷，齐国都城临淄的城门，或说是齐国的山名。谓齐国学士集于稷门之下。

㊸挥汗成雨：语出《史记·苏秦列传》，形容齐国都城人烟稠密。

㊹东山一坏土：典出《孟子·尽心》中的"孔子登东山而小鲁，登泰山而小天下"。一坏土，一把土。"坏"今写作"抔"，读[póu]。

㊺皇华：参见《诗经·小雅·皇华》序中的"皇皇者华，君遣使臣也。"

㊻连昌宫：唐宫名，在洛阳。

㊼华萼楼：唐宫，在长安，即南内兴庆宫。

㊽长乱何缘在屡盟：参见《诗经·小雅》中的"君子屡盟，乱是用长。"有的资料"缘"字为"须"，窃以为语意不通，故采用"长乱何缘在屡盟"。清照诗句的意思是：天下混乱，不是因为屡次盟约，而是盟约之后不守信用。

㊾乞骸骨：请求致仕，退休。

㊿阁：宫中经常出入的便门。

(51)黄金簟、玉局床：簟，音[diàn]，竹席。金线编织的凉席、玉做的床。

(52)庭燎：大烛。

(53)金环半后礼：金环，古时嫔妃得幸生子，授以金环。半后，谓贵妃享受礼遇仅次于皇后。

(54)钩弋比昭阳：钩弋，音[gōu yì]，汉宫殿名，汉武帝宠妃赵婕妤的居所。昭阳，汉宫殿名，汉成帝赵皇后的居所。谓贵妃住处可与皇后相比。

(55)五季：梁、唐、晋、汉、周之五代也。

(56)王播：不是王播，应是"王涯"。非传写错误即清照使事误也。王涯，唐朝宰相，好书画，死于甘露之变，其书画被人盗窃，剔取奁轴上的金玉饰件，而弃其书画于道路。

(57)元载之祸：元载亦唐宰相，参见《新唐书·元载传》中的"赐载自尽……籍其家……胡椒至八百担，它物称是"。

(58)长舆：和峤字长舆。《晋书·和峤传》言，和峤家产至富，而性至吝，世讥有钱癖。

(59)元凯：杜预字元凯，参见《晋书·杜预传》中的"时王济解相马，又甚爱之，而和峤爱聚敛。预常称济有马癖，峤有钱癖。武帝闻之，谓预曰：'卿有何癖？'对曰：'臣有《左传》癖。'"

(60)葛天氏：古代传说中的大同世界的帝王。

(61)饭蔬、衣綀：吃素食，穿粗布衣。

㉖鲁壁：参见孔安国《古文尚书序》中的“鲁恭王好治宫室，坏孔子宅以广其居，于壁中得先人所藏古文虞、夏、商、周之书，及《传》《论语》《孝经》，皆蝌蚪文字。”

㉗汲冢：参见杜预《春秋经传集解·后序》中的“会汲郡汲县有发其界内旧冢者，大得古书，皆简编蝌蚪文字”。

㉘信宿：两夜。

㉙铅椠：铅为铅条，椠为木板，古代作字之具。

㉚宋传抄本此处下有空格若干，表示有脱文。

㉛此处原文有误。青州非金人所陷，乃乱兵所陷。

㉜此处原文有误。据《建炎以来系年要录》载，赵明诚知建康乃上年丁未秋八月。

㉝岸巾：古人巾帻俱覆额，巾不覆额曰岸巾。

㉞分香卖履：参见《曹操遗令》云中的“余香可分与诸夫人。诸舍中无所为，学做履组卖也”。指安排后事。

㉟“到台，守已遁……之剡，出陆，又弃衣被走黄岩。”疑此处因传抄错误，有文字遗漏、颠倒。

㊱颁金：不可解，或有传抄错误。

㊲论列：宋代言官上书检举弹劾曰“论列”。

㊳无虑：今之“大概”。

㊴手泽：手迹。

㊵墓木已拱：语出《左传》，言坟上之树已有一围之粗。

㊶菲薄：此处为命薄之意。

㊷尤物：迷人的奇异之物。

㊸陆机作赋：参见杜甫《醉歌行》中的“陆机二十作《文赋》”。

㊹蘧瑗知非：参见《淮南子·原道训》中的“故蘧伯玉年五十而知四十九年非”。

㊺“人亡弓，人得之”：参见《孔子家语》中的“楚王出游，亡弓。左右请求之。王曰：‘止，楚人失弓，楚人得之，又何求之？’孔子闻之曰：‘惜乎其不大也！不曰：人遗弓，人得之而已，何必楚也。’”。

㊻“玄黓岁，壮月……”：参见《尔雅》中的“太岁在壬曰‘玄黓’”。壮月，八月。

㊼欧阳：欧阳修，字永叔，号醉翁，晚号六一居士。历仕仁宗、英宗、神宗三朝，官至参知政事。北宋政治家、文学家，唐宋八大家之一，其诗词创作有不少经典作品；在史学方面也有很高成就，主修《新唐书》，独撰《新五代史》，以及金石考古学著作《集古录》。死后谥“文忠”。

第四十六回

钓台夜过高山仰止　双溪春游舴艋载愁

建炎四年时，宋东平府知州刘豫，降金后投靠金人，被扶植为傀儡政权的皇帝，国号“齐”。伪齐辖中原区域的河北、河东、河南，成为背靠金国，威胁宋朝的势力。绍兴初，岳家军收复了伪齐所属的襄阳六郡，直逼伪齐盘踞的东、西、南、北四京，伪齐岌岌可危。绍兴四年九月，刘豫向金国乞求援军，以扭转其在中原的颓势。金国派遣挞懒、兀术率五万骑兵应援。刘豫令其子刘麟、侄刘猊率军，避开襄汉岳家军的锋锐，向宋朝行在所在地江浙一带大举南侵。刘豫的步兵自楚州进攻承州[①]，金国骑兵自泗州进攻滁州；两军像两把尖刀，插向宋朝的心脏，大有吞并江南之势。皇上任命主战派赵鼎为尚书右仆射兼知枢密院事。赵鼎劝皇上特颁手诏，敦促韩世忠进屯扬州。韩世忠遂自京口渡江济师，亲提骑兵驻大仪，严阵以待金兵，且伐木为栅，自断归路，誓与金、齐决一死战。赵鼎又推荐韩肖胄知常州以为屏障，綦崇礼知绍兴府以为后盾，形成进可攻、退可守的有利态势。

十月，临安城内，闻江北金、齐大举入侵，军情告急，人心惶惶。鉴于建炎四年金兵陷越州、掠明州之祸，此次金、齐大兵压境，江浙百姓心有余悸，纷纷逃往浙西、浙南、闽北的山中。朝中的官员护驾去平江或者去江北抗金，家眷们则带着金银细软避难衢州、婺州、建州诸地。

金华是婺州州治所在地，距临安约三百里，是东南内陆的大郡重镇，山川壮美、物阜人稠，金华火腿的美味驰誉大江南北。李迒的岳母陈夫人在金华有御赐的宅邸，原是越州太守李邺的私第。陈夫人和女儿巧娘邀请清照、婉贞、李远夫妇一家以及李迥、李迨的家属子女，还有刚从健康过来的婉贞的儿媳和孙辈，一起去金华躲避战乱。男女老少、大大小小，主仆共有三十多口人。韩玉父愿意跟李奶奶一起去金华；韩膺胄为了不耽误玉父的学业，亲自上门把玉父交给清照；清照当然也愿意有个“孙女”跟在身边。他们先派李远夫妇前去金华安排，然后雇了六条乌篷船，装满了人和财物，沿着富春江，趁着冬日的北风，扬帆驶向金华。

一路上，玉父伴着清照坐在船头，贪看富春江上的山光水色，虽然寒意料峭，也舍不得回到舱里。富春江素有“奇山异水、天下独绝”之称。冬日，两岸巉岩奇峰之上，疏林黄叶飘飞；澄江碧水之中，山峦的倒影如梦如幻；水中有山、山中有水，水在山下绕，船在水上行；身后寒江独钓者远去，迎面渔舟唱晚者又来；岸上山庄错落，竹篱茅舍、白壁黛瓦点缀其间；随着峰回路转，宛如展开一幅幅清丽淡远的山水画卷。清照感叹道：“‘三吴行尽千山水，犹道桐庐景情美。’今日身临其境，方才领略到苏东坡这句诗其言不虚。”

乌篷船虽是溯流而上，却是顺风，一日航程竟能达一百多里，红日未落西山的时候，便靠上桐庐县城的埠头。船上的人们上岸休息打尖，说是等天黑下来还要登程赶路，前面就是严滩，要过严子陵的钓台了。清照、婉贞、巧娘等众人找了一家酒肆，大家坐下来用餐。玉父跟清照说：“奶奶。黑夜行船，看不见钓台的风景，不如在船上歇一宿，明天再走。”清照说：“听说这是当地的风俗，只能夜间过钓台。”玉父好奇，问：“为什么？”清照说：“你知道严子陵是谁吗？”玉父说：“知道。听爷爷讲过。”清照说：“如果知道，就给我们大家讲一讲，好吗？”玉父背书似的说道：“爷爷说，严子陵名严光，字子陵，是汉朝时候的高士。他少年时很有才气，志向远大，与汉光武帝刘秀是同窗好友，曾劝刘秀起兵讨伐王莽。刘秀登基做了皇帝，想起严子陵，多次征召他去洛阳做官，他都婉辞谢绝。他隐居桐庐，耕读垂钓，活了八十岁，终老不肯出仕。这里的钓台就是他垂钓的地方。”清照含笑点头说：“玉父记性好，一板一眼，说得不错。可是你知道严光为什么不出来做官吗？人们又为什么如此推崇、怀念他？”玉父摇头说不知道；婉贞、巧娘也睁大眼睛看着清照，似乎央求她说出个究竟。酒肆里的客人也都朝清照转过脸来。清照面向婉贞、巧娘等众人解释道：“太史公曰：‘天下熙熙，皆为利来；天下攘攘，皆为利往。’滚滚红尘中芸芸众生，为人处事只图一己之私。便是读书做官的士人，舍小我而济天下者也为数不多；而其中胸怀雄才大略，道不同不相为谋，不肯折腰事权贵者，不是绝无仅有，也是凤毛麟角。”婉贞说：“严光与光武帝乃是故旧之交，君臣应是志同道合，如鱼得水，何以又分道扬镳？”清照道：“严子陵深知光武察察而明[②]，并非虚怀若谷之人，更见其称帝后居功自矜之端倪，心知与其相处日久必生嫌隙，故决绝避去而不疑。这既成全了光武礼贤下士之名，也保全了他与光武帝的故旧之义。严子陵所以为高士，因其识时务而知进退矣！而非因不得重用衔怨而去者能望项背，更非以隐居不仕而沽名钓誉者所能比；故严光能流芳百世。今日，此地民俗只能夜间过严子陵钓台，是警示世间那些争名逐利的凡夫俗子，无颜在光天化日之下面对先贤，应愧悔反省，见贤思齐。”玉父颔首说：“明白了，凡夫俗子们只能夜间过钓台，我们也都是凡夫俗子。”清照笑答：“不是凡夫俗子，一日三省吾身也是君子应有的修身之道。所以，夜间过钓台是对世人的针砭和鞭策。范仲淹说：‘严子陵之行，而使贪夫廉，懦夫立，是大有功于名教也。云山苍苍，江水泱泱，先生之风，山高水长！’”

清照一番高谈阔论，使座中的婉贞、巧娘听得入神，酒肆里旁听的客人皆由衷地叹服。玉父似懂非懂地听完清照讲述，说：“奶奶能给严子陵钓台写首诗吗？”清照说：“这诗可不是随便作的，古来‘钓台诗’车载船装，各有千秋，能传颂于今的也就是寥寥几首。待我好好想想，明天写给你看。”

夜半子时，乌篷船经过钓台。夜色朦胧中，人们仰望山脚下严子陵垂钓的地方，发思古之幽情，体验了一次“高山仰止、景行行止”[③]的感受，心灵似乎得到了净化，又似乎回到遥远的汉季，与古人不期而遇，却又行色匆匆、擦肩而过，深感世事的沧桑，人生的短暂。

过了钓台，人们渐渐入了梦乡。人们在睡梦中，耳边隐约听到“欸乃，欸乃”的划船号子声，睁开睡眼向舱外望去，只见江面上波光粼粼，已是日高烟敛时分。船工说：“船已经进了兰江，前边就是兰溪。”玉父从清澈的江水里给李奶奶打来洗脸水，等李奶奶梳洗完毕，用罢早餐后稍事休息，便问奶奶的钓台诗作出来没有。清照取出纸砚，用笔蘸了点儿江水，在砚台上掭了点儿残墨，写了一首绝句。诗曰：

巨舰只缘因利往，扁舟亦是为名来。往来有愧先生德，特地通宵过钓台。

玉父接过诗稿，读了一遍便背诵下来。

不知不觉，乌篷船过了兰溪进入婺江，傍晚便到了金华。李远夫妇前来迎接，随即带领众人进入陈夫人的御赐宅第。这是一个三进的院落，多年没人居住，雇了两位老人看守，看来倒是收拾得井井有条，没有明显的破败迹象。

待人们将日常起居之事安排就绪之后，李远从仓室里取出一个木箱和一张半大的长方几案，拿来给清照看，说："这是五年前我来修缮这所房子的时候，在库房里发现的东西，是一套'打马'用的博具。你看还能用不？"清照近前一看，红木几案上是一个'打马'棋盘，上面用黑漆画着格子；箱子里码着一百枚黄杨木做的棋子，还有几枚象牙骰子；棋盘、棋子、骰子的做工都很考究；是原房主被抄家时丢下的。清照大喜过望，令李远清洗干净以后小心保存起来，不要丢失。

三十来口人的生计，都由李远夫妇操持；他们带领着从当地雇用的几个佣人，日夜操劳、勤俭度日。其他人都是闲散惯了的夫人、太太和未成年的孩子，闲来无事，便去金华城里、城外好玩的去处，如双溪、八咏楼等地，四处观光游览。七八天过去，各处都走遍了，众人也就失去兴致，只得天天闷在家里。时间正是隆冬，虽说江南四季如春，但冬季的潮湿阴冷，却也令北方人难以忍受，觉得度日如年。人地生疏，时局又不太平，大人不敢让孩子们出门，孩子们在家闷得七跳八嚎，闹得沸反盈天。一日，清照、婉贞和巧娘坐一处闲聊，婉贞提议，不妨在家里开设一个塾馆，聘请城里的教书先生坐馆，教孙辈们读书、写字、赋诗，免得孩子们荒废了学业，大人们也可以清静清静，养养身子。清照说："婉贞妹说得正是。不过，聘请教书先生也是一笔不小的开支，况且战事何时消停？也许半年，也许俩月，不得而知；聘期定不下来，谁来应聘？依我说，我们三人也做一回教书先生。"婉贞说："这主意不错。"巧娘说："我可不行，四书、五经我还没读懂呢。"婉贞说："教小孩子，会《三字经》《百家姓》《千字文》就足够了。"巧娘说："这三本书，那几个大一点儿的孩子都学过了，让他们再学什么？"清照说："依我看，巧娘，你就教这三本书，教小孩子们认字、写字；婉贞，你教那几个大点儿的孩子学《唐诗》，也夹杂着学点儿《论语》《诗经》什么的。"婉贞、巧娘都拍手赞成，且兴致颇高。婉贞问清照："嫂嫂教什么？"清照说："我教他们学'打马'！"婉贞和巧娘呆呆地看着清照，以为清照开玩笑，清照解释说："过去在东京府司巷的时候，我们玩的'依经马'，我又添加了一些跟史籍掌故、兵法战阵有关联的新花样，编排了一种新的玩法，叫作'命辞打马'。我已经把

‘命辞打马’写成了书，书名叫《打马图经》；这些年东跑西颠，棋盘、棋子都散落了，只剩下《打马图经》这本书还没丢。那天，李远兄告诉我，在仓库里有旧房主留下的一套棋具，我兴致来了，立马写了一篇序文。本想我们一起玩玩，现在可拿来教给孩子们。”婉贞说：“学‘打马’，这主意可不错。不然，天天‘诗云子曰’，孩子们很快就烦了。”清照说：“是啊，再说，我教他们玩‘打马’的时候，还要教他们学我写的两篇文章。文章里的每个典故，就是一个启人心智的小故事，讲给孩子们听，不无裨益呢。”婉贞说：“嫂嫂真是有心人，兵荒马乱的还在著书立说。”巧娘说：“那我也跟着姐姐再学一次‘打马’。在府司巷时学弹琴，没下功夫学‘打马’。”清照说：“这‘打马’玩起来，你就像扮演一位运筹帷幄、决胜千里的元帅，学问大着呢。”婉贞说：“我也再学一次。学会了，跟陆德夫比赛几个回合，杀他个丢盔卸甲，让他知道排兵布阵、驰骋沙场，可不都是男人的事。”婉贞的话让清照和巧娘都忍俊不禁。李远嫂来请她们去吃饭，站在屋里听她们说话，搭腔说：“有空我也来学，也当一回棋盘上的梁红玉。好了，当梁红玉可不能光在棋盘上画饼充饥，先去吃饭要紧。”众人哈哈笑着，跟李远嫂去了饭堂。

清照将《打马图经》交与婉贞和巧娘以及李家兄弟的儿媳们，让她们抄录下来，按原书的图样画上图例，给她们的孩子当课本使用。

半个月后，当孩子们对婉贞和巧娘教的科目有点儿厌烦了的时候，清照便给孩子们开始上她的新功课。清照先是把她为《打马图经》写的序言掰开了、揉碎了，深入浅出地用白话讲给孩子们听。这篇序言的文言原文是：

慧即通，通即无所不达；专即精，精即无所不妙。故庖丁之解牛[4]，郢人之运斤[5]，师旷之听[6]，离娄之视[7]，大至于尧、舜之仁，桀、纣之恶，小至于掷豆起蝇[8]，巾角拂棋[9]，皆臻至理者何？妙而已。后世之人，不惟学圣人之道，不到圣处；虽嬉戏之事，亦得其依稀仿佛而遂止之者多矣。夫博者无他，争先术耳，故专者能之。

予性喜博，凡所谓博者皆耽之，昼夜每忘寝食。但平生随多寡未尝不进[10]者何？精而已。自南渡来流离迁徙，尽散博具，故罕为之，然实未尝忘于胸中也。

今年冬十月朔，闻淮上警报。江、浙之人，自东走西，自北走南，居山林者谋入城市，居城市者谋入山林，旁午络绎，莫卜所之。易安居士亦自临安溯流，涉严滩之险，抵金华，卜居陈氏之第。乍释舟楫而见轩窗，意颇适然。更长烛明，奈此良夜乎。于是乎博奕之事讲矣。

且长行、叶子、博塞、弹棋，世无传者。打揭、大小、猪窝、族鬼、胡画、数仓、赌快[11]之类，皆鄙俚，不经见。藏酒、摴蒲、双蹙融[12]，近渐废绝。选仙、加减、插关火[13]，质鲁任命，无所施人智巧。大小象戏、奕棋[14]，又惟可容二人。独采选[15]、打马，特为闺房雅戏。尝恨采选丛繁，劳于检阅，故能通者少，难遇勍敌[16]。打马简要，而苦无文采。

按打马世有二种：一种一将十马者，谓之关西马，一种无将二十马者，谓之依经马。流行既久，各有图经凡例可考。行移赏罚，互有同异。又宣和间，人取二种马，参杂加减，大约交加侥幸，古意尽矣。所谓宣和马者是也。

予独爱依经马，因取其赏罚互度，每事作数语，随事附见，使儿辈图之。不独施之博徒，实足贻诸好事[17]。使千万世后，知命辞打马，始自易安居士也。时绍兴四年十一月二十四日，易安室序。

清照每天讲半个时辰，用了三天时间，把她的序言讲完了。她讲解“庖丁解牛”“郢人运斤”“师旷之听”“离娄之视”“掷豆起蝇”“巾角拂棋”等典故的时候，孩子们果然听得津津有味，兴趣盎然。清照问孩子们喜欢文章中哪一句话，婉贞的大孙子说：“我喜欢，‘慧即通，通即无所不达；专即精，精即无所不妙。’”巧娘的大孙女说：“我还喜欢，‘后世之人，不惟学圣人之道，不到圣处。虽嬉戏之事，亦得其依稀仿佛而遂止之者多矣。’”玉父回答说：“他们说的我都喜欢。另外，我还喜欢，‘乍释舟楫而见轩窗，意颇适然。更长烛明，奈此良夜乎。’这几句话，奶奶就像作诗填词。”清照听了孩子们的话，心里非常高兴，说：“你们以后不管学什么，都要专心致志、精益求精，不能浅尝辄止、半途而废。春天就要来了，轩窗明烛之下，正是读书的好时候，可不要辜负大好时光。”孩子们七嘴八舌回答说：“请奶奶放心就是。”

清照按班讲解“打马”规则。大班由婉贞带领，小班由巧娘看管。开班后，先认棋盘上的布局，再讲掷骰子数点方法，而后讲按点行马的规矩。清照特别讲解了她为棋盘上各个窝的命名以及她配备的史籍典故。例如：第一格叫“赤岸驿”，第十格叫“陇西监”，第十九格叫“玉门关”，第三十七格叫“沙苑监”，第四十六格叫“函谷关”等，都是古代屯军之处或争战要地的名字。

每个窝里都注有一个典故和行棋规则，如“玉门关闭，罚停三轮再行”“沙苑草肥，马肥多行三步”，遇“函谷关，须叠成十马，方可过关”。清照又定下规矩，做“打马”游戏，每班每天只玩两局。一个月过去，孩子们就熟练掌握了游戏规则，聪明一些的孩子还能运用技巧取胜，随之兴趣愈加浓厚。即便是常常落败的孩子，也不肯服输，而是愈挫愈勇。婉贞和巧娘跟孩子们也玩得入了迷。孩子们不管输赢，都从“命辞打马”中学会了许多有益的知识，懂得了许多做人的道理。而后，清照趁热打铁，写了一篇赋体的骈文，题目是《打马赋》，用白话讲给孩子们听。文曰：

岁令云徂[18]，卢或可呼[19]。千金一掷，百万十都。樽俎具陈[20]，已行揖让之礼；主宾既醉，不有博奕者乎！

打马爰[21]兴，摴蒲遂废。实博奕之上流，乃闺房之雅戏。齐驱骥騄，疑穆王万里之行[22]；间列玄黄，类杨氏五家之队[23]。珊珊珮响，方惊玉镫之敲；落落星罗，忽见连钱[24]之碎。若乃吴江枫冷，胡山叶飞[25]；玉门关闭[26]，沙苑草肥[27]。临波不渡，似惜障泥[28]。或出入用奇，有类昆阳之战[29]；或优游仗义，正如涿鹿之师[30]。或闻望久高，脱复庾郎之失[31]；或声名素昧，便同痴叔之奇[32]。亦有缓缓而归[33]，昂昂而出[34]。鸟道[35]惊驰，蚁封[36]安步。崎岖峻坂，未遇王良[37]。跼促盐车[38]，难逢造父。且夫丘陵云远，白云在天[39]，心存恋豆[40]，志在著鞭[41]。止蹄黄叶，何异金钱[42]。

用五十六采之间，行九十一路之内。明以赏罚，核其殿最[43]。运指麾于方寸之中，决胜负于几微[44]之外。且好胜者人之常情，小艺者士之末技。说梅止渴，稍苏奔竞之心；画饼充饥，少谢腾骧之志。将图实效，故临难而不回；欲报厚恩，故知机而先退[45]。或衔枚[46]缓进，已逾关塞之艰；或贾勇[47]争先，莫悟阱堑[48]之坠。皆由不知止足，自贻尤悔[49]。况为之不已，事实见于正经；用之以诚，义必合于天德。故绕床[50]大叫，五木皆卢；沥酒一呼，六子尽赤[51]。平生不负，遂成剑阁之师[52]；别墅未输[53]，已破淮淝之贼。今日岂无元子[54]，明时不乏安石。又何必陶长沙博局[55]之投，正当师袁彦道布帽之掷[56]也。

辞曰：

佛狸[57]定见卯年死，贵贱纷纷尚流徙。满眼骅骝杂騄駬，时危安得真致此？木兰横戈好女子，老矣谁能志千里，但愿相将过淮水。

此文几乎一句一个典故，每个典故，清照都像讲故事一样，用白话娓娓道来，讲得妙趣横生，使孩子们心驰神往。而后，孩子们再来玩“打马”，便想象着自己就是谢安石、桓温似的大将军，指挥三军、调兵遣将；好像明天就能率领千军万马收复大好河山，搀扶着奶奶跨过大江、渡过淮水回到汴京。

孩子们在金华欢聚一堂，度过了一个热热闹闹的新年。转眼到了江南草长、杂花生树、群莺乱飞的暮春三月，塾馆里的孩子们，就像屋梁上刚会飞的雏燕，再也关不住了，他们要到城外的双溪去野游。这双溪在金华城南，原是两条江水的汇合处，一条江叫东港，一条江叫南港，两江合流之后便是婺江。李远告诉清照，双溪就像明水的绣江，旁边有一片水面，里面长着莲叶和蒲苇，水面上可以荡舟，应该去看看。婉贞、巧娘来约清照，让她跟孩子们去双溪散散心。清照自知出去远游，身体难以支撑，可又怕坏了众人的好心情，便勉强答应下来。晚上睡前，忽然想起綦崇礼委托她修改《哲宗实录》的事还没收官，心想，反正都是无眠，不如趁此良夜做点儿正事。于是，便剪烛秉笔，熬到半夜，将最后一章修改完毕；不料早晨起来，已是日上三竿，又觉得浑身酸痛，连头也不想梳了。看看空荡荡的院子里，只有玉父一人等着她。此时，孩子们早已簇拥着他们各自的奶奶、阿娘出发了，清照这才想起今日是去双溪游玩的日子。清照突然有一种不可名状的悲凉感涌上心头，平日她尽心调教的孩子们竟然舍她而去，使她禁不住流下了几滴伤心的眼泪，心里又安慰自己道：他们知道我夜里没睡好，怕打搅我，便悄悄地走了。玉父看见奶奶流泪，便说：“奶奶身体不舒服，我们就不去了。”清照说：“不，我们还是去吧。”她们走到河边，雇了一只像蚱蜢的小船，也往双溪去了。下午回来，休息了半天，晚间，清照在灯下给玉父写了一首《武陵春》，词曰：

风住尘香花已尽，日晚倦梳头。物是人非事事休，欲语泪先流。闻说双溪春尚好，也拟泛轻舟。只恐双溪舴艋舟，载不动许多愁。

玉父捧着诗稿读了两遍，知道奶奶虽然看起来高兴，但心里却有许多不便言说的苦楚。眼里的热泪也忍不住滴落下来。

这正是：

人情冷暖无多虑，世态炎凉壁上观。且把棋盘当战场，运筹帷幄几微间。

注解：

①承州：今江苏高邮市。

②察察而明：出自《晋书·皇甫谧传》，形容专在细枝末节上显示精明。也形容人苛察小事。

③高山仰止，景行行止：出自《诗经·小雅》，意为："虽不能至，然心向往之。"高山，品德高尚；景行，大路，比喻行为正大光明。

④庖丁解牛：出自《庄子内篇·养生主》，意思是技术熟练，运用自如，可随心所欲。

⑤郢人运斤：出自《庄子杂篇·徐无鬼》，说郢地某人，鼻端沾白灰，请一位巧匠，用斧头把白灰砍了去。

⑥师旷之听：出自《孟子·离娄》。师旷，晋平公的乐师，听觉灵敏。

⑦离娄之视：出自《孟子·离娄》。"离娄者，古之明目者，盖以为黄帝时人也，能视于百步之外，见秋毫之末。"

⑧掷豆起蝇：出自《酉阳杂俎》。言张芬中丞设宴待客，有一客人取赌酒用的绿豆击打苍蝇，用十颗豆打死十个。张芬说，不要浪费我的绿豆了，遂用手去捏苍蝇的后腿，无一逃脱。

⑨巾角拂棋：出自《世说新语》。魏文帝擅长宫中的弹棋游戏，能用手巾角将棋子弹飞。有客人自称弹棋另有绝技，文帝令他表演，他将葛巾裹在头上，低头仰头瞬间，便用头巾将棋弹起，其技妙于文帝。

⑩未尝不进：赌博较胜负，胜谓之"进"，即"赢"。作者谓，凡赌博，她无不赢，只是赢多少而已。

⑪⑫⑬长行、叶子、博塞、弹棋、打揭、大小、猪窝、族鬼、胡画、数仓、赌快，藏酒、摴蒲、双蹙融，选仙、加减、插关火：古代赌博游戏的名称。

⑭大小象戏、奕棋：宋时的象棋和围棋。

⑮采选：与"选仙"大致类似的一种赌博。

⑯勍敌：多指某种竞技的强劲对手。

⑰贻诸好事：贻诸，给之于；好事，爱好。给与爱好（打马）的人。

⑱岁令云徂：岁月往前行进。岁令，时光；云，语气词；徂，前往。

⑲卢或可呼：掷骰子时的吆喝声，代指赌博。即“呼卢喝雉”，今之“吆五喝六”。

⑳樽俎具陈：宴席上的杯盘都摆好了。

㉑爰：于是。

㉒“齐驱骥騄，疑穆王万里之行”：《史记》记载，善于驾御马的造父，驾着骐骥、温骊、骅骝、騄駬四匹宝马，载周穆王日行万里，去西方巡狩，乐而忘归。

㉓“间列玄黄，类杨氏五家之队”：《唐书·杨贵妃传》载，“玄宗每年十月幸华清宫，国忠姐妹五家扈从。每家为一队，着一色衣。五家合队，照映如百花之焕发”。

㉔玉镫、连钱：玉镫，镶玉的马镫。连钱，马身上的装饰之物。

㉕胡山叶飞：唐，张固《幽闲歌吹》载，乔彝去京兆府应考，试官出试题曰“渥洼马赋”，乔彝奋笔疾书，须臾而就，其中有一句曰：“一喷生风，下胡山之乱叶。”

㉖玉门关闭：汉武帝时，贰师将军李广利率数万人远征西域大宛取汗血马，败回至敦煌，所剩士卒不过十之一二，求增兵。武帝大怒，闭敦煌玉门关不准贰师入。

㉗沙苑草肥：沙苑，史称放牧牛羊之地，亦养马。杜诗曰“苑马总肥春苜蓿”。

㉘障泥：障泥，马鞍下防护马身的垫子。

㉙昆阳之战：王莽军数十万人围困汉军于昆阳，刘秀率数千人救昆阳，王莽军惨败。著名的以少胜多战例。

㉚涿鹿之师：《史记·五帝本纪》载，蚩尤作乱，黄帝征诸侯军，大战蚩尤于涿鹿之野，擒杀蚩尤。

㉛脱复庾郎之失：脱复，偶然之意。见《世说新语》，晋朝小征西将军庾翼，骑骏马归来，前有仪仗，后有侍卫。岳母在城楼上要看他的骑术，盘了两圈马，便从马上掉下来，然神情自若，未有愧色。

㉜痴叔之奇：见《世说新语》卷中之上《赏誉》上。其文较长，见本回附记。

㉝缓缓而归：见苏轼《陌上花三首引》中的“吴越王妃每岁春必归临安，王以书遗妃曰：‘陌上花开，可缓缓归矣。’”。

㉞昂昂而出：语出屈原《卜居》中的“宁昂昂若千里之驹乎，将泛泛若水中之凫乎”。昂昂，志行高也。

㉟鸟道：山间羊肠小道。

㊱蚁封安步：蚁封，蚂蚁用土堆成的土丘。在蚁封之地盘马，必有高超的骑术，才能进退、疾徐自如。

㊲王良：出自《孟子·滕文公下》。善御者也。

㊳盐车：典出《战国策》，良马也难以负载的运盐爬山的车子。

㊴丘陵、白云：《穆天子传》卷三载，天子觞西王母于瑶池之上。西王母为天子谣曰："白云在天，山陵自出。道路悠远，山川间之。"

㊵恋豆：见第十九回注13。

㊶志在著鞭：《晋书·刘琨传》，刘琨与亲故书曰"吾枕戈待旦，志枭逆虏，常恐祖生先吾著鞭"。

㊷"黄叶，金钱"：见黄庭坚《题扇诗》中的"黄叶委庭观九州，小虫催女献功裘。金钱满地无人费，百斛明珠薏苡秋"。

㊸核其殿最：查核，核实。殿最，上下、先后，即决定赌博之胜负。

㊹"指麾，几微"：指麾，指挥。几微，微小。

㊺"欲报厚恩，故知机而先退"：暗用晋文公报楚成王之惠，城濮之战前退避三舍之事。

㊻衔枚：为不走漏风声，军队行军时，嘴里横着含一根筷子类的短棒。

㊼贾勇：语出《左传》，言自己勇气有余，欲卖之。贾，卖或买。

㊽阱堑：指按"打马"的游戏规则，棋子落入陷阱，须用骰子掷出赏采，棋子才能飞出。

㊾自贻尤悔：参见《诗经·小明》中的"心之忧矣，自诒伊戚"。"自贻尤悔"，即"自取其咎"。

㊿绕床：语出《晋书·刘毅传》中的"毅次掷得雉，大喜，褰衣绕床叫"。

(51)六子尽赤：出自《南唐近事》，言南唐大将刘信攻城不下，被南唐义祖怀疑叛逆，刘信为证明自己清白，掷骰子"六子尽赤"，如不然，则自拘伏罪。

(52)剑阁之师：语出《世说新语·识鉴》。剑阁代指蜀地。桓温将伐蜀，朝士皆曰难胜，唯刘尹观桓温博弈，不必得不为，以为桓温取蜀可成。

(53)别墅未输：事出《晋书·谢安传》。谢安，字安石。秦王苻坚率众号称百万攻晋，晋加谢安征讨大都督。谢安指授将帅，淝水一战，大获全胜。捷报传至京师，谢安正对客围棋赌别墅，置捷报于床，了无喜色，弈棋如故。

(54)元子：桓温字元子。

(55)陶长沙博具之投：《晋书·陶侃传》载陶侃曾为长沙太守，曾把下属的博具投入江中，曰："摴蒲者，牧猪奴戏耳。"

(56)袁彦道布帽之掷：事出《世说新语·任诞》。桓温少时家贫，赌博大输，无力偿还债主，遂请赌场高手袁彦道化装后与债主博。袁从布帽中取投码，掷码绝叫，旁若无人。十万一掷，直至百万。

㊼佛狸：南北朝时北魏太武帝拓跋焘的小名。当时南朝有童谣："虏马饮江水，佛狸死卯年"。

附记：

"痴叔"

《世说新语》卷中之上《赏誉》上："王汝南（王汝南名湛，字处仲，太原人）既除所生服，遂停墓所。兄子济每来拜墓，略不过叔，叔亦不候。济脱时过，止寒温而已。后聊试问近事，答对甚有音辞，出济意外。济极惋愕，仍与语，转造精微。济先略无子侄之敬，既闻其言，不觉懔然，心形俱肃。遂留共语，弥日累夜。济虽俊爽，自视缺然。乃喟然叹曰：'家有名士三十年而不知。'济去，叔送至门。济从骑有一马，绝难乘，少能骑者。济聊问：'叔好骑乘不？'曰：'亦好尔。'济又使骑难乘马。叔姿形既妙，回策如萦，名骑无一过之。济益叹其难测，非复一事。既还，浑问济何以暂行累日。济曰：'始得一叔。'浑问其故，济俱叹述如此。浑曰：'何如我？'济曰；'济以上人。'武帝每见济，辄以湛调之，曰：'卿家痴叔死未？'济常无以答。既而得叔，后武帝又问如前。济曰：'臣叔不痴。'称其实美。帝曰：'谁比？'济曰：'山涛以下，魏舒以上。'于是显名。年二十八，始宦。"

第四十七回

八咏楼即兴千载咏　朱仙镇悲歌满江红

却说绍兴四年，朝廷闻庐州[①]告警，命岳飞往援。岳飞提兵趋庐州，金兵畏惧岳家军神威，未经接战辄退，伪齐兵亦不战自溃。金兵返屯泗州竹墩镇，被韩世忠扼住退路，贻书约战。是时，为暮冬天气，天大雨雪，饷道不通，金兵军中杀马代粮。挞懒、兀术见各部众已无斗志，怨言纷起，又见宋军防御甚严，料知不能深入，正犹豫间，忽又接到金主晟病危消息，不得不赶紧绕道退兵。金兵一退，伪齐兵连辎重都未及携去，便狼狈逃窜了。韩世忠捷报奏达行在，各路将帅也奉命回营驻防。诏命韩世忠守京口，召张浚还行在，扈驾回临安。绍兴五年二月，进张浚、赵鼎为左右仆射兼知枢密院事，朝中主战派占据上风，朝政渐趋清明，江浙百姓也得暂时喘息。

绍兴五年五月，婺州知州忽然造访清照所居陈氏第，令清照听旨，曰："诏令婺州取索故直龙图阁赵明诚家藏《哲宗皇帝实录》缴进。"清照明白，这是綦崇礼委托她校勘、润色《哲宗实录》的使命到了复命的时候。清照答应知州日内即将归临安，将《哲宗实录》奉还秘阁。知州走后，清照感慨，在朝廷的文书中，女人居然没有署名的位置，而以故直龙图阁赵明诚代之；在朝廷眼里，活着的妻子反不及去世的丈夫。

去年，刘豫导金人入侵，皇上驾幸平江，綦崇礼以宝文阁直学士知绍兴府。綦崇礼以近臣密疏于朝，曰："浙东一道为行都肘腋之地，备御不可不谨。"上谕得便宜从事。于是綦崇礼修缮城郭，磨砺甲兵，输钱帛以犒王师，造舟舰以扼海道，夙兴夜寐，殆废食寝。及春，皇上还都，浙闽七州晏然不知羽檄之遽。当年，綦崇礼急流勇退，上印绶请辞，致仕退居台州。皇上问及修《哲宗实录》事，綦崇礼告知《实录》仍在清照处，清照现居金华。故朝廷有令婺州缴进《实录》之命。

清照、婉贞、巧娘决定近日携众人回临安。三人又商量临走之前再到金华的名胜之地八咏楼一游，以作避难金华的纪念。这天，三人被儿孙辈簇拥着登上八咏楼。八咏楼在金华城西南隅，坐北朝南，屹立于石砌台基之上，有石阶百余级供游人攀登；台基与楼阁高耸数丈，雄峙婺江之阳，飞檐起翘，状若欲腾云凌空而去。登楼凭栏远眺，望中平林旷野，景物万态，南山连屏，双溪蜿蜒，尽收眼底。

八咏楼原名玄畅楼，后改名元畅楼。此楼系南朝齐隆昌元年，由东阳郡太守、文章大家沈约建造。沈约字休文，吴兴武康人，历仕宋、齐、梁三代。隆昌元年起楼之后，沈约多次登楼，写下了不少脍炙人口的《登玄畅楼诗》，其中一首咏怀诗曰：

登台望秋月，会圃临春风。岁暮愍衰草，霜来悲落桐。夕行闻夜鹤，晨征听晓鸿。解佩[2]去朝市，被褐[3]守山东。

沈约写完此诗，意犹未了，于是又将诗中的每句扩写为以相应诗句为题以四季风情与晨昏所感为内容的八首诗，人称“八咏诗”。后人有好事者，将这八首诗刻碑置于楼台之上，从唐代起遂以诗名改玄畅楼为“八咏楼”。

清照一行登上楼阁之时，楼阁内正有五个书生模样的年轻人宴饮，他们在楼阁内中央的地上铺了一张芦席，席上置酒馔，众人环酒馔席地而坐，作击鼓传花饮酒之戏；没有鼓，便以覆盘代鼓，用箸击之。一人背向众人用箸敲击盘底，其余四人传花，箸停花止，花落谁家，谁便吟诗一联，然后随性饮酒多少不限；若吟不出，则罚酒三杯且转身背向击盘，原击盘者则回来传花。清照、婉贞、巧娘，还有玉父，站在旁边看年轻人传花饮酒，儿媳们则带着孙辈们看了一会儿，都跑到楼外露台上玩要嬉戏去了。清照细听，他们吟的原是沈约八咏诗以《晨征听晓鸿》为题的第六首，每次吟咏一联。

几番传花过后，八咏诗前六首的句子都用完了；其中一长相俊美、风流倜傥的少年说：“八咏诗的诗章，外面楼台的碑上都刻着的，人人都会，没有意思，不如即兴联句，每次作一联，也可引用其他诗家的成句，但必须与八咏楼相关。可否？”众人应声赞同，其中一人说：“那你林子建先吟第一联，开个好头儿。”林子建道：“好吧，我吟完第一联之后，先由我来击盘。这第一联是：‘径出梅花桥，双溪纳归潮。’”传花后，第二个花落手中的书生吟道：“落帆金华岸，赤松若可招。”又一次传花，接到花的书生一头雾水、张口结舌说不出半个字来，哼唧了半天，别人都为他急得出汗，林子建说：“没有成句，自己胡诌两句也行。”那书生抓耳挠腮，越发地说不出来。站在旁边的玉父忍不住冲口而出：“沈约八咏楼，城西孤岩峣。”玉父吟罢，把书生们都惊呆了。原来他们吟的都是李白一首诗里的句子，诗名叫作《送王屋山人魏万还王屋》；这是一首古风体的长诗，比较生僻，知晓的人不多。林子建起身行礼，表示钦佩，请玉父入座，一起饮酒。玉父不坐，说：“这是我学作古诗的时候，李奶奶教给我的。”书生们问“李奶奶”何许人也，玉父指着清照说：“就是易安居士呀！”书生们起身揖让道：“久闻易安居士大名，如雷贯耳！请易安居士和诸位夫人入座，且请易安居士赐教。”清照辞谢，玉父说：“你们何不请李奶奶作首诗呢。”书生们恳切邀请，清照慨然应诺，即兴赋诗曰：

千古风流八咏楼，江山留与后人愁。水通南国三千里，气压江城十四州。

清照咏罢，林子建取笔记录下来，称赞道：“‘江山留与后人愁’。此句精辟，言近而意远。山河破碎，何时重圆？令金人还我河山，正是我等后生的重任。”另一后生说：“这是自六朝、唐宋以来，八咏楼上力压群芳的最佳题咏，堪比黄鹤楼上崔颢题诗，真乃千古绝唱。”清照说：“后生过誉了。可问你们现在何处求学？”林子建答曰：“我们都是太学的学生，是来金华躲避战乱的，明天就回临安了。”林子建将其余四人介绍给清照，又询问了玉父的姓名、家住何方。尔后，众人从八咏楼相伴而出，又依依惜别，各自散去。

清照回到临安之后，赵思诚知台州未回，清照仍住在赵思诚家里。綦崇礼辞官过阙，清照将《哲宗实录》交与綦崇礼，由綦崇礼缴进秘阁。綦崇礼将朝廷赏赐的白银、绢疋转交给了清照。

转瞬又是一年。一日，韩膺胄来访清照，手持大红请帖，说翌日玉父行及笄礼，请清照光临做正宾。清照许诺届时必到，又问：“及笄礼之后，便应谈婚论嫁了，不知可有门当户对的人家？”韩膺胄答道：“倒是有一林姓人家来问。这林姓人家居西湖孤山，祖上跟林和靖原是一家。林公子今年太学上舍卒业，明年便可入闱殿试了。只是林家家道中落，家里日子过得拮据，玉父的父母尚未应允，不过玉父倒是并不嫌弃。”清照心里明白，这林家公子便是林子建，于是说道：“只要玉父愿意就好，其他都不必多虑。”韩膺胄说：“我也是这个意思。”

一年后，玉父、林子建完婚。开始，玉父幸福满满，玉父每次回门，都来看望清照。玉父跟清照说，林子建中了进士，去闽地做官。后来玉父的父母相继亡故，玉父也很少回娘家来了，自然来看望清照的次数也就愈来愈少。玉父婚后三年，托侍女给清照送来一信，信中附带有一首词，调寄《且坐令》，说是请李奶奶斧正。词曰：

闲院落，误了清明约。杏花雨过胭脂绰[④]，紧了秋千索[⑤]。斗草人归[⑥]，朱门悄掩，梨花寂寞。　书万纸，恨凭谁托，才封了，又揉却。冤家何处贪欢乐，引得我心儿恶！怎生全不思量著，那人人情薄。

玉父在信中向清照诉说，林子建临走时，许诺年内便来接她，然至今两年了，音信全无。她托爷爷去吏部打听，知道林子建之名仍在官册，并无意外。林子建自食其言，莫非在外有了新欢？她想去千里寻夫，手里又无盘缠，又怕家里阻拦，羞于向夫家讨要，娘家父母已亡，更无颜向义祖开口，因而请李奶奶帮助筹措点儿银两；日后，无论寻夫结局如何，即便卖身为奴，也必定偿还。清照读罢玉父的信，已是泪眼婆娑，珠泪滚滚，便立刻取出一幅名贵藏画，令李远去质铺当来一百两银子，她亲自去孤山送到玉父家里，跟玉父说：“这银子是我送给你的。望你找到林子建，夫妻团圆、百年偕老。”玉父磕头拜谢，感动得泣不成声。这且放下不提。

且说岳飞奉命平定了啸聚洞庭湖中的流寇杨么之后，母亲姚氏在襄阳去世，岳飞辞去军务，急回襄阳，扶榇至庐州守制。皇上诏岳飞墨绖[⑦]从戎，起复京、湖宣抚使；未几，又命他宣抚河东、节制河北诸路。岳飞复归军营，率军北伐。岳家军所向无敌，收复河南的镇汝军、蔡州、虢州、唐州，捣毁刘豫军营数处，降敌数万，获粮十五万石。于是，岳飞慨然上表，请进军恢复中原。

时张浚从淮上入觐，与赵鼎共劝皇上驾幸建康，奖励三军，力图恢复。皇上决意暂时驻跸平江以观形势，且欲用秦桧为行营留守。绍兴二年秦桧罢相，本有永不复用的榜示，但皇上内心并不反对与金议和，与秦桧实为同气相投，且秦桧又善于看风使舵、阳奉阴违，所以隔年便起用秦桧知温州。此时，皇上又命秦桧任临安行营留守，托以重任。张浚、赵鼎被秦桧假意所惑，竟无异议。

绍兴六年，刘豫因兵败失宠于金人，为挽回败局，又兴兵大举南侵。兀术坐镇黎阳按兵不动，伪齐惨败。

绍兴七年，通金使者何藓自金归来，报称道君皇帝及郑太后两年前已相继告崩。皇上大恸曰："所望太上皇、太后，得迎奉还朝，以尽人子孝思，哪知崩逝异域，抱痛何如？"遂尊道君皇帝为徽宗，命举国持服守制。皇上生母韦贤妃，靖康年间随徽宗北徙，今日仍健在；现已知郑太后崩逝，遂遥尊韦贤妃为宣和太后。皇上宣谕左右曰："宣和太后春秋已高，朕日夜思念，不遑安处。今上皇、太后梓宫未归，不得不遣使奉迎。如金人肯归我梓宫及宣和太后，朕何妨屈己以尽人子之孝。"言已，召王伦入朝，命为奉迎梓宫使。王伦唯唯受命，即日北去。张浚闻上又欲议和，入觐皇上，曰："天子孝思，与士庶不同，当思所以奉宗庙社稷，不在缟素虚文。应挥泪而起，命诸大将，率三军发哀成服，北向复仇。哀兵必胜，可一怒而安天下！"高宗默然不语。张浚上书请辞，皇上不允。张浚遂请乘舆发平江至建康。皇上感觉张浚恃功自傲、专权日甚、胁迫峻急、难以控御，便转而倚重岳飞。由是张浚渐渐疏离岳飞，又因用人措置失当，造成部将内讧叛乱，致使岳飞为躲避嫌疑告假回庐州，为母守制去了。秦桧借机唆使台谏交章论列张浚，张浚坐罪被流放岭南，经赵鼎等大臣营救，始降为秘书少监，永州居住。

张浚去位，皇上念及岳飞，督促岳飞复职，岳飞力辞不就。皇上慰谕有加，再三促岳飞出驻江州，为江浙外援，岳飞无奈，方才就任。岳飞见金人已厌弃刘豫，遂略施反间之计，使金人怨恨刘豫，将刘豫废弃后囚禁于汴京金明池，削去伪齐番号。

岳飞闻金已中计，即约韩世忠同时上疏，请乘势北征。此时出使金国的王伦还朝，谓金人许还梓宫及宣和太后，且应允归还河南及陕西诸州。皇上议和心切，越五日，即急遣王伦赴金，奉迎梓宫及宣和太后。皇上以为议和指日可待，遂不顾众人劝阻，启跸建康还驾临安，并任秦桧为尚书右仆射。不久，赵鼎见议和将成，朝政日非，遂引咎请辞，皇上竟从所请，命知绍兴府。于是，秦桧转迁尚书左仆射，一跃而成首相。之后，朝中凡主张恢复中原的大臣，政见与秦桧不合者，秦桧皆睚眦必报，亟欲锄之，致使朝中遍布秦桧心腹，几无善类。

绍兴九年正月，皇上为迎梓宫将归，从秦桧之议，大赦天下。岳飞见到赦文，上疏力谏，中有“愿策全胜，收地两河，唾手燕、云，终欲复仇报国，誓心天地，尚令稽首称藩”云云，皇上又进岳飞开府仪同三司。秦桧暗中忌恨，将岳飞视为心头之患。

且说王伦赴金议和，恰值挞懒阴谋篡弑新君亶而被诛，而与宋议和，归还河南、陕西地及徽宗梓宫等事，正是挞懒承应，因而宋、金议和便化作泡影。

兀术在河南黎阳闻挞懒伏诛，遂率军大举入寇，连下河南数州，宋东、西二京亦得而复失。幸好东京副留守刘锜率军取得顺昌大捷，挫伤了兀术的锐气，使其缩回汴京，不敢轻举妄动。岳飞闻刘锜奏捷，遂遣部将经略西京及河南诸州，又遣部将梁兴渡河北上，联络河北忠义社聚义抗金。岳飞上表密奏，请长驱以取中原。皇上授岳飞河南、河东及河北诸路招讨使，且传命道：“设施之方，一以委卿，朕不遥度。”

绍兴十年，秦桧复主议和，遣使令岳飞班师，岳飞不从。五月，岳家军与金军大战郾城，歼灭兀术拐子马一万五千人，使金兵元气大伤，退回汴京。岳家军乘胜追击至朱仙镇，距汴京只有四十五里，与金军对垒。岳飞率精锐背嵬军五百骑先驱杀入，似猛虎下山、蛟龙入海，摧枯拉朽一般，将金军杀得丢盔卸甲、灰飞烟灭。兀术险些丧命，回到汴京欲整饬军马卷土重来，无奈将士垂头丧气，无人愿战。兀术打算退兵。

正当岳飞传檄各路军马克日会师，誓言“直捣黄龙府，与诸君痛饮”之时，秦桧以不宜孤军深入为名，连下十二道金牌，催促岳飞还师。岳飞悲愤交加，长叹曰：“十载功劳，一旦废弃，奈何！奈何！”遂下令班师。百姓遮道挽留，哭声震野。岳飞下令道：“愿随我去者，速去整装，我且再待五日。”当夜，各部将领都来中军帐里劝阻岳飞，言“将在外君命有所不受”，应再次上疏，向皇上阐明利害。岳飞知此军国大事必非秦桧一人敢为，其中定有深不可测之缘故，事已无法挽回，遂置酒款待诸将，劝说众将暂且忍气吞声。席上，岳飞慷慨悲歌，调寄《满江红》，词曰：

怒发冲冠，凭栏处、潇潇雨歇。抬望眼，仰天长啸，壮怀激烈。三十功名尘与土，八千里路云和月。莫等闲、白了少年头，空悲切。

靖康耻，犹未雪。臣子恨，何时灭！驾长车，踏破贺兰山[⑧]缺。壮志饥餐胡虏肉，笑谈渴饮匈奴[⑨]血。待从头、收拾旧山河，朝天阙。

岳飞撤军南行，百姓跟从者无数。路上，岳飞奏本，恳请将襄汉六郡闲田荒地赐予南来百姓开垦、定居，朝廷复旨允准。

与岳飞同时奉命回军的还有韩世忠、张俊等抗金主将。秦桧授意皇上，拜韩世忠、张俊为枢密使，岳飞为枢密副使。实乃明升暗降，削去三人拥兵实权。后，张俊与岳飞奉诏去楚州韩世忠部阅兵，张俊欲分韩世忠背嵬军，岳飞顾及与韩世忠友谊，不从张俊之议，张俊为此与岳飞心生怨隙。张俊勾结秦桧，密谋以此诬陷韩世忠谋反，欲捕韩世忠下大理寺狱，岳飞得知后，驰书告知韩世忠，韩世忠入白皇上，方才得免。从此，秦桧、张俊与岳飞结下仇恨。岳飞请辞枢密，皇上居然准请，罢岳飞为万寿观使。

岳飞年富力强，功高望重，且主战最力，被秦桧视为议和大敌。虽夺岳飞兵权，他犹恐岳飞日后东山再起。秦桧与张俊串通一气，千方百计地在岳家军旧部将领中制造冤狱、刑讯逼供，罗织岳飞谋反罪名。但所有罪名皆无证据，最终竟以“莫须有”罪名系岳飞入大理寺狱。朝中上下，凡天良未泯者，无不为岳飞鸣冤叫屈，冒死请命。韩世忠愤然诘问秦桧：“‘莫须有’三字，奈何服天下？”秦桧无言以对。韩世忠还第，仍面带怒容，梁夫人问为何事，世忠告知岳飞蒙冤事。梁夫人道：“奸臣当道，忠良如临渊，妾为相公计，不如见机而作，明哲保身为要。”世忠道：“我也早有此意，只因受国厚恩，不忍遽去。而今目睹朝局紊乱，是非颠倒，应是解甲归田、保全骸骨的时候了。”随即上书请辞，罢为醴泉观使，封福国公。自此韩世忠闭门谢客，绝口不谈兵事，或在家与夫人饮酒品茶，或外出跨驴携酒、畅游西湖，优游卒岁、安享余生。

岳飞自绍兴十一年十月被系，迁延到年底，因证据不足尚未结案。十二月二十九日，秦桧正与妻王氏围炉饮酒，忽由门卒传进一书，乃是主管岳飞案的谏议大夫万俟卨[⑩]投来。秦桧启封观看，原是建州布衣刘允升汇集数万名士民签署请愿书为岳飞讼冤；万俟卨恐案情久悬未决反生民变，已近年关，特来请首相明示。秦桧皱眉现愁烦之状，妻王氏惊问何故，秦桧将书递与王氏，王氏阅罢，随口说道：“这有什么难，索性除灭了他，免得多口！”秦桧闻言，当即取过纸笔，写了数语，密封后令干仆交与狱吏。是夕，岳飞即死于狱中风波亭，或云被狱吏勒死，或云拉胁而殂，或云饮鸩而亡，享年三十九岁。子岳云、部将张宪同时被害。

岳飞死后，绍兴十二年，又有主战大臣六人被岳飞案连坐，或贬或死，朝中皆为秦桧耳目，无人敢有异议。秦桧遂通书兀术，兀术得讯大喜，遣议和审议使萧毅至临安，与秦桧议定和约，共计四款：

一、东以淮水为界，淮水以北属金，以南属宋。

二、宋岁纳银绢各二十五万。

三、宋君主受金封册，始得称帝。

四、徽宗、郑太后的梓宫及韦太后归宋。

八月，徽宗及郑太后梓宫、韦太后銮驾迎归临安。徽宗、郑太后安葬永固陵，韦太后入居慈宁宫。同时归还的还有邢皇后的灵柩。邢皇后原是康王称帝前的王妃，靖康年间被掠北去，康王称帝后遥尊为皇后，因为历年不知生死，所以至今宋后宫皇后虚位以待。

既然邢皇后已崩逝，则当立新后以御后宫。绍兴十三年，秦桧累次上表继立皇后，韦太后甚以为然。后宫嫔妃以吴贵妃为最受宠幸，即于绍兴十三年闰四月，策立吴贵妃为皇后。

这正是：

宁将国土送强邻，换取皇家骨肉亲。可叹中原英烈士，豪情壮志化烟尘。

注解：

①庐州：今合肥。

②解佩：解去官服上的佩饰。

③被褐：穿上百姓的粗布衣服。意为去官。

④绰：柔媚多姿。此处作淡雅解，谓杏花颜色变得浅淡。

⑤紧了秋千索：把秋千绳索系在立柱上。

⑥斗草人归：斗，同逗，玩耍。

⑦墨绖：黑色的孝服。

⑧贺兰山：今宁夏与内蒙古交界处的山脉。诗词中泛指北部边疆。

⑨匈奴：古代北方的一个少数民族，诗词中泛指北方外族。

⑩万俟卨：音[mò qí xiè]。

第四十八回

李清照科山祭夫冢　韩玉父漠口题古诗

却说吴贵妃被策立为皇后，时近端午。当下皇上颁令，为庆贺皇后新立，着翰林院学士及诸诰命夫人进端午帖子。秦桧夫人王氏欲乘机邀宠，便请秦桧兄长秦梓代写。秦梓，字楚材，时任翰林学士兼侍读，他自己正写了几个帖子准备投进，便拿来请王氏挑选。岂料王氏都不中意，反把秦梓挖苦了一番，说他“才疏学浅、名不副实”。秦梓无奈，不愿跟王氏计较，便说请文章高手代写，令王氏坐等好音。翌日，秦梓去清照住处拜访。清照素知秦梓洁身自好、不与秦桧同流合污，遂将秦梓请进正厅叙谈。谈话间，秦梓说他是仰慕清照的文名而来，过去清照替韩肖胄写的春帖子，文苑好评如潮，所以今日特意来求清照写两幅皇帝、皇后阁门用的端午帖子。清照笑答：“令弟封爵入相、位极人臣、权倾朝野，秦学士还在乎撰写阁门帖子这类雕虫小技的优劣吗？”秦梓厚道，实话实说，道：“是我的弟媳让我代笔，我给她写了几幅，她全不称意，所以，我才来央求夫人代劳。夫人是她的表姐，恐不会让我空手而归。”清照笑答：“原来如此。不瞒阁下，如果给阁下写，我倒愿效微薄之力，若是为她，我只能抱歉了。”秦梓没想到清照竟然不给面子，脸上一阵火辣辣的，搭讪了几句客套话之后，便怏怏告辞。几天过后，王氏派家仆向秦梓讨要帖子，秦梓竟又说了实话：“我去请弟媳的表姐李清照帮忙，她竟不肯。”王氏听了家仆的回话，不觉又想起早年拜会遭辱的事，更加怀恨在心，心里暗忖：既然她没有我这个表妹，我也就没有她这个表姐了。

未几，清照正在家拟写端午帖子，以备有亲朋好友请她代笔。李远嫂递给她一张门帖，清照接过来一看，竟是从未谋面的安国夫人梁红玉到访。清照吩咐李远嫂备茶，她亲自出门迎接。梁夫人已经将一匹枣红马系在拴马桩上，手持马鞭在门外等候。清照将梁夫人迎进客厅，宾主揖让之后各自坐定，然后互道仰慕之情；少顷，李远嫂捧上茶来。清照打量那梁夫人，果然名不虚传，虽已年近花甲、鬓发染霜，却目光炯炯，精神矍铄[①]，举止洒脱，英姿不减当年。梁夫人开门见山，直接说明来意：是为征求端午帖子而来。梁夫人说："如果别人做皇后，我进不进帖子倒无所谓，为了吴皇后，我却不能不来。皇上奔波江浙，避难海上，唯吴皇后不离左右，当敌介胄而驰[②]，侍寝枕戈待旦，临危风雨同舟；又知书识礼、过目不忘，草拟诏敕，能达圣意，好算是一个文武皆备、才貌双全的淑女呢。"清照说："难怪夫人为端午帖子亲临寒舍，原来夫人跟吴皇后都是女中豪杰，惺惺相惜。"梁夫人说："你我两人一文一武，加起来或许跟吴皇后堪有一比。"清照笑曰："清照孤陋寡闻，岂敢跟夫人比肩。"两人越说越投机，清照遂拿出她写好的两个帖子给梁夫人看。那皇帝阁端午帖子是：

日月尧天大[③]，璇玑舜历长[④]。侧闻行殿帐，多集上书囊[⑤]。

那皇后阁端午帖子是：

意帖[⑥]初宜夏，金驹[⑦]已过蚕[⑧]。至尊千万寿，行见百斯男[⑨]。

梁夫人夸奖说："这帖子贴出去，一定令那班翰林学士为之汗颜；舞文弄墨，他们也不是咱们女辈的对手！"清照笑答："只要夫人喜欢就行了。"梁红玉收起帖子，谢别清照，腾身跨上马背，扬鞭策马，一阵风似的跑得没了踪影。

梁红玉的端午帖子被选中。事后，秦桧妻王氏才知道梁红玉的帖子是清照代写，王氏愈加恨得牙根痒痒。五月底，朝廷命赵思诚出知南剑州[⑩]，陆德夫出知吉州，李远出知虔州；所去诸州虽不是岭南蛮荒之地，也是穷乡僻壤之区。三人被贬出都的诏书下来，清照便知其中的缘故。

李远因陈夫人年迈多病，上书请致仕，回家奉养岳母，旨下准予退居金华。李远与巧娘前来与姐姐商议："请姐姐同去金华定居，颐养天年。"清照说："我已决意去泉州给你姐夫守冢，百年后跟他合葬。如今，弟弟家就是娘家，出嫁的人怎能留在娘家不归？以后，我会回来看望你们。"巧娘听罢，便抱住清照失声痛哭，清照、李远也为之泪下。巧娘拭泪说道：“姐姐教我作诗、弹琴，训教之恩我永志不忘。今日，我想弹一曲《怨王孙》送别姐姐。这是我跟姐姐学会的第一支词曲。”李远连忙将姐姐的琴拿来放好，并取香炉焚香以待。巧娘净手敛容、调弦定音。清照含泪道：“妹妹最知我心，姐姐听着呢。”巧娘轻启歌喉、慢捻琴弦，垂泪唱道：

湖上风来波浩渺，秋已暮，红稀香少。水光山色与人亲，说不尽，无穷好。莲子已成荷叶老，清露洗，苹花汀草。眠沙鸥鹭不回头，似也恨，人归早。

清照和李远都跟着齐唱，唱到“似也恨，人归早”时，巧娘突然裂帛似的双手划过琴弦，起身抱住清照大哭不止，清照也哭成泪人。二人哭罢，清照将其所藏《赵氏神妙帖》送与李远，说道：“此帖是我与你姐夫在京师用二百两银子购得，又从京口的战火中救出，上面有你姐夫亲笔题跋，当今已是无价之宝。我已风烛残年，或将不久于人世，望你能精心保存，传于后人。”李远接过《神妙帖》说道：“这是姐夫和姐姐的传家之宝，我定会精心珍藏，姐姐放心就是。”若干年之后，此帖经中原名士多人易手，辗转传至岳飞之孙岳珂手里，岳珂作跋文，叙其来历甚详，这是题外话。

清照又对李远说：“李远兄嫂年纪大了，他们跟我四处漂泊，辛苦劳累一生，至今未有着落，我希望你把二人带到金华去，弟兄们老来可以互相照应。”李远说：“李远兄嫂为我李家舍生忘死，立下汗马功劳，理应由我养老送终。”清照将此事告知李远，但李远不肯，对清照说：“我与你嫂子，虽然年纪大了些，身子骨还硬朗，走南闯北惯了，闲下来反倒享不了清福。再说，留下你一个人，我也不放心。”李远见李远执意留下，便说：“姐姐跟兄嫂年纪大了，都必须有人照顾。这样吧，就让李济侄媳两人也留下来，帮李远兄嫂照顾姐姐。往后的一切用度皆由我接济就是了。”原来李远有两个儿子，大儿叫李济，二儿叫李泺，都在李远身边听差。清照说：“这样也好。有年轻人在身边，心里踏实些。”于是，李远夫妇和大儿李济及其妻子留在临安，侍候清照的衣食住行。此后，李远、巧娘便携陈夫人及李泺夫妇去金华安家定居，不再赘述。

清照知道，秦桧当权，王氏干政，自己在临安必是凶多吉少；且在临安举目无亲，诸事伤怀，难以久留，遂决定回泉州以度残生。清照由李远、李济老少两代跟从，由海路回到了泉州。此时，大嫂谢彩云已经病故，侄子赵恬外出潮州做官，二嫂曾茜英跟侄子赵谊也跟着赵思诚去了南剑州。泉州老宅里空空荡荡，只有一位看门的老叟守护着业已破败的庭院。

清照来到泉州，首先是去科山寺方外庵寻找玉珠，庵里的住持引领清照到庵后的山坡上，指着一座浮屠说："前年，玉珠师父在这里圆寂，修成了正果。"清照双手扶着浮屠，哀告道："玉珠姐，我失信来晚了。千里迢迢，海天茫茫，世事多有变故，身不由己。你原谅我吧。"清照哀不自胜，长跪不起。李远嫂和李济妻好言劝说，将她扶起。清照为玉珠捐了些香火钱之后，盘桓许久，方才依依不舍地离开庵院。随后又到科山下的赵家墓地祭扫。清照看见明诚的墓冢石砌砖垒、肃穆严整，周遭松柏葱郁、木已成拱，有一块无字石碑立于墓前。清照心知，这是玉珠立的，等她回来镌刻碑文。清照忽然觉得心中无比愧疚，似乎背负着沉重的罪过，无颜在此久留。她在赵太夫人、赵存诚夫妇、赵明诚的墓前逐一祭奠之后，便匆匆离开。

回到家里，清照将自己关在屋里，谁都不愿看见。李济妻来送晚饭，发现中午的饭还原封不动放在桌上。李济妻说了几句劝慰的话，清照回答："侄媳请回，不用管我。"便闭口不再出声。李济妻回到自己屋里，对李济说："我看姑姑言语行止与往日不同，怕是要出事情。"李济说："我也觉得不对，夜里你我都激灵着点儿才是。"

当晚李济妻又去看望清照，不料房门紧闭，敲门后听见屋里轻声回应："侄媳放心，回房睡吧。"李济妻回房后，跟李济都和衣未眠，一直到半夜没听到有异样的动静，这才安心睡下。

后半夜，清照估计李远、李济都已睡熟，便点上灯，淡淡地化了妆，拢了拢鬓发，从箱子里找出那件绣着荷花的罩衣穿上；她听说，妻子穿上嫁衣离世，那亡夫便来迎她同归。清照又写了一张便条留在桌上，然后，吹熄了灯，轻轻打开房门，又打开院门，出门后回身将院门悄悄掩上。

李远嫂睡梦中听见院门的响声，立即警觉起来。她叫醒李远，两人急忙穿衣出了卧房，看见院门虚掩着，便先到清照房里去看，推门进去，见屋里空着，月光照见桌上有一张字纸。李远嫂掌了灯，把字纸递与李远看，李远见那纸上写着：

李远兄嫂：永别之际，请再受清照一拜，千拜万拜也无以报答兄嫂的大恩大德。清照生不逢时，命运多舛，遭遇国破家亡，身受凌辱玷污，愧对列祖列宗；风烛残年，又拖累兄长嫂娘不得安身。思前想后，我已无颜活在世上，唯有海里的滔天巨浪，或许能湔洗今生今世的罪愆。我走之后，别无他物，几卷书画，庶几可作兄嫂半生粗茶淡饭之资，仅乞见谅，切望保重。妹清照谨启。月日。

李远读罢，立即去儿子住的屋外，隔窗将李济夫妇唤醒，一起向海滨跑去。

清照在海岸边，登上一块高大的礁石，仰望满天星斗，胸中涌出无数的疑问和怨艾，然而一时哽咽语塞，竟无从倾诉。清照明白，时至如今，即便屈子行吟一般，发出千百条天问，又能奈何？她环顾四周，只觉得人间晦气充塞、雾霭低垂，一片漆黑、无边无际，没有任何值得留恋之处。她朝着广袤的天宇，高声呐喊："明诚啊！我来了，快来接我！你看见我衣襟上的荷花了吗？快来接我！"清照的喊声冲破海浪的喧嚣，在大海上空回荡，话音刚落，她隐约听见后面有人呼喊的声音，便毫不犹豫地纵身跳入波涛汹涌的海水里。

李济沿着海边寻找，借着星光，从远处看见礁石上有个人影，便大声喊着："姑姑，小心点儿，请慢走！"一边喊着一边向礁石跑来，他一跃登上礁石，又喊一声："姑姑慢走！"他看见那人影一闪跳入海中，便紧跟着向那波浪翻滚的漩涡跳了下去，李远也随即赶来跳进水里。没过多长时间，李济抱着湿淋淋的清照爬上海滩，然后李远嫂和李济妻，按照李远指示的方法，将清照翻身控水，又按压胸腹良久，才慢慢抢救过来。此时已是晚秋，海边风大，清照遍体冰凉，人事不省，众人急急将她背回家去。

半个月之后，清照经李远一家细心照料调养，身体才逐渐恢复过来，但精神总是萎靡不振，失魂落魄的样子。正当清照在孤独、凄凉中陷于绝望的时候，万没想到婉贞来到泉州。原来陆德夫偕婉贞去吉州上任，路上感疾，得了跟明诚一样的痁病，未到吉州，半路病死在客店里。婉贞将陆德夫草草就地下葬，盘缠已所剩无几。婉贞的儿子原在岳飞帐下做功曹参军，岳飞被害之后，儿子至今下落不明。婉贞走投无路，到南剑州投奔赵思成，始知清照在泉州，便到泉州来找清照。她跟清照说完陆德夫病死的经过之后，说："你看，这个死鬼，长得跟我三哥一样，死也是一样的死法，好不奇怪！"清照说："看你，天都塌下来了，还说笑话！"婉贞苦笑道："我哪里是说笑话，我是恨他们，都那么狠心丢下我们不管。”清照说：“他们不管我们，我们可要管他们。日后，叫李远兄和李济把德夫的灵柩也迁过来，让他们长相、死法都一样的兄弟两个做个伴儿吧。”婉贞说：“嫂子也会打趣。”清照说：“我们不苦中作乐，还能活下去吗？”

而后，婉贞告诉清照，她在来泉州的路上，途经一个叫漠口铺的地方，在旅店的墙上看到一首题壁诗，原是韩玉父所写；诗前有一篇序言，她把诗和序言都抄下来了。清照让婉贞立刻拿来看。序言写道：

妾本秦人，先大父[11]尝仕于朝。因乱，遂家钱塘。幼时，易安处士教以学诗。及笄，父母以妻上舍林子建[12]。去年，林得官归闽，妾倾囊以助其行。林许秋冬间遣骑迎妾，久之杳然。何其食言耶？不免携女奴自钱塘而至三山。比至，林已官盱江[13]矣。因而复回延平[14]，经由顺昌[15]假道邵武[16]而去。叹客旅之可厌，笑人事之多乖，因理发[17]漠口铺，漫题数语于壁云。

其诗曰：

南行逾万山，复入武阳[18]路。黎明与鸡兴，理发漠口铺。盱江在何所，极目烟水暮。生平良自珍，羞为浪子妇。知君非秋胡[19]，强颜且西去。

清照看罢，缄默良久，乃曰：“玉父的古诗果然作得不错，朴拙自然、古意醇厚，是闺阁中难得的诗才。我们行将就木，孤寡无靠，也就算了，奈何玉父正当青春韶华，却所遇非人，深陷不幸。天下事有太多不公，而红颜又何其薄命哉！”婉贞慨叹道：“大多因痴情所误吧。”清照问：“如果被痴情所误，有了罪过，会得到世间的怜悯吗？会得到上苍的饶恕吗？”婉贞说：“禅宗至理乃‘求真问心’。三嫂，被痴情所误，不是过错，更不是罪过。不管别人是否同情，上天是否原谅，只要对得起自己的良心，什么都不必在乎。”清照颔首，心里十分钦佩婉贞的通透豁达之论。时绍兴十三年，清照六十岁。

绍兴十七年，宝文阁待制、提举江州太平观赵思诚卒，葬于泉州科山赵家墓地，曾茜英也回到泉州。姑嫂三人又聚在一起了，虽不比往年的欢乐，但人到老年，妯娌、姑嫂能聚在一起相依为命，也就稍感宽慰了。

绍兴二十年，清照六十七岁时曾回临安。这次去临安，多半是为了生计。姑嫂三人吃饭穿衣是需要银子的。临行前，清照拿出一件米芾的墨宝《灵峰行记帖》，她是想把它换成银子，也是想为墨宝找一位可以传承的主人，便对婉贞和茜英说："这墨宝在泉州卖不出大价钱，我想去一趟临安，找一位殷实好古之士，做它的新主人。"茜英说："那年跟思诚去临安，曾见过米芾之子米友仁，不知他肯不肯把乃父的墨宝买回去。"婉贞说："不行，卖给米友仁，怎么好意思跟他要高价。不过，请他题写跋语，这墨宝的价钱可以翻倍。"茜英说："不让他知道我们要卖，只说请他题跋。"清照笑说："没想到你们还深谙商贾之道。"于是，清照令李济夫妇陪她去临安；此时，李远夫妇已过世。清照她们从海路来到临安，请米芾之子米友仁为其藏品《灵峰行记帖》题跋。米友仁性情酷似乃父，时年逾古稀，仍热心好客，他殷勤接待清照，爽快答应下来。题跋之一云：

易安居士一日携前人墨迹临顾，中有先子留题，拜观不胜感泣。先子寻常为字，但乘兴而为之。今之数字，可比黄金千两耳。呵呵。敷文阁直学士、右朝议大夫、提举佑神观友仁谨跋。

题跋之二是为米芾手书的唐朝李义府的一首诗而作，跋云：

先子真迹也。昔唐李义府出门下典仪，宰相屡荐之。太宗召试讲武殿，赐座，而殿侧有乌数枚集之，上令作诗咏之。先子因暇日偶写，今不见四十年矣。易安居士求跋，谨以书之。敷文阁直学士、右朝议大夫、提举佑神观友仁谨跋。

清照未曾料到，米友仁知道她的境遇，竟看出她来题字的用意，居然说："家父的墨宝，如果夫人有意转让，千两银子可以很快出手。"清照听罢暗中吃惊，便说道："不瞒您说，老身已是日薄西山，身后亦无子嗣传承。倒是想为令尊手泽找一位老成好古之士保有，使其流传有序，万古流芳。如阁下有意留下，价格可另议。"米友仁说："感谢夫人的美意。此事我可代办，一千两银子，只能多，不能少。"清照说："先生美意。拜托了。"清照回到住处，将米友仁代售米芾墨宝之事告诉李济，李济高兴地说："姑姑一辈子行善，善有善报，总会遇到贵人相助；像蔡京、杜充、秦桧、王继先那些小人，自有应得的报应。”清照笑曰：“这叫作‘人在做天在看’，是吧？”过了几天，米友仁将一千两银子送到清照住的客店，将米芾墨宝《灵峰行记帖》取走。临别，米友仁将他随身用的一根筇竹手杖赠给清照留作纪念。清照收下手杖，策杖将米友仁送走之后，想再好好看看久违的临安城，于是，便信步向临安大街的远处走去。

此后，一位文坛享有盛名的老人，策杖踽踽而行，渐行渐远。她的背影消失在人们视野之外的历史迷雾里。人们记着她，但不知其所终，不知其终于何时、何地。

与清照同时代的两浙东路提点刑狱朱敦儒记着她。朱敦儒，字希真，与诗人陈与义齐名，同为洛阳八俊；著有词三卷，名《樵歌》，活了八十多岁。他曾填过《鹊桥仙·和李易安金鱼池莲》一首词，词曰：

白鸥欲下，金鱼不去，圆叶低开蕙帐。轻风冷露夜深时，独自个、凌波直上。　　幽阑共晚，明珰难寄，尘世教谁将傍。会寻织女趁灵槎，泛旧路、银河万丈。

易安居士踽踽远行，年轻时如清水出芙蓉，莫非老来羽化而登仙，乘灵槎寻织女为伴去了？

时代稍晚，词人侯寘记着她。侯寘，字彦周，东平人，曾任耒阳县令，江宁太守晁谦之的外甥，南渡后居长沙，著有《嬾窟词》一卷。曾作《眼儿媚·效易安体》一首词，词曰：

花信风高雨又收。风雨互迟留。无端燕子，怯寒归晚，闲损帘钩。
弹棋打马心都懒，撺掇上春愁。推书就枕，凫烟淡淡，蝶梦悠悠。

春天来了，易安居士踽踽远行，梦见庄周，化成蝴蝶，飞往泉州与赵明诚比翼双飞去了？

辛弃疾记着她，约三十年后，辛弃疾于淳熙八年（1181）罢官，退居上饶，常过博山，曾填《丑奴儿近·博山道中效李易安体》一首。词曰：

千峰云起，骤雨一霎儿价。更远树斜阳，风景怎生图画。青旗卖酒，山那畔别有人家，只消山水光中，无事过这一夏。　　午醉醒时，松窗竹户，万千潇洒。野鸟飞来，又是一般闲暇。却怪白鸥，觑着人、欲下未下。旧盟都在，新来莫是，别有说话？

夏天来了。易安居士踽踽远行，万千心事涌上心头。有竹堂的轩窗，故乡荷塘里的鸥鹭，与明诚的山盟海誓，恍如昨日。那欲下未下的鸥鹭，莫非是明诚的化身么？

陆游记着她。约五十年以后，陆游在《老学庵笔记》中记录了清照的联句“露花倒影柳三变，桂子飘香张九成”。在《夫人孙氏墓志铭》中，他写道：“夫人幼有淑质。故建康之配李氏，以文辞名家，欲以其学传夫人。时夫人始十余岁，谢不可，曰：‘才藻非女子事也。’”

易安居士身无子女，总愿以己所学传授与人，她踽踽远行，是寻找酒朋诗侣，或将诗词艺术传承后继之人去了？

百年之后，南宋末年，词人刘辰翁，号须溪，写道：“余自辛亥上元诵李易安《永遇乐》，为之涕下。今三年矣，每闻此词，辄不自堪，遂依其声，又托易安自喻，虽辞情不及，而悲苦过之。”词曰：

璧月初晴，黛云远澹，春事谁主。禁苑娇寒，湖堤倦暖，前度遽如许。香尘暗陌，华灯明昼，常是懒携手去。谁知道，断烟禁夜，满城似愁风雨。

宣和旧日，临安南渡，芳景犹自如故。湘帙[20]流离，风鬟三五，能赋词最苦。江南无路，鄜州[21]今夜，此苦又谁知否。空相对，残釭无寐，满村社鼓。

后元朝入侵南宋，军民拼死抵抗，己卯年，崖山海战宋军战败，陆秀夫背着宋末帝赵昺投海殉国。刘辰翁又赋《永遇乐》，写道：“余方痛海上元夕之习，邓中甫适和易安词至，遂以其事吊之。”词曰：

灯舫华星，崖山碇口[22]，官军围处。璧月辉圆，银花焰短，春事遽如许。麟州[23]清浅，鳌山流播，愁似汨罗[24]夜雨。还知道，良辰美景，当时邺下[25]仙侣。　　而今无奈，元正元夕，把似月朝十五。小庙看灯，团街转鼓，总似添恻楚。传柑[26]袖冷，吹藜[27]漏尽，又见岁来岁去。空犹记，弓弯[28]一句，似虞兮[29]语。

记着李清照的还有众多文人学士，他们在自己的著作中记录了李清照风流蕴藉、凄楚感人的身世和辞气慷慨、清丽婉约的作品，使李清照的事迹和诗文创作得以流传千载，使易安居士世世代代活在人们的心中。

这正是：

干戈扰攘乱离天，宋祚不复旧江山。朝野党争如斗转，变法时在反复间。李氏有女初长成，文采丽质两斐然。白云出岫本无意，觊觎却在御榻边。赵家小生风流胆，痴情火退九重寒。词韵金石成合璧，漱玉流泉注澄渊。

边陲鼙鼓动地来，山河破碎百事哀。纷纷木落雁南渡，万家蓬首没蒿莱。欧阳苏轼随逝水，易安词体新风开。人杰鬼雄一吟罢，放翁稼轩入心栽。婉约亦是高格调，家国大义抒襟怀。

百转千回女儿心，风情万种说到今。帘卷黄花风细细，秋千院落夜沉沉。有宋词家如星汉，如此璀璨有几人？水星有山曰“清照”[30]，直教须眉汗津津。

可恨天公不作美，乱世人生不如鬼。颠沛流离风飘絮，屈辱霸凌车碾灰。国宝重器皆掳掠，东零西散裂心扉。思绪浩茫难为醉，欲哭无泪对空杯。纵是如花似玉质，污浊泥淖更悲催。可怜经天纬地才，踽踽风尘何所归？

注解：

①矍铄：形容老年人很有精神。

②当敌介胄而驰：身披铠甲，在敌前骑马奔驰。

③日月尧天大：《论语》："巍巍乎，惟天为大，惟尧则之。"

④璇玑舜历长：参见《史记·五帝本纪》中的"舜乃在璇玑玉衡，以齐其政"。璇玑，浑天仪，可用来测日月星辰，制定历法。舜历，舜的历史。

⑤上书囊：大臣给皇帝上书时装奏章的布袋。据说崇尚节俭的汉文帝曾集上书囊作居室内的帐子。

⑥意帖：不详。

⑦金驹：白驹，日也，代指时光。

⑧蚕：指养蚕的时节。

⑨百斯男 ：参见《诗经·思齐》中的"太姒嗣徽音，则百斯男"，言多子。

⑩南剑州：今福建北部南平、延平一带。

⑪大父：祖父。

⑫林子建：有的资料为"林子安"，不知孰是。

⑬盱江：源于福建，流入江西鄱阳湖的河流。

⑭延平：地名，今福建境内。

⑮顺昌：地名，今福建境内。

⑯邵武：地名，今福建境内。

⑰理发：梳头。

⑱武阳：地名，今江西南昌的一个镇。

⑲秋胡：秋胡，春秋鲁人，婚后五日，游宦于陈，五年乃归，见路旁美妇采桑，赠金以戏之，妇不纳。及还家，母呼其妇出，即采桑者。妇斥其悦路旁妇人，忘母不孝，好色淫佚，愤而投河死。后以"秋胡"泛指爱情不专一的男子。

⑳湘帙：黄色的书囊，代指书籍。

㉑鄜州：今陕西富县一带。

㉒崖山碇口：崖山在广东省新会县。南宋与元朝曾在此处决战，以南宋失败、灭亡而告终。

㉓麟州：宋时以麟州为名者有多处。其中著名的是陕西神木一带，北宋名将杨继业的故乡。

㉔汨罗：湖南汨罗江，屈原在汨罗投江自尽。

㉕邺下：三国时魏国的都城，建安七子曾在此聚集于曹氏父子周围吟诗作赋，誉为文坛盛事。

㉖传柑：北宋上元夜宫中宴近臣，贵戚官人以黄柑相赠。

㉗吹藜：吹气使火烧旺，以便夜里勤学苦读。藜，一种植物，可用来引火照明、取暖。

㉘弓弯：缠足妇女穿的鞋，此处代指妇女。

㉙虞兮语：垓下之役，项羽在妃子虞姬自裁之前唱的歌。见三十八回。

㉚水星有山曰“清照”：国际天文机构将水星上的一座环形山命名为“李清照山”。

附录一：

李清照、赵明诚简介

一、李清照简介

生于宋元丰七年（1084）。自号易安居士，宋济南人（一说济南历下人，一说济南章丘明水人）。自幼即有才藻名，善属文、工诗。宋王灼《碧鸡漫志》云："自少年即有诗名，才力华赡，逼近前辈。若本朝妇人，当推文采第一。"朱弁《风月堂诗话》云："善属文，于诗尤工。晁补之多对士大夫称之。"《朱子语类》云："本朝妇人能文，只有李易安与魏夫人。"赵彦卫《云麓漫钞》云："文章落笔，人争传之。"朱无惑《萍洲可谈》云："诗之典赡，无愧于古之作者。"《宋史·李格非传》云："女清照，诗文尤有称于时。"

词亦有名于时。《萍洲可谈》云："词尤婉丽，往往出人意表，近未见其比。"《云麓漫钞》云："小词多脍炙人口。"魏仲恭《断肠诗集序》云："近时之李易安，尤显显著名者。"

诗文著作多不传，后人集其词作，名为《漱玉集》，亦散失。现存词作多从他人著录中辑出。

能书、能画。明张丑《清河书画舫》云："易安词稿一纸，乃秘阁故物也。笔势清真可爱。"同书《画系》又云："周文矩画'苏若兰话别会合图卷'，后有李易安小楷《织锦回文》诗，并则天《璇玑图记》，书画皆精，藏于陈湖陆氏。"又称："李易安、管道昇之竹石。"明宋濂《芝园续集》卷十《题李易安所书琵琶行后》云："……李易安图而书之，其意盖有所寓。"明《太平清话》云："莫廷韩云'曾买易安墨竹一副'。余惜未见。"清人所编《玉台书史》《玉台画史》俱有清照之名。

南宋人对于妇人善文词、书画者辄以清照比之。

清照父李格非，字文叔，有文名；熙宁九年进士，《宋史·文苑》有传，与廖正一等人号苏门后四学士，有《洛阳名园记》传于世。此外尚有《济北集》《永洛城记》《礼记精义》《史传辨志》，书目俱见《宋史·艺文志》，今俱佚。

清照母王氏。关于清照母王氏身世有两说：①《宋史·李格非传》云："王拱辰孙女，善属文。"②宋·庄绰《鸡肋编》云："岐国公王珪元丰中为宰相。父准、祖贽、曾祖景图皆登进士第。汉国公准子四房，孙婿九人……李格非……皆登科……曾孙婿秦桧、孟忠厚同时拜相，开府。"由此推断李清照的母亲是王准的孙女，或有可能就是王珪的女儿。

《宋史》成书很晚，且错误颇多。《鸡肋编》作者庄绰与清照同时，其文较可信。有专家将两说捏合，称清照生母为王准孙女，早逝，继母为王拱辰孙女。

十八岁适吏部侍郎赵挺之之季子，东武人赵明诚。宋室南渡后，丧夫，再嫁，旋即离异。无嗣。

二、赵明诚简介

生于宋元丰四年（1081）。字德甫，密州（东武）诸城人。其祖赵元卿，任县令时从密州移家居青州。

父赵挺之，字正夫，王安石变法努力参与者，崇宁间官至尚书右仆射，受蔡京排挤、迫害而死。赵挺之有三子一女，长子赵存诚，字中甫，次子赵思诚，字道甫，皆进士出身，季子赵明诚，字德甫，或以荫补出仕。

明诚母郭氏，中散大夫、提点刑狱郭概之女。郭概，东平人，后移居青州，见《夷坚甲志》。郭概无子，有五女，人称善择婿，婿五人谢良弼、高昌庸、邢恕、赵挺之、陈师道皆仕宦。郭氏曾封秦国夫人，颇通律例及法家之学。

宋室南渡前，赵明诚曾先后任鸿胪少卿、莱州及淄州知州；南渡后以朝散大夫、秘阁修撰任江宁知府兼江南东路经制使。罢官后又被任命知湖州，未赴任即染疟疾，于建炎三年去世，享年四十九岁。清照为文以祭，葬建康（原江宁）。

赵明诚自幼即好金石刻，与其父异趣。陈师道《与鲁直书》云："正夫有幼子明诚，颇好文艺。每遇苏、黄文诗，虽半简数字必录藏。以此失好于父，几如小邢矣。"（小邢指邢恕之子邢居实，早逝。）。《金石录》三十卷为明诚有名著作。后人常与欧阳修《集古录》并举，称二人为欧赵。《金石录》一书，为后人考古及研究古代金石刻者所必资，昔人颇推重之。宋洪适《隶释》云："赵君之书，证据见谓精博。"朱熹以为大略似欧阳修《集古录》，而诠叙益有条理，考证益为精博。朱熹又云："明诚，李易安之夫也。文笔最高，《金石录》

煞做的好。”宋藏书家陈振孙云：“《金石录》三十卷……其所藏二千卷，盖仿《集古》而数则倍之……好古之通人也。其妻易安居士为作《后序》，颇可观。”据《宋史·艺文志》载，明诚又有《古器物铭碑》十五卷，《诸道石刻目录》，今俱佚。翟耆年《籀史》云：“赵明诚《古器物铭碑》十五卷：商器三卷、周器十卷、秦汉器二卷。河间刘跂序，洛阳王寿卿篆。寿卿得二李用笔意，字画端劲未易及。明诚字德甫，大丞相挺之季子。读书赡博。藏书万卷，悉亲是正，铅椠未尝去手。酷好书画。遇名迹，捐千金不少靳。蓄三代鼎彝甚富。建炎南渡，悉为盗夺。所存着九牛之一毛，又无子能保其遗余，每为之叹息也。”

附录二：

李清照、赵明诚事迹编年

1039年（康定元年）

赵挺之生。

1045年（庆历五年）

李格非生。

1051年（皇祐三年）

米芾生。

1053年（皇祐五年）

陈师道生。晁补之生。杨时生。

1077年（熙宁九年）

李格非中进士。后曾任郓州教授。

1081年（元丰四年）

赵明诚生。赵明诚，字德甫，赵挺之季子。

朱敦儒生。朱敦儒，字希真，洛阳八俊之一，两宋著名诗人。

1084年（元丰七年）

李清照生（或生于元丰六年）。

1086年（元祐元年）

赵挺之被举诏试馆职。同时被举诏试馆职者有张舜民、张耒、晁补之。同年十二月赵挺之为朝奉郎集贤校理。

1087年（元祐二年）

六月，赵挺之为监察御史，弹劾苏轼。

1088年（元祐三年）

赵挺之再次弹劾苏轼。

1089年（元祐四年）

李格非为太学学正，后为博士。

赵挺之因蔡确案贬通判徐州。陈师道起徐州教授。赵明诚《金石录》卷二十二《隋化善寺碑》跋云："余元祐间，侍亲官彭城（今徐州市，笔者注），时为儿童，得此碑。今三十余年矣。"

1090年（元祐五年）

赵挺之通判徐州改知楚州。陈师道转颍州教授。

1091年（元祐六年）

经宰相刘挚推荐，赵挺之再入集贤校理，归馆供职，后除国子监司业。十月，赵挺之与曾肇等人被御史开具为宰相刘挚的党人。

1092—1093年（元祐七年至八年）

陈师道任秘书省正字。其间，陈师道曾云赵明诚与其父异趣，明诚与陈师道往来得《唐起居郎刘君碑》"柳公权"三字及《汉重修高祖庙碑》。

1094—1098年（绍圣元年至五年）

其间，李格非不肯参与编类元祐群臣章疏。

1098年（元符元年）

蔡京辨玉玺，赵明诚得李诚玉玺模本。

1101年（建中靖国元年）

李清照十八岁适赵明诚。时赵明诚二十一岁，在太学做学生。

时李格非为礼部员外郎，赵挺之为吏部侍郎。皆居京师。

冬十二月二十九日，陈师道卒，年四十九岁。《朱子语类》："陈无己、赵挺之、邢和叔皆郭大夫婿。陈为馆职，当侍祠郊丘，非重裘不能御寒，无己只有其一，其内子为于挺之家假以衣之。无己诘所自来，内子以实告。无己曰：汝岂不知我不著渠家衣耶！却之。既而遂以冻病而死。"内子或即赵明诚。

1102年（崇宁元年）

清照十九岁。

年初，李格非任提点京东刑狱。今孔林思堂之东斋北墙南起第一方石刻云："提点刑狱、历下李格非，崇宁元年正月二十八率褐、过、迥、逅、远、迈恭拜林冢下。"

明诚得《汉从事武梁碑》。

夏五月，赵挺之试吏部尚书、兼侍读，修国史、编修国朝会要。六月，迁中大夫，除尚书右丞。

有人持徐熙《牡丹图》向赵明诚求售。

秋七月，三省籍元祐党人姓名，不得在京差遣者十七人，李格非因不肯参与编类元祐群臣章疏被列为元祐党人，名列第五。见《通鉴长编纪事本末》。

八月，赵挺之除尚书左丞。

九月，定元祐党籍。徽宗自书，刻石端礼门。李格非入元祐党籍，名在余官第二十六，贬官象州，有《初至象郡》诗四首。

清照上诗赵挺之，曰："何况人间父子情。"请救其父。

1103年（崇宁二年）

清照二十岁。

四月，赵挺之自中大夫、尚书左丞除中书侍郎。

九月，责降人子弟不许注在京及府县差遣。此后，元祐党人碑下外路州军立石刊记。

赵明诚殆以荫入仕。初为何职不可考。其二兄均中进士，不知何年。

1104年（崇宁三年）

清照二十一岁。

夏六月，重订党籍，蔡京奉诏书元祐、元符党人及上书邪等者姓名进呈，合为一籍，共三百零九人，刻石朝堂。格非仍在余官第二十六人。赵佶书而刊石，置文德殿门东壁。

九月，赵挺之自右光禄大夫、中书侍郎除门下侍郎。

1105年（崇宁四年）

清照二十二岁。

春三月，挺之自门下侍郎授右银青光禄大夫、尚书右仆射兼中书侍郎。清照献诗"炙手可热心可寒"。

夏六月，挺之引疾乞罢右仆射，授金紫光禄大夫、观文殿大学士、中太乙宫使。诏赐第京师府司巷。

冬十月，赵明诚授鸿胪少卿。明诚二兄，存诚为卫尉卿，思诚为秘书少监，挺之辞不敢当，乞收还成命，诏答不允。存诚、思诚前此曾为馆职。

1106年（崇宁五年）

清照二十三岁。

春正月乙巳，毁元祐党人碑，赦天下，除党人一切之禁。蔡京罢相。庚戌，叙复元祐党人。余官轻第一等李格非与监庙差遣。见《通鉴长编纪事本末》。

二月丙寅，挺之自观文殿大学士、太一宫使授特进光禄大夫、尚书右仆射兼中书侍郎。二月二十六日，卫尉卿赵存诚为集贤殿脩撰提举醴泉观。《宋会要集稿》："以其父挺之拜相有请（回避）故也。"

三月，元祐党人第三等许到阙下。格非在第二等。元祐党人晁补之、张耒、李之仪、赵令畤等皆出籍，史料未见有格非出籍，盖记载缺失。

米芾跋蔡襄《进谢御赐诗卷》，米芾时为书学博士。

1107年（大观元年）

清照二十四岁。

正月，蔡京复相。

春，赵明诚托人讽邑官破汜水辇运司廨舍壁得《汉任伯嗣碑阴》。

三月，赵挺之再引疾乞罢右仆射，授特进、观文殿大学士、佑神官使。后五日，挺之卒。年六十八。赠司徒，官给葬事，谥清宪。赵挺之崇宁三年叶祖洽榜进士，存诗三首。亦善书法，现存《韩宗道墓志》，曾肇撰，挺之正书。墓志在许州。

秋七月，故观文殿学士、特进、赠司徒赵挺之追所赠司徒，落观文殿大学士。《宋宰辅编年录》："始，挺之自密州徙居青州。会蔡京之党，有为京东监司者，廉挺之私事。其从子为御史，承旨言挺之交结富人。挺之卒之三日，京遂下其章，命京东路都转运使王旉等置狱于青州鞠治。俾开封府捕亲戚使臣之在京师，送制狱穷究，皆无实事。抑令供析，但坐政府日有俸余钱，止有剩利，至微。具狱进呈。两省台谏交章论列：挺之身为元祐大臣所荐，故力庇元祐奸党；盖指挺之尝为故相刘挚援引也。遂追赠官，落职。"

是岁起，郭氏率其子、媳等迁居乡里青州。明诚与清照屏居青州归来堂。（明诚之兄于政和二年上书言事），屏居五六年而已，非十年。归来堂应在青州乡里，非郡舍。

1108年（大观二年）

清照二十五岁。

春，刘跂登泰山，宿绝顶，访《秦碑》。刘两次访泰山，第二次是政和三年秋，始摹本以归。刘跂有传，附宋史刘挚传后。

《济北集》载，大观二年三月八日，李格非陪齐州知州梁彦深游历山东佛慧山下甘泉寺并撰文刻石于壁。题名为朝请郎。李格非卒年无考，但必晚于是年三月。

1109年（大观三年）

清照二十六岁。

冬十一月，文及甫观蔡襄《进谢御赐诗卷》并题于青舍简政堂。此时明诚是否知青州，《金石录后序》未及。文及甫乃文彦博之子。

潍州昌乐丹水岸圮，一爵一觚出土。

米芾卒，年五十九。

1110年（大观四年）

清照二十七岁。

晁补之卒，年五十八。晁曾对客称赏清照诗。

1111年（政和元年）

清照二十八岁。

春二月，王寿卿跋明诚所藏徐铉《小篆千字文》真迹。王寿卿，字鲁翁，陈留人，居洛阳。长于篆书，有李阳冰笔意，曾为赵明诚篆《古器物铭碑》。其事迹可见陆友仁《砚北杂志》，陶宗仪《书史会要》亦有传。

夏五月，诏除（恢复）赵挺之落观文殿大学士、特进、赠司徒，从挺之妻秦国太夫人郭氏奏乞也。

明诚至泰山，得《唐登封记号文》两碑。

1112年（政和二年）

清照二十九岁。

七月，秘书少监赵存诚言取访遗书事。《永乐大典·中兴会要》云："政和二年七月十七日秘书少监赵存诚言：'诸州取访遗书，乞委监官总领，庶天下之书，悉归秘府。'从之。"此前因挺之降职同明诚屏居乡里。

此时，明诚或以低于原任鸿胪少卿之职出仕。

1113年（政和三年）

清照三十岁。

秋，刘跂宿泰山，拓《秦泰山刻石》作《泰山秦篆谱序》。《金石录》所录，即刘所摹。

楚公钟在鄂州嘉鱼县出土，王寿卿以墨本遗明诚，收入《古器物铭》。当年出土，是否当年得之，不可知。

1114年（政和四年）

清照三十一岁。

秋，明诚题《易安居士画像》（此画像乃伪作，不可信）。

1116年（政和六年）

清照三十三岁。

穆翚墓表，北宋政和六年（1116）刻石，原石在章丘女郎山之阳，额篆“宋河南穆府君墓表”。穆涘撰，王寿卿篆书，任升刻石，碑阴刻重和元年《穆氏新兆域记》。

齐侯槃在安丘出土，曾收入《古器物铭》。齐侯匜同时出土。

下邳州市民耕地得《汉祝长严欣碑》。

刘跂以《汉张平子残碑》墨本寄明诚。

1117年（政和七年）

清照三十四岁。

秋九月十日，刘跂为《金石录》作后序。《学易集》卷二有《题古器物铭赠德甫兼简诸友》一首云：“往者李龙眠……”

1118年（政和八年—重合元年）

清照三十五岁。

刘跂屏居东平汶阳。卒于政和末。

古器六在安州孝感出土。

1121年（宣和三年）

清照三十八岁。

春三月四日，中书舍人赵思诚言添差兵马都监事。

赵明诚守莱州。得《后魏郑羲下碑》于莱州，得《上碑》于胶水县。

秋八月十日清照到莱州，作《蝶恋花》词一首、《感怀》诗一首。

1123年（宣和五年）

清照四十岁。

秋八月中秋，《唐富平尉颜乔卿碣》重易装标。跋尾云：“有朝士刘绎如者，汶阳人……以余集缺此碣，辄以见赠在东莱重易装裱。”

古器物数十种在青州临淄县出土。赵氏摹拓，详见《金石录》卷十三赵明诚跋语。据此可推断是年赵明诚由莱州移淄州。

1124—1126年（宣和六年至靖康元年）

清照四十一至四十三岁。

赵明诚守淄州。

靖康夏，明诚与清照共赏唐白居易书《楞严经》。详见王学初《李清照集校注》(以下简称《校注》)。

明诚迁《唐淄州开元寺碑》于郡廨便坐。此碑为唐李邕撰并书。

于淄川得孟姜匜与平陆戈。见《古器物铭》题跋。

十二月二日诏：朝散郎权发迁淄州赵明诚职事修举，可特除直秘阁。转一官。《校注》载：靖康元年中书舍人许景衡拟《赵明诚转一官制》云："敕，逋卒狂悖，惊扰东州。尔为守臣，提兵率属，斩获为多，今录尔功，进官一等。剪除残孽，拊循兵民，以纾朝廷东顾之忧。惟尔之职，往其懋哉。可。"

十二月，金军破东京，史称"靖康之变"。

1127年(建炎元年)

清照四十四岁。

春三月，明诚奔母丧南下。明诚母葬于江宁，后迁葬于泉州。此据周应合《景定建康志》，李心传《建炎以来系年要录》(以下简称《要录》)微异。

四月，时金人破东京，徽钦二帝被俘北去。

五月，康王赵构在应天府即皇帝位。

秋八月，赵明诚以朝散大夫、秘阁修撰起复知江宁府事，兼江南东路经制使。

清照南下，载书十五车，过淮，渡江，之江宁。明诚奔丧必轻装，知江宁府后，清照始南来，并载书而行。

冬十二月，青州兵变，杀郡守曾孝序。明诚家存书册什物十余屋被焚。李清照《金石录后序》云："十二月，金人陷青州，凡所藏十余屋者，已皆为煨烬矣。"史载金人陷青州乃建炎二年事，书册被焚非金人所为，清照误记或后人误改。

1128年(建炎二年)

清照四十五岁。

正月二月之交，清照抵江宁。

三月十日，赵明诚跋蔡襄书《赵氏神妙帖》明诚跋云："此帖章氏子售之京师……老妻独携此而逃……江外盗掠镇江，此帖独存……"此帖多有中原名士题跋，岳珂云嘉定十月得于京口，为后来易安在会稽被盗之余物。明诚谓盗掠镇江，殆指张遇陷镇江事。

明诚收藏法帖有王荆公墨迹(见《校注》)。

谢伋携唐阎立本《萧翼赚兰亭图》过江宁，明诚借去不归(故意不归或有他因？何据？)。

清照作二诗云："南渡衣冠少王导，北来消息欠刘琨""南来尚怯吴江冷，北狩应悲易水寒"。《诗说隽永》云："建炎初从秘阁守建康作。"

冬，"明诚在建康日，易安每值天大雪，即顶笠披蓑，循城远览以觅诗，得句必邀其夫赓和，明诚每苦之也"。见《清波杂志》卷八。

1129年（建炎三年）

清照四十六岁。

春二月，明诚罢守江宁。《要录》卷二十，建炎三年二月甲寅，云："御营统制官王亦将京军驻江宁，谋为变，以夜纵火为信。江宁转运副使、直徽猷阁李谟觇知之。驰告守臣秘阁脩撰赵明诚。时赵明诚已被命知湖州，弗听（既已他任，弗听何罪？）。谟饬兵将率所部团民兵伏途巷中，栅其隘。夜半，天庆观火，诸军噪而出。亦至，不得入，遂斧南门而去。迟明，访明诚，则与通判府事朝散郎毋邱绛、观察推官汤允恭缒城宵遁矣。其后，邱绛、允恭皆抵罪。"

三月，明诚罢守江宁，具舟上芜湖，入姑孰（今当涂），将卜居赣水上。

四月，苗刘兵变后，赵构至江宁。

五月八日，改江宁府为建康府。

五月，明诚、清照至池阳，驻家池阳，被旨知湖州。

六月十三，明诚独赴行在（建康）。病痁，疾亟。

秋七月，隆祐太后（哲宗赵煦皇后孟氏）率六宫往豫章。

七月末，清照闻明诚病，自池阳解舟赴建康。

八月，张飞卿学士携玉壶过明诚。张飞卿，阳翟人，喜书画。学士，当时对读书人的泛称。

八月十八日，赵明诚卒于建康。年四十九岁。清照为文以祭，旋葬之。

清照祭文今仅存断句，载谢伋《四六谈麈》，云："白日正中，叹庞翁之机捷。坚城自堕，怜杞妇之悲深。"

闰八月壬辰，王继先以黄金三百两从赵明诚家市古器。兵部尚书谢克家奏言："恐疏远闻之，有累圣德，欲望寝罢。"赵构批令三省取问继先因依。（此事结局不明，见《要录》）王继先乃医官，赵构亲信。

闰八月壬寅，因金兵南下，赵构自建康逃亡浙西。

明诚遗留之书籍，金石刻并其他长物送洪州。《金石录后序》云："明诚有妹婿任兵部侍郎，从卫隆祐太后在洪州。"清照遣二故吏，部送书两万卷、金石刻两千卷及其他长物往投之。

清照携古铜器赴越投进。《金石录后序》云:“上江既不可往,又虏势叵测,有弟迒任敕局删定官,遂往依之。”后又云:“……有张飞卿携玉壶过视侯,便携去,其实珉也。不知何人传到,妄言有颁金之语。或传有密论列者。余大惶怖,遂将家中所有铜器等物,欲走外庭投进。”

冬十月,赵构驻跸越州。

十一月戊午,金人破洪州。清照寄洪州书卷长物尽失。辛未,金人陷建康。癸酉,赵构发越州。清照抵越州,赵构移幸四明,清照旋往台州。到台,守已遁。《金石录后序》云:“到越,已移幸四明。”又云:“铜器不敢留家中,并写本书寄剡。”铜器寄剡,清照无需追随赵构。此后是否与敕局删定官李迒同行,亦不可知。

十二月巳卯,赵构次明州。辛卯次定海。癸巳次昌国。戊戌,金人陷越州。庚子,赵构发昌国。

冬,黄大舆《梅苑》成。录有清照咏梅词六首。

1130年(建炎四年)

清照四十七岁。

春正月乙巳,赵构泊舟台州港口。丙午次章安。

清照之剡,出陆,弃衣被走黄岩,雇舟入海,奔行朝,时驻跸章安。己未,金人陷明州。辛酉,赵构发章安。甲子,泊温州港口。

清照从御舟海道之温。清照从越州之温州,此间约为月余,或曾路过奉化,书画尽散落。丢失李龙眠蜀纸画右军像,此画后有明诚跋。

二月乙亥,赵构驻跸温州江心亭。

丙子,金人自明州引兵回临安。丙午,自临安退兵。

庚寅,赵构入温州,驻跸州治。三月己未,赵构复还浙西。癸未至越州。

清照又到越州。

其间,清照所有写本书和铜器曾寄剡,《后序》又云:“后官军收叛卒取去,闻尽入故李将军家。”殆亦今年之事,但不知月日。

夏六月,朝请郎主管江州太平观吴说为福建路转运判官。

秋七月,申命元祐党人子孙,经所在自陈,尽还应得恩数。

十月甲辰日,秦桧从金回宋朝。

冬十一月,放散行在百官。

十二月,清照往衢州。

1131年（绍兴元年）

清照四十八岁。

该年元旦前后，清照可能去过泉州，途经建州。有词《临江仙》为证："春归秣陵树，人客建安城"。另有"人老建康城"之说，王学初以为不合情理，见《校注》。

春三月，清照又赴越，卜居土民钟氏宅。书画砚墨五簏被盗。

夏六月甲戌，命广东帅臣赵存诚等差有出身人领诸路转运司类省试。赵存诚殆卒于绍兴二年。

秋七月望，吴说得唐阎立本《萧翼赚兰亭图》于钱塘。《金石录后序》："尽为吴说转运使贱价得之。"吴说得之甚多。

1132年（绍兴二年壬子）

清照四十九岁。

正月，赵构离越赴杭。

春，清照赴杭。

三月，清照作一联嘲张九成。九成字子韶，绍兴二年进士第一人。事见陆游《老学庵笔记》。

夏，清照再适张汝舟。据《要录》载，张汝舟，右承奉郎，监诸军审计司。

秋八月，直秘阁主管江州太平观赵思成守起居郎。

秋九月，清照与张汝舟离异。《要录》云："绍兴二年九月戊午朔，右承奉郎……张汝舟属吏，以汝舟妻李氏讼其妄增举数入官也。其后有司当汝舟私罪徒，诏除名，柳州编管。十月己酉行遣。李氏，格非女，能为歌词，自号易安居士。"

清照作启谢翰林学士綦崇礼，有关与张汝舟离异事见《校注》。

冬十一月二十三日，洪炎上书征求书籍。《宋会要辑稿》云："绍兴二年十一月二十三日，秘书少监洪炎言：'……泉州故相赵挺之家，藏国史实录善本……望下诸州谕令来上，优加恩赉。从之。'"明诚母郭氏葬泉州，但不知此时赵家何人在泉州。

1133年（绍兴三年）

清照五十岁。

春正月壬午，起居郎赵思诚试中书舍人。

二月庄绰作《鸡肋编》，载清照作诗诋士大夫。（参阅1128年事迹）。

五月己未，中书舍人赵思诚充徽猷阁待制，提举江州太平观。张纲《华阳集》卷八载“赵思诚转一官制”云：“分符便郡，实资屏翰之良。”盖思诚必旋守郡，故有此制。

丁卯，吏部尚书韩肖胄为端明殿学士、同签枢密院事充大金军前奉表通问使，给事中胡松年试工部尚书充副使。六月丁亥入辞，十一月使还。韩肖胄乃韩琦之曾孙。胡松年，海州怀仁人，政和二年上舍，《宋史》有传。清照为赞韩肖胄使金事作古、律诗各一首。

秋九月十一日，谢克家跋明诚旧藏蔡襄《进谢御赐诗卷》，跋文见《校注》。

1134年（绍兴四年）

清照五十一岁。

夏五月庚戌朔，徽猷阁待制知温州赵思诚试中书舍人。

七月，谢克家卒。见《要录》卷七十八。

八月己亥，新除中书舍人赵思诚复为徽猷阁待制，知台州。《要录》：“思诚既为常同所劾，抗疏力辞，而有是命。”

秋八月，清照作《金石录后序》。

冬十月，清照避地金华。卜居陈氏第。清照过钓台曾有七绝一首。

十一月二十四日，《打马图经》成。

1135年（绍兴五年）

清照五十二岁。

春，赋《武陵春》词，又作《八咏楼》诗。

夏五月三日，赵构令婺州取索赵明诚家藏《哲宗实录》，见《宋会要辑稿》及李心传《建炎以来朝野杂记》。可见五月间清照仍在金华。此后，清照回临安。

杨时去世。

1137年（绍兴七年）

清照五十四岁。

秋八月，徽猷阁待制，提举江州太平观赵思诚为中书舍人。《要录》：“思诚尝除舍人，坐其父直陈绍述，为言者所论，至是张浚复用之。”

1138年（绍兴八年）

清照五十五岁。

春三月十五日，张琰序李格非《洛阳名园记》，录清照诗句“何况人间父子情”。

1140年（绍兴十年）

清照五十七岁。

辛弃疾生。

1141年（绍兴十一年）

清照五十八岁。

夏五月，谢伋作《四六谈麈》，载清照祭明诚文断句。

1142年（绍兴十二年）

清照五十九岁。

綦崇礼卒，时年六十岁。见《宋史》本传。

1143年（绍兴十三年）

清照六十岁。

夏，清照撰《端午帖子词》。宋周密《浩然斋雅谈》云：“李易安绍兴癸亥在行都，有亲联为内命妇者，因端午进帖子。时秦楚材在翰苑，恶之，止赐金帛而罢。”王学初解释云：“周密所云秦楚材恶之，殆恶其不代己作，而因内命妇进也。又周密所云‘止赐金帛而罢’，乃易安未得他赏，只有金帛之赐而已。”见《校注》。

宋（？）罗晔《新编醉翁谈录》及明人郦琥著《彤管遗编》、赵世杰著《古今女史》载韩玉父题诗漠口铺，自序云：“幼时易安处士教以学诗。”

1147（绍兴十七年）

清照六十四岁。

五月辛卯，宝文阁待制提举江州太平观赵思诚卒。

赵挺之孙有二：一名恬，一名谊。赵思诚另有一女。不知是存诚子抑或是思诚子。李弥逊又有《赵思诚守泉州制》。思诚寓泉州时知泉州，未知何年事。

1148年（绍兴十八年）

清照六十五岁。

秋八月十五日，胡仔为《苕溪渔隐丛话》前集作序。书内载有清照词，清照再嫁反目，作启于綦崇礼事。

1150年（绍兴二十年）

清照六十七岁。

秋八月甲子，资政殿学士提举临安洞霄宫韩肖胄去世。

清照访米友仁为米芾帖求跋。米元章《灵峰行记帖》米友仁跋见《校注》，共两款。友仁绍兴十五年提举佑神观奉朝请，此时当在临安。

1155年（绍兴二十五年）

清照卒。不能早于绍兴二十五年。享年至少七十三岁。

春二月甲申，右文殿脩撰曾慥卒。慥著《乐府雅词》载清照诗。

1156年（绍兴二十六年）

朱熹《家藏石刻序》云："……来泉南，又得东武赵氏《金石录》，大略如欧阳子《集古录》，然诠叙益条理，考证益精博。"此序撰于绍兴二十六年八月二十二日。朱熹又云："明诚，李易安之夫也。文笔最高，《金石录》煞做的好。"

1159年（绍兴二十九年）

正月，左朝奉郎致仕朱敦儒卒于秀州。朱敦儒，字希真，洛阳人。其词集《樵歌》有《和李易安金鱼池莲、鹊桥仙》一首。朱应该生于元丰四年，享年七十九岁。

1162年（绍兴三十二年）

陆游赐进士出身。陆游《夫人孙氏墓志铭》：清照"欲以所学传孙氏女，孙氏女谢不可"。

1167年（乾道三年）

春三月，胡仔为《苕溪渔隐丛话》后集作序。此书引有《金石录》和清照诗文。

侯寘卒。侯寘字彦周，东武人，有《嬾窟词》一卷，内有《效易安体·眼儿媚》一首。曾为耒阳令，居长沙。

1197年（庆元三年）

秋九月，洪迈《容斋四笔》成。洪迈见《金石录后序》原稿于王厚之处，撮拾其大概，载于其书。

1205年（开禧元年）

春三月，赵不谫刻《金石录后序》附龙舒本《金石录》后。

1207年（开禧三年）

秋九月辛弃疾卒。辛弃疾有《丑奴儿近·博山道中效易安体》词。

1210年（嘉定三年）

陆游卒。

附录三：

《洛阳名园记》 宋·李格非

原 序

山东李文叔记洛阳名园，凡十有九处。自富郑公而终于吕文穆，其声名气焰见于功德者，遗芳余烈，足以想像其贤；其次，世位尊崇、与夫财力雄盛者，亦足以知其人经营生理之劳；又其次，僧坊以清净化度群品，而乃斥余事，种植灌溉，夺造化之功，与王公大姓相轧。

夫洛阳，帝王东西宅，为天下之中。土圭日影，得阴阳之和；嵩少瀍涧，钟山水之秀。名公大人，为冠冕之望；天匠地孕，为花卉之奇。加以富贵利达，优游闲暇之士，配造物而相妩媚，争妍竞巧于鼎新革故之际，馆榭池台，风俗之习，岁时嬉游，声诗之播扬，图画之传写，古今华夏，莫比观文叔之记可以致近世之盛。

可以信文叔之言，为不苟且。夫识明智审，则虑事精而信道笃，随其所见浅深为近远、大小之应于熙宁变更，天下风靡，有所必不可者。大丞相司马公为首，后十五年，无一不如公料者，至今明验，大效与始言若合符节。文叔，方洛阳盛时，足迹目力，心思之所及，亦远见高览，知今日之祸，曰“洛阳可以为天下治乱之候。”又曰“公卿高进于朝，放乎一己之私意，忘天下之治忽。”呜呼！可谓知言哉。文叔在元祐，官太学。丁建中靖国，再用邪朋，窜为党人，女适赵相挺之子，亦能诗，上赵相救其父，云“何况人间父子情。”识者哀之。

今记称，潞公年九十而杖履东西，按太师丙午生，正绍圣乙亥岁，谴逐岭表立党之二年。诬谤宣仁，圣烈废降，昭慈献圣，群阴已壮，芽孽弄权，宰相不必斥其名后。内相王明叟指言“绍圣，当国之人如操舟者，当左而右，当右而左，旁观者，为之寒心。”与文叔所言“放乎一己之私意，而忘天下之治忽。”若相终始。愚故曰“其言真不苟且也。”

噫！繁华盛丽过尽，一时至于荆棘铜驼遍于伊洛。虽宫室苑囿，涤除皆尽。然一废一兴，循天地无尽藏，安得光明盛大，复有如洛阳众贤佐中兴之业乎？季父浮休侍郎咏长安废兴地，有诗云“忆昔开元全盛日，汉苑隋宫已黍离。覆辙由来皆在说，今人还起古人悲。”感而思治世之难，遇嘉贤者之用心，故重言以书其首。

绍兴八年三月望日豳国张掞序

洛阳名园记

富郑公园

洛阳园池，多因隋唐之旧，独富郑公园最为近辟，而景物最胜。游者自其第东出探春亭，登四景堂，则一园之景胜可顾览而得。南渡通津桥，上方流亭，望紫筠堂，而还右旋花木中，有百余步，走荫樾亭，赏幽台，抵重波轩，而止。直北走土筠洞，自此入大竹中。凡谓之洞者，皆斩竹丈许，引流穿之，而径其上。横为洞一，曰土筠；纵为洞三：曰水筠，曰石筠，曰榭筠。历四洞之北，有亭五，错列竹中，曰丛玉、曰披风、曰漪岚、曰夹竹、曰兼山。稍南有梅台，又南，有天光台。台出竹木之梢。遵洞之南而东，还有卧云堂。堂与四景堂并南北。左右二山，背压通流。凡坐此，则一园之胜可拥而有也。郑公自还政事归第，一切谢宾客。燕息此园，几二十年，亭台花木，皆出其目营心匠，故逶迤衡直，闿爽深密，皆曲有奥思。

董氏西园

董氏西园，亭台花木，不为行列区处，周旋景物，岁增月葺所成，自南门入，有堂相望者，三。稍西一堂，在大池间。逾小桥有高台一。又西一堂，竹环之中有石芙蓉，水自其花间涌出，开轩窗，四面甚敞，盛夏燠暑，不见畏日，清风忽来，留而不去。幽禽静鸣，各夸得意。此山林之景，而洛阳城中，遂得之于此。小路抵池，池南有堂，面高亭堂，虽不宏大，而屈曲深邃，游者至此往往相失，岂前世所谓“迷楼者”类也。元祐中有留守，喜宴集于此。

董氏东园

董氏以财雄洛阳。元丰中，少县官钱粮，尽籍入田宅。城中二园，因芜坏不治。然其规模尚足称赏。东园北向入门，有栝可十围，实小如松实，而甘香过之。有堂可居。董氏盛时，载歌舞游之醉，不可归，则宿此数十日。南有败屋遗址。独流杯、寸碧二亭，尚完。西有大池，中为堂，榜之曰“含碧”。水四向喷泻池中，没而阴出之，故朝夕如飞瀑，而池不溢。洛人盛醉者，走登其堂，辄醒，故俗目曰“醒酒池”。

环溪

环溪，王开府宅园，甚洁。华亭者，南临池左右翼，而北过凉榭，复汇为大池，周围如环，故云然也。榭南有多景楼，以南望，则嵩高少室龙门大谷，层峰翠巘，毕效奇于前榭，北有风月台，以北望，则隋唐宫阙，楼殿千门万户，岧峣璀璨，延亘十余里。凡左太冲十余年极力而赋者，可瞥目而尽也。又西有锦厅、秀野台。园中树，松桧花木，千株皆品，别种列除，其中为岛坞，使可张幄次，各待其盛而赏之。凉榭锦厅，其下可坐数百人，宏大壮丽，洛中无逾者。

刘氏园

刘给事园。凉堂高卑，制度适惬，可人意。有知木经者，见之且云“近世建造，率务峻立，故居者不便而易坏，唯此堂，正与法合。”西南有台一区，尤工致，方十许丈地，而楼横堂列，廊庑回缭，阑楯周接，木映花承，无不妍稳。洛人目为刘氏小景。今析为二，不能与他园争矣。

丛春园

今门下侍郎安公买于尹氏。岑寂而乔木森然。桐梓桧柏，皆就行列。其大亭有丛春亭。高亭有先春亭。丛春亭出荼蘼架上，北可望洛水。盖洛水自西汹涌奔激而东。天津桥者，叠石为之，直力滀其怒，而纳之于拱下。拱下皆大石，底与水争，喷薄成霜雪，声闻数十里。予尝穷冬月夜登是亭，听洛水声，久之觉清冽，侵人肌骨不可留，乃去。

天王院花园子

洛中花甚多种，而独名牡丹曰“花王”。凡园皆植牡丹，而独名此曰“花园子”，盖无他池亭，独有牡丹数十万本。皆城中赖花以生者，毕家于此。至花时，张幕幄，列市肆，管弦其中。城中士女绝烟火游之，过花时，则复为丘墟，破垣遗灶相望矣。今牡丹岁益滋，而姚黄魏紫一枝千钱。姚黄无卖者。

归仁园

归仁，其坊名也。园尽此一坊，广轮皆里余。北有牡丹芍药千株，中有竹百亩，南有桃李弥望。唐丞相牛僧孺园，七里桧，其故木也。今属中书侍郎，方创亭其中。河南城方五十余里，中多大园池，而此为冠。

苗帅园

节度使苗侯既贵，欲极天下佳处，卜居得河南。河南园宅又号最佳处，得开宝宰相王溥园，遂购之。园既古，景物皆苍老，复得完力藻饰出之，于是有欲凭陵诸园之意矣。园，故有七叶二树对峙，高百尺，春夏望之如山然。今创堂其北，竹万余竿，皆大满二三围。疏筠琅玕，如碧玉椽。今创亭其南东，有水，自伊水派来，可浮十石舟，今创亭压其溪。有大松七，今引水绕之有池。宜莲荇，今创水轩，驾出水上，对轩有桥亭，制度甚雄侈然。此犹未尽，得王丞相故园，水东为直龙图阁赵氏所得，亦大创第宅，园池其间。稍北曰“郏鄏”，陌列七丞相之第。文潞公、程丞相宅旁皆有池亭，而赵韩王园独可与诸园列。

赵韩王园

赵韩王宅园，国初诏将作营治，故其经画制作，殆侔禁省。韩王以太师归是第百日而薨。子孙皆家京师，罕居之，故园池亦以扃钥为常。高亭大榭，花木之渊薮，岁时独厮养拥彗负畚锸者于其间而已。盖人之于宴闲，每自吝惜，宜甚于声名爵位。

李氏仁丰园

李卫公有平泉花木，记百余种耳。今洛阳良工巧匠，批红判白，接以它木，与造化争妙，故岁岁益奇，且广桃李、梅杏、莲菊，各数十种。牡丹、芍药至百余种。而又远方奇卉，如紫兰、茉莉、琼花、山茶之俦，号为难植独植之洛阳，辄与其土產无异，故洛阳园囿花木有至千种者，甘露院东李氏园，人力甚治，而洛中花木无不有。有四并、迎翠、濯缨、观德、超然五亭。

松岛

松，柏，枞，杉，桧，栝，皆美木。洛阳独爱栝，而敬松。松岛，数百年松也。其东南隅，双松尤奇。在唐为袁象先园。本朝属李文定公丞相。今为吴氏园，传三世矣。颇葺亭榭池沼，植竹木其旁。南筑台，北构堂、东北曰“道院”。又东有池。池前后为亭临之。自东，大渠引水注园中，清泉细流，涓无不通处，在他郡尚无有，而洛阳独以其松名。

东园

文潞公东园。本药圃地，薄东城，水渺弥甚广，泛舟游者，如在江湖间也。渊映、瀍水，二堂宛宛在水中。湘肤药圃二堂间，列水石，西去其第里余。今潞公官太师年九十，尚时杖履游之。

紫金台张氏园

自东园，并城而北，张氏园亦绕水而富竹木。有亭四。河图志云“黄帝坐玄扈台”、郭璞云“在洛汭”。或曰“此，其处也。”

水北胡氏园

水北胡氏二园，相距十余步，在邙山之麓，瀍水经其旁，因岸穿二土室，深百余尺，坚完如埏埴，开轩窗其前，以临水上。水清浅则鸣漱，湍瀑则奔驶，皆可喜也。有亭榭花木，率在二室之东。凡登览徜徉，俯瞰而峭绝，天授地设，不待人力而巧者，洛阳独有此园耳。但其亭台之名，皆不足载。载之，且乱实。如其台四望，尽百余里，而萦伊缭洛乎其间。林木荟蔚，烟云掩映，高楼曲榭，时隐时见。使画工极思不可图，而名之曰“玩月台”。有庵在松桧藤葛之中，辟旁牖则台之所见，亦毕陈于前。避松桧，搴藤葛，的然与人目相会，而名之曰“学古庵”。其实皆此类。

大字寺园

大字寺园，唐白乐天旧园也。乐天云“吾有第，在履道坊。五亩之宅，十亩之园。有水一池，有竹千竿。”是也。今张氏得其半，为会隐园，水竹尚甲洛阳，但以其图考之，则某堂有某水。某亭有某木。其水，其木至今犹存，而曰堂曰亭者，无复仿佛矣。岂因于天理者，可久，而成于人力者，不可恃耶？寺中，乐天石刻存者尚多。

独乐园

司马温公在洛阳自号迂叟，谓其园曰“独乐园”。卑小不可与他园班。其曰“读书堂”者，数十椽屋。“浇花亭”者，益小。“弄水种竹轩”者，尤小。曰“见山台”者，高不过寻丈。曰“钓鱼庵”、曰“采药圃”者，又特结竹梢，落蕃蔓草为之尔。温公自为之序，诸亭台诗，颇行于世。所以为人欣慕者，不在于园耳。

湖园

洛人云“园圃之胜不能相兼者，六务。”宏大者，少幽邃；人力胜者，少苍古；多水泉者，艰眺望。兼此六者，唯湖园而已。予尝游之，信然。在唐，为裴晋公宅园。园中有湖，湖中有堂，曰“百花洲”，名盖旧，堂盖新也。湖北之大堂曰“四并堂”，名盖不足，胜盖有余也。其四达而当东西之蹊者，桂堂也。截然出于湖之右者，迎晖亭也。过横地，披林莽，曲径而后得者，梅台、知止庵也。自竹径，望之超然，登之翛然者，环翠亭也。渺渺重邃，犹擅花卉之盛，而前据池亭之胜者，翠樾轩也。其大略如此。若夫，百花酣，而白昼眩；青苹动，而林阴合；水静而跳鱼，鸣木落而群峰出；虽四时不同，而景物皆好，则又其不可殚记者也。

吕文穆园

伊洛二水，自东南，分注河南城中，而伊水尤清澈。园亭喜得之，若又当其上流，则春秋无枯涸之病。吕文穆园在伊水上流，木茂而竹盛，有亭三。一在池中，二在池外，桥跨池上，相属也。

洛阳又有园池中有一物特可称者，如大隐庄——梅；杨侍郎园——流杯；狮子园——狮子是也。梅，盖早梅，香甚烈而大。说者云“自大庾岭移其本至此。”流杯，水虽急，不旁触为异。狮子，非石也。入地数十尺，或以地考之，盖武后天枢销铄不尽者也。舍此又有嘉猷会节、恭安溪园等，皆隋唐官园，虽已犁为良田，树为桑麻矣。然官殿池沼，与夫一时会集之盛，今遗俗故老，犹有识其所在，而道其兴之端者，游之亦可以观万物之无常，览时之倏来而忽逝也。

论曰：

洛阳处天下之中，挟崤渑之阻，当秦陇之襟喉，而赵魏之走集。盖四方必争之地也。天下常无事则已，有事则洛阳先受兵。予故曰“洛阳之盛衰者，天下治乱之候也。”

方唐“贞观开元”之间，公卿贵戚开馆列第于东都者，号千有余邸。及其乱离，继以五季之酷，其池塘竹树，兵车蹂践，废而为丘墟；高亭大榭，烟火焚燎，化而为灰烬，与唐俱灭而共亡者，无余处矣。予故尝曰“园圃之废兴，洛阳盛衰之候也。且天下之治乱，候于洛阳之盛衰而知，洛阳之盛衰，候于园圃之废兴而得。则《名园记》之作，予岂徒然哉。”

呜呼！公卿大夫方进于朝，放乎以一己之私自为，而忘天下之治忽，欲退享此乐，得乎？唐之末路是已。

后 记

本说部引用清照诗、词、散文共七十九处。其中有四首词是存疑作品，有待考证，它们是《浣溪沙·髻子伤春慵更梳》《浪淘沙·素约小腰身》《浣溪沙·绣面芙蓉一笑开》《临江仙·庭院深深深几许？云窗雾阁春迟》(后两首用作本书其他人物的词作)。

其中还有因为故事情节的需要，根据清照的残篇断句补作的诗文。它们是：第十九回中的“炙手可热心可寒”；第二十一回中的“何况人间父子情”；第三十七回中的“南渡衣冠少王导”；第三十八回中的“南来尚怯吴江冷”；第三十九回《祭赵湖州文》中的“白日正中……怜杞妇之悲深”。

除去七十九处之外，还有根据情节发展的需要拟作或改作的清照诗词。它们是第五回中的诗“天音传旨赋辞章”、第二十九回中的词《品令·急雨惊秋晓》和《行香子·天与秋光》、第三十回中的诗“举杯黄花侧”。

其他引用的唐宋著名文人(例如李、杜、苏、黄)诗词作品皆为原作。

本说部在写作过程中，曾得到亲朋好友的大力支持。有的密切关注、热情鼓励，有的提出修改建议，有的亲自执笔修改。在本书出版之际，谨向广州袁新霆先生(结尾诗合创者)、陶家旭先生、袁庆莲女士，泰安鲁风先生、李继政先生、孙绍洪先生、杨岩峰先生，北京袁献玲女士，济南梅关雪女士，天津李臻奎先生、冯俊明先生，表示衷心感谢。

作者

2021 年 9 月